LA MUJER
OCULTA

KARIN SLAUGHTER

LA MUJER
OCULTA

HarperCollins *Español*

Para mis lectores

PRÓLOGO

Por primera vez en su vida, acunó a su hija en sus brazos.

Muchos años atrás, la enfermera del hospital le preguntó si quería sostener en brazos a su bebé, pero ella se negó. Se negó a ponerle nombre a la niña. Se negó a firmar los documentos para su adopción. Se escabulló, como hacía siempre. Recordaba cómo se tiró de los pantalones antes de salir del hospital. Estaban todavía mojados, de cuando había roto aguas. La cintura, que antes le apretaba, le quedaba ahora holgada, y tuvo que agarrar el sobrante de tela con la mano mientras bajaba por las escaleras de atrás y corría al encuentro del chico que la esperaba en el coche, a la vuelta de la esquina.

Siempre había un chico esperándola, esperando algo de ella, anhelándola, detestándola. Era así desde que tenía uso de razón. A los diez años, el chulo de su madre, que le ofreció comida a cambio de su boca. A los quince, un padre de acogida al que le gustaba tirársela. A los veintitrés, un militar que usaba su cuerpo como campo de batalla. A los treinta y cuatro, un poli que la convenció de que no era violación. A los treinta y siete, otro poli que la hizo creer que la querría para siempre.

Pero «para siempre» nunca era tanto tiempo como pensaba.

Tocó la cara de su hija. Suavemente esta vez, no como antes.

Era tan bonita...

La piel tersa, sin arrugas. Los ojos cerrados pero con un leve temblor detrás de los párpados. El silbido de la respiración en su pecho.

Con mucho cuidado, le retiró el pelo de la cara y se lo sujetó detrás de la oreja. Podría haberlo hecho en el hospital, tantos años atrás. Alisar su frente fruncida. Besar diez minúsculos dedos de las manos, acariciar diez deditos de los pies.

Ahora se hacía la manicura. Los dedos de los pies eran largos y estaban dañados por las clases de *ballet* que había tomado durante años, por quedarse bailando hasta las tantas y por el sinfín de acontecimientos que habían llenado su vida dinámica y vibrante, una vida sin madre.

Acercó los dedos a los labios de su hija. Estaban fríos. La chica estaba perdiendo mucha sangre. La empuñadura de la navaja que asomaba de su pecho latía al compás de su corazón: a veces como un metrónomo, otras como el segundero atascado de un reloj al que se le estuvieran agotando las pilas.

Tantos años perdidos.

Debería haber tomado en brazos a su hija en el hospital. Solo aquella vez. Debería haber impreso en ella algún recuerdo de su contacto, para que no diera un respingo como hacía ahora, apartándose de su mano como se apartaría de la mano de una desconocida.

Eran desconocidas.

Sacudió la cabeza. No podía caer por la conejera de todo lo que había perdido, ni de los motivos por los que lo había perdido. Tenía que pensar en lo fuerte que era, en que era una superviviente. Se había pasado la vida entera corriendo por el filo de una navaja, huyendo de cosas hacia las que la gente solía encaminarse: una hija, un marido, un hogar, una vida.

La felicidad. La plenitud. El amor.

Ahora se daba cuenta de que aquella huida continua la había llevado derecha a esta lúgubre habitación, la había atrapado en aquel lugar siniestro en el que sostenía a su hija en brazos por primera y última vez mientras la chica moría desangrada.

10

Se oyó un ruido, un arañar, al otro lado de la puerta cerrada. La rendija de luz del umbral mostró la sombra de dos pies que se deslizaban por el suelo.

¿El asesino en potencia de su hija?

¿Su propio asesino?

La puerta de madera se sacudió en su marco metálico. Un cuadrado de luz indicaba el lugar donde había estado el pomo.

Pensó en posibles armas: las varillas metálicas de sus tacones de aguja, que se había quitado al correr por la carretera. La navaja que sobresalía del pecho de su hija.

La chica respiraba aún. El mango de la navaja oprimía algún órgano vital, conteniendo el torrente de sangre, de ahí que su agonía fuera lenta y trabajosa.

Acercó los dedos a la navaja solo un instante y enseguida apartó la mano.

La puerta volvió a sacudirse. Se oyó un roce. Metal contra metal. El cuadrado de luz fue estrechándose hasta desaparecer. Un destornillador se había insertado en el hueco.

Clic, clic, clic, como el chasquido de una pistola descargada al disparar.

Apoyó suavemente la cabeza de su hija en el suelo. Se puso de rodillas, mordiéndose el labio cuando una punzada de dolor le atravesó las costillas. La herida de su costado se abrió de par en par. La sangre le corrió por las piernas. Sus músculos comenzaron a contraerse espasmódicamente.

Avanzó a gatas por la habitación a oscuras sin hacer caso de los trozos de serrín y las limaduras metálicas que se le clavaban en las rodillas, del dolor punzante de debajo de las costillas, del flujo continuo de sangre que dejaba una estela a su paso. Encontró tuercas y clavos y luego rozó con la mano algo frío, redondo y metálico. Lo recogió. Palpándolo a oscuras, supo lo que tenía entre las manos: el picaporte roto. Macizo. Pesado. El perno de diez centímetros sobresalía como un picahielos.

Se oyó un último clic al accionarse el resbalón de la cerradura.

El destornillador cayó con estrépito al suelo de cemento. La puerta se abrió el ancho de una rendija.

Entornó los ojos, deslumbrada por la luz que entraba. Pensó en todas las formas en que había hecho daño a distintos hombres a lo largo de su vida. Una vez, con una pistola. Otra, con una aguja. Con los puños, innumerables veces. Con la boca. Con los dientes. Con el corazón.

La puerta se abrió unos centímetros más, cautelosamente. El cañón de una pistola se asomó por la abertura.

Agarró el picaporte de modo que sobresaliese entre sus dedos y esperó a que entrara el hombre.

LUNES

CAPÍTULO 1

Will Trent estaba preocupado por Betty, su perra. Iban a hacerle una limpieza dental, lo cual parecía un dispendio absurdo tratándose de una mascota, pero cuando el veterinario le explicó los horribles perjuicios que podían derivarse de una mala higiene dental, Will habría estado dispuesto a vender su casa con tal de alargar unos años más la vida de su chiquitina.

Al parecer, no era el único idiota en Atlanta dispuesto a que su animal de compañía gozara de mejores cuidados sanitarios que muchos de sus compatriotas. Observó la fila de gente que esperaba para entrar en la clínica veterinaria Dutch Valley. Un gran danés recalcitrante ocupaba casi por completo la puerta de entrada mientras los propietarios de varios gatos se miraban con complicidad. Will se volvió hacia la calle. Se enjugó el sudor del cuello, ignorando si sudaba por el intenso calor de finales de agosto o por el miedo a no saber si había tomado la decisión acertada. Era la primera vez que tenía un perro. Nunca hasta entonces había sido el único responsable del bienestar de un animal. Se llevó la mano al pecho. Aún sentía el corazón de Betty latiendo como una pandereta cuando se la entregó al auxiliar veterinario.

¿Debía entrar y rescatarla?

El estridente pitido del claxon de un coche lo sacó de su ofuscación. Vio un destello rojo cuando Faith Mitchell pasó en su Mini. Cambió de sentido describiendo una amplia curva y paró al lado de Will. Él hizo amago de agarrar el tirador, pero Faith se inclinó y abrió de un empujón.

—Date prisa —dijo alzando la voz para hacerse oír entre el murmullo del aire acondicionado, puesto a temperatura polar—. Amanda ya ha mandado dos mensajes preguntando dónde demonios nos hemos metido.

Will dudó antes de meterse en el minúsculo coche. El Suburban oficial de Faith estaba en el taller. Había una silla de seguridad para bebés en el asiento trasero, lo que dejaba aproximadamente setenta y cinco centímetros de espacio en la parte delantera para que Will encajara su corpachón de metro noventa y dos.

El teléfono de Faith gorjeó al llegar un nuevo mensaje.

—Amanda —dijo como si aquel nombre fuera una maldición. Es decir, en el mismo tono con que lo pronunciaba casi todo el mundo.

La subdirectora Amanda Wagner era su jefa directa en el GBI, la Oficina de Investigación de Georgia. Y no era precisamente famosa por su paciencia.

Will tiró su americana al asiento de atrás y se plegó como un burrito para subir al coche. Ladeó la cabeza para encajarla en los escasos centímetros de más que dejaba el techo solar cerrado. La guantera se le clavaba en las espinillas. Casi se tocaba la cara con las rodillas. Si tenían un accidente, el forense tendría que rasparle el cráneo para sacarle de dentro la nariz.

—Asesinato —dijo Faith, levantando el pie del freno antes de que Will cerrase la puerta—. Varón, cincuenta y ocho años.

—Estupendo —repuso Will, que disfrutaba de la muerte de un congénere como solo podía hacerlo un agente de la ley.

En su defensa había que decir que tanto Faith como él llevaban siete meses pasándolas moradas. A ella la habían asignado temporalmente a un grupo de trabajo especial que investigaba un escándalo de fraude en los colegios públicos de Atlanta, y él se había visto atrapado en el peculiar infierno de un caso de violación de gran relevancia mediática.

16

—El servicio de emergencias recibió el aviso en torno a las cinco de la madrugada —explicó Faith con aire eufórico—. El que llamó era un hombre que no se identificó. Solo dijo que había un cadáver cerca de esos almacenes abandonados de Chattahoochee. Y sangre a montones. Del arma homicida no hay ni rastro. —Aminoró la marcha ante un semáforo en rojo—. No han informado por radio de la causa de la muerte, así que debe de ser una escabechina.

Algo empezó a pitar dentro del coche. Will echó mano mecánicamente de su cinturón de seguridad.

—¿Por qué nos llaman a nosotros?

El GBI no intervenía sin más en un caso criminal. Tenía que ordenárselo el gobernador, o solicitarlo los cuerpos de policía locales. El Departamento de Policía de Atlanta se hacía cargo de casos de asesinato todas las semanas. Normalmente no pedían ayuda. Y menos aún a una agencia estatal.

—La víctima es un policía de Atlanta. —Faith agarró el cinturón de Will y se lo abrochó como si fuera uno de sus hijos—. Dale Harding, detective de primera retirado. ¿Te suena el nombre?

Will negó con la cabeza.

—¿A ti sí?

—Mi madre lo conocía. Pero no trabajó con él. Trabajaba en oficinas. Se jubiló pronto por problemas de salud y luego se dedicó a la seguridad privada. A romper rodillas y arañar nudillos, principalmente.

Faith había trabajado quince años en el Departamento de Policía de Atlanta antes de formar pareja profesional con Will. Su madre se había jubilado con el grado de capitán. Entre las dos, conocían prácticamente a todos los miembros del cuerpo.

—Mi madre dice que, conociendo la reputación de Harding, seguramente le habrá tocado las narices a algún chulo o habrá tardado más de la cuenta en pagar a su corredor de apuestas y le habrán dado con un bate en la cabeza.

El coche salió despedido con una sacudida cuando cambió el

semáforo. Will notó una punzada en las costillas: se le había clavado la Glock. Probó a cambiar de postura. A pesar del aire acondicionado gélido, el sudor le había pegado la parte de atrás de la camisa al asiento. Se le despegó de la piel como una tirita. El reloj del salpicadero marcaba las 7:38 de la mañana. No quería ni pensar en el calor que haría a mediodía.

El teléfono de Faith sonó con un nuevo mensaje. Luego gorjeó otra vez. Y otra.

—Amanda —gruñó—. ¿Por qué separa los renglones? Manda tres frases separadas en tres mensajes distintos. Todo en mayúsculas. No es justo. —Faith conducía con una mano mientras escribía con la otra, lo cual era peligroso además de ir contra la ley, pero Faith era una de esas policías que solo veían las infracciones ajenas—. Estamos a unos cinco minutos, ¿no?

—Seguramente a unos diez si hay tráfico. —Will alargó la mano para enderezar el volante de modo que no acabaran invadiendo la acera—. ¿Cuál es la dirección del almacén?

Ella echó un vistazo a sus mensajes.

—Es un solar en obras cerca de los almacenes. Beacon, treinta y ocho.

Will apretó los dientes con tanta fuerza que notó que un relámpago de dolor le atravesaba el cuello.

—Es la discoteca de Marcus Rippy.

Faith lo miró con sorpresa.

—¿Me tomas el pelo?

Will meneó la cabeza. Nada que atañera a Marcus Rippy podía ser motivo de broma para él. Rippy era un jugador profesional de baloncesto al que habían acusado de drogar y violar a una estudiante universitaria. Will había pasado los siete meses anteriores tratando de apuntalar las pruebas contra aquel cerdo embustero, pero Rippy disponía de cientos de millones de dólares que gastar en abogados, peritos, expertos y publicistas, y entre todos ellos se habían asegurado de que el caso nunca llegara a juicio.

—¿Qué hace un expolicía muerto en la discoteca de Marcus Rippy menos de dos semanas después de librarse de que lo juzguen por violación?

—No me cabe duda de que sus abogados tendrán una explicación plausible cuando lleguemos.

—Dios. —Faith dejó su teléfono en el hueco reservado para contener un vaso y apoyó las manos sobre el volante.

Se quedó callada un momento, pensando seguramente en cómo se habían torcido de pronto las cosas. Dale Harding era policía, pero era un policía corrupto. La cruda realidad acerca del asesinato en la gran urbe era que, en general, los fallecidos rara vez resultaban ser ciudadanos ejemplares. No se trataba de culpar a las víctimas, pero lo cierto era que solían estar involucradas en actividades –como tocarle las narices a un chulo o no pagar a un corredor de apuestas– en las que era de lo más natural que acabaran muriendo violentamente.

La implicación de Marcus Rippy, no obstante, lo cambiaba todo.

Faith aminoró la marcha mientras el tráfico matutino se espesaba como una masa.

—Ya sé que dijiste que no querías hablar de cómo se había ido a la mierda el caso, pero necesito que me lo cuentes.

Will seguía sin querer hablar de ese tema. En un lapso de cinco horas, Rippy había violado repetidamente a su víctima, a veces golpeándola, otras estrangulándola hasta hacerle perder el conocimiento. Tres días después, parado junto a la cama de la chica en el hospital, Will había podido distinguir aún las marcas oscuras que los dedos de Rippy habían dejado en su cuello al asirlo como si fuera una pelota de baloncesto. En el informe médico figuraban además otras lesiones. Cortes. Laceraciones. Desgarros. Traumatismos. Hemorragias. La chica apenas podía hablar, pero aun así le había contado su historia con un hilo de voz y había seguido contándosela a todo el que quisiera escucharla hasta que los abogados de Rippy la hicieron callar.

—¿Will? —dijo Faith.

—Violó a una mujer. Se libró gracias a que está forrado. Volverá a hacerlo. Seguramente no era la primera vez que lo hacía. Pero nada de eso importa porque sabe manejar una pelota de baloncesto.

—Vaya, qué cantidad de información. Gracias.

Will sintió que el dolor de su mandíbula se intensificaba.

—El día de Año Nuevo. A las diez de la mañana. La víctima fue hallada inconsciente en casa de Marcus Rippy, la encontró una de las asistentas, que llamó al jefe de seguridad de Rippy, quien a su vez llamó a su mánager, quien llamó a los abogados, que finalmente llamaron a una ambulancia privada para que la llevara al hospital Piedmont. Dos horas antes de que encontraran a la víctima, en torno a las ocho de mañana, el avión privado de Rippy salió hacia Miami llevando a bordo a Rippy y a toda su familia. Él asegura que esas vacaciones estaban previstas desde hacía tiempo, pero presentaron el plan de vuelo media hora antes del despegue. Rippy alegó que ignoraba que la víctima estuviera en su casa. Que no la vio en ningún momento ni habló con ella. Que no sabía su nombre. La noche anterior celebraron una fiesta de Nochevieja por todo lo alto. Había unas doscientas personas entrando y saliendo de la casa.

—Colgaron en Facebook algo sobre... —dijo Faith.

—En Instagram —puntualizó Will, que había tenido el placer de navegar por Internet durante horas, mirando los vídeos que los invitados a la fiesta habían grabado con sus teléfonos—. Un invitado colgó un *GIF* en el que se veía a la víctima hablando con voz pastosa justo antes de vomitar en un cubo de hielo. La gente de Rippy se las arregló para que el hospital le hiciera pruebas toxicológicas. Había tomado marihuana, anfetaminas y alcohol.

—Has dicho que estaba inconsciente cuando la llevaron al hospital. ¿Autorizó a la gente de Rippy para que le hicieran las pruebas toxicológicas?

Will negó con la cabeza, porque de todos modos poco importaba: el equipo de Rippy había sobornado a alguien del laboratorio del hospital y filtrado los resultados del análisis de sangre a la prensa.

—Tienes que reconocer que el nombre le viene que ni pintado: Rapey-Rippy*. —Faith torció la boca mientras lo pensaba—. La casa es enorme, imagino.

—Casi mil quinientos metros cuadrados. —Will recordó el plano de la casa: había pasado tantas horas estudiándolo que aún lo tenía grabado en el cerebro—. Tiene forma de herradura, con una piscina en el centro. La familia vive en la parte principal, en lo alto de la herradura. En las otras dos alas, las que dan atrás, hay un montón de habitaciones para invitados, una sala de manicura, una cancha de baloncesto cubierta, un salón de masajes, un gimnasio, un cine y un cuarto de juegos para sus dos hijos. Tienen todo lo que puedas imaginarte.

—Entonces es lógico pensar que pueda pasar algo en una parte de la casa sin que se entere una persona que está en la otra punta.

—Sin que se enteren doscientas personas. Sin que se enteren las doncellas, los mayordomos, los ayudas de cámara, los encargados del *catering*, los cocineros, los camareros, los ayudantes y sabe Dios quién más.

El jefe de seguridad de Rippy había acompañado a Will en un *tour* de dos horas por la finca de la familia. En el exterior de la casa, había cámaras apuntando desde todos los ángulos posibles. No había puntos ciegos. Los sensores de movimiento detectaban cualquier cosa más pesada que una hoja que cayera en el jardín delantero. Nadie podía salir o entrar de la finca sin que alguien se enterara.

Salvo la noche de la agresión. Esa noche hubo una fuerte tormenta. La luz se fue varias veces. Los generadores eran último

---

* *Rapey*: de aspecto peligrosamente lascivo. (N. de la t.)

modelo, pero por la razón que fuese el DVR externo que almacenaba las imágenes de las cámaras de seguridad no estaba conectado a la red eléctrica auxiliar.

—Vale, vi las noticias —dijo Faith—. La gente de Rippy alegó que ella era una tarada que estaba buscando enriquecerse.

—Le ofrecieron dinero. Y les dijo que no.

—Puede que esperara una oferta mejor. —Faith tamborileó con los dedos sobre el volante—. ¿Cabe la posibilidad de que las heridas se las hiciera ella?

Eso habían alegado los abogados de Rippy. Encontraron un perito dispuesto a declarar que las marcas de dedos gigantescos que tenía en el cuello, la espalda y los muslos se las había hecho ella misma, con sus propias manos.

—Tenía un hematoma aquí... —Will se señaló la espalda—. Como la huella de un puño entre las escápulas. Un puño grande. Se veían las marcas de los dedos, igual que en los moratones del cuello. Tenía una contusión grave en el hígado. Los médicos la tuvieron en reposo dos semanas.

—Había un preservativo con semen de Rippy...

—Encontrado en un cuarto de baño de un pasillo. Su mujer afirma que tuvieron relaciones esa noche.

—¿Y él va y deja el condón usado en un cuarto de baño de un pasillo, no en el de su habitación? —Faith arrugó la frente—. ¿Había restos de ADN de su mujer en la parte exterior del preservativo?

—El preservativo estaba en un suelo de baldosas que había sido fregado hacía poco con un limpiador que contenía lejía. No tenía por fuera nada que nos sirviera.

—¿Encontraron algún resto de ADN en la víctima?

—Algunos fragmentos sin identificar, todos ellos de mujeres, seguramente procedentes de su colegio mayor.

—¿Dijo la víctima quién la invitó a la fiesta?

—Fue con un grupo de amigas de la universidad. Ninguna recuerda quién recibió la invitación. No conocían a Rippy personalmente. O al menos eso dicen. Y las cuatro se distanciaron de la víctima en cuanto empecé a llamar a sus puertas.

—¿Y la víctima identificó a Rippy sin ninguna duda?

—Estaba haciendo cola para entrar en el baño. Fue después de que vomitara en el cubo de hielo. Dice que solo se había tomado una copa, pero que le sentó fatal, como si tuviera algo dentro. Rippy se le acercó. Ella lo reconoció al instante. Estuvo muy simpático, le dijo que había otro cuarto de baño en el pasillo del ala de invitados. Ella lo siguió. Fue un paseo largo. Estaba un poco mareada. Él la rodeó con el brazo para que no se cayera. La llevó a la última *suite* de invitados, al final del pasillo. Ella entró en el baño. Cuando salió, él estaba sentado en la cama, desnudo.

—¿Y luego qué?

—Y luego se despertó en el hospital, al día siguiente. Tenía una conmoción cerebral grave: le habían dado puñetazos o golpeado con algo en la cabeza. Saltaba a la vista que la habían estrangulado repetidamente y que había perdido el conocimiento un par de veces. Los médicos opinan que nunca recuperará por completo el recuerdo de lo que pasó aquella noche.

—Umm.

Will advirtió todo el peso del escepticismo de su compañera en aquel sonido.

—¿Y el cuarto de baño en el que encontraron el preservativo? —preguntó Faith.

—Está a seis puertas de la *suite* de invitados, de modo que pasaron por delante cuando iban hacia allí, y él tuvo que pasar otra vez de regreso a la fiesta. Hay grabaciones de vídeo —añadió Will— que muestran a Rippy entrando y saliendo de la fiesta durante toda la noche, así que tuvo que estar yendo y viniendo para construir su coartada. Además, la mitad de su equipo le respaldó. Jameel Gordon, Andre Dupree, Reuben Figaroa. El día después de la agresión, se presentaron todos en el Departamento de Policía de Atlanta, con sus abogados a la zaga, y contaron exactamente la misma historia. Pero cuando el caso llegó al GBI se negaron a volver a declarar.

—Típico —comentó Faith—. ¿Rippy afirmó no haber visto a la víctima en la fiesta en ningún momento?

—Exacto.

—Su mujer habló por los codos, ¿no?

—Proclamó su inocencia a los cuatro vientos. —LaDonna Rippy fue a todos los programas de entrevistas e informativos que estuvieron dispuestos a cederle la palabra—. Refrendó todo lo que decía su marido, incluyendo que jamás vio a la víctima en la fiesta.

—Ya. —Faith parecía aún más escéptica.

—Y la gente que vio a la víctima esa noche —prosiguió Will— declaró que estaba borracha y que se echó encima de todos los jugadores de baloncesto con los que se topó. Y parece lo más natural, si ves el *GIF* en el que se la ve vomitando y a eso le añades el análisis toxicológico. Pero luego echas un vistazo al informe y te das cuenta de que la violaron brutalmente, y la víctima sabe que Rippy estaba sentado en aquella cama, totalmente desnudo, cuando salió del cuarto de baño.

—¿Puedo poner una objeción?

Will asintió, aunque sabía lo que iba a decir.

—Entiendo por qué se cayó el caso. Es su palabra contra la de Rippy, y Rippy goza del beneficio de la duda porque así es como funciona la Constitución. Inocente hasta que blablablá. Y no olvidemos que es asquerosamente rico. Si viviera en una caravana, su abogado de oficio habría aceptado una condena de cinco años por retención ilegal para impedir que apareciera en el registro de agresores sexuales, y fin de la historia.

Will no respondió porque no había nada que agregar.

Faith agarró con fuerza el volante.

—Odio los casos de violación. Cuando se presenta un caso de asesinato en un juicio, el jurado no pregunta «¿De verdad mataron a la víctima o está mintiendo porque quiere llamar la atención? Además, ¿qué estaba haciendo en ese barrio? ¿Y por qué había bebido? ¿Y qué hay de todos esos asesinos con los que salió previamente?».

—No despertaba muchas simpatías. —Will detestaba que aquello tuviera importancia—. Su familia es un desastre. Madre soltera y drogodependiente. Ni idea de quién es el padre. Tuvo algunos problemas con las drogas en el instituto, y un historial de autolesiones. En la universidad estaba en periodo de prueba por sus malas notas. Salía con chicos, pasaba mucho tiempo conectada a Tinder y OkCupid, como toda la gente de su edad. La gente de Rippy descubrió que abortó hace un par de años. Básicamente, se lo puso en bandeja.

—Entre ser una chica formal y ser una golfa no hay más que un paso, pero cuando cruzas esa línea... —Faith soltó un soplido—. No puedes imaginarte las cosas que dijo la gente sobre mí cuando me quedé embarazada de Jeremy. Era una estudiante modelo con toda la vida por delante y de la noche a la mañana me convertí en una especie de Matahari adolescente.

—¿Te fusilaron por espionaje?

—Ya sabes lo que quiero decir. Me convertí en una paria. Al padre de Jeremy lo mandaron al norte, a vivir con unos parientes. Mi hermano todavía no le ha perdonado. Mi padre se vio obligado a abandonar su logia. Perdió un montón de clientes. Mis amigos dejaron de hablarme. Tuve que dejar el instituto.

—Por lo menos fue distinto cuando tuviste a Emma.

—Uy, sí, una madre soltera de treinta y cinco años con un hijo de veinte y una hija de un año recibe alabanzas constantes por lo bien que ha encarrilado su vida. —Faith cambió de tema—. Tenía novio, ¿no? La víctima.

—Rompió con ella una semana antes de los hechos.

—Ay, Dios. —Faith había trabajado en suficientes casos de violación como para saber que el sueño de cualquier abogado defensor era una víctima con un exnovio al que intentaba poner celoso.

—Dio la cara después de la agresión —explicó Will, aunque

no era un fan del exnovio—. Se puso de su lado. Hizo que se sintiera segura. O al menos lo intentó.

—¿El nombre de Dale Harding no salió a relucir durante la investigación?

Will negó con la cabeza.

Una unidad móvil de televisión pasó velozmente a su lado, recorrió veinte metros por el carril contrario, con el tráfico de frente, y acto seguido efectuó un giro antirreglamentario.

—Parece que el telediario de mediodía ya tiene noticia estrella —comentó Faith.

—No buscan noticias. Buscan carnaza.

Hasta que Rippy había quedado libre de cargos, Will no podía salir de la sede del GBI sin que le abordara uno u otro periodista repeinado que intentaba hacerle picar el anzuelo para que se fuera de la lengua, lo cual habría puesto fin a su carrera en la policía. Y él no había salido malparado teniendo en cuenta las amenazas de muerte y el acoso que la víctima sufría en Internet por parte de los incondicionales de Rippy.

—Imagino que podría ser una coincidencia —dijo Faith—. Que hayan encontrado a Harding muerto en el garito de Rippy.

Will le lanzó una mirada. Ningún policía creía en las coincidencias, y menos aún una policía como Faith.

—Vale —dijo, dando un volantazo para seguir a la unidad móvil—. Por lo menos ya sabemos por qué ha mandado cuatro mensajes Amanda. —Su teléfono volvió a gorjear—. Cinco. —Agarró el teléfono. Pasó el pulgar por la pantalla. Cambió bruscamente de dirección—. Jeremy por fin ha actualizado su página de Facebook.

Will agarró el volante mientras ella enviaba un mensaje a su hijo, que estaba empleando los meses de verano lejos de la universidad para cruzar el país en coche con tres amigos, al parecer con el único propósito de angustiar a su madre.

Faith masculló algo mientras tecleaba, quejándose de la idiotez de los jóvenes en general y de su hijo en particular.

—¿A ti te parece que esta chica tiene pinta de tener dieciocho años?

Will miró la fotografía en la que se veía a Jeremy posando junto a una rubia escasamente vestida. Lucía una sonrisa tan esperanzada que partía el corazón verla. Jeremy era un chico flacucho y torpón que estudiaba Física en Georgia Tech. Tenía tan pocas posibilidades de ligar con aquella rubia como si fuera un melón.

—Yo me preocuparía más por la cachimba que hay en el suelo.

—Joder. —Faith parecía tener ganas de arrojar el teléfono por la ventana—. Más le vale que no lo vea su abuela.

Will la vio reenviar la foto a su madre para asegurarse de que ocurría justo lo contrario.

Señaló el cruce siguiente.

—Eso es Chattahoochee.

Faith seguía despotricando cuando tomó el desvío.

—Como madre de un hijo varón, miro esa foto y pienso «No la dejes embarazada». Luego la miro como madre de una hija y pienso «No te pongas ciega con un chaval al que acabas de conocer porque sus amigos podrían violarte en grupo y dejarte muerta en el armario de un hotel».

Will meneó la cabeza. Jeremy era un buen chico, con buenos amigos.

—Tiene veinte años. En algún momento tienes que empezar a confiar en él.

—No, qué va. —Volvió a dejar el teléfono en el hueco del vaso—. No si sigue queriendo comida, ropa, techo, seguro médico, un iPhone, videojuegos, dinero en el bolsillo, dinero para gasolina...

Will dejó de oír la larga lista de cosas que Faith iba a recortarle a su pobre hijo. Su mente voló de inmediato hacia Marcus Rippy. Vio su expresión satisfecha, recostado en la silla con los brazos cruzados y la boca bien cerrada. Vio las miradas cargadas de odio de su esposa cada vez que Will le hacía una pregunta. Vio a su altanero mánager y a sus relamidos abogados, tan intercambiables todos ellos como los malos de las películas de James Bond.

Vio a Keisha Miscavage, la chica que había acusado a Rippy.

Era una joven dura y curtida, desafiante incluso desde su cama de hospital. Sus roncos susurros estaban trufados de exabruptos y mantenía los ojos permanentemente entornados, como si fuera ella quien interrogaba a Will y no al revés.

—No sienta lástima por mí —le había advertido ella—. Limítese a hacer su puto trabajo.

Will tenía que reconocer, aunque fuera solo en su fuero interno, que sentía debilidad por las mujeres ariscas. Le dolía en lo más vivo haberle fallado tan estrepitosamente. Ya ni siquiera podía ver un partido de baloncesto, y mucho menos jugarlo. Cada vez que tocaba una pelota le daban ganas de metérsela a Marcus Rippy por el gaznate.

—Ostras. —Faith detuvo el coche unos metros por detrás de la unidad móvil—. Está aquí la mitad del cuerpo de policía.

Will observó el aparcamiento por la ventanilla del coche. Los cálculos de Faith no iban muy desencaminados. El lugar era un hervidero. Un semirremolque cargado con focos. El furgón de la unidad de investigación forense de la policía de Atlanta. El laboratorio móvil del Departamento de Ciencias Forenses del GBI. Coches patrulla y coches policiales sin distintivos dispersos en todas direcciones como palillos de un mikado. Cinta policial amarilla tendida alrededor de un coche quemado que todavía humeaba, con un halo de vapor saliendo del asfalto abrasado. Técnicos por todas partes colocando señales amarillas numeradas junto a cualquier cosa que pudiera constituir una prueba material.

—Te apuesto algo a que sé quién dio el aviso —dijo Faith.

—Un drogadicto —aventuró Will—. Alguien que iba de fiesta. O un chaval que se ha escapado de casa.

Se fijó en el edificio abovedado que tenían delante. La futura discoteca de Marcus Rippy. Las obras se habían detenido seis meses atrás, cuando todavía parecía que la acusación saldría adelante.

Las ásperas paredes de cemento, castigadas por la intemperie, estaban oscurecidas por la parte de abajo por varias capas de pintadas. Las malas hierbas se habían abierto paso entre las grietas de los cimientos. Había dos ventanales gigantescos, muy arriba, insertos en esquinas opuestas del lado del edificio que daba a la calle. Los cristales tintados eran casi negros.

Will no envidiaba la labor de los técnicos que tendrían que inventariar cada profiláctico, cada aguja y cada pipa de *crack* del solar. Era imposible calcular cuántas huellas y pisadas había allí dentro. Los aros fluorescentes y los chupetes daban a entender que los aficionados a las *raves* habían hecho buen uso del terreno.

—¿Qué pasó con la discoteca? —preguntó Faith.

—Que los inversores suspendieron las obras a la espera de que se resolvieran los problemas de Rippy.

—¿Sabes si piensan retomarlas?

Will masculló un improperio en voz baja, no por la pregunta, sino porque su jefa estaba parada delante del edificio con los brazos en jarras. Amanda echó una ojeada a su reloj, los miró y volvió a mirar la hora.

Faith añadió un exabrupto de su cosecha al salir del coche. Will echó mano a ciegas del tirador de la puerta, que era aproximadamente del tamaño de un M&M's. La puerta se abrió bruscamente, basculando sobre sus bisagras. Entró un chorro de aire caliente. Atlanta estaba sufriendo los últimos coletazos del verano más caluroso y húmedo que se recordaba. Salir era como meterse en la boca de un perro, abierta en un bostezo.

Will salió del coche estirando su corpachón y procuró no hacer caso de los policías que observaban la escena a varios metros de distancia. No le llegaban sus voces, pero no le cabía duda de que estaban cruzando apuestas acerca de cuántos payasos más saldrían de aquel cochecito.

Por suerte, Amanda se había puesto a hablar con uno de los analistas forenses y ya no les prestaba atención. Era fácil reconocer a Charlie Reed por su bigote en forma de manillar y su constitución de Popeye. Will recorrió la zona con la mirada, buscando otras caras conocidas.

—Mitchell, ¿verdad?

Will se giró y se encontró mirando a un hombre excepcionalmente guapo. Tenía el cabello oscuro y ondulado y un hoyuelo en la barbilla, y observaba a Faith con la mirada de un universitario pijo acostumbrado a llevarse a las chicas de calle.

—Hola. —La voz de Faith adquirió un timbre extrañamente agudo—. ¿Nos conocemos?

—No he tenido ese placer. —El desconocido se pasó los dedos por aquel pelo juvenil y alborotado—. Te pareces a tu madre. Trabajé con ella cuando llevaba uniforme. Soy Collier. Este es mi compañero, Ng.

Ng ladeó casi imperceptiblemente el mentón para dejar patente que era un tío muy *cool*. Llevaba el pelo cortado a cepillo, al estilo militar, y gafas oscuras, envolventes. Al igual que su compañero, vestía vaqueros y una camiseta negra con el emblema del Departamento de Policía de Atlanta. Comparado con ellos, Will parecía el *maître* de un viejo asador italiano.

—Soy Trent —dijo enderezando los hombros, ya que al menos contaba con la ventaja de su estatura—. ¿Qué tenemos aquí?

—Un auténtico marrón. —Ng levantó la mirada hacia el edificio, en vez de levantarla hacia Will—. Tengo entendido que Rippy ya está en un avión camino de Miami.

—¿Habéis entrado? —preguntó Faith.

—Arriba, no.

Faith esperó alguna otra explicación. Luego lo intentó otra vez.

—¿Podemos hablar con los agentes que encontraron el cuerpo?

Ng fingió que le costaba recordar. Preguntó a su compañero:

—¿Recuerdas cómo se llamaban, hermano?

Collier meneó la cabeza.

—Estoy en blanco.

Faith se desenamoró al instante.

30

—Oíd, *Comando especial*, ¿queréis que nos vayamos para que acabéis de meneárosla el uno al otro?

Ng se rio, pero no les dio más información.

—Por todos los santos —dijo Faith—. Tú conoces a mi madre, Collier. Nuestra jefa es su antigua compañera. ¿Qué crees que va a decir cuando tengamos que pedirle que nos ponga al corriente?

Collier exhaló un suspiro cansino. Se frotó la nuca mirando a lo lejos. El sol hacía brillar los mechones grises de su pelo. Tenía profundas arrugas en las comisuras de los ojos. Parecía tener unos cuarenta y cinco años, un par más que Will, que por algún motivo se sintió mejor al pensarlo.

—Muy bien. —Collier se dio finalmente por vencido, no sin antes pasarse otra vez los dedos por el pelo—. La centralita recibió una llamada anónima informando de que había un cadáver en esta ubicación. Veinte minutos después, llegó una patrulla de dos agentes. Recorrieron el edificio. Encontraron al fiambre, un varón, en la planta de arriba, dentro de uno de los cuartos. Con una puñalada en el cuello. Un auténtico baño de sangre. Uno de ellos reconoció a Harding de cuando cantaban en el coro. Un borrachín aficionado al juego y las mujeres, el típico polizonte de la vieja escuela. Seguro que tu madre podrá contarte algunas historias de él.

—Estábamos atendiendo un aviso de violencia doméstica cuando nos llamaron —agregó Ng—. Una auténtica bestialidad. La chica va a pasarse días en el quirófano. La luna llena siempre saca de quicio a los chiflados.

Faith ignoró aquella batallita.

—¿Cómo entró Harding, o cualquiera, en el edificio?

—Con una cizalla, por lo visto. —Collier se encogió de hombros—. El candado estaba cortado limpiamente, lo que seguramente requirió bastante fuerza, así que creemos que el asesino es un hombre.

—¿Habéis encontrado la cizalla?

—No.

—¿Y qué pasa con el coche?

—Cuando llegamos despedía más calor que Chernobyl. Llamamos a los bomberos para que lo apagaran. Dicen que quien sea utilizó un acelerante. El depósito de gasolina ha estallado.

—¿Nadie avisó de que había un vehículo ardiendo?

—Sí, es sorprendente —dijo Ng—. Nadie pensaría que los yonquis y las putas que viven en estos almacenes se marcarían un Kitty Genovese*.

—Vaya, pero si también sabe de leyendas urbanas —dijo Faith con sorna.

Will recorrió con la mirada las naves abandonadas a ambos lados de la discoteca de Rippy. Un cartel anunciaba la edificación inminente de un complejo urbanístico de uso polivalente, pero lo descolorido del letrero indicaba que esa inminencia no había sido tal. Los edificios tenían cuatro plantas y una manzana de ancho como mínimo. Ladrillo rojo de fines del siglo XIX. Y arcos góticos con cristales emplomados, rotos hacía mucho tiempo.

Will se dio la vuelta. Había un edificio de oficinas parecido al otro lado de la calle, de al menos diez pisos de alto, tal vez más si tenía sótano. Los letreros amarillos colocados sobre las puertas cerradas con cadenas señalaban que estaba prevista su demolición. Aquellas tres moles eran como enormes reliquias del pasado industrial de Atlanta. Si los inversores de Rippy retomaban el proyecto ahora que el caso por violación se había esfumado, podían embolsarse millones, incluso decenas de millones de dólares.

—¿Habéis podido identificar el coche? —preguntó Faith.

Collier contestó:

—Un Kia Sorrento blanco de 2016, registrado a nombre de un tal Vernon Dale Harding. Los bomberos dicen que seguramente llevaba ardiendo cuatro o cinco horas.

---

* Kitty Genovese fue asesinada en plena calle en 1964 sin que nadie la ayudara. Su caso se convirtió para los medios de comunicación norteamericanos en sinónimo de la pasividad del público ante el sufrimiento ajeno. (N. de la t.)

—Así que alguien mató a Harding y prendió fuego a su coche y luego, cinco horas después, otra persona, o quizá la misma, llamó a emergencias.

Will miró la discoteca.

—¿Por qué aquí?

Faith meneó la cabeza.

—¿Por qué a nosotros?

Ng no entendió que era una pregunta retórica. Señaló con la mano el edificio.

—Se suponía que esto iba a ser una especie de discoteca. La pista de baile está abajo, las salas VIP arriba, alrededor de la azotea, como el atrio de un centro comercial. Pensé que podía ser cosa de alguna banda, montar un garito así en medio de este basurero, así que llamé a mi chica, hizo unas comprobaciones y, cuando salió a relucir el nombre de Rippy, pensé «Ay, mierda». Así que avisé a mi jefe. Él hizo una llamada de cortesía a vuestra mandamás y ella se plantó aquí a los diez minutos, limpiándose los dientes con vuestros pelitos como si fueran seda dental.

Miraron todos a Amanda. Charlie Reed se había ido y una pelirroja alta y esbelta había ocupado su lugar. Se estaba recogiendo el pelo mientras hablaba con Amanda.

Ng silbó por lo bajo.

—Joder, chaval. Mira qué *girl scout*. Me gustaría saber si está tan buena como aparenta.

Collier sonrió.

—Ya te lo diré por la mañana.

Faith miró los puños apretados de Will.

—Ya basta, chicos.

Collier siguió sonriendo.

—Solo estábamos divirtiéndonos un poco, oficial. —Le guiñó un ojo—. Pero que sepas que me echaron de las *girls scouts* por comerme unos cuantos bizcochitos.

Ng soltó una carcajada y Faith puso los ojos en blanco mientras se alejaba.

—Red —les dijo Will a los detectives—. Todo el mundo la llama así, Red. Es una técnico forense, pero tiene la costumbre de meterse donde no la llaman, así que no la perdáis de vista.

Collier preguntó:

—¿Sale con alguien?

Will se encogió de hombros.

—¿Qué importa eso?

—Nada —contestó Collier con la certeza de un hombre al que nunca había rechazado una mujer. Hizo un saludo militar lleno de arrogancia—. Gracias por el aviso, hermano.

Will se obligó a abrir los puños mientras se acercaba a Amanda. Faith estaba entrando en el edificio, seguramente para escapar del calor. La pelirroja había vuelto a la zona acordonada junto a la entrada principal. Sonrió al ver a Will y él le devolvió la sonrisa porque no se llamaba Red, sino Sara Linton, y no era técnico forense, sino patóloga, y no era asunto de Collier ni de Ng si estaba buena o no, porque tres horas antes estaba en su cama, debajo de él, susurrándole tantas guarradas al oído que durante un rato Will no pudo ni tragar saliva.

Amanda no levantó la vista de su Blackberry cuando se acercó Will. Se detuvo delante de ella y esperó, porque era lo que solía obligarle a hacer su jefa. Conocía al dedillo la parte de arriba de su cabeza: la espiral de la coronilla, donde su cabello entrecano se convertía en una especie de casco.

Por fin dijo:

—Llega tarde, agente Trent.

—Sí, señora. No volverá a ocurrir.

Ella entornó los ojos, poco convencida por su disculpa.

—Ese olor que hay en el aire es el de la mierda salpicándolo todo. Ya he hablado por teléfono con el alcalde, el gobernador y dos fiscales de distrito que se niegan a venir porque no quieren que la prensa los vincule con otro caso relacionado con Marcus Rippy. —Miró de nuevo su teléfono.

La Blackberry era su puesto de mando avanzado: a través de

ella enviaba y recibía actualizaciones constantes de su vasta red de contactos, de los cuales solo algunos eran oficiales.

—Vienen de camino otras tres unidades móviles —añadió—, una de ellas de una cadena de televisión nacional. He recibido más de treinta *e-mails* de periodistas pidiéndome una declaración. Los abogados de Rippy ya han llamado para decir que se harán cargo de todas las preguntas y de que al primer indicio de que pretendemos acusar injustamente a Rippy nos demandarán por difamación y acoso. Ni siquiera han accedido a reunirse conmigo hasta mañana por la mañana. Dicen que están muy ocupados.

—Igual que la otra vez.

A Will se le había concedido una única entrevista con Marcus Rippy, durante la cual el jugador de baloncesto había guardado un silencio casi total. Faith tenía razón. Una de las cosas más exasperantes de la gente con dinero era que conocían de verdad sus derechos constitucionales.

—¿Estamos oficialmente al mando, o lo está la policía? —le preguntó a Amanda.

—¿Crees que estaría aquí si no estuviera oficialmente al mando?

Will miró a Collier y Ng.

—¿Lo sabe el Capitán Hoyuelo?

—¿Te parece mono?

—Bueno, yo no diría...

Amanda ya había echado a andar hacia el edificio. Will tuvo que apretar el paso para alcanzarla. Tenía el paso rápido de un poni Shetland.

Firmaron ambos el impreso de registro necesario para acceder a la escena del crimen, cuya entrada custodiaba un agente uniformado. Pero, en lugar de entrar, Amanda obligó a Will a quedarse fuera del alcance de la sombra hasta que el sol convirtió su cráneo en un horno.

—Conocí al padre de Harding cuando era una novata —le explicó su jefa—. Era un poli de a pie que se gastaba el sueldo en

35

putas y en las carreras de galgos. Murió de un aneurisma en el 85. Su hijo heredó de él su ludopatía. Dale estuvo de baja por enfermedad hasta hace dos años. A principios de este año cobró su plan de pensiones en un solo pago.

—¿Por qué estuvo de baja?

—Ley de Transferibilidad y Responsabilidad del Seguro Sanitario —contestó ella, refiriéndose a la ley que, entre otras cosas, impedía a la policía obligar a los médicos a revelar detalles íntimos sobre sus pacientes—. Estoy moviendo algunos hilos para intentar averiguarlo, pero esto no pinta bien, Will. Harding era un mal poli, pero es un poli muerto, y su cadáver ha sido encontrado en un edificio cuyo propietario es un hombre al que todo el mundo sabe que no pudimos encerrar por violación.

—¿Sabemos si Harding tenía alguna relación con Rippy?

—Ojalá tuviera un detective capaz de averiguarlo.

Amanda giró sobre sus talones y entró en el edificio. Seguía sin haber electricidad. Las ventanas tintadas daban un toque fantasmagórico al interior húmedo y cavernoso. Se enfundaron ambos los protectores para los zapatos. De pronto, los generadores cobraron vida y se encendieron los focos, iluminando cada palmo del edificio. Will sintió que sus pupilas protestaban contrayéndose bruscamente.

Se oyó un tumulto de chasquidos cuando se apagaron las linternas de emergencia y se procedió a guardarlas. Al acostumbrarse a la luz, Will encontró ante su vista exactamente lo que esperaba encontrar: basura, preservativos y agujas, un carrito de supermercado vacío, sillas de jardín, colchones manchados (por alguna razón siempre había colchones manchados) y tantas latas de cerveza vacías y botellas rotas que era imposible contarlas. Las paredes estaban cubiertas de pintadas multicolores que llegaban como mínimo hasta donde alcanzaba el brazo de una persona provista de un bote de *spray*. Will reconoció los nombres de algunas bandas (Suernos, Bloods, Crips), pero la mayoría eran nombres propios pintados con corazones. Había también banderas de la paz y un par de unicornios gigantescos, muy bien dotados, con ojos como arcoíris. Arte típico de *ravers*. Lo maravilloso del éxtasis era que te hacía realmente feliz hasta que dejaba de latirte el corazón.

Ng les había descrito el edificio con bastante precisión. Arriba había un atrio que daba a la planta de abajo, como en un centro comercial. La galería estaba rodeada por una barandilla provisional, de madera, pero había en ella varios huecos que podían causar un problema serio a quien no tuviera el debido cuidado. El piso principal era enorme y estaba compartimentado mediante muretes de cemento que delimitaban zonas privadas para sentarse y un amplio espacio interior para bailar. Lo que probablemente iba a ser la barra seguía el contorno del fondo del edificio. Dos grandes escaleras curvas subían a la primera planta, a unos doce metros de altura, como mínimo. Aquellas escaleras de cemento que bordeaban las paredes semejaban los colmillos de una cobra a punto de precipitarse sobre la pista de baile.

Una mujer madura provista de un casco amarillo se acercó a Amanda. Llevaba otro casco en la mano. Se lo dio a Amanda, quien a su vez se lo pasó a Will, que lo dejó en el suelo.

La mujer dio comienzo a su informe sin detenerse en preámbulos.

—Encontrada en el aparcamiento una bolsa de plástico vacía, transparente, con una etiqueta de papel dentro. Dicha bolsa contuvo en algún momento una lona marrón que falta en el lugar de los hechos. La lona es de marca Handy, de noventa centímetros por ciento setenta, muy fácil de encontrar. —Hizo una pausa en su cansina exposición para tomar aliento—. Encontrado también un rollo de cinta adhesiva negra, algo usada, cuyo envoltorio de plástico no ha sido localizado aún. El informe meteorológico señala que en esta zona hubo un fuerte aguacero unas treinta y seis horas antes del crimen. La etiqueta de papel de la bolsa de la lona y los bordes de la cinta adhesiva indican que no han estado sometidas a la acción de dicho accidente meteorológico.

—Bueno, supongo que al menos conseguiremos una pista en algún momento, este fin de semana.

—Una lona —repitió Will—. Como las que usan los pintores.

—Exacto —respondió la mujer—. No se han encontrado útiles de pintura, ni pintura, ni dentro ni fuera del edificio. Las escaleras —prosiguió—: las dos forman parte de la escena del crimen y la inspección ocular no ha acabado aún. Cosas encontradas hasta el momento: utensilios procedentes del bolso de una mujer y lo que parece ser papel. De limpiarse el culo, no Kleenex. —Señaló una plataforma elevadora de tijera—. Tendréis que usar eso para subir. Ya hemos pedido un operario. Llega veinticinco minutos tarde.

—¿Me toma el pelo? —Collier se había acercado a ellos a hurtadillas—. ¿No podemos usar las escaleras?

Miraba con recelo la plataforma elevadora, una máquina hidráulica semejante a un ascensor abierto y muy precario en el que solo una delgada barandilla de seguridad te separaba de una muerte segura.

—¿Sabes manejar ese chisme? —le preguntó Amanda a Will.

—Puedo intentarlo.

La máquina ya estaba enchufada. Will encontró la llave escondida dentro de la caja de la batería auxiliar. Se sirvió de la punta de la llave para pulsar el diminuto botón de encendido que había al fondo. La plataforma subió y bajó rápidamente, traqueteando, y los agentes se pusieron en movimiento.

Will se agarró a la barandilla de seguridad y trepó por los dos escalones que había junto al motor. Amanda se agarró a su mano para seguirlo. Se movía sin aparente esfuerzo, sobre todo porque Will hacía todo el trabajo. Era muy ligera: pesaba menos que una bolsa de deporte bien cargada.

Se volvieron los dos y esperaron a Collier. El agente miró las escaleras semejantes a colmillos.

Amanda tocó con el dedo la esfera de su reloj.

—Tiene dos segundos, detective Collier.

Collier respiró hondo. Recogió del suelo el casco amarillo. Se lo puso y se encaramó a la plataforma como un monito asustado.

Will giró la llave para encender el motor. En realidad, había trabajado de albañil durante sus años en la universidad y podía manejar casi cualquier máquina que hubiera en una obra. Aun así, hizo que la plataforma traqueteara un poco solo por el placer de ver a Collier agarrarse con todas sus fuerzas a la barandilla.

El motor emitió un chirrido cuando comenzaron el ascenso. Sara estaba en la escalera, ayudando a uno de los técnicos a recoger pruebas. Vestía pantalones chinos y una camiseta azul marino del GBI que se le ajustaba como un guante. Seguía llevando el pelo recogido, pero se le habían soltado algunos mechones. Se había puesto las gafas. A Will le gustaba con gafas.

Llevaba dieciocho meses saliendo con Sara Linton, lo que equivalía al periodo de felicidad más prolongado que había experimentado en toda su vida. En concreto, diecisiete meses y veintiséis días más largo que cualquier otra experiencia anterior. Prácticamente vivía en el apartamento de Sara. Sus perros congeniaban. A él le caía bien su hermana. Entendía a su madre. Y su padre le daba pavor. Sara había ingresado oficialmente en el GBI hacía dos semanas. Aquel era su primer caso juntos. Y a Will le avergonzaba comprobar cuánto le emocionaba verla.

Por eso se obligó a apartar la mirada: porque si uno se quedaba embelesado mirando a su novia en la escena de un crimen sanguinario, probablemente tenía madera de asesino en serie.

O tal vez se convirtiera en un asesino normal y corriente, dado que Collier había decidido distraerse de su vértigo mirándole el culo a Sara, que estaba inclinada ayudando al técnico.

Will volvió a cambiar de postura. La plataforma se sacudió. Collier emitió un sonido a medio camino entre una arcada y un gritito.

Amanda dedicó a Will una de sus raras sonrisas.

—Mi primera misión fue por un tío que se cayó de lo alto de un andamio. Fue antes de que empezaran a aprobarse todos esos absurdos reglamentos de seguridad. No quedó gran cosa para el forense. Quitamos los sesos de la acera de un manguerazo y los echamos a la alcantarilla.

Collier se inclinó para limpiarse el sudor de la frente con el brazo sin soltarse de la barandilla.

La plataforma elevadora se zarandeó ligeramente cuando Will la detuvo unos centímetros por debajo de la galería de cemento, cuya barandilla de madera había sido retirada. Al otro lado de la abertura había, apiladas hasta el techo, numerosas planchas de pladur enmohecidas de un centímetro de grueso y uno veinte por cinco de superficie. La gruesa capa de polvo que cubría los cubos de compuesto para juntas indicaba que estaban allí desde que habían parado las obras, seis meses atrás. Las pintadas se extendían lánguidamente sobre todas las cosas (el suelo, las paredes, los materiales de construcción), y otros dos de aquellos unicornios con ojos de arcoíris montaban guardia en lo alto de cada escalera.

Gruesas puertas de madera custodiaban lo que Will dedujo serían las salas VIP. La madera de caoba labrada a mano estaba cubierta por un denso barniz de color café, seguramente de fábrica, pero los grafiteros habían hecho todo lo posible por tapar el acabado. Había marcadores amarillos numerados dispersos por toda la galería, desde una escalera a otra. Varios técnicos enfundados en trajes de Tyvek fotografiaban y recogían evidencias materiales. Algunas de las salas VIP estaban siendo rociadas con Luminol, un agente químico que hacía resplandecer los fluidos corporales con un azul sobrenatural cuando se exponían a una luz negra.

No quería pensar en los fluidos corporales que iban a encontrar.

Faith estaba al otro extremo de la galería, bebiendo agua de una botella con la cabeza echada hacia atrás. Llevaba un traje blanco de Tyvek. Con la cremallera bajada y las mangas enrolladas alrededor de la cintura. Evidentemente, se había hecho pasar por una técnico forense para poder subir a la escena del crimen sin tener que esperar a la plataforma elevadora. Había varias bolsas de pruebas amontonadas delante de ella, junto a cajas de guantes pulcramente colocadas, bolsas de plástico y ropa protectora. La sala del crimen estaba a escasos metros de allí, con la puerta de madera abierta. La luz parpadeaba intermitente mientras el fotógrafo policial documentaba la posición y el estado del cuerpo. No les permitirían entrar hasta que estuviera todo consignado, palmo a palmo.

Amanda sacó su teléfono y leyó los mensajes nuevos mientras caminaba hacia la sala del crimen.

—La CNN está aquí. Voy a tener que informar al gobernador y al alcalde. Will, encárgate tú de esto mientras yo intento calmar los ánimos. Collier, necesito que averigüe si Harding tenía familia. Que yo recuerde, tenía una tía por parte de padre.

—Sí, señora. —Collier rozó la pared con el hombro al seguirla desde lejos.

—Y quítese ya ese casco. Parece de los Village People. —Amanda consultó de nuevo su teléfono. Evidentemente, acababa de llegarle un nuevo dato—. Harding tiene cuatro exmujeres. Dos todavía forman parte del cuerpo. Trabajan las dos en el registro. Encuéntrelas y averigüe si les suena el nombre de algún chulo o algún corredor de apuestas.

Collier tropezó al dejar el casco en el suelo.

—¿Cree usted que todavía se hablaba con sus exmujeres?

—¿De verdad me está preguntando eso? —Sus palabras dieron obviamente en el clavo, porque Collier respondió con una rápida inclinación de cabeza. Amanda se guardó el teléfono en el bolsillo—. Faith, hazme un resumen de la situación.

—Tiene un picaporte clavado en el cuello. —Faith se señaló un lado del cuello—. Coincide con los otros picaportes que hay aquí arriba, así que podemos dar por sentado que el asesino no lo trajo consigo con intención de emplearlo como arma homicida. Han encontrado una G43 junto al coche. Está atascada, pero como mínimo se efectuó un disparo. Charlie está cotejando el número de serie en nuestras bases de datos.

—Es la nueva Glock —comentó Collier—. ¿Qué aspecto tiene?

41

—Ligera y fina. La empuñadura es áspera, pero para llevarla oculta resulta impresionante.

Collier hizo otra pregunta acerca de la pistola, fabricada expresamente para uso policial. Will dejó de escucharle. El arma no iba a resolver aquel caso.

Esquivó varias pisadas ensangrentadas marcadas por los técnicos y se agachó para echar un vistazo a la cerradura de la puerta. El escudo embellecedor era rectangular, de unos siete centímetros por quince, y estaba atornillado a la puerta. Era una pieza de fundición chapada en latón bruñido, con una filigrana en altorrelieve, muy detallada, y una R cursiva en el centro. El logotipo de Rippy. Will lo había visto en su casa, por todas partes. Entornó los párpados al mirar el perno, el largo cilindro metálico que mantenía la puerta cerrada o permitía su apertura al girar. Vio arañazos en torno al hueco en forma de cuadrado en el que encajaba el husillo del picaporte. Luego miró el suelo y vio el largo destornillador, con una tarjeta amarilla numerada a su lado.

Alguien había estado encerrado dentro de la habitación, y alguien, otra persona, se había servido del destornillador para entrar.

Will se retiró para observar la escena del crimen. El fotógrafo pasó por encima del cadáver, intentando no resbalar con la sangre.

Había mucha.

Había salpicado el techo y las paredes y relucía en contraste con la maraña casi negra de los grafitis superpuestos. El suelo estaba encharcado, como si alguien hubiera abierto el grifo de la carótida de Harding y lo hubiera dejado correr hasta agotarse. La luz se reflejaba bailoteando en el líquido oscuro y coagulado. Will sintió en la boca un sabor metálico, el del hierro en contacto con el oxígeno. Por debajo de aquel olor advirtió un tufo a orín que, por alguna razón, le hizo compadecerse más de aquel pobre diablo que el ver el picaporte que sobresalía, estilo Frankenstein, del carnoso hueso de su cuello.

En el trabajo policial, la muerte raras veces era digna.

El cadáver de Dale Harding estaba en el centro de la sala, que medía aproximadamente cinco metros cuadrados y tenía el techo abovedado. Estaba tumbado de espaldas: un tipo grande, calvo, vestido con un traje barato que no le abrocharía a la altura de la barriga, más parecido a un poli de la generación del padre de Will que de la suya. La camisa se le había salido por un lado. Tenía la corbata a rayas azules y rojas abierta como las piernas de un saltador de vallas y la cinturilla de los pantalones enrollada. Un Tag Heuer de acero inoxidable le oprimía la muñeca como un torniquete: los diversos jugos de la descomposición empezaban a hinchar el cadáver. Un anillo de oro con un diamante se le hundía en la carne del meñique. Los calcetines negros de vestir se tensaban en torno a sus tobillos amarillentos como la cera. Tenía la boca abierta. Los ojos cerrados. Saltaba a la vista que sufría algún tipo de eccema. La piel reseca en torno a su boca y su nariz parecía como espolvoreada con azúcar.

Curiosamente, solo tenía un chorretón de sangre en la parte delantera del cuerpo, como si un pintor le hubiera dado un brochazo allí. Tenía algunas gotas en la cara, pero nada más, sobre todo en la zona donde cabía esperar más sangre: en torno al apretado cuello de la camisa.

—Esto lo han encontrado en la escalera.

Will se dio la vuelta.

Faith dio la vuelta a una bolsa de pruebas para poder leer las etiquetas de los objetos que contenía.

—Bare Minerals. Mac. Sombra de ojos marrón suave. Rímel de color café. Lápiz de ojos color chocolate. La base y el maquillaje compacto son de un tono medio tirando a claro.

—Así que una mujer blanca, probablemente —dijo Amanda.

—También hay una latita de bálsamo labial. La Mer.

—Una mujer blanca rica —puntualizó Amanda.

Will conocía aquella marca, pero solo porque Sara también la usaba. Había visto por casualidad el tique de compra y casi le da un infarto. Medio kilo de aquel bálsamo costaba más que un ladrillo de heroína.

—De modo que podemos concluir que había una mujer con Harding —añadió Amanda.

—Y ahora no está —dijo Faith—. Un picaporte clavado en el cuello... Parece obra de una mujer.

—¿Dónde está el bolso? —preguntó Amanda.

—Dentro de la sala. Parece roto, como si se hubiera enganchado en algo.

—¿Y solo se salió el maquillaje?

Faith cogió las demás bolsas de pruebas y fue enumerando su contenido.

—Una llave de coche, de un Chevrolet modelo desconocido, sin llavero. Un cepillo de pelo con varios cabellos largos y castaños. Van a mandarlos al laboratorio lo antes posible. Una caja de caramelitos de menta. Varias monedas con pelusilla. Un paquete de pañuelos de papel. Un estuche de plástico para lentillas. Una barra de protector labial Chapstick, el La Mer de la mujer pobre.

—¿La cartera no está?

Faith negó con la cabeza.

—El fotógrafo dice que tampoco la ha visto dentro del bolso, pero echaremos un vistazo en cuanto acabe.

—Así que tenemos un poli muerto y una mujer desaparecida. —Amanda interpretó acertadamente la expresión de Will—. No ha salido de casa. Hablé con ella hace una hora y lo corroboré con el ayudante del sheriff que monta guardia frente a su casa.

Keisha Miscavage, la denunciante de Marcus Rippy. No habían revelado su nombre a la prensa, pero con Internet nadie permanecía en el anonimato. Keisha se había visto obligada a esconderse hacía tres meses y todavía necesitaba protección policial veinticuatro horas al día, debido a las amenazas de muerte que recibía de los fans de Rippy.

—¿Qué hay de todos esos emblemas de bandas? —preguntó Collier—. He contado dos aquí arriba, y al menos otros cuatro abajo. Deberíamos avisar a la brigada antibandas, interrogar a unos cuantos chavales.

—¿También deberíamos interrogar a los unicornios? —preguntó Faith.

Amanda negó con la cabeza.

—Lo que importa es la mujer. Supongamos que estaba en esta sala. Supongamos también que tuvo algo que ver con el fallecimiento de la víctima, si es que podemos llamar a Harding «la víctima». —Miró el contenido del bolso—. Se trata de una mujer blanca y bastante adinerada que se reúne con un policía corrupto en un barrio poco recomendable de la ciudad y en plena noche. ¿Por qué? ¿Qué estaba haciendo aquí?

—Pagar por ello es más sencillo que casarse —comentó Collier—. Puede que fuera una *escort* y que él no quisiera o no pudiera pagarle y que ella se cabreara.

—Curioso sitio para encontrarse para una mamada —repuso Faith.

—Esa lona es muy pequeña —dijo Will, dando por sentado que Amanda no pasaba los fines de semana recorriendo la sección de lonas de la ferretería de su barrio—. Una normal tendría metro y medio por dos, o metro ochenta por tres sesenta, y el envoltorio era para una de un metro diez por tres metros veinte. Harding mide al menos un metro de cintura y un metro ochenta de alto.

Amanda se quedó mirándolo.

—Necesito que me lo traduzcas.

—Si el asesino trajo la lona aquí con intención de librarse del cadáver, la lona que compró era para una persona mucho más menuda.

—Una lona de tamaño mujer —comentó Faith—. Genial.

Amanda asintió con la cabeza.

—Harding se encontró aquí con la mujer con intención de matarla, pero ella consiguió cambiar las tornas.

—Está herida. —Sara subió por la escalera. Llevaba las gafas colgadas del cuello de la camiseta. Se limpió el sudor de la frente con el antebrazo—. Hay pisadas manchadas de sangre, de pies descalzos, en la escalera izquierda. Es muy probable que sean de mujer, seguramente del número treinta y ocho o treinta y nueve, con un apoyo rotundo al pisar que indica que iba corriendo. —Señaló hacia las escaleras—. En el segundo escalón hay un punto de impacto que hace pensar que se cayó y se golpeó en la cabeza, posiblemente en la coronilla. Hemos encontrado unos cabellos largos, castaños, entre las salpicaduras, similares a los hallados en el cepillo. —Señaló la otra escalera—. En la de la derecha hay más pisadas, de paso lento, y salpicaduras pasivas que forman un rastro en dirección a la salida de emergencia lateral y luego desaparecen en la escalera metálica. Las salpicaduras pasivas indican una herida sangrante.

—¿Subió corriendo y bajó andando? —preguntó Amanda.

—Es posible. —Sara se encogió de hombros—. De este edificio han entrado y salido cientos de personas. Puede que alguien dejara las pisadas la semana pasada y que otra persona dejara las gotas de sangre anoche. Habrá que secuenciar el ADN de todas las muestras para saber con certeza a quién pertenece cada cosa.

Amanda torció el gesto. Las pruebas genéticas podían tardar semanas. Prefería una ciencia más instantánea.

—Ya está. —El fotógrafo empezó a quitarse el mono de Tyvek. Tenía la ropa empapada y daba la impresión de tener el cabello pintado sobre la cabeza. Le dijo a Amanda—: La sala es toda vuestra. En cuanto vuelva procesaré las fotos y las descargaré.

Ella hizo un gesto afirmativo.

—Gracias.

Sara se sacó un par de guantes nuevos del bolsillo de atrás.

—Estas pisadas de aquí... —Señaló el suelo, tan lleno de huellas como un salón de baile—. Son de los agentes que atendieron el aviso. Hay dos distintas. Uno entró en la sala, seguramente para ver la cara de la víctima. El dibujo de las suelas es casi idéntico. Botas Haix, modelo Black Eagle. Calzado reglamentario.

Collier dio un respingo.

—En su declaración afirmaron que no habían entrado en la sala.

—Convendría volver a hablar con ellos. —Sara se puso unos protectores de calzado mientras explicaba—: Había un montón de sangre. Reconocieron a la víctima. Era un compañero policía. Eso es...

—Espera un momento, Red. —Collier levantó la mano como un guardia de tráfico—. ¿No crees que deberías esperar al forense antes de entrar ahí?

Sara le lanzó una mirada que tiempo atrás había presagiado las dos horas más funestas de la vida de Will.

—La forense soy yo y le agradecería que me llamara Sara o doctora Linton.

Faith soltó una carcajada que retumbó en todo el edificio.

Sara apoyó la mano en la pared al entrar en la habitación. Se formaron ondas en el charco de sangre. Recogió el bolso del rincón. La tira estaba rota. Tenía un largo desgarrón a un lado. Era de piel negra texturizada, con gruesas cremalleras y hebillas doradas y un candado en el cierre. El tipo de bolso que podía ser muy caro, o muy barato.

—No veo ninguna cartera. —Sara levantó un lápiz de labios dorado—. Sisley, rosa cachemira. Tengo uno igual en casa. —Frunció la frente—. El dorado está arañado por un lado, igual que el mío. Debe de ser un defecto de fabricación. —Volvió a meter la barra de labios en el bolso y lo sopesó—. No parece de Dolce & Gabbana.

—No. —Amanda echó un vistazo al interior del bolso—. Es una falsificación. ¿Ves la costura?

—Además, el logotipo es un poco distinto. —Faith extendió un plástico sobre el suelo para que hicieran un inventario más cuidadoso—. ¿Por qué comprar un bolso falso de D & G si puedes permitirte usar maquillaje de Sisley y La Mer?

—¿Una barra de labios de cincuenta dólares frente a un bolso de dos mil quinientos? —dijo Amanda.

—Puedes permitirte la barra de labios, pero no el bolso —repuso Faith.

—Quizá la barra de labios fuera un probador. Esos arañazos pueden ser de arrancar la etiqueta.

Will trató de lanzar a Collier una mirada cómplice que parecía decir «nosotros, los hombres, no tenemos ni idea de qué están hablando», pero el agente lo miraba con cara de querer pegarle un tiro en la cara.

Sara volvió a entrar en la sala. Era su primera oportunidad de examinar de verdad la escena del crimen. Will había entrevisto aquella faceta suya otras veces, pero nunca en misión oficial. Recorrió la habitación sin prisas, observando en silencio las manchas de sangre, las salpicaduras del techo. Los grafitis no le facilitaban las cosas. En algunos lugares había tantos símbolos y nombres pintados unos encima de otros que las paredes parecían pintadas de negro. Se fue acercando a todo, poniéndose las gafas para diferenciar entre la pintura de los aerosoles y las manchas de sangre. Recorrió dos veces el perímetro de la habitación antes de comenzar a examinar el cuerpo.

No podía arrodillarse en medio de la sangre, así que se puso en cuclillas junto a la gruesa cintura de Harding. Le registró los bolsillos delanteros del pantalón y le fue pasando a Faith tres bombones derretidos, un paquete abierto de caramelos de chocolate Skittles, un fajo de billetes sujeto con una goma verde y algunas monedas sueltas. A continuación, registró la americana de Harding. Dentro del bolsillo de la pechera había una hoja de papel doblada. Sara la desplegó.

—Un impreso de apuestas. *Online.*

—¿Carreras de perros? —preguntó Amanda.

—De caballos. —Sara le pasó el impreso a Faith, que lo puso sobre el plástico junto a las otras cosas.

—No hay ningún teléfono móvil —comentó Faith—. Ni en el cuerpo, ni en el bolso, ni en el edificio.

Sara cacheó el cadáver para ver si había algo en su ropa que le hubiera pasado desapercibido. Abrió los párpados de Harding. Empleó ambas manos para separarle las mandíbulas y mirarle el interior de la boca. Le desabrochó la camisa y los pantalones. Inspeccionó cada centímetro de su abdomen hinchado. Le apartó los puños desabrochados de la camisa y observó sus antebrazos. Le subió las perneras de los pantalones y le bajó los calcetines.

Por fin dijo:

—La lividez *post mortem* indica que el cuerpo no ha sido trasladado, así que murió aquí, en esta posición, tumbado boca arriba. Voy a necesitar la temperatura ambiental y la del hígado, pero el *rigor mortis* es completo, lo que significa que lleva muerto más de cuatro horas, pero menos de ocho.

—Entonces cabe suponer que la muerte se produjo entre la noche del domingo y la madrugada del lunes —dijo Faith—. Los bomberos calculan que el coche comenzó a arder hace cuatro o cinco horas, lo que nos sitúa en torno a las tres de la madrugada de hoy. La llamada al servicio de emergencias es de las cinco de la mañana.

—Perdona, pero ¿puedo hacer una pregunta al respecto? —Saltaba a la vista que Collier aún se estaba lamiendo las heridas, pero también que quería demostrar su valía—. Tiene moho alrededor de la boca y la nariz. ¿No suele tardar más de cinco horas en aparecer?

—Sí, pero en este caso no es moho. ¿Puedes ayudarme a poner el cuerpo de lado? No quiero que se caiga hacia delante.

Collier sacó dos protectores para calzado de la caja. Obsequió a Sara con una sonrisa de soslayo al ponérselos sobre los que se había calzado al entrar en el edificio.

—Me llamo Holden, por cierto. Como el de *El guardián entre el centeno*. Mis padres confiaban en que fuera un solitario empedernido.

Sara sonrió ante aquella broma estúpida, y a Will le dieron ganas de suicidarse.

Collier siguió sonriendo, cogió los guantes que le ofreció Sara y puso mucho énfasis en estirar bien los dedos con sus manitas de niño.

—¿Cómo quieres hacerlo?

—A la de tres.

Sara fue contando. Collier gruñó al levantar los hombros de Harding e intentar ponerlo de lado. El cuerpo estaba rígido y basculó como una bisagra. Su propio peso lo haría caer boca abajo en un charco de sangre, de modo que Collier tuvo que apoyar los codos en las rodillas para mantenerlo levantado.

Sara levantó la chaqueta y la camisa de la víctima para examinarle la espalda. Will dedujo que estaba buscando marcas de pinchazos. Presionó la piel con los dedos enguantados, buscando heridas abiertas sin encontrar nada. La sangre del suelo era tan oscura que Harding parecía haber estado sumergido en un tanque de aceite de motor.

—¿Puedes aguantar un minuto más? —le preguntó Sara a Collier.

—Claro —contestó él con voz estrangulada.

Will veía cómo se le hinchaban las venas del cuello. Harding pesaba al menos ciento diez kilos, quizá más. A Collier le temblaban los brazos por el esfuerzo de mantenerlo levantado.

Sara se puso unos guantes nuevos. Metió la mano en el bolsillo trasero de Harding y sacó una cartera gruesa, de nailon. El velcro hizo ruido cuando la abrió. Sara fue enumerando su contenido:

—Resguardos, recibos de restaurantes de comida rápida, apuestas, dos fotografías de rubias desnudas cortesía de BackDoorMan.com. Varias tarjetas de visita. —Miró a Collier—. Ya puedes dejarlo en el suelo, pero con cuidado.

El agente gruñó al apoyar de nuevo el cadáver en el suelo.

—Conviene que veáis esto. —Sara le pasó una de las tarjetas a Faith.

Will reconoció el logotipo a todo color. Lo había visto innumerables veces en documentos remitidos por la oficina del mánager deportivo de Marcus Rippy.

—Joder —masculló Faith—. Kip Kilpatrick. Es el mánager de Rippy, ¿no? Lo vi en la tele.

Will miró a Amanda. Su jefa tenía los ojos cerrados, como si deseara poder borrar aquel nombre de su mente. Will sentía lo mismo. Kip Kilpatrick era el mánager de Marcus Rippy, pero también era su abogado principal, su mejor amigo, su hombre para todo. No había pruebas legales, pero Will estaba seguro de que Kilpatrick se había servido de sus matones para sobornar a dos testigos de la fiesta de Nochevieja y para intimidar a un tercero a fin de que guardara silencio.

Sara dijo:

—Odio empeorar las cosas, pero el picaporte no afectó a la yugular de Harding, ni a la carótida. Ni a su esófago. Ni a ningún otro órgano importante. No tiene sangre en la boca, ni en la nariz. Salió muy poca sangre por el perno, solo un goteo que se le secó a un lado del cuello. No tiene otras lesiones de importancia. Esta sangre, o al menos este volumen de sangre, no procede de él.

—¿Qué? —Amanda parecía más irritada que sorprendida—. ¿Estás segura?

—Segurísima. La parte de atrás de su ropa ha absorbido la sangre del suelo, y está claro que la mancha de sangre de su camisa procede de otra persona. Sus arterias principales están intactas. No tiene heridas de consideración en la cabeza, el torso, los brazos o las piernas. La sangre que veis en esta sala no es de Dale Harding.

Will se sorprendió, y enseguida se sintió estúpido por sorprenderse. Sara había interpretado la escena del crimen mejor que él.

—Entonces, ¿de quién es la sangre? —preguntó Faith—. ¿De la señorita La Mer?

—Parece lo más probable. —Sara se incorporó lentamente para no perder el equilibrio.

Amanda trató de ordenar lógicamente los datos de la forense.

—La mujer desaparecida se golpeó la cabeza en las escaleras, luego dejó sus pisadas ensangrentadas en el suelo al cruzar corriendo la galería, y entonces ¿qué?

—Hubo un forcejeo violento entre dos personas en esta sala. Las salpicaduras del techo indican que hubo una efusión de sangre a gran velocidad, lo que sugiere que una arteria resultó perforada y, como os decía, no fue la de Harding. —Sara caminó hacia el rincón más alejado de la sala—. Vamos a necesitar fuentes de luz alterna porque las pintadas son muy oscuras, pero ¿veis esta mancha a lo largo de la pared? La dejó una mano, y estaba cubierta de sangre. Por su forma y su anchura parece pequeña, una mano de mujer, probablemente.

Will se había fijado ya en aquella raya de sangre, pero no había reparado en que acababa en unas marcas que eran claramente las de unos dedos. Le hicieron pensar en los hematomas en forma de dedo que Keisha Miscavage tenía en el cuello.

Amanda le dijo a Sara:

—No hay noticias de que anoche hubiera un tiroteo. ¿Hablamos entonces de un apuñalamiento?

Sara se encogió de hombros.

—Quizá.

—Quizá —repitió Amanda—. Estupendo. Les diré a los hospitales que busquen *quizá* a una herida por arma blanca con un traumatismo severo en la cabeza.

—Eso puedo hacerlo yo. —Collier comenzó a teclear en su teléfono—. Tengo un amigo que trabaja en la comisaría del hospital Grady. Puede preguntar en urgencias en un periquete.

—Habrá que preguntar también en el Atlanta Medical y el Piedmont.

Collier asintió mientras tecleaba.

Faith dijo:

—Sara, hazme el favor de rebobinar un momento. No fue el picaporte lo que mató a Harding, pero obviamente está muerto. Así que, ¿qué ocurrió?

—Que tenía muy malos hábitos, eso ocurrió. Padecía obesidad mórbida. Está anormalmente hinchado. Sus ojos muestran síntomas de eritema conjuntival. Sospecho que tenía el corazón hipertrofiado y la tensión alta. Tiene marcas de pinchazos en el abdomen y en los muslos, lo que indica que era diabético insulinodependiente. Se alimentaba de comida rápida y caramelos. No tenía controlada su enfermedad.

Collier no pareció muy convencido.

—Entonces, ¿Harding sufrió oportunamente un coma diabético en medio de un combate a muerte?

—No es tan simple como eso. —Sara señaló la zona alrededor de su boca—. Su cara. Has pensado que era moho, pero el moho suele crecer en forma de colonia o de cúmulos. Pensad en el pan cuando se estropea. Al principio pensé que se trataba de una dermatitis seborreica, pero ahora estoy casi segura de que es escarcha urémica.

—Me ha parecido que olía a orina —comentó Will.

—Bien visto. —Sara le pasó a Collier una bolsa para sus guantes y los protectores de sus zapatos—. La urea es una de las toxinas que se encargan de filtrar los riñones. Si los riñones no funcionan por el motivo que sea, y la diabetes y la hipertensión son dos buenos motivos para que no funcionen, el organismo trata de excretarla a través del sudor. El sudor se evapora, la urea cristaliza y de ahí la escarcha urémica.

Collier asintió como si lo entendiera todo.

—¿Cuánto tiempo lleva ese proceso?

—No mucho. Harding padecía una insuficiencia renal crónica en fase avanzada. Tuvo que recibir tratamiento en algún momento. Tiene en el brazo un injerto para permitir el acceso vascular. La escarcha urémica es muy rara, pero revela que, por la razón que fuese, Harding dejó de recibir diálisis, seguramente en la última semana o los últimos diez días.

—Dios mío —dijo Faith—. Entonces, ¿es asesinato o no?

Amanda contestó:

—Por lo visto intentaron matarse el uno al otro y es probable que ambos consiguieran su propósito. Concentrémonos en la mujer desaparecida —le dijo a Sara—. Has dicho que hubo un forcejeo violento en esta sala y que Harding, claro está, salió perdiendo, pero no sin antes herir gravemente a su rival, como evidencia toda esta sangre. Teniendo en cuenta las lesiones de la mujer, ¿pudo salir de aquí por su propio pie y marcharse en coche? —Y añadió—: Y no me digas que «quizá» o que «posiblemente». No está usted hablando ante un tribunal, doctora Linton.

Sara no quiso ser taxativa:

—Empecemos por el golpe en las escaleras. Si fue la mujer desaparecida quien se golpeó, y si se golpeó en la cabeza, el impacto fue muy fuerte. Es probable que tenga el cráneo fracturado. O, como poco, una conmoción cerebral. —Sara echó un vistazo a la sala del crimen—. El verdadero peligro está en el volumen de sangre perdida. Yo diría que aquí hay más de dos litros, una pérdida de un treinta o un treinta y cinco por ciento. Es decir, una hemorragia de clase III, o casi. Además de detener la hemorragia, necesitará fluidos, posiblemente una transfusión.

—Puede que usara la lona para detener la hemorragia —sugirió Will—. La lona no está. Y en el aparcamiento han encontrado un rollo de cinta americana.

—Es posible —convino Sara—. Pero hablemos de la naturaleza de las heridas. Si la sangre procedía del pecho o el cuello, estaría muerta. No puede proceder del vientre, porque la sangre se habría quedado dentro del abdomen. De modo que solo nos quedan las extremidades. Un buen tajo en la ingle puede causar una hemorragia como esta. Es probable que en ese caso hubiera podido caminar, pero no sin dificultad. Y lo mismo puede decirse del maléolo medial, la parte interna del tobillo. En ese caso podría arrastrarse o salir a gatas. También está esto... —Levantó los brazos para protegerse la cara, con las palmas hacia fuera—. Un corte horizontal en las arterias radial y cubital, el brazo se agita y la sangre salpica por toda la habitación como una manguera, que es esencialmente lo que sería la arteria en ese momento. —Miró el cadáver—. Pero yo diría que Harding estaría más manchado de sangre si ese fuera el caso.

—Gracias por esa retahíla de opciones múltiples, doctora —dijo Amanda—. ¿De cuánto tiempo disponemos para encontrar a esa mujer?

Sara encajó la pulla con deportividad.

—Todas esas lesiones requieren tratamiento, aunque haya logrado detener la hemorragia. Teniendo en cuenta el lapso de tres o cuatro horas transcurrido desde el momento de la muerte de Harding y el volumen de sangre perdida, yo diría que, sin atención médica, pueden quedarle dos o tres horas antes de que empiecen a fallarle los órganos vitales.

—Tú ocúpate del muerto, que nosotros encontraremos a los vivos. —Amanda se volvió hacia Will y Faith—. Esto es una carrera contrarreloj. Nuestro objetivo número uno es localizar a esa mujer, asegurarnos de que recibe atención médica y averiguar qué demonios estaba haciendo aquí.

Collier preguntó:

—¿Qué hay de BackDoorMan.com? ¿No tendrá Rippy algo que ver con eso?

—Sospecho que tiene más bien que ver con los gustos personales de Harding —comentó Will—. A Rippy le gustan las mujeres de un tipo muy concreto.

Faith añadió:

—Morenas, descaradas, con un cuerpo de infarto.

—Su mujer es rubia —dijo Collier.

Faith puso los ojos en blanco.

—Rubia soy yo. Ella es rubia de bote.

—Podéis debatir sobre colores de pelo cuando hayamos encontrado a la mujer —intervino Amanda, y añadió dirigiéndose a Collier—: Dígale a su compañero que revise las denuncias de personas desaparecidas en las últimas cuarenta y ocho horas. Mujeres, jóvenes, del tipo de Rippy. —Collier asintió, pero Amanda no había acabado—. Necesito al menos a diez agentes para registrar los dos almacenes y el edificio de oficinas. Avisen a un ingeniero de estructuras para que inspeccione el edificio. Parece inestable. Quiero que recorran cada piso, cada rincón y cada recoveco, no que se limiten a mirar. Que no dejen piedra sin remover. Nuestra víctima-barra-asesina podría estar desangrándose o escondiéndose justo delante de nuestras narices. Y ninguno de los aquí presentes quiere leer ese titular en el periódico de mañana.

Se volvió hacia Faith.

—Ve a casa de Harding. Cuando llegues allí ya tendré la orden firmada. Harding se hacía llamar investigador privado. Es lógico pensar que estuviera investigando a una mujer, posiblemente en nombre de Rippy. Podría ser otra víctima, o podría haber estado chantajeándole por dinero, o ambas cosas. Harding tendrá un expediente, fotografías, notas, con suerte la dirección de la chica.

Señaló a Will.

—Ve con ella. Harding no podía vivir a todo lujo. En su barrio habrá licorerías, tiendas de compra de oro, garitos de estriptis... Seguramente venderán teléfonos desechables. Cotejad los códigos de identificación con todas nuestras bases de datos para ver si conseguimos localizar el número de teléfono de Harding, y a continuación comparad los números con cualquiera que esté vinculado a Kip Kilpatrick o Marcus Rippy.

Contestaron todos a coro «sí, señora».

Will oyó un roce de metal contra cemento. La plataforma elevadora había trasladado a Charlie Reed a la primera planta. Tenía una expresión amarga cuando se les acercó.

—Suelta lo que sea de una vez, Charlie —le ordenó Amanda—. Ya vamos contrarreloj.

Charlie toqueteó su móvil.

—Me ha llegado la información de la Glock 43.

—¿Y?

Charlie mantuvo la mirada fija en Amanda.

—Está registrada a nombre de Angie Polaski.

Will sintió una opresión repentina en el pecho. Notó un sabor ácido en la lengua.

Morenas. Descaradas. Un cuerpo de infarto.

Sintió una quemazón a un lado de la cara. La gente lo miraba. Esperando su reacción. Una gota de sudor se le metió en el ojo. Miró al techo porque no sabía qué pasaría si miraba a los demás.

Fue Collier quien, por fin, rompió el silencio:

—¿Me estoy perdiendo algo? —preguntó. Como nadie respondió, añadió—: ¿Quién es Angie Polaski?

Sara tuvo que aclararse la voz antes de hablar.

—Angie Polaski es la mujer de Will.

CAPÍTULO 2

Sara vio que Will apoyaba la mano en la pared para sostenerse en pie. Debía hacer algo: reconfortarlo, decirle que todo iba a salir bien, pero se quedó allí parada, luchando por sofocar la chispa de rabia que solía acompañar cualquier mención a su odiosa y errática esposa.

Angie Polaski no había dejado de entrar y salir de la vida de Will como un mosquito desde que él tenía once años. Se habían criado juntos en el Hogar Infantil de Atlanta y ambos habían sobrevivido a los malos tratos, el abandono, la negligencia y la tortura. Nada de ello por culpa de la Administración. De todos los sufrimientos que padeció Will durante su adolescencia, nada podía compararse al tormento por el que le había hecho pasar Angie. Por el que todavía le hacía pasar, porque en cierto modo, tratándose de ella, tenía sentido, aunque fuera un sentido cruel, que estuvieran allí reunidos, en aquel edificio, con un charco de sangre coagulándose alrededor de la última víctima de Angie.

Dale Harding era una víctima colateral. Will sería siempre el principal objetivo de Angie, al que apuntaba una y otra vez.

¿Acabaría esto con ella de una vez por todas?

—No puede... —Will se detuvo. Recorrió con la mirada la habitación del crimen—. No puede estar...

Sara intentó sofocar su ira. Aquello no era una más de las mezquinas triquiñuelas de Angie para llamar la atención. Sara vio que

Will llegaba a la misma conclusión: el forcejeo violento, la herida posiblemente mortal, aquel auténtico lago de sangre.

Herida. Peligrosa. Desesperada.

Angie.

—Ella... —Will se detuvo otra vez—. Puede que esté... —Se apoyó contra la pared. Respiraba agitadamente—. Ay, Dios. Dios mío. —Se llevó la mano a la boca—. No puede ser... —Se le quebró la voz—. Es ella.

—Todavía no lo sabemos. —Sara intentó que su voz sonara tranquilizadora. Se recordó a sí misma que no se trataba de Angie. Que se trataba de Will. Verlo tan angustiado era como tener un cuchillo clavado en el pecho—. Puede que le hayan robado la pistola o...

—Es ella.

Will les dio la espalda y se alejó unos pasos, pero no sin que Sara viera su expresión acongojada. Se sintió abrumada por su propia inutilidad. Ambos ansiaban librarse de Angie, pero no así. Al menos ella, Sara, jamás lo admitiría en voz alta. Siempre había sabido —tenía que reconocerlo— que Angie no se retiraría elegantemente de la competición y los dejaría en paz. Incluso muerta, o casi, había encontrado la manera de arrastrar a Will consigo.

—Charlie —dijo Amanda—, ¿qué dirección figura en el registro?

—La misma que en su permiso de conducir. —Charlie miró la pantalla de su móvil—. El noventa y ocho de...

—Baker —concluyó Will sin volverse—. Es su antigua dirección. ¿Y el número de teléfono?

Charlie leyó un número en voz alta y Will meneó la cabeza.

—No está operativo.

—¿Sabes dónde está? —le preguntó Amanda.

Él negó de nuevo con la cabeza.

—¿Cuándo la viste por última vez?

Will pensó un momento antes de contestar.

—El sábado.

Sara sintió que el cuchillo que tenía dentro del pecho daba un violento giro final.

—¿El sábado?

Esa noche habían dormido en casa de él. Habían hecho el amor. Dos veces. Luego, Will le había dicho que iba a salir a correr un rato y, en secreto, se había visto con su mujer.

Su boca apenas acertó a formar las palabras.

—¿La viste hace dos días?

Will no dijo nada.

Amanda soltó un suspiro rápido y agitado.

—¿Sabes su número de teléfono? ¿Dónde trabaja? ¿Algún modo de ponerte en contacto con ella?

Él negó con la cabeza.

Sara miró su espalda, aquellos hombros anchos que había abrazado tantas veces. Aquel cuello que había besado. Aquel cabello espeso, rubio oscuro, por el que había pasado los dedos. Se le llenaron los ojos de lágrimas. ¿Había estado viendo a Angie todo ese tiempo? Todas esas noches en las que decía que salía tarde de trabajar. Todas esas reuniones a primera hora de la mañana. Todas esas carreras de dos horas y esos partidos de baloncesto.

—Muy bien. —Amanda dio unas palmadas para llamar la atención de todos los presentes. Su voz resonó en el edificio—. Equipo de inspección ocular, pueden tomarse un descanso de quince minutos. Hidrátense. Siéntense y disfruten del aire acondicionado.

Se oyó un murmullo de agradecimiento cuando los técnicos vestidos de blanco se dirigieron hacia la salida. Seguramente empezarían a cotillear tan pronto estuvieran en la calle.

Sara se limpió los ojos antes de que se le saltaran las lágrimas. Estaba trabajando. Tenía que concentrarse en lo que tenía delante, en lo que podía controlar. Le dijo a Amanda:

—Podemos hacer un análisis en el laboratorio móvil para determinar el grupo sanguíneo. Los resultados son casi instantáneos. —Intentó en vano tragarse el nudo que notaba en la garganta—.

No es una prueba de ADN, pero podemos utilizarlo para descartar que se trate de Angie. O para lo contrario, dependiendo de cuál sea su grupo sanguíneo. —Tuvo que hacer otra pausa para tragar saliva. No sabía si lo que decía tenía algún sentido—. Podemos hacer una reconstrucción aproximada de lo ocurrido. ¿El grupo sanguíneo de las salpicaduras de la escalera coincide con el de las pisadas que se dirigen hacia la sala? ¿Coinciden ambas muestras con el grupo de la sangre del interior de la sala? ¿Y con el grupo sanguíneo de las salpicaduras arteriales? ¿Y con el de esa mancha hecha con la mano? —Sara apretó los labios. ¿Cuántas veces iba a decir la palabra «grupo»? Aquello podía convertirse en un trabalenguas al que jugar estando borracho—. Voy a necesitar el grupo sanguíneo de Angie. Y habrá que refrendarlo todo con muestras de ADN. Pero determinar el grupo sanguíneo al menos puede decirnos algo.

Amanda asintió brevemente con la cabeza.

—Adelante. Angie fue policía diez años. Sacaré la información sobre su tipo de sangre de su expediente. —Parecía extrañamente agitada—. Faith, empieza a hacer llamadas. Necesitamos una dirección actual, un teléfono, un lugar de trabajo, cualquier cosa que encuentres. Collier, Ng y usted cumplan las órdenes que les he dado antes. Quiero que un equipo registre los alma...

—Lo haré yo —dijo Will, y echó a andar hacia la plataforma elevadora, pero Amanda le puso la mano sobre el brazo, parándolo en seco.

—Tú te quedas aquí. —Él trató de apartarse, pero las uñas de Amanda se le clavaron en la manga de la camisa—. Es una orden.

—Podría estar...

—Lo sé, pero vas a quedarte aquí y a contestar a mis preguntas. ¿Entendido?

Collier tosió tapándose la boca con la mano, como si la maestra estuviera regañando a un compañero de clase. Faith le dio una palmada en el brazo para que se callara.

—Charlie —dijo Amanda—, lleva a Collier y a Faith abajo y luego vuelve a buscarme.

Faith apretó la mano de Sara al pasar a su lado. Tenían por norma no hablar nunca de Will, salvo en términos generales. Sara nunca había tenido tantas ganas de incumplir esa norma como en ese momento.

—Amanda... —Will no esperó a que se marcharan los demás—. No puedo quedarme aquí...

Su jefa levantó un dedo para hacerle callar. Al menos a alguien le preocupaba que Sara resultara humillada. Otra vez.

El sábado.

Dos días antes.

No tenía ni idea de que Will le estuviera ocultando algo. ¿Qué más cosas había pasado por alto? Trató de recordar las últimas dos semanas. Will no se había comportado de manera extraña. Si acaso, había estado más atento que nunca, incluso romántico, lo cual podía ser el mayor indicio de todos.

—Amanda... —Will lo intentó otra vez. Bajó la voz, luchando por parecer razonable—. Ya has oído lo que ha dicho Sara. Angie podría estar desangrándose. Puede que le queden horas de... —Se le apagó la voz. Todos sabían lo que ocurriría si Angie no recibía ayuda—. Tengo que buscarla. Soy el único que conoce el tipo de sitios donde le gusta esconderse.

Amanda le lanzó una de sus miradas aceradas.

—Te juro por mi vida, Wilbur, que si das un solo paso para marcharte de esta galería te encontrarás esposado en menos que canta un gallo.

Los ojos de Will ardieron, llenos de odio.

—No te lo perdonaré nunca.

Amanda puso mucho énfasis en sacar su teléfono.

—Añádelo a la lista.

Will le dio la espalda. Su mirada se posó un momento en Sara. Pero en lugar de hablarle, o de admitir siquiera lo que estaba sucediendo, se encaminó hacia la escalera. Sara esperaba que bajara de todos modos, pero dio media vuelta y comenzó a pasearse por la galería como un leopardo enjaulado. Tenía los dientes tan apretados que Sara veía moverse su mandíbula. Cerró los puños. Se detuvo de nuevo en lo alto de la escalera, meneó la cabeza y masculló algo en voz baja.

Sara pudo leerle los labios. No era una disculpa. Ni una explicación.

Angie...

Will no amaba a Angie. Al menos, como marido. Al menos, según le había dicho a Sara. Desde hacía casi un año, la buscaba para que presentaran los papeles del divorcio. Su matrimonio era, de todos modos, una farsa, producto literalmente de una apuesta. Will le había prometido a Sara que estaba haciendo todo lo posible por ponerle fin. Ni una sola vez se había preguntado por qué un agente especial del GBI era incapaz de encontrar a una mujer a la que, por lo visto, había tenido delante dos días antes.

¿Se había encontrado con ella en un restaurante? ¿En un hotel? Sara sintió que las lágrimas amenazaban con volver. ¿Había estado con Angie todo ese tiempo? ¿La había tomado a ella por tonta?

—Muy bien. —Amanda había esperado hasta que la plataforma elevadora llegó al piso de abajo—. El sábado. ¿Dónde viste a Angie?

Will se dio la vuelta lentamente. Cruzó los brazos. Miró a algún lugar por encima de la cabeza de Amanda.

—Frente a mi casa. Aparcada en la calle. —Hizo una pausa, y Sara confió en que estuviera recordando lo que ella le había hecho antes de que saliera, porque no volvería a ocurrir—. Salí a correr y vi su coche. Es un Chevrolet Monte Carlo SS del ochenta y ocho, negro con...

—Con rayas rojas. Ya he mandado una orden de busca y captura a cinco estados. —Amanda le formuló la pregunta que ardía en el cerebro de Sara—. ¿Qué estaba haciendo en tu casa?

Él sacudió la cabeza.

—No lo sé. Cuando me vio, se metió en el coche y...

—¿No hablasteis?

—No.

—¿No entró?

—No. —Will se detuvo de pronto—. No, que yo sepa. Pero a veces entra sin permiso.

Sara miró las bolsas de pruebas que Faith había dejado en el suelo.

La barra de labios.

Sisley rosa cachemir con un arañazo a un lado del estuche. No era un defecto de fábrica. Era su barra de labios. La había dejado en casa de Will el mes anterior. En su cuarto de baño. Sobre el lavabo. Salieron a cenar y más tarde, cuando la buscó, no pudo encontrarla.

Estaba en el bolso de Angie. La había tenido en la mano. Entre los dedos. Había tocado su boca.

Sara sintió una náusea.

Amanda preguntó:

—¿Sabes por qué había aparcado frente a tu casa?

Él negó de nuevo.

—No.

Sara luchó por recuperar el habla.

—¿Dejó una nota en mi coche?

—No —contestó Will, pero ¿podía confiar en él?

Habían salido a desayunar cuando regresó de correr. Pasaron el día juntos en el sofá, pidieron *pizza* y estuvieron tonteando, y él tuvo un millón de oportunidades de decirle que la mujer a la que llevaba un año intentado localizar había aparcado su coche frente a su casa esa misma mañana. Ella no se habría enfadado. Se habría irritado, quizá, pero no con Will. Nunca culpaba a Will de las gilipolleces de Angie. Él lo sabía, porque Angie les había causado innumerables problemas con anterioridad.

Lo que significaba que, si le había ocultado su visita, era porque había algo más que contar. Como que Angie había entrado en su casa. Como que había robado su pintalabios. ¿Qué más había echado en falta? Varios peines. Un frasco de perfume. Se había culpado a sí misma por extraviar las cosas entre su apartamento y la casa de Will, sin pensar ni una sola vez que podía haberlas robado Angie.

A sabiendas de Will.

—Explícame con detalle lo que pasó —dijo Amanda—. Saliste del portal. Viste a Angie dentro de su coche aparcado.

—De pie, a su lado —repuso Will cuidadosamente, como si tuviera que pensar antes de responder—. Me vio y se dio cuenta de que la había visto, pero se subió al coche y...

Miró las bolsas de pruebas. La llave de contacto del Chevrolet, una de las antiguas, de las que pondrían en marcha un Monte Carlo del ochenta y ocho.

—Corrí detrás del coche —explicó—, pero se marchó.

Sara intentó no imaginarse a Will corriendo por la calle detrás de Angie.

Amanda se volvió hacia ella.

—¿Por qué nota preguntabas?

Ella se encogió de hombros como si no fuera nada, pero en realidad tenía importancia.

—A veces me deja notas en el coche. Diciendo lo que cabe esperar.

—¿Últimamente te ha dejado alguna?

—La última, hace tres semanas.

Estaba haciendo su última guardia como pediatra en el hospital Grady. Un niño de cuatro años había confundido una bolsa de metanfetaminas con caramelos. Cuando la ambulancia llegó al hospital, el pequeño estaba en parada cardiorrespiratoria. Sara intentó salvarlo durante horas. Pero no sirvió de nada. Y luego salió y se encontró la palabra JODIDA PUTA escrita con lápiz de ojos negro en el parabrisas del coche.

No cabía duda de que la misiva era de la esposa de Will. Angie tenía una letra deshilvanada, con jotas que parecían efes y eses que parecían treses puestos del revés. Esas dos letras aparecían en casi todas las notas que le había dejado desde hacía un año y medio, concretamente desde la mañana posterior a la primera noche que pasó Will en su apartamento.

—¿Angie nunca te deja notas a ti? —le preguntó Amanda a Will.

Él se frotó un lado de la mandíbula.

—Ella no haría eso.

Sara miró el suelo. Qué bien la conocía Will.

—Muy bien. —Amanda parecía aún más nerviosa que antes—. Voy a daros cinco minutos para que habléis, y luego vuelta al trabajo.

—No —dijo Will casi gritando—. Necesito buscar a Angie. Tienes que dejar que la busque.

—¿Y qué pasa si encuentras su cadáver, Will? El cadáver de tu exmujer, de la que intentas divorciarte desde hace tiempo para poder estar con tu nueva novia. Y da la casualidad de que la forense a cargo del caso es la susodicha novia. Y que tu compañera y tu jefa también trabajan en el caso. ¿Qué tal crees que quedaría en la prensa? ¿O acaso necesitas que te lo explique?

Sara notó por la expresión de Will que no se había parado a pensar en eso.

Amanda añadió:

—Tu mujer ha matado, o no, según tu novia, a un policía que estaba a sueldo de Kip Kilpatrick y al servicio de Marcus Rippy, al que llevabas siete meses intentando imputar por violación. Y casualmente tu esposa también acosaba a tu novia. —Puso los brazos en jarras—. ¿Qué tal te suena?

—Yo solo quiero encontrarla.

—Lo sé, pero vas a tener que dejar que me encargue yo. Cinco minutos —añadió Amanda mirando a Sara.

Sus tacones bajos tamborilearon cuando se dirigió a la plataforma elevadora. Sara ni siquiera había oído a Charlie subir la plataforma.

Will abrió la boca para hablar, pero Sara lo detuvo.

—Por aquí —dijo, indicándole que se alejaran de la sala del

crimen. Al margen de cómo hubiera vivido Dale Harding, muerto se merecía algún respeto.

Los pies de Will, enfundados en Tyvek, se arrastraron por el suelo. Iba encorvado, como un niño al que llevaran castigado a la leñera. Se paró detrás del montón de pladur. Se frotó la cara con las dos manos, borrando toda expresión.

Sara se detuvo frente a él. Esperó a que dijera algo, cualquier cosa. Que sentía haberle mentido o que estaba triste o furioso, o que la quería y superarían aquello, o que no quería volver a verla.

Pero él no dijo nada.

Miró por encima de su hombro el lugar por el que volvería a aparecer la plataforma elevadora. Seguía teniendo los puños apretados y el cuerpo tenso, listo para saltar en cuanto viera la plataforma.

—No voy a retenerte aquí. —Sara sintió que las palabras se le atascaban en la garganta. Tendía a bajar la voz cuando estaba enfadada. Apenas consiguió elevarla por encima de un susurro—. Puedes ir allí a esperar. Yo tengo mucho trabajo que hacer.

Will no se movió. Los dos sabían que Charlie no regresaría hasta cinco minutos después.

—¿Qué quieres que diga?

Sara tenía el corazón acelerado y la boca seca. Will parecía enfadado. Pero no tenía derecho a estarlo.

—¿Por qué no me dijiste que la habías visto?

—No quería disgustarte.

—Normalmente, cuando la gente dice eso, lo que quiere decir en realidad es que no tiene agallas para ser sincera.

Will soltó una risa que pulsó un interruptor dentro de ella.

Nunca había tenido tantas ganas de darle una bofetada.

—Mírame.

Su reticencia era palpable, pero por fin la miró.

—Sabías que me había robado el pintalabios. Que revolvía mis cosas.

Sintió que volvían las lágrimas, esta vez de ira. Todo empezaba con aquella barra de labios, porque Angie no era la clase de persona que se conformaba con cometer una única falta. Sara pensó en todas las cosas que había dejado en casa de Will. Imaginarse a Angie buscándolas, tocándolas, la llenó de rabia.

—¿Crees que también entraba en mi apartamento?

—No lo sé. —Extendió las manos y se encogió de hombros como si aquello no fuera problema suyo—. ¿Qué quieres que...?

—Cállate —dijo ella con voz estrangulada—. Revolvía mis cosas. *Nuestras* cosas.

Will se frotó la mandíbula con los dedos. Miró hacia la galería.

—Cambiaste las cerraduras de tu casa el año pasado. —Al menos sabía que eso era cierto. Will le había dado una llave nueva. Había visto los cerrojos nuevos—. ¿También le diste una llave a ella?

Él hizo un gesto negativo.

—¿Desde cuándo sabes que entra en tu casa?

Se encogió de hombros.

—¿Vas a contestarme?

—Me has dicho que me calle.

Sara notó un sabor a bilis en la boca. Había dejado su portátil en casa de Will. Su vida entera estaba en aquel ordenador: historiales de pacientes, correos electrónicos, su libreta de direcciones, su agenda, sus fotografías. ¿Habría adivinado Angie su contraseña? ¿Habría registrado su bolsa de viaje? ¿Se habría puesto su ropa? ¿Qué más le había robado?

—Mira —dijo Will—, ni siquiera estoy seguro de que haya entrado en casa. Es solo que a veces las cosas no estaban en su sitio. Pero puede que las movieras tú. O yo. O...

—¿En serio? ¿Eso era lo que pensabas?

Will era ordenado por naturaleza. Siempre volvía a colocarlo todo en su sitio, y Sara tenía mucho cuidado de hacer lo mismo cuando estaba en su casa.

—¿Por qué no volviste a cambiar la cerradura?

—¿Para qué? ¿Tan fácil crees que es detenerla? ¿Que de verdad puedo controlarla?

Parecía perplejo por la pregunta, y quizá lo estuviera, porque por tozudo que fuera Will, por fuerte que fuese, era siempre Angie quien dictaba los términos de su relación. Era como una hermana mayor que quería protegerlo. Como una amante retorcida que utilizaba el sexo para controlarlo. Como una esposa detestable que no quería seguir casada ni dejarlo marchar. Angie lo quería. Lo odiaba. Lo necesitaba. Desaparecía, a veces durante días, semanas o meses, más de una vez un año entero. El hecho de que siempre volviera había sido la única constante en la vida de Will desde hacía casi treinta años.

—¿De verdad estabas buscándola? —preguntó Sara.

—Te enseñé los papeles del divorcio.

—¿Eso es un sí?

En los ojos de Will apareció un destello de ira.

—Sí.

—¿La has visto otras veces sin decírmelo? —Un pánico amargo invadió su boca—. ¿Has estado con ella?

La cólera brilló, incandescente, como si Sara no tuviera derecho a preguntarle aquello.

—No, Sara. No he estado tirándomela a tus espaldas.

¿Decía la verdad? ¿Podía confiar en su palabra? Ella había puesto su vida patas arriba por aquel hombre. Había silenciado su instinto. Había puesto en entredicho su moralidad. Había aceptado aquel empleo. Se había puesto en ridículo delante de todos sus compañeros. Eso por no hablar de lo que pensaría su familia, porque no había forma de ocultárselo a no ser que quisiera convertirse en una mentirosa aún mayor que Will.

—¿Crees que todavía está viva? —preguntó él.

—No lo sé. —La verdad tenía una ventaja: entrañaba una incertidumbre cruel.

Will miró su reloj. Estaba contando el tiempo, esperando el instante en que llegaría la plataforma para montar en su corcel blanco y acudir de nuevo en auxilio de Angie.

El día anterior habían ido a ver casas, un día después de que viera a su mujer. Salieron a dar un paseo, y comentaron en broma que pasarse a ver casas en venta con aire acondicionado era una buena excusa para escapar del calor. Casi sin darse cuenta, se había descubierto pensando en bajar por tal o cual escalera para dar un beso a Will o plantando flores en un jardín mientras Will segaba el césped, o de pie en la cocina comiendo un helado de madrugada con él, cuando en realidad debería haber estado pensando en qué clase de cerradura debía poner en el puto cajón de su mesilla de noche.

—Dios. —Se tapó la cara con las manos. Le daban ganas de lavarse con lejía.

—No se dará por vencida. —Will se pellizcó la ceja, un tic nervioso en el que Sara había reparado ya la primera vez que se vieron—. Angie. No se dará por vencida. Ni aunque esté herida.

Sara no respondió, pero él tenía razón. Angie era una cucaracha. Dejaba un rastro de enfermedad allá donde iba, y nada podía destruirla.

—Su coche no está aquí —dijo Will—. Pero la llave sí. Claro que podría tener otra. Otra llave. —Bajó la mano—. Era policía. Era la chica más dura del hogar. Más dura que los chicos. Más dura que yo, a veces. Sabe defenderse. Tiene gente, una red de gente que puede ayudarla si está metida en un lío. Si está herida.

Cada palabra que decía era como un puñal.

—¿Verdad? —añadió—. Si alguien puede sobrevivir a esto, es Angie.

Sara meneó la cabeza. No podía mantener aquella conversación.

—¿Qué se supone que tengo que hacer, Will? ¿Tranquilizarte? ¿Consolarte? ¿Decirte que no pasa nada porque me hayas engañado? ¿Porque supieras que estaba violando mi intimidad, nuestra intimidad, y no hicieras nada por evitarlo? —Se tapó la boca con la mano, porque ponerse histérica no iba a sacarlos de aquella situación—. Sé que en parte siempre sentirás algo por ella. Ha sido una parte importante de tu vida durante casi treinta años. Lo acepto.

Entiendo que te sientas unido a ella por lo que tuvisteis que soportar, pero tú y yo somos pareja. O al menos creía que lo éramos. Necesito que seas sincero conmigo.

Will sacudió la cabeza como si aquello fuera un simple malentendido.

—Estoy siendo sincero. Tenía el coche aparcado en la calle. No hablamos. Supongo que debí decírtelo.

Sara encajó como pudo aquel «supongo».

Él miró de nuevo la abertura por la que llegaría la plataforma elevadora.

—Han pasado más de cinco minutos.

—Will. —Lo poco que quedaba de su orgullo se esfumó—. Por favor, dime qué quieres que haga. Por favor. —Agarró su mano sin poder remediarlo. No soportaba sentir que se le estaba escapando—. ¿Quieres que te dé algún tiempo? Si es eso lo que necesitas, dímelo. —Él miró sus manos unidas—. Dime algo, por favor.

Will acarició con el pulgar el dorso de sus dedos. ¿Estaba pensando en un modo de abandonarla? ¿Había algo que no le había confesado?

Sara sintió que el corazón empezaba a temblarle dentro del pecho.

—Si necesitas afrontar esto solo, dímelo. Puedo aceptarlo. Dime qué quieres que haga.

Él siguió acariciando su mano. Sara se acordó de la primera vez que la había tocado así. Estaban en el sótano del hospital. Sentir el roce de su piel había provocado una explosión dentro de su cuerpo. El corazón le había aleteado en el pecho igual que aleteaba ahora. Solo que esa vez estaba lleno de esperanza. Ahora, lo inundaba el temor.

—¿Will?

Él se aclaró la garganta. Apretó con fuerza su mano. Sara contuvo la respiración mientras esperaba su respuesta, preguntándose si aquel sería el fin de su relación o solo otra montaña gigantesca que tendrían que escalar.

—¿Puedes recoger a Betty? —preguntó él.

Sara no lo entendió.

—¿Qué?

—Está en el veterinario y... —Respiró hondo, entrecortadamente. Apretó su mano—. No sé cuánto voy a tardar. ¿Puedes recogerla?

Sara sintió que abría la boca, que volvía a cerrarla y a abrirla otra vez.

—Me dijeron que estaría... —Will hizo una pausa. Sara vio moverse su nuez al tragar saliva—. Me dijeron que fuera a las cinco, pero quizá puedas llamar para ver si puedes ir a recogerla antes, porque han dicho que estaría lista a mediodía, aunque con la anestesia...

—Sí. —Sara no supo qué otra cosa contestar—. Yo me hago cargo de ella.

Él dejó escapar un largo y lento suspiro, como si acordar qué hacer con Betty fuera la parte más ardua de aquella conversación.

—Gracias.

Charlie Reed subió por las escaleras, haciendo resonar sus pasos con estruendo para anunciar su llegada. Llevaba dos macutos que parecían muy pesados, cada uno en una mano.

—Las escaleras están despejadas —dijo—, así que se acabó la plataforma elevadora. —Su boca dibujó una tensa sonrisa por debajo del bigote en forma de manillar—. Will, Amanda te está esperando en el coche.

Will soltó la mano de Sara. Bajó los escalones de dos en dos, sorteando a Charlie al bajar a toda prisa.

Sara se quedó mirándolo sin saber muy bien qué era lo que acababa de pasar ni qué debía sentir al respecto. Se llevó la mano al pecho para cerciorarse de que seguía palpitándole el corazón. Latía a la misma velocidad que si hubiera corrido un maratón.

—Ay, Dios. —Charlie había llegado a lo alto de la escalera. Dejó en el suelo los dos macutos y juntó las manos al acercarse a Sara—. Intento pensar en una manera de que esto sea aún más violento. ¿Debería bajarme los pantalones? ¿Romper a cantar?

Sara trató de reír, pero el sonido que le salió se parecía más a un sollozo.

—Lo siento.

—Por mí no te disculpes. —Charlie esbozó una sonrisa amable y sincera. Sacó una botella de agua de uno de los muchos bolsillos de su pantalón de loneta—. Tienes que bebértela entera. Aquí dentro hay tropecientos grados centígrados.

Sara se obligó a sonreír porque Charlie no cejaba en su empeño.

—Opción número uno —empezó a decir él—. Darse a la bebida. Tiene sus pros y sus contras.

Sara solo le veía ventajas. Hacía más de un año que no tomaba una bebida alcohólica. Will odiaba su sabor.

—¿Opción número dos?

Él señaló el edificio, que seguía siendo la escena de un crimen.

—Lo de darse a la bebida es tentador —le dijo Sara de todo corazón—. Pero será mejor que hablemos de lo que hay que hacer. Ya puede levantarse el cadáver. Vamos a necesitar a cuatro personas, como mínimo.

—He pedido que sean seis, por las escaleras. Hora de llegada aproximada, dentro de cuarenta minutos.

Sara consultó su reloj. Tenía la vista nublada. Solo alcanzó a adivinar la hora.

—Necesitarán un par de horas para hacer los preparativos. Empezaré la autopsia después de comer. —El veterinario no le entregaría a Betty antes de las cinco, y menos a ella: estaba resentido por no ser un médico de personas—. Creo que lo prioritario para mí en este momento es determinar los grupos sanguíneos. ¿Sabemos ya cuál es el de Angie?

—Amanda ha dicho que te enviará un mensaje en cuanto lo sepa. Mientras tanto, le he pedido a uno de los técnicos que recoja muestras de sangre. Tardará media hora, seguramente. Como ves, las paredes están prácticamente ennegrecidas por las pintadas, así que le he dicho que se limite a recoger lo que se ve y que compruebe tres veces las etiquetas. Es lento, pero minucioso. —Charlie se detuvo para tomar aliento—. Hasta entonces, puedes ayudarme a montar las luces negras y a fotografiar las reacciones al luminol, o puedes sentarte al fresco en el furgón y esperar a que lleguen las muestras para obrar tu magia.

Sara ansiaba estar a solas en el furgón, pero dijo:

—Te ayudo. —Bebió un sorbo de agua. El líquido frío le revolvió el estómago. Era por culpa de la barra de labios. No podía dejar de imaginarse a Angie delante del espejo del cuarto de baño de Will, probando su maquillaje, llevándose todo lo que quería. Porque eso hacía Angie Polaski: apropiarse de cosas que no le pertenecían.

—¿Estás bien? —preguntó Charlie.

—Claro. —Volvió a cerrar con cuidado el tapón de la botella de agua—. ¿Qué más? —preguntó.

—Todavía estamos catalogando pruebas. Tardaremos tres o cuatro días. El coche de Harding se ha enfriado lo suficiente para inspeccionarlo, pero dudo que encontremos gran cosa. Está achicharrado.

Se volvió al oír que un técnico subía por la escalera. El joven vestía un mono de Tyvek sin capucha. Llevaba una redecilla en el pelo de la que sobresalía su coleta como una flecha clavada en la nuca. Tenía una cruz roja y azul tatuada a un lado del cuello, un *piercing* en la ceja y una perilla rala.

—Gary Quintana —explicó Charlie—. Nos ha llegado directo de la facultad. Es superlisto y tiene muchísimas ganas de aprender. No te dejes engañar por su aspecto. Acoge en su casa a gatos abandonados. Y es vegano.

Sara sonrió y asintió con la cabeza como si de verdad estuviera escuchando a Charlie. Notaba cómo le latía el corazón en la garganta. Se le había agriado el estómago. Rezó por no vomitar.

Charlie juntó las manos.

—Bueno, tengo listo mi equipo fotográfico y las luces y...

—Perdona —lo interrumpió Sara. Se llevó otra vez la mano al

pecho, convencida de que él podía ver cómo latía su corazón debajo—. ¿Te importa que me tome un minuto?

—Claro que no. Voy a empezar a montar el equipo en la primera sala. Entra cuando estés lista.

Sara apenas acertó a darle las gracias. Cruzó la galería hacia las escaleras más alejadas. Al pasar por delante de la sala donde descansaba Dale Harding, sintió que había cometido un pecado horrendo al dejarse llevar por sus emociones cuando allí yacía un hombre muerto. Se detuvo delante del unicornio de ojos de arcoíris que había en lo alto de la escalera. Su estómago se sacudió como una barquichuela en medio del océano. Cerró los ojos. Esperó a que se le pasaran las náuseas. Luego sacó su iPhone porque le brindaba la única excusa socialmente aceptable para permanecer allí en silencio, con la cabeza agachada.

Tenía un mensaje de su hermana. Tessa era misionera en Sudáfrica. Le había mandado una foto de su hija construyendo un castillo de barro con ayuda de varios niños del pueblo.

Sara abrió el teclado. Escribió *Angie ha vuelto*, pero no mandó el mensaje. Se quedó mirándolo. Borró las últimas dos palabras y escribió, en su lugar, *Angie podría estar muerta*. Dejó suspendido el pulgar sobre la tecla de enviar, pero no pudo pulsarla.

Había declarado como testigo en varios juicios por asesinato en los que las conversaciones telefónicas tuvieron un papel decisivo. Se imaginó en el estrado de los testigos, explicándole a un jurado por qué su hermana menor le había enviado una carita sonriente al saber que la esposa de Will podía estar muerta. Borró el mensaje sin enviar y se quedó mirando la foto de su sobrina hasta que se le asentó el estómago y dejó de sentir el impulso de lanzarse escalera abajo.

Nunca había entendido del todo la retorcida relación de Will y Angie. Había llegado a aceptarla como una de esas cosas que una tolera cuando está enamorada, como el hecho de que tu pareja no coma verduras o de que nunca se dé cuenta de que el portarrollos de papel higiénico está vacío. Angie era una adicción. Una enfermedad.

Y todo el mundo tenía un pasado.

Ella, Sara, también había estado casada. Se había enamorado profunda e irrevocablemente de un hombre con el que, de haber podido elegir, habría pasado el resto de su vida. Pero él había muerto, y ella se había obligado a seguir adelante. Con el tiempo. Lentamente. Había abandonado su pueblecito natal. Había dejado a su familia y todo cuanto conocía para instalarse en Atlanta y empezar de nuevo. Y entonces había llegado Will.

¿Había sido amor a primera vista? Conocer a Will había sido más bien un despertar. En aquel momento, hacía tres años que era viuda. Hacía turnos dobles en el hospital Grady, se iba a casa, volvía al trabajo y esa era toda su vida. Luego, un día, Will entró en la sala de urgencias. Sara sintió en ese instante que algo se agitaba dentro de ella, como una flor invernal asomando la corola entre la nieve. Era guapo. Era listo. Era divertido. Y también era muy, muy complicado. Will era el primero en reconocer que el bagaje que acarreaba bastaba para llenar todos los aviones que surcaban el cielo. Y Angie solo era una parte de ese bagaje.

Durante la mayor parte de su vida profesional, Sara había trabajado bien como pediatra, bien como médico forense. Entre esos dos empleos, había visto las incontables y repulsivas maneras que tenía la gente de descargar su ira en los niños. Pero hasta que conoció a Will no comprendió del todo lo que ocurría cuando esos niños maltratados se convertían en adultos. Las cicatrices de Will eran tanto físicas como emocionales. No confiaba en los demás, o al menos no lo suficiente. Conseguir que hablara sobre sus sentimientos era como intentar arrancarle un diente. De hecho, conseguir que hablara de cualquier cosa que tuviera verdadera importancia era como tratar de remolcar el Titanic a través de arenas movedizas. Y con un cordón de zapato.

Llevaban tres meses juntos cuando por fin aceptó hablar de sus cicatrices físicas. Pasó casi un año antes de que le contara parte de las circunstancias sin entrar en detalles, y desde luego sin mencionar las emociones que se escondían tras ellas. Sara había aprendido a esperar el momento propicio y a no hacer preguntas. Cuando pasaba las manos por su espalda, fingía no ver la huella cuadrada y perfecta de la hebilla de un cinturón. Cuando besaba su boca, hacía caso omiso de la cicatriz que partía en dos su labio. Solo le compraba camisas de manga larga porque sabía que no quería que nadie viera la marca que él mismo se había hecho en el antebrazo con una cuchilla.

Por Angie.

Había intentado matarse por Angie. No porque le hubiera rechazado, sino porque, de adolescentes, los llevaron a vivir a un hogar de acogida con un hombre que no le quitaba a Angie las manos de encima. Ella se había quejado de lo mismo otras veces. Pero no era la clase de niña a la que la policía hacía caso. A los catorce años, ya tenía antecedentes. Así que Will había cogido una cuchilla de afeitar y se había abierto un tajo de quince centímetros en el antebrazo, desde la muñeca, porque sabía que una visita a urgencias era lo que único que no podían ignorar.

No fue la primera ni la última vez que arriesgó su vida por Angie Polaski. Había tardado años en romper la cadena que lo unía a ella. Pero ¿la había roto de verdad? ¿Estaba únicamente disgustado porque una persona a la que conocía de toda la vida estuviera, casi con toda probabilidad, muerta o había algo más?

Sara no podía dejar de pensar en la barra de labios. Solo podía concentrarse en eso: la abrumaba pensar en las otras violaciones a su intimidad que entrañaba el robo de la barra de labios. Will sabía que Angie estaba entrando en su casa sin permiso. Era capaz de arriesgar su vida por su mujer, pero en cambio no se molestaba en proteger la intimidad de su novia.

Sacudió la cabeza. Al menos ya sabía qué papel ocupaba en su lista de prioridades: justo detrás de Betty.

Volvió a guardarse el teléfono en el bolsillo. Cogió las gafas que llevaba colgadas del cuello de la camiseta. Tenían los cristales sucios. En el edificio hacía un calor insufrible. Todo estaba cubierto de sudor. Encontró un pañuelo de papel en su bolsillo y frotó las lentes con ahínco.

Se dijo que, si algo tenía de bueno el ir a recoger a Betty, era que Will tendría que pasarse en algún momento por su casa para ir a buscarla. Lo cual era ridículo. ¿Por qué le había dado tanto poder? Era una mujer adulta. No debía sentirse como si estuviera esperando a que un chico marcara la casilla del sí o el no en una nota que había metido subrepticiamente en su taquilla.

Revisó los cristales. Entornó los ojos al ver una mancha y estaba a punto de maldecirse a sí misma por haber estropeado otras gafas cuando se dio cuenta de que la mancha no estaba en el cristal. Estaba detrás, en el unicornio.

Se puso las gafas. Echó un vistazo más de cerca. El unicornio era de tamaño natural, suponiendo que un unicornio fuera del tamaño aproximado de un caballo. Tenía la cabeza ligeramente ladeada y miraba hacia abajo, hacia las escaleras. Su ojo pintado como un arcoíris quedaba más o menos a la altura del hombro de Sara. En el centro de la franja azul y verde de la pupila había un agujero del tamaño de una moneda pequeña. El cemento gris se había descascarillado un poco en aquella zona: eso era lo que había tomado por una mancha en el cristal de sus gafas. Miró el suelo. Un polvillo de cemento cubría las colillas y las pipas de *crack*. El polvo llevaba allí poco tiempo.

—¿Charlie? —llamó.

Él asomó la cabeza por la puerta de una de las habitaciones.

—¿Sí?

—¿Puedes venir aquí con la cámara y unas pinzas?

—Es la proposición más interesante que me han hecho en toda la semana. —Volvió a entrar en la sala y salió con su cámara en una mano y un kit de instrumentos forenses en la otra.

Sara señaló el ojo del unicornio.

—Aquí.

Charlie se estremeció.

—Dos cosas que siempre me han dado repelús: los unicornios y los globos oculares. —Sacó una lupa del kit y se inclinó para ver mejor—. Ah, ya veo. Muy observadora.

Sara se quedó a un lado mientras Charlie fotografiaba el ojo descascarillado sirviéndose de una pequeña regla metálica para dejar constancia de la escala. Hizo lo mismo con el polvillo de debajo del unicornio y luego cambió el objetivo para ampliar el encuadre. Cuando acabó de fotografiar al animal mitológico, le pasó a Sara un par de pinzas de punta muy afilada.

—Haz tú los honores.

Sara era consciente de que podía hacer mucho daño si no procedía con cuidado. Pero sabía también que nunca había perdido una partida de Operación. Apoyó la parte de abajo de la mano justo debajo del ojo del unicornio. Abrió las pinzas lo justo para apartar los lados del agujero de la pupila. Muy lentamente, introdujo la punta de las pinzas hasta notar algo sólido. En lugar de abrir las pinzas las cerró, convencida de que allí había algo que agarrar. Tenía razón. Las pinzas atenazaron el borde aplastado de lo que resultó ser una bala de punta hueca.

—A los unicornios hay que dispararles, ¿no? —comentó Charlie.

Sara sonrió.

—¿Con una del treinta y ocho especial?

—Eso parece —repuso él, y añadió—: La G43 no había efectuado ningún disparo. En el cargador y la cámara había balas American Eagle de nueve milímetros y chaqueta metálica. —Charlie torció el bigote mientras pensaba—. Esta podría ser de un revólver.

—Podría ser —convino Sara. Un expolicía de la edad de Dale Harding sin duda preferiría un revólver a una pistola de nueve milímetros—. ¿No habéis encontrado otra arma?

—Puede que se haya derretido en el coche. Voy a decirles a los técnicos que lo comprueben.

Sara olfateó el cartucho vacío y notó un olor residual a serrín, grafito y nitroglicerina.

—Huele a reciente.

Charlie también olisqueó.

—Creo que sí. Pero no huele a sangre.

—La bala estaría tan caliente que cauterizaría cualquier hemorragia al traspasar el cuerpo, pero puede que queden trazas microscópicas.

—¿Kastle-Meyer?

Sara negó con la cabeza. La prueba hematológica de Kastle-Meyer era conocida por sus falsos positivos.

—Deberíamos dejar que el laboratorio haga un lavado. No quiero que me digan que usamos la única muestra disponible y que no pudieron hacer pruebas de ADN.

—Tienes razón. —Charlie miró el suelo—. No soy médico, pero si la bala tocó algo importante, como una arteria, se apreciaría sangre en esta zona.

—Estoy de acuerdo.

Sara encontró una bolsita de plástico en el kit forense. Charlie se ocupó de etiquetarla porque tenía mejor letra.

—Solo para que lo sepas —dijo—, Amanda ha dado carácter de urgencia a todas las pruebas, incluidas las genéticas.

—Mejor veinticuatro horas que dos meses. —Sara observó el orificio de bala del ojo del unicornio—. ¿Este agujero te parece un poco ovalado?

—Me he dado cuenta cuando estaba haciendo las fotos. Les diremos a los genios de la informática que hagan un renderización calculando la trayectoria, la velocidad y el ángulo. Les diré que corre prisa. Tendremos algo dentro de un par de días.

Sara sacó un rotulador de punta fina del kit y lo introdujo en el agujero. La capucha quedó apuntando hacia la galería, ligeramente torcida.

—¿Tienes dos niveles y algo de cuerda?

Charlie se rio.

—Eres toda una MacGyver.

Sara esperó a que sacara un ovillo de cordel de uno de los

macutos. Charlie ató el cordel al extremo del rotulador. Se sacó el teléfono del bolsillo y abrió una aplicación que simulaba un nivel.

—Bien pensado. —Ella sacó su iPhone. Fue pasando aplicaciones hasta que encontró el nivel—. ¿A qué distancia está el otro lado de la galería?

—A veintiocho metros.

—Un proyectil aéreo está sometido a las fuerzas de la resistencia aerodinámica, el viento y la gravedad —dijo Sara.

—Aquí dentro no hay viento. Y la resistencia sería inapreciable a esta distancia.

—Lo que nos deja la gravedad. —Sara puso su teléfono encima del rotulador. La aplicación mostró un clásico nivel Stanley con un número digital debajo de la burbuja—. Me da siete coma seis grados. —Apoyó el teléfono contra el lateral del rotulador para una segunda lectura. El número subía y bajaba sin cesar—. Treinta y dos, digamos.

—Estupendo. —Charlie comenzó a caminar hacia atrás, desenrollando el cordel y manteniéndolo en tensión.

De vez en cuando se detenía y echaba un vistazo al nivel de su móvil apoyándolo sobre la parte de arriba y el lateral del cordel para asegurarse de que no se había desviado. Mientras mantuviera el ángulo adecuado, el cordel indicaría aproximadamente el punto en el que la bala había salido del cañón del arma.

Iba mirando hacia atrás mientras caminaba para sortear los marcadores de plástico amarillo. Llevaba la mano demasiado alta para deducir que una persona de estatura media había sostenido el arma y disparado desde esa altura. Pasó por delante de la sala del crimen y del montón de planchas de pladur. Su mano empezó a bajar. No se detuvo hasta que estuvo en lo alto de la escalera.

—Espera. —Sara comprobó el nivel de su móvil—. Te estás desviando muy a la izquierda.

—Tengo una teoría.

Charlie bajó un peldaño y luego otro. Miró a Sara. La mano

que sostenía el ovillo de cordel fue bajando. Sara mantuvo firme el rotulador. El cordel se desvió de la galería y se tensó en el aire como una cuerda de acróbata, hasta que la mano de Charlie quedó a la altura de su tobillo. Se sirvió del nivel para hacer un ajuste. Echó la mano hacia atrás hasta que quedó pegada a la pared. Comprobó los ángulos una última vez.

—Ya está, la línea acaba aquí.

Sara observó la trayectoria del cordel. La teoría de Charlie era tan válida como otra cualquiera. La persona que había disparado tenía que estar de pie en algún punto de la escalera. O quizá de pie no. Charlie tenía la mano muy baja, a unos siete centímetros del escalón. Dos peldaños más abajo se hallaba el punto de impacto en el que la mujer —posiblemente Angie— se había golpeado en la parte de atrás de la cabeza.

—Forcejearon por la pistola ahí —comentó Sara.

—Angie y Harding. —Charlie dedujo cuál era su hipótesis—. Angie tiene la pistola. Corre escaleras arriba. Harding la agarra, le golpea la cabeza contra el escalón. Ella ve las estrellas. Él echa mano de la pistola. Puede que le estrelle la mano contra el cemento y que a ella se le escape un tiro.

—Angie es diestra. —Sara odiaba tener aquel dato—. Si estaba tumbada boca arriba, para que tu teoría funcione debería haber tenido la pistola en la mano izquierda, lo que significa que la bala estaría en ese lado de la escalera, no aquí.

—¿Es posible que se pusiera de lado?

Sara se encogió de hombros: había muy pocas certezas absolutas, teniendo en cuenta que estaban usando un ovillo de cordel y una aplicación gratuita.

—Pensémoslo. —Charlie empezó a enrollar el cordel—. Angie va huyendo de Harding con el revólver en la mano porque su Glock, por el motivo que fuese, se atascó en el aparcamiento. Casi ha llegado a lo alto de la escalera. Harding la atrapa. El arma se dispara. Angie se zafa. Entra en la habitación. Cierra la puerta. Etcétera. —Levantó un dedo—. El problema es, ¿cómo se disparó la pistola? Siendo policía, no habría tenido el dedo en el gatillo mientras corría escalera arriba. Durante los entrenamientos te repiten a machamartillo que tienes que apoyar el dedo en el seguro hasta que estés listo para disparar. Y no se te olvida así como así cuando dejas de llevar la placa.

—Las pisadas me preocupan —repuso Sara—. ¿Por qué tenía los pies manchados de sangre cuando subió por la escalera?

—¿Porque no llevaba zapatos? —propuso Charlie—. Ahí abajo hay un montón de cristales rotos, algunos cubiertos de sangre. Lo que me recuerda que hemos encontrado una pequeña cantidad de sangre seca en el suelo de abajo. Parece una hemorragia nasal severa.

—Eso cuadraría con la presencia de yonquis, pero de todos modos deberíamos tomar una muestra.

—Disculpe, señor. —Gary, el técnico amante de los gatos, apareció detrás de Charlie—. No he podido evitar oírlos y me estaba preguntando por el forcejeo por hacerse con la pistola. Porque, si ella estaba torcida, de lado, cuando lucharon en la escalera, ¿el cañón de la pistola no apuntaría hacia arriba, más bien hacia el techo? —Intentó simular la postura, con las manos en el aire como Farrah Fawcett en una serie de televisión que había dejado de emitirse años antes de que él naciera.

—Más bien así —dijo Charlie, poniendo otra postura—. Y entonces el arma podría haber girado así... —Ladeó la mano—. Parezco el trofeo Heisman, ¿no?

La risa de Sara sonó más auténtica esta vez, porque los dos estaban ridículos.

—Quizá deberíamos hacer venir a los cerebritos informáticos.

Gary recogió una bandeja de viales.

—He tomado muestras de todos los sitios donde he visto sangre. También he recogido una muestra del goteo de sangre del cuello de Harding con una torunda. Doctora Linton, ¿le importa que la mire mientras determina el grupo sanguíneo? Nunca he visto cómo se hace.

Sara se sintió de pronto muy anciana. Ni siquiera cabía pensar en Farrah Fawcett. Seguramente Gary estaba en pañales cuando los abogados de O. J. Simpson educaron a toda Norteamérica en el uso forense del ADN.

—Por mí, encantada.

Gary bajó las escaleras prácticamente brincando. Sara lo siguió a paso más sosegado. Intentaba no pensar en lo sucedido un rato antes, cuando había visto a Will manejando la plataforma elevadora. En cómo se había enfadado con Collier por mirarla, como si ella fuera a fijarse en otro hombre.

—¿Qué sabes de los grupos sanguíneos? —le preguntó a Gary.

—Que hay cuatro principales —contestó él—. A, B, AB y O.

—Exacto. La inmensa mayoría de los seres humanos pertenecen a uno de estos cuatro grupos, que se basan en antígenos determinados genéticamente y vinculados a los glóbulos rojos de la sangre. Las pruebas del sistema ABO determinan si el antígeno está presente o no empleando un reactivo que aglutina cuando entra en contacto con la sangre.

—Sí, señora. —Gary parecía perdido—. Gracias.

Ella lo intentó otra vez.

—Básicamente, se pone una gota de sangre en una tarjeta de prueba ya preparada, se remueve un poco y la tarjeta te dice de qué tipo es la sangre.

—Ah. —Gary cogió el portafolios del agente que montaba guardia junto a la puerta y firmó—. Qué guay.

Abrió la puerta. Un estallido de sol deslumbró a Sara, que no alcanzó a ver si Gary estaba de verdad interesado o si solo estaba siendo amable. Garabateó su firma debajo de la suya. Sus ojos tardaron un rato en acostumbrarse a la luz mientras cruzaban el aparcamiento. Gary se quitó la redecilla del pelo y tensó la goma que sujetaba su coleta. Ya se había bajado la cremallera del mono de Tyvek. Llevaba las mangas de la camiseta azul marino del GBI enrolladas hasta los hombros. Tenía más tatuajes en los brazos y llevaba una gruesa cadena de oro con un medallón que reflejaba la luz del sol como un espejo.

Sara recorrió con la mirada el aparcamiento y los edificios adyacentes, diciéndose que no estaba buscando a Will ni a Amanda, pero aun así se sintió decepcionada al no ver a ninguno de los dos. Echó un vistazo a su teléfono para ver si Amanda le había mandado el grupo sanguíneo de Angie. No se lo había mandado aún, cosa rara. Amanda solía ser muy rápida. Acercó el dedo al icono de llamada. Tenía un motivo de peso para llamar. Podía preguntarle a Amanda por el expediente de Angie y luego preguntar, fingiendo desinterés, si había pasado algo más. Como, por ejemplo, si Will había encontrado a Angie y la había llevado en brazos hasta el hospital.

Volvió a guardarse el teléfono en el bolsillo.

Levantó la vista y volvió a bajarla rápidamente. El sol le daba directamente en los ojos. Calculó —si no le fallaban sus conocimientos de *girl scout*— que eran en torno a las diez de la mañana. El sol era tan implacable que le lagrimeaban los ojos. Tuvo que mantenerlos bajos mientras pasaba junto al Kia carbonizado de Harding. Dos técnicos examinaban el coche minuciosamente, puestos de rodillas y provistos de sendas lupas. El chasis ennegrecido solo se había enfriado ligeramente. Sara notó al pasar el calor que todavía irradiaba el metal.

El laboratorio móvil del Departamento de Ciencias Forenses del GBI ocupaba el interior de una furgoneta limusina incautada al cerebro de una estafa sanitaria. Se habían arrancado los asientos para dejar sitio a una larga mesa con ordenadores y a diversos compartimentos para almacenar el instrumental y las bolsas de pruebas. Y –lo que era más importante– el aire acondicionado estaba intacto. Sara sintió tal alivio cuando el aire fresco tocó su piel que casi se hincó de rodillas.

Gary puso la bandeja de pruebas sobre la mesa. Retiró una silla para Sara y ocupó otra. Ella intentó no mirar su cadena. En el medallón se leía *slam*.

—¿La prueba puede determinar el sexo y la raza? —preguntó el joven.

85

Sara utilizó una servilleta de papel para limpiarse el sudor del cuello y la cara.

—Para el sexo es necesaria una prueba de ADN que detecta la presencia o la falta de un cromosoma Y. —Empezó a registrar los compartimentos y cajones en busca de las tarjetas EldonCard que había pedido en Amazon porque las vendían más baratas que su proveedor local—. En el caso de la raza se puede recurrir a las estadísticas, pero no son concluyentes. Los caucásicos presentan un número relativamente alto de individuos del grupo A. Los hispanos, del grupo O. Y los asiáticos y afroamericanos, del grupo B.

—¿Y qué hay de los mestizos?

Sara se preguntó si lo decía por Angie, que tenía rasgos mediterráneos: piel morena, exuberante cabello castaño y figura voluptuosa. La única vez que Sara se había puesto a su lado, se había sentido como una pelirroja torpona y desgarbada.

—El caso de los mestizos es un poco más complicado —le dijo a Gary—. El grupo sanguíneo de los padres no siempre coincide con el de los hijos, pero sus alelos determinan el tipo de sangre. Unos padres del tipo AB y O pueden tener un hijo del tipo A o B, pero no O ni AB. Si los dos son del tipo O, sus hijos serán siempre del tipo O.

—Caramba. —Gary se rascó la perilla—. La mayoría de las cosas sobre la sangre que nos enseñan en la facultad tienen que ver con el ADN. Cómo recogerla y procesarla. Estoy alucinando con todo esto.

Sara no estaba segura de que fuera del todo sincero. Los bichos raros lo tenían mucho más fácil ahora. A su edad, ella destacaba como una falange distal hinchada entre los dedos de una mano.

—Voy a hacer la primera tipificación —dijo—. Tú harás la segunda. Cuando vea que controlas el procedimiento, podrás hacer el resto.

—Genial. —Le dedicó una sonrisa—. Gracias, doctora Linton.

—Sara. —Rasgó el envoltorio de papel de aluminio de la tarjeta EldonCard—. Esta es la tarjeta de prueba.

Le mostró la tarjeta blanca, impresa con tinta negra. En la parte de arriba había cuatro círculos vacíos, o «pozos», cada uno con una gota de reactivo en el centro. Debajo de los círculos figuraban distintas categorías: ANTI-A, ANTI-B, ANTI-D y una de control.

—¿Anti-D? —preguntó Gary.

—La D determina el factor Rh. —Sara decidió ahorrarle otra larga disertación—. La presencia o ausencia del factor Rhesus es lo que determina el positivo o negativo que sigue al grupo sanguíneo. Así que, si ves que la sangre se coagula en el círculo de la A y en el de la D, significa que el grupo sanguíneo es A positivo. Si no se coagula en la D, es que es A negativo.

—¿El factor Rhesus?

Ella se puso un par de guantes.

—Se llama así por los monos Rhesus, porque al principio se utilizaron para crear el antisuero necesario en la tipificación de las muestras de sangre.

—Ah —dijo Gary—. Pobres monos.

Sara extendió algunos trozos de papel de cocina limpios y vació el kit encima del mostrador. Dejó a un lado la toallita con alcohol y la lanceta porque no iban a extraer sangre a un sujeto vivo. Separó los cuatro hisopos semejantes a bastoncillos de plástico y el tubito de agua que venía con el kit. Le dijo a Gary:

—Anota en la tarjeta de dónde procede la primera muestra.

Gary se sacó un bolígrafo del bolsillo y escribió *impacto segundo escalón escalera izquierda*, y luego la dirección del edificio, la fecha y la hora. Su medallón de oro golpeaba contra la mesa. Sara dedujo que aún no conocía a Amanda. Una vez, había acercado una regla a la nuca de Will para cerciorarse de que llevaba el pelo cortado a dos centímetros y medio del cuello de la camisa, como mandaba el reglamento.

Sara se puso sus gafas. Colocó la tarjeta sobre el papel de cocina. Estrujó el tubito de agua, depositando una sola gota sobre el reactivo de cada círculo. Gary abrió uno de los viales, que contenía un pegote de tejido, probablemente de cuero cabelludo. Sara se sirvió de una pipeta de cristal para recoger un poco de sangre. Depositó la sangre en el círculo de control y utilizó el hisopo para remover la sangre y el reactivo dentro de los límites del círculo impreso.

—¿Ya tendría que haber empezado a coagularse? —preguntó Gary.

—La del control no. Tiene que estar siempre lisa. —Sara depositó algunas gotas de sangre en el primer círculo, con la leyenda *anti-A*, y la removió con otro bastoncillo. Luego hizo lo mismo con los círculos *anti-B* y *D*. Le dijo a Gary—: Ahora se pone la tarjeta de lado, se sujeta así diez segundos, luego se pone del revés otros diez segundos y así hasta dar la vuelta por completo para que la sangre se mezcle bien con el reactivo.

—Parece que la del B se está coagulando —comentó Gary.

Tenía razón. Dentro del círculo B empezaban a formarse cúmulos rojos parcheados.

—En el círculo D no hay coagulación —añadió el joven—. Eso significa que es B negativo, ¿verdad?

—Exacto —le dijo Sara—. Muy bien.

—¿Sabemos el grupo sanguíneo de la señora Trent?

La mención de aquel nombre fue para Sara como un puñetazo en la garganta.

—Se llama Polaski.

—Ah, perdón. Lo siento.

—Todavía no me han mandado su grupo sanguíneo.

Comprobó su teléfono para asegurarse de que no le había llegado ningún mensaje de Amanda. Se preguntó otra vez si habría ocurrido algo. Will tenía la costumbre de darle siempre la razón a Amanda y de hacer luego lo que quería. Antes le había parecido un rasgo atractivo de su carácter.

—¿El ADN de la señora Polaski también está en su expediente de cuando era policía? —preguntó Gary.

En lugar de decirle que probablemente encontrarían una muestra intacta en su barra de labios, Sara contestó:

—Es poco probable, a no ser que hubiera que descartarla como sospechosa en algún caso criminal. Pero ella trabajaba en la brigada antivicio, así que seguramente no fue necesario. —Se obligó a concentrarse en la tarea que tenía entre manos—. El ADN es el no va más, pero la tipificación también es un hallazgo importante. El grupo B negativo se encuentra únicamente en un dos por ciento de los caucásicos, en un uno por ciento de los afroamericanos y en menos de un 0,5 por ciento del resto de los grupos étnicos.

—Vaya, gracias. Eso que cuenta es increíble, doctora Linton.

Gary sacó su bolígrafo y rellenó la siguiente tarjeta sin que se lo pidiera. Escribía en limpia letra mayúscula que encajaba a la perfección en el casillero correspondiente. *Pisada a escalera izquierda.*

—Entonces —dijo—, primero el agua, ¿verdad?

—Solo una gotita.

Guardó silencio mientras Gary seguía el procedimiento. Aprendía muy deprisa. Cuando mezcló la sangre, delimitó los márgenes de los círculos mejor que ella. Empezó a dar la vuelta a la tarjeta, sujetándola diez segundos antes de volver a girarla otra vez, y otra. Al igual que antes, la sangre se aglutinó en B negativo.

—Tipifica la muestra del cuello de Harding —le dijo Sara.

Gary había utilizado una torunda para recoger la muestra porque no había mucha sangre. Tuvo que servirse de una cuchilla para cortar la punta de algodón en pedacitos y a continuación disolver la sangre en agua. Siguió el mismo procedimiento con la tarjeta. Esta vez solo se coaguló la muestra del círculo D.

—¿He hecho algo mal? —preguntó.

—Es O positivo, el tipo de sangre más común entre los caucásicos, pero lo importante es que ya podemos descartar definitivamente que la sangre de la pisada y las salpicaduras de la escalera sean de Harding. —Sara le pasó otro kit—. Vamos a probar con la muestra de sangre de la habitación en la que murió Harding.

De pronto llamaron con fuerza a la puerta. Se sobresaltaron ambos al oír el ruido.

—Madre mía. —Charlie levantó su cámara al subir al furgón y se sentó en el suelo—. Creía que iba a entrar en combustión dentro de esa sala. —Cerró los ojos y aspiró unos segundos el aire frío.

Gary se puso a analizar la siguiente muestra. Sara le pasó a Charlie una servilleta de papel para que se enjugara la cara. Estaba empapado de sudor. Tendrían que llevar unos ventiladores al edificio antes de continuar con los trabajos. Estaban en agosto, y la temperatura no aflojaba ni siquiera por las noches. Apenas bajaba unos grados cuando se ponía el sol.

—Bueno... —Charlie lanzó la servilleta a la papelera—. Ya he activado el luminol en las otras habitaciones.

Sara asintió con un gesto. El luminol se activaba mediante una luz negra que hacía brillar las enzimas de la sangre con un resplandor azulado y etéreo. La reacción duraba solo unos instantes y se daba una única vez, por eso era importante disponer de una cámara que grabara el proceso.

—¿Algún resultado? —preguntó Sara.

—Pues sí. Lo tengo justo aquí. —Charlie encendió el LED de la parte de atrás de la cámara y empezó a pasar las fotografías—. Por cierto, he encontrado unas salpicaduras de sangre en el unicornio, así que puede que esa bala atravesara el cuerpo de alguien.

—¿Muchas salpicaduras o pocas?

—Como las de un estornudo, más o menos.

—No es suficiente para hacer la prueba con la tarjeta. Tendremos que recurrir al ADN. La sangre no tiene fecha de caducidad —añadió dirigiéndose a Gary—. Esa sangre podría ser de alguien que estuvo de fiesta por aquí hace tres meses y estornudó junto a la pared.

—Quién sabe las cosas que habrá visto ese unicornio —comentó Charlie mientras seguía accionando con el pulgar el mando de la cámara. Manchas y destellos azules cruzaban el LED.

—Doctora Linton... —Gary levantó la tarjeta que acababa de procesar—. Más B negativo.

—¿Has tomado por casualidad una muestra de la segunda habitación empezando desde la escalera izquierda? —le preguntó Charlie.

—Sí, señor. —Gary revisó los viales—. He encontrado un poco de sangre en el suelo, en el rincón del fondo, a la derecha. Y comprobé tres veces la etiqueta antes de pasar a la siguiente, como usted me dijo.

—Buen chico —repuso Charlie—. Tipifica esa muestra, hazme ese favor.

Gary esperó a que Sara le indicara con un gesto que procediera a hacerlo.

—¿Qué pasa? —le preguntó ella a Charlie—. ¿Es que has encontrado algo?

—Pues sí, he encontrado algo.

A Sara no le gustaba el suspense, pero dejó que Charlie se divirtiera un rato. El trabajo forense era casi siempre la parte menos glamurosa de una investigación policial. No era como en la televisión, donde técnicos guapísimos e impecablemente vestidos se sacan pistas de la manga, empuñan sus pistolas, interrogan a los malos y los mandan a prisión. Charlie se pasaba la mitad del tiempo rellenando papeleo y la otra mitad con el ojo pegado a una cámara o a un microscopio. Seguramente habría encontrado unas salpicaduras sospechosas en un techo, o el Santo Grial de la ciencia forense: una huella dactilar identificable dejada en la sangre fresca.

—Aquí está —dijo en tono triunfal, y le tendió la cámara para que lo viera.

La pantalla mostraba la quimioluminiscencia habitual: azul fosforescente sobre un fondo oscuro y garabateado, casi como una radiografía. Pero en lugar de una salpicadura de sangre sospechosa o una huella visible, había una palabra escrita con sangre: *ayúdame*.

—¿Doctora Linton? —Gary había terminado con la tarjeta—. Da B negativo, como las otras dos.

—Gary —dijo Charlie—, ¿estás seguro de que recogiste esa sangre en la segunda sala, donde he encontrado esta nota?

—Sí, señor. Segurísimo. Lo comprobé tres veces.

—¿Sara? —Charlie esperó—. ¿Amanda te ha mandado ya el grupo sanguíneo de Angie?

Ella no tuvo valor para contestar. No podía apartar los ojos de la imagen fosforescente de la pantalla. Miraba fijamente aquella palabra, y su cerebro absorbía la letra cursiva y deshilvanada como si fuera una emanación radioactiva.

La *E* estaba escrita como un tres del revés.

Amanda abrió la puerta trasera. Le tendió la mano a Charlie para que la ayudara a subir. Gary se levantó para ofrecerle su silla. Amanda se fijó en sus tatuajes y su cadena de oro y arrugó el ceño.

—Joven, espéreme fuera.

Gary se apresuró a obedecer, cerrando suavemente la puerta a su espalda.

Amanda se sentó en la silla que acababa de desocupar. Le dijo a Sara:

—Will está registrando el edificio de oficinas de enfrente. —Hablaba en tono reprobatorio, como si Sara hubiera podido impedírselo—. El ingeniero de estructuras dice que está a punto de derrumbarse, pero Will no le ha hecho caso. No puedo mandar a nadie con él porque me arriesgaría a una demanda si se derrumba el edificio.

Sara le pasó la cámara.

—¿Qué es esto? —Su jefa miró la pantalla. Estuvo largo rato observando la palabra escrita en sangre—. ¿Reconoces la letra?

Sara asintió. Había recibido tantas cartas ofensivas durante el año anterior que conocía la letra de Angie casi mejor que la suya propia.

—De momento —dijo Amanda—, vamos a asegurarnos de que esto no salga de aquí. Will no necesita más presiones.

—Sí, señora —respondió Charlie.

Sara descubrió que no podía contestar.

—Los de archivos me han mandado por fin el expediente de Angie —agregó Amanda. Apoyó la cámara sobre su regazo y bajó los hombros. De pronto parecía muy cansada. Tenía sesenta y cuatro años, pero en ese momento aparentaba más—. Por favor, dime que no habéis encontrado sangre del grupo B negativo.

CAPÍTULO 3

Las puertas del edificio de oficinas estaban cerradas con cadenas, pero los yonquis habían arrancado los tablones de una ventana. La puerta del sótano y las de los huecos de los ascensores eran harina de otro costal. El metal estaba soldado al quicio, pero eso no les había aguado la fiesta. El vestíbulo estaba lleno de cristales rotos y trozos de hierro procedentes de mesas y sillas rotas. El edificio tenía tantos años que su estructura no era de cemento, sino de madera. Era un milagro que no hubiera ardido. Había rastros de hogueras en los suelos de baldosas de amianto y el humo había ennegrecido los techos de planchas de amianto. Las paredes estaban manchadas de orines. Todos los objetos que tenían algún valor estaban rotos o habían desaparecido hacía mucho tiempo. Hasta los cables de cobre habían sido arrancados de las paredes.

El edificio tenía diez plantas y formaba un cuadrado casi perfecto. Will dedujo que todas las plantas estaban divididas en veinte despachos, diez a cada lado, con un largo espacio diáfano en el centro y dos servicios al fondo. El plano se asemejaba a un dibujo de Escher más que a un laberinto. En algunas salas había escaleras improvisadas hechas con cajas y mesas amontonadas que llevaban a putrefactos agujeros abiertos en el techo. Esas precarias escaleras conducían a puertas cerradas o habitaciones más pequeñas en otras plantas que tenía que inspeccionar tras dar por concluido el registro de la planta inferior. Se sentía como una bola de *pinball* rebotando de un lado a otro del edificio, subiendo por chirriantes cajas apiladas, bajando por vacilantes mesas colocadas unas encima de otras, forzando armarios, levantando estanterías volcadas y apartando a puntapiés montones de papeles que llevaban varias décadas pudriéndose.

Angie...

Tenía que encontrar a Angie.

Amanda le había hecho perder casi una hora obligándolo a esperar a la puerta del despacho del gobernador, en el Capitolio del estado, mientras ella informaba de lo poco que sabían hasta ahora sobre el asesinato de Dale Harding. Había pasado ese tiempo intentando convencerse a sí mismo de que su jefa tenía razón. De que él no podía buscar a Angie. De que no podía ser él quien la encontrase. La prensa exprimiría la noticia hasta las heces y él no solo vería el fin de su carrera, sino probablemente también el interior de una celda carcelaria. No podía destrozar, de paso, la vida de Amanda. Ni la de Faith. Ni la de Sara. El daño sería irreparable.

A no ser que encontrara viva a Angie. A no ser que ella pudiera contarle lo que de verdad había sucedido dentro de la discoteca de Rippy.

Fue entonces cuando salió del Capitolio y paró un taxi.

De eso hacía ya cuarenta minutos. Si Sara tenía razón, si a Angie solo le quedaban unas horas de vida, quizá fuera ya demasiado tarde.

Pero no podía dejar de buscar.

Abrió la puerta de la última oficina de la tercera planta. No había tablones en las ventanas. El sol inundaba la pequeña sala. Apartó una mesa de la pared. Una rata escapó corriendo. Will se sobresaltó y dio un brinco hacia atrás. Metió el pie por una tabla podrida del suelo. Sintió que la piel de la parte de atrás de su pantorrilla se abría como una cremallera. Sacó rápidamente la pierna del agujero, rezando por no haberse pinchado con una aguja extraviada o un trozo de cristal roto. Tenía el pantalón rajado. La sangre le llegaba hasta el zapato. Pero de momento no podía hacer nada por remediarlo.

Al final del pasillo había una escalera. Los peldaños de cemento trepaban por el edificio como una columna vertebral y las ventanas rotas de los descansillos dejaban entrar un chorro de luz cegadora. Se agarró a la barandilla y subió hasta el siguiente tramo. Casi le falló la rodilla al llegar al rellano. Quizá la herida de la pierna fuera más grave de lo que pensaba. Sintió que la sangre se le acumulaba en el talón del zapato. Su calcetín hacía un ruido parecido a un chapoteo cuando subió a la planta de arriba.

—Hola. —Collier estaba esperándolo. Había vuelto a ponerse el casco amarillo y estaba apoyado contra la jamba de una puerta con los brazos cruzados—. Se acabó lo que se daba, amigo. Tienes que salir de aquí.

—Aparta —le dijo Will.

—Tu señora jefa se puso hecha una fiera cuando le dije que estabas aquí. Vi literalmente cómo se le inflaban las narices. —Collier sonrió—. Y supongo que volverán a inflársele cuando se entere de que yo también estoy aquí.

Collier no se movió, así que Will lo apartó de un empujón.

—Venga, hermano. Este sitio no es seguro. —Collier tuvo que apretar el paso para alcanzar a Will, que andaba a zancadas—. Estoy al mando de los equipos de búsqueda. Si traspasas el suelo y te rompes el cuello, me culparán a mí.

—Ya he traspasado el suelo. —Will siguió andando por el pasillo. Entró en el primer despacho. Carpeta sucia. Sillas rotas. Mesa de metal oxidada.

Collier se quedó esperando en la puerta mientras inspeccionaba la habitación.

—¿Se puede saber qué mosca te ha picado, hermano?

Will vio el borde de un colchón. Estaba cubierto de periódicos. Distinguió una forma debajo. Apartó los papeles con el pie, conteniendo la respiración hasta que vio que aquella forma era una manta, no Angie.

—Esto es un disparate, hombre —comentó Collier.

Will se dio la vuelta. Collier seguía bloqueando la puerta.

—¿Dónde está tu compañero? —preguntó.

—Metido hasta las cachas en denuncias de personas desaparecidas y esperando a que la chica del aviso de anoche salga del quirófano. Va a pasarse varios días sin ver la luz del sol.

—¿Por qué no vas a ayudarlo?

—Porque te estoy ayudando a ti.

—No, qué va. —Will se cernió sobre él—. Aparta o te aparto yo.

—¿Es por lo que ha pasado antes con tu novia, con tu amante o lo que sea? —Collier esbozó una sonrisa burlona—. Mira, tío, debiste decirme que salías con ella. Afrontarlo como un hombre.

—Tienes razón. —Will echó el puño hacia atrás y le asestó un puñetazo a un lado de la cabeza, no solo por Sara, sino por ser un gilipollas y estar en medio.

Collier levantó las manos un segundo demasiado tarde. El golpe fue más fuerte de lo que pretendía Will, o quizá Collier fuera uno de esos tipos que no resistían un puñetazo. Se le pusieron los ojos en blanco. Boqueó como un pez. Se desplomó como un saco de mierda arrojado desde dondequiera que se arrojen los sacos de mierda. Ya estaba inconsciente cuando tocó el suelo.

Will vivió cinco segundos de pura dicha antes de volver en sí. Se miró la mano, sorprendido por aquel repentino despliegue de violencia. Flexionó los dedos. La piel de dos de sus nudillos se había rajado y un hilillo de sangre le corría por la muñeca. Se preguntó por un momento si su mano había actuado por propia voluntad, como si estuviera poseída y escapara a su control. Aquello no era propio de él. No solía liarse a puñetazos ni siquiera con personas como Collier, que se lo merecían.

Angie surtía ese efecto sobre él: le hacía sacar lo peor de sí mismo.

Se sacó la camisa de los pantalones y se limpió la sangre de la mano. Volvió a remeterse la camisa. Se agachó. Agarró a Collier de los hombros y lo apoyó contra la puerta. Luego cruzó el pasillo y siguió buscando a Angie.

97

Otro despacho. Otra mesa. Otra estantería volcada. Un carrito de supermercado con una vieja máquina de escribir eléctrica, marca IBM. Giró sobre sí mismo. Había un armario de metal junto a la puerta. Parecía haber uno cada dos despachos. Uno ochenta y dos de alto. Noventa centímetros de ancho. Cuarenta y cinco de fondo. A diferencia de los otros armarios, este estaba cerrado.

Will se limpió el sudor de las palmas. Agarró el tirador. Trató de girarlo, pero estaba oxidado y no se movía. Apoyó el hombro en la puerta y prácticamente levantó el armario del suelo. Se oyó un fuerte *pop*. La puerta se abrió con un chirrido.

Vacío.

Angie podía haberse escondido en un armario. Le gustaban los sitios oscuros. Los lugares desde donde podía verte sin que la vieras. El sótano del Hogar Infantil era su escondite favorito. Alguien había llevado un futón allá abajo y lo había extendido sobre el frío suelo de ladrillo. Los chicos bajaban a fumar allí. Y a hacer otras cosas. La señora Flannigan, la directora, no podía bajar por las escaleras. Tenía las rodillas artríticas. Y estaba muy gorda. Ignoraba lo que pasaba allá abajo. O puede que sí lo supiera. Puede que entendiera que lo único que podían ofrecerse mutuamente era consuelo físico.

Will sacó su pañuelo. Se secó la nuca.

Nunca olvidaría aquella vez con Angie, en el sótano. Su primera vez. No temblaba. Más bien vibraba de emoción, de angustia y de miedo. Miedo a hacerlo mal, o demasiado pronto, o demasiado tarde, miedo a que se riera de él y él tuviera que matarse.

Angie era tres años mayor que Will. Había hecho muchas cosas con muchos chicos, y también con algunos hombres —no siempre por propia voluntad—, pero el caso era que sabía lo que se traía entre manos y él no.

El solo contacto de sus manos le hizo temblar. Will era muy torpe, se olvidaba de cosas. De cómo se desabrochaban sus pantalones, por ejemplo. Hasta entonces, nadie lo había tocado como no fuera para hacerle daño o darle puntos. No pudo evitarlo. Se echó a llorar. A llorar de verdad. No con las lágrimas ardientes que le corrían por la cara cuando se rompió la nariz o cuando se cortó en el brazo con una navaja de afeitar.

Sollozos grandes, humillantes, a bocanadas.

Pero Angie no se rio de él. Lo abrazó. Le rodeó la espalda con los brazos. Lo envolvió con sus piernas. Will no sabía qué hacer con las manos. Era la primera vez que daba un abrazo. La primera vez que se sentía físicamente unido a otro ser humano. Estuvieron horas en el sótano y Angie lo abrazó, lo besó, le enseñó lo que tenía que hacer. Prometió no abandonarlo nunca, pero a la hora de la verdad las cosas no volvieron a ser como antes entre ellos dos. Ella nunca pudo volver a mirarlo sin verlo roto y derrotado.

Will había tardado casi treinta años en volver a sentirse tan cerca de una mujer.

—¡Trent! —Collier estaba al final del pasillo. Se tambaleaba como un tentetieso. Hizo una mueca de dolor al tocarse la oreja. Le corría un hilo de sangre por un lado de la cara y el cuello.

Will volvió a guardarse el pañuelo en el bolsillo. Abrió otra puerta de un empujón, registró otro despacho.

«Angie», pensaba una y otra vez. «¿Dónde te has escondido?».

No tenía sentido llamarla a voces porque sabía que no querría que la encontraran. Angie era un animal salvaje. No mostraba sus debilidades. Se escabullía para lamerse las heridas en privado. Will siempre había sabido que, cuando le llegara su hora, se iría a alguna parte a morir sola. Igual que la mujer que la había criado.

O que había intentado criarla, al menos.

Angie era solo una cría cuando Deidre Polaski se inyectó su última sobredosis de heroína, que sin embargo no consiguió acabar con ella. Pasó los treinta y cuatro años siguientes en estado vegetativo, ingresada en una residencia estatal. Angie le dijo una vez a Will que no sabía qué era peor, si vivir con el chulo de Deidre o vivir en el Hogar Infantil.

—¡Trent! —Collier apoyó las manos en la pared, echando saliva por la boca—. Dios santo, ¿con qué coño me has dado? ¿Con un mazo?

Will luchó con su mala conciencia y se obligó a no disculparse. Abrió la siguiente puerta de un empujón. Sintió que se le encogía el estómago al recorrer con la mirada lo poco que quedaba del aseo. El suelo se había podrido y estaba perforado. Los váteres rotos, los lavabos y las cañerías se habían hundido hasta el piso de abajo.

Había otro armario metálico al otro lado del agujero. Con las puertas cerradas. ¿Estaría Angie dentro? ¿Se abría agarrado a la pared y habría cruzado penosamente la habitación para encerrarse allí a esperar la muerte?

—No vas a entrar ahí —dijo Collier. Estaba detrás de Will. Se tapaba la oreja ensangrentada con la mano—. Lo digo en serio, hombre. Te vas a matar.

Will sacó su pañuelo y se lo dio.

Collier masculló un exabrupto al acercárselo a la oreja.

—Ese armario mide treinta centímetros de ancho, tío. ¿Tan delgada es esa chica?

—Podría caber ahí.

—¿Sentada?

Will se imaginó a Angie sentada en el armario. Con los ojos cerrados. Escuchando.

—Vale —dijo Collier—, la chica está herida, ¿no? Muy malherida. Tiene otras tres habitaciones para elegir, pero se mete en esta, en la que tiene el agujero gigante. ¿Cómo iba a llegar hasta ahí?

Tenía razón. Angie no era ninguna deportista. No le gustaba sudar.

Will se dio la vuelta. Entró en el cuarto de baño del otro lado del pasillo.

Collier lo observó desde la puerta con los brazos cruzados, apoyado contra la jamba.

—Me habían dicho que eras un capullo muy cabezota.

Will abrió de una patada la puerta de un retrete.

—Imagino que la buena de la doctora te habrá plantado.

—Cállate. —Oyó el eco de la voz de Sara unas horas antes. Nunca la había visto tan enfadada.

—¿Cuál es tu secreto, tío? —preguntó Collier—. Lo digo porque, no te ofendas, pero no eres precisamente Brad Pitt.

Will lo agarró de la camisa y lo apartó.

Angie no estaba en aquel piso. Aún quedaban seis. Will se dirigió hacia la escalera y empezó a subir a la planta siguiente. ¿Lo estaba haciendo mal? ¿Debería haber empezado por la planta de arriba, en vez de por la baja? ¿Tenía desván el edificio? ¿Una suite en la última planta con vistas panorámicas?

En términos tácticos, siempre era preferible el terreno elevado. El edificio de oficinas estaba justo enfrente del club de Rippy. Angie podría haber estado observando desde allí todo ese tiempo. Habría visto llegar el coche patrulla, a los bomberos, las furgonetas del equipo forense, a los detectives, devanándose todos ellos los sesos para descubrir qué demonios había pasado mientras ella estaba en la décima planta partiéndose el culo de risa.

O desangrándose hasta la muerte.

Will dejó atrás el quinto piso, y luego el sexto. Le faltaba la respiración cuando vio un gran número 8 pintado en lo alto del siguiente descansillo. Se detuvo y apoyó las manos en las rodillas para recuperar el aliento. El calor le estaba pasando factura. Vio caer gotas de sudor al suelo. Sus pulmones protestaban. Le dolían los tendones de las corvas. Un hilillo de sangre le corría por un lado del zapato. Los cortes de sus nudillos habían vuelto a abrirse.

¿Era aquello un error?

Angie no habría subido por aquellas escaleras ni en un buen día, cuanto más estando herida de muerte. Odiaba hacer ejercicio.

Will se sentó en las escaleras. Se frotó la cara y se sacudió el exceso de sudor de las manos. ¿Estaba siquiera seguro de que Angie estaba en el edificio? ¿Dónde estaba su coche? ¿No debería intentar averiguar dónde vivía en lugar de ponerse en peligro registrando un edificio abandonado?

¿Y qué había de Sara?

—Santa Madre de Dios. —Collier se había detenido unos tramos de escalera más abajo. Jadeaba como una locomotora—. Creo que van a tener que darme puntos en la oreja.

Will apoyó la cabeza contra la pared. ¿Había perdido a Sara? ¿Había conseguido Angie, con aquel último acto de violencia, lo que llevaba un año intentando?

Betty era su único consuelo. Al comienzo de su relación, Sara siempre se ofrecía a cuidar de ella los días que él trabajaba hasta tarde. En un principio, Will pensó que era para enterarse de los casos en los que trabajaba. Luego, sin embargo, había ido dándose cuenta poco a poco de que estaba utilizando a su perra para atraerlo a su apartamento. Había tardado mucho tiempo en aceptar que una mujer como Sara pudiera interesarse por él.

Sara no habría aceptado ir a recoger a Betty si hubiera querido romper.

¿O sí?

—Trent... —Collier parecía un disco rayado. Subió hasta el rellano de más abajo arrastrando los pies—. ¿Qué sentido tiene esto, colega? ¿Crees que va a estar escondida debajo de una máquina de escribir?

Will bajó la vista hacia él.

—¿Qué haces aquí?

—Me pareció buena idea cuando estaba fuera. ¿Y tú? ¿Qué excusa tienes? —Collier parecía sinceramente interesado—. Tío, tú sabes que no está aquí.

Will miró el techo. Los grafitis le devolvieron la mirada.

¿Qué hacía allí?

O quizá sería mejor preguntar qué otra cosa podía hacer. No había pistas que seguir. Ningún hilo del que tirar. Ignoraba dónde vivía Angie. Dónde trabajaba. Qué hacía en el edificio de Rippy. Cómo se había mezclado en un caso de violación cuyo responsable, un hombre al que Will despreciaba, había salido impune.

Bueno, quizá para ese último interrogante sí tuviera respuesta. Angie siempre se las arreglaba para meterse en sus asuntos. Era sigilosa como un gato acechando a su presa, y luego dejaba al pobre animalito muerto como un trofeo en su umbral para que él, Will, tuviera que deshacerse del cuerpo.

Había en su pasado tantas tumbas anónimas que ya había perdido la cuenta.

—He estado haciendo llamadas, preguntando por tu mujer —dijo Collier. Apoyó el hombro contra la pared. Cruzó los brazos de nuevo. Lo bueno era que se le estaba secando la sangre de la oreja. Lo malo era que el pañuelo de Will se le había pegado a la piel.

—¿Y? —preguntó Will, aunque adivinaba lo que había averiguado.

Que Angie se acostaba con unos y otros. Con frecuencia e indiscriminadamente. Que era la peor clase de policía que podía haber. Que no podías confiar en que te cubriera las espaldas. Que era una solitaria. Que en el fondo quería morir.

Collier se mostró extrañamente diplomático:

—Parece una buena pieza.

Will no podía llevarle la contraria.

—Conozco chicas así. Son muy divertidas. —Collier seguía manteniendo las distancias. No quería que volviera a pegarle—. Pero el caso es que siempre tienen a alguien a quien recurrir.

Will le había dicho algo parecido a Sara, pero aquello sonaba fatal viniendo de Collier.

—¿De verdad crees que ha podido cruzar la calle para venir a este basurero? —Collier se deslizó por la pared para sentarse. Seguía faltándole la respiración—. Mira, no la conozco, pero he conocido a muchas como ella. —Miró a Will, seguramente para asegurarse de que no bajaba las escaleras—. No te ofendas, hermano, pero siempre tienen un plan B. ¿Me entiendes?

Will lo entendía. Angie siempre tenía algún tío al que recurrir. Ese tío no siempre había sido él. Tenía hombres distintos a los que utilizaba en distintos momentos de su vida. Cuando no le tocaba a él, Will seguía con su trabajo, alicataba su cuarto de baño, reparaba su coche y, entre tanto, procuraba convencerse de que no estaba esperando que Angie volviera a aparecer. Temiéndolo. Anhelándolo. Sufriendo por ella.

—Lo que digo es —añadió Collier— que anoche se metió en un lío muy gordo. Estaba herida, así que sacó su teléfono, ese que no encontramos, y llamó a algún tío para que viniera corriendo a buscarla.

—¿Y si ese tío era Harding?

—¿Crees que solo tenía uno?

Will respiró hondo. Contuvo la respiración todo lo que pudo.

—¿Nos vamos ya? —preguntó Collier.

Will se incorporó. El agotamiento le hacía ver destellos. Luchó un momento por no tambalearse. Parpadeó para quitarse el sudor de los ojos. Luego dio media vuelta y siguió subiendo la escalera.

—Dios mío —masculló Collier. Las suelas de sus zapatos rozaron los escalones como papel de lija—. Si quieres saber mi opinión, deberías bajar corriendo estas escaleras y decirle a esa pelirroja que lo sientes, joder.

Tenía razón. Le debía una disculpa a Sara. Le debía más que eso. Pero tenía que seguir adelante porque no quería dar un paso atrás, pensar en lo que estaba haciendo y en el porqué. No quería tirar de ese hilo.

—Es una mujer muy guapa —añadió Collier.

—Cállate.

—Solo era un comentario, tío. Una simple observación.

Will vio un número 9 pintado en el siguiente descansillo. Siguió subiendo. El calor se intensificaba a cada paso. Apoyó la mano contra la pared. Repasó de nuevo la lista: no sabía dónde vivía Angie. No sabía dónde trabajaba. No sabía quiénes eran sus amigos. Si los tenía. Si quería tenerlos. Angie había sido el centro de su existencia durante más de la mitad de su vida, y no sabía nada, ni una puta cosa, sobre ella.

—Tienes un solomillo de primera en casa —comentó Collier—. No vayas al McDonald's a por un Happy Meal. —Se rio—. O, por lo menos, hazlo sin que se entere el solomillo. Porque, hombre, a todos nos apetece una hamburguesa bien grasienta de vez en cuando, ¿me equivoco?

Will dobló la esquina al llegar al número 9. Miró hacia el siguiente descansillo.

Se le paró el corazón.

Un pie de mujer.

Descalzo. Sucio.

Con cortes ensangrentados en las suelas.

—¿Angie? —susurró, temiendo decirlo más alto por si desaparecía.

Collier preguntó:

—¿Qué has dicho?

Will subió a trompicones las escaleras. Apenas podía con su cuerpo. Cuando alcanzó el descansillo, iba de rodillas.

Estaba tendida boca abajo en el suelo. El largo pelo castaño enmarañado. Las piernas abiertas. Un brazo debajo del cuerpo, el otro sobre la cabeza. Llevaba un vestido blanco que Will no le había visto nunca. De algodón casi transparente. Por eso llevaba un sujetador negro debajo. El vestido se le había subido por las piernas, dejando ver las braguitas negras de bikini.

La sangre se extendía desde debajo de su cuerpo inmóvil, formando un halo por encima de su cabeza.

Will apoyó la mano sobre su tobillo. La piel estaba fría. No sintió el pulso.

Bajó la cabeza. Cerró los ojos con fuerza para contener las lágrimas que afloraron de golpe.

Collier estaba tras él.

—Voy a avisar.

—No.

Necesitaba un minuto. No soportaría oír el aviso por radio. No podía apartar la mano de la pierna de Angie. Estaba más delgada que la última vez que la había visto, no el sábado (entonces la vio solo un instante), sino dieciséis meses antes. Fue la última vez que estuvieron juntos. Deidre había muerto por fin, sola en la residencia porque Angie no había querido volver a verla. Will estaba trabajando en un caso cuando falleció. Regresó a Atlanta en coche para acompañar a Angie. Sara ya formaba parte del cuadro: era como una mancha borrosa al borde del marco que podía convertirse en algo o no, dependiendo de cómo fueran las cosas.

Will se había dicho entonces que le debía a Angie una última oportunidad, pero, nada más mirarlo a los ojos, ella había notado que el inmenso peso que compartían –esa caja de Pandora de horrores comunes que ambos llevaban a sus espaldas– había desaparecido definitivamente.

Will carraspeó.

—Quiero verle la cara.

Collier abrió la boca, pero no dijo lo que debía: que tenían que dejar el cuerpo como estaba, que había que llamar a los técnicos forenses, a Amanda y a todos los demás, que se precipitarían sobre el cuerpo sin vida de Angie Polaski como si fuera carroña.

Subió las escaleras y se acercó a la cabeza de Angie. No se molestó en ponerse unos guantes antes de deslizar las manos bajo sus delgados hombros. Dijo:

—¿A la de tres?

Will se obligó a moverse. A ponerse de rodillas. A agarrar los tobillos de Angie. Tenía la piel tersa. Se afeitaba las piernas a diario. Odiaba que le tocaran los pies. Le gustaba la leche fresca con el café. Le encantaban las muestras de perfume que venían en las revistas, bailar, el conflicto y el caos, y todo aquello que él no podía soportar. Pero cuidaba de él. Lo amaba como a un hermano. Como a un amante. Como a un enemigo jurado. Lo odiaba por haberla abandonado. Ya no lo quería. Pero tampoco quería dejarlo marchar.

Jamás volvería a abrazarlo como lo había abrazado en el sótano, aquella vez.

Collier fue contando.

—Tres.

Levantaron el cuerpo en silencio y le dieron la vuelta. No

estaba rígida. El brazo que tenía encima de la cabeza se movió y le tapó los ojos, como si no pudiera soportar haber muerto.

Tenía los labios hinchados y agrietados. La barbilla manchada de sangre oscura. El pelo y la cara salpicados de polvo blanco.

A Will le tembló la mano cuando fue a apartarle el brazo. Había sangre, pero no procedía únicamente de la boca y la nariz, sino también de pinchazos. En el cuello. Entre los dedos mugrientos. En los brazos.

Will sintió que se le aceleraba el corazón. Estaba mareado. Tocó con los dedos su piel fresca. Su cara. Tenía que verle la cara.

El brazo se movió.

—¿Has sido tú? —preguntó Collier.

Sin ayuda, el brazo de la mujer se deslizó de su cara y cayó al suelo.

Entreabrió la boca. Luego, los ojos legañosos.

Miró a Will.

Él le devolvió la mirada.

No era Angie.

CAPÍTULO 4

Faith estaba sentada en su coche frente al dúplex de Dale Harding, tomándose un respiro del calor abrasador. Le sudaban hasta las pelotas, por citar un *post* de la página de Facebook de su hijo que sin duda leerían algún día los posibles empresarios que quisieran contratarlo.

Tal vez Jeremy pudiera vivir con su abuela. Faith había recibido una carita sonriente con gafas de sol después de enviarle a Evelyn su foto con la cachimba. Aquello se alejaba mucho de las técnicas educativas que había empleado Evelyn con ella, salidas directamente de las páginas del *Semanario fascista*. Claro que, si convertirte en Mussolini fuera una estrategia infalible para criar a tu hija, Jeremy nunca habría nacido.

Bebió un largo trago de agua y se quedó mirando el dúplex de Dale Harding. La vivienda ocupaba un lado de un bungaló de dos plantas muy bien cuidado, en el interior de una extensa urbanización vallada.

Allí había algo que no encajaba.

Y Faith odiaba que las cosas no encajaran.

Tras dar con varios callejones sin salida cuando intentaba encontrar algún dato de contacto de Angie Polaski, había pasado el resto de la mañana y parte de la tarde tratando de localizar el domicilio de Dale Harding. Dos pistas falsas la habían conducido a los barrios más sórdidos del este de Atlanta, donde varios vecinos y dueños de garitos le habían dicho que Harding era un gilipollas y que les debía dinero. Su muerte prematura no parecía sorprender ni entristecer a nadie. Varios habían lamentado no estar presentes para verlo morir.

Como había predicho Amanda, había licorerías, clubes de estriptis, locales de préstamo y toda clase de tugurios siniestros en los que cabía esperar encontrarse a un tipejo como Dale Harding. De hecho, muchos de los empleados de esos negocios reconocieron su fotografía, aunque ninguno recordaba haberlo visto en los seis meses anteriores. En todos los locales le dijeron lo mismo: que Dale Harding solía acodarse en la barra todos los días hasta hacía seis meses; que metía a diario billetes de un dólar en los tangas de las chicas hasta hacía seis meses; que diariamente compraba cigarrillos sueltos y botellas de *whisky* de tres dólares, hasta hacía seis meses.

Nadie sabía decirle qué había pasado seis meses atrás.

Estaba a punto de darse por vencida cuando se topó con una *stripper* que le dijo que Harding le había prometido a su hijo cien pavos si lo ayudaba a trasladar unas cajas. Faith no habría encontrado aquel pequeño y tranquilo dúplex del norte de Atlanta si Harding no hubiera timado al chico.

Todo aquello encajaba: lo que le habían dicho los dueños de los garitos y las *strippers*, y lo de engañar a un chaval de quince años después de hacerle trabajar todo el día. Lo que no encajaba era el lugar adonde finalmente había ido a parar Dale Harding.

No había vivido rodeado de lujo, sino más bien en una especie de limbo. Según su página web, la urbanización Mesa Arms era una comunidad para jubilados activos de más de cincuenta y cinco años. Faith había babeado al ver los modernísimos planos colgados en la página. Todo estaba escrito en cursiva y con signos de exclamación, como si no fuera suficientemente atractivo vivir en una comunidad que solo admitía a menores de dieciocho años si iban de visita, y nunca más de tres días seguidos.

¡Cuartos de baño estilo spa!

¡Dormitorios en la planta baja!
¡Tarima en toda la casa!
¡Sistema de aspiración centralizada!

Aquel sitio era el sueño de cualquier jubilado, si uno podía permitirse pagar plazos de medio millón de dólares. Verdes praderas de césped. Aceras de suave pendiente. Preciosos bungalós estilo Craftsman desplegados en abanico en calles sin salida bordeadas de árboles. Había un club social, un gimnasio, una piscina y canchas de tenis que en ese momento ocupaban dos jubilados atléticos, a pesar de que la temperatura rozaba los 38 grados.

Faith se limpió la nuca con la manga de la americana de Will. En aquel instante, el termómetro debía de marcar *infierno*.

Se acabó el agua y tiró la botella vacía al asiento de atrás. Se preguntaba si Harding se habría ligado a una jubilada dispuesta a mantenerlo, pero le pareció muy improbable a no ser que la señora en cuestión tuviera muy mal gusto. Cabía esa posibilidad. En las ventanas delanteras colgaban cortinas de algodón de color rosa caramelo. En el jardín delantero había tres gnomos y un conejito de cerámica, todos ellos vestidos con unas chaquetillas rosas que no eran de su talla, lo que no parecía encajar con el gusto de Harding por las apuestas y las fotografías guarras de BackDoorMan.com.

Teniendo en cuenta que Harding tenía literalmente un pie en la tumba, a Faith le extrañaba que hubiera escogido aquella urbanización para pasar sus últimos días. Y también que la comunidad le hubiera abierto sus puertas. La tarifa de mil doscientos dólares al mes de la asociación de propietarios parecía muy lejos del alcance de un hombre con una pensión como la que había cobrado Harding.

Claro que Harding sabía que no le quedaba mucho tiempo de vida, así que quizá fuera más listo de lo que creía Faith. Era preferible morir en Mesa Arms a morir en una residencia pública de tres al cuarto.

¿Era una ironía o simple mala pata que hubiera acabado palmándola en una discoteca abandonada, con un picaporte clavado en el cuello?

110

Y no en una discoteca cualquiera. En la discoteca de Marcus Rippy.

Faith no había olvidado el golpe de buena suerte de Harding. Al contrario, no dejaba de darle vueltas a aquel asunto. Marcus Rippy había sido acusado de violación siete meses antes. Aproximadamente un mes después, a Harding le tocó la lotería. Y luego estaba Angie Polaski, metida en medio. ¿La habían mandado al club a eliminar a Harding o viceversa?

Faith aún no sabía cómo se sumaban todos aquellos factores, pero sabía que la cuenta estaba ahí.

Buscó en el asiento trasero la botella de agua que su madre había insistido en que se llevara esa mañana. Llevaba desde las seis y media cociéndose en el coche. El líquido caliente corrió por su garganta como aceite de freír, pero Atlanta estaba en alerta roja por contaminación y no le convenía deshidratarse.

No solo había perdido el tiempo en clubes de estriptis y licorerías. Había pasado una hora larga paseándose por Mesa Arms, llamando a puertas que nadie abría y asomándose a ventanas que mostraban casas perfectamente equipadas, pero vacías. El letrero que había en la puerta de la oficina del gerente decía que volvería a las dos, pero las dos ya habían pasado. Los tenistas resistentes al calor habían aparecido hacía diez minutos. Faith se había encaminado a las pistas cuando un mareo la había hecho volver al coche. Se había mirado el nivel de azúcar en sangre mientras el aire acondicionado del Mini rugía a su alrededor, porque lo que había dicho Sara acerca de la diabetes mal controlada la había impresionado.

Pobre Sara.

—Vale —masculló, intentando concienciarse para volver a salir al calor.

Apagó el motor. Pero antes de que abriera la puerta sonó su teléfono. Volvió a poner en marcha el motor para hablar con el aire acondicionado encendido.

—Mitchell.

Amanda dijo:

111

—Will ha encontrado a una mujer en el edificio de oficinas del otro lado de la calle. Una yonqui. Una sin techo. Se metió una sobredosis con una bolsa gigante de cocaína. Por lo visto, fue a propósito. Se le colapsaron la nariz y la tráquea. Está en el Grady. La operación debería durar un par de horas. Haz lo que puedas en casa de Harding y luego ve a quedarte con ella. Me apuesto la cabeza a que vio algo.

Faith se lo repitió todo de cabeza para darle sentido a aquella información.

—¿Sabes si quería suicidarse?

—Es una yonqui —contestó Amanda como si eso lo explicara todo—. He recibido tu mensaje con la dirección de Harding. Estamos mandando la orden de registro por fax al gerente de la urbanización.

—Aquí no hay nadie. He llamado al número de emergencia, he llamado a los timbres. Parece que no hay casi nadie en casa, y es muy raro, porque esto es una especie de comunidad para jubilados. Muy bonita, por cierto. Más bonita de lo que podía permitirse Harding, calculo yo.

—Está a nombre de una empresa fantasma. Estamos intentando seguirle la pista, pero sabemos que Kilpatrick tiene muchas propiedades inmobiliarias que vende por un valor muy inferior al de mercado.

—Qué listo. —Faith tenía que reconocerlo: el factótum de Marcus Rippy sabía cómo zafarse de un lío financiero que podía tener consecuencias legales—. No es mal modo de ocultar dinero —añadió—. Harding vive en una especie de Shangri-la para jubilados por una suma nominal y Kilpatrick no tiene que ponerlo oficialmente en nómina.

—Por cierto, Harding compró el coche hace seis meses, a estrenar. Pagó en efectivo.

—Harding tenía dinero para muchas cosas hace seis meses.

—Dime que tienes una pista.

—Todavía no. —Faith midió sus palabras. No quería darle

falsas esperanzas—. No sé qué tengo, aparte del presentimiento de que algo no encaja.

Amanda suspiró, pero a decir verdad ella nunca dejaba de hacerle caso a su instinto.

—Collier ya ha tenido noticias de los hospitales. Tenemos controlados a todos los heridos por arma blanca: dos casos de violencia doméstica, una pelea en un bar y una chica que se autolesionó. Dice que se le escurrió el cuchillo y se le clavó en el costado cuando estaba cocinando.

A Faith no le sorprendió el número de apuñalamientos. Llevaba mucho tiempo trabajando en la policía.

—Dentro de una hora deberían llegarme los registros telefónicos de Harding y los extractos de sus cuentas bancarias. Empezaré a revisarlos en cuanto me los manden por *e-mail*. Mientras tanto, creo que puedo interrumpir a los tenistas. Hasta ahora, no he visto a nadie más.

—La sangre de Angie está por toda la escena del crimen.

Faith se mordió el labio. Aquello iba de mal en peor.

—¿Cómo se lo ha tomado Will?

—Todavía no lo sabe. Y no lo va a saber de momento. Espera un momento.

El teléfono emitió un chasquido cuando Amanda contestó a otra llamada.

Faith se puso a pellizcar la costura del volante. Pensaba en Will, en su expresión de abatimiento cuando Charlie dijo que la pistola estaba registrada a nombre de Angie. Pero peor aún era la cara que había puesto Sara. Amanda les había hecho marcharse a todos para que pudieran hablar un rato en privado, pero en la puerta del edificio había una cola muy larga para firmar el registro de salida de la escena del crimen, y Faith había alcanzado a oír parte de su conversación.

Sara era mejor persona que ella. Si ella se hubiera enterado de que la ex de su novio hurgaba en sus cosas –y las robaba–, le habría quemado la casa.

—¿Faith? —Amanda volvió a ponerse—. ¿Has sabido algo de Will?

—Sí, tuvimos una larga conversación sobre sus sentimientos mientras me trenzaba el pelo.

—No estoy de humor para ironías.

Había en su tono una extraña nota de preocupación. Will mantenía con Angie una relación tan extraña que parecía salida de *Flores en el ático*, pero eso no era nada comparado con la relación esperpéntica y disfuncional que mantenía con su jefa. Amanda era lo más parecido a una madre que había tenido Will. Una madre, eso sí, de la que podía temerse que asfixiara a su hijo mientras dormía.

—Se marchó después de encontrar a la mujer del edificio abandonado —explicó Amanda—. Desapareció sin más. No tengo ni idea de dónde está. En casa no. Y no contesta al teléfono.

Faith sabía que Will no se había llevado su coche.

—¿Se fue con Sara?

—Ella ya se había marchado cuando encontraron a la mujer.

—Supongo que es una suerte.

—Sí, bueno, no me cabe duda de que Will se las arreglará para volver a cagarla con ella.

Desgraciadamente, Faith estaba de acuerdo.

—¿Crees que Angie está muerta?

—Ojalá —contestó Amanda con sinceridad—. He mandado a Collier para que te ayude a registrar la casa de Harding.

—No necesito su ayuda.

—Me da igual. Espera, no cuelgues. —La voz de Amanda sonó amortiguada mientras daba órdenes a un subalterno. Luego le dijo a Faith—: He conseguido forzar una reunión con el equipo de Kip Kilpatrick a las cuatro en punto. Espera a que llegue Collier para sustituirte en el registro y luego vete al hospital. No quiero que pases mucho tiempo con él.

Faith sintió que se erizaba.

—¿A qué viene eso?

114

—A que sé que es tu tipo.

Faith estaba tan asombrada que no pudo reírse.

—¿Conduce una camioneta de sesenta mil dólares y vive en la caravana de su madre?

Amanda se rio. El teléfono emitió otro chasquido. Había colgado.

Faith se quedó mirando el teléfono. No era nada recomendable que tu madrina fuera también tu jefa. De hecho, era muy desaconsejable.

Puso la alarma del teléfono para que sonara una hora después. Sabía por experiencia que los cirujanos del Grady eran mucho más rápidos de lo que calculaban de antemano, y quería estar junto a la cama de la mujer cuando despertara de la anestesia. Solo se tiene una oportunidad de sorprender a un testigo y, teniendo en cuenta que aquel caso le tocaba muy de cerca, no pensaba desaprovecharla.

Acercó la mano a la llave del coche, pero no apagó el motor. El aire acondicionado era demasiado valioso para apagarlo un solo segundo antes de lo necesario. Miró la pista de tenis. No hacía honor al nombre de la urbanización: no se hallaba sobre una mesa natural, sino sobre un montículo al que se accedía subiendo varios peldaños. Luego miró la puerta de la casa de Harding. Estaba mucho más cerca. En el jardín, que requería pocos cuidados, había una roca de aspecto falso que probablemente escondía una llave de repuesto. La orden de registro estaría posiblemente esperando en el fax de la oficina del gerente. Podía ponerse manos a la obra.

Estaba saliendo del coche cuando llegó Collier en un Dodge Charger negro. Se oía a Aerosmith por las ventanillas cerradas del coche. Pegada al salpicadero había una figurita de una hawaiana medio desnuda, con una falda de hojas. Las ruedas derraparon en el asfalto cuando pisó el freno, metió la marcha atrás y aparcó junto al Mini de Faith.

Collier la miró de arriba abajo al salir del Charger, igual que había hecho esa mañana. Pareció gustarle lo que veía a pesar de que Faith llevaba puesto su uniforme del GBI: camisa azul oscuro, pantalones chinos y pistolera en el muslo (el traje era ya lo bastante poco favorecedor sin necesidad de añadirle los cinco centímetros de grosor de una Glock a la altura de la cadera).

—¿Y eso? —Señaló las dos tiritas redondas que Collier llevaba en la parte de arriba de la oreja derecha. Tenía sangre reseca en los intersticios de la oreja.

—Me he cortado afeitándome.

—¿Con un machete?

—Se me ha roto la Epilady. —Miró la parte de atrás del coche de Faith, fijándose en la silla para bebé y los gusanitos desparramados.

Ella prefirió aclarárselo sin rodeos.

—Tengo una hija de un año y un hijo de veinte.

—Ah, sí. Estuviste quince años en el Departamento de Policía de Atlanta y luego lo dejaste. Nunca te has casado. Estudiaste en la Escuela Técnica de Atlanta. Tu madre también era poli. Tu padre, que en paz descanse, era agente de seguros. Vives a dos calles de tu madre, en una casa que te dejó tu abuela, de ahí que puedas vivir en un buen barrio a pesar de cobrar el salario de una funcionaria del estado. —Se levantó las gafas de sol—. Vamos, Mitchell. Tú sabes que los policías cotilleamos como colegialas. Ya lo sé todo sobre ti.

Faith echó a andar por la acera.

—Yo soy el segundo de nueve hermanos.

—Dios —masculló Faith, pensando en la pobre madre de Collier.

—Mi padre ya está jubilado, pero también era policía. Tengo dos hermanos en la policía de Atlanta, otros dos en la del condado de Fulton y otro en el de McDonough. También tengo una hermana que es bombera, pero no nos gusta hablar de ella.

Faith levantó la roca falsa y descubrió que era de verdad.

—Venga, Mitchell. —Collier era como un cachorrillo

mordisqueándole los talones—. Sé que te has informado sobre mí. ¿Qué te ha dicho tu madre?

Faith hizo una deducción lógica.

—Que eres un chulo y que sueles cometer errores.

Él sonrió.

—Sabía que se acordaría de mí.

A Faith se le ocurrió algo de repente.

—¿Dónde has llevado a Will?

Él dejó de sonreír.

—¿Qué?

—Will se esfumó después de encontrar a esa mujer en el edificio de oficinas. ¿Dónde lo llevaste?

—Vaya, veo que eres una detective de primera, socia. Pero no la encontró él. Bueno, sí, pero yo también estaba allí. Así que podría decirse que la encontramos los dos.

—Yo no soy tu socia. —Se arrodilló y observó las piedras. Parecían todas falsas—. ¿Vas a contestarme?

—Lo llevé a su casa. —Collier se metió las manos en los bolsillos—. No me preguntes por qué, porque no puedo decírtelo. Mi hermana dice que debería haber sido bombero porque soy de esos cretinos que se meten en un edificio ardiendo, en vez de escapar de él.

—¿Sabes por qué intentó matarse esa mujer?

Él se encogió de hombros.

—Es una yonqui.

Faith levantó una roca de aspecto sospechosamente anodino. Aquella sí era falsa. Quitó la tapa de plástico, esperando encontrar la llave de la casa.

Estaba vacía.

—¿Te ha dicho tu madre que tuve un accidente cuando practicaba lucha libre en el instituto? —preguntó Collier. Estaba apoyado contra la jamba de la puerta, con los brazos cruzados—. Torsión testicular.

Faith tiró la piedra vacía al suelo.

—Una auténtica tragedia. —Él se pasó las manos por el pelo mientras miraba a lo lejos—. No puedo tener hijos. —Le guiñó un ojo porque, obviamente, lo exigía el guion—. Lo cual no me impide seguir intentándolo.

—¿Hola? —Por la acera subía una mujer con pinta de *hippie*. Llevaba chanclas y un vestido camisero amarillo con cinturón. El largo cabello gris le caía suelto sobre los hombros. Sostenía un montón de papeles con una mano y llevaba colgado de la muñeca un llavero flexible cargado de llaves—. ¿Es usted la señora de la policía que llamó antes?

—Sí, señora. —Faith se sacó su identificación del bolsillo—. Soy la agente especial Faith Mitchell. Este es...

—No hace falta que me enseñe eso, guapa. Llevan los dos *policía* escrito en la espalda de la camisa.

Faith guardó su documentación y prefirió ahorrarse el sermón y no decirle que hoy en día se podía imprimir la palabra *policía* en la espalda de cualquier prenda.

—La verdad es que no me sorprende que le haya pasado algo malo a ese sinvergüenza de Dale Harding —comentó la mujer—. No era de los que van por ahí haciendo amigos. —Sus chanclas resonaron en el camino de entrada. Aporreó la puerta de Harding. Las llaves de su llavero tintinearon—. ¿Hola? —Llamó otra vez—. ¿Hola?

—¿Vivía con alguien? —preguntó Faith.

—No. Lo siento, es la fuerza de la costumbre. Hago muchas comprobaciones rutinarias para asegurarme de que nuestros socios están bien, y nunca entro en una casa sin llamar primero. —Le tendió la mano—. Soy Violet Nelson, por cierto. La gerente de la urbanización. Perdonen que haya tardado tanto. Me he entretenido en la biblioteca.

—¿Fue usted quien le alquiló la casa al señor Harding?

—Eso es responsabilidad del propietario, que según nuestra documentación es una empresa que tiene su sede en Delaware, imagino que por motivos fiscales. —Buscó entre sus llaves, leyendo las pulcras etiquetas clasificadas por colores—. Vaya, necesito mis gafas. ¿Ustedes no tendrán...?

Faith miró a Collier, porque estaba mucho más cerca que ella de necesitar gafas para leer.

Él le dedicó una de sus centelleantes sonrisas.

—Soy más joven de lo que parezco.

—Les llegará antes de lo que creen. A los dos. —Violet se rio aunque aquello no tenía gracia. Siguió repasando sus llaves. Había al menos cincuenta. Faith no se ofreció a ayudarla porque Violet le parecía de esas personas que hablan por hablar—. En cuanto les abra, pueden tomarse todo el tiempo que quieran. Solo tienen que meter la llave por la ranura de la puerta de mi oficina cuando se vayan.

Faith volvió a mirar a Collier, porque aquella no era la actitud habitual de la gerente de una urbanización. Claro que la mayoría de los gerentes inmobiliarios con los que trataban trabajaban entre rejas o detrás de un cristal a prueba de balas.

—He llamado a las puertas de algunos vecinos —comentó Faith—. Parece que hoy no hay nadie por aquí.

—Los fines de semana hay más gente. —Violet probó a meter una llave en la cerradura—. Ya nadie se jubila de verdad. Todos tienen trabajos a tiempo parcial. Y los más afortunados trabajan como voluntarios. A las cuatro puede encontrarnos a casi todos en el club social para la hora del cóctel.

Faith se desmayaría si se tomara una copa a las cuatro de la tarde.

—¿Conocía usted a Dale Harding? —preguntó.

—Lo conocía bastante bien. —Violet no parecía muy entusiasmada al decirlo—. Era como tener un grano en el trasero, si me permiten decirlo.

Faith hizo un gesto con la mano invitándola a seguir.

—Digamos que no era la persona más limpia del mundo.

—¿Mujeres? ¿Alcohol? —preguntó Collier.

—Basura —contestó ella, y se contuvo—. Y no lo digo en sentido figurado. Me refiero a auténtica basura: cosas que deben tirarse y no se tiran. Yo no lo llamaría un acumulador de desperdicios. Sencillamente, era demasiado vago para acercarse al cubo de basura. Barbara se quejaba de los malos olores. Es la chica del dúplex de al lado. Comida podrida, decía. El olor se filtraba por las paredes de su lado de la casa. Yo también lo notaba. Era asqueroso. He escrito como diez cartas a esa empresa de Delaware, pero no ha habido suerte. Llevábamos meses hablando con los abogados de la asociación de propietarios, intentando encontrar una solución.

—Qué horror —dijo Faith, pensando que a la gente normal nunca se le ocurría pensar que el olor a comida podrida se parecía mucho al de un cuerpo en descomposición—. ¿Algo más?

—Estaban siempre discutiendo. —Violet probó con otra llave—. Barb y Dale. Bueno, Dale discutía con todo el mundo, pero sobre todo con Barb. Se sacaban de quicio el uno al otro. —Metió otra llave, sin éxito—. Tuve que intervenir un par de veces para que se calmaran. No me gusta hablar mal de los muertos, pero Dale era... —Se esforzó por encontrar la palabra adecuada.

—¿Un tocapelotas? —sugirió Faith. Parecía ser la opinión generalizada.

—Sí, un tocapelotas —convino Violet—. Así que, si esto fuera *Se ha escrito un crimen* y me preguntaran si Dale tenía enemigos, les diría que se los ganaba a pulso. —Señaló las ventanas—. Esas cortinas horrendas son un ejemplo perfecto. El estatuto dice claramente que las cortinas tienen que ser blancas. Le mandé una carta advirtiéndoselo y me contestó con una nota de un bufete de abogados ficticio, impresa en papel con membrete falso, diciendo que estábamos discriminándolo por ser homosexual. —Puso los ojos en blanco—. Como si un gay de su edad fuera a comprar cortinas de poliéster.

Faith vio que probaba a meter otra llave. Estaba repasando todo el llavero.

—¿Qué me dice de Barb, la vecina de al lado? ¿Dice usted que discutían mucho?

120

—Él andaba siempre provocándola. Sin ningún motivo. La pinchaba sin parar.

—¿Cómo, por ejemplo?

Violet señaló el jardincillo delantero.

—Los gnomos son de ella, y el conejo se lo regaló su nieto. Eso lo sabemos todos. Barb les va cambiando de chaquetilla según la época del año. Roja el Día de San Valentín. De cuadros el Día del Armisticio. —Se encogió de hombros—. Cada loco con su tema. Un día vino a verme para decirme que había pasado una cosa extrañísima. Habían desaparecido todos los gnomos y el conejito de su jardín. Pensamos que habrían sido los críos. Algunos nietos que hay por aquí son una panda de delincuentes juveniles. Ya se sabe que de tal palo... Pero luego, dos días después, Dale puso los gnomos y el conejo en su parte del jardín, con chaquetillas rosas. Y ni siquiera eran de su talla. —Probó con otra llave—. La verdad es que eran cuatro gnomos, pero a uno le pintó la cara de negro, y eso está expresamente prohibido en los estatutos de la comunidad. —Bajó la voz y añadió—: Si no lo estuviera, este sitio estaría lleno de enanitos negros vestidos de *jockey*.

Adiós al Shangri-la.

—¿Harding tenía visitas frecuentes?

—Ni una sola que yo haya visto.

—¿Tenía horarios fijos? —preguntó Collier.

—Estaba casi siempre en casa, lo cual era muy molesto, si les digo la verdad. Le daba tiempo a fastidiar a todo el mundo. Era muy vago, pero no le importaba recorrer dos calles para ir a gritarle a algún nieto que estuviera divirtiéndose en la piscina.

—¿Cuándo se mudó aquí?

Violet probó una llave más.

—Hace seis meses, quizá. Tengo los papeles en algún sitio. Denme su dirección de *e-mail* y se los escaneo. Iba muy retrasado en el pago de la comunidad. —Por fin encontró la llave correcta—. Es el recibo de la asociación de...

Collier le detuvo la mano sobre el pomo de la puerta.

Faith sacó su Glock antes de darse cuenta por completo de lo que ocurría.

Se oían ruidos dentro de la casa.

Ruidos amortiguados, como si alguien intentara escabullirse.

Faith miró la piedra falsa. No había llave. ¿Para qué tener una piedra falsa si no tenías llave de repuesto?

A no ser que ya la hubiera usado alguien para entrar.

Collier se llevó un dedo a los labios antes de que Violet pudiera pedir una explicación. Le indicó que se apartara y luego que retrocediera un poco más, hasta que estuvo al otro lado de su coche.

Volvió a oírse aquel ruido. Más fuerte esta vez.

Collier sacó su teléfono y pidió refuerzos en voz baja. Luego indicó a Faith que entrara ella primero.

Lo que significaba que, gracias a cincuenta años de feminismo, probablemente iba a acabar con un tiro en el estómago.

Apoyó el dedo a un lado de la Glock, justo encima del gatillo, que era donde les enseñaban a apoyarlo hasta que tomaban la decisión firme de disparar. Pensó en el chaleco salvavidas que tenía en el coche. En el asiento de su preciosa hija. En la botella de agua que su madre, siempre tan atenta, le había dado esa mañana. En la foto de su guapísimo hijo en el teléfono.

Luego levantó el pie y dio una patada a la puerta.

—¡Policía! —gritó, dejando que la palabra saliera como una explosión de su boca.

Se movió de un lado a otro escudriñando la habitación. Cocina. Mesa. Sofá. Sillas. Desorden. Caos. Había apagado todos sus sentidos, excepto uno. Su visión se concentró en puertas y ventanas, buscando manos que sostuvieran armas. Collier echó un vistazo al armario de los abrigos. Nada. Pegó la espalda a la de ella. Le dio un toque en la pierna. Avanzaron al unísono, ambos encorvados, moviendo la cabeza como una ametralladora giratoria.

Faith se acordó de la página web de Mesa Arms. Harding vivía en el bungaló tipo Tahoe. Espacio diáfano. Dos dormitorios. Un cuarto de baño.

Puerta.

¡Aseo individual para sus invitados!

Puerta.

¡Cuarto de la lavadora perfectamente equipado con armarios de almacenamiento opcionales!

Esquina.

Faith se colocó de lado, ocultándose tras la esquina por si había alguien en el pasillo con un arma. Si ella no podía ver a quien fuera, tampoco podrían verla a ella. Sostenía el arma delante de sí, con los pies bien separados. Sin pensarlo conscientemente, deslizó el dedo desde el lado de la pistola al gatillo. Se obligó a hacer retroceder el dedo por el cañón, permitiéndose un segundo de duda más por si acaso al fondo del pasillo había un niño o un anciano sordo.

Ahora o nunca.

Lentamente, centímetro a centímetro, se fue inclinando hasta asomarse por la esquina.

Nada.

Avanzó por el pasillo.

Puerta.

¡Baño principal con ducha y cómoda taza de váter!

Puertas cerradas.

¡Luminosos dormitorios en la planta baja para usted y sus invitados!

Los dormitorios estaban en lados opuestos del pasillo. Cada uno ocupaba un lado de la parte trasera de la casa.

Dejó que Collier se ocupara de la habitación de la derecha. Se inclinó de nuevo para cubrirle sin perder de vista la otra puerta cerrada, de modo que pudiera cubrirle las espaldas cuando entrara en la habitación. Con lentitud casi penosa, Collier bajó el brazo y giró el pomo. La puerta se abrió. La empujó con fuerza por si había alguien escondido detrás. Cortinas rosas en un ventanal que daba al patio trasero. Un colchón inflable en el suelo. Una cortina descorrida donde debía estar la puerta del armario.

Despejado.

En el pasillo, Collier se apostó frente a la habitación de la izquierda e hizo una seña a Faith con la cabeza.

Ella abrió la puerta de una patada tan fuerte que el picaporte se clavó en la pared de pladur. Más ventanas. Más cortinas rosas. Otro colchón en el suelo, este con somier y sábanas sucias. Una caja de cartón en lugar de mesita de noche. Cables colgando. Una lámpara. El armario tenía una puerta con cerradura.

Faith se obligó a respirar. Llevaba tanto tiempo conteniendo la respiración que estaba a punto de desmayarse. Sus pulmones solo se llenaron hasta la mitad. Su reloj era un cronómetro. El sudor le goteaba de las manos cuando, haciendo un esfuerzo, las aflojó un poco para que el retroceso de la Glock no le rompiera la muñeca si tenía que disparar.

Collier pegó la espalda a la pared, cubriendo el armario. Ella se forzó a avanzar mientras procuraba olvidarse de la escena que se repetía una y otra vez en su cabeza: la puerta del armario se abre, aparece una escopeta, su pecho acaba hecho pedazos.

Con sumo cuidado, apartó la mano izquierda de la Glock. Tenía la sensación de que los huesos de sus dedos entrechocaban entre sí. Sintió un pinchazo en el hombro al bajar el brazo. Alargó el brazo hacia el pomo en forma de huevo. Notó en la piel el frío metal. La articulación de su muñeca inició la lenta rotación de su mano.

Cerrada.

Abrió la boca. Respiró.

¡Amplio armario empotrado en la alcoba principal!

Las bisagras estaban por fuera. No podía abrir la puerta hacia dentro de una patada.

Miró a Collier. Seguía tenso, pero no la miraba a ella, miraba hacia el pasillo. Su pecho se movía cada vez que respiraba entrecortadamente. Apuntaba con la Glock hacia el techo.

El desván.

¡Espacio de almacenamiento opcional para sus posesiones más valiosas!

En el pasillo había una escalera plegable de la que colgaba un cordel.

Faith comenzó a sacudir la cabeza. No pensaba subir al desván teniendo a una sola persona para cubrirla.

Un ruido.

Una especie de arañar, esta vez más fuerte, como si alguien se estuviera arrastrando por el desván.

Collier salió al pasillo, agachado todavía. Faith hizo lo mismo, pero se detuvo en la puerta. Él la miró. Ella asintió con la cabeza, aunque todo su cuerpo le gritaba que aquello iba a terminar mal. Collier levantó el brazo. Agarró el cordel que colgaba de la escalera plegable. Los muelles chirriaron tan fuerte que a Faith estuvo a punto de estallarle el corazón. Collier desplegó la escalera con una mano, sin dejar de apuntar hacia arriba con la otra.

Se quedaron completamente quietos, esperando a que el otro se moviera.

El problema no era que estuvieran asustados. Ambos lo estaban en igual medida. Se trataba de confiar en quien te cubre las espaldas mientras metes la cabeza en una galería de tiro.

Faith masculló una maldición y sacó su teléfono. Mejor que le volaran la mano que la cara. Activó la cámara de vídeo y encendió el *flash* para que los técnicos forenses tuvieran una grabación clara que explicara que hubiera dos policías muertos en el pasillo.

Obligó a su cerebro a poner en marcha los músculos de su pierna para subir por la escalera. Su pie estaba a dos centímetros y medio del suelo cuando Collier le quitó el teléfono de la mano. Le lanzó una mirada, como si estuviese loca. Apoyó la deportiva negra en el primer peldaño. Los muelles gruñeron bajo su peso. Subió al segundo peldaño.

Faith volvió a ver aquella escena en su cabeza, esta vez con Collier como protagonista: aparece una escopeta y su pecho salta hecho pedazos.

Collier se detuvo en el segundo peldaño. Tenía las dos manos al nivel del pecho, una con la Glock, la otra con el teléfono de Faith.

Aguzaba el oído intentando calcular de dónde procedía porque solo tendría una oportunidad de iluminar el desván a oscuras con la luz del teléfono. Faith no podía ayudarlo a localizar el ruido. Lo único que oía era la sangre que circulaba por sus orejas. Abrió la boca para tomar aire. Su lengua parecía de algodón. Notaba el sabor de su miedo, agrio como la carne podrida, como el sudor y el ácido.

Collier la miró, esperando que le diera la señal de avanzar. Ella asintió con la cabeza. Miraron ambos hacia el negro espacio del desván. Collier agachó los hombros. Encogió la cabeza. Levantó la mano, utilizando el teléfono como un periscopio digital. Miraron los dos la pantalla. Surgió una imagen.

Faith sintió que el estómago se le clavaba en el pecho.

—Joooder —susurró Collier con un suspiro.

Una rata del tamaño de un gato los miraba desde el teléfono. Sus ojillos brillaban, rojos, a la luz del móvil. Estaba sentada sobre sus patas traseras. Movía la mandíbula al masticar. Tenía algo en las manos, lo cual era aún más horrible porque Faith no quería pensar que una rata tuviera manos con las que pudiera sujetar cosas.

Collier movió el teléfono describiendo un ángulo de 360 grados alrededor del desván mientras enfundaba la Glock. Utilizó la mano libre para enfocar a la rata y luego más allá. Había dos cajas archivadoras apoyadas contra la pared medianera del dúplex. Descansaban precariamente sobre sendas viguetas porque el suelo del desván no llegaba hasta allí. Más cerca de la escalera había una bandeja abierta de carne picada podrida. Sobre su superficie se movían larvas blancas, como olas rompiendo en el océano. Se oía el zumbido de las moscas. Mientras miraban, la rata estiró las manos y apartó la bandeja de la escalera unos centímetros. Faith tuvo la sensación de que el ruido que hizo la bandeja al deslizarse por el suelo retumbaba dentro de su cabeza.

La rata los observó atentamente mientras cogía un pedazo de carne con sus dedos finos y angulosos. Se acercó la carne podrida al pecho, se alejó dando un par de saltos y luego agachó la cabeza y siguió mirándolos mientras masticaba.

—Vale. —Collier se bajó de la escalera. Le devolvió a Faith el teléfono—. Ahora voy a vomitar.

Ella pensó que era una broma porque no tenía mala cara, pero dos segundos después Collier estaba en el baño dándole la vuelta al forro de su estómago.

—¡No te olvides de cancelar los refuerzos! —le gritó Faith.

Collier contestó con una arcada.

Ella pasó la mano por la parte de arriba del marco de la puerta. Estaba lleno de polvo, pero no había ninguna llave. Sacó un boli de un bolsillo de sus pantalones y se puso a hurgar en la caja que Harding utilizaba como mesilla de noche. Miró en las repisas de las ventanas y encima de la puerta del pasillo. Nada.

Collier parecía haber acabado en el cuarto de baño, pero entonces le sobrevino una arcada tan fuerte que a Faith le chirriaron los oídos. Se estremeció, no por el sonido, sino porque la escalera del desván seguía abierta. Se imaginó a la rata bajando despacio y agarrándose a la barandilla con sus manitas sin pulgares. Pegó la espalda a la pared al pasar junto a la escalera desplegada. Esperó a estar a salvo en el cuarto de estar para poner el vídeo que acababan de grabar.

La rata era de un color azul grisáceo, con las orejas redondeadas y una cola gruesa de un blanco sucio, como el cordel de un tampón. Miraba a Faith a través de la pantalla mientras movía la boca. No había sonido, pero a Faith le pareció oír el ruido que hacían sus labios. La bandeja de carne había dejado una mancha de sangre en el suelo desde las escaleras hasta el lugar donde la rata había tirado de ella, llevándola a algún sitio. Posiblemente, a un nido gigante.

Se le estremeció todo el cuerpo al pensarlo.

Volvió a pulsar el *play*. Se acordó de un libro *pop up* que le habían regalado a su hija por Navidad. A Emma le daba pavor la mosca con un millón de ojos que salía de repente de la página central, pero aun así no podía evitar abrir el libro una y otra vez y gritar. Faith se sintió igual cuando volvió a ver el vídeo. Estaba asqueada, pero no podía apartar los ojos.

Oyó el ruido de la cisterna. Collier se reunió con ella en el cuarto de estar, limpiándose todavía la boca con el dorso de la mano.

—Bueno... —dijo mientras se sacudía una manchita de vómito de la camisa—. ¿Robo ratonil, entonces?

Faith se obligó a apartar la mirada del teléfono. Lo único que se le ocurrió fue lo que llevaba oyendo todo el día sobre Dale Harding.

—Qué tocapelotas.

—¿Has visto si esas cajas tenían etiquetas?

Faith le enseñó el teléfono para que lo viera él mismo.

—Ajá. —Collier levantó un dedo, como si necesitara un momento para tomar una decisión—. Vale, ya se me ha pasado.

—¿Seguro?

Tenía la cara del color de un sobre.

—No.

Se acercó al lavabo de la cocina y abrió el grifo. Tuvo que apartar un montón de platos para meter la cabeza debajo del grifo. Hizo gárgaras y escupió en la pila. Fue asqueroso, pero Faith tenía la sensación de que Harding había hecho cosas peores en aquel lavabo.

—¿Agentes?

Faith se había olvidado de Violet.

—Santo cielo, cómo huele a amoníaco y a basura. —Se pellizcó la nariz, parada en la puerta—. ¿Va todo bien?

—Hay un rata ahí arriba —respondió Collier—. Una muy gorda. Puede que esté preñada.

—¿Es gris con las orejas blancas?

Faith le enseñó el vídeo en pausa de su teléfono.

—Madre mía. —Violet meneó la cabeza—. El nieto de Barb trajo a su rata el fin de semana pasado. Juró mil veces que había cerrado bien la jaula. La buscaron por todas partes.

—Estoy seguro de que no es una mascota. —Collier espantó una mosca—. Es enorme. Sobrenatural.

—Puedo enseñarles el cartel que puso Barb en el tablón de anuncios —se ofreció Violet.

Collier cerró la boca con fuerza y negó con la cabeza.

Faith pensó en la bandeja de carne picada que había junto a la escalera del desván.

—¿Estaba la rata dentro de la casa de Barb cuando desapareció?

—No. Su nieto dejó la jaula en el porche acristalado de Barb una media hora. Por lo visto, a las ratas les gusta tomar el aire. Cuando volvió, la tapa estaba levantada y la rata había desaparecido. —Violet arrugó el ceño al fijarse en la habitación—. No me cabe duda de que el Señor Nimh está más a gusto en este estercolero.

—¿Barb pasa mucho tiempo en casa? —preguntó Faith.

—Ahora que lo menciona, normalmente sí. Se va a llevar un disgusto cuando sepa que se ha perdido el espectáculo. Es un poquitín cotilla.

A Faith le encantaban las cotillas. Le pasó a Violet su tarjeta de visita.

—¿Puede decirle que me llame? Quiero hacerme una idea general de cómo era el señor Harding.

—No creo que pueda decirle gran cosa, aparte de que era un bruto.

—Se sorprendería usted de cuántas cosas recuerda la gente.

Violet se guardó la tarjeta en la tira del sujetador.

—Como les decía antes, metan la llave por la ranura de la puerta de mi oficina cuando acaben.

Faith oyó alejarse sus chanclas por la acera.

—Una mascota... —Collier espantó otra mosca con la mano.

—Eso explica por qué no ha huido de nosotros.

—Aun así quiero que se muera. Ya, a ser posible. Y abrasada.

—Busca una llave —le dijo ella—. Tenemos que abrir ese armario.

—Tenemos que llamar a control de plagas —replicó Collier—. Ese tío tenía una rata en el desván. A saber qué tendrá en el armario.

Faith no iba a esperar a control de plagas. Miró el cuarto de estar mugriento y la cocina, preguntándose dónde podía haber escondido una llave alguien como Harding. Nada llamó su atención, sin embargo. Notaba únicamente una agobiante sensación de repugnancia. «Estercolero» era, en efecto, un término muy adecuado para describir la forma en que vivía Harding. Había platos y vasos de plástico por toda la zona del salón-comedor-cocina. El sofá de terciopelo marrón tenía un aspecto mohoso, y la mesa baja, muy arañada, estaba llena a rebosar de recipientes vacíos de Kentucky Fried Chicken. Había huesos de pollo verdosos, vasos de Coca-Cola con gruesas capas de moho en la superficie y tenedores recubiertos de una capa marrón allí donde quedaban restos de puré de patatas.

Y luego estaba el olor, que de pronto la golpeó como un mazazo dirigido al puente de la nariz. No olía solo a amoníaco, sino también a podredumbre, probablemente debido a los malos hábitos de Dale Harding, si la evaluación de Sara respecto a su estado de salud era acertada. Faith no había advertido aquel hedor al irrumpir en la casa. La adrenalina surtía ese efecto: hacía que te concentraras únicamente en lo prioritario, y su prioridad había sido que no la mataran. Ahora que el pánico había remitido y que había recuperado el uso de sus otros sentidos, aquella peste la asaltó de inmediato.

Aquella peste y las moscas, porque había al menos una veintena de ellas revoloteando por la basura.

—Con este calor —dijo—, las larvas pueden eclosionar en un plazo de entre ocho y veinte horas. Tardan entre tres y cinco días en alcanzar el estado de pupas.

Collier soltó una carcajada.

—Perdona, pero es que «pupa» es una palabra muy graciosa.

—Lo que digo es que, teniendo eso en cuenta, Harding puso la carne en el desván este fin de semana, seguramente para alimentar a la rata. O para que se quedara allá arriba. —Faith se obligó a abrir una de las ventanas para que se fuera disipando el olor. Luego levantó la mosquitera para encargarse de las moscas.

Collier eructó sonoramente.

—¿Tienes caramelitos de menta? —preguntó.

—No.

Faith se apartó de él. Pensó en los caramelitos de menta que tenía en el coche y en lo agradable que sería salir y tomarse un respiro de cinco minutos lejos de la apestosa y grasienta casa de Harding. No cabía duda de que había recuperado el olfato. El olor a rancio se le clavaba en la parte de atrás de la boca y la nariz. Habría apostado todos sus ahorros a que la carne podrida del desván no era nada comparada con lo que había debajo de los montones de periódicos y revistas de aspecto mojado que Harding tenía dispersos por la habitación. Violet tenía razón. Aquella acumulación de basura era producto de la pura pereza. Si Harding acababa de comerse un cuenco de macarrones con queso cuando entraba por la puerta, tiraba el recipiente al suelo y allí lo dejaba.

—Es extraño, ¿verdad? —Collier estaba observándola—. Cómo el miedo te deja sin sentido del olfato.

—¿Cómo es posible que no notes este olor? —Faith abrió otra ventana. No pensaba confraternizar con aquel capullo—. ¿Dónde está la tele?

Collier pasó un dedo por una mesa baja, separando el polvo como si fueran las aguas del mar Rojo.

—Aquí había una, pero ya no está. Parece que era de las grandes.

—Tampoco hay ordenador. —Faith abrió un cajón de la mesa que había junto al sofá. Utilizó el bolígrafo para hurgar entre los folletos de restaurantes con servicio a domicilio—. Ni iPad. Ni portátil. —Abrió otro cajón. Más basura. Ninguna llave para abrir el armario.

—No sé por qué, pero tengo la sensación de que Harding no era muy aficionado a los ordenadores —comentó Collier.

Faith tosió cuando un nuevo olor penetró en sus fosas nasales. Abrió otra ventana.

—Hay cables de cargadores junto a la cama, en el dormitorio principal.

—Imagino que eran para sus teléfonos.

Collier había vuelto a cruzarse de brazos. Se mantenía erguido, con los pies muy separados, seguramente porque estaba acostumbrado a cargar con más de veinte kilos de equipación en sus tiempos de patrullero.

—Entonces, lo tuyo con Trent... ¿Solo sois compañeros de trabajo o hay algo más entre vosotros? —preguntó.

Faith vio que un coche patrulla de la policía de Atlanta aparcaba detrás de su Mini. Probablemente ya iban de camino cuando Collier canceló su petición de refuerzos y habían decidido acudir de todos modos. Los dos agentes parecían muy jóvenes y ansiosos. Estiraron el cuello al mirar la casa. El conductor bajó la ventanilla.

Faith les hizo señas de que se marcharan, gritando por la ventana:

—No pasa nada.

El conductor echó el freno de mano de todos modos.

—Nos vienen al pelo —comentó Collier—. Vamos a mandar a uno al desván a por las cajas. No les digas nada de la rata, a ver qué pasa.

—Dos semanas de inyecciones contra la rabia, eso pasa.

Sabía que eso era justamente lo que tenía en mente Dale Harding cuando metió las cajas en el desván con la bandeja de carne picada y una rata robada a un niño. Una forma más de limpiarse el culo con ese papel higiénico que era su vida. Harding sabía que le quedaban pocas semanas para morir, ya fuera a manos de otro o como resultado de sus malos hábitos. Sabía también que alguien tendría que vaciar su casa y que probablemente se toparía con la rata.

Faith salió por la puerta delantera. El sol le sajó los glóbulos oculares. No sabía si le corrían lágrimas o sangre por la cara. Pero tampoco le importaba. Harding había sido policía. Sabía a lo que te arriesgabas cuando sacabas el arma y entrabas en una casa. Y aun así había querido tomarles el pelo, tenderles una pequeña trampa.

Levantó la mano para protegerse del sol. Los dos agentes estaban de pie junto al coche patrulla, mirando sus teléfonos con la cabeza gacha.

—Deme su llave de cruz —le dijo al que conducía.

—¿Mi llave de cruz? —repitió el joven.

Faith se inclinó hacia el interior del coche y abrió el maletero. La llave de cruz estaba guardada en un kit colocado dentro del panel trasero del coche. Sopesó con la mano la larga y pesada barra de hierro. Era de las de un solo mango, en forma de L, con una cavidad en la punta para aflojar las tuercas de las ruedas.

Perfecto.

Collier estaba mirando por la ventana cuando volvió a la casa. Faith agarró una de las destartaladas sillas de comedor y la arrastró por el pasillo. Collier la siguió.

—¿Qué vas a hacer? —preguntó.

—Voy a jugársela a ese cretino.

Se subió a la silla y hundió la llave de cruz en el techo. La punta cóncava se clavó en el pladur. Empujó la barra un poco más, la torció y tiró de ella hacia abajo. Un trozo de techo cayó al suelo. Hundió de nuevo la llave. Pensó en la página web de Mesa Arms, en cómo publicitaba la eficiencia energética de sus instalaciones, como la espuma de poliuretano del desván, que permitía agujerear el techo sin llenarse la cara de aislante rosa.

Tiró al suelo la llave, contenta de que sus cálculos fueran acertados. Las dos cajas archivadoras estaban al alcance de su mano. Lo único que tenía que hacer para apoderarse de ellas era espantar a las moscas.

—Oiga, señora —dijo uno de los agentes desde la entrada—, aquí hay unas escaleras, ¿sabe?

—Hay una rata —le dijo Collier—. Del tamaño de un hermano de Godzilla.

—¿Rodan, quieres decir?

—Chibi, hombre. Rodan era un suplente. Chibi era el auténtico hermano.

—Goro —repuso Faith, que se había pasado tres años viendo las películas de Godzilla todos los sábados cuando Jeremy pasó por esa fase—. Collier, ayúdame con estas cajas.

—Tiene razón —dijo Collier—. Se parece al Gorosaurus, no hay duda. —Enseñó los dientes y convirtió sus manos en garras—. Sediento de sangre.

Faith dejó que la primera caja le cayera encima de la cabeza.

Aun así, Collier se las arregló para agarrarla. La dejó en el suelo y esperó a que ella le pasara la segunda.

—¿Nos necesitan para algo más, señor? —preguntó el agente. Collier negó con la cabeza.

—Para nada, hermano.

—El armario —le recordó Faith.

—Ah, sí. —Le indicó que lo siguieran a la otra habitación.

Faith se bajó precariamente de la silla con la segunda caja en las manos. La dejó en el suelo, junto a la primera. Oyó, procedente del otro cuarto, una discusión sobre cuál era el mejor modo de sacar las bisagras, como si nunca hubieran visto un martillo y un destornillador de punta plana.

Faith se sacudió el polvo de las manos y se pasó los dedos por el pelo para quitarse la mugre. El olor a carne podrida era tan fuerte que tuvo que abrir las ventanas del dormitorio y subir las mosquiteras porque las moscas empezaban a arremolinarse. Romper el techo no había sido seguramente su idea más brillante, pero cuando estaba cabreada solía mandar la lógica al garete, y estaba muy cabreada con Dale Harding.

En sus años en el GBI, había investigado a numerosos policías corruptos, y el único rasgo que todos ellos tenían en común era que seguían creyéndose tipos decentes. Robo, violación, asesinato, extorsión, proxenetismo, crimen organizado... Daba igual. Todos estaban convencidos de que los delitos que habían cometido eran por el bien común. Porque querían cuidar de sus familias. O proteger a sus camaradas de uniforme. Habían cometido un error, pero no volverían a hacerlo. Resultaba exasperante esa insistencia suya en que seguían siendo, esencialmente, buenas personas.

Harding no solo había abrazado su propia maldad, sino que había obligado a otros a soportarla.

Y ahora ella tenía que ponerse a remover su mierda.

Arrastró la silla hasta la ventana. Empujó las cajas con el pie en la misma dirección y se sentó. Procuró no pensar en por qué la tapa de la primera parecía mojada, pero aun así su cerebro le recordó que las ratas dejan un rastro de orina por donde pasan.

Se estremeció al empezar a hurgar en el montón de carpetas pulcramente etiquetadas.

Dale Harding había sido detective privado, y la primera caja contenía el registro del glamuroso trabajo al que se dedican todos los detectives privados de este mundo: fotografías de maridos y mujeres infieles en moteles de mala muerte, en coches aparcados, en callejones y gasolineras apartadas, e incluso dentro de una casita de juego en un jardín.

Harding lo consignaba todo meticulosamente. Los tiques de gasolina, comidas y revelado de fotografías estaban grapados a informes de gastos. Había informes diarios explicando los movimientos de sus objetivos. Escribía en diminuta letra mayúscula y su ortografía era la que cabía esperar de un tipo que seguramente había pasado del instituto a la academia de policía. Ella había hecho lo mismo, pero al menos sabía distinguir entre «a ver» y «haber».

Collier apareció en la puerta.

—El armario está despejado.

—Seguramente deberías haber pedido que lo inspeccionaran los artificieros.

Ambos cayeron de pronto en la cuenta de que, tal y como era Harding, aquello no era del todo una broma y, dejando a un lado la chulería con que solía reaccionar, dijo:

—En algún momento hubo algo en ese armario. Hay una marca en la moqueta. Redonda, como de un cubo de veinte litros.

Faith se incorporó para verlo. Los dos agentes estaban de nuevo enfrascados en sus teléfonos, moviendo los pulgares. Probablemente podría matar a Collier con la llave de cruz delante de ellos y no se enterarían.

Habían apoyado la puerta del armario contra la pared. Faith se sirvió de la linterna de su móvil para examinar el interior del armario empotrado de un metro veinte por dos cuarenta. Era tal y como le había dicho Collier. Había una marca redonda en la moqueta marrón, en la esquina del fondo. Inspeccionó el resto del armario. Habían quitado las barras. Donde debía estar la bombilla del techo, colgaban unos cables. Las paredes blancas estaban arañadas por abajo. Olía a aguas residuales en aquel espacio cerrado.

Collier dijo:

—Esto se ve mucho. Las mulas vienen de México con bolas o polvo de heroína en el estómago y la cagan en un cubo, cogen su dinero y vuelven a México a llenarse otra vez la panza.

—¿Crees que en un sitio así, donde tienen expresamente prohibidos los enanitos vestidos de *jockey* en los jardines, la gente no avisaría enseguida a la policía si viera a una panda de mexicanos entrando y saliendo de la casa de Harding? —preguntó Faith y, dirigiéndose a los agentes de uniforme, añadió—: Denle la vuelta a la puerta.

—Tenemos que irnos. Acabamos de recibir un aviso. —Ninguno de los dos levantó la vista de su teléfono al salir de la habitación.

Collier parecía impresionado.

—Buena gente, ¿eh?

Faith agarró la puerta por los bordes. Era de madera maciza, naturalmente. La inclinó apoyándola sobre una esquina y la hizo girar. En el último momento le fallaron las manos y el borde de la puerta golpeó la pared dejando un arañazo. Faith dio un paso atrás para mirar. Había marcas de arañazos en la parte de abajo de la madera. Revisó las bisagras para asegurarse de que estaba mirando el lado que daba al interior del armario.

—¿La rata? —preguntó Collier.

Faith hizo una foto de los arañazos.

—Necesitamos al equipo forense.

—¿Al tuyo o al mío?

—Al mío.

Faith mandó la foto a Charlie Reed, que seguramente estaba deseando cambiar de escenario tras llevar siete horas inspeccionando la discoteca de Marcus Rippy. Le envió un mensaje con la dirección y le dijo que inspeccionara primero el armario empotrado. Ella no era técnico forense, pero posiblemente la existencia de un cubo de veinte litros y de una puerta de armario con arañazos en la parte de dentro permitía suponer que había habido alguien encerrado allí dentro.

O quizá solo fuera otra treta de Harding para hacerles perder el tiempo.

—La puerta del armario estaba cerrada con llave cuando llegamos —dijo Collier—. ¿Por qué echar la llave si no hay nada dentro?

—¿Por qué hacía Harding las cosas que hacía? —Faith volvió a entrar en la otra habitación. Se sentó en la silla y comenzó a guardar las carpetas de los adúlteros en la primera caja. Collier se quedó de nuevo en la puerta. Ella le dijo—: Aquí no hay nada, por lo menos nada que merezca la pena esconder detrás de una rata.

—Me da igual lo que diga Violet. Esa cosa parecía estar preñada. —Se sentó en el colchón, que hizo un ruido semejante a un pedo. Collier puso exactamente la cara que Faith esperaba que pusiera. Quitó la tapa de la segunda caja. No contenía carpetas, sino un montón de hojas y, encima de ellas, numerosas fotografías pornográficas.

Collier cogió las fotografías. Le pasó los papeles a Faith.

Ella los hojeó rápidamente. Informes de ingreso en hospitales.

Órdenes de detención. Desintoxicación. Antecedentes delictivos. Todo ello relativo a una sola persona: Delilah Jean Palmer, veintidós años de edad, domicilio actual: el motel Cheshire, un conocido tugurio para prostitutas. No figuraba el nombre de ningún familiar. Palmer había estado bajo la tutela del estado desde su nacimiento.

Ahora trabajaba también como modelo para BackDoorMan.com. Su fotografía policial más reciente mostraba a la misma mujer de las fotografías pornográficas que Sara había encontrado dentro de la cartera de Dale Harding. Tenía el pelo distinto en cada fotografía: a veces, rubio platino; otras, su tono castaño natural; y otras, rosa o morado.

—Es ella. —Collier se inclinó y pegó el hombro al brazo de Faith. Le enseñó una imagen agrandada de las fotografías de tamaño cartera: Delilah Palmer inclinada sobre la encimera de una cocina, con la cabeza vuelta hacia la cámara y la boca abierta, fingiendo excitación sexual—. Deduzco que no era rubia natural —comentó—. ¿Lo ves?, aprendo muy deprisa, Mitchell. Deberías tenerme siempre cerca.

Faith sabía que la división informática del GBI ya estaba investigando a BackDoorMan.com, pero le dijo a Collier:

—¿Por qué no echas un vistazo a la página web?

—Buena idea.

Collier sacó su teléfono. Con un poco de suerte, se pasaría una hora mirando porno y mientras tanto ella podría adelantar un poco de trabajo.

O sea, como había pasado en todas sus relaciones amorosas hasta la fecha.

Volvió a concentrarse en los documentos para leerlos con más atención. Enseguida comprendió que tenía entre las manos los antecedentes juveniles de Delilah Palmer, lo cual era muy raro porque solían ser confidenciales. La habían detenido por primera vez a la edad de diez años por vender Oxy en el colegio de primaria John Wesley Dobbs, al este de Atlanta. Faith había pasado algún tiempo en el Dobbs, ayudando a la fiscalía a instruir un caso contra el sistema de educación pública de Atlanta por fraude en los exámenes estandarizados. Algunos miembros del claustro habían celebrado una cena en la que borraron y cambiaron las respuestas de los test de su alumnado, un 99,5 por ciento del cual cumplía los requisitos para recibir becas de comedor totales o parciales.

Faith observó la primera fotografía policial de Palmer, tomada doce años atrás. Sus manos eran tan pequeñas que le costaba sostener derecho el tablero con su nombre ante la cámara. Su coronilla quedaba por debajo de la primera línea de la regla pintada en la pared, tras ella. Tenía pústulas en la cara, el pelo castaño, corto y muy sucio, y profundas ojeras, ya fuera por falta de sueño, de comida o de apego.

Delilah habría sido un bicho raro en el Dobbs, y no solo porque hubiera empezado a traficar con drogas a una edad tan temprana. El mes anterior, cuando estaba preparando la documentación para el caso de fraude, había tenido que explicarle al fiscal del distrito que no había ningún error en sus gráficos. En 2012, en el colegio Dobbs no había un cinco por ciento de estudiantes blancos: había cinco estudiantes blancos. Si los datos demográficos del colegio hubieran sido inversos, las autoridades municipales no habrían permitido que ese grado de corrupción quedara impune tanto tiempo.

Faith pasó a la siguiente detención de Delilah. Otra vez tráfico de Oxy a los doce años, y de nuevo a los quince. A los dieciséis había dejado el colegio y estaba vendiendo heroína, que era lo que pasaba cuando ya no podías permitirte consumir Oxy. Una sola pastilla de ochenta miligramos podía costar entre sesenta y cien dólares, dependiendo del mercado. Con ese dinero podías comprar una bolsa de heroína con la que colocarte varios días.

Pasó las páginas hasta llegar a los documentos judiciales. Libertad condicional. Tratamiento sustitutorio. Otra vez libertad bajo palabra. Desintoxicación.

A pesar de sus antecedentes, Delilah Palmer nunca había pasado más de una noche en prisión.

La primera vez que la arrestaron por prostitución estaba a punto de cumplir diecisiete años. Figuraban otras cuatro detenciones por prostitución, dos más por vender marihuana y otras dos por vender heroína, todas ellas acompañadas por una noche de alojamiento gratuito en la prisión del condado de Fulton.

Faith leyó los nombres de los agentes que efectuaron las detenciones. Algunos de ellos le sonaban. La mayoría pertenecía a la zona 6, y era lógico, porque los delincuentes eran como todo el mundo: tendían a quedarse en su barrio de siempre.

Dale Harding también había trabajado en la zona 6. Saltaba a la vista que había mantenido vigilada a Delilah Palmer casi desde su nacimiento. Leyendo entre líneas, Faith adivinó que había pedido numerosos favores para impedir que la chica pasara tiempo en prisión.

—¿Vas a contarme algo o tengo que adivinarlo? —preguntó Collier.

—Hueles a vómito.

—Acabo de vomitar. ¿No me has oído en el cuarto de baño? Retumbaba.

Faith le pasó los antecedentes de Delilah Palmer.

—Dos habitaciones, dos camas. Alguien vivía aquí con Harding.

—¿Crees que era esa tal Palmer? —Collier arrugó el ceño—. No es que sea gran cosa, pero podría haber conseguido a alguien mejor que Harding.

Faith pensó en el armario cerrado, en el cubo, en el olor a alcantarilla. Cabía la posibilidad de que Harding hubiera puesto en práctica su propio sistema de desintoxicación. Pasar el mono en un armario era muchísimo más barato que pagar quince mil dólares por desintoxicarte en una clínica. Y más teniendo en cuenta que no era la primera vez. Eso explicaría aquel estercolero. La casa tenía toda la pinta de estar habitada por un yonqui.

—¿Has visto eso? —Collier señaló una férula dental que había en el suelo—. Todas mis hermanas tuvieron que llevar una después de quitarse los *brackets*. Bueno, no llevaron todas la misma, claro, eran distintas, pero eran muy pequeñas, igual que esa. Lo digo porque parece de una chica muy jovencita.

Faith no entendía por qué empleaba tantas palabras para decir una sola cosa.

—¿Qué hay de esa página web, BackDoorMan?

—No ha habido nada que me llamara la atención. —Se rio—. Bueno, sí. Aunque yo soy más de puerta delantera. Sobre todo si tiene dos buenas aldabas.

Faith sintió que se le ponían los ojos en blanco.

—¿Sabes una cosa, Mitchell? Cuando te conocí, tuve el presentimiento de que acabaríamos en una habitación viendo porno.

Ella empezó a levantarse.

—Espera. —Collier sacó un manojo de fotografías de la caja—. Mira estas. Delilah llevaba un tiempo haciendo de modelo. Yo diría que las primeras fotos que hizo para esa página web son de cuando tenía unos dieciséis años. Las anteriores no tienen ningún distintivo que permita identificarlas, pero calculo que son de cuando tenía unos doce o trece años.

Faith puso las fotografías junto a los retratos policiales de las distintas detenciones de Delilah. Collier se equivocaba en sus cálculos. Faith estimó que la más antigua de aquellas imágenes databa de la misma época que su primera detención, a los diez años. Era una imagen estremecedora. Delilah llevaba unas braguitas de encaje y un sujetador que debían de haberle anudado a la espalda para que no se le cayera hasta los pies. Todavía no tenía cintura, ni curvas, ni nada, salvo esa redondez de la infancia que la heroína acabaría por disipar. Faith miró sus ojos sin brillo, desprovistos de viveza. Todo en ella apestaba a abandono.

¿Por qué Harding, al que según todos los indicios no le importaba nada ni nadie, se interesaba tanto por aquella chica abandonada? ¿Qué significaba para él?

—¿Y ahora qué, *bwana*? —preguntó Collier.

—Enseguida vuelvo. —Faith se levantó y fue a la cocina.

Collier la siguió de nuevo. Era como un niño, siempre en medio. Faith echó de menos la taciturna contención de Will—. Podemos estar separados más de dos segundos.

—Entonces, ¿cómo voy a saber qué andas tramando?

Ella abrió la puerta del congelador. Estaba lleno de helados y alcohol, pero al fondo había también un manojo de papeles metidos en una bolsa de congelación. La escarcha la había pegado a una caja de palitos de pescado. Faith tuvo que golpear la caja contra la pared de la nevera para soltarla.

A la gente que padecía una enfermedad crónica o terminal se le aconsejaba que guardara en el congelador los documentos importantes, como su testamento vital. De ese modo, el personal de las ambulancias no tenía problemas para encontrarlo. A pesar de ser una calamidad, Harding había seguido aquella recomendación. Sus instrucciones, sin embargo, afirmaban explícitamente que debía recurrirse a cualquier método posible para mantenerlo con vida.

—Dios —dijo Collier, que naturalmente estaba leyendo por encima del hombro de Faith—. Ese tipo estaba sentenciado, ¿y quería que los paramédicos lo mantuvieran con vida todo el tiempo posible?

—Este impreso lo rellenó hace dos años. Puede que hubiera olvidado que estaba aquí.

Encontró la información de contacto en la segunda página.

Familiar más cercano: Delilah Jean Palmer.

Parentesco: hija.

—Es hija suya —dijo Collier, que parecía haber olvidado que Faith tenía ojos en la cara—. En su hoja de antecedentes dice que es huérfana.

Había tres números de teléfono junto al nombre de Delilah, dos de los cuales estaban tachados. Estaban escritos en tinta de distintos colores. Faith usó el fijo de Harding para marcar el número más reciente. Saltó de inmediato un mensaje pregrabado de la compañía telefónica informando de que ese número ya no estaba disponible.

Probó con los otros dos, solo para asegurarse.

No existían.

Collier sacó su móvil.

—¿Me dejas que recurra a mi toque mágico?

—Tú mismo.

Collier comenzó a seguirla de vuelta al dormitorio, pero Faith estiró el brazo para detenerlo.

—No tenemos que hacerlo todo juntos.

—¿Y si vuelve la rata? ¿Con sus crías?

—Chilla todo lo fuerte que puedas.

Recorrió de nuevo el pasillo y al llegar junto a la escalera plegable del desván miró hacia arriba. La rata seguía allí, teniendo en cuenta el día que llevaba Faith, seguramente estaría dando a luz a trillizos. Por suerte había hecho más agujeros en el techo, por si acaso aquel bicho decidía expandir su territorio.

Se sentó en la silla y se obligó a mirar de nuevo las fotografías de Delilah.

Dejando a un lado lo repugnante que era que un padre guardara fotos de su hija de doce años desnuda e inclinada sobre un caballito de palo, había algo raro en aquella niña. Faith no lograba dar con lo que diferenciaba aquellas fotografías de los cientos de imágenes parecidas que había visto a lo largo de su carrera, pero sabía que había algo.

Los casos de explotación sexual tenían siempre un denominador común: la miseria. Delilah tenía los ojos vidriosos, seguramente por la heroína que, o bien le habían dado, o bien le habían retirado para que posara ante la cámara. Tenía marcas rojas en los muslos y un hematoma alrededor del cuello, disimulado a duras penas por una fina capa de maquillaje. Sus dientes estaban manchados de carmín. Pero nada de aquello era nuevo, ni especialmente sorprendente.

Se trataba de la misma sensación que llevaba teniendo todo el día: la sensación de que algo no encajaba.

Y odiaba que las cosas no encajaran.

—Es raro lo de las fotos, ¿verdad? —Collier estaba otra vez en la puerta.

—¿Te refieres a que, en vez de fotos del colegio, como tienen otros padres, Harding tuviera fotos de su hija desnuda?

—No, me refiero a que ¿por qué no tenía vídeos? Internet existe únicamente por el porno. Ha arruinado a la industria de la fotografía pornográfica. Hasta *Playboy* ha tenido que darse por vencida.

—¿Me estás preguntando por qué Harding miraba fotos de su hija desnuda en vez de vídeos?

—Pues sí. Mierda. —Se llevó la mano a la garganta. Tosió—. Creo que me he tragado una mosca.

—Prueba a mantener la boca cerrada.

—Ja, ja. —Collier se sentó de nuevo en el colchón, que hizo de nuevo aquel ruido. Él volvió a poner la misma cara. Otra vez—. Le he pedido a mi amiga de los archivos que busque lo que tengan sobre Delilah, y que le dé prioridad. Veremos en qué andaba metida últimamente. Estando Harding muerto, no tardará mucho en ingresar en prisión, y ya no habrá nadie que la saque del apuro.

—Puede que sepa algo —repuso Faith—. Tenemos que averiguar qué se traía Harding entre manos esta última semana. Así sabremos cómo acabó en la discoteca de Rippy. —Trató de articular aquella sensación de inquietud—. ¿Era Harding un pederasta o solo un mal padre?

—Voto por ambas cosas.

—Tuvo que echar el resto para proteger a esa chica. —La moneda de cambio de un policía era saber a quién llamar. Y saber, además, que cuando esa persona te llamaba, hacías lo que te pidiera sin preguntar—. No es que le pidiera a un agente que traspapelara una multa de tráfico. Son favores de alto nivel. Tenientes, funcionarios encargados de la libertad condicional, incluso jueces. No podía devolver tantos favores. Era un simple administrativo. No tenía ninguna influencia. Seguramente no quedaba nadie en el cuerpo que contestara a sus llamadas.

—¿Te sabes la historia del padre que dejó de ir a trabajar porque no soportaba separarse de su hijita?

Faith meneó la cabeza, deseando que Collier se callara de una puta vez. El sentido del humor de Will podía ser irreverente, pero él jamás haría un chiste sobre un padre que abusaba de su hija.

Milagrosamente, Collier pareció darse cuenta por fin de cuál era su estado de ánimo.

—Harding no tiene ordenador, ni impresora.

Faith miró el papel de las fotografías.

—No están impresas en laboratorio. Son caseras.

—¿Crees que se las mandó imprimir a alguien?

—¿Para qué? ¿Para hacer chantaje? —Faith pensó en el dinero que Harding había cobrado seis meses antes. Se había instalado en Mesa Arms. Se había comprado un coche nuevo—. Más bien sería al contrario. Fue Harding quien consiguió pasta de repente. Estaba pensando en llamar a las oficinas de la lotería, a ver si tienen su nombre en los archivos.

El teléfono de Collier vibró. Pasó el dedo por la pantalla.

—Un archivo adjunto. —Esperó mientras se descargaba—. Ay, Dios. Esto se pone cada vez mejor.

Levantó el teléfono. La pantalla mostraba una licencia matrimonial escaneada.

Faith entornó los ojos al mirarla. Tuvo que leerla dos veces antes de entender lo que decía.

Hacía cinco meses y medio Vernon Dale Harding se había casado con Delilah Jean Palmer. Era su quinto matrimonio y el primero de ella.

Faith hizo amago de llevarse la mano a la boca, pero se lo pensó mejor.

—Joder —dijo Collier—. Ese tipo se casó con su propia hija.

—No puede ser.

—Aquí está. Sellado y todo.

—Hace dos años la mencionaba como su hija. Tú mismo lo has visto en los impresos.

Collier no parecía tan desconcertado como ella.

—El testamento vital no es un documento oficial a no ser que alguien lo encuentre y lo lleve al hospital.

Faith movió la cabeza, confusa. Quería revisar los papeles, pero sabía que no se había equivocado al leerlos.

—¿Cómo es posible? No puedes casarte con tu propia hija. Hay que rellenar una licencia, tramitar el...

—Para el sistema, ella siempre ha sido oficialmente huérfana. Es muy probable que Harding no haya tenido nunca ningún tipo de vínculo oficial con ella. Podían hacer todas las comprobaciones que quisieran, que su parentesco no saldría a la luz.

Faith había dejado caer las fotografías pornográficas. Miró las imágenes dispersas y procuró no pensar en por qué Dale Harding las había conservado todos esos años.

—Santo Dios, esa pobre chica no ha tenido ni la más mínima oportunidad.

—No se acostaba con ella. —Collier interrumpió a Faith cuando se disponía a protestar—. Por lo menos últimamente. No hay Viagra en el cuarto de baño y, teniendo en cuenta el estado de salud de Harding, no creo que se le levantara. —Se rio—. No estaba el tractor como para arar los campos.

—Tenemos que encontrar a esa chica. —Faith empezó a enviarle un mensaje a Amanda para que pidiera una orden de búsqueda y detención—. Es la esposa de Harding. Harding ha sido hallado muerto o asesinado en una habitación llena de sangre. Si yo fuera su asesino, buscaría a cualquiera en quien Harding pudiera haber confiado. No sé si es su esposa o su hija, pero algo tiene que saber. Aunque solo sea porque vivía con él.

—¿Te has fijado en que no está aquí? —El humor de Collier parecía haber cambiado de repente. Empezaba a comprender la situación—. La tele no está. No hay ordenador. Puede que se haya enterado de que Harding ha muerto, que supiera que tenía una diana pintada en la espalda y que haya vendido todos sus trastos y se haya largado.

—Violet, la gerente, nunca ha visto a Delilah. Y está ese asunto del armario. ¿Por qué iba a tener a una chica escondida a no ser que tuviera una razón de peso para ello?

—Delilah era puta —contestó Collier—, así que conoce las calles. Seguramente estaba manipulando a Harding, igual que él a ella. Puede que lo hayan matado por ella. No me cuesta imaginármelo: cabrea a quien no debe, Harding interviene para protegerla y a cambio de sus desvelos acaba con un picaporte clavado en el cuello.

—Sea como sea, está en peligro. ¿Te han dado en archivos su última dirección? —preguntó Faith.

Collier volvió a consultar su teléfono.

—Apartamentos Renaissance, cerca de la I-20. Mi amiga ya ha llamado al encargado, le ha mandado la última foto policial de Delilah. Dice que no sabe nada de nada.

Faith oyó el gorjeó de su teléfono. Leyó el mensaje.

—Amanda ya ha dado orden de localizar a Delilah. Pídeles a tus contactos en la policía de Atlanta cualquier información sobre la chica. Llama a la puerta de todos los edificios o casas donde haya vivido. Comprueba sus antecedentes juveniles, pásate por su colegio, haz lo que haga falta para averiguar quiénes eran sus amigos.

Collier tenía una expresión extraña.

—¿Algo más, jefa?

—Sí. La detuvieron por prostitución, así que debía de tener un chulo. Encuéntralo. Habla con él. Fíchalo si es necesario. —Sonó la alarma de su móvil. Empezó a meter las carpetas y fotografías en las cajas—. Tenemos que encontrar a Delilah antes de que la encuentre otra persona.

—¿Y qué vas a hacer tú mientras yo me mato pateando las calles? —preguntó Collier.

—Tengo que ir al hospital a hablar con la mujer que encontró Will. Puede que viera algo anoche.

—Eh... Técnicamente la encontramos los dos, Will y yo.

—Will y tú. —Faith levantó las cajas. Pesaban más de lo que

creía—. Creo que ya tendré la información sobre el teléfono y las cuentas bancarias de Harding cuando llegue al hospital. Voy a revisar estos archivos y a compararlos con...

—Espera. —Collier iba siguiéndola por el pasillo. Otra vez—. Esa mujer del hospital... Me conoce. Es más probable que quiera hablar con una cara amiga.

Faith se detuvo. Collier chocó con ella por detrás.

—Charlie Reed —dijo—, el técnico forense, llegará en cualquier momento. Espéralo y luego vete a buscar a Delilah. Si está por ahí, tenemos que hablar con ella. Si Angie y Harding han muerto por un motivo, puede que ella sepa cuál es ese motivo y que su vida también corra peligro.

—¿De verdad lo crees?

—¿Tú no?

—No eres muy feminista, ¿no? —Collier sonrió al ver su cara de sorpresa—. Puede que sea Delilah quien se los ha cargado a los dos. A Angie y a Harding. ¿Te has parado a pensarlo? Las mujeres también son capaces de cometer asesinatos, socia.

—Si vuelves a llamarme «socia», descubrirás exactamente de qué somos capaces las mujeres.

Por una vez, Collier se la tomó en serio.

—Voy a decirle a Ng que se ponga con ello y me reuniré con él en cuanto llegue tu técnico. ¿Quieres que te llame luego?

—Si encuentras a Delilah o alguna información valiosa, sí.

—¿Y si quiero ver más porno contigo?

Faith abrió la puerta de la calle con el hombro. Mantuvo la cabeza agachada para que no se le incendiaran las retinas. Al llegar al coche, sostuvo en equilibrio las cajas sobre la rodilla y buscó a tientas el tirador de la puerta, hasta que estuvo a punto de caérsele todo. Por fin logró accionar el tirador con la punta del dedo meñique y abrió la puerta con la puntera del zapato. Dejó las cajas en el asiento del copiloto. Se sentó detrás del volante. Collier, entre tanto, se quedó junto a la puerta abierta de la casa, sin molestarse en ofrecerle ayuda. Cuando no lo necesitaba, no podía sacudírselo de encima, y cuando lo necesitaba, no conseguía que moviera un dedo por ella.

—Maldita sea —masculló.

Amanda tenía razón.

Collier era exactamente su tipo.

CAPÍTULO 5

Will estaba en el vestíbulo del reluciente edificio de oficinas Tower Place 100. El rascacielos de veintinueve pisos formaba parte del complejo Tower Place, que ocupaba la esquina entre Piedmont y Peachtree Road y que solo en parte era el responsable de la densa fila de *jaguars* y *maseratis* que atascaban Buckhead mañana, tarde y noche.

No tenía previsto ir a Tower Place. Se había limitado a seguir el rastro de miguitas dejado por Angie. Primero había ido a casa a cambiarse y a sacar unos documentos de su caja fuerte; luego se había pasado por el banco de Angie, lo que le había conducido al establecimiento donde tenía su apartado de correos, lo que a su vez le había llevado a aquel edificio de oficinas, donde estaba tan fuera de lugar como un paleto recién llegado del campo, porque había cambiado su traje y su corbata de costumbre por algo más cómodo. Ni siquiera podía hacerse pasar por un magnate de la industria tecnológica. Sus vaqueros eran Lucky, no Armani. El polo de manga larga que llevaba puesto se lo había comprado Sara en una tienda de la que jamás había oído hablar. Y sus deportivas estaban viejas y manchadas de pintura azul provenzal, de cuando había pintado el cuarto de baño.

Había pintado las paredes de un tono más claro porque una mañana se había dado cuenta de que los tonos chocolate y marrón oscuro que había elegido para su casa eran demasiado viriles para Sara.

Sara...

Sintió que una aspiración profunda y tranquilizadora hacía subir y bajar su pecho. Con solo pensar en su nombre se disipaba su angustia. Se permitió recordar, por un instante, lo agradable que era despertarse en plena noche y sentir el cuerpo de Sara abrazado al suyo. Encajaba con él como la última pieza de un puzle muy complicado. Nunca había conocido a nadie como ella. A veces, le despertaba solo para estar con él. Para tocarlo. Porque lo deseaba. Angie nunca lo había deseado así.

Así que, ¿por qué estaba allí?

Miró el grueso sobre gris que sostenía. Tenía en una esquina el logotipo multicolor de la empresa de Kip Kilpatrick. El nombre de Angie estaba impreso encima de un número de apartado de correos, sito en un local de UPS en el centro de la ciudad. En el cajetín había en realidad dos sobres, pero el que llevaba el logotipo coloreado era el que primero había visto Will, y el corazón se le había parado como un tren al estrellarse contra un muro de ladrillo.

Se había quedado inmóvil en medio del local de la empresa de mensajería, mirando fijamente el sobre sin tocarlo, tratando de sobreponerse a la impresión. Tenía ante sus ojos un vínculo fehaciente entre Angie y Kip Kilpatrick y, por extensión, entre Angie y Marcus Rippy. Debería haber llamado a Amanda de inmediato, debería haber pedido que un equipo de la policía buscara huellas dactilares y revisara las grabaciones de las cámaras de seguridad. Pero no había hecho nada de eso porque, entre otras cosas, Amanda querría saber cómo había dado con el número del apartado de correos.

En el banco le habían dado copias de los extractos de sus cuentas, en los que aparecía su dirección de correo electrónico. Le había enseñado su certificado de matrimonio a la directora de la oficina para demostrarle que seguía legalmente casado con Angie. La mujer no le había pedido verlo. Solo había necesitado su permiso de conducir. El nombre de Will seguía figurando como titular en la cuenta corriente de Angie. Figuraba en ella desde hacía veinte años.

Will nunca se lo había contado a Sara.

El último extracto bancario de Angie arrojaba un saldo sorprendentemente abultado. Angie nunca había podido ahorrar. El ahorrador, al que le daba pánico quedarse sin dinero y verse de nuevo en la calle, era él. Angie se gastaba el dinero en cuanto lo tenía en el bolsillo. Iba a morir joven —le decía a Will—, así que más valía que se divirtiera.

¿Había muerto joven? ¿Cuarenta y tres años podía considerarse una edad madura?

El plazo de dos o tres horas para encontrar a Angie viva había expirado hacía tiempo. Sara era una buena patóloga. Sabía interpretar el escenario de un crimen y sabía cuánta sangre debía contener un cuerpo. Aun así, Will no podía aceptar que Angie estuviera muerta. No creía en las señales cósmicas, pero estaba seguro de que, si de verdad le hubiera pasado algo terrible, lo notaría en las tripas.

Dobló el sobre por la mitad, se lo guardó en el bolsillo trasero del pantalón y se dirigió a los ascensores. Dejó pasar dos ascensores antes de darse cuenta de que no iba a encontrar ninguno que no estuviera repleto de gente que subía del aparcamiento. Consultó su reloj. Eran las tres y media de la tarde: a esas horas, los oficinistas deberían estar contando los segundos que les faltaban para irse a casa, no regresando de comer. El ascensor en el que entró por fin despedía un denso olor a alcohol y tabaco. Se apretaron botones. Will miró el panel. Iban a parar en casi todos los pisos.

Solo había estado una vez en la oficina de Kip Kilpatrick, durante su breve e infructuosa entrevista con Marcus Rippy. Todavía recordaba con detalle la opulenta decoración de los despachos. Aquel sitio parecía diseñado expresamente para grabársete en la memoria.

La empresa 110 Sports Management ocupaba las dos últimas plantas del edificio, con el único propósito (o eso parecía) de que sus diseñadores pudieran construir una elegante escalera flotante que conectara los dos niveles. Las paredes estaban llenas de vinilos adhesivos que mostraban a jugadores de baloncesto de tamaño natural botando pelotas, corriendo hacia la canasta y anotando puntos ganadores. Junto a la sala de reuniones había una fila de camisetas enmarcadas con números célebres, como si fueran fotografías de antiguos consejeros delegados, lo cual era muy apropiado si se tenía en cuenta que el deporte era un negocio que movía miles de millones de dólares. Pero los éxitos deportivos no bastaban para pagar las facturas. Para demostrar que de verdad habías triunfado, debías tener tu propia línea de ropa y cosméticos y dar tu nombre a unas zapatillas.

Detrás de todos aquellos contratos millonarios había también un equipo de abogados, mánagers, agentes e intermediarios, todos los cuales se llevaban su parte del pastel. Lo cual estaba muy bien, pero generaba problemas. La Coca-Cola también era un negocio millonario, pero las latas del famoso refresco eran muy abundantes, y siempre podían fabricarse más. Si una estallaba, sacabas otras de la nevera. Si a un deportista famoso lo paraba la policía yendo por la I-75 a 160 kilómetros por hora mientras esnifaba cocaína con una puta sentada sobre las rodillas, el negocio se te venía abajo en cuanto TMZ publicaba la fotografía de su detención.

Solo había una Serena Williams. Un Peyton Manning. Un Marcus Rippy.

Will ahuyentó la imagen que lo asaltaba cuando pensaba en Marcus Rippy. No se trataba de una de las muchas fotografías del deportista posando junto a su coche de trescientos mil dólares o a bordo de su Gulfstream privado, o apoyando la mano sobre la enorme cabeza de su husky de Alaska de pura raza. Lo veía en casa, con su familia, fingiendo ser un padre feliz y un amante esposo mientras Keisha Miscavage, la mujer a la que había violado brutalmente, vivía escoltada veinticuatro horas al día debido a las amenazas de muerte que recibía de los fans del jugador.

Una sola palabra de su ídolo podía detener a aquellos desaprensivos. Una sola línea en una entrevista o un comentario en su cuenta de Twitter permitirían a Keisha Miscavage regresar a casa y empezar a recomponer su vida.

Pero seguramente a Rippy le satisfacía saber que seguía encerrada en aquella prisión.

Sonó un timbre. Quinta planta. Se abrieron las puertas del ascensor. Salió un puñado de gente. Will permaneció con la espalda pegada a la pared. Se llevó la mano al cuello y tardó un segundo en darse cuenta de que no llevaba corbata.

Cuando Collier lo había dejado en casa, había dado por sentado que estaba de baja o algo parecido, si es que no lo habían despedido directamente. Recordaba haber pensado que un hombre en paro no tenía por qué llevar traje y corbata. Era una de las ventajas de estar sin empleo. Ahora se arrepentía de haberse puesto aquella ropa, pero un par de horas antes, al salir de casa, creía que iba a seguirle la pista a Angie, no a enfrentarse a Kip Kilpatrick.

El ascensor se detuvo en la planta doce. Se bajó la mitad de la gente. No subió nadie más. Will siguió con la espalda pegada a la pared. El ascensor se paró de nuevo dos plantas más arriba. Subió una persona que se apeó en el piso siguiente. Cuando el ascensor dejó atrás la planta número quince, Will se halló por fin solo. Vio cambiar las luces del panel mientras el ascensor ascendía vertiginosamente hacia la última planta.

Cada vez que cambiaba el número, pensaba, «Angie, Angie, Angie».

¿Se estaba engañando a sí mismo? ¿Estaría de veras muerta?

Había tenido que notificar una muerte en numerosas ocasiones: se armaba de valor antes de llamar a la puerta, ofrecía un hombro en el que apoyarse o una cara a la que gritar cuando le decía a la madre, al padre, al marido, a la esposa, al hijo que su ser querido ya nunca volvería a casa.

¿Cómo era estar al otro lado? ¿Recibiría una llamada al cabo de una hora, de un día o una semana? ¿Le dirían que un coche patrulla había encontrado el Monte Carlo de Angie y había hallado su cuerpo sin vida desplomado sobre el volante?

Tendría que identificarla. Tendría que ver su cara para creer que había muerto. Con el calor implacable del verano, ¿qué aspecto tendría después de ese tiempo? Estaría hinchada, irreconocible. Había visto cuerpos así otras veces. Tendrían que hacerle análisis de ADN, pero aun así él seguiría dudando de que aquella cara hinchada y descolorida fuera la de su esposa, seguiría preguntándose si Angie habría logrado zafarse de la muerte como siempre se zafaba de todo.

Era una superviviente. Todavía podía estar por ahí. Collier tenía razón. Angie siempre tenía un tío al que recurrir. Tal vez uno de ellos fuera médico. Quizá se estuviera recuperando en esos momentos. Quizá estuviera tan frágil que no podía levantar el teléfono para decirle que seguía viva.

Claro que jamás lo llamaría mientras Sara estuviera cerca.

Will se apretó los ojos con los dedos.

El ascensor se detuvo en el piso veintinueve. Se abrieron las puertas. Por todas partes relucían superficies de mármol blanco. Una rubia preciosa, delgada como una modelo, levantó la vista de su ordenador en el mostrador de recepción. Will ya la había visto antes, pero estaba seguro de que no se acordaría de él.

Se equivocaba.

—Agente Trent. —Su sonrisa se transformó en una línea recta—. Tome asiento. El señor Kilpatrick está reunido. Tardará cinco o diez minutos.

Kip Kilpatrick era listo, pero no tenía el don de la adivinación. Que Will supiera, Amanda pensaba reunirse con el abogado y agente de Marcus Rippy a primera hora del día siguiente. Hasta media hora antes, ni siquiera él sabía que iba a ir a su oficina. O quizá Kilpatrick estuviera esperando su aparición, aunque fuera imprevista. Era lógico. Marcus Rippy era su mejor cliente, su única lata de Coca-Cola. El escurridizo agente ya le había librado de un cargo de violación. Comparado con eso, explicar la aparición de un cadáver era pan comido.

—Allí. —La chica le indicó una zona de asientos.

Obedeciendo su orden, Will cruzó el vestíbulo, tan grande como su casa. Había una puerta de cristal esmerilado que conducía a los despachos y otra que daba a un aseo, pero, aparte de eso, el vestíbulo estaba completamente separado del resto de la oficina.

La escueta decoración no permitía adivinar que aquella era la antesala de una de las principales agencias deportivas del país. Will supuso que era así a propósito: ningún posible cliente quería sentarse en la sala de espera y ver la cara sonriente de su rival en la pista. Y, al contrario, si tu estrella empezaba a declinar, tampoco querrías ver la fotografía de un nuevo astro del deporte en el lugar que antes ocupaba la tuya.

Will se dejó caer en uno de los cómodos sillones, junto a la pared de ventanales. En el vestíbulo todo era de cromo y cuero azul oscuro. Fuera, la vista se extendía hasta el centro mismo de la ciudad. Las paredes de color gris claro tenían el símbolo *110 %* impreso en un barniz transparente y mate, como papel pintado. Había un panel que no estaba allí la vez anterior: gigantescas letras doradas sobre lo que parecía ser una plancha de metal niquelado de seis milímetros de grosor, más alta que Will.

Will observó las letras. Había tres líneas, cada una de cuarenta y cinco centímetros de altura, como mínimo. Las vio flotar como anémonas marinas. Una M se cruzó con una A. Una E se metamorfoseó en Y.

Siempre le había costado leer. No era analfabeto. Sabía leer, pero le costaba un tiempo, y le ayudaba que las palabras estuvieran impresas o escritas con pulcritud. Era un problema que lo atormentaba desde la infancia. A duras penas había conseguido graduarse en el instituto. La mayoría de sus profesores daban por sentado que era sencillamente vago o idiota, o ambas cosas. Estaba ya en la universidad cuando un profesor mencionó la dislexia. Nunca hablaba de ello con nadie porque la gente daba por sentado que la lentitud al leer era síntoma de lentitud mental.

Sara era la primera persona que había conocido que no trataba aquel problema como si fuera una tara.

Man... age... ment.

Leyó en silencio las tres palabras del panel una segunda vez, y luego una tercera.

Oyó el sonido de una cisterna en el aseo, luego el agua de un grifo y un secador de manos. Se abrió la puerta del servicio y de él salió una señora mayor, afroamericana, muy bien vestida. Se dirigió hacia la sala de espera apoyándose pesadamente en un bastón.

La recepcionista volvió a encender su sonrisa.

—Laslo vendrá a buscarla enseguida, señora Lindsay.

Will se levantó porque lo había criado una mujer lo bastante mayor para ser su abuela, y la señora Flannigan le había enseñado modales más propios de la época de entreguerras.

La señora Lindsay pareció apreciar el gesto. Sonrió dulcemente al sentarse en el sofá, frente a él.

—¿Sigue haciendo un calor de muerte ahí fuera? —preguntó.

Will volvió a tomar asiento.

—Sí, señora.

—Que Dios nos ampare.

Le sonrió de nuevo. Luego cogió una revista. *Sports Illustrated.* Marcus Rippy aparecía en portada palmeando una pelota de baloncesto. Will se puso a mirar por la ventana porque ver la cara de aquel hombre le daba ganas de arrojar la silla contra la pared.

La señora Lindsay arrancó una tarjeta de suscripción y comenzó a abanicarse.

Will cruzó las piernas. Se recostó en el profundo sillón. Le dolía la pantorrilla. Tenía una mancha de sangre en la pernera del pantalón. Tenía la sensación de que había pasado una eternidad desde que había metido la pierna por el suelo podrido de aquel edificio de oficinas abandonado. En casa se había vendado la herida con una gasa, pero al parecer no había conseguido detener del todo la hemorragia.

Miró su reloj. Hizo caso omiso de la sangre seca que tenía en el dorso de la mano. Echó un vistazo a su teléfono, que estaba llenos de amenazas de Amanda. El único ruido que se oía en la sala era el que hacía la señora Lindsay al volver, de vez en cuando, una página de la revista, y el tableteo esporádico de las uñas de la recepcionista sobre el teclado. *Tap. Tap. Tap.* No era una experta mecanógrafa. Will no pudo evitar repetirse el mantra del ascensor.

Angie. Angie. Angie.

Angie desaparecía constantemente. Pasaban meses y meses, a veces un año entero, y luego, un buen día, estaba cenando algo encima del fregadero de la cocina o tumbado en el sofá viendo la tele cuando Angie entraba en la casa, comportándose como si hiciera solo unos minutos que se habían visto.

Siempre decía:

—Soy yo, tesoro. ¿Me has echado de menos?

Eso era lo que estaba pasando ahora. Se había esfumado, pero volvería porque siempre volvía pasado un tiempo.

Descruzó las piernas. Se inclinó hacia delante con las manos unidas entre las rodillas. Hizo girar el anillo de boda barato que llevaba en el dedo. Lo había comprado por veinticinco pavos en una tienda de empeño. Había querido parecer legítimamente casado ante la directora del banco. Pero podría habérselo ahorrado. La mujer apenas había mirado su documentación antes de darle acceso a toda la historia financiera de Angie.

Pellizcó el anillo. El oro se estaba descascarillando. Era más bonito que el que le había regalado Angie.

Bajó las manos. Quería levantarse y pasearse por la sala, pero sabía instintivamente que a la recepcionista no le gustaría. Ni tampoco, supuso, a la señora Lindsay. No había nada peor que ver a alguien pasearse de un lado a otro, y además delataba tu nerviosismo, y no quería que Kip Kilpatrick supiera que estaba nervioso.

¿Debía estarlo? Tenía la sartén por el mango. Al menos eso creía, aunque Kilpatrick ya le había ganado la partida antes.

Cogió una revista. Reconoció el logotipo de *Robb Report*. Había un todoterreno Bentley Bentayga en la portada. Pasó la páginas hasta encontrar el artículo. Con los números nunca había tenido problemas. Encontró las características del coche y fue siguiendo el texto con el dedo. Le costaba menos trabajo leer las palabras porque las especificaciones le sonaban de otras revistas, y porque le encantaban los coches. Motor W12 biturbo de 6 litros, 600 caballos de potencia y 664 libras-pie de torque. Velocidad máxima, 300 kilómetros por hora. Las fotografías del interior mostraban los asientos de cuero cosidos a mano y el exquisito lacado del salpicadero.

Will conducía un Porsche 911 que, aunque tenía treinta y siete años de antigüedad, no era ningún clásico. Su primer medio de transporte había sido una Kawasaki de *motocross,* una moto muy bonita si podías permitirte el lujo de presentarte en el trabajo cubierto de sudor o empapado por la lluvia. Un día vio un chasis quemado y abandonado en un descampado, cerca de su casa. Pagó a unos indigentes para que lo ayudaran a transportar lo que quedaba del Porsche a su garaje. Seis meses después, el coche estaba listo para volver a circular, pero, debido a la falta de dinero y a su enrevesado diagrama mecánico, había tardado casi diez años en restaurarlo por completo.

En Navidad, Sara lo había llevado a probar un 911 nuevecito. La visita al concesionario había sido una sorpresa. Will se había sentido como un impostor en la sala de exposición. Sara, en cambio, parecía estar a sus anchas. Estaba acostumbrada al dinero. Vivía en un ático que costaba más de un millón de pavos. Su BMW X5 tenía todos los extras. Sara poseía el aplomo que da saber que puedes permitirte comprar lo que quieras. Como el día anterior, cuando habían visitado aquellas casas en venta: había mirado los amplios espacios diáfanos mientras pensaba en silencio en qué cosas cambiaría para adaptarlas a sus gustos personales, sin darse cuenta de que a él le temblaban las manos mientras sostenía el folleto y contaba cuántos ceros tenía el precio.

A él, un padre de acogida le había robado su número de la Seguridad Social cuando tenía seis años. No lo descubrió hasta los veinte, cuando trató de abrir su primera cuenta bancaria. Su capacidad crediticia se había ido por el desagüe. Había tenido que pagarlo todo en efectivo hasta los veintiocho años, y después solo había podido usar una tarjeta de crédito asociada al cajero automático de su sucursal bancaria. Hasta su casa la había pagado en metálico. La había comprado en una subasta por impago en las escaleras del juzgado. Los tres primeros años durmió con una escopeta bajo la cama porque los yonquis seguían presentándose en la casa, confiando en sacarle algunas piedras a la banda que la había ocupado anteriormente.

Seguía sin poder sacarse una tarjeta de crédito. Debido a su costumbre de pagar siempre en efectivo, había pasado de no tener crédito con los bancos a desaparecer por completo del sistema: no figuraba literalmente en ninguna agencia de calificación crediticia. Si Sara creía que iban a poder comprarse una casa juntos, más valía que se preparara para cambiar su ático de un millón de dólares por una caja de zapatos. Después de llevar todo el día ignorando a Amanda, seguramente se había quedado sin trabajo.

—¿Es usted jugador de baloncesto?

Levantó la mirada de la revista. La señora Lindsay le estaba hablando.

—No, señora —contestó, y como, que él supiera, seguía siendo técnicamente cierto, añadió—: Soy agente especial de la Oficina de Investigación de Georgia.

—Qué interesante. —Jugueteó con las perlas que llevaba al cuello—. ¿El GBI no es la policía del estado?

—No, señora. Es una agencia de ámbito estatal que ofrece asistencia en investigaciones criminales, servicios de laboratorio forense y registros informatizados sobre casos de justicia penal.

—¿Como el FBI, pero del estado?

Lo había captado antes que la mayoría.

—Sí, señora, exactamente.

—¿Se ocupan de todo tipo de casos?

—Sí, señora. De todo tipo de casos.

—Qué interesante. —Comenzó a hurgar dentro de su bolso—.

¿Está aquí por trabajo? Espero que nadie se haya metido en un lío.

Will negó con la cabeza.

—No, señora. Solo son preguntas de rutina.

—¿Cómo dice que se llama?

—Will Trent.

—Will Trent. Un hombre con dos nombres de pila. —Sacó un cuadernito con un dibujo de vidriera de iglesia en la tapa de vinilo. Cogió el bolígrafo encajado en la espiral.

Will se levantó un poco para sacar su cartera. Sacó una tarjeta de visita.

—Este soy yo.

Ella observó la tarjeta con atención.

—Will Trent, agente especial, Oficina de Investigación de Georgia. —Le sonrió al meter la tarjeta en su cuaderno y devolverlo al bolso—. Me gusta acordarme de la gente con la que me encuentro. ¿Cuánto tiempo lleva casado?

Will miró el anillo de empeño que llevaba en el dedo. ¿Era viudo? ¿Cómo debías llamarte si tu mujer moría cuando ya no querías estar casado con ella?

—Lo siento —se disculpó la señora Lindsay—. Soy una entrometida. Mi hija siempre me está diciendo que soy más curiosa de lo que me conviene.

—No, señora, no pasa nada. Yo también soy muy curioso.

—Eso espero, teniendo en cuenta a lo que se dedica. —Se rio, y Will se rio también—. Yo estuve cincuenta y un años casada con un hombre maravilloso.

—Debió de casarse siendo todavía una niña.

Ella volvió a reír.

—Es usted muy amable, agente especial Trent, pero no. Mi marido falleció hace tres años.

Will sintió un nudo en la garganta.

—¿Y tiene usted una hija?

—Sí.

Fue lo único que dijo. Agarró con fuerza el bolso sobre sus rodillas. Siguió sonriéndole. Will le devolvió la sonrisa.

Y entonces vio que empezaba a temblarle el labio.

Se le habían humedecido los ojos.

Will miró a la recepcionista, que seguía tecleando en su ordenador.

—¿Va todo bien? —preguntó en voz baja.

—Sí, sí. —Enseñó los dientes en una amplia sonrisa, pero no dejó de temblarle el labio—. Todo va de maravilla.

Will notó que la recepcionista había dejado de teclear. Tenía el teléfono en la oreja. A la señora Lindsay seguía temblándole el labio. Evidentemente, estaba disgustada por algo.

—¿Vive usted por aquí? —preguntó Will tratando de aparentar naturalidad.

—En esta misma calle.

—Buckhead —repuso él—. Mi jefa vive también aquí, en esas casas que hay cerca de Peachtree Battle.

—Es una zona bonita. Yo vivo en ese edificio más viejo que hay en la curva, enfrente de las iglesias.

—Jesus Junction —comentó Will.

—El Señor está en todas partes.

Will no era religioso, pero dijo:

—Está bien tener a alguien que cuide de uno.

—Cuánta razón tiene. Tengo muchísima suerte.

Will se sintió atrapado en un globo de plasma dentro del cual saltaban chispas de electricidad entre él y la señora Lindsay. Siguieron mirándose el uno al otro otros diez segundos, hasta que se abrió la puerta de detrás del mostrador de la recepcionista.

—¿Señorita Lindsay? —En la puerta había aparecido un gorila con la cabeza apepinada, enfundado en una ceñida camisa negra y unos pantalones negros aún más ceñidos. Tenía un acento bostoniano tan fuerte como su cuello—. Venga conmigo, guapa.

La señora Lindsay agarró su bastón y se levantó. Will también se puso en pie.

—Ha sido un placer conocerla.

—Igualmente.

Ella le tendió la mano. Will se la estrechó. Tenía la piel pegajosa. Se mordió el labio para que dejara de temblarle. Se apoyó en el bastón para echar a andar y cruzó la puerta sin mirar atrás.

El gorila miró a Will con cara de pocos amigos antes de cerrar la puerta. Will adivinó que era Laslo y que trabajaba para Kip Kilpatrick. Detrás de cada «arreglador» siempre había un matón ansioso por mancharse las manos. Y Laslo parecía de los que ya las tenían muy sucias.

—El señor Kilpatrick —dijo la recepcionista— tardará cinco o diez minutos.

—Cinco o diez minutos más. —Pareció confusa, así que Will le explicó—: Puesto que antes ha dicho que tardaría entre cinco y diez minutos, ahora serían...

Ella siguió tecleando. Will se metió las manos en los bolsillos. Miró el sofá. Tenía la sensación de que la señora Lindsay podía haber dejado allí algo para él. Una miga de pan, quizá.

No, nada.

Se acercó a la puerta del aseo, dio media vuelta y caminó hacia la fuente de beber. No se equivocaba respecto a los paseos: la recepcionista empezó a mirarlo con mala cara mientras picoteaba en el teclado. Will se preguntó si estaría actualizando su página de Facebook. ¿Cuáles eran exactamente las funciones de una recepcionista si no tenía que contestar al teléfono? Will reflexionó sobre ello mientras caminaba, porque los otros asuntos sobre los que tenía que reflexionar eran demasiado penosos. Iba por la sexta vuelta cuando se oyó un fuerte *ding*.

Se abrieron las puertas del ascensor. Y salió Amanda.

Su semblante pasó rápidamente de la sorpresa a la furia y de la furia a su acostumbrada máscara de indiferencia.

—Has llegado pronto —dijo como si no se hubiera llevado una sorpresa mayúscula al verlo allí. Se volvió hacia la recepcionista—. ¿Puedes preguntar cuánto tiempo más va a tardar el señor Kilpatrick?

La chica levantó el teléfono. Sus uñas alancearon el teclado.

—Gracias.

El tono de Amanda era cortés, pero sus zapatos la delataban. Los tacones se clavaban en el suelo de mármol como cuchillos. Se sentó en el sillón que Will había dejado libre. Los pies no le llegaban al suelo. Se tambaleó un poco como si tratara de recuperar el equilibrio. Will nunca la había visto sentarse del todo en una silla, pero en este caso el problema radicaba en que aquel sillón había sido diseñado para alguien con las piernas de un jugador de baloncesto. Con razón él había estado tan cómodo.

—Siento haber llegado pronto —le dijo.

Su jefa cogió la revista de coches.

—Creo que te prefiero sin testículos.

La recepcionista colgó ruidosamente el teléfono.

—El señor Kilpatrick me ha dicho que tardará entre cinco y diez minutos. Más —añadió dirigiéndose a Will.

—Gracias. —Amanda se puso a mirar la revista como si la asaltara un interés repentino por los relojes de lujo.

Will calculó que no podía cabrearla más de lo que ya la había cabreado. Retomó sus paseos por la sala, entre el cuarto de baño y la fuente. Pensaba en el otro sobre que había encontrado en el apartado de correos de Angie. Blando, anodino y, sin embargo, más sorprendente que el primero. No llevaba sello. Angie lo había dejado para él, y Will lo había dejado guardado dentro de su coche. El sobre de Kilpatrick era una prueba. El otro solo le incumbía a él.

—¿Habéis averiguado algo? —le preguntó a Amanda. Ella lo miró inexpresivamente—. ¿En la escena del crimen?

Su jefa se volvió hacia la recepcionista.

—Disculpe. —Esperó a que la chica levantara la vista—. La última vez que estuve aquí, me sirvieron un té con menta delicioso. ¿Le importaría prepararme uno? Con miel.

La recepcionista compuso una sonrisa. Apoyó las manos con fuerza en la mesa y echó la silla hacia atrás para levantarse. Abrió la puerta que daba a los despachos y la cerró de un portazo.

Amanda le dijo a Will:

—Siéntate.

Él tomó asiento en el sofá.

—Tienes hasta que vuelva la chica para explicarme por qué no debo despedirte en el acto —dijo ella.

A Will no se le ocurrió ningún buen motivo, así que decidió ser sincero. Se sacó el sobre del bolsillo de atrás. Lo dejó sobre la mesa de cristal.

Amanda no lo tocó. Leyó el remite, en el que figuraba la dirección de las oficinas en las que se hallaban. Al igual que en la pared del vestíbulo, el logotipo *110 %* se repetía en tinta clara en el envés y el dorso del sobre. En lugar de preguntar qué contenía el sobre, dijo:

—¿Cómo has averiguado el número del apartado de correos de Angie?

—He ido al banco. Me tiene como titular en su cuenta corriente. El apartado de correos está en un local de UPS cerca de...

—La calle Spring. —Le lanzó una mirada fulminante—. Tu teléfono pertenece al GBI, Will. Podría saber hasta cuándo vas al baño si quisiera. —Le indicó con un gesto que prosiguiera—. Así que fuiste a ese local. ¿Y?

Will trató de encajar aquella información sobre la capacidad de su jefa para seguir sus movimientos.

—Le enseñé al encargado el extracto bancario con nuestros nombres y mi permiso de conducir, y me dejó abrir el cajetín del apartado de correos.

No le habló de los cien dólares que habían cambiado de manos en el transcurso de aquella conversación, ni de las amenazas veladas que le había hecho al dueño de la tienda acerca de la división antifraude del GBI, pero algo en la mirada de Amanda le hizo sospechar que ya lo sabía.

Ella observó de nuevo el sobre, todavía sin tocarlo.

—¿A quién has pegado?

Will se miró la piel desgarrada de la mano.

—A alguien que seguramente no se lo merecía.

—¿Y eso va a suponer algún problema?

Will no creía que Collier fuera de esos.

—No.

—Tienes que quitarte ese anillo de boda antes de ver a Sara. Y yo no le mencionaría que Angie te tiene como titular en su cuenta bancaria, porque quizá se pregunte cómo has podido encontrar ese apartado de correos en dos horas y, en cambio, no has encontrado ni una sola pista viable sobre el paradero de Angie en el último año y medio.

Will no notó que fuera una pregunta, de modo que no contestó.

—¿Por qué te tenía todavía en su cuenta?

—Porque a veces necesita dinero. —Miró por la ventana. La verdad era que no sabía por qué hasta ahora no había tratado de encontrar a Angie sirviéndose de sus datos bancarios—. A veces me manda un mensaje si necesita ayuda.

—O sea que tienes su número de teléfono.

—La última vez que me mandó un mensaje fue hace trece meses, pidiéndome doscientos dólares. —En realidad habían sido quinientos, pero eso no hacía falta contárselo a Amanda—. El número de teléfono que encontró Charlie es el mismo desde el que me escribió. Ya no está operativo. Y es el mismo que figura en los datos del banco —añadió.

Amanda cogió por fin el sobre. Sacó el cheque de cinco mil dólares procedente de la cuenta personal de Kip Kilpatrick. La prueba de que Angie había estado trabajando para él. Amanda posó la mano sobre el regazo.

—Por eso no necesitaba que le prestaras dinero. Si es que puede decirse que eran préstamos. Porque imagino que nunca te lo devolvía.

De nuevo, Will decidió no contestar a una pregunta que en realidad no se había formulado.

—Durante estos tres últimos meses, Angie ha ingresado

quinientos dólares en su cuenta cada dos semanas, la misma cantidad que figura en ese cheque. Estaba trabajando para Kip Kilpatrick.

—¿Por qué crees que Kilpatrick le pagaba diez mil dólares al mes de su cuenta privada?

Will se encogió de hombros, pero se le ocurrían un montón de cosas ilegales que Angie estaría dispuesta a hacer. Tenía un problema intermitente de adicción a las pastillas desde la infancia. No le importaba hacer cosas que estaban mal o mirar para otro lado cuando otros las hacían por ella. Pero también había probado suerte en empresas que no quebrantaban las leyes, y Will prefirió no ponerse en lo peor.

—Tenía licencia para ejercer como detective privado. Puede que Kilpatrick la tuviera a sueldo para que investigara a gente, o para que se informara a fondo sobre posibles clientes. Y cuando era policía también trabajaba en seguridad a tiempo parcial. Puede que también lo hiciera para Kilpatrick. ¿Qué habéis encontrado en la escena del crimen? —preguntó de nuevo.

Amanda ignoró la pregunta por segunda vez.

—Dime por qué no me llamaste hace media hora, cuando encontraste este cheque.

Will se miró las manos. Estaba otra vez dando vueltas a su anillo de casado. No sabía por qué le tenía tanto apego. Representaba para él lo mismo que la alianza que Angie le puso en el dedo en el juzgado.

—La sangre de la sala es B negativo, un tipo de sangre muy raro —dijo Amanda—. Angie es B negativo. Es lo único que puedo decirte.

—¿Toda la sangre era B negativo?

—La mayoría sí. Casi toda.

Will oyó resonar las palabras de Sara en su cabeza.

El verdadero peligro está en el volumen de sangre perdida.

—La mujer del edificio de oficinas sigue en el quirófano —añadió Amanda—. Tenemos una pista sobre una chica llamada Delilah Palmer. ¿Te suena el nombre?

Will negó con la cabeza.

—Blanca, veintidós años. Detenida por prostitución y tráfico de drogas en ocho ocasiones. Harding era su ángel guardián. Llevaba mucho tiempo en escena.

—Angie trabajó en la brigada antidroga cuando era policía.

—No me digas. —Amanda se fingió sorprendida—. Hemos emitido una orden de busca y captura. Es probable que esa tal Delilah Palmer sepa por qué han matado a Dale y Angie, lo que la convierte en nuestra principal sospechosa o en la próxima víctima.

Will giró su alianza. Se obligó a no mirar el reloj, a no calcular cuánto tiempo había pasado desde que Sara había dicho que a Angie no le quedaba mucho tiempo.

Angie volvería. Angie siempre volvía. Así era cómo Will superaría aquello. Se enfrentaría a la situación como a cualquiera de sus desapariciones, y pasaría un año, o pasarían dos, y encontraría la manera de asimilar que había visto a Amanda fingir que leía una revista mientras Angie moría sola. Como siempre había dicho que moriría. Como Will había deseado que ocurriera porque quería que Sara y él tuvieran las cosas más fáciles.

Miró por la ventana. Intentó tragar saliva. Sintió en el pecho aquella opresión ya conocida. Lo último que le había dicho a Angie era que ya no la quería.

Después, había vuelto con Sara.

Amanda dejó su revista. Se levantó. Rodeó la mesa baja y se sentó al borde del sofá. Se alisó la falda. Se quedó mirando la pared de enfrente. Su hombro rozó el de él, y Will tuvo que hacer un ímprobo esfuerzo para no apoyarse contra ella.

—Ya sabes que mi madre se ahorcó en nuestro jardín cuando yo era pequeña —dijo Amanda.

Él levantó la vista. Su jefa había hablado con naturalidad, pero lo cierto era que Will no sabía nada de aquello.

—Cada vez que fregaba los platos —añadió Amanda—, miraba por la ventana, veía aquel árbol y pensaba, «Eres la última persona que va a hacer que me sienta así en toda mi vida».

Will no preguntó qué quería decir.

—Y entonces llegó Kenny. Estoy segura de que Faith te ha hablado de su tío.

Will asintió. Kenny Mitchell era un piloto de pruebas de la NASA ya retirado.

—Kenny estaba como un tren. Eso decíamos entonces. —Esbozó una sonrisa íntima—. Yo no entendía por qué se había fijado en mí. Era una chica tan sosa y bobalicona. Muy inocente. Siempre ansiosa por complacer a mi padre. No había roto un plato en toda mi vida.

Will no reconoció a su jefa en aquella descripción.

—Kenny era como una droga. En el buen sentido, al principio, tan excitante... Después, en el malo. En el mismo sentido que llevó a esa mujer a esnifar un montón de cocaína. —Su tono dejaba claro que no estaba exagerando—. Me rebajé por él. Hice cosas que jamás, jamás, pensé que haría.

Will miró hacia la puerta cerrada de los despachos. ¿Cuánto se tardaba en hervir un poco de agua?

—Pero lo peor de todo es que en el fondo yo lo sabía —prosiguió Amanda—. Sabía que nunca se casaría conmigo. Sabía que nunca me daría hijos. —Hizo una pausa—. Podía distinguir a un mentiroso a cincuenta metros de distancia, pero prefería creerme todo lo que salía de la boca de Kenny. Había invertido tantos años de mi vida en él que no podía reconocer que me había equivocado. Me daba pavor quedar como una tonta.

Will se recostó en el sofá. Si Amanda creía que eso era lo que le pasaba a él con Angie, se equivocaba. Él había sabido desde el principio que Angie no era la persona adecuada para compartir su vida. Y en cuanto a quedar como un tonto, todo el mundo sabía que Angie le engañaba.

Que le había engañado.

—Kenny y yo —continuó Amanda— llevábamos juntos casi ocho años cuando conocí a Roger. —Su voz se suavizó al decir su nombre—. Te ahorraré los detalles, pero digamos que me fijé en él. Quería darme todo lo que no tenía con Kenny, pero le dije que no, porque no sabía estar con un hombre que quisiera estar conmigo. —La suavidad se había evaporado—. Era adicta a la incertidumbre que me provocaba Kenny, a esa duda insidiosa que notaba en las entrañas y que me hacía preguntarme si podría sobrevivir sin él. Creía que podía reparar el dolor que había dentro de él. Tardé mucho tiempo en darme cuenta de que el dolor estaba dentro de mí.

Will se frotó la mandíbula. Aquello sí había dado en el clavo, al menos un poco.

Amanda se volvió hacia él apoyando la mano en el respaldo del sofá.

—Cuando yo era pequeña teníamos un gatita. Buttons, se llamaba. Siempre arañaba el sofá, así que mi padre me compró una pistola de agua y me dijo que la disparara con ella cada vez que se acercara al sofá. Y recuerdo que la primera vez que la salpiqué, se asustó y vino corriendo hacia mí para que la consolase. Se aferró a mí, y estuve acariciándola hasta que se calmó. Así era yo con Kenny. Así eras tú con Angie —dijo con convicción—. Es la maldición de los niños sin madre. Buscamos que nos reconforten las mismas personas que nos hieren.

Sus palabras cortaron a Will como una cuchilla.

—Creo que nunca fuiste a comprobar los datos de la cuenta bancaria de Angie porque temías que la hubiera cerrado —añadió su jefa—. Que hubiera cortado esa última amarra que la unía a ti.

Will se miró las manos, la piel herida de golpear a Collier, la falsa alianza que simbolizaba su matrimonio ficticio.

—¿Me equivoco?

Él se encogió de hombros, pero sabía que Amanda tenía razón.

Angie le había dejado una carta. Eso era lo que contenía el otro sobre que había dentro de su apartado de correos. Tenía su nombre escrito en letras mayúsculas, con toda claridad, para que pudiera leerlo fácilmente. La carta de dentro era otro cantar. Angie le había escrito premeditadamente una nota con su letra enmarañada porque sabía que no podría leerla. Tendría que pedirle a alguien que se la leyera.

¿A Sara?

Carraspeó.

—¿Qué te hizo dejar por fin a Kenny?

—¿Crees que fui yo quien lo dejó? —Soltó una risa profunda—. Oh, no. Kenny me dejó a mí. Por un hombre.

Will sintió que se sobresaltaba.

—Yo sabía que era gay. No era tan ingenua. —Se encogió de hombros—. Pero eran los años setenta. Todo el mundo pensaba que los homosexuales podían cambiar.

Will trató de sobreponerse a la impresión.

—¿Era ya demasiado tarde para volver con Roger?

—Como medio siglo demasiado tarde. Él quería una mujer que se quedara en casa y yo quería una carrera profesional. —Consultó su reloj y miró la puerta cerrada—. Pero al menos me enseñó lo que era un orgasmo.

Will apoyó la cabeza en las manos y deseó que se lo tragara la tierra.

—En fin, dejémoslo. —Amanda se levantó, indicando que el tiempo de las confidencias había pasado—. Wilbur, te conozco desde hace más años de los que quiero reconocer y siempre has sido un auténtico idiota en tu vida personal. No estropees las cosas con Sara. No te la mereces, así que más vale que encuentres la manera de conservarla antes de que se dé cuenta.

Agarró su mano y le quitó el anillo del dedo.

Will la vio acercarse con paso decidido al mostrador y tirar el anillo a la papelera. Tintineó como el mazo al golpear la campana al final del primer asalto.

—Y no le digas nada de esto a Faith. Ella no sabe que su tío es gay.

Se abrió la puerta. La recepcionista dijo:

—El señor Kilpatrick ya puede recibirlos.

—Gracias. —Amanda esperó a que Will se levantara y la siguiera.

Él apoyó las manos en las rodillas y se incorporó. Lo que su jefa acababa de contarle daba vueltas en su cabeza como las imágenes de un carrusel de diapositivas, pero se obligó a detenerlo y a guardarlo en una estantería. Nada de lo que había dicho Amanda importaba. Angie no estaba muerta. Estaba por ahí, en alguna parte, en ese sitio al que iba siempre, y un buen día, pasado un tiempo, se abriría su puerta y oiría las palabras de siempre.

«Soy yo, tesoro. ¿Me has echado de menos?»

Un grito le hizo volver en sí. Dos jóvenes vestidos con trajes elegantes entrechocaron las palmas de la mano en alto, celebrando algo. La quietud del vestíbulo se había disipado. Sonaban teléfonos. Las secretarias murmuraban, hablando para los micrófonos de sus auriculares. La escalera de cristal flotante estaba llena de gente que parecía salida de una revista de moda. Allá arriba, un gigantesco panel luminoso contaba los millones que la compañía había ganado para sus accionistas en lo que iba de año.

Salvo aquella cifra astronómica, casi nada había cambiado en los cuatro meses transcurridos desde la anterior visita de Will. Las pegatinas de tamaño real seguían en las paredes. Seguía habiendo una bella joven sentada ante una mesa, frente a la puerta de cada despacho, y fotografías de agentes que parecían enanitos posando junto a sus jugadores estrella mientras firmaban contratos multimillonarios.

La arisca recepcionista los dejó en manos de otra rubia un poco más joven. Seguramente tenía un máster en Administración de Empresas por Harvard, porque las rubias despampanantes que trabajaban en oficinas como aquella ya no eran simples floreros.

La nueva rubia le dijo a Amanda:

—He llevado su té con menta a la sala de reuniones, pero Kip quería hablar primero con usted.

Will se dio cuenta de que debería haberle preguntado a su jefa qué esperaba sacar en claro de aquella entrevista. Formaba parte del procedimiento rutinario hablar con el dueño de un edificio en el que se había descubierto un cadáver, pero Kip Kilpatrick se las sabía todas. De ningún modo les permitiría hablar con Marcus Rippy, ni siquiera extraoficialmente.

Pero ya era demasiado tarde para preguntárselo a Amanda. La rubia llamó a la puerta del despacho y les dejó pasar.

Kip Kilpatrick estaba sentado ante una enorme mesa de cristal, en el centro de su luminoso despacho situado en la esquina del edificio. El techo se alzaba a seis metros de altura. Las baldosas de mármol mate del suelo estaban cubiertas por gruesas alfombras de lana atravesadas por hilos de seda. Los hondos sofás y sillones parecían diseñados para gigantes. Kilpatrick no era, sin embargo, ningún gigante. Sus piececillos, enfundados en mocasines hechos a medida, descansaban sobre el filo de la mesa. Recostado en su silla, lanzaba una pelota de baloncesto al aire con las dos manos mientras hablaba por teléfono a través del auricular con *bluetooth* que tenía insertado en la oreja, porque hablar por un teléfono normal no habría resultado lo bastante *cool*.

Kilpatrick tenía otros clientes (un tenista de primera fila, un jugador de fútbol que había contribuido a que Estados Unidos se llevara a casa el Mundial), pero su despacho mostraba a las claras quién era la verdadera superestrella. Y no solo por la canasta de la NBA adornada con el nombre de Marcus Rippy que colgaba en lo alto de la pared. Aquello muy bien podría haber sido un museo en honor de Marcus Rippy. Kilpatrick había hecho enmarcar diversas camisetas, algunas de las cuales databan de la época en que Rippy jugaba en la liga juvenil. Sobre la repisa de la ventana había una hilera de pelotas de baloncesto firmadas. Dos muñequitos de Rippy con desproporcionadas cabezas bamboleantes ocupaban sendas esquinas de la mesa. Los trofeos se hallaban en una estantería flotante diseñada ex profeso para ese fin, iluminada de modo que cada centímetro de oro reluciera. Incluso había unas zapatillas de baloncesto del número 50 que Rippy había usado cuando ayudó a su equipo universitario a ganar la Final Four.

Will siempre había dado por sentado que Kilpatrick era un jugador frustrado. No era muy bajo, pero tampoco lo bastante alto, uno de esos tipos que atendían servilmente al equipo intentando hacerse amigos de los jugadores mientras estos los pisoteaban. La única diferencia era que a él, al menos, le pagaban por ello.

—Atención —dijo Kilpatrick, y le pasó la pelota a Will.

Él dejó que le golpeara en el pecho y rebotara hasta el otro lado del despacho. El sonido resonó en las paredes. Vieron los tres cómo la pelota se detenía en una esquina.

—Deduzco que no juega usted al baloncesto —comentó Kilpatrick. Will no dijo nada—. ¿Nos conocemos?

Will había pasado siete meses acosando a Kilpatrick y a su gente mientras investigaba el caso Rippy. Seguramente tenían una diana en la sala de descanso con su cara impresa en ella. Aun así, si Kilpatrick quería fingir que no se conocían, por él no había problema.

—No lo recuerdo —contestó.

—Yo tampoco. —Kilpatrick golpeó la mesa de cristal al levantarse. Los muñequitos movieron la cabeza—. Señora Wagner, no puedo decir que me alegre verla de nuevo por aquí.

Amanda no le dijo que el sentimiento era mutuo.

—Gracias por adelantar nuestra reunión. Estoy segura de que todos deseamos que esto se aclare lo antes posible.

—Desde luego. —Kilpatrick abrió una pequeña nevera llena de botellas de Bankshot, una bebida energética que sabía a jarabe para la tos. Desenroscó el tapón de una botella. Bebió un trago y removió el líquido dentro de la boca antes de tragar—. Y, dígame, ¿de qué se trata exactamente?

—De una investigación por asesinato que está teniendo lugar en estos momentos en la discoteca de Marcus Rippy. —Al ver que no respondía, Amanda añadió—: Como le dije por teléfono, necesito información sobre el edificio.

Kilpatrick siguió bebiéndose su refresco. Will miró a Amanda. Su jefa se mostraba extrañamente paciente.

—Ah. —Kilpatrick lanzó la botella vacía a la papelera—. Lo que puedo decirle ya es que nunca he oído hablar de ese tal Harding.

—Entonces, ¿el nombre Triangle-O Holdings SA no le dice nada?

—No. —Kilpatrick recogió la pelota de baloncesto del suelo—. No lo había oído nunca.

Will no entendía adónde quería ir a parar Amanda con aquella pregunta, pero le explicó a Kilpatrick:

—El triángulo ofensivo* lo hicieron famoso los Bulls de Chicago de Michael Jordan cuando los entrenaba Phil Jackson.

—Conque Jordan, ¿eh? —Kilpatrick sonrió mientras palmeaba la pelota—. Creo que ese nombre sí me suena. Es como un Marcus Rippy pero viejísimo.

Amanda prosiguió:

—Dale Harding vivía en una casa muy bonita cuya propietaria es Triangle-O Holdings.

El agente lanzó la pelota hacia el aro. Golpeó el tablero y Kilpatrick cogió el rebote y lanzó otra vez.

—Canasta, y solo ha tocado la red, únicamente la red —dijo, como si no pudiera sencillamente acercarse y tocar la parte de abajo de la red con la punta de los dedos.

Amanda dijo:

—Triangle-O Holdings tiene su sede social en Delaware y está vinculada a una empresa que a su vez tiene su sede en Saint Martin, y esa a otra que tiene su sede en Santa Lucía, y así sucesivamente hasta llegar a una corporación ubicada en Copenhague.

Will notó un hormigueo en el cerebro. Los carteles de la empresa constructora que había frente a la discoteca de Rippy tenían una bandera danesa en el logotipo.

---

* El nombre de la empresa, Triangle-O Holdings, hace referencia a esta táctica ofensiva, llamada en inglés *triangle offense*. (N. de la t.)

Evidentemente, Amanda ya se había fijado en ese pequeño detalle, pero antes que él, cuando podía serles más útil.

—He pedido al Departamento de Estado que solicite por los cauces oficiales los nombres de los miembros de la junta directiva y los accionistas de dicha corporación. Sería todo mucho más sencillo si me los facilitara usted.

—No tengo ni idea. —Kilpatrick trató de hacer girar la pelota sobre la punta de un dedo—. Ojalá pudiera ayudarles.

—Podría dejarnos hablar con Marcus Rippy.

Él soltó una carcajada.

—Ni hablar, señora.

Will miró nuevamente de reojo a Amanda, preguntándose qué estaba tramando. Tenía que saber que habían perdido su única oportunidad de hablar con el jugador de baloncesto.

—¿Qué me dice de Angie Polaski? —preguntó ella—. ¿Tampoco le suena ese nombre?

Kilpatrick consiguió por fin hacer girar la pelota.

—¿Qué pasa con él?

—¿Ha oído hablar de ella?

—Claro. —Palmeó la pelota para que girara más aprisa.

—¿En calidad de qué?

—Eh, digamos simplemente que nos proporcionaba ciertos servicios.

—¿Seguridad? ¿Investigación de antecedentes?

—No. —Al ver la cara que ponía Kilpatrick, a Will le dieron ganas de tirarlo por la ventana de un puñetazo—. Nos conseguía chicas para algunas de mis fiestas. No se esperaba nada de ellas. Solo le pedía que fueran expertas... —Hizo una pausa y añadió—: Conversadoras. Expertas conversadoras. Como les decía, sexualmente no se esperaba nada de ellas. Eran todas adultas. Se las pagaba por su conversación. Cualquier otra cosa la hacían por elección propia.

—Por elección propia —repitió Will, que sabía sin ninguna duda que a Marcus Rippy le gustaban más las mujeres que no tenían capacidad de decisión.

Amanda resumió la situación:

—Entonces, ¿me está diciendo que Angie Polaski le proporcionaba acompañantes femeninas para sus fiestas?

Kilpatrick asintió con un gesto sin apartar los ojos de la pelota, que seguía girando.

Will tuvo que reconocer que quizá fuera cierto. A Angie le encantaba trabajar en la brigada antivicio. Siempre se había sentido más cómoda desenvolviéndose en la frontera entre lo delictivo y lo policial. Conocía, además, a numerosas prostitutas, y nunca le había parecido mal que las mujeres ganaran dinero del modo que fuese.

—Mis clientes son personalidades de primera fila —añadió Kilpatrick—. A veces les apetece tener compañía, y que esa compañía sea discreta. Les resulta difícil conocer mujeres.

—¿Aparte de sus esposas, quiere decir? —preguntó Amanda.

Will pensó en las prostitutas que conocía Angie. Eran correcalles de poca monta, drogadictas, algunas desdentadas, todas ellas desesperadas y a escasos años de acabar en prisión o en la tumba. Will podía imaginarse a Angie haciéndoles de proxeneta, alegando ante sí misma que les estaba haciendo un favor, pero las chicas que conocía Angie no pertenecían a la clase de mujeres que podían interesar a los clientes de Kilpatrick.

—Bien, ¿eso es lo que querían saber? —preguntó Kilpatrick—. ¿Lo que hacía Polaski para mí?

—¿Tiene usted su dirección actual?

—Su apartado de correos. —Levantó el teléfono, marcó unos números y dijo—: A mi despacho. —Colgó—. Laslo, mi ayudante, puede darles los detalles.

Laslo otra vez. Will no se equivocaba al suponer que aquel gorila bostoniano de cabeza apepinada era uno de los matones de Kilpatrick.

—¿Cómo conoció a la señora Polaski? —preguntó Amanda.

El agente se encogió de hombros.

—Como se conoce a ese tipo de personas: simplemente están ahí. Saben lo que buscas y se ofrecen a conseguírtelo por un precio. Es fácil.

—¿Tan fácil como sobornar a testigos en un juicio por violación? —preguntó Will.

Kilpatrick lo miró. Por su nariz salió una especie de resoplido.

—Sí, ya me acuerdo de quién es.

—¿Tiene el número de teléfono de la señora Polaski? —preguntó Amanda.

—Lo tendrá Laslo. Yo no trato directamente con esa clase de gente.

—Ya —dijo Will—. Se limita a enviarles un cheque desde su cuenta personal.

Amanda le lanzó una mirada envenenada. Le dijo a Kilpatrick:

—Hemos encontrado un cheque extendido a nombre de Angie Polaski y emitido desde su cuenta bancaria.

—La agencia solo paga las copas y las cenas. Todo lo demás corre de nuestra cuenta. «Promoción empresarial», lo llamamos en los impuestos.

—Hablemos de otro proyecto de promoción empresarial —dijo Amanda—. Ese en el que encontramos un cadáver esta mañana.

Kilpatrick comenzó a girar la pelota de nuevo.

—A esa pregunta voy a dejar que contesten los entendidos.

Amanda dijo:

—¿Quiere decir que todo lo que nos ha dicho hasta ahora procedía de un ignorante?

Kilpatrick tardó un momento en captar lo que quería decir.

Llamaron a la puerta. Laslo dijo:

—Están listos, jefe.

Kilpatrick cruzó el despacho botando la pelota.

—Trae a esta gente los datos de contacto de Polaski. Son policías. La están buscando.

—Menuda sorpresa. —Laslo agarró la pelota y la lanzó hacia la canasta de la pared.

Kilpatrick hizo amago de recoger el rebote, pero Amanda fue más rápida y lo dejó sobre la silla más cercana.

—Estamos listos. Cuando quiera, señor Kilpatrick.

Él miró la pelota, pero se lo pensó mejor.

—Por aquí. —Echó a andar por el pasillo—. Está previsto que las obras se reinicien la semana que viene. Vamos a llamarlo Complejo All Star.

—¿Vamos? —preguntó Amanda.

—Sí, y gracias a vosotros, chicos. —Kilpatrick los condujo más allá de una serie de puertas de despacho cerradas—. Lo curioso de ese cargo de violación que intentaron endosarle a Marcus es que los otros inversores buscaban nuevos socios y nos dimos cuenta de que estábamos dejando pasar una gran oportunidad.

—¿Es decir?

—Que les ofrecimos la inversión a algunos de nuestros clientes más conocidos. Nos dimos cuenta de que podíamos ampliar el proyecto para convertirlo en un complejo residencial y de ocio.

—Como Atlantic Station pero en una zona históricamente más conflictiva —comentó Amanda.

Will sonrió. Su jefa tenía razón. Atlantic Station se había publicitado como un proyecto urbanístico de ensueño que convertiría una zona deprimida en un terreno ricamente abonado para la recaudación fiscal. Como suele suceder con los sueños, la realidad se había impuesto finalmente, adoptando la forma de un aumento vertiginoso de las agresiones sexuales, los atracos, los robos de coches y el vandalismo. Incluso había habido un par de ladrones de banco que, demostrando su inventiva, habían rodeado un cajero automático con una cadena y lo habían arrancado de la pared con su camioneta.

Evidentemente, no era la primera vez que a Kilpatrick le preguntaban por Atlantic Station.

—Aquello fueron complicaciones asociadas al crecimiento rápido. Cosas que pasan. Se le dio la vuelta al proyecto, como sin duda saben. Y además los promotores no contaban con ocho de los

179

deportistas con más talento de la historia para promocionar el proyecto y asegurar su éxito. —Extendió las manos como un charlatán de feria—. Piénsenlo. Solo Marcus Rippy tiene más de diez millones de seguidores en Facebook. Y el doble de esa cifra en Twitter e Instagram. Publica un comentario acerca de un local o una tienda que le gusta y al cabo de una hora el sitio se llena de gente. Es un productor de tendencias.

Kilpatrick dobló la esquina y se hallaron frente a una enorme sala de reuniones delimitada por paredes de cristal, con una mesa en la que podían caber cincuenta personas. Will se obligó a no dar un respingo de desagrado al ver que ya había cuatro abogados en la sala. Kilpatrick debía de haber llamado a la artillería pesada en cuanto Amanda le había pedido una reunión.

Will los conocía del caso de violación contra Rippy. Eran los malvados intercambiables de Bond: dos hombres blancos entrados en años, cada uno de ellos flanqueado por una mujer preciosa, vestida para matar. Kilpatrick hizo las presentaciones, aunque Will ya les había asignado de antemano sus papeles en la saga de Bond. Auric Goldfinger ocupaba la cabecera de la mesa. Sus ralos mechones de pelo dorado y su fuerte acento germánico le habían valido ese sobrenombre. Evidentemente, su rubia subalterna era Pussy Galore. Y luego estaba el doctor Julius No, un sujeto que, por el motivo que fuese, siempre tenía las manos debajo de la mesa. Su asistente era Rosa Klebb, llamada así no por su aspecto físico, que era impresionante, sino por sus zapatos de tacón de aguja, que daban la impresión de esconder cuchillos con la punta envenenada.

—Subdirectora, agente Trent —dijo Goldfinger—, gracias por venir. Siéntense, por favor.

Señaló una silla delante de la cual había una taza de té, dos asientos más allá de Rosa Klebb.

Will retiró dos sillas al otro lado de la mesa, como a un kilómetro del cuarteto Bond, porque sabía que Amanda lo preferiría así. Su jefa lo miró cuando se sentaron, clavando los ojos en su cuello desnudo, y Will tuvo la sensación de que le irritaba enormemente que no llevara traje ni corbata.

Él también estaba irritado. Si al menos llevara su arma... Necesitaba algún tiempo de blindaje contra aquellas personas que ni siquiera se molestaban en levantarse de la cama por menos de tres mil pavos la hora. Cada uno. La factura conjunta de aquella reunión superaría probablemente su salario neto.

Miró a Kilpatrick, pero saltaba a la vista que el agente ya no llevaba la voz cantante. Se había arrellanado en una silla y estaba dando vueltas a una botella roja de Bankshot entre las manos.

—Bien... —Amanda decidió prescindir de sutilezas—. Estoy intentando entender por qué hacen falta cuatro abogados para responder a una pregunta sencilla.

Goldfinger sonrió.

—No es una pregunta sencilla, subdirectora. Ha pedido información detallada sobre la finca en la que fue hallada la víctima. Estamos aquí simplemente para ofrecerle un cuadro general de la situación.

—Sé por experiencia que en un caso de asesinato siempre existe ese «cuadro general», pero nunca habían hecho falta tantos abogados para pintármelo.

Will los observaba atentamente. Ninguno de ellos habló ni se movió. A pesar de su pregunta, Amanda no parecía molesta por tener que hablar con los abogados. Si alguien le hubiera preguntado su opinión, Will habría aventurado que, de algún modo, era su jefa quien había movido los hilos necesarios para que se celebrara aquella reunión.

La única pregunta era por qué.

Amanda dejó a un lado la bolsita del té y bebió un sorbo.

Por fin, Goldfinger miró al Doctor No, que a su vez hizo un gesto de asentimiento a Rosa Klebb.

Ella se levantó. Juntó varias carpetillas y rodeó la mesa de reuniones, que tenía la anchura aproximada de una secuoya. Will oyó el sonido que producían sus medias al rozar su falda ceñida.

Miró sus altísimos tacones. Las suelas eran rojas porque podían pararle el corazón a un hombre. Sara tenía un par de zapatos del mismo diseñador. Le gustaban más cuando los llevaba ella.

—Esto es un dosier sobre el proyecto urbanístico —les dijo Goldfinger—. El mismo que presentamos ante el alcalde y el gobernador el mes pasado.

Amanda ya había oído hablar del proyecto. Había hablado con el alcalde esa misma mañana y estaba en el capitolio, hablando con el gobernador, cuando Will le había dado esquinazo. No dijo nada, sin embargo. Miró la carpeta, que tenía un enorme emblema con una estrella en el centro. Se la pasó a Will. Él la puso encima de la suya y colocó ambas a la altura de su codo.

El Doctor No se inclinó hacia delante, con las manos metidas aún bajo la mesa.

—Tenemos que pedirles que mantengan esta información en secreto. No puede filtrarse nada a la prensa hasta que se haga el anuncio oficial. En el dosier encontrarán información detallada sobre el proyecto.

Goldfinger explicó:

—El Complejo All Star tendrá dieciséis salas de cine, un hotel de treinta plantas, un edificio residencial de veinte pisos, un mercado de productos agrícolas locales, un centro comercial al aire libre con establecimientos de lujo y franquicias, viviendas exclusivas, una discoteca solo para socios y, naturalmente, una cancha de baloncesto de tamaño reglamentario unida a lo que llamamos la All Star Experience, un museo interactivo dedicado a los prodigios de la liga americana de baloncesto.

—¿Cómo se financiará? —preguntó Amanda.

—Tenemos varios inversores privados cuyos nombres no me hallo en situación de desvelar en estos momentos.

—¿También inversores extranjeros? —insistió Amanda.

Goldfinger sonrió.

—Un proyecto de esta magnitud exige muchos, muchos inversores, algunos de los cuales desean permanecer en el anonimato.

—¿Entre ellos ustedes?

El abogado respondió con una sonrisa.

—La empresa constructora —prosiguió Amanda— es LK Totalbyg A/S, con sede en Dinamarca.

—Exacto. Como sabe, Atlanta es una ciudad internacional. Y hemos recurrido a inversores internacionales. Se trata de una iniciativa en la que todos salen ganando.

Will pensó en la gente que de verdad vivía en Atlanta y que invertiría en aquel proyecto quisiera o no. Las ventajas que ofrecía la Administración a ese tipo de iniciativas eran fenomenales. Subvenciones, aplazamientos de varias décadas en los impuestos locales y estatales, carreteras nuevas, infraestructuras nuevas, semáforos nuevos y agentes de policía para preservar la seguridad de la zona: esencialmente, la moneda de cambio que siempre hacía posible estos proyectos urbanísticos a beneficio de los ricachones que cantaban las glorias de la iniciativa privada y se jactaban de haber llegado a lo más alto solo con su esfuerzo.

El Sueño Americano.

—Subdirectora... —El Doctor No se inclinó hacia Amanda como si no los separara un océano de madera—. Como han manifestado repetidamente tanto el alcalde como el gobernador, el proyecto es de enorme interés para la ciudad y para el estado. La proximidad del Georgia Dome, de la universidad, de Centennial Village y de Suntrust Park garantiza que el complejo se convertirá en una meca para el turismo.

Will pensó que la avenida Chattahoochee quedaba un poco retirada para convertirse en meca de nada, pero tuvo que dar por sentado que aquellos tipos habían visto un plano de la ciudad.

Goldfinger dijo:

—Confiamos en que el All Star Experience rivalice con el Salón de la Fama del Fútbol. No es necesario que les diga lo que supondría para la economía de la ciudad que nos aseguráramos un mayor peso en la rotación del March Madness.

—Suena impresionante. —Amanda no tenía que ser una

entendida en deporte para comprender que se trataba de un gran negocio. Miró hacia el otro lado de la mesa, expectante—. ¿Y?

El Doctor No tomó la palabra.

—Y confiamos en que comprenda que se trata de una iniciativa muy delicada.

—No se trata únicamente de la dificultad de construir un complejo tan impresionante —intervino Pussy Galore—. Hemos dedicado mucho tiempo y esfuerzo a preparar el anuncio de su construcción. Solo se tiene una oportunidad de causar ese primer impacto en el público. Nuestros inversores estrella están dispuestos a asistir al evento. Vamos a traer periodistas de Nueva York, Chicago y Los Ángeles. Hemos reservado hoteles y restaurantes. Y tenemos preparada una gran fiesta de dos días que culminará con el comienzo de las obras. Hemos procurado despertar por todos los medios posibles el interés de la prensa. Es muy importante que nada de ello se vea empañado por posibles sospechas respecto a alguno de los inversores.

—O respecto a la obra misma —añadió Goldfinger.

Amanda respondió:

—Si con eso quieren decir que les preocupa que vayamos a acusar nuevamente de violación a su cliente, puedo tranquilizarlos. —Sonrió—. Se trata de un homicidio, así que, si presentamos algún cargo, será por asesinato.

La sala pareció quedarse sin aire de repente.

Goldfinger sonrió, y un instante después su sonrisa se convirtió en carcajada.

El Doctor No le imitó sin sacar las manos de debajo de la mesa, de modo que parecía un lemming atrapado en una batidora.

—¿Para cuándo está prevista esa fiesta? —preguntó Amanda.

—Para este fin de semana.

—Ah —repuso ella como si por fin lo entendiera, aunque Will estaba seguro de que ya estaba al corriente antes de entrar en la sala de reuniones.

El alcalde y el gobernador estarían presionándola con mayor

ahínco que los abogados para que zanjara la investigación y el proyecto pudiera continuar sin tropiezos. La ciudad necesitaba empleos. El estado necesitaba dinero.

Amanda les dijo:

—El hecho es que hemos hallado el cadáver de un hombre dentro de esa discoteca. La escena del crimen que tenemos que inspeccionar es enorme. Aunque hagamos horas extra, no acabaremos de catalogar y fotografiar todas las pruebas hasta el sábado, como mínimo.

Will admiró, y no por primera vez, la habilidad de Amanda para mentir. Era imposible que tardaran tanto tiempo en procesar la escena del crimen. Su jefa les estaba dando largas, aunque él no supiera por qué.

—He ahí el problema —repuso Goldfinger—. El sábado lo tenemos un poco complicado.

—Un poco, no —añadió Galore—. Nos hemos comprometido a enseñar la discoteca a *Los Angeles Times*. La visita está prevista para el viernes a primera hora de la mañana. Quieren hacer un reportaje con Marcus en el que se muestre el antes y el después de las obras, fotografiarle detrás de la barra y quizá también en la galería. Más adelante, cuando hayan concluido las obras, volverán a hacerle fotos en esos mismos lugares.

—¿No pueden posponerlo? —preguntó Amanda.

Galore arrugó la nariz.

—Los periodistas sienten aversión por el verbo «posponer». Generaría muy mala prensa.

—He estado dentro de esa discoteca esta misma mañana —dijo Amanda—. Me ha parecido un antro de yonquis, más que el germen de un proyecto urbanístico de dos mil ochocientos millones de dólares.

Ninguno de ellos pareció advertir que conocía el importe de las obras.

Galore contestó:

—Estaba previsto que un equipo de limpieza comenzara a

trabajar esa mañana para que el local estuviera más presentable. Evidentemente, habría sido mucho después de que llegaran sus agentes. Pero, aun así —añadió—, necesitamos al menos dos días, apurando mucho, para dejar el local a punto.

—¿Son ustedes conscientes de que la prensa ya está informada del asesinato? —preguntó Amanda—. Saben que se ha descubierto un cadáver dentro de la discoteca.

—Sí, saben lo del cadáver —repuso Galore—, pero, que ellos sepan, ese hombre podría ser un vagabundo cualquiera.

—Tanto el GBI como la policía de Atlanta han acudido al lugar de los hechos. Los medios de comunicación darán por sentado que no nos esforzaríamos tanto si se tratara del asesinato de un vagabundo. —Les sonrió—. Cualquier asesinato es una tragedia, pero la policía local no suele pedir ayuda al GBI en tales circunstancias.

—Bien, entonces podría ser un asunto de drogas, o una pelea entre dos indigentes por una botella de *whisky* —sugirió Galore—. Eso contribuiría a realzar otro aspecto positivo del proyecto All Star: coger una zona proclive a la delincuencia y convertirla en un barrio seguro, limpio y de ambiente familiar.

—Pero no era un vagabundo ni un indigente. Era un detective de la policía de Atlanta jubilado.

Ninguno de ellos supo qué responder.

—Lo siento, amigos —prosiguió Amanda—, me hago cargo de la situación, pero no puedo acelerar una investigación por asesinato porque ustedes vayan a presentar su proyecto a bombo y platillo. Tengo que pensar en la familia de la víctima. El detective tenía esposa. Una chica de veintidós años.

Will procuró disimular su sorpresa. Dedujo por la edad que la esposa era Delilah Palmer. Ignoraba por qué no se lo había dicho Amanda. Había una gran diferencia entre que Harding fuera el ángel guardián de Delilah y que fuera su marido. Las esposas sabían cosas. Tenían acceso a información. Si Harding había muerto porque sabía demasiado, Delilah sería la próxima de la lista.

—Harding y la chica solo llevaban casados unos meses —agregó

Amanda—. Ya he tenido que decirle que se ha quedado viuda. ¿Se supone que debo volver y decirle que la muerte de su marido debe quedar relegada a causa de un evento publicitario? —Sacudió la cabeza como si la sola idea la entristeciera—. Y hablando de publicidad, la señora Harding es increíblemente fotogénica. Cabello rubio, ojos azules, muy bonita. Hará las delicias de la prensa.

—No, no —dijo el Doctor No—. Nada más lejos de nuestra intención, subdirectora. No tratamos de obstaculizar la investigación policial. —Lanzó una mirada a Goldfinger, porque resultaba evidente que eso era precisamente lo que se proponían.

Y Amanda ya debía de saberlo. Will se preguntó de nuevo adónde quería ir a parar.

—Subdirectora —comenzó Goldfinger—, solo queremos pedirle que haga todo lo que esté en su mano para agilizar las cosas. —Levantó un dedo—. Sin prisas, naturalmente, porque eso implicaría precipitación. Solo le digo que, por favor, traten de actuar de la manera más expeditiva posible.

Ella asintió.

—Naturalmente. Haré lo que pueda. Pero no podemos liberar el lugar de los hechos antes del sábado. Sencillamente, no hay horas suficientes.

—¿Hay algo que podamos hacer para ayudar a agilizar el proceso? —preguntó el Doctor No.

Will sintió que Amanda se esponjaba de repente. La pregunta del Doctor No era exactamente lo que andaba buscando.

—Me pregunto si... —Hizo una pausa—. No, es igual. Haremos lo que podamos. —Comenzó a levantarse—. Gracias por su tiempo.

—Por favor. —Goldfinger le indicó que se sentara—. ¿Qué podemos hacer?

Ella volvió a sentarse. Exhaló un fuerte suspiro.

—Me temo que volvemos de nuevo a Marcus Rippy.

—¡Joder, no! —Kilpatrick se había puesto en guardia de repente—. No van a hablar con Marcus. Ni hablar, ni hablar, joder.

Amanda se dirigió a Goldfinger:

—Considérenlo desde mi perspectiva. Tengo a un exdetective de la policía muy respetado y varias veces condecorado al que han hallado asesinado dentro de un edificio en obras. En una investigación normal, lo primero que haríamos sería hablar con el propietario del edificio para descartarlo como sospechoso y redactar una lista de personas con acceso a la finca.

—Yo puedo darles la puta lista —farfulló Kilpatrick—. No necesitan hablar con Marcus.

—Me temo que sí. —Extendió las manos al tiempo que se encogía de hombros—. Solo necesito que me dedique unos minutos de su tiempo y su promesa de que hablará con nosotros sinceramente y sin reservas. Sería de gran ayuda para restaurar su buen nombre que se supiera que está colaborando con la policía. Extraoficialmente.

—Joder, ¿intenta quedarse conmigo? ¿Extraoficialmente? —Kilpatrick se había levantado de un salto. Le dijo a Goldfinger—: En este estado pueden caerte entre cinco y diez años de cárcel por mentir a un policía.

—¿Acaso su cliente planea mentirnos? —preguntó Amanda.

Kilpatrick siguió dirigiéndose a Goldfinger como si no la hubiera oído:

—Esta jodida araña intenta enredar a Marcus para que diga algo que...

—Kip —dijo el Doctor No, y Kilpatrick cerró la boca de inmediato.

—Subdirectora —le dijo Goldfinger a Amanda—, quizá usted y yo podríamos hablar en privado.

Los otros tres abogados se levantaron al unísono.

Amanda tocó el brazo de Will para que se retirara. Él se dirigió hacia la puerta.

Kilpatrick levantó las manos.

—¡Esto es una locura, hombre! ¡Una locura!

Los tres abogados ya se habían dispersado. Will observó a

Kilpatrick desde el pasillo. Dijo «locura» dos veces más antes de salir de la sala. Intentó cerrar de golpe la puerta de cristal, pero el cierre era neumático.

Laslo apareció como por arte de magia junto a Will. Kilpatrick los señaló a ambos con el dedo. Tenía la cara roja. Estaba furioso.

—Acompaña a este capullo al vestíbulo y ven a mi despacho enseguida. —Dio un puñetazo a la pared. El pladur se abombó, pero no llegó a romperse. Antes de alejarse le dio una patada, con el mismo resultado.

—Eh, capullo. —Laslo le indicó el largo pasillo de vuelta al vestíbulo—. Por aquí.

—Laslo. —Will miró por encima de su cabeza, aprovechando que le sacaba treinta centímetros. No pensaba marcharse sin Amanda, y aquel matón tenía algo que le sacaba de quicio—. ¿Tienes apellido?

—Sí, es «Que te den». Ahora empieza a moverte.

—Laslo Quetedén. —Will no se movió—. ¿Tienes tarjeta de visita?

—Voy a metértela por el culo si no espabilas, chaval.

Will forzó una risa. Se metió las manos en los bolsillos como si tuviera todo el día.

—¿De qué cojones te ríes?

Will no lograba dominar sus ganas de tocarle las narices a aquel tipo. Pensó en la señora del vestíbulo, en cómo le había temblado el labio. ¿Era por Laslo? ¿Por Kilpatrick? Will intuía que ahí había algo.

—La señora Lindsay ya me advirtió de que era un tipo de cuidado —le dijo a Laslo.

Se le nubló el semblante, lo que significaba que Will había dado en el clavo. Se preguntó cómo sería su hoja de antecedentes en Boston. Calculó que larga. Tenía un tatuaje carcelario a un lado del cuello y parecía capaz de aguantar una paliza y, aun así, ganar la pelea.

—No te acerques a esa señora o te las verás conmigo —le advirtió Laslo.

—Pues más te vale traer una escalera.

—No creas que porque eres policía no voy a atreverme contigo.

Puso los brazos en jarras, en una postura que en opinión de Will solo era adecuada si estabas en la banda de un campo de juego. Se le abrió un poco la camisa. La llevaba tan ceñida que podría haberse ahorrado el dinero de la tintorería y habérsela pintado sobre la piel. Miró a Will con rabia y preguntó:

—¿Qué estás mirando, maricón?

—Bonita camisa. ¿La hay también en talla de adulto?

Se abrió la puerta de la sala de reuniones.

—Muchísimas gracias —le dijo Amanda a Goldfinger.

Sonrió con un brillo de triunfo en los ojos. Marcus Rippy era importante, pero no tan importante como un contrato de dos mil ochocientos millones de dólares del que todo el mundo quería una tajada.

—¿Listo? —le preguntó a Will.

Laslo señaló con el pulgar hacia el fondo del pasillo.

—Por aquí.

—Gracias, señor Zivcovik. —Amanda echó a andar hacia el vestíbulo—. ¿Ha conseguido encontrar el número de teléfono de la señora Polaski? —le preguntó.

Laslo no apartó la mirada de Will al pasarle una hojita de papel doblada.

Amanda echó una ojeada al número y se lo entregó a Will.

Era el mismo que figuraba en todas partes.

Laslo abrió de un tirón la puerta del vestíbulo.

—¿*Puo* ayudarles en algo más? —Puso un acento tan rústico que, unido a su deje bostoniano, dio la impresión de que se estaba recuperando de un ictus.

—Joven —dijo Amanda—, sin duda lleva usted por aquí el tiempo suficiente para saber que se dice «puedo».

Aquel comentario pretendía ser el último, pero Will aún tenía una pregunta para Laslo:

—¿Conocías a Angie?

—¿Polaski? —Una sonrisa dientuda se extendió por su cara redonda—. Claro que la conocía. —Le guiñó un ojo a Will—. Tenía un coño como el de una boa constrictor.

—¿Tenía? —preguntó Amanda.

Él les cerró la puerta en las narices.

CAPÍTULO 6

Faith estaba sentada en una incómoda silla de plástico frente al mostrador de las enfermeras, en la UCI del hospital Grady. Había guardias armados a ambos lados del pasillo. La UCI estaba llena. El Grady era el único hospital público de Atlanta, un centro de traumatología de primer nivel que trataba los peores casos que se daban en la ciudad. En cualquier momento del año, al menos un cuarto de sus pacientes estaban esposados a sus camas.

Faith miró la pizarra blanca que había detrás del mostrador. Olivia, la enfermera jefe, estaba actualizando el estado de los pacientes. En el Grady ingresaban gran cantidad de yonquis, pero a Faith solo le importaba una de ellas: su testigo potencial. Seguía en estado crítico. La operación había durado cuatro horas más de lo previsto. Habían tenido que reconstruirle la nariz y la tráquea. La cantidad de transfusiones que le habían hecho equivalía prácticamente a una desintoxicación exprés. Y ahora estaba repleta de morfina. Tardaría una hora más, como mínimo, en volver en sí.

Al menos Faith no había perdido el tiempo. Había leído atentamente la documentación bancaria y los registros telefónicos de Dale Harding, aunque no había hallado en ellos la solución al caso, ni tampoco una pista que seguir. Harding solo llamaba para pedir *pizzas* o comida china, de modo que debía de utilizar un teléfono de prepago para sus asuntos de negocios. En cuanto a sus extractos bancarios, no hacía falta un contable forense para desentrañar las cifras. Harding tenía menos de cien dólares en su cuenta corriente, un saldo que apenas había variado durante los seis meses anteriores debido a que había usado una tarjeta MasterCard oro para pagarlo todo, desde sus *gorditas* en Taco Bell a las medias de compresión que mantenían en marcha la circulación de sus piernas. El saldo acumulativo de la tarjeta en los últimos seis meses era de cuarenta y seis mil dólares y pico. Harding había dejado de pagar la cuota mensual. Faith dedujo que había sido a propósito. Había abandonado la diálisis, lo que equivalía a firmar su propia sentencia de muerte. Evidentemente, tenía intención de amargarle la vida a cuanta más gente mejor antes de palmarla.

La cuestión era si alguna de esas personas era Delilah Palmer. Faith no dejaba de pensar en las fotografías pornográficas, en la mirada mortecina de la niña. Incluso a los diez años de edad, Delilah parecía haberse resignado a verse utilizada por todos los hombres que se cruzaban en su camino. Y no solo por desconocidos, sino también por Dale Harding. Su padre. Un policía. La única persona en la que debería haber podido confiar, guardaba fotografías pornográficas suyas en el desván y se había casado con ella por... ¿Por qué?

Delilah tenía que ser la clave para entender el asesinato tanto de Harding como de Angie. Faith no se tragaba la teoría feminista de Collier según la cual la chica estaba detrás de los dos asesinatos. Harding siempre se había ocupado de Delilah. Ella debía de saber que no le quedaba mucho tiempo. ¿Para qué matarlo cuando solo tenía que esperar unos pocos días para bailar sobre su tumba?

Se le ocurrían muchas personas que podían desear la muerte de Angie Polaski, de modo que prefirió centrarse en Dale Harding. Era un jugador. Le gustaba arriesgarse. Probablemente había corrido un último riesgo antes de su muerte, uno muy lucrativo, lo que significaba que Delilah, su esposa, sería la beneficiaria. A no ser que hubiera algo ilegal en la recompensa. Era lo más lógico. Y explicaba por qué la vida de Delilah corría peligro.

Y Faith había encargado al imbécil de Collier que se ocupara de encontrarla.

Revisó los dieciséis mensajes de texto que le había mandado Collier desde que se habían separado en Mesa Arms. Si en persona era un charlatán, por escrito era la Biblia en verso. Aderezaba sus mensajes con tal cantidad de información innecesaria sobre el tiempo, las canciones de la radio y sus hábitos alimentarios que Faith sintió la necesidad de hacer un esquema antes de que le estallara la cabeza.

Buscó en un bolsillo de sus pantalones y encontró su cuaderno de espiral y su boli. Lo abrió por una página en blanco. Arriba escribió cuatro encabezamientos: *Palmer, Harding, Polaski, Rippy.*

Se puso a dar golpecitos con el boli sobre las columnas en blanco, bajo los nombres. Conexiones. Eso era lo que necesitaba ver. Delilah estaba casada con Dale Harding y era posiblemente su hija. Harding trabajaba para Rippy. Según le había informado Amanda, Angie trabajaba para Kip Kilpatrick, lo que significaba que en realidad estaba a sueldo de Rippy.

Siguió dando golpecitos con el boli. Angie seguramente conocía a Harding desde hacía tiempo. Los polis corruptos siempre formaban una piña. Se decían a sí mismos que los marginaban porque eran los únicos que de verdad hacían lo que era necesario hacer, pero lo cierto era que los policías honrados no querían saber nada de ellos.

Pasó a la hoja siguiente y escribió en la parte de arriba: *interrogantes.*

1 ¿Por qué se encontraban Angie y Harding en el club de Rippy?
2 ¿Qué sabe Delilah?
3 ¿Quién querría matar a Harding?
4 ¿Quién querría matar a Angie?

Si Harding y Angie se conocían con anterioridad, era lógico pensar que uno de los dos hubiera recomendado al otro para trabajar con Kip Kilpatrick. Harding se había mudado a Mesa Arms hacía seis meses, de modo que cabía suponer que fue entonces cuando comenzó a trabajar para Kilpatrick. Angie llevaba cuatro meses ingresando sustanciosos cheques en su cuenta bancaria, lo que significaba que trabajaba para Kilpatrick al menos desde entonces.

Faith volvió a la página anterior.

Todas las flechas señalaban a Marcus Rippy.

Vibró su teléfono. Otro largo mensaje de Collier. Faith lo leyó por encima, saltándose las líneas en las que Collier le hablaba de lo mal que le había sentado el perrito caliente que se había comprado en una gasolinera. El sábado, la víspera del asesinato, Delilah Palmer había alquilado un Ford Fusion negro en un establecimiento de Hertz en Howell Mill Road. La transacción no había sido grabada por ninguna cámara de seguridad. Palmer había usado su tarjeta Visa. Collier había emitido una orden de búsqueda del vehículo. Además, se reiteraba en su teoría del tráfico de drogas, señalando que los camellos solían utilizar coches de alquiler porque sabían que la policía les confiscaría los suyos si los pillaba traficando dentro de ellos.

Faith siguió dando golpecitos con el boli sobre el cuaderno. No le convencía la teoría de Collier. Era demasiado simplista.

Delilah había alquilado el coche el sábado, no el domingo ni el lunes, lo que significaba que ya lo tenía antes del asesinato de Harding. De ello cabía deducir que sabía de antemano que Harding corría peligro y que ella podía necesitar una vía de escape. Pero había utilizado su propio permiso de conducir y su tarjeta de crédito para alquilar el coche. Delilah llevaba años en las calles. Sin duda era demasiado astuta para utilizar su nombre si tenía intención de escapar.

Su teléfono volvió a vibrar. Otro mensaje, por suerte corto.

Las chicas dicen que Souza la palmó de sobredosis hace seis meses. Hemos dado con otra vía muerta. Vía y muerta, ¿lo pillas?

Faith tuvo que volver a leer los mensajes anteriores para acordarse de quién era Souza. La misiva en la que Collier le hablaba de ella había sido enviada dos horas antes. Según varias fuentes de Collier en la zona 6, Virginia Souza era otra prostituta a la que Harding había sacado de apuros más de una vez. Trabajaba en la

195

misma esquina que Delilah. Al parecer era muy agresiva: la habían denunciado dos veces por agredir a una menor. Faith se preguntó si esa menor sería Delilah Palmer.

Volvió a leer el mensaje. Collier acababa diciéndole que iba a hablar con las prostitutas más jóvenes, que quizá supieran algo o conocieran a alguien que pudiera darle una pista sobre el paradero de Delilah. O quizá solo iba a hablar con aquellas chicas porque él, Collier, era así. Había puesto fin al mensaje con una serie de emoticonos en forma de berenjena, un símbolo que, según la página de Facebook de Jeremy, representaba un pene.

Faith retomó su cuaderno. Un montón de flechas que apuntaban a Rippy. Un montón de interrogantes. Ninguna respuesta. Debería haber dejado que fuera Collier quien se pudriera allí, en el hospital, mientras ella buscaba a Delilah Palmer. Era lo malo de los casos de asesinato: que nunca sabías qué pista iba a llevarte a la solución y cuál iba a hundirte en un agujero negro. Faith empezaba a tener la sensación de que había puesto a Collier en el buen camino. Si al final era él quien daba con el asesino, ella se tiraría desde la azotea del hospital.

Su teléfono vibró de nuevo. No le apetecía leer otra disertación de Collier acerca de sus actividades detectivescas, pero la ignorancia era un lujo que no podía permitirse. Miró la pantalla.

Llamada de Wantanabe, B.

Se levantó y echó a andar por el pasillo para que nadie la oyera.

—Mitchell.

—¿Es la agente especial Faith Mitchell? —preguntó una voz de mujer.

—Sí.

—Soy Barbara Wantanabe. Violet me ha dicho que quería hablar conmigo.

Faith casi se había olvidado de la vecina de Harding.

—Gracias por llamarme. Quería saber si podía contarme algo sobre Dale Harding.

—Uf, podría hablar y no parar —contestó la mujer, y acto

seguido hizo eso mismo: se quejó del olor que despedía su casa, de que a veces aparcaba el coche pisando la hierba, de lo mal que hablaba, de lo alta que ponía la radio y la tele...

Faith la siguió lo mejor que pudo. Barb era aún más habladora que Collier. Tenía la costumbre de decir algo y luego contradecirse, reafirmarse a continuación en lo primero que había dicho y, acto seguido, enmarañarlo. La quinta vez que se enredó en uno de estos nudos retóricos, Faith empezó a entender por qué Harding la odiaba tanto.

—Y no hablemos ya de la música.

Faith la escuchó despotricar contra la música que escuchaba Harding. El mismo disco de rap mañana, tarde y noche. Su nieto decía que era un disco de Jay Z, *The Black Album* o algo así. Faith lo conocía: su hijo también solía ponerlo a todo volumen en su cuarto, con la puerta cerrada. Era la banda sonora ideal para su vida privilegiada de jovencito blanco al que acababan de aceptar en una de las universidades más prestigiosas del país.

Volvió a prestar atención a Barb, buscando el modo de intervenir. Por fin, la señora tuvo que pararse para respirar.

—¿Recibía visitas?

—No —contestó Barb, y luego dijo—: Sí. Quiero decir que sí, eso creo. Puede que tuviera *una*.

Faith se tapó los ojos con la mano.

—Me parece que no está usted muy segura.

—Pues no, tiene usted razón. No estoy segura.

Faith quiso poner a prueba la teoría de Collier sobre el tráfico de drogas.

—¿Veía entrar y salir gente de su casa? ¿Gente que pareciera desentonar en el vecindario?

—No, nada de eso. Habría llamado enseguida a la policía. Es solo que en algún momento me dio la impresión de que podía haber alguien más en su casa. Otra persona.

—¿En qué momento?

—Hace poco. Bueno, no, miento. El mes pasado.

—¿Cree que alguien visitó al señor Harding el mes pasado?

—Sí. Bueno, más bien que había alguien alojado en la casa. Puede que «visitar» no sea la palabra más acertada.

Faith rechinó los dientes.

—Quiero decir que podía haber alguien viviendo en la casa. Creo. Cuando Dale no estaba. Bueno, la verdad es que al principio, cuando se mudó, casi nunca estaba durante el día, pero después estaba siempre aquí. Fue entonces cuando empezaron los problemas. Cuando estaba aquí. Suena fatal, pero así es.

Faith trató de recapitular.

—Entonces, cuando Dale se instaló allí hace seis meses, nunca estaba en casa, y luego, hace un mes, ¿notó usted que eso cambiaba?

—Exacto.

—Y más o menos en esas mismas fechas, ¿oyó ruidos en la casa de al lado que indicaban que podía haber otra persona, además de Dale, viviendo en la casa?

—Sí.

Faith esperó a que añadiera «no», pero no lo hizo.

—Verá, oía ruidos. —Barb hizo una pausa antes de añadir—: Ruido en sí, no. Quiero decir que podían ser de la tele. Pero ¿quién ve la tele y escucha un disco de rap al mismo tiempo? —Recapacitó de inmediato—. Claro que hay gente que quizá sí lo haga.

—Sí, quizá —convino Faith. Sobre todo si quería disimular otro ruido. Por ejemplo, el que hacía una yonqui aporreando la puerta de un armario cerrado, exigiendo salir—. ¿Alguna vez oyó golpes? —preguntó.

—¿Golpes?

—Alguien golpeando la pared o una puerta.

—Pues... —Barb meditó sin prisas su respuesta.

Faith se representó mentalmente el plano de la casa de Mesa Arms. El cuarto de invitados lindaba con el dúplex de al lado. El dormitorio principal, en cambio, daba a la fachada y tenía, por tanto, más ventanas y más intimidad.

¡Gran armario empotrado en la alcoba principal, ideal para encerrar a una mujer!

—Creo que podría decirse que parecía el ruido de un martillo —dijo Barb.

—¿Un martillo golpeando algo?

—Sí, pero muchas veces. Puede que estuviera colgando cuadros. —Hizo una pausa—. No, habrían sido muchos cuadros. No era constante, el ruido, pero sí duraba bastante tiempo. Supongo que podía estar montando algún mueble. A mí me los monta mi hijo. Pero solo cuando tiene tiempo. Por mi nuera, verá usted. Pero el verdadero problema con Dale eran las heces.

Faith sintió que le daba vueltas la cabeza.

—¿Cómo ha dicho?

—Las heces. Ya sabe... —Bajó la voz—. La caca.

—¿Excrementos?

—Humanos.

Faith tuvo que repetir las dos palabras juntas.

—¿Excrementos humanos?

—Sí. En el jardincito de atrás. —Suspiró—. Verá, Dale aclaraba un cubo todas las noches. Yo al principio pensaba que estaba pintando la casa. Era lo más lógico, porque uno siempre escucha música mientras pinta, ¿verdad que sí?

Faith estiró una mano.

—Sí, claro.

—Así que pensé que estaba pintando las paredes, y no de un color muy bonito, por cierto. Pero luego, un día, mi nieto entró en el jardín buscando ramitas para el Señor Nimh, su rata. Verá, tiene que mordisquearlas porque le crecen los dientes constantemente. ¡Uy! —De pronto pareció emocionada—. ¡Por cierto, gracias por encontrar al Señor Nimh! Mi nuera me había declarado *persona non grata* por la desaparición de la rata. Le aseguro que lleva una lista. Bueno, yo tampoco es que fuera una gran fan de mi suegra, pero una hace lo que tiene que hacer, ¿verdad que sí? Se llama respeto.

Faith intentó que volviera a centrarse en el tema.

—Volvamos a los excrementos. —He ahí cuatro palabras que jamás habría creído que diría—. ¿Veía limpiar a Dale ese cubo todas las noches?

—Sí.

—¿Desde cuándo?

—¿Desde hace dos semanas? No. —Recapacitó—. Diez días. Yo diría que empezó hace diez días.

—¿Un cubo grande, no de los que se usan para fregar el suelo?

—Exacto. Sí. De los de pintura. O de disolvente, a lo mejor, pero de ese tamaño. Grande.

—¿Y un día su nieto entró en el jardín y encontró algo? ¿Olió algo?

—Sí. No. Las dos cosas. Olió algo, y dio una vuelta por allí. Era una especie de barrillo, ¿comprende usted? No sé qué era, pero se le pegó a la suela del zapato.

La rata debía de estar encantada.

—Tuve que lavarle las suelas con la manguera —prosiguió Barb—. Fue asqueroso. Y su madre se puso furiosa conmigo. Es mi nuera y sé que tengo que respetar sus normas, pero francamente...

—¿Le preguntó a Dale por los excrementos?

—Uy, no. Con Dale no podía hablar de nada. Era imposible. No hacía más que insultarme y marcharse.

A Faith no le extrañó.

—¿Vio alguna vez algún coche que no fuera el Kia blanco de Dale aparcado frente a su casa?

—No que yo recuerde —contestó con una certeza extraña en ella—. No, estoy segura de que nunca vi ninguno.

—¿Pasa mucho tiempo en casa? —Faith trató de andarse con pies de plomo, porque a menudo hasta la gente mejor intencionada exagera la verdad—. Se lo pregunto porque esta tarde no estaba.

—Trabajo como voluntaria en el YMCA y últimamente voy más. Doblo toallas y ayudo a mantener las cosas ordenadas. Verá,

200

soy muy limpia, por eso tenía problemas con Dale. No me gusta el desorden. No hay razón para que, si coges algo, no vuelvas a ponerlo en su sitio, ¿verdad?

—Sí. —Faith se tapó de nuevo los ojos con la mano. No había tangente por la que aquella mujer no estuviera dispuesta a irse—. Entonces, ¿trabajaba usted como voluntaria con más frecuencia que antes para huir de Dale?

—Así es. Al principio era solo una forma de pasar un par de horas fuera de casa. Y ayudar a la gente, por supuesto. Pero luego se convirtió en mi único respiro para escapar del ruido. Y del olor. Usted ha notado ese olor, ¿verdad? Verá, no podía aguantar eso todo el día. Era insoportable.

Faith se preguntó si no sería precisamente eso lo que se proponía Harding: ahuyentar a Barb. Si tenía a Delilah encerrada en el armario para intentar que se le pasara el mono, habría querido asegurarse de que nadie la oyera gritar o llamar a la policía.

—¿Cuándo empezó a pasar más tiempo fuera? —preguntó.

—La semana pasada.

—¿Hace siete días, entonces?

—Sí.

Lo que significaba que Dale había conseguido alejarla de allí tras tres días de incesante tortura.

—Me di por vencida, sin más —añadió la mujer—. Cada vez era peor. El olor. Los ruidos. No podía soportarlo más, y no soy de las que se quejan. Violet puede corroborarlo.

Faith tuvo la sensación de que Violet no haría tal cosa.

—Bien, siento mucho que haya tenido que pasar por eso, señora Wantanabe. Le agradezco que haya hablado conmigo. Si se le ocurre algo más...

—Es una pena —la interrumpió—. Cuando se vino a vivir aquí, pensé que solo era un viejo solterón solitario. Saltaba a la vista que tenía problemas de salud. No parecía muy feliz. Y me dije para mí, *Aquí estará a gusto*. Esto es una comunidad, aunque todos seamos muy distintos. Como dice Violet, algunos estamos a la derecha de Gengis Kan y otros a la izquierda de Plutón, pero nos cuidamos los unos a los otros, ¿sabe?

Faith sintió vibrar su teléfono.

—Sí, señora. Me pareció un sitio muy agradable. Tengo que...

—Cuando llegas a cierta edad, aprendes a pasar por alto las peculiaridades y las manías de los demás. —Exhaló un largo suspiro—. Pero ¿sabe qué le digo, cielo? Que lo de tener caca humana en el jardín, no hay quien lo aguante.

—Bueno, muy bien. —Su teléfono volvió a vibrar. Era un mensaje de Will—. Gracias, señora. Llámeme si se acuerda de algo más.

Cortó la llamada antes de que Barb pudiera lanzarse a otra disertación. Abrió el mensaje de Will. Le había mandado una foto de la fachada del Grady. Era su forma de decirle que estaba en el hospital, buscándola. Faith le contestó con un emoticono de un plato de comida y un montón de mierda sonriente. Es decir, que se reuniría con él en el comedor de la zona de hostelería.

Echó un vistazo a la pizarra de los pacientes al pasar delante del puesto de enfermeras. La mujer seguía en estado crítico. No se molestó en preguntar a las enfermeras por ella. Tenían su tarjeta. Habían prometido enviarle un mensaje en cuanto la paciente estuviera en situación de hablar.

Miró escaleras abajo. Se palpó los bolsillos de los pantalones para asegurarse de que llevaba encima el medidor de glucosa. Todavía tenía dos inyecciones de insulina. Había gastado otra hacía media hora, así que tenía que comer. El problema era que en el Grady solo había restaurantes de comida rápida, lo cual era fantástico para su recién inaugurado pabellón de enfermedades cardíacas, y un horror si intentabas controlar tu diabetes. Aunque en ese momento no le apetecía controlar nada. Añoraba los tiempos en que podía atiborrarse de comer para calmar su estrés.

Will había llegado antes que ella al comedor. Estaba sentado a una mesa tranquila, al fondo. Faith no lo reconoció al principio porque vestía vaqueros y un precioso polo de manga larga que, sin duda, Sara había conseguido colar en su armario. Era un tipo guapo, pero tenía la costumbre de mimetizarse con el entorno, lo que le distinguía de cualquier otro policía que ella hubiera conocido.

—¿Te parece bien? —preguntó Will.

Se refería a la ensalada que le había pedido. Faith miró la lechuga mustia y las pálidas tiras de pollo, semejantes a los dedos de un muerto. En la bandeja de Will había dos hamburguesas con queso, una ración grande de patatas fritas, un batido de chocolate de tamaño grande y una Coca-Cola.

—Tiene buena pinta. —Faith se sentó, intentando refrenar las ganas de abrir las mandíbulas y tragarse todo lo que había en la bandeja de su compañero—. Gracias.

—Amanda ha conseguido una entrevista oficial con Rippy para mañana —le informó Will.

—Lo sé. Me ha puesto al corriente de todo.

—¿De todo?

—Sé lo de la cuenta bancaria que compartías con Angie. Y estoy de acuerdo en que no deberías decírselo a Sara.

Will no contestó. Nunca le había gustado que le dieran consejos espontáneos.

—He pedido a Boston los antecedentes de Laslo Zivcovik. Tiene a sus espaldas varios delitos menores: conducir bebido, exceder el límite de velocidad... Una agresión contra una mujer y un homicidio resultado de una reyerta en un bar. Apuñaló a un tipo veintiocho veces y dejó que se desangrara. Pasó una larga temporada en la cárcel.

—¿Y solo lo condenaron por homicidio? —preguntó Faith—. Debía de tener un buen abogado.

—Imagino que pertenecía a la mafia o que trabajaba para algún Kip Kilpatrick en versión bostoniana.

—¿Te molesta lo que dijo de Angie?

—Me preocupa más que sepa cómo tiene la vagina una boa constrictor.

Faith se quedó mirándolo.

Él se encogió de hombros.

—Es como vivir con un alcohólico. No te sorprendes cuando alguien te dice que lo ha visto en un bar.

Faith había salido durante años con un alcohólico. Preocuparse por que tu pareja se ahogara en su propio vómito o matara a alguien conduciendo borracho no era lo mismo que saber que iba por ahí follándose a todo lo que se movía.

Lo que, viéndolo en retrospectiva, también debería haberle preocupado.

—Conocí a una señora en la oficina de Kilpatrick —prosiguió Will—. La señora Lindsay. Afroamericana, muy distinguida. Llevaba un collar de perlas. Debía de tener más de setenta años. Me contó muchas cosas de sí misma. Tuve la sensación de que estaba en un aprieto.

—Quizá que fuera la madre de un jugador. A lo mejor le preocupaba que su hijo se hundiera en el fango.

—Habló de una hija, pero solo de pasada. No como sería normal hablar de una hija si jugara a ese nivel.

Will tenía una intuición muy superior a la de ella.

—¿Qué te preocupa de ella? —preguntó Faith.

—Que le temblaba el labio. —Se tocó la boca—. Parecía nerviosa. Angustiada.

—¿Sabía que eras policía?

—Sí.

—¿Te dijo su nombre de pila?

—No, pero me dijo que vive en ese complejo de apartamentos de Jesus Junction.

—Cuántos detalles.

—No tantos. He llamado al edificio. No hay ninguna señora Lindsay.

A Faith le resultó interesante que se hubiera molestado en llamar.

—Una mujer de esa edad será fija de una parroquia. Deberías probar en la iglesia metodista de Arden.

Él asintió con un gesto.

—¿A quién iba a ver?

—A Kilpatrick, supongo. Fue a buscarla Laslo. La llamó «señorita Lindsay».

Aquello resultaba chocante. Llamar «señorita» a una mujer de esa edad podía considerarse una falta de respeto.

O quizá no.

—Tal vez Lindsay sea su nombre de pila. A una mujer sureña de esa edad podría llamársela «señorita» como fórmula de respeto, como en *Paseando a miss Daisy*.

—No se me había ocurrido. —Will se encogió de hombros—. Seguramente no sea nada.

—Es más de lo que tengo yo. Deberías hacer algunas llamadas mañana por la mañana. —Era consciente de que aquel encargo sonaba a estratagema para mantenerlo alejado del caso de Angie, así que trató de aderezarlo un poco—. Harding aparece muerto en el club de Rippy. Angie está trabajando para Kilpatrick. Laslo es el bulldog de Kilpatrick. La señorita Lindsay aparece horas después del asesinato. Laslo la acompaña a las oficinas, posiblemente a ver a Kilpatrick. Ya sabes dónde quiero ir a parar. Las coincidencias no existen.

—No estaba en el despacho de Kilpatrick —repuso Will—. La señora Lindsay. La verdad es que después no la vi por ninguna parte. Debía de estar en la planta de abajo. Puede que fuera a ver a otra persona.

—O puede que la estuvieran escondiendo de ti.

—Sí, puede. —Comenzó a tomarse el batido—. Cuéntame qué tal te ha ido a ti el día.

—Ha sido un infierno. —Faith picoteó su ensalada mientras le contaba lo que había averiguado sobre la vida de Harding: sus discusiones con Barb Wantanabe, lo de la rata, los olores, las heces, las fotos de Delilah Palmer desnuda y el certificado de matrimonio.

Esto último despertó la curiosidad de Will.

—La menciona como su hija ¿y dos años después es su mujer?

—Sí.

—¿Y es la misma chica de las fotos de su cartera?

—Tiene fotos de esas desde sus tiempos en la escuela primaria.

Él dejó el vaso de batido en la mesa.

—Harding era un pederasta.

—Sí. Puede ser. —Hablaba como Barb Wantanabe—. Lo que me extraña es que los pederastas tienen casi siempre un rango de edad predilecto. Si lo que les pone son las preadolescentes, se ciñen a eso. Y lo mismo si les gustan las niñas pequeñas, o las adolescentes. Sé que a veces pasa, pero es muy raro que un pedófilo siga interesándose por una víctima cuando crece.

—Lo que es raro es que se interese por una sola. Un tipo de la edad de Harding tendría cientos de víctimas. ¿No encontraste más fotos?

Faith negó con la cabeza mientras se obligaba a tragar un trozo de pollo gomoso.

—Había otra chica a la que Harding sacó de apuros más de una vez. Virginia Souza. Pero no tenía fotos suyas, ni nada en sus archivos. La chica está muerta. Murió de sobredosis hace seis meses.

—Los seis meses mágicos —comentó Will—. ¿Crees que Harding tenía en casa a Delilah para desintoxicarla?

—Encerrada en el armario sin nada más que un cubo en el que mear. —De pronto se le ocurrió algo—. ¿Crees que también podía tener a Angie encerrada allí?

—No, imposible. Angie habría perforado el pladur con las uñas y lo habría matado.

Faith sabía que no hablaba en sentido figurado.

—Collier cree que Harding utilizaba a chicas como mulas para traer drogas desde México.

Will la miró con escepticismo.

—Los cárteles mexicanos no utilizan picaportes para dar un escarmiento.

Ella se rio, sobre todo porque aquel comentario hacía que Collier pareciera un idiota.

—Bueno, entonces vamos a suponer que Harding solo tenía a Delilah en el armario. ¿Por qué la encerró?

—Porque la chica le importaba. —Will levantó las manos para detener sus protestas—. Harding decidió dejar la diálisis. Sabía que iba a morir, y no tardando mucho. Así era como pensaba pasar literalmente el resto de su vida: desintoxicándola.

—Puede que se sintiera culpable por haberle jodido la vida. —Se acordó de la férula dental que había junto a la cama del cuarto de invitados—. Además, alguien tuvo que pagarle un ortodoncista. Dormía con una férula dental.

—Podríamos decirle al compañero de Collier que lo investigue. Que llame a todos los ortodoncistas de la zona, a ver si era paciente de alguno.

Faith cogió su teléfono y empezó a teclear.

—Voy a consultárselo a Amanda —dijo, pero le sugirió a su jefa que Collier y Ng se encargaran juntos de aquel marrón.

Will esperó a que enviara el mensaje.

—Has dicho que la primera detención importante de Palmer fue por vender Oxy. ¿De dónde crees que sacaba las pastillas?

Faith meditó su respuesta.

—Vivía en el barrio, iba al colegio... Aderrall, Concerta, Ritalin. Es lo que flotaría en el ambiente. Fármacos para tratar el TDAH. El Valium y el Percocet son más propios de la secundaria obligatoria. Y el Oxy es más propio del instituto. Un problema más propio de blancos de barrios residenciales de las afueras.

—Entonces, ¿quién le proporcionaba Oxy a Delilah para que lo vendiera cuando tenía diez años?

—Harding trabajaba en oficinas. No tendría acceso. —Faith estuvo pensándolo. Su madre había dirigido la brigada antidrogas de la zona 6. El almacén de pruebas debía de parecer una farmacia—. Quizá conociera a alguien que sí tenía acceso. Puede que encontrara a un agente con un problema de adicción a las pastillas y que le presionara para compartir los alijos.

—¿En la zona 6?

Ella asintió. La actitud de Will cambió de repente.

—¿Sabes de alguien que trabajara en la zona 6, que fuera adicto a las pastillas y que pudiera tener alguna relación con Harding?

—Sí —contestó él, y no hizo falta que le dijera que era Angie—. Ella cuida de niñas así. Al menos, antes lo hacía.

—¿Niñas como Delilah? —Faith sintió que se le revolvía el estómago. Una cosa era buscar chicas dispuestas a prostituirse en fiestas de alto nivel, y otra muy distinta explotar a niñas huérfanas. Eso era imperdonable.

—Angie trabajaba en la brigada antivicio. A las pequeñas... Las tomaba, digamos, bajo su ala.

—¿Y les daba pastillas para que las vendieran?

Will se frotó la mandíbula.

—Angie sabe lo que es verse atrapada en una situación así y no tener a nadie que vele por ti.

—Me he perdido —repuso Faith—. No veo qué hay de compasivo en convertir en camello a una niña de diez años.

—¿Qué es peor: vender Oxy o vender sexo?

—¿No hay más opciones?

—¿Para niñas así, atrapadas en el sistema, que cambian de colegio y de hogar de acogida cinco veces al año, sin saber nunca dónde van a dormir al día siguiente? —Aquello parecía tocarle muy de cerca—. No, no hay más opciones.

El lado maternal de Faith quiso rebatir su argumentación. El lado cínico, el que llevaba quince años en la policía, veía su lógica. Los niños como Delilah no vivían la vida que querían. Sobrevivían a la que tenían.

—¿Cuántas cuerdas tuvo que pulsar Harding para sacar a Delilah de apuros? —preguntó Will.

—Más que un arpista.

—¿A quién le pidió esos favores?

—Esas cosas no funcionan así. Cuando te hacen un favor, no hablas de ello. En eso consiste la cosa.

Faith oyó el eco de su voz en el comedor. Parecía cabreada, y puede que lo estuviera. Los chicos como Delilah lo tenían muy crudo, desde luego, pero la solución no era enseñarles a entrar con éxito en el submundo de la delincuencia.

—Por Dios, Will, ¿de verdad crees que Angie daba pastillas a niñas pequeñas para que las vendieran?

Will tamborileó con los dedos sobre la mesa. Miró por encima del hombro de Faith: posiblemente una de sus tácticas más exasperantes y características.

Faith pinchó un trozo de pollo. La tensión causada por las presuntas buenas obras de Angie seguía sobre la mesa, entre los dos. Faith olvidaba a veces lo dura que había sido la vida de Will. Pero la culpa era de él. A simple vista, parecía un tipo normal. Luego empezabas a fijarte en las cicatrices que tenía en la cara. O en que nunca se subía las mangas, ni siquiera cuando hacía un calor infernal. Nunca hablaba de esas cosas. De hecho, nunca hablaba de nada. No hablaba, por ejemplo, de los cortes que tenía en los nudillos, que indudablemente significaban que había pegado a alguien hacía muy poco tiempo. O de que probablemente su mujer estaba muerta. O de que acababa de romperle el corazón a su novia.

—Faith... —Esperó a que lo mirara. Trató de sonreír—. Creo que necesito ver esa rata.

Ella dejó escapar un largo suspiro, aunque ni siquiera se había dado cuenta de que estaba conteniendo la respiración. Abrió el vídeo y deslizó el teléfono sobre la mesa.

—Collier vomitó. A lo bestia. Una vomitona impresionante.

Will se rio, divertido. Puso el vídeo. Dos veces. Faith oyó la respiración agitada de Collier a través del altavoz. Cada vez le gustaba más aquel vídeo. Will dejó por fin el teléfono.

—Es una rusa azul.

—¿La rata?

—Una vez hice una redada en una tienda de animales. El dueño traficaba con animales exóticos, pero en la tienda prácticamente

209

solo vendía ratas. Amanda me hizo catalogarlas todas. —Le devolvió el teléfono—. Es posible que Dale fuera tras Angie para proteger a Delilah. Para quitarla de en medio antes de palmarla.

Ella se encogió de hombros, aunque su hipótesis tenía sentido.

—Si se trata de un asunto de drogas —dijo Will—, habrá que cambiar de enfoque.

—Quieres decir que tendremos que decírselo a Amanda.

Él hizo un gesto afirmativo.

—Maldita sea —masculló Faith—. Collier quería que investigáramos a esas bandas de las pintadas de la discoteca. Si tenía razón, me pego un tiro.

—No adelantemos acontecimientos —dijo Will—. Solo es una teoría, ¿vale? No sabemos con seguridad en qué andaba metida Angie.

—Pero sí sabemos que recibía diez de los grandes al mes de Kilpatrick.

—Puede que también le proporcionara drogas.

—Me lo creería si fueran hormonas de crecimiento o esteroides.

—Para eso no necesitaría a Angie. Seguro que podría encontrar a algún médico dispuesto a extenderle una receta. —Will se recostó en la silla—. Supongamos que encontramos a Delilah y que nunca ha oído hablar de Angie. Entonces, ¿qué?

—Que nos dirá qué demonios está pasando. —Faith no le dio tiempo para reírse en su cara, porque ambos sabían que eso era muy improbable. Las chicas como Delilah no hablaban con la policía. Cumplían su condena y luego desaparecían del mapa.

Sacó su cuaderno. Will no podía leer su letra minúscula, pero ella le indicó los encabezamientos.

—Palmer estaba casada con Harding y posiblemente eran familia. Harding vivía en una casa cuya propietaria es una empresa que muy probablemente pertenece a Kip Kilpatrick. Angie trabajaba para Kilpatrick. A Harding le tocó la lotería hace seis meses. Angie empezó a recibir su paga hace cuatro. —Señaló el último nombre—. Todos tienen relación con Rippy.

Will cogió el cuaderno. Miró atentamente los nombres. Faith vio que sus ojos se movían, pero no sabía a qué velocidad podía leer. Sabía que leía mejor que antes, pero en aquella hoja había varios nombres nuevos.

Él dejó el cuaderno. Preguntó:

—¿Y si tuviéramos que presentar el caso ante el fiscal ahora mismo? Palmer ha desaparecido por la razón que sea. Rippy es intocable. Las únicas dos personas sobre las que tenemos pruebas concretas son Harding y Angie. Estaban los dos en el mismo lugar, la discoteca. Uno de ellos murió allí. El otro murió por lo que pasó en ese sitio. Quiero decir que posiblemente haya muerto.

Faith dejó pasar el «posiblemente».

—Estas flechas que apuntan a Rippy quedan muy bien sobre el papel —prosiguió Will—, pero no tenemos nada concreto que lo relacione con los demás porque todos ellos pasan por aquí. —Tocó con el dedo el nombre de Kilpatrick—. Él es el intermediario, lo que se interpone entre Rippy y todos los demás. Pongamos por caso que, por obra de algún milagro, tenemos una acusación sólida de asesinato con pruebas materiales y todo, y que el juez nos concede una orden de detención. No podremos imputar a Rippy. Tendrá que ser a Kilpatrick. Para eso le paga Rippy. Y si estás pensando que podemos acusarlo de conspiración, tú sueñas. Harding está muerto. Y Angie posiblemente también. Rippy se irá de rositas, como siempre.

Faith no podía aceptar que tuviera razón, aunque todo lo que decía era lógico.

—Puede que esa mujer de la UCI haya visto algo. Estaba en el edificio de oficinas de enfrente. Desde allí podía verlo todo. —Consultó la hora en su reloj—. Pronto despertará de la anestesia. Podemos hablar con ella.

Will no parecía muy esperanzado.

Faith cerró su cuaderno. No podía seguir mirándolo.

—¿Por qué crees que intentó matarse?

—Puede que se sintiera sola. —Will apoyó el brazo en el respaldo de la silla vacía que tenía al lado—. Vivir en la calle es muy duro. No sabes en quién confiar. Nunca duermes de verdad. No tienes nadie con quien hablar.

Faith se dio cuenta de que Will era la primera persona que de verdad había intentado responder a su pregunta.

—¿Cuánta coca tenía?

—Unos cincuenta gramos, calculo yo.

—Dios. Eso equivale a casi tres de los grandes. ¿De dónde demonios la sacó?

—Podemos preguntárselo cuando se despierte. —Will se llevó la mano al pecho. Hizo un gesto de dolor—. Creo que me está dando un infarto.

El pánico hizo reaccionar a Faith de inmediato. Hizo amago de levantarse, pero Will la detuvo.

—Es broma. Pero noto una presión... —Se frotó el pecho con los dedos—. Es casi como un temblor. ¿Alguna vez has sentido que el corazón te tiembla en el pecho?

A ella le pasaba constantemente.

—A mí me suena a estrés.

Él siguió frotándose el pecho.

—Sara me ha mandado una foto de Betty. Estaba en su colchoneta, en casa de Sara. Eso está bien, ¿verdad?

Faith asintió con un gesto, aunque no tenía ni idea. Will tenía su modo particular de comunicarse con la gente.

—Lo he mirado en Internet —añadió él—. Ese pintalabios cuesta sesenta pavos.

Faith estuvo a punto de atragantarse con un trozo de lechuga. La cosa más cara que ella se había puesto en la cara era un filete de lomo de ternera, una vez que un delincuente le dio un puñetazo en el ojo.

—A mí todos los tonos me parecían iguales —comentó Will—. ¿Se puede conseguir el número de referencia del artículo en la base de datos del almacén de pruebas?

—Will... —Faith dejó su tenedor—. A Sara no le importa el pintalabios.

Él meneó la cabeza, como si ella no supiera nada de aquel asunto.

—Estaba muy, muy cabreada.

—Will, escúchame. No es por el dinero. Es porque se lo robara Angie.

—Así es Angie. —Aquella excusa parecía valerle—. De pequeños no teníamos nada. Si veías algo que te gustaba, lo cogías. Si no, nunca tenías nada. Sobre todo, nada bonito.

Faith intentó encontrar el modo de explicárselo.

—¿Y si un exnovio de Sara entrara en su apartamento y te robara la camiseta con la que duermes?

—¿No sería más lógico que robara la de Sara?

Faith dejó escapar un gruñido. Los hombres lo tenían muy fácil. Cuando se enfadaban entre sí, arreglaban el asunto a puñetazos. Las mujeres, en cambio, se autolesionaban y se provocaban desórdenes alimentarios.

—¿Te acuerdas de ese suicidio el año pasado, en el centro de detención de mujeres? —preguntó.

—Alexis Rodríguez. Se cortó las venas.

—Exacto. Y cuando preguntamos a las demás internas por qué lo había hecho, dijeron que las otras chicas solían robarle sus cosas. Y no solo la comida. Si dejaba un boli encima de la mesa, en cuanto se descuidaba había desaparecido. Se quitaba los calcetines y desaparecían. Hasta le robaban la basura. ¿Por qué crees que lo hacían?

Will se encogió de hombros.

—Por maldad.

—Para darle a entender que no tenía nada suyo. Que podían quitárselo todo en cualquier momento, aunque fueran las cosas más insignificantes, y que no podía hacer nada para impedirlo.

—Él no parecía muy convencido—. ¿Por qué, si no, le dejaba Angie esas notas en el coche a Sara?

—Porque estaba enfadada.

—Claro, estaba enfadada, pero también intentaba minarle la moral a Sara.

Will se removió en su asiento. Seguía sin entenderlo.

—Angie era una matona, Will. Y quería que Sara supiera que podía recuperarte en cuanto quisiera. Por eso le robó esa barra de labios. Por eso dejaba las notas. Estaba marcando su territorio. —Se sintió obligada a añadir—: Y tú dejaste que se saliera con la suya.

Will se reclinó en la silla. No se levantó y se fue. No le dijo que no se metiera donde no la llamaban. Se frotó un lado de la cara. Miró la papelera que había junto a la puerta.

Faith esperó. Y esperó. Trató de acabarse la ensalada. Miró su teléfono para asegurarse de que no tenía mensajes nuevos.

—Me dejó una nota —dijo Will—. Angie.

Faith siguió esperando.

—Amanda no lo sabe. Por lo menos, eso creo. Estaba en el cajetín del apartado de correos. —Se miró las manos—. Puso mi nombre en el sobre, en letra mayúscula, pero la carta está en minúscula.

Faith sabía que le costaba leer la minúscula. Angie sin duda también lo sabía, lo que, en su opinión, la convertía en una zorra aún mayor de lo que pensaba.

—No puedo dejar que la lea Sara —añadió Will—. La carta.

—No, no puedes.

—Es lo que quería ella. Que tuviera que leérmela Sara. En voz alta.

—Sí.

—Así que...

Faith notó que tragaba saliva. Will nunca le había pedido que le leyera nada. Siempre había sido cuestión de orgullo para él. Cuando tenían que escribir informes, siempre se turnaban. Era el único hombre con el que había trabajado que no había intentado convertirla en su secretaria personal.

—De acuerdo —dijo Faith.

Él se metió la mano en el bolsillo y sacó una hoja de cuaderno doblada. Había sido arrancada de la espiral y el borde estaba hecho jirones. Will desdobló la carta y la alisó sobre la mesa. Palabras airadas llenaban la página cruzando los márgenes y desparramándose por el dorso. Había cosas subrayadas. En varios sitios, el bolígrafo había desgarrado el papel.

Faith distinguió la palabra *Sara* y se estremeció.

—¿Estás seguro?

Will no dijo nada. Se limitó a esperar.

Ella no supo qué hacer, excepto dar la vuelta a la carta y empezar a leer:

—«Hola, cielo. Si alguien te está leyendo esto, es que he muerto». —Will apoyó la cabeza en las manos—. «Espero que sea Sara, porque quiero que esa zo...». —Faith maldijo a Angie en voz baja—. «Quiero que esa zorra sepa que nunca la vas a querer como me quieres a mí». —Miró a Will. Seguía con la cabeza en las manos. Volvió a concentrarse en la carta—. «Te acuerdas del sótano. Quiero que le cuentes a tu querida Sara lo del sótano porque eso lo explica todo. Así entenderá que solo te la has estado tirando porque es una mala copia de mí. Le has mentido en todo». —Faith entornó los ojos, tratando de descifrar lo que seguía—. «Te gusta porque con ella no corres ningún riesgo y porque...».

Faith se detuvo. Había leído lo que venía después. Le dijo a Will:

—No creo que...

—Por favor. —Su voz sonó amortiguada por sus manos—. Si no me la lees, nunca lo sabré.

Faith se aclaró la garganta. Sentía tanta vergüenza que le ardía la cara. Vergüenza por sí misma. Y por Sara.

—«Te gusta porque con ella no corres ningún riesgo y porque te chupa la polla y nunca la ves escupir, porque eso es parte de su juego. Si es tu perrillo faldero, es por algo». —Leyó rápidamente lo que había a continuación, rezando por que no fuera peor aún. Pero lo era—. «Las zorras necesitadas de atenciones como Sara quieren

215

una casa con su vallita blanca y sus niños en el jardín. ¿Qué te parecería tener una pandilla de monstruitos con tus genes de mierda dentro? Retrasados como tú, que no pueden ni leer su propio nombre».

Tuvo que detenerse de nuevo, esta vez para refrenar su furia.

—«Pregúntate esto» —continuó—: «¿Arriesgarías tu vida por ella? Esa zorra de Sara Linton aburriría a cualquiera. Por eso no puedes olvidarte de mí. Por eso has encontrado esta puta carta. Nunca te excitará como te excito yo. Nunca la desearás como me deseas a mí. Nunca entenderá cómo eres de verdad. La única persona del mundo que te conoce soy yo, y ahora estoy muerta y tú no has hecho una puta mierda por impedirlo». —Faith sintió un alivio palpable al leer el último renglón—. «Besos, Angie».

Will seguía con la cabeza entre las manos.

Faith dobló la nota de nuevo. Era una prueba. Angie sospechaba que iba a morir, lo que significaba que su asesinato había sido premeditado. Faith le dio vueltas al asunto. Si cogían al asesino, habría un juicio. Aquella carta saldría a la luz. Era la última estocada que Angie le lanzaba a Sara. El golpe de gracia.

—Tienes que destruir esto —dijo.

Will levantó la vista. Sus ojos brillaron, húmedos, a las luces del techo.

Faith rasgó la carta en dos. Luego volvió a rasgarla una vez, y otra, hasta que las odiosas palabras de Angie quedaron hechas trizas.

—¿Crees que está muerta? —preguntó Will.

—Sí. Ya viste la sangre. Has oído lo que escribió, que sabía que moriría pronto. —Faith hizo un montoncito con los trozos de papel—. No le digas a Sara lo de la carta. Lo echará todo a perder. Justo lo que quería Angie.

Él empezó otra vez a frotarse el pecho. Estaba muy pálido.

Faith trató de recordar los síntomas del infarto.

—¿Te duele el brazo?

—Me siento entumecido —contestó, y pareció sorprenderse tanto como Faith de haberlo reconocido—. ¿Cómo supera la gente estas cosas?

—No lo sé. —Faith movió el dedo entre los trozos de papel y volvió a amontonarlos—. Cuando murió mi padre, mi vida quedó patas arriba. —Sintió que se le saltaban las lágrimas porque, pese a que habían pasado quince años, aún no lo había superado—. El día del entierro, creía que no podría soportarlo. Jeremy estaba hecho polvo. Mi padre trabajaba en casa. Estaban muy unidos. —Faith respiró hondo—. Así que, cuando llegamos al cementerio, Jeremy se derrumbó. Yo no lo veía llorar así desde que era un bebé. No se soltaba de mí. Tuve que tenerlo abrazado todo el tiempo.

Miró a Will.

—Recuerdo que estaba en las escaleras de la capilla y que de pronto hice *clic*, como si me dijera a mí misma, «Vale, eres madre. Tienes que ser fuerte por tu hijo y encarar tu dolor cuando estés sola y puedas manejarlo».

Sonrió, pero la verdad era que nunca estaba sola. Con suerte, disponía de media hora por la mañana, antes de que se despertara Emma. Después comenzaba a sonar el teléfono, tenía que prepararse para ir a trabajar y empezaban los agobios cotidianos.

—La gente sale adelante porque no le queda otro remedio. Te levantas de la cama. Te vistes. Vas a trabajar, y ya está.

—Negación —dijo Will—. He oído hablar de eso.

—Gracias a ella he llegado hasta aquí.

Él tamborileó con los dedos sobre la mesa. La observó como cuando intentaba descubrir qué le ocurría.

—Delilah Palmer. Te preocupa haberle dado a Collier una buena pista.

Al oírle deducir qué era lo que la inquietaba, Faith cobró conciencia de a qué se debía esa inquietud.

—No es porque quiera llevarme la gloria. Bueno, sí, qué diablos, claro que quiero llevármela, pero hay algo en Collier que no...

—Yo tampoco me fío de él.

El teléfono de Faith emitió una especie de gorjeo. La enfermera le había enviado por fin un mensaje.

—Maldita sea. —Faith tuvo que leer el mensaje dos veces para creérselo—. Han vuelto a meter en quirófano a la mujer. Si supera la operación, no podremos hablar con ella hasta mañana por la mañana.

Will se rio, aunque aquello no tuviera gracia.

—¿Y ahora qué?

—Yo me voy a casa. —Se echó los trocitos de papel de la nota de Angie en la palma de la mano y se los dio a Will—. Tira esto al váter y luego ve a hablar con Sara.

CAPÍTULO 7

Sara estaba tumbada en el sofá, con Betty en el cojín. La perrita había conseguido enroscarse alrededor de su cabeza. Sus dos galgos, Bob y Billy, estaban echados sobre sus piernas.

Había empezado la tarde sentada a la mesa del comedor, documentándose sobre la escarcha urémica mientras se tomaba una infusión. Luego se había tomado una copa de vino en la encimera de la cocina mientras corregía un artículo para una revista. A continuación, había echado un vistazo a su apartamento y llegado a la conclusión de que necesitaba una limpieza. Siempre se ponía a limpiar cuando estaba preocupada, pero esta era una de esas raras ocasiones en que estaba tan preocupada que ni siquiera podía limpiar. De ahí que hubiera acabado echada en el sofá, bebiendo un *whisky* y cubierta de perros.

Tomó otro sorbo de su bebida mientras miraba el ordenador portátil apoyado en un cojín sobre su estómago. Como llevaba sucediéndole toda la tarde, habían ganado sus bajos instintos. Había empezado viendo un documental sobre Peggy Guggenheim y ahora estaba viendo un episodio de *Buffy Cazavampiros*. O intentando verlo. El argumento no era muy complicado —obviamente, Buffy iba a matar a un vampiro—, pero entre el alcohol y las preocupaciones, no lograba concentrarse.

Will no la había llamado. No le había enviado un mensaje, ni siquiera después de mandarle una foto de Betty. Se había pasado todo el día buscando a Angie y ni siquiera a esas horas, cuando ya era casi seguro que estaba muerta, había hecho el esfuerzo de ponerse en contacto con ella.

Si hubiera sido de las que dan a elegir, se habría tomado la actitud de Will como una respuesta.

Dejó que su mente vagara de nuevo hacia el sábado por la mañana, omitiendo la parte en la que Will veía a Angie. El viernes por la noche habían decidido quedarse a dormir en casa de Will porque tenía un jardín trasero vallado y una trampilla para perros en la puerta de la cocina, de modo que los animales podían salir solos a hacer sus necesidades mientras los humanos se quedaban en la cama.

Ella se despertó a las cuatro y media. La maldición de los médicos de guardia. Su cerebro no se desconectaba el tiempo suficiente para que volviera a quedarse dormida. Pensó en ponerse a trabajar un rato o en llamar a su hermana, pero se descubrió mirando a Will mientras dormía. Una de esas bobadas que solo se ven en las películas.

Estaba tumbado boca arriba, con la cabeza vuelta hacia un lado. Una franja de luz que entraba por debajo de la persiana le caía sobre la cara. Sara le acarició la mejilla. La aspereza de su piel le dio ganas de seguir explorando. Dejó que sus dedos recorrieran su pecho. Pero en lugar de continuar más abajo, posó la palma sobre su corazón y sintió su latido constante y firme.

Eso era lo que recordaba de esa mañana: el gozo abrumador de saberse su dueña. Su corazón le pertenecía. Su mente. Su cuerpo. Su alma. Solo llevaban un año juntos, pero cada día que pasaba lo quería más. Su relación con Will era una de las más sólidas e importantes que había tenido en toda su vida.

No había tenido muchas, de todos modos. Su primer novio, Steve Mann, había suscitado en ella toda la pasión que podía suscitar el tercer trombón de una banda de instituto. Mason James, al que conoció mientras estudiaba Medicina, estaba más enamorado de sí mismo de lo que jamás podría estarlo de una mujer. El día que Sara se lo presentó a su familia, su madre comentó:

—Ese hombre tiene un concepto tan alto de sí mismo que para superarlo tendría que construir un puente.

Y luego estaba Jeffrey Tolliver, su marido.

Sara abrió los ojos.

Bebió otro sorbo de su copa, que a esas alturas ya contenía más agua que *whisky*. Miró la hora. Demasiado tarde para llamar a su hermana. Quería hablar con alguien, intentar salir a flote después de aquella enorme explosión que había hecho saltar en pedazos su vida, y Tessa era su único puerto de abrigo. Faith tenía que ponerse del lado de Will porque era su compañero y la lealtad incuestionable que había entre ambos era lo que los mantenía a salvo. Llamar a su madre estaba descartado. Lo primero que saldría de la boca de Cathy Linton sería un gigantesco «Te lo dije».

Y bien sabía Dios que, en efecto, se lo había dicho. Muchas veces. Incontables veces. No salgas con un hombre casado. No te enamores de un hombre casado. Ni se te ocurra fiarte de un hombre casado. Sara había estado convencida de que su relación con Will tenía muchos más matices de los que veía su madre, pero ya no estaba tan segura. Y si había algo peor que tener que escuchar un «te lo dije» era verse obligada a decir «sí, mamá, tenías razón».

Miró de nuevo la hora. No había pasado ni un minuto. Sopesó las consecuencias de despertar a su hermana. Tessa estaba en Sudáfrica. En su lado del mundo eran las dos de la madrugada. Se llevaría un susto de muerte si sonaba el teléfono a esas horas de la madrugada. Además, Sara sabía perfectamente cómo discurriría la conversación. Lo primero que le diría Tessa sería: «Demuéstrale lo que sientes».

Con ello querría decir que se derrumbara delante de Will, que le permitiera ver que estaba locamente enamorada y que no podía vivir sin él. Lo cual era mentira, porque Sara podía vivir sin Will. Sería muy infeliz, estaría hecha polvo, pero saldría adelante. Perder a su marido le había enseñado al menos eso.

Pero Tessa no permitiría que Sara se escudara en la muerte de Jeffrey. Probablemente le hablaría del orgullo mal entendido y de lo amarga que era la soledad. Sara le recordaría que una de las cosas que más le gustaban a Will de ella era su fortaleza. Tessa contestaría que estaba confundiendo la fortaleza con terquedad, y a continuación haría lo que hacía siempre: aludir a lo que su familia solía llamar «el Incidente Bambi». La primera vez que vieron la película, Tessa lloró incontrolablemente. Ella, en cambio, se excusó entre dientes alegando que tenía que estudiar para un examen de Lengua y se marchó porque no quería que nadie la viera llorar.

Tessa pondría el broche final a la conversación con un comentario cuyo tono recordaría mucho al de su madre:

—Solo un tonto cree que puede engañar a los demás.

Sara, por el contrario, se había convertido en una profesional del disimulo. Si tenías un hijo enfermo, lo último que querías era que la doctora no parara de lamentarse. Y si eras un paciente aterrorizado, no querías que tu médico se echara a llorar junto a tu cama. Era una habilidad extrapolable a la vida privada. No ganaría nada deshaciéndose en llanto delante de Will. Sería una forma muy cutre de ganar una discusión. Will la consolaría y ella se sentiría fatal por manipularlo, y por la mañana nada habría cambiado.

Él seguiría enamorado de su mujer.

Tomó un trago de *whisky* y lo mantuvo un momento en la boca antes de tragar.

¿Era eso cierto? ¿De veras quería Will a Angie como un marido quería a su mujer? ¿No le había mentido el sábado, al decirle que no la había visto? Probablemente también mentía en otras cosas. La muerte tenía la virtud de reconcentrar tus emociones. Tal vez, al perder a Angie, se había dado cuenta de que no la quería a ella, después de todo.

No tenía por qué llamar o mandar un mensaje si no tenía nada más que decir.

Los perros se removieron. Bob se bajó del sofá de un salto. Billy le siguió. Sara oyó que llamaban suavemente a la puerta. Miró hacia allí como si la puerta pudiera explicarle quién había podido entrar en el edificio sin usar el portero automático. Ella vivía en el ático. Solo tenía un vecino, Abel Conford, que ese mes estaba fuera, de vacaciones.

Oyó llamar otra vez, suavemente. Los perros se acercaron a la puerta sin prisas. Betty siguió tumbada en el cojín. Bostezó.

Sara dejó el portátil sobre la mesa baja. Se obligó a levantarse. Y a no enfadarse, porque si los perros no se habían puesto a ladrar era únicamente porque reconocían a la persona que estaba llamando a la puerta.

Le había dado a Will una llave el año anterior. Le pareció encantador que, una semana después de darle la llave, él siguiera llamando a la puerta. Ahora, la exasperó.

Abrió la puerta. Will tenía las manos metidas en los bolsillos. Vestía vaqueros y el polo gris de Ermenegildo Zegna que ella había introducido entre sus camisetas Gap.

Vio el portátil.

—¿Estabas viendo *Buffy* sin mí?

Sara dejó la puerta abierta y fue a buscar su copa. El *loft* era diáfano: el cuarto de estar, el comedor y la cocina ocupaban un mismo espacio, muy amplio. Sara se alegró de poder poner cierta distancia entre ellos. Se sentó en el sofá. Betty se levantó del cojín. Se estiró y bostezó otra vez, pero no se acercó a Will.

Él tampoco se acercó a ella. Ni a Sara. Se quedó de pie, apoyado de espaldas en la encimera de la cocina.

—¿Le fue bien? —preguntó—. ¿En el veterinario?

—Sí.

Will tenía las manos unidas, como antes, cuando hacía girar su anillo de boda alrededor del dedo. Tenía herida la piel de los nudillos del índice y el corazón.

Sara no le preguntó cómo se había hecho aquello. Bebió otro sorbo de *whisky*.

—Hay una chica —dijo él—. Puede que sepa qué sabía Harding. Por qué lo mataron. Es posible que ella también esté en peligro.

Sara fingió interés.

—¿Es esa chica que encontraste en el edificio de oficinas?

—No, otra. La esposa de Harding. Su hija. Quizá. No lo sabemos.

Sara siguió bebiendo.

—Me he cortado. —En lugar de levantar la mano para enseñarle los nudillos, Will se dio la vuelta y le mostró la parte de atrás de la pierna derecha. Tenía una mancha de sangre—. Metí la pierna por unas tablas del suelo. —Esperó—. Tengo unas astillas clavadas.

—Si pasan más de seis horas, ya no sirve de nada dar puntos.

Will esperó.

Ella también. No iba a facilitarle las cosas. Si iba a romper con ella, tendría que encararlo como un hombre.

—¿Has tomado mucho? —preguntó él, e hizo una pausa—. *Whisky,* quiero decir.

—No el suficiente.

Sara se levantó del sofá. Pasó junto a Will al ir a la cocina. Su estómago no quería un segundo *whisky* después de haber tomado una copa de vino, pero de todos modos se lo sirvió.

Will permaneció al otro lado del mostrador. La vio llenar el vaso hasta el borde. Sentía una aversión física por el alcohol. Cuadró los hombros. Levantó la barbilla. Sara ni siquiera sabía si era consciente de aquellos gestos. Daba por sentado que se trataba de una especie de memoria muscular, atribuible a los malos tratos que había sufrido durante su infancia a manos de diversos alcohólicos. Como sucedía con casi todo, Will nunca hablaba de ello.

—¿Quieres uno? —preguntó.

Él asintió con un gesto.

—De acuerdo.

Sara solo lo había visto beber alcohol una vez, y a la fuerza, cuando le obligó a beber un sorbo de *whisky* porque no paraba de toser.

—¿Tienes ginebra? —preguntó él.

Ella se inclinó para buscar en el armario que, hasta esa noche, hacía meses que no se abría. Los corchos de las botellas de vino estaban cubiertos de polvo. Había una botella entera de ginebra al fondo, pero algo le decía que la ginebra era la bebida preferida de Angie, y no pensaba ofrecerle un brindis por su difunta esposa en su propia cocina.

Se incorporó.

—No hay ginebra. Hay vino en la nevera. ¿O prefieres un *whisky?*

—¿Fue lo que tomé aquella vez?

Ella sacó un vaso y le sirvió un *whisky* doble. Al ver que no hacía amago de cogerlo, deslizó el vaso por la encimera. Will siguió sin tocarlo.

—Amanda me dijo que no te lo contara, pero había una nota de Angie —dijo Sara.

Will se puso pálido.

—¿Cómo lo...?

—¿Ya lo sabías?

Él abrió la boca otra vez, pero no salió nada de ella.

—Me alegro de haberlo hecho explícito —prosiguió Sara—. No iba a mentir, ni a fingir que no lo sabía. Eso me convertiría en una hipócrita de la peor especie.

—¿Cómo...? —Él titubeó—. ¿Cómo lo sabe Amanda?

—Está al mando de la investigación, Will. Tiene que saberlo todo, es su trabajo.

Will abrió las manos sobre la encimera. No se atrevió a mirarla.

Sara pensó en lo sucedido en el furgón de criminalística, en la alegría de Charlie al mostrarle aquel fosforescente *ayúdame* escrito en la pared. Las heridas de Angie eran muy graves, ponían en peligro su vida, pero aun así se había parado a escribir aquello con su propia sangre, sabiendo que Will y ella lo verían. Que todo el mundo sabría que seguía teniendo a Will entre sus garras. Era como si hubiera escrito *jódete, Sara Linton.*

—¿La leíste? —preguntó Will—. ¿La nota?

—Sí. Fui yo quien reconoció su letra.

Will siguió mirándose las manos.

—Lo siento.

—¿Por qué? Tú mismo lo dijiste: no puedes controlarla.

—Lo que decía... —Volvió a interrumpirse. Parecía angustia-do—. No importa. A mí no me importa.

Sara no le creyó. Sabía que aún no había asimilado que Angie estaba muerta.

—A mí sí. Probablemente es lo último que escribió antes de morir.

Will levantó el vaso de *whisky*. Se lo bebió de un trago. Luego le dio un ataque de tos y lo echó casi todo.

Sara arrancó un pedazo de papel de cocina y se lo pasó.

Él tenía los ojos llorosos. Limpió el *whisky* que había caído en la encimera. Estaba sudando. Parecía muy alterado. Y era lógico que así fuera. Angie estaba muerta. Le había suplicado que la ayudara. Y él no había podido salvarla, esta vez no, cuando de verdad hacía falta. Treinta años de su vida acababan de desaparecer de golpe. Seguramente estaba en estado de *shock*. Lo último que necesitaba era beber alcohol.

Sara le quitó el vaso y lo puso en el fregadero.

—Espérame en el cuarto de baño.

No le dio tiempo a responder. Buscó sus gafas en el sofá y se fue por el pasillo, hacia su despacho. Sacó su maletín médico del armario. Dio media vuelta.

No quería salir de la habitación.

Se quedó junto a su mesa, sosteniendo el maletín, intentando calmarse.

No había forma de arreglar aquello. Podía coser la herida de la pierna de Will, pero no su relación: para eso no había puntos de sutura. Eludir la cuestión solo serviría para posponer lo inevitable. Y, sin embargo, no tenía valor para enfrentarse a él. Se quedó allí, paralizada. Le aterrorizaba lo que podía suceder si de verdad habla-ban de lo sucedido, lo que seguiría después. No podía adivinar el futuro. Tenía ante sí únicamente un espacio en blanco, inmenso y desconocido. Lo único que podía hacer era permanecer en el despacho en penumbra, escuchando el susurro de su propia sangre en los oídos. Contó hasta cincuenta, luego hasta cien. Después, se obligó a moverse.

El pasillo le pareció más largo que nunca. Una ardua travesía, más que un paseo. El cuarto de baño de Will estaba en la habitación de invitados. Sara le había reservado su propio espacio, por el bien de su relación. Cuando por fin dobló la esquina, estaba esperándola en la puerta.

—Quítate los pantalones —dijo Sara.

Will se quedó mirándola.

—Es más fácil que intentar enrollarte la pernera. —Vació su maletín en el lavabo. Desplegó el instrumental que iba a necesitar—. Quítatelos. Y los calcetines también. Métete en la bañera, de pie. Tengo que limpiar la herida.

Will obedeció, haciendo una leve mueca de dolor al bajarse la pernera del pantalón. La sangre había empapado el vendaje, poco más que una tirita de tamaño grande. Se puso de pie en la bañera.

—Quítate el vendaje. —Sara buscó unos guantes y luego se lo pensó mejor. Si Angie le había transmitido a Will alguna enfermedad, ella ya estaría contagiada. Se puso las gafas—. Ponte de lado.

Will se volvió. Tenía la pierna peor de lo que esperaba Sara. No eran unas simples astillas. Tenía una raja profunda, de unos siete centímetros de largo, a un lado de la pantorrilla. La suciedad se había incrustado entre la sangre. Era demasiado tarde para darle puntos. Estaría cosiendo una infección.

—¿Te la has lavado? —preguntó.

—Lo intenté en la ducha, pero me dolía.

—Esto te va a doler más. —Destapó el bote de Betadine. Bajó la tapa del váter para sentarse. No le avisó antes de echar un chorro del frío antiséptico directamente en la herida.

Will se agarró a la barra de la cortina y estuvo a punto de arrancarla de la pared. Siseó entre dientes.

—¿Estás bien? —preguntó ella.

—Sí.

Sara sacó de un chorro un trozo de suciedad. Will se había limpiado chapuceramente la herida. Cayeron trozos de sangre reseca en la bañera de porcelana blanca. Will levantó los dedos de los pies. Se había agarrado a la barra de la cortina y a la alcachofa de la ducha. Tenía los dientes apretados. Adiós al juramento hipocrático. Sara había pasado de ser una doctora atenta y cuidadosa a convertirse en una zorra pasiva-agresiva. Dejó el bote de antiséptico. A Will le temblaba la pierna.

—¿Quieres que te anestesie?

Negó con la cabeza. Tenía la camisa subida. Estaba conteniendo la respiración. Sara veía los músculos contraídos de su abdomen.

Sintió todo el peso de su falta.

—Lo siento. No quería hacerte daño. Bueno, está claro que sí, pero...

—No pasa nada.

—No, esto no está bien, Will. No está bien.

Sus palabras resonaron en el cuarto de baño. Parecía enfadada. *Estaba* enfadada. Los dos sabían que no se refería a su pierna.

—Sé por qué te quitó Angie esa barra de labios —dijo Will.

Ella aguardó.

—Intentaba amedrentarte. Y yo debería habérselo impedido.

—¿Cómo? —Sara quería saberlo sinceramente—. Es como la nota que te dejó en la pared de la discoteca. Sabía que Charlie o que alguna otra persona utilizaría luminol para inspeccionar la zona. Que yo lo vería. Que se convertiría en algo público. Angie siempre hace lo que quiere.

—La pared... —Will asintió como si eso lo explicara todo—. Sí.

—Sí —convino Sara, y se hallaron de nuevo en el punto de partida.

Ella humedeció una gasa en el grifo de la bañera y limpió con ella el sobrante de Betadine. Pasado un rato, Will bajó el talón. Ella regó con agua templada su pierna y su pie, frotando la mancha de yodo. Lo había ensuciado todo. Hasta la toalla de manos que utilizó para secarle la pierna tenía manchas de antiséptico de color marrón amarillento.

—Lo peor ya ha pasado —le dijo—. Todavía puedo anestesiarte. Algunas astillas están muy profundas.

—No pasa nada.

Sara sacó una linterna del cajón. Buscó las pinzas en su maletín. Había varias astillas negras, muy pequeñas, justo bajo la piel. Contó tres más profundas, parecidas a fragmentos de metralla. Tenían que clavársele en la carne cada vez que daba un paso.

Dobló la toalla y se arrodilló en el suelo de baldosas para sacar las esquirlas.

Will daba un respingo cada vez que lo tocaba.

—Intenta relajar el músculo.

—Lo estoy intentando.

Ella volvió a hacer el ofrecimiento:

—Tengo lidocaína aquí mismo. Es una aguja muy finita.

—Estoy bien. —Pero la fuerza con que se agarraba a la cortina indicaba lo contrario.

Esta vez, Sara trató de proceder con más tacto. Cuando era interna de pediatría, había pasado muchas horas dando puntos en melocotones para aprender a coser con toda la suavidad posible. Aun así, había dolores imposibles de soslayar. Will mantuvo la compostura incluso cuando intentaba extraerle un trozo de madera del tamaño de un mondadientes.

—Lo siento —repitió ella, porque odiaba la idea de hacerle daño. Al menos, la odiaba ahora—. Esta está muy profunda.

—No pasa nada. —Él se permitió respirar, pero solo para poder decirle—: Pero date prisa.

Sara trató de apresurarse, pero no la ayudaba que Will tuviera la pantorrilla como un bloque de cemento. Recordaba la primera vez que lo había visto en pantalón corto. Había sentido una oleada de calor al ver sus piernas musculosas y atléticas. Corría ocho kilómetros diarios, cinco días a la semana. Casi siempre daba un rodeo para pasarse por el instituto del barrio, donde subía y bajaba corriendo las gradas del campo de deportes. En Florencia había esculturas con menos definición muscular.

—¿Sara?

Ella lo miró.

—Podría haber puesto una cerradura mejor en la puerta. Un buen cerrojo. Una alarma. Siento no haberlo hecho. Fue una falta de respeto hacia ti.

Ella sacó con cuidado la última astilla. Ahora que él le estaba hablando, no quería mantener aquella conversación. Se puso en cuclillas. Dejó las pinzas. Se colgó las gafas del cuello de la camiseta. Will estaba de pie delante de ella, en calzoncillos. Seguía con los brazos levantados por encima de la cabeza. El alcohol que había dentro de ella le sugirió un modo muy fácil de superar aquella noche.

—Todo el mundo me habla de lo que es perder a alguien —dijo Will.

Sara buscó en el lavabo el rollo de esparadrapo y una gasa limpia.

—Faith me habló de la muerte de su padre. Y Amanda de su madre. ¿Sabías que se ahorcó?

Ella negó con la cabeza mientras le vendaba la pierna.

—Voy a intentar convencerme de que Angie está en ese sitio al que va siempre cuando me deja. Esté donde esté.

Sara se levantó. Se lavó las manos.

Will se puso los pantalones.

—Creo que, si lo consigo, estaré bien. Me diré que no se ha ido de verdad. Así, cuando no vuelva, no importará. Será como las demás veces.

Sara cerró el grifo. Tenía un temblor en la mano, una especie de vibración que recorría su cuerpo, como si hubieran acercado un diapasón a sus nervios.

—¿Quieres saber cómo fue cuando murió mi marido? —preguntó.

Él levantó la mirada mientras se abrochaba los vaqueros. Sara le había contado aquella historia, pero no con detalle. Dijo:

—Fue como si alguien me metiera la mano dentro del pecho y me arrancara el corazón.

Will se subió la cremallera. Su cara no expresaba nada. Era cierto que no tenía ni idea de lo que iba a provocar en él la muerte de Angie.

—Me sentía vacía —prosiguió ella—. Como si no tuviera nada dentro. Quería matarme. *Intenté* matarme. ¿Lo sabías?

Will pareció perplejo. Le había hablado de las pastillas, pero no de sus intenciones.

—Dijiste que fue un accidente.

—Soy médica, Will. Sabía lo que tenía que hacer. Ambien. Hydrocodone. Tylenol. —Empezaron a caer las lágrimas. Ahora que había empezado a hablar, ya no podía detenerlas—. Me encontró mi madre. Llamó a una ambulancia y me llevaron al hospital en el que trabajaba, y mis compañeros, gente a la que conocía desde que era una cría, tuvieron que hacerme un lavado de estómago para que no me muriera. —Tenía los puños apretados. Quería agarrar a Will, zarandearlo, hacerle entender que la muerte no podía soslayarse—. Les supliqué que me dejaran en paz. Quería morir. Amaba a mi marido. Él era mi vida. Era el centro de mi universo, y cuando murió todo se acabó. No me quedaba nada.

Will se puso las deportivas. Estaba oyéndola, pero no la escuchaba.

—Angie ha muerto. Brutalmente asesinada. —Él no reaccionó al oír sus palabras. Cuatro años antes, si alguien le hubiera dicho lo mismo acerca de Jeffrey, ella se habría caído al suelo—. Ha sido la persona más importante de tu vida durante treinta años. No puedes decirte simplemente que está de vacaciones, que va a volver de la playa morena. No es así como funcionan las cosas cuando pierdes a alguien. Ves a esa persona en las esquinas de las calles. Oyes su voz en la otra habitación. Quieres dormir y dormir para soñar con ella. No quieres lavar su ropa ni sus sábanas para poder seguir notando su olor. Yo estuve así tres años, Will. Tres años, día tras día. No vivía. Me comportaba como una autómata. Quería estar tan muerta como él hasta que...

Se contuvo en el último momento.

—¿Hasta que qué?

Ella se llevó la mano a la garganta. Sintió que pendía de un precipicio.

—¿Hasta que qué? —repitió él.

—Hasta que pasó el tiempo suficiente.

Sintió que se le aceleraba el pulso. Estaba enfadada. Estaba aterrorizada. Le faltaba el aliento por la crudeza de sus palabras y se sentía, al mismo tiempo, como una cobarde por no haberle dicho qué era lo que había dado un vuelco a su vida.

Pero no podía hacerlo.

Dijo:

—Vas a necesitar tiempo para llorar su muerte.

Lo que de verdad quería decir era: *vas a tener que pasar un tiempo alejado de mí, y no creo que mi corazón pueda soportarlo.*

Will alineó cuidadosamente sus calcetines. Los dobló por la mitad.

—Sé que no puedes quererme como lo quisiste a él.

Aquello pilló por sorpresa a Sara.

—Eso no es justo.

—Puede que no. —Will se guardó los calcetines en el bolsillo de atrás—. Creo que debería irme.

—Yo también lo creo. —Las palabras salieron sin filtros de su boca. Sara reconoció su propia voz. Pero no sabía por qué lo había dicho.

Will esperó a que se apartara para poder pasar.

Ella lo siguió al cuarto de estar. Su equilibrio había desaparecido. Todo había cambiado, pero no entendía en qué sentido.

—No sé si sigo teniendo trabajo. —Will le hablaba como si nada hubiera cambiado—. Y aunque lo tenga, Amanda no dejará que me acerque al caso. Faith está siguiendo la pista de Palmer con

Collier. —Cogió a Betty en brazos—. Seguramente tendré que quedarme en mi mesa, tramitando papeles.

Sara luchó por conservar la compostura.

—Hasta dentro de una semana no tendré los resultados del análisis toxicológico de Harding.

—Seguramente no importa. —Descolgó la correa de Betty del perchero y la enganchó al collar de la perra—. Bueno... Hasta luego.

Cerró la puerta al salir.

Sara se apoyó contra la pared para no caerse. El corazón le golpeaba las costillas. Se sentía mareada.

¿Qué demonios acababa de ocurrir?

¿Por qué se había marchado?

¿Por qué había dejado que se marchara?

Apoyó la espalda en la pared. Se deslizó hasta el suelo. Miró su reloj. Seguía siendo demasiado tarde para llamar a Tessa. Y ni siquiera sabía qué podía decirle. Había sucedido todo tan deprisa... ¿Estaba sufriendo Will una especie de colapso mental?

¿O lo estaba sufriendo ella?

Le había dicho demasiadas cosas sobre Jeffrey. Siempre era muy precavida al hablar de su marido. No quería actuar como si el tiempo que habían pasado juntos no existiera, pero tampoco quería restregárselo por la cara a Will. ¿De veras pensaba él que le contaba todo aquello porque no había superado la muerte de Jeffrey? Cuatro años, ella misma lo habría creído.

Hasta que había conocido a Will.

Eso era lo que no le había dicho en el cuarto de baño: que él lo había cambiado todo. Que le había devuelto las ganas de vivir. Que era su vida, y la idea de perderlo la aterrorizaba. Su cobardía le producía una vergüenza tan grande como su arrepentimiento. Se había asustado porque no tenía sentido decirle que lo quería si iba a dejarla.

Apoyó la cabeza contra la pared. Se quedó mirando el cielo oscurecido, más allá de las ventanas. Estaba demasiado familiarizada con la muerte como para creer en la existencia de los ángeles, pero, si había demonios en el más allá, Angie Polaski estaría por ahí, carcajeándose como una bruja.

Fue esa revelación lo que por fin la hizo reaccionar. No el amor, ni la necesidad, ni siquiera la desesperación, sino la certeza absoluta de que no iba a permitir que Angie se saliera con la suya.

Se levantó. Buscó su bolso. Los perros se removieron creyendo que iba a sacarlos a dar un paseo, pero los apartó y salió del apartamento. No se molestó en echar la llave. Pulsó el botón del ascensor. Lo pulsó otra vez. Miró el panel iluminado. El ascensor estaba parado en el vestíbulo. Se volvió hacia la escalera.

Will estaba de pie junto a su puerta.

Betty estaba a su lado.

—¿Qué ocurre? —preguntó él.

Qué idiotez de pregunta.

—Creía que te habías marchado.

—Yo creía que querías que me marchara.

—Solo lo he dicho porque tú lo habías dicho. —Sacudió la cabeza—. Sé que parece una estupidez. *Es* una estupidez. Ha sido una estupidez. —Tenía ganas de tenderle los brazos. De abrazarlo. De borrar los últimos diez minutos—. ¿Qué haces aquí?

—Este es un país libre.

—Will, por favor.

Se encogió de hombros. Miró a su perra.

—No soy de los que desisten fácilmente, Sara. Ya deberías saberlo.

—¿Ibas a esperar aquí fuera toda la noche?

—Sabía que tendrías que sacar a los perros antes de acostarte.

Sonó un timbre. Se abrieron las puertas del ascensor.

Sara se quedó paralizada. Sintió de nuevo aquel hormigueo nervioso. Volvía a estar al borde del precipicio, con los dedos colgando sobre el abismo. Respiró hondo.

—No te quiero menos que a él, Will. Te quiero de manera distinta. Te quiero... —No podía describirlo. No había palabras—. Te quiero.

Él asintió con un gesto, pero Sara no supo si lo entendía.

—Tenemos que hablar de esto —dijo.

—No, no tenemos que hablar. —Alargó un brazo hacia ella. Tocó su cara con la mano.

Su contacto fue como un bálsamo. Le alisó la frente. Le secó las lágrimas. Acarició su mejilla. Sara contuvo la respiración cuando le rozó los labios con el pulgar.

—¿Quieres que pare? —preguntó él.

—Quiero que hagas eso mismo con la boca.

Él apretó suavemente sus labios contra los de ella. Sara lo besó. No hubo pasión, solo una necesidad abrumadora de reencontrarse. Will la atrajo hacia sí. Sara escondió la cara en el hueco de su cuello. Le rodeó la cintura con los brazos. Sintió que él se relajaba. Siguieron abrazándose, aferrados el uno al otro frente a la puerta abierta de su apartamento, hasta que el teléfono de Sara tintineó una vez.

Y luego otra.

Y otra.

Will fue el primero en separarse.

De mala gana, Sara recogió su bolso del suelo.

Los dos sabían que Amanda mandaba mensajes a toda velocidad, uno detrás de otro, igual que sabían que solo podía haber un motivo para que intentara ponerse en contacto con Sara a las ocho de la tarde.

Encontró su teléfono. Pasó un dedo por la pantalla.

AMANDA: te necesito ya encontrado coche de Angie sommerset 1885

AMANDA: perro especializado en búsqueda de cadáveres ha encontrado rastro en maletero

AMANDA: no se lo digas a Will

Sara se lo dijo.

CAPÍTULO 8

Will iba sentado junto a Sara en el BMW de ella. Sara se mantenía fuerte por él. Callada, pero fuerte. No habían hablado más que de cuestiones logísticas desde que había leído los mensajes de Amanda.

«¿Sabes dónde es? ¿Quieres que conduzca yo?».

Sara tomó la calle Spring. Había caído la noche. Las luces del salpicadero iluminaban su cara con distintos tonos de blanco. Will le agarraba la mano tan fuerte como podía sin partirle algún hueso. Seguía sintiéndose entumecido, salvo en algunos sitios. Tenía un elefante sentado sobre el pecho. Era un dolor físico, sofocante. Le dolía el brazo. O quizá solo fuera porque Faith le había preguntado si le dolía. O quizá se estuviera derrumbando, como todo el mundo le decía que iba a pasarle.

A aquellos perros los adiestraban para reconocer el olor a descomposición. Habían llevado uno a que olfateara el maletero de Angie. Lo que significaba que todo el mundo pensaba que estaba muerta.

¿Era cierto? ¿Había muerto Angie?

La persona más importante de su vida durante treinta años.

La *única* persona de su vida durante treinta años.

Ese era el único hecho incontrovertible.

Trató de evocar aquel momento en el sótano, tantos años atrás, cuando Angie lo abrazó, lo reconfortó. Nada. Intentó recordar la única vez que fueron de vacaciones juntos. Discutieron por las indicaciones de la carretera. Discutieron por dónde comer. Discutieron por quién tenía más ganas de montar una bronca.

«Imbécil» fue lo último que le dijo Angie aquella noche, y a la mañana siguiente se había marchado.

Era horrible vivir con ella. Lo rompía todo, cogía sus cosas prestadas y nunca volvía a ponerlas en su sitio. Will se esforzó por rescatar un solo buen recuerdo, pero solo veía interferencias, esas franjas crispadas, blancas y negras que salían en la tele cuando se iba la señal.

Sara le apretó la mano. Él miró sus dedos entrelazados. Una de las primeras cosas que le llamaron la atención de Sara fue lo largos y elegantes que eran sus dedos. No sabía si era por su oficio o, simplemente, porque todo en ella era hermoso.

Observó su cara. Su mentón afilado. Su nariz chata. Su cabello largo y rojizo, recogido en un nudo en la parte de atrás de la cabeza.

Normalmente se soltaba el pelo después del trabajo. Will sabía que lo hacía por él, porque en realidad a ella la sacaba de quicio que el pelo se le viniera a los ojos. Estaba constantemente retirándoselo de la cara, y él nunca le decía que se lo recogiera porque era un egoísta.

En toda relación, amorosa o de otra especie, había cierto grado de egoísmo. Iba y venía entre los miembros de esa relación, dependiendo de quién fuera el más fuerte o el que más lo necesitara. Amanda absorbía egoísmo como una esponja. Faith se desprendía de él con demasiada facilidad. Angie te agarraba por el cuello y no te soltaba, y además te daba una patada en los huevos por pensar que podías salirte con la tuya.

Will siempre había pensado que entre Sara y él había una especie de equivalencia emocional, pero ¿se estaba quedando Will con todo el egoísmo? Le había mentido sobre lo sucedido con Angie el sábado anterior. Le había mentido sobre la carta que le había dejado Angie en su apartado de correos. Le había mentido sobre la cuenta bancaria. Le había mentido al decirle que estaba haciendo todo lo posible por encontrarla.

Angie. Angie. Angie.

Estaba muerta. Quizá. Casi con toda probabilidad. Y él podría hacer tabla rasa. Por primera vez en treinta años, su confidente, su torturadora, su fuente de apoyo y de dolor, había desaparecido.

Se estremeció.

Sara apagó el aire acondicionado.

—¿Estás bien?

—Sí.

Miró por la ventanilla para que no viera su cara. El elefante cambió de postura. Will casi sintió cómo se doblaban sus costillas bajo aquella presión. Vio destellos. Abrió la boca y trató de llenarse los pulmones.

Estaban en el distrito centro. Las luces de fuera le lastimaban los ojos. El aire frío que salía por las ranuras del salpicadero le zumbaba en los oídos. Por debajo de aquel ruido, había música. Suaves voces de mujer cantando al compás de una *steel guitar*. Sara nunca apagaba la radio, se limitaba a bajar el volumen.

Soltó la mano de Will para poner el intermitente. Estaban en el 1885 de Sommerset. En lugar de un edificio alto, había una casa, una mansión de estilo Tudor que ocupaba media manzana. El césped descendía en suave pendiente hacia la calle. La hierba bien recortada y las flores perfectamente cuidadas conducían hacia la escalinata de piedra.

Habían encontrado el coche de Angie en una funeraria.

Sara detuvo el coche en el aparcamiento. Una camioneta vieja con un labrador blanco en el asiento del copiloto estaba saliendo. Había un coche patrulla aparcado en la hierba. El agente estaba sentado detrás del volante, tecleando en el portátil montado en el salpicadero. Will reconoció el Suburban de Amanda y el Mini rojo de Faith. Charlie Reed estaba también allí, en su furgón blanco, pero por la razón que fuese aún no se había puesto a inspeccionar el coche de Angie. Seguía sentado tras el volante. El Dodge Charger negro era de Collier y Ng. El GBI seguía al mando, pero el coche de Angie había sido hallado dentro del término municipal de Atlanta, y la investigación por asesinato seguía abierta.

Los dos detectives estaban apoyados en el capó, igual que esa mañana. Ng seguía llevando sus gafas de sol envolventes. Cuando Will salió del coche, hizo aquel gesto inclinando la barbilla. Collier los saludó con la mano, pero Amanda debía de haberles dado orden estricta de mantener las distancias porque ninguno de los dos se acercó.

El Chevrolet Monte Carlo de Angie estaba aparcado en una plaza para discapacitados, delante del edificio. Así era ella: aparcaba en las plazas de discapacitados. La zona estaba acordonada con cinta policial amarilla. El maletero estaba abierto. La puerta del conductor también. Incluso a veinte metros de distancia, Will notó el olor asquerosamente dulzón de la muerte. O quizá fuera como el dolor de su brazo: solo olía a muerte porque alguien había plantado esa idea en su cabeza.

Amanda salió por una puerta lateral. Extrañamente, no llevaba su Blackberry en la mano. Tenía un montón de cosas que gritarle a Will en ese momento, pero no lo hizo.

—Una patrulla sin distintivos localizó el coche hace una hora. La funeraria cerró a las seis, pero hay un becario de guardia que duerme aquí por si hay algún aviso nocturno.

Will trató de preguntar lo que preguntaría un policía:

—¿Un becario?

—De la escuela de tanatopraxia de la ciudad. —Amanda cruzó los brazos—. Había ido a recoger un cadáver a una residencia de ancianos cuando encontraron el coche de Angie. Faith está hablando con él en la capilla.

Will observó la casona con atención. Dedujo que el edificio de dos plantas que había al fondo era la capilla.

—El agente que encontró el coche notó un olor raro. Abrió el maletero usando el tirador de dentro del coche. Fue él quien pidió que trajeran al perro. Encontró el rastro enseguida.

Will miró de nuevo el coche. Aparcado en diagonal. Abandonado a toda prisa. Tenía las ventanillas bajadas. Vio una imagen, como un fogonazo: Angie derrumbada sobre el volante. Parpadeó y la imagen desapareció.

—¿Will? —dijo Sara.

La miró.

—¿Por qué te frotas el pecho?

No se había dado cuenta de que estaba frotándoselo. Dejó de hacerlo. Le dijo a Amanda:

—Hay radares de tráfico en la Spring y Peachtree.

Ella asintió con la cabeza. Por toda la ciudad había radares que seguían los movimientos del tráfico y buscaban matrículas de coches robados o sospechosos.

—Hemos mandado los datos a la división informática para que los analicen.

Will miró hacia la calle. La esquina de Sommerset y Spring era una zona muy transitada. El distrito centro estaba extremadamente vigilado. En todos los cruces principales había una cámara.

—Hemos pedido las grabaciones de las cámaras de seguridad de Tráfico y de la policía de Atlanta —le informó Amanda—. Las revisaremos en cuanto lleguen. Los equipos de búsqueda están de camino.

Will dijo lo que ella ya sabía:

—El coche lo dejó alguien aquí. Tuvieron que marcharse en otro o...

—Tengo a todo el estado buscando a Delilah Palmer.

Will se había olvidado de la esposa, o hija, o ambas cosas, de Dale Harding. Palmer era una joven prostituta adicta a las drogas. Había crecido en el sistema de acogida. Los únicos padres que había conocido la habían maltratado. Podría haber sido Angie hacía veinte años, si no fuera porque Angie había logrado salir de aquello. Al menos en apariencia. Will no estaba seguro de que hubiera conseguido escapar de nada.

Sara le puso la mano en los riñones.

—¿Estás bien?

Will se acercó al coche. El olor fue haciéndose más fuerte a medida que se acercaba. No hacía falta un sabueso para saber que allí había pasado algo malo. Se detuvo junto a la cinta policial. El maletero estaba forrado con una moqueta de color gris oscuro, muy arañada, que él mismo había comprado al corte en Pep Boys. Se había pasado horas inclinado sobre el maletero, tapando las juntas y pegando la moqueta.

Amanda iluminó el interior con una linterna policial. Había una mancha oscura en la moqueta, un poco desviada del centro. El único objeto que había era un bote de aceite de transmisión de plástico rojo.

Will se arrodilló. Examinó el asfalto, bajo el coche. La transmisión perdía. Ahora el coche era suyo, probablemente. Tendría que arreglarlo antes de venderlo.

—¿Will? —Sara le puso la mano en el hombro. Se arrodilló a su lado—. Mírame.

La miró.

—Creo que deberíamos irnos. Aquí no hay nada.

Él se levantó, pero no le hizo caso. Se acercó al lado del conductor. La puerta estaba abierta de par en par. En el suelo había una botella de tequila medio vacía. En el cenicero, un porro. Envoltorios de caramelos. Chicle. Angie era muy golosa.

—¿Estaba así cuando llegó el coche patrulla? —le preguntó a Amanda.

Ella hizo un gesto afirmativo.

La puerta abierta llamaría la atención de cualquiera que pasara por allí, lo que significaba que quien fuese había querido que encontraran el coche cuanto antes. Will cogió la linterna de Amanda. Alumbró el interior del coche. Era de color gris claro. La palanca de cambios sobresalía del suelo entre los asientos. Vio sangre en el volante. Sangre en el asiento del conductor. Sangre en el círculo blanco que coronaba el pomo negro de la palanca de cambios. Era una bola ocho de billar. Angie la había comprado por correo, a través de una revista. Fue antes de que hubiera Internet. Will había ido a tres tiendas distintas en busca de un adaptador para atornillarla a la palanca.

Giró la linterna hacia el asiento de atrás. Más sangre, casi negra por llevar todo el día tostándose al sol. Había una mancha cerca del tirador de la puerta. Demasiado pequeña para conservar la huella de una mano. Quizá la hubiera dejado un puño cerrado al golpear. Un último intento desesperado de escapar, quizá. Había habido alguien tumbado en el asiento trasero, sangrando. Y alguien en el maletero, sangrando también. Y alguien sangrando o cubierto de sangre cuando arrancó el coche.

—¿Dos cuerpos y el conductor? —le preguntó a Amanda.

Evidentemente, Amanda ya lo había pensado.

—Es posible que la trasladaran del asiento de atrás al maletero.

—¿Sangrando todavía? —preguntó él. Es decir, todavía viva.

—Cuestión de gravedad —repuso su jefa—. Si tenía una herida en el pecho y estaba de lado, dependiendo de la postura cabría esperar que esa cantidad de sangre saliera con posterioridad a la muerte.

—Angie... —dijo Will—. ¿Qué hay de Delilah Palmer?

—Mandé a alguien al Grady a informarse sobre su grupo sanguíneo. El año pasado estuvo ingresada por sobredosis. Es O positivo. Angie es B negativo. —Le puso la mano en el brazo. Había procurado que inspeccionara solo el coche, dejando a Charlie en su furgón y mandando a Collier y Ng que se mantuvieran a distancia, pero ahora iba a decirle la verdad—. Wilbur, sé que es muy duro escucharlo, pero todo indica que se trata de Angie. Había sangre de su grupo sanguíneo en la escena del crimen, por todas partes —explicó—. Encontramos su bolso, su arma. Este es su coche. Charlie ya ha analizado la sangre. La del asiento trasero, la del maletero y la del asiento del conductor, todas son B negativo. Hemos pedido análisis de ADN, pero teniendo en cuenta lo raro que es ese grupo sanguíneo, la probabilidad de que no sea Angie es prácticamente nula. Y hay muchísima sangre, Will. Demasiada para que haya podido marcharse por su propio pie.

Will dio vueltas a lo que acababa de decirle su jefa. La mancha del maletero estaba en la zona donde cabría esperar si se tratara de una herida en el pecho. En las paredes de la habitación donde había muerto Harding habían encontrado salpicaduras procedentes de las arterias. Las arterias estaban en el corazón. El corazón estaba en el pecho.

Intentó imaginar un escenario probable. Angie en el asiento de atrás, desangrándose. El conductor, algún tipo al que había llamado porque siempre tenía un tipo al que llamar. Él habría intentado ayudarla frenéticamente, y después se habría dado cuenta de que era demasiado tarde. La habría metido en el maletero porque no podía circular por la ciudad con una mujer muerta en el asiento trasero del coche. Y habría esperado a que se pusiera el sol para llevar el coche hasta allí.

—El director de la funeraria viene para acá. —Faith se acercó por el sendero iluminado. Tenía en la mano un cuaderno de espiral abierto. Miró a Will y luego volvió a mirarlo.

—¿Y? —preguntó Amanda.

Faith consultó sus notas.

—Ahí dentro tenemos a Ray Belcamino, caucásico, veintidós años, sin antecedentes. Estudiante de tanatopraxia en la escuela Gupton-Jones. Llegó al trabajo sobre las cinco y cuarto, aunque entraba de guardia a las cinco y media. Según la hoja de registro, salió tres veces de las instalaciones, una para ir al hospital Piedmont, a las seis cuarenta y tres, otra para ir a la residencia Sunrise, a las siete y dos minutos, y una tercera por una falsa alarma a las ocho y veintidós. —Levantó la vista—. Por lo visto, los becarios tienen costumbre de gastarse bromas unos a otros haciendo llamadas falsas.

—Naturalmente —repuso Amanda.

—Las tres veces, Belcamino salió y entró por la entrada general que hay junto a la capilla, detrás de la valla. Hay un ascensor de personal que baja hasta el sótano. No puede ver el aparcamiento por encima de la valla. Todas las veces llegó en coche desde el lado oeste, de modo que no tuvo que pasar por el aparcamiento y no vio el coche.

—¿Cámaras de circuito cerrado? —preguntó Amanda.

—Seis, pero apuntan todas a las puertas y las ventanas, no al aparcamiento.

—¿Habéis echado un vistazo al contenedor? —preguntó Will.

—Nada más llegar. Nada.

—¿Habían forzado alguna puerta? —preguntó él.

—No, y hay sistema de alarma. Todas las puertas y las ventanas están conectadas.

—¿Cómo se accede al ascensor?

—Hay un teclado.

—¿El teclado se ve desde detrás de la valla? —insistió Will.

—Sí. Y también desconecta la alarma.

—¿Adónde quieres ir a parar? —preguntó Amanda.

—¿Para qué traer un coche con un cadáver en el maletero a una funeraria?

Miraron todos el edificio.

—Iré yo —dijo Faith—. Esperad aquí.

Will no esperó. Tampoco corrió, pero sus pasos eran el doble de largos que los de Faith. Llegó a la capilla antes que ella. Abrió la puerta antes que ella. Pasó junto a los bancos, se acercó a la tarima y encontró la puerta que conducía a la parte trasera de la funeraria antes que ella.

Más allá de la capilla, en la zona reservada al personal, el edificio tenía un aspecto práctico y ajado. Falso techo, linóleo descascarillado. Había un largo pasillo que recorría toda la parte trasera de la edificación. Dos enormes puertas de ascensor montaban guardia a un lado. Will dedujo que habría otras dos puertas idénticas que daban al exterior y que era por allí por donde bajaban los cadáveres al sótano. Se encaminó hacia el ascensor, dando por sentado que habría escaleras. Faith iba pisándole los talones. Apretó el paso para alcanzarlo y Will echó a correr para escapar de ella.

244

Las escaleras metálicas eran viejas y chirriaban. Sus pasos hacían temblar la barandilla. Abajo había un rellano con una puerta basculante. Will entró en una pequeña oficina, semejante a un vestíbulo. Había otras dos puertas detrás de una mesa y, sentado tras la mesa, un joven que solo podía ser Ray Belcamino.

El chico se sobresaltó. Su iPad cayó al suelo haciendo ruido.

Will probó a abrir las puertas. Estaban cerradas con llave. No había ventanas.

—¿Cuántos cuerpos tienen ahí dentro?

Belcamino miró a Faith cuando ella entró por la puerta basculante. Le faltaba la respiración.

—Necesito sus registros. Tenemos que cotejar cada cuerpo con su nombre.

El chico pareció aterrorizado.

—¿Es que falta alguno?

A Will le dieron ganas de agarrarlo por el cuello de la camisa.

—Tenemos que contar los cuerpos.

—Siete —dijo el chico—. No, ocho. Ocho. —Recogió el iPad. Empezó a tocar la pantalla—. Los dos de anoche, tres más de esta semana, uno que está todavía en proceso y dos a la espera de incineración.

Faith agarró el iPad. Echó un vistazo a la lista. Le dijo a Will:

—No reconozco los nombres.

—¿Qué nombres? —Belcamino había empezado a sudar. O sabía algo o sospechaba algo—. ¿Qué ocurre?

Will lo empujó contra la pared.

—¿Para quién trabajas?

—¡Para nadie! —El pánico le quebró la voz—. ¡Aquí! ¡Trabajo aquí!

La puerta basculante se abrió de golpe. Amanda, Sara y Charlie entraron en el pequeño vestíbulo.

Amanda le preguntó a Belcamino:

—¿Dónde guardan los cuerpos?

—Hay un botón para abrir. —Sus dedos se dirigieron hacia la mesa.

Will lo soltó. El chico metió la mano bajo la mesa y encontró el botón. Las puertas empezaron a abrirse.

Paredes de azulejos verde claro. Suelo de linóleo verde oscuro. Olores químicos. Luces potentes. Techo bajo. Una sala del tamaño aproximado del aula de un colegio. Cerca de la puerta había un cadáver. Un hombre anciano. Piel arrugada. Mechones de pelo blanco. Un paño cubría sus genitales. Del pecho le sobresalían varios tubos que lo conectaban a una máquina con un pequeño contenedor.

La cámara frigorífica estaba al fondo. Una puerta grande de acero inoxidable. Ventana de cristal reforzado. Amanda ya estaba allí. Acercó la mano a un botón verde iluminado para abrir la puerta.

Will atravesó la sala. Era la segunda vez ese día que caminaba hacia lo desconocido pensando que iba a encontrar el cuerpo de Angie. Se le aguzó la vista. Sus oídos captaban cada sonido.

La puerta de la cámara emitió un fuerte chasquido al abrirse. El aire frío se escapó por los bordes. Un brazo automático abría la puerta a velocidad glacial. Will había trabajado una vez en un supermercado. La cámara frigorífica donde guardaban los congelados era muy parecida a aquella. Estantes a ambos lados. Seis filas espaciadas a intervalos regulares, del techo al suelo. De unos cuarenta y cinco centímetros de fondo por unos tres metros de alto. Solo que en lugar de bolsas de guisantes, en las estanterías había cadáveres enfundados en bolsas negras.

Cuatro a un lado. Cuatro al otro.

—Joder. —Belcamino arrancó el portafolios que había en la pared. Entró corriendo en la cámara. Comprobó las etiquetas de las bolsas, comparándolas con la lista. Al llegar al último cuerpo, se detuvo—. No hay etiqueta.

Will hizo amago de entrar en la cámara. Sara lo agarró por la muñeca.

—Tú sabes que no puedes ser tú quien la encuentre.

Pero él *ya* la había encontrado. Era él quien había deducido por qué estaba el coche en la funeraria. Él quien los había conducido al sótano. Y ahora no podía pararse. La bolsa estaba a menos de tres metros de distancia. Las estanterías no eran espaciosas. La nariz de Angie estaría a menos de quince centímetros del cadáver que había encima de ella. Ella era claustrofóbica. La aterrorizaban los espacios estrechos.

—Will... —Sara posó la mano sobre su brazo—. Tienes que dejar que se ocupen ellos, ¿de acuerdo? Deja que Charlie haga su trabajo. Tiene que hacer fotografías. Hay que preservar la bolsa para buscar huellas dactilares. Podría haber pruebas en el suelo. Tenemos que hacer esto bien, o nunca sabremos por qué la dejaron aquí.

Él sabía que todo aquello era cierto, pero no podía moverse.

—Vamos. —Sara tiró de su brazo.

Will dio un paso atrás, luego otro.

Charlie abrió su mochila. Se puso unos protectores para los zapatos y los guantes. Introdujo una tarjeta nueva en su cámara. Comprobó la batería, el día y la hora.

Empezó fuera de la cámara, avanzando lentamente. Fotografió la bolsa desde todos los ángulos, arrodillándose, inclinándose sobre los otros cuerpos. Usó su regla para consignar la escala. Dejó tarjetas marcadas sobre objetos de interés. Parecía haber pasado una hora cuando por fin le dijo a Ray Belcamino:

—Traiga una camilla. Esto es muy estrecho. Habrá que moverla para poder abrir la bolsa.

Belcamino desapareció en otra habitación. Regresó con una camilla. Encima, en el centro, había una sábana blanca doblada. Enderezó las ruedas con los pies y empujó la camilla por la pequeña rampa que llevaba a la cámara.

Charlie le pasó un par de guantes.

Evidentemente, no era la primera vez que Belcamino movía un cadáver sin ayuda. Colocó la bolsa negra sobre la camilla como si cambiara de sitio una alfombra enrollada. Will tuvo que apartar la mirada porque, si miraba al chico un segundo más, tendría que darle un puñetazo.

Oyó que se llevaba la camilla, que la puerta de la cámara se cerraba con un ruido sordo.

—Gracias, señor Belcamino —dijo Amanda—. Puede esperar arriba.

Belcamino salió de la sala sin rechistar.

Charlie hizo más fotografías. Acercó un taburete que había junto a la pared. Se subió a él y fotografió la bolsa desde arriba. Se sirvió nuevamente de la regla para reflejar la escala.

Will observaba los contornos de la bolsa negra. No entendía lo que había debajo. Y entonces se dio cuenta de que el cuerpo estaba de lado, que quienquiera que lo hubiera sacado del maletero lo había dejado en la misma posición que había muerto.

Angie siempre dormía de lado, cerca de él pero sin tocarlo. A veces, por las noches, su aliento le hacía cosquillas en la oreja y él tenía que volverse para poder dormir.

—¿Faith? —Charlie le pasó otro par de guantes. Los dedos quedaron colgando en el aire un instante antes de que Faith los cogiera por fin.

Saltaba a la vista que le sudaban las manos. Le costó ponerse los guantes. Tenía la mandíbula muy apretada. Odiaba los cadáveres. Odiaba estar en el depósito. Odiaba las autopsias.

Agarró la cremallera y empezó a tirar.

Sonó a desgarro. A algo que se rajaba o se rompía. El cuerpo estaba de espaldas a ellos. Will vio cabello oscuro. Castaño, del mismo color que el de Angie. El hombro desnudo de la mujer quedó al descubierto. La curva de su espalda. El arco de su cadera. Tenía las piernas dobladas. Las manos entre las rodillas. Los dedos de los pies contraídos, los pies arqueados.

Faith sintió una arcada. Olía atrozmente a podrido. El cuerpo había pasado horas en el maletero, al sol. El calor había acelerado la descomposición. La piel estaba reseca. El cuerpo humano estaba hecho de las mismas fibras y tejidos que el de cualquier otro mamífero. Y reaccionaba igual al calor, liberando fluidos.

Charlie abrió del todo la bolsa. Un hilillo de sangre sonrosada por el colesterol salpicó el suelo.

Faith sintió otra arcada. Se puso el dorso de la mano bajo la nariz. Cerró los ojos con fuerza. Estaba al otro lado de la camilla. Había visto la cara. Meneó la cabeza.

—No sé si es ella. Está...

—Muy magullada —dijo Charlie.

Will miró la espalda, ennegrecida por manchas que parecían carbonilla. Tenía aquellas mismas manchas en las piernas. Y en las plantas de los pies.

—Lejía —dijo Sara.

La bolsa despedía un fuerte olor a lejía.

—Pero no la han lavado. Parece como si hubieran vertido por encima la lejía. Casi como si la hubieran rociado con ella.

—No lleva ropa —comentó Amanda—. A alguien le preocupaba dejar pruebas.

—Estuvo en algún otro sitio, aparte del coche —dijo Faith.

—Por cómo tiene la cara, parece que le dieron con un bate. —Charlie hizo un breve examen—. Contusiones y laceraciones en la cara y el cuello. Arañazos de uñas. Parece que tiene algún hueso roto. —Se agachó con la cámara y enfocó la cabeza, el cuello, el pecho y el tronco—. Múltiples heridas de arma blanca. ¿Tiene alguna marca identificativa? —le preguntó a Will—. ¿Algún tatuaje?

Will meneó la cabeza.

Entonces se acordó.

El tiempo pareció alterarse, como si alguien hubiera pulsado el botón que aceleraba la película de su vida. Se apartó de Sara. Rodeó la camilla. Apartó a Charlie a un lado. Miró el cuerpo, los hematomas negros, los cortes, la piel moteada, y allí estaba: un solo lunar en el pecho. ¿Estaba en el mismo sitio? ¿Por qué no se acordaba de dónde estaba exactamente el lunar?

Se descubrió de rodillas. Miró su cara.

Hinchada. Irreconocible.

La cabeza estaba tan hinchada que parecía dos veces más grande de lo normal. Marcas negras y rojas se entrecruzaban en su piel. De sus labios manaba un fluido. Tenía la nariz torcida. Semejaba una máscara de Halloween, más que una cara.

¿Era Angie?

¿*Sentía* que era Angie?

El entumecimiento que sentía no había desaparecido del todo en ningún momento. No sentía nada mirando a aquella mujer. Se fijó en las cosas en las que se fijaba siempre, en todos los casos. En muertes por violencia de género. En homicidios de todo tipo. La boca abierta. Los dientes rotos. Los labios resecos y rajados como una fruta madura. Sus gruesos párpados tenían la consistencia del pan húmedo. Venas azules y arterias rojas cruzaban la piel casi traslúcida. Le habían rajado la mejilla con un cuchillo o una navaja muy afilada. La piel colgaba abierta como la página de un libro. Vio tejido, nervio, hueso blanquísimo.

Miró sus manos. Estaban cerradas, muy prietas, entre las rodillas dobladas. El calor le había combado los dedos. La descomposición le había abierto la piel. Un líquido claro manaba de las articulaciones de los nudillos. El anillo que llevaba en el dedo se había roto.

El anillo de casada de Angie.

De plástico verde con un girasol amarillo. Will había gastado tres monedas de un cuarto de dólar en una máquina de bolas de chicle hasta que había salido. Se habían apostado que Angie se casaría con él si conseguía sacarlo por menos de cuatro monedas. Y Angie nunca se retiraba de una apuesta. Se había casado con él. Menos de diez días después, al volver a casa del trabajo, Will descubrió que toda su ropa había desaparecido.

Abrió la boca. Respiró, exhaló.

—¿Will? —preguntó Amanda.

Él negó con la cabeza. Aquello no podía ser. Alguien le había puesto el anillo a aquel cadáver. Él sabría instintivamente si era Angie. Se irguió. Dijo:

250

—No es ella.

—¿Qué hay del anillo? —preguntó Faith.

Él siguió sacudiendo la cabeza. Los demás siguieron mirándose entre sí. Saltaba a la vista que pensaban que estaba negando lo evidente, pero se equivocaban. Quizá fuera, al examinar el coche ensangrentado y oír las explicaciones de Amanda, se había permitido pensar que podía tratarse de Angie, pero ahora que estaba en la misma sala que el cadáver de aquella desconocida, estaba seguro de que Angie seguía viva.

Era lo que había dicho Sara: no sentía aquel vacío. No sentía que le faltara el corazón.

—Tengo un escáner de huellas portátil —dijo Charlie.

—Tiene las yemas de los dedos rajadas. Será difícil conseguir una huella.

—Aun así podemos intentarlo, pero tendremos que subir para tener cobertura.

—Está en pleno *rigor mortis*.

Will miró de nuevo la cara de la mujer. Era como cuando intentaba leer un libro. Veía fragmentos, pero no el todo. Los párpados estaban pegados. El labio roto. La mandíbula encajada y tensa como el cable de suspensión de un puente. *Rigor mortis.* La coagulación de las proteínas musculares. Empezaba en los párpados, el cuello, la mandíbula. Todos los músculos del cuerpo se ponían rígidos, paralizando el cadáver.

—¿Eso significa que lleva muerta entre tres y cuatro horas? —preguntó Faith.

—Más —contestó Sara, pero no dijo cuánto más.

Amanda preguntó:

—¿Cómo vamos a tomarle las huellas si tiene los puños cerrados?

—Habrá que romperle los dedos.

—¿Sería más fácil si estuviera tumbada de espaldas?

—Necesitaré ayuda para darle la vuelta.

Will se alejó de ellos para ir al otro lado de la sala. El anciano seguía tendido en la camilla. Will trató de descubrir para qué servían las máquinas. Dentro del receptáculo se movía un líquido amarillo. Un tubo naranja salía del fondo. Era una especie de bomba. Oyó el ruido del motor en marcha, el siseo de un fuelle moviendo el aire. Un líquido era empujado hacia fuera. Y otro era empujado hacia dentro. Siguió el tubo hasta la carótida del hombre. El líquido pasaba por una aguja gruesa. Otro tubo colgaba por un lado de la mesa y descansaba sobre el borde oxidado de un desagüe, en el suelo.

Crac.

Como una ramita al romperse.

Crac.

Will se mantuvo de espaldas a ellos. No quería saber quién estaba rompiendo los dedos.

Crac.

—Vale —dijo Charlie—. Creo que ya está bien.

—Tiene los dedos hechos polvo —comentó Sara—. No creo que el escáner pueda leer las huellas.

—Intentadlo —les dijo Amanda.

Se oyó un susurro, un *clic*, tres rápidos pitidos. El escáner portátil para identificación biométrica. Un adaptador conectaba el iPhone a una pantalla que escaneaba la huella. A continuación, una aplicación del teléfono procesaba lo escaneado convirtiéndolo en una imagen de 256 tonos de gris y 508 dpi, y transmitía los datos a los servidores Live Scan del GBI, donde la imagen se comparaba con los cientos de miles de huellas almacenadas en el sistema.

Lo único que hacía falta era un adaptador, un pequeño escáner y un teléfono con cobertura.

Charlie sostenía ambos en las manos cuando se encaminó hacia el vestíbulo. Le dijo a Will:

—Está un poco borrosa por las lesiones, pero quizá lo consigamos.

Will no entendió por qué se lo decía precisamente a él. Miró su reloj. Los crímenes violentos solían alcanzar un pico en torno a las diez de la noche. Los servidores estarían procesando miles de solicitudes. Incluso en un día tranquilo, los resultados podían tardar entre cinco minutos y veinticuatro horas, y a continuación, conforme al reglamento interno del GBI, las huellas tenían que ser analizadas por un grupo de expertos encargados de dilucidar si los resultados del ordenador alcanzaban el umbral exigible para considerarlos una prueba legal.

—¿Sara? —dijo Faith.

Algo en su tono de voz hizo que Will se diera la vuelta.

Faith estaba de pie a los pies de la camilla, mirando hacia abajo. Los pies de la mujer estaban algo elevados sobre la mesa, congelados por el *rigor mortis*. Las manos metidas entre las rodillas separaban sus piernas, y sus piernas abiertas permitían ver claramente lo que había entre ellas.

«Violación», pensó Will. Aquella mujer que no podía ser Angie no solo había sido brutalmente apaleada, apuñalada y estrangulada. Sara iba a decirle que también la habían violado.

—¿Will? —Sara esperó a que la mirara—. ¿Angie ha tenido algún hijo?

Él no entendió la pregunta.

—Tiene una cicatriz de episiotomía —aclaró Sara.

Will nunca había oído aquel término.

—¿De una agresión?

—De dar a luz.

Él negó con la cabeza. Angie había estado embarazada, pero no de él.

—Abortó hace ocho años.

—Esas cicatrices no son de abortar —dijo Faith.

—Es una incisión quirúrgica —explicó Sara— que se hace en el perineo durante el parto vaginal.

—Te hacen una raja ahí abajo para que salga el bebé —tradujo Faith.

Will seguía sin entender. Era como mirar la cara de la muerta. Reconocía las palabras, pero no su sentido.

—¿Notas una opresión en el pecho? —preguntó Sara.

Will bajó la mirada. Se estaba frotando el pecho otra vez.

—Ya se encontraba mal antes —terció Faith.

—Os equivocáis —dijo él—. No creo que sea ella.

Sara lo empujó hacia atrás. Las puertas se abrieron. Volvieron a cerrarse. Estaban en el vestíbulo. Will se había sentado en la mesa metálica. Las tres revoloteaban a su alrededor como en su peor pesadilla.

—Respira hondo —ordenó Sara.

—Tengo Xanax —dijo Amanda. Tenía un pastillero esmaltado en la mano. Rosa, con flores en la tapa. El tipo de objeto en el que una anciana aristocrática guardaría sus sales.

—Ponte esto debajo de la lengua —dijo Sara.

Will obedeció sin pensar. La pastilla tenía un sabor amargo. La sintió derretirse bajo su lengua. Se le llenó la boca de saliva. Tenía que tragar.

—Tardará unos minutos en hacer efecto. —Sara empezó a frotarle la espalda como si fuera un niño en el hospital.

A Will no le gustó. Odiaba que lo mimaran.

Se inclinó hacia delante y puso la cabeza entre las rodillas, fingiendo que estaba mareado. Sara siguió frotándole la espalda. Él echó la pastilla en la palma de su mano.

—Respira. —Sara acercó los dedos a su muñeca. Iba a tomarle el pulso—. Estás bien.

Will se incorporó.

Sara observaba cada uno de sus movimientos. Amanda seguía teniendo el pastillero abierto en la mano. Faith había desaparecido.

—¿Estás bien? —preguntó Sara.

—No creo que sea ella —repitió Will, pero decirlo por segunda vez le hizo cuestionarse si era cierto o no—. Nunca ha tenido un hijo.

—Te equivocas —repuso Amanda. Will vio moverse su boca. Tenía corrido el carmín—. Hace veintisiete años, Angie desapareció de su hogar de acogida. Tres meses después, apareció en el hospital. Estaba de parto. Dio a luz a una niña. Se marchó antes de que pudieran llegar los servicios sociales.

La noticia debería haberlo golpeado como un rayo, pero ya nada de Angie podía sorprenderlo.

—¿Cuántos años tenía? —preguntó Sara.

—Dieciséis.

1989.

Él estaba en el hogar infantil. Nadie quería a un niño adolescente, y menos a uno que era más alto que todos sus profesores. Angie vivía con una pareja que se ganaba la vida acogiendo a niños. Tenían entre ocho y quince a la vez, durmiendo en literas, cuatro por habitación.

Will le preguntó a Amanda:

—¿Cómo te has enterado?

—Igual que me entero de todo —respondió ella con dureza.

Aunque nunca hablaran de ello, Amanda había seguido la trayectoria de Will desde la infancia. Había sido la mano invisible que, a lo largo de toda su vida, lo había redirigido cada vez que su rumbo se torcía. ¿Había marcado también el rumbo de Angie, alejándola de él?

—¿Qué hiciste? —preguntó Will.

—Yo no hice nada. —Amanda volvió a guardarse el pastillero en el bolsillo—. Angie desapareció. Abandonó a la niña. Nada de esto debería sorprenderte.

—¿Sobrevivió la niña? —preguntó Sara.

—Sí. Nunca he sabido qué fue de ella. Desapareció en el sistema de acogida.

Su solicitud de matrimonio.

Angie había rellenado el impreso. Estaban sentados frente al juzgado. Ella ya llevaba el anillo del girasol en el dedo. Leyó las preguntas en voz alta. *¿Tiene más de dieciséis años? Claro. ¿Ha estado casado alguna vez? No que yo sepa. ¿Nombre del padre? Y yo qué coño sé. ¿Nombre de la madre? Da igual. ¿Emparentado con el futuro cónyuge? Esto...* —Su bolígrafo raspaba el papel mientras garabateaba las respuestas—. *¿Hijos? Yo no, nene.* —Soltó su risa profunda y ronca—. *Por lo menos, ninguno del que tenga noticia...*

—La niña nació en enero —prosiguió Amanda. Ahora tendría veintisiete años. Delilah Palmer tiene veintidós.

Sara se aclaró la voz.

—¿Sabes quién era el padre?

—No era Will —respondió Amanda.

Will se preguntó si era cierto. Aquella vez en el sótano. No habían usado condón. Angie no tomaba la píldora. Claro que él no era el único chico al que se llevaba al sótano.

Sara volvió a agarrarlo de la muñeca.

—Sigues teniendo el pulso agitado.

Él apartó la mano. Se levantó. Miró las puertas cerradas. No necesitaba ver el cuerpo de nuevo para saber la verdad.

El anillo de girasol. El coche. La sangre.

El anillo de Angie. Su coche. Su sangre.

Su bebé.

Angie era muy capaz de abandonar a un bebé. Por alguna razón inexplicable, Will aceptó aquella noticia como prueba, por encima de todas las demás. Angie no tenía la capacidad ni el deseo de ocuparse de otra persona todos los días, el resto de su vida. El principio rector de su vida había sido siempre la supervivencia, no la empatía. Will lo había comprobado el sábado anterior y no le extrañaba en absoluto que hubiera sucedido también veintisiete años antes. Angie fue al hospital. Tuvo al bebé. Y se marchó en cuanto pudo.

Y ahora estaba muerta.

—¿Podemos irnos a casa? —le preguntó a Sara.

—Sí. —Le puso las llaves en la mano—. Espérame en el coche. Enseguida voy.

Amanda estaba tecleando en su Blackberry.

—Voy a decirle a Faith que espere con él.

Will comprendió que Sara y Amanda iban a mantener una conversación de la que él sería el tema principal, pero no tuvo fuerzas para resistirse. Seguía sintiendo el pecho atenazado por un tornillo. Tenía una piedra dentro del estómago.

Subió las escaleras. Se metió la mano en el bolsillo para limpiársela. Lo que quedaba de la pastilla se había convertido en una especie de yeso, pero parte del Xanax había pasado a su organismo. Se sentía mareado cuando llegó al final del pasillo. Notaba la lengua áspera. Probó a abrir tres puertas antes de encontrar la de la capilla. Las luces estaban apagadas, pero entre los grandes ventanales y el resplandor que emitían las calles del distrito centro, era fácil ver los bancos.

Levantó la mirada hacia el techo abovedado. Las grandes lámparas de araña colgaban como joyas. Una alfombra gris cubría el pasillo, entre los bancos. La tribuna era lisa, con un atril a un lado. Dedujo que era tan aconfesional como podía serlo una capilla. Había ido dos veces a la iglesia con Sara, una en Pascua y otra en Nochebuena. No era religioso, pero a ella le encantaba el boato de la liturgia. Will recordaba aún su sorpresa al verla cantar con los feligreses. Se sabía todas las letras de memoria.

Angie despreciaba la religión. Pertenecía a esa clase de cretinos arrogantes convencidos de que todos los creyentes eran deficientes mentales. La habían llevado allí en el maletero de su coche. La habían bajado a la cámara frigorífica. Seguía teniendo su anillo de boda en el dedo. ¿Estaba viva aún cuando le pusieron el anillo? ¿Le había pedido a la persona que iba con ella que se asegurara de que lo llevara puesto cuando muriera?

Sintió una quemazón en el pecho. Se estaba desollando la piel de tanto frotársela. ¿Cuáles eran los síntomas de un ataque de ansiedad? No quería preguntárselo a Sara porque seguramente le metería otra pastilla en la boca.

¿Por qué lo había hecho? Sabía que odiaba tomar cualquier cosa que fuera más fuerte que una aspirina. Pero más aún odiaba que lo hubiera visto tan angustiado. Se había comportado como un crío patético. Probablemente no querría volver a acostarse con él.

Se sentó en los escalones de la tribuna. Se sacó el móvil del bolsillo. En lugar de buscar «ataque de ansiedad», se tumbó en la alfombra. Miró los cristales de la lámpara, tan brillantes. El peso que notaba en el pecho empezó a disiparse. Sus pulmones se llenaron de aire. Estaba flotando. Era por el Xanax. No le gustó aquella sensación. De perder el control nunca salía nada bueno.

Delilah Palmer. Podía haber estado en el club de Rippy cuando murió Harding. Podía haber intentado salvar a Angie. Podía haber traído su cuerpo hasta aquí. Podía haber hecho aquella llamada falsa para que Belcamino se marchara, y observarlo mientras manejaba el panel del ascensor. Un viaje al sótano. Otro de vuelta. Deja el coche de Angie allí. Se va andando a su coche alquilado sin mirar atrás.

Sus ojos se negaban a permanecer abiertos. Se dio cuenta de que tenía la cabeza donde colocarían el féretro en los funerales. Tendría que planear el entierro de Angie. Sería más fácil hacerlo allí. Ella quería que la incineraran. Belcamino podía encargarse de eso: rellenar el impreso, encargarse de los trámites de la cremación.

¿Quién vendría al funeral? Amanda y Faith, porque se sentirían obligadas. ¿Y Sara? No podía pedírselo, pero seguramente iría. ¿Y los padres de Sara? Eran buenas personas, gente de campo. Cathy posiblemente prepararía algún guiso. ¿O no? Will sabía que la madre de Sara no se fiaba de él. Y tenía razón: no le había contado a Sara lo del sábado. No le había contado muchas cosas.

Irían policías al funeral. Era lo normal cuando moría un poli, al margen de que el fallecido fuera un buen o un mal agente o estuviera jubilado. También irían amantes de Angie, a montones. Viejos amigos, no tantos. Enemigos, quizá. El padre de su hija. Su hija, quizá. Veintisiete años. Furiosa. Abandonada. Buscando respuestas que él no podría darle.

Sintió que se le relajaban los párpados. La cara. Los hombros. Se hizo un misterioso silencio.

Estaba en una capilla vacía. En plena noche. Angie estaba muerta. Era en ese momento cuando debía sentirlo: la pena arrolladora, el vacío que había descrito Sara. Se había enfadado tanto con él por no mostrarse más afectado... Tal vez tuviera algo roto por dentro. Tal vez esa fuese la venganza postrera de Angie: apagar dentro de él ese órgano que era capaz de sentir.

Le vibró el teléfono en la mano. Seguramente Faith estaría buscándolo. Contestó:

Estoy en la capilla.

—¿En serio? —No era Faith. Otra mujer, una voz baja y fresca. Will miró la pantalla. Un número bloqueado.

—¿Quién es?

—Soy yo, tesoro. —Angie soltó su risa profunda y ronca—. ¿Me has echado de menos?

UNA SEMANA ANTES

LUNES, 19:22 HORAS

Angie Polaski se levantó de su mesa. Cerró la puerta del despacho. Se oían voces amortiguadas, algún agente alardeando de dinero como un imbécil ante otro agente igual de imbécil que el primero. Mantuvo la mano sobre el picaporte, estrangulándolo. Detestaba aquel sitio, con sus estúpidos niños ricos. Detestaba a las perfectas secretarias. Detestaba las fotografías de la pared. Detestaba a los deportistas que habían levantado aquel lugar.

Podía morirse enumerando todas las cosas que detestaba.

Volvió a sentarse a su mesa. Se quedó mirando la pantalla de su portátil. Tenía la sensación de que le salía fuego por los ojos. Si el puñetero ordenador no fuera tan caro, lo habría tirado al suelo y aplastado con el tacón.

«Ella tiene su pasado. Yo lo tengo a él».

Comprobó la fecha del *e-mail* que Sara le había escrito a su hermana. Era de ocho meses atrás. Según sus cálculos, Sara llevaba tirándose a Will solo cuatro meses cuando escribió aquello. Qué arrogante por su parte, pensar que tenía en el bote a Will.

Deslizó el texto hacia arriba para releer el párrafo.

«No creía que pudiera volver a sentir esto por un hombre».

Sara no parecía una doctora: parecía una adolescente idiota. Pero era lógico. Sara Linton era justo el tipo de chica atontada e ignorante que aparecía en las novelas juveniles: de esas que miraban melancólicamente por la ventana azotada por la lluvia, incapaces de decidir si debían salir con el vampiro o con el hombre lobo. Y mientras tanto, la presunta chica mala, el alma de todas las fiestas, la que te echaba el mejor polvo de tu vida, quedaba relegada a un rincón, abocada a comprender que se había equivocado de camino justo antes de que le clavaran una estaca en el corazón.

«Yo lo tengo a él».

Cerró de golpe el portátil.

No debería haber *hackeado* el portátil de Sara. No porque estuviera mal —a la mierda con eso—, sino porque era una tortura leer el lento proceso de su enamoramiento de Will.

Había literalmente cientos de correos del año y medio anterior. Sara escribía a su hermana pequeña cuatro o cinco veces por semana. Tessa le escribía con la misma frecuencia. Se contaban sus vidas al detalle. Se quejaban de su madre. Bromeaban con el despiste de su padre. Tessa le contaba chismorreos acerca de la gente que vivía en Ciudad Estercolero o donde fuese que era misionera. Sara le hablaba de sus pacientes en el hospital y de la ropa que le compraba a Will, y de que había probado un nuevo perfume por si a él le gustaba, y de que había tenido que pedirle a una doctora amiga suya que le extendiera una receta, también a causa de Will.

Aunque solo fuera por eso, despreciaba a Sara por haberla obligado a buscar en Google «cistitis de la luna de miel».

No había sido capaz de tragar mucho tiempo aquella bazofia dulzona y empalagosa. Leía por encima los mensajes saltándose pasajes enteros en busca de indicios de que las cosas empezaban a torcerse. Will distaba mucho de ser perfecto. Tenía la costumbre de recoger todo lo que dejabas por ahí y guardarlo antes de que acabaras de usarlo. Tenía que arreglar inmediatamente cualquier cosa que estuviera rota, fuera la hora que fuese. Se pasaba la seda dental demasiadas veces al día. Y dejaba puesto el rollo de papel higiénico cuando quedaba un solo servicio porque era demasiado tacaño para tirarlo.

Anoche pasé una noche perfecta, había escrito Sara el mes anterior. *Dios mío, qué hombre.*

Angie se levantó de la silla. Se acercó a la ventana. Miró la calle Peachtree. Hora punta de la tarde. Los coches avanzaban a paso de tortuga por la avenida congestionada. Notó un dolor en las manos. Miró hacia abajo. Se estaba clavando las uñas en las palmas.

¿Así eran los celos?

No había esperado que Sara siguiera con Will. A las mujeres como ella no les gustaban los líos, y Angie había dejado muy claro, una y otra vez, que la vida de Will era un caos. No había previsto, sin embargo, que Will se esforzaría por conservarla a su lado. Había dado por sentado que la otra era una insignificancia, algo que Will se había visto obligado a aceptar, pero de lo que nunca disfrutaría, como aquella vez en que ella, Angie, le convenció para que se comprara unas sandalias.

Luego los había visto juntos en Home Depot.

Fue a principios de primavera, unos cinco meses atrás. Ella estaba en la tienda comprando unas bombillas. Will y Sara cruzaron la puerta tan acaramelados que no la vieron, a pesar de que estaba a un metro y medio de ellos. Iban cogidos de la mano, balanceando los brazos adelante y atrás, en un amplio arco. Angie los siguió hasta la sección de jardinería. Se detuvo en el pasillo contiguo y les escuchó hablar sobre mantillo, porque así de tediosas eran sus vidas.

Sara se ofreció a ir a buscar un carrito. Will cogió el saco y se lo cargó al hombro.

—Hay que ver lo fuerte que eres, cariño —dijo Sara.

Angie esperó a que Will la mandara a la mierda, pero no lo hizo. Se rio. La agarró por la cintura. Ella le frotó la nariz contra el cuello como un perro. Se fueron a mirar las flores y Angie rompió todas las bombillas que llevaba en la cesta.

—¿Polaski?

Dale Harding estaba en la puerta. Tenía el traje arrugado. La camisa se le tensaba tanto sobre la barriga que los botones parecían a punto de saltar. Angie sintió el asco que la asaltaba siempre que veía a Dale: no por su peso, ni por su desaliño, ni porque hubiera vendido a su propia hija para sufragarse su ludopatía, sino porque jamás podría odiar a aquel hombre tanto como deseaba.

—La fiesta está a punto de empezar —dijo él.

—Tienes los ojos amarillos.

Se encogió de hombros.

—Es normal.

Dale estaba a punto de palmarla. Ambos lo sabían. No hablaban de ello.

—¿Cómo está Dee?

—Bien. Ha salido del armario.

El doble sentido de aquella frase les hizo sonreírse. Delilah se había escapado de la última clínica de rehabilitación en la que había ingresado, y Dale había decidido que el método más rápido para quitarle el mono era encerrarla en el armario de su casa.

—Creo que he encontrado un médico que va a recetarle Suboxone —dijo él.

—Muy bien —dijo Angie.

Aquel tratamiento de sustitución era lo único que mantenía a Delilah alejada de la heroína. Debido a la normativa estatal, era difícil de conseguir. Angie había estado comprándolo a través de un camello del que no se fiaba del todo, confiando en que Dale se muriera pronto para no verse obligada a seguir ayudando a esa inútil de su hija la yonqui. O esposa. O lo que fuese.

—¿Hablaste con ese abogado?

—Sí, pero...

Unos gritos de alegría interrumpieron su respuesta. Se oyó el estampido de los corchos de champán. El latido de la música rap resonaba en todos los altavoces de la oficina. Había empezado la fiesta.

Los dos sabían que Kip Kilpatrick estaría buscándolos. Dale se apartó para que Angie pudiera pasar. Ella se alisó la falda al echar a andar. Los tacones de aguja le estaban haciendo polvo los pies, pero ni muerta iba a ser menos que aquellas zorras jovencitas de la oficina.

Eran tan memas... Sus caras lisas y sus labios carnosos se fruncían de asombro cuando Angie tenía que inclinarse sobre el lavabo del aseo y acercarse al espejo para retocarse el rímel. Pero era absurdo decirles que ellas también tendrían cuarenta y tres años algún día, porque cuando ese día llegara, ella ya estaría en una residencia de ancianos.

O en la tumba.

Tal vez Dale tuviera razón. Era mucho más fácil marcharte a tu manera, dictando tú los términos. Seguramente él lo habría hecho mucho antes si no fuera por la inútil de su hija. No ser madre era una gran ventaja.

—Ahí está mi chica.

Kip Kilpatrick estaba de pie en lo alto de la escalera de cristal. Como de costumbre, tenía una pelota de baloncesto entre las manos. No iba a ninguna parte sin la dichosa pelotita.

—Cuando esto acabe te necesito en mi despacho —dijo.

—Ya veremos.

Angie pasó a su lado rozándolo. Echó un vistazo a la sala buscando algún rostro conocido. Todavía no había llegado ningún famoso. Eran casi todos veinteañeros vestidos con trajes ceñidos y bebiendo Cristal como si fuese agua.

Vio una maqueta a gran escala debajo del panel luminoso. De eso iba la fiesta: por fin habían ultimado el contrato del complejo All Star. Faltaban exactamente dos semanas para que empezaran las obras. Angie miró la maqueta rodeada de cristal. Naves industriales reconvertidas. Tiendas al aire libre. Supermercado. Salas de cine. Un selecto mercadillo de fruta y verdura. Restaurantes caros. La discoteca abandonada de Marcus Rippy.

Abandonada no. Ya no. Una semana después, iría un equipo a lavarle la cara al edificio. El club era el germen del Complejo All Star, un proyecto urbanístico de casi tres mil millones de dólares en el que habían invertido todas las grandes estrellas de la agencia. Y también alguna que otra estrella menor. Kilpatrick había invertido diez millones. Otros dos agentes, la mitad de esa suma. Y luego estaba el plantel de abogados, una procesión internacional de sanguijuelas que, hasta donde ella había podido ver, valía hasta el último centavo gastado en ellos.

Will había intentado ganarles la partida el mes anterior y había perdido. Angie estaba de su parte. De veras que sí. Will se había enfrentado a ellos a través de aquella descomunal mesa de reuniones y había hecho todo lo posible por obtener una respuesta. Marcus y LaDonna Rippy eran casi secundarios. Cada vez que Will abría la boca, Marcus miraba a los abogados y los abogados convertían la respuesta en una especie de hermoso galimatías solo comprensible para un político o un marciano.

Angie lo había contemplado todo desde su despacho, un piso más abajo. Will no tenía ni idea de que la reunión se estaba grabando. Y desde luego no sabía que ella estaba tan cerca. En la pantalla de su ordenador, había visto cómo crecía su frustración a medida que los abogados iban poniéndole trabas, una tras otra. Lo único que había podido hacer ella había sido menear la cabeza. Pobrecillo. Le hacía preguntas a Marcus, cuando con quien debería hablar sería con LaDonna.

—Hola, muñeca.

Laslo estaba apoyado contra una mesa. Tenía una copa de champán en la mano. Vestía como de costumbre: camisa y pantalones negros muy ceñidos. No le quedaban mal. Tenía un cuerpo fantástico. Y un olfato infalible para la moda. Miró sus zapatos.

—¿Cuánto?

—Cincuenta —respondió ella, molesta porque hubiera notado que eran una falsificación.

Gracias a su trabajo, por fin tenía dinero en el banco para comprarse los auténticos, pero no eran tan cómodos como los falsos, y además su espalda solo los soportaba un rato antes de empezar a sufrir espasmos.

—Luego tenemos reunión —dijo Laslo.

—Ya me lo ha dicho Kip.

Laslo bebió un sorbo de champán. Vieron ambos a Kip lanzar la pelota al aire. Tenía la vista fija en la puerta del vestíbulo. Era

268

como un colegial enamorado. Como Sara Linton esperando a que Will volviera a casa.

Me da un vuelco el corazón cada vez que oigo su llave en la puerta.

—Eh. —Laslo chasqueó los dedos—. ¿Estás aquí o qué?

Ella le quitó la copa y se bebió el champán.

—¿Qué quiere Kip?

Laslo se acercó el dedo a los labios en señal de silencio y se alejó.

—¿Señora? —Un camarero bien parecido le ofreció una bandeja llena de copas de champán.

Angie no tenía edad para que la llamaran «señora». Agarró una copa de la bandeja. Cruzó la sala, sorteando a los pijos y pijas que componían el equipo de 110 Sports Management.

Cinco meses antes, había recurrido a Dale Harding para encontrar trabajo. Él se había mostrado tan capullo como siempre, pero ella también podía ser muy capulla. Le dijo que necesitaba dinero para pagar a su camello. Dale la creyó, porque su vida estaba poblada por camellos y corredores de apuestas que se cobraban los intereses con los puños. Ella, en cambio, nunca había tenido problemas con los camellos. Tenía un problema con Kip Kilpatrick. Necesitaba introducirse en el círculo íntimo del agente, y Dale estaba perfectamente equipado para entender lo que su experiencia podía poner sobre la mesa.

Muchos de los clientes de Kip procedían de las calles. Echaban de menos a las chicas con las que solían divertirse. Angie conocía a esas chicas. Entendía cómo sus vicios iban triturándolas hasta dejarlas hechas polvo. Aparcar una temporada la pipa o la aguja, desintoxicarse un poco y dejar que un jugador de baloncesto forrado les hiciera pasar un buen rato era mucho más fácil y menos costoso para sus cuerpos que dejarse magrear todos los días en el asiento trasero de veinte coches distintos. Y si de paso ella podía ganar un poco de dinero, tanto mejor.

Eso había resultado lo más fácil. El círculo íntimo de Kip había sido un hueso más difícil de roer. El agente la había mantenido a distancia. Tenía a Laslo. Tenía a Harding. No necesitaba que una tía se batiera el cobre por él. Todo eso había cambiado, sin embargo, el día en que Angie se topó con LaDonna Rippy.

Fue un encuentro fortuito. Angie estaba sentada delante de Kip, en la mesa de cristal que usaba como escritorio. Estaban discutiendo la compensación que podían darle a una chica con la que uno de los jugadores de Kip se había puesto un poco brusco. La negociación había alcanzado un punto más relajado cuando, de pronto, LaDonna abrió la puerta. La esposa de Rippy era una amazona, una de esas mujeres a las que no les da miedo sacar el arma cargada que llevan en el bolso. Estaba enfadada por algo de lo que Angie ya no se acordaba. LaDonna se enfadaba por muchas cosas. Angie sugirió una solución, LaDonna se marchó más contenta y Kip le preguntó a Angie allí mismo si le interesaba un puesto más permanente en la empresa.

Angie no quería nada permanente, pero sabía que a Marcus Rippy lo habían acusado de violación y que Will andaba tras él.

Eso sí que era romanticismo. Si Sara lo ponía por las nubes por levantar un ridículo saco de tierra, ella le entregaría pruebas en bandeja de plata para resolver el caso de una vez por todas.

Ese había sido su plan al principio, al menos. Tenía la intención sincera de ayudar a Will. Luego se había dado cuenta de que era mucho más lucrativo contribuir a que el caso se disolviera. Cuidar de Will no le daba de comer. A fin de cuentas, no era la primera vez que sobornaba a unos cuantos testigos. Y si ella no se avenía a hacerlo, lo haría Harding, o bien Laslo. Visto así, era su deber patriótico asegurarse de que se encargara del asunto una mujer.

La sala comenzó a quedar en silencio. Había llegado Marcus Rippy. LaDonna iba a su lado. El largo cabello rubio, muy rizado, le caía sobre los hombros. Debía de haberse puesto bótox esa misma mañana. Se le transparentaban los puntitos rojos por entre los polvos casi blancos con los que disimulaba las cicatrices del acné. Tenía cara de estar cabreada, pero quizá se debiera a una reciente operación de cirugía plástica. O quizá fuera simplemente su talante general. Tenía muchos motivos para estar cabreada. Marcus había sido su novio desde el instituto. Se casaron a los dieciocho. Ella se quedó embarazada a los diecinueve. Para entonces, él ya le ponía los cuernos, atraído por las mujeres a las que seducía su fama.

Naturalmente, LaDonna no se enteraba de nada. Al menos en aquel entonces. Empezó a trabajar como camarera de hotel cuando Marcus iba a la Universidad de Duke gracias a una beca. Debido a la estricta normativa de la NCAA, la liga universitaria de baloncesto, su sueldo era lo único que mantenía a la familia a flote. Tuvieron muchos altibajos esos primeros años, entre ellos una lesión que estuvo a punto de acabar con la carrera de Marcus, lo dejó sin beca y le impidió participar en su primer *draft*.

LaDonna se quedó junto a su hombre. Se buscó un segundo empleo, y luego un tercero. Marcus se dejó la piel entrenando y se reincorporó a la liga, pero esa fue una de las peores temporadas de segundo curso de la historia. Marcus estuvo a punto de ser expulsado del equipo. Entonces, sin embargo, sucedió algo. Marcus encontró su *swing*. Maduró un poco. Para entonces ya tenía otro hijo, una madre enferma que necesitaba cuidados paliativos y un padre que quería reformarse. Marcus Rippy se convirtió en una superestrella y el arduo trabajo de LaDonna rindió por fin fruto.

Pero la celebración de su victoria duró una sola temporada. Fue lo que tardó su marido en alzarse de nuevo hasta la cumbre. Siguieron portadas de revistas y campañas promocionales, y los malos rollos de antes. LaDonna, entre tanto, siguió junto a su hombre como cantaba Tammy Wynette en una famosa canción. Siguió a su lado cuando TMZ publicó fotografías suyas con varias actrices jóvenes. Siguió con él cuando lo acusaron de violación: la vez de la que Will estaba al tanto, y la que no. Y seguía a su lado ahora, mientras la rubia recepcionista se pegaba al brazo de Marcus como un caramelo masticable.

Angie dejó su copa y cruzó a toda prisa el gentío. Antes de que LaDonna pudiera darse cuenta, pasó la mano por la cintura de la rubia y le clavó las uñas en el brazo.

—Como vuelvas a mirar a Marcus, te vas a la puta calle —le dijo a la chica—. ¿Entendido?

La chica lo entendió.

—Disculpen, por favor.

Ditmar Wittich tocó su copa de champán con el anillo que lucía en el pulgar. Paseó la mirada por la sala, esperando a que se hiciera el silencio. No tuvo que esperar mucho tiempo. El abogado había salvado a Marcus Rippy de una grave imputación por agresión sexual. Su bufete se había encargado de negociar el contrato del Complejo All Star. Ganaba tanto dinero que la cifra de sus ganancias no cabía en el panel luminoso y, gracias a la bondad de Nuestro Señor Jesucristo, iba a hacer partícipes a los allí presentes de la multiplicación de sus beneficios.

—Quisiera proponer un brindis, por favor —dijo.

Levantaron todos sus copas. Angie se cruzó de brazos.

—Primero debo decir que nos alegramos enormemente de que Marcus haya resuelto sus problemas. —Sonrió a Marcus. Marcus le sonrió a él. LaDonna miró a Angie y puso los ojos en blanco—. Pero hoy estamos aquí para celebrar la flamante colaboración entre Ciento Diez, nuestros socios internacionales, y algunos de los mayores deportistas que ha conocido la historia.

Siguió hablando, pero a Angie no le interesaba lo que decía. Recorrió la sala con la mirada. Harding estaba bebiendo champán porque todavía no estaba lo bastante amarillo. Laslo estaba haraganeando en una esquina. Kip jugaba con su pelota. Habían llegado dos grandes estrellas más. Estaban al fondo, cerniéndose sobre los simples mortales de la sala con sus deslumbrantes esposas al lado.

Fue entonces cuando los vio Angie.

Reuben y Jo Figaroa. Fig no era la mayor de las estrellas, pero era la única en la que Angie estaba interesada. Con sus dos metros tres centímetros, era fácil distinguirlo entre la gente. Su esposa era más difícil de encontrar, sobre todo porque procuraba mantenerse en la sombra. Jo era menuda, comparada con la mayoría de las mujeres de los jugadores. Tenía la constitución de una bailarina. No de Misty Copeland, sino de una bailarina de las de antes, tan esbeltas y esmirriadas que, si se ponían de lado, desaparecían de la vista.

Eso era justamente lo que intentaba Jo en ese instante: desaparecer. Permanecía de pie junto a su marido, sin tocarlo, con el cuerpo girado y la vista fija en el suelo.

Angie aprovechó aquella rara oportunidad para observar a la chica. Su cabello castaño y rizado. Sus rasgos perfectos. Su cuello grácil y sus hombros elegantes. Poseía una gracia innata. Por eso llamaba la atención. Jo trataba de volverse invisible, sin comprender que era el tipo de mujer del que no podía apartar la mirada.

—Joder, Polaski. —Harding le dio un codazo en las costillas—. ¿Por qué no le pides su teléfono?

Angie sintió que le ardían las mejillas.

—Mira que eres zorra. —Él le dio otro codazo—. Aunque a ti suelen gustarte más maduritas.

—Que te den.

Angie cruzó la sala para alejarse de él. Pero, incluso con cincuenta personas entre los dos, siguió oyendo su risa de viejo pervertido.

Se apoyó contra la pared. Vio a Ditmar acabar su brindis. Tenía esa costumbre alemana de mirar a todo el mundo a los ojos. Lo hizo con Marcus. Lo hizo con LaDonna. Lo hizo con Reuben Figaroa. Pero no pudo hacerlo con Jo porque ella miraba fijamente su copa de champán, sin beber. Con la mano posada en el cuello, jugueteaba con una sencilla cadena de oro. Su belleza tenía algo de trágico que a Angie le partía el corazón.

Quizá Dale Harding quisiera follarse a su hija.

Ella, en cambio, solo quería asegurarse de que la suya estaba bien.

LUNES, 20:00 HORAS

Angie se había sentado en el gigantesco sofá del despacho de Kip. Las luces estaban apagadas. Arriba, la fiesta empezaba a decaer a medida que los invitados se iban a cenar. Había dejado los zapatos en el suelo. Tenía un vaso de *whisky* en la mano. Oía el zumbido constante del tráfico en la calle Peachtree. Lunes noche. La gente aún tenía ganas de salir. Había discotecas y bares de copas, centros comerciales, restaurantes. Los ricos y famosos querían verse y dejarse ver.

La agencia 110 Sports Management estaba situada en el centro de Buckhead. Menos de un kilómetro al norte se hallaba uno de los distritos postales más caros del país. Enormes mansiones con casas de invitados y piscinas olímpicas. Seguridad privada. Gruesas verjas de hierro. Deportistas mundialmente famosos. Estrellas del rap. Músicos. Señores de la droga viviendo al lado de gestores de fondos de inversiones y cardiólogos.

Desde los años setenta, Atlanta era la meca de los afroamericanos de clase media. Los médicos y abogados que se graduaban en los colegios universitarios históricamente de mayoría negra solían afincarse en la ciudad. Numerosos deportistas profesionales procedentes de otros lugares tenían su residencia en Atlanta. Querían que sus hijos estudiaran en colegios privados de los que entendían que el único color que importaba era el verde. Esa era la grandeza de Atlanta: que podías hacer todo lo que quisieras con tal de tener dinero.

Angie ahora tenía mucho, al menos comparado con lo que solía tener en el banco. Estaban por un lado los cheques que recibía de Kip cada dos semanas, y por otro la calderilla que ganaba con las chicas.

Nada de ello la hacía feliz.

Desde que tenía uso de razón, solo había mirado hacia el futuro. Nada podía hacerse respecto al pasado, y el presente era casi siempre demasiado asqueroso para pararse a contemplarlo. ¿Que estaba atrapada con el chulo de su madre? Eso era temporal. ¿Que la mandaban a otro hogar de acogida? Solo de momento. ¿Que tenía que vivir en el asiento trasero del coche? Sería solo una temporada. El tiempo era lo que la mantenía en marcha, siempre adelante. La semana que viene, el mes que viene, el año que viene. Lo único que tenía que hacer era seguir corriendo, seguir mirando hacia delante, que al final doblaría esa esquina.

Solo que ahora que por fin la había doblado, se daba cuenta de que allí no había nada.

¿Qué ambicionaban las mujeres normales que ella no tuviera ya?

Un hogar. Un marido. Una hija.

Como todo lo demás, ella ya tenía una hija a la que había rechazado. Josephine Figaroa tenía veintisiete años. Al igual que ella, podía pasar por blanca, por negra o latina, o incluso por árabe si le apetecía acojonar a la gente en un avión. Era delgada. Demasiado delgada, pero quizá fuera lo normal. Las esposas de los otros jugadores del equipo estaban siempre haciendo dieta, limpiándose el cutis o yendo a clases de *spinning* o a cirujanos plásticos para que les hicieran un vaciado, un relleno o un estirado, y de ese modo poder competir con las fans que acosaban a sus maridos. No tendrían por qué haberse molestado. Sus maridos no se sentían atraídos por las fans porque estuvieran más buenas que sus esposas. Se sentían atraídos por ellas porque eran fans.

Era muchísimo más divertido estar con alguien que te consideraba perfecto que estar con una mujer que no estaba dispuesta a que le tocaras las narices.

Angie ignoraba qué clase de esposa era Jo. Solo había coincidido dos veces con su hija, ambas en las oficinas de 110, ambas desde lejos, porque Reuben siempre estaba allí. Se elevaba sobre su mujer irradiando una serena confianza en sí mismo. A Jo parecía gustarle. Se reclinaba en su sombra. Mantenía los ojos bajos, recatada, casi transparente. La palabra que evocaba de inmediato era «obediente», lo que sacaba de quicio a Angie, porque aquella chica era sangre de su sangre, y esa sangre nunca había aceptado órdenes de nadie.

Kate...

Así era como había pensado llamar a su hija. Por Katharine

Hepburn. Una mujer de armas tomar. Una mujer que tomaba lo que quería.

¿Qué quería Jo? A juzgar por su actitud, no parecía desear más de lo que ya tenía. Un marido rico. Un hijo. Un vida fácil. Por penoso que fuera reconocerlo, Jo era una chica corriente. Había estudiado en un pequeño instituto de las afueras de Griffin, Georgia. Había demostrado ser lo bastante lista para ingresar en la Universidad de Georgia, pero no tanto como para graduarse. Angie quería creer que Jo había dejado los estudios porque era un espíritu indomable, pero no había nada que respaldara esa teoría. Había dejado la universidad por un hombre. Llevaba ocho años casada con Reuben Figaroa. Él era dos años mayor y ya estaba en la NBA. Como jugador, tenía fama de concentrarse como un rayo láser. Fuera de la cancha, se le describía a menudo como reservado y cerebral. No le gustaban los focos. Hacía bien su trabajo y se iba a casa con su familia. Por lo visto, eso era lo que quería Jo. Había seguido a Reuben primero a Los Ángeles y luego a Chicago, y ahora había vuelto con él a su estado natal. Tenían un solo hijo, un varón de seis años llamado Anthony.

Ahí acababa la información pública acerca de Jo Figaroa. Pese a su edad, estaba ausente de las redes sociales. No se prodigaba, no participaba en grupos ni acudía a fiestas, a menos que así lo exigiera el trabajo de su marido. No se relacionaba con otras esposas de jugadores. No salía a comer. No paseaba por el centro comercial ni iba al gimnasio. Solo a través de su marido podía seguir Angie su pista.

Un año atrás, había recibido una alerta de Google: Reuben *Fig* Figaroa acababa de fichar por el equipo de Atlanta. Según el artículo, el fichaje implicaba un cambio de posición de juego: una maniobra que podía prolongar la carrera de Reuben unos cuantos años más.

¿Qué había sentido Angie al leer la noticia? Enfado, al principio. No quería tener tan cerca la tentación. Solo una arpía se presentaría en la vida de Jo veintisiete años después de dejarla tirada.

Por eso se había prometido a sí misma dejarla en paz. ¿De qué serviría intentar colarse en el apacible mundo de su hija?

Luego, sin embargo, recibió una segunda alerta de Google: los Figaroa se habían instalado en Buckhead.

Y una tercera: Reuben Figaroa había fichado con 110 Sports Management.

Fue entonces cuando ella, Angie, recurrió a Dale Harding para conseguir trabajo en la agencia prometiéndole algún favor a cambio, sabedora de que eso era lo que necesitaba Harding: favores.

¿Por qué?

Angie no era muy dada a la introspección. Lo suyo era más bien la reacción inmediata.

Y la curiosidad.

Llevaba casi veinte años siguiéndole la pista a Jo, intermitentemente. Averiguaciones sobre su pasado, búsquedas en Internet. Incluso había recurrido a un par de detectives privados. Al principio solo quería saber quién había adoptado a su hija. Era una curiosidad natural. ¿Quién no querría saberlo? Pero, como le sucedía en todas las esferas de su vida, no se había conformado con eso. Había tenido que cerciorarse de que los padres de Jo eran buena gente. Luego había querido saber más cosas sobre el marido de Jo. Y después quiénes eran sus amigos, en qué empleaba su tiempo y en qué invertía las horas del día.

Codicia. Era un término más preciso. Angie hacía todo aquello porque era codiciosa. Por ese mismo motivo nunca se conformaba con tomar una sola pastilla, una sola copa, un solo hombre.

No iba a poner patas arriba la vida de Jo. Palabra que no. De momento, por hoy, lo único que quería era escuchar la voz de su hija. Quería ver si tenía el mismo timbre que la suya. Si su humor era tan negro como el suyo. Si era feliz como debía, porque se había librado de una buena el día en que ella, Angie, se largó del hospital.

Habían coincidido dos veces en la misma sala. Y las dos veces, Jo había permanecido callada junto a su marido.

La chica no miraba mucho a Reuben Figaroa, y eso molestaba a Angie. Después de ocho años de vida conyugal, no tenía por qué mirarlo con ojitos de cordero degollado, pero allí había algo raro. Angie lo notaba en las tripas. Llevaba poco tiempo trabajando para Kip, pero no hacía falta una presentación en PowerPoint para entender a las esposas de los deportistas. Lo único que tenían era lo que sus maridos hicieran con la pelota. LaDonna siempre se pavoneaba al día siguiente de que Marcus se luciera en la cancha. En cambio, cuando fallaba un tiro importante, se la llevaban los demonios.

Con Jo y Reuben no pasaba lo mismo. Cuanta más atención recibía el marido, más parecía difuminarse Jo.

Y lo raro era que Reuben Figaroa estaba recibiendo mucha atención de los medios. Angie no entendía la terminología, pero, por lo visto, la posición que ocupaba en el equipo no era de las más vistosas: era más un fajador que un jugador estrella, pero de algún modo había conseguido hacerse indispensable en la cancha. Era el tipo que siempre estaba dispuesto a encajar una falta, a dar un cabezazo a un rival, a hacer lo que fuera necesario para que Marcus Rippy anotara una canasta tras otra.

Cuando Marcus anotaba, todos salían ganando.

Reuben era el rompecabezas que Angie debía resolver. No había muchas piezas que juntar. Curiosamente, no buscaba la atención de los medios. No iba a discotecas ni a inauguraciones de restaurantes. Evitaba activamente a la prensa. Los periodistas atribuían su timidez y su reserva a la tartamudez que había sufrido de niño. Su pasado era tan inofensivo como el de Jo. Un pequeño instituto en Misuri, una beca completa para Kentucky, seleccionado en última ronda del *draft* de la NBA, una carrera mediocre hasta que Marcus Rippy lo tocó con su magia. Nada de esto permitía desentrañar su personalidad. Por lo único que destacaba Figaroa era por ser blanco en un deporte dominado por negros.

A Angie no le hacía ningún bien saber que Jo se había casado con un hombre que se parecía a su padre.

Dejó el vaso sobre la mesa. Miró el cielo oscurecido por la ventana. Sobre la repisa había diez pelotas de baloncesto en fila. Pelotas que habían ganado campeonatos, supuso Angie, aunque a ella le importaran un carajo todos los deportes. La sola idea de que un grupo de hombres persiguiera una pelotita de acá para allá la aburría hasta hacerle llorar. Los jugadores no le parecían especialmente atractivos. Si quería tirarse a un tipo alto y desgarbado con abdominales perfectos, no tenía más que volver a casa con su marido.

Al menos, siempre había creído que podía volver. Will la había esperado. Era lo suyo. Ella se iba. Se divertía un poco, y luego un poco más, y luego se pasaba de la raya y necesitaba volver con Will para recargar las pilas. O para esconderse. O para recuperarse de la manera que fuese. Para eso estaba Will. Era su puerto de abrigo.

No había previsto que una barca roja de tres al cuarto fuera a echar el ancla en sus aguas serenas.

Lo entendía, sin embargo. Entendía aquella atracción. Sara era una buena chica: lista —si el ser lista como lo era ella servía para algo—, sanota y de buena familia. Si una mujer como ella te quería, de ello se deducía que tú también eras normal. Angie comprendía que Will se sintiera atraído por la normalidad de Sara. Había sido siempre tan patoso, tan raro... Se ofrecía voluntario para ayudar a la señora Flannigan en casa. Segaba el césped de los vecinos. Quería que le fuera bien en el colegio. Se mataba a estudiar y siempre iba a por nota. De no ser por aquel retraso suyo, seguramente habría sido un estudiante modelo.

Me rompe el corazón que se avergüence tanto de su dislexia, le decía Sara a Tessa. *Lo irónico del caso es que es uno de los hombres más inteligentes que he conocido.*

Angie se preguntaba si Will sabía que Sara hablaba con su hermana de su secreto. No le haría ninguna gracia. Era lógico que se avergonzara de ello.

Las luces del techo parpadearon. Angie miró el techo. Vio centellear los fluorescentes. Harding se acercó lentamente a la nevera de las bebidas y sacó una botella de Bankshot. Se dejó caer en el otro extremo del sofá. Sus ojos eran más amarillos que blancos. Su piel tenía la textura y el color de una toallita para secadora.

—Dios —dijo Angie—. ¿Cuánto tiempo te queda?

—Demasiado.

Harding cogió su *whisky*. Angie lo vio levantar el vaso con la bebida energética de aspecto radioactivo.

—Esa cosa va a matarte —dijo.

—Qué más quisiera yo.

Oyeron una pelota rebotar contra el suelo de mármol. Fruncieron los dos el ceño.

—¿Dónde está Laslo? —preguntó Kip.

—Aquí.

Laslo apareció tras él. Tenía una expresión agria. Angie había recurrido a alguien que le debía un favor para echar un vistazo a sus antecedentes. Laslo Zivcovik era bajo y compacto, pero se le daba bien manejar la navaja y no dudaba en usarla. Había pasado una corta temporada en la cárcel por rajarle la cara a una chica y cumplido una sentencia más larga por una reyerta a la puerta de un bar. En aquella ocasión, alguien acabó en el hospital y alguien en el depósito de cadáveres.

Y ahora Laslo estaba en Atlanta con su navaja.

—Muy bien, señores. —Kip se metió la pelota bajo el brazo. Cogió una carpeta negra de su mesa—. Tenemos un problema.

Dale se echó hacia delante para coger un puñado de cacahuetes.

—¿Rippy ha violado a otra chivata?

Kip pareció irritado, pero no picó el anzuelo.

—No sé si os habéis fijado, pero LaDonna parecía más cabreada de lo normal.

Laslo gruñó. Se sentó en un sillón, frente a Angie.

—¿Qué mosca le ha picado esta vez?

—¿Su marido le está poniendo los cuernos? —adivinó Angie.

—Pues que ella se lo haga con su chequera. Para eso la tiene —comentó Harding.

Todos se rieron, menos Angie. Aquellos tipos nunca lo entendían. Creían que las mujeres solo querían dinero.

—¿Te follarías tú a Marcus Rippy por tener la chequera de LaDonna? —le preguntó a Harding.

—¿Eso no es cosa de Kip?

—Cállate, gilipollas. —Kip estaba tan metido en el armario que prácticamente vivía en Narnia—. Recuerda dónde estamos.

Harding asintió.

—Vale, vale. Entendido.

Todos lo entendían. Los deportistas de 110 eran multimillonarios que se codeaban con la alta sociedad, pero no por ello dejaban de ser chicos de pueblo a los que sus madres llevaban a rastras a la iglesia todos los domingos. Sus creencias religiosas pasaban por alto el adulterio compulsivo y el consumo de marihuana, pero rechazaban terminantemente la homosexualidad.

—¿Qué le pasa ahora? —preguntó Laslo. Se refería a LaDonna. Intentaba retomar el tema que les ocupaba—. ¿Se ha enterado de lo de la chica?

—¿Qué chica? —Harding se puso alerta.

—Marcus tiene una amiguita en Las Vegas. Pero no es eso. —Kip tiró la carpeta negra al sofá, junto a Angie. Ella no la cogió—. Es Jo Figaroa.

A Angie le tembló extrañamente el corazón. Era la primera vez que oía a alguien pronunciar en voz alta el nombre de Jo. Sonaba a música.

—¿Polaski? —dijo Kip.

Procuró mantener una expresión neutra al coger la carpeta. En la primera página había una foto de Jo. Tenía el pelo más corto. Sostenía a un niño pequeño en brazos. Estaba sonriendo. Era la primera vez que veía sonreír a su hija.

Harding se limpió el polvo de los cacahuetes de la corbata.

—¿Otra vez está atiborrándose de pastillas?

—¿Es adicta? —Angie sintió que una navaja le traspasaba el corazón—. ¿Desde cuándo?

—En el instituto la paró la policía cuando conducía borracha. Encontraron un montón de recetas en su guantera. Valium, Percocet, codeína.

Angie hojeó el dosier de Jo. Encontró un atestado de detención cuando todavía era menor. No había ninguna mención a recetas ilegales.

—Su padre tenía mano con la policía local —explicó Harding—. Consiguió echar tierra sobre el asunto. Ella cumplió una temporada de servicios a la comunidad y todo el mundo recibió lo suyo.

—¿Cómo lo sabes?

—Hablé con el agente que la detuvo.

El agente que la detuvo. Angie buscó la localidad donde se había producido la detención. Thomaston. El policía de un municipio pequeño podría ocultar pruebas, pero para ello haría falta más de un soborno.

—Eso da igual. El problema no son las drogas. —Kip había cambiado la pelota por un Bankshot. Quitó el tapón y lo lanzó a la papelera—. El problema es Marcus.

—¿Marcus? —Angie levantó la vista del dosier. Intentó hablar con naturalidad, pero la idea de que Marcus Rippy anduviera olisqueando en torno a su hija le daba ganas de arrancarle la cara con las uñas—. ¿Qué tiene que ver con ella?

—Se criaron juntos. Fue él quien le presentó a su marido —contestó Kip como si todo el mundo lo supiera—. Por Dios, Polaski, ¿es que no lees nada?

—No si tiene que ver con los deportes.

—Rippy se crio en Griffin —aclaró Harding—. Jo y él tuvieron un rollete de verano o algo parecido en un campamento de la parroquia. Más adelante, cuando Rippy estaba en último curso, los ojeadores empezaron a interesarse por él. Algunos equipos mandaban a jugadores a ponerle los dientes largos. Todo muy informal, nada sospechoso. Fue entonces cuando Jo se fijó en otro.

—Reuben Figaroa era uno de los jugadores a los que mandaron para ganarse a Marcus —dijo Angie.

Siempre se había preguntado cómo había conocido Jo a su futuro marido. Ahora lo entendía. Y también entendía por qué Harding sabía mucho más que ella sobre su hija. Era lógico. Kip habría querido que investigaran a fondo a Jo antes de aceptar a Reuben Figaroa como cliente. Las esposas y las novias eran siempre los puntos más débiles.

—¿Le habéis preguntado a Marcus si hay algo entre él y Jo?

Soltaron una carcajada colectiva. Nadie interrogaba a Marcus Rippy. Los agentes de 110 establecían una relación paternofilial con todos sus clientes partiendo de la base de que aquellos niños mimados podían coger sus juguetes y largarse en cualquier momento.

—A ver si lo entiendo —dijo Angie—. Marcus y Jo tuvieron un rollete cuando eran adolescentes. Se acabó el verano. Rompieron. Y unos años después, LaDonna y Marcus se hicieron pareja. Ella tenía que saber lo de sus novias anteriores. Seguro que le sacó la historia completa, aunque fuera una cría. ¿A qué viene molestarse por eso ahora? —preguntó.

—A que Jo está aquí, justo delante de sus narices —contestó Laslo—. Al principio pareció que no le importaba. Metió a Jo en el grupo. Dio una fiesta en su honor. La llevó a comer por ahí. Pero últimamente no puede ni verla.

Angie comprendió que aquello no pintaba bien para Jo. En lo relativo a su marido, LaDonna estaba como una cabra. Corría el rumor de que le había pegado un tiro a una animadora que se acercó demasiado a Marcus en una fiesta.

—¿Qué pasa con Reuben? ¿Sospecha algo?

—¿Cómo coño vamos a saberlo? Ese tío es una esfinge. Me habrá dicho diez palabras como mucho desde que lo conozco. Ninguna de ellas «buen trabajo» o «gracias», por cierto.

Kip apuró de un trago su bebida energética. Su garganta se movía como la de un ganso cebado para paté. Angie no sabía qué era peor, si verlo jugar con la pelota u oírle tragar Bankshot con sabor a lima y cereza. Pasaba el noventa por ciento del tiempo haciendo una cosa o la otra. Cuando llegaba la hora de salir de la oficina, su labio superior era del mismo tono de rojo que una pelota de playa.

—Eh. —Harding tocó a Angie en el hombro—. Nadie lo llama Reuben. Es Fig. ¿Es que no has leído su biografía?

—¿Para qué iba a leerla?

Kip eructó.

—Porque es un jugador decisivo para Marcus. Porque trae millones de dólares a la empresa. Y porque, en cuanto esté mejor de la rodilla, puede traer muchos más.

—¿Qué le pasa a su rodilla? —preguntó Harding.

Kip miró a Laslo de soslayo.

—No le pasa nada.

Angie cerró la carpeta.

—Muy bien, ¿cuál es el problema que tenemos que resolver?

—El problema es que Marcus está acercándose otra vez a Jo y LaDonna no está contenta, y cuando LaDonna no está contenta, ninguno de nosotros lo está.

Angie no lo entendía. Reuben daba la impresión de ser un tipo celoso, y a Jo no parecía importarle.

—¿Por qué crees que se están acercando?

—Porque tengo ojos en la cara. —Kip abrió otro Bankshot. El líquido rojo brillante salpicó el suelo—. Se nota cuando están juntos. ¿Dónde has estado esta noche?

—Son dos personas adultas, no me he fijado en si tenían buena sintonía o no.

—Yo también lo he notado. —Laslo empezó a pasearse de un lado a otro. Se estaba tomando aquello muy en serio—. Marcus le tocó el hombro al darle una copa. Muy íntimamente.

—¿Nos enfrentamos a una situación a lo Tiger Woods? —preguntó Harding.

—¿Qué quieres decir? —preguntó Angie.

—Dime que sabes que Tiger Woods es un golfista —dijo Kip.

—Sí, sé quién es —respondió Angie, aunque ignoraba cómo lo sabía.

Laslo explicó:

—Tiger estaba en la cúspide de su carrera cuando su vida familiar se deshizo y ahora ha tocado fondo. Ya no puede ni levantar un palo.

—¿Por qué se deshizo su vida familiar?

—Eso da igual —contestó Kip—. Lo que importa es que Marcus es igual. Si las cosas van mal en casa, también se tuercen en la cancha. Su juego está ligado a LaDonna.

Angie seguía sin entenderlo. LaDonna era tan inestable como una pelota de pimpón y, sin embargo, Marcus estaba jugando su mejor temporada hasta la fecha.

—¿Y eso por qué?

—Cada vez que ella menciona el divorcio —contestó Kip—, puedes contar con que anote como mínimo cinco puntos menos. Más, si llama a un abogado.

A Angie le dieron ganas de reír, pero saltaba a la vista que se tomaban aquello muy en serio.

—Cinco puntos. —Harding asentía con la cabeza, seguramente pensando en cómo iba a sacarle partido a aquella información con su corredor de apuestas—. Marcus no puede jugar sin ella.

—¿LaDonna sabe que tiene ese poder? —preguntó Angie.

—¿Tú qué coño crees? —Kip miró a Laslo con incredulidad—. «¿Lo sabe LaDonna?». —Agarró su pelota—. Lo usa como una puta guillotina sobre nuestras cabezas.

Harding dejó el cuenco de cacahuetes vacío. Se sacudió el polvo de las manos.

—¿Quieres que le colemos unas pastillas de Oxy a la mujer de Fig, llamemos a la policía y la metan en chirona una noche?

Angie notó el corazón en la boca.

—Suena un poco drástico.

Harding no parecía de acuerdo.

285

—¿Por qué usar un martillo cuando puedes usar un hacha?

Ella trató de encontrar una razón válida.

—Porque Reuben, Fig, está casado con ella. Porque tienen un hijo. Juntos. Y porque puede que no se esté tirando a Marcus.

—Todo el mundo se tira a Marcus —dijo Kip tajantemente.

—Mira. —Angie se irguió en el sofá. Se dirigió a Kip porque la decisión era suya—. Me dijiste que intentara controlar a LaDonna, y controlar a LaDonna equivale a controlar a todas las mujeres de los jugadores. —Abrió el dosier como si tuviera que consultar algo, pero lo cierto era que estaba improvisando—. Y el modo de tenerlas contentas es no levantar oleaje. Mandar a... —Fingió consultar el nombre de la chica—. A Josephine a rehabilitación es una ola enorme. Un acontecimiento mediático. Se convertirá en el centro de atención. Habría entrevistas y *paparazzi*. Y ya sabéis lo que pasa cuando hay cámaras cerca. Las mujeres se vuelven locas intentando salir en la foto. Y luego está la cuestión de si Jo consume drogas o no. —Miró a Harding esperando una respuesta. Él se encogió de hombros—. Pensadlo. Le coláis las drogas, llamáis a la policía, la llevan delante de un juez y la manda a rehabilitación. ¿Qué pasará cuando descubran que no es drogadicta? Los análisis de sangre demostrarán que está limpia. No pasará el mono. ¿Y si cuenta a la prensa que le han tendido una trampa?

—¿Hay un enfoque racial? —preguntó Laslo—. No sé qué es. ¿Negra? ¿Blanca? ¿Latina?

—Es preciosa —contestó Kip—. Eso es lo único que importa. Si la que se queja es una bruja fea, a nadie le importa una mierda.

—La madre de Jo —sugirió Harding.

—¿Qué pasa con ella? —preguntó Kip.

—Se trasladó aquí cuando murió el padre. Tiene no sé qué enfermedad cardíaca y querían que estuviera cerca de un buen hospital. Vive del dinero de Fig.

—Entonces es fácil —opinó Laslo—. Amenazamos a Jo con su madre. Le decimos que su mamá va a acabar comiendo pienso para gatos si no corta con Marcus.

—Si Jo está liada con Marcus —saltó Angie—, puede que la madre opine que les ha tocado el gordo. Marcus tiene mucho más dinero que Reuben. Podría instalar a la madre en un ático encima del Ritz. Regalarle un corazón nuevo. Lo que ella quiera.

—No se equivoca —comentó Harding.

Angie le lanzó una mirada. Tampoco había dicho que tuviera razón.

—Está bien —dijo Kip—. ¿Qué hacemos entonces, capullos?

Angie se apresuró a contestar.

—Seguiré a Jo, a ver qué averiguo. —Se le ocurrió otra idea—. Si no se está tirando a Marcus, veré qué hay entre ellos.

Kip botó la pelota.

—¿Qué podía querer de él si no es trepar un poco más alto?

—Puede que le esté pasando pastillas. Puede que le esté chantajeando por algo de su pasado. Podrían ser muchas cosas. —Angie tuvo que hacer una pausa para tragar saliva. Tenía que dominarse—. No podemos encontrar una solución hasta que sepamos cuál es el problema.

—Yo sigo en mis trece —dijo Harding—. El problema es Jo. Si quitas de en medio a Jo, el problema desaparece.

Angie probó de nuevo:

—¿Y si Jo no es el único problema? ¿Y si ha hablado con alguien? ¿Y si trabaja con alguien?

Harding se encogió de hombros, pero Angie notó que empezaba a reconsiderar la cuestión.

—No hagáis ninguna tontería. —Angie se levantó. Sabía que Kip respondía mejor a la agresión—. Averiguaré qué está pasando. Solo necesito tiempo.

—Tiempo es justamente lo que no tenemos —replicó Kip—. Los entrenamientos están a punto de empezar. Y dentro de dos semanas pondremos la primera piedra del Complejo All Star. Me ha costado un riñón que Ditmar sacara de apuros a Marcus. Hay que solucionar esto ya.

Se quedaron callados de nuevo.

Angie amontonó las hojas de la carpeta. Tenía que salir de allí antes de que Harding cambiara de idea.

—Déjame indagar un poco más antes de recurrir al hacha.

—Tienes dos días —dijo Kip.

—Tardaré ese tiempo solo en ponerme al día. Tendré que seguirle la pista, buscar información sobre ella en Internet, averiguar dónde pasa su tiempo —añadió, enumerando las cosas que ya había hecho.

—Pincha su teléfono, lee sus mensajes, piratea su *e-mail*. —Harding le guiñó un ojo. Por fin le había convencido—. Tiene razón, Kip. Puedo pedirle a mi informático que se ponga con ello enseguida, pero harán falta dos semanas, mínimo, para saber de qué va el tema.

—No tenemos tanto tiempo. —Kip lanzó la pelota al aire—. Te doy una semana, Polaski. Ya sabes cómo funciona esto. O desaparece el problema, o desaparece la esposa.

MIÉRCOLES, 7:35 HORAS

—Tendrá que seguir circulando —le advirtió con insistencia una mujer vestida con mallas. Llevaba un bastón fluorescente en una mano y un vaso de plástico con una bebida verde en la otra—. Este carril está reservado para dejar a los alumnos.

Angie echó un vistazo al colegio. Había aparcado junto al bordillo. No había ninguna señal que indicara que el carril estaba reservado.

—Circule, por favor —repitió la mujer.

Un coche pitó detrás del suyo. Angie miró por el retrovisor. Un imponente todoterreno Mercedes negro, de los que costaban cifras de seis dígitos. Justo lo que necesitaba una madre para llevar a su hijo al colegio.

—¿Habla inglés?

Angie se tragó los cuchillos que amenazaban con salirle por la boca. Conducía un coche de mierda que perdía aceite, sí, pero eso no significaba que fuera la puta doncella.

—Que te jodan —masculló al tiempo que apartaba el coche del bordillo. El café que tenía entre las piernas le salpicó los vaqueros—. Maldita sea.

Giró de nuevo el volante, saliendo del aparcamiento del colegio. Torció a la izquierda por una calle prohibida. Se oyeron pitidos. Si lo que quería era no llamar la atención, lo estaba haciendo de perlas.

La avenida de Peachtree Battle estaba dividida en dos. Una mediana cubierta de césped separaba el lado norte del lado sur. Angie no sabía cómo dar la vuelta. Cruzó con el coche la zona de hierba y aparcó en la amplia entrada a un camino de ladrillo que llevaba a una mansión. No era el sitio ideal para esconderse a plena vista, pero era algo mejor que el del día anterior, demasiado alejado del colegio para ver a Jo dejar al niño.

Kip se estaba impacientando. Hacía dos noches que le había dado una semana para averiguar qué se traía Jo entre manos. Pero después de que dedicara un día entero a vigilarla sin ningún resultado, había empezado a refunfuñar que iba a dejar el asunto en manos de Harding.

Angie, sin embargo, no pensaba permitirlo.

Observó la fila de coches del otro lado de la calle. Más todoterrenos negros, algunos BMW y algún Lexus que otro. La escuela elemental E. Rivers era el Taj Mahal comparada con los colegios públicos a los que había ido ella. Los niños eran tan blancos que prácticamente resplandecían.

Angie había visitado el colegio muchas otras veces, pero nunca tan temprano. Normalmente aparcaba en el centro comercial que había en la calle principal y se quedaba en la acera, viendo jugar a los niños en el patio vallado. Quería ver cómo le iba al crío de Jo. Sabía a quién buscar porque en la página de Facebook de Reuben Figaroa había fotos a montones. Jo no aparecía en ninguna, pero no era eso lo que a Angie le molestaba. Por más que intentara esquivar la fama, Reuben seguía siendo un personaje público. No debería enseñarle la cara de su hijo a todo el mundo. Había muchos pirados por ahí. Cualquiera de ellos podía averiguar a qué colegio iba el chico y a qué hora salía al patio, igual que lo había averiguado ella.

Era su nieto, suponía. Técnicamente, aunque no lo fuera de verdad. Ella no tenía edad para ser abuela. Y menos aún de un chaval como Anthony Figaroa.

Era un nombre demasiado engorroso para un crío de seis años, pero parecía venirle al pelo. Anthony era como un pequeño adulto. Tenía el ceño permanentemente fruncido, los hombros redondeados, la cabeza gacha como si quisiera doblarse sobre sí mismo. En lugar de jugar con los otros niños en el recreo, se sentaba con la espalda pegada a la pared del colegio y miraba melancólicamente el patio de juego. A Angie le recordaba a Will. Esa aureola de soledad, ese anhelo mezclado con aquello otro que siempre le refrenaba.

A Will se le daban muy bien los deportes, pero no tenía padres que lo llevaran a los partidos o le pagaran la equipación. Y luego estaba también el asunto de las cicatrices, que formaban una especie de mapa de carreteras sobre su cuerpo. Si se hubiera cambiado en el vestuario, alguien habría notado las señales evidentes del maltrato, y algún profesor hubiera tomado cartas en el asunto, y habrían intervenido el director y los trabajadores sociales, y de pronto se habría visto sometido a escrutinio, que era precisamente lo que más odiaba.

Era evidente que Anthony Figaroa detestaba en igual medida ser el centro de atención. Claro que lo mismo le pasaba a su madre. Angie vio avanzar lentamente el Range Rover gris oscuro de Jo por el carril. Ante sus ojos se desplegó la misma escena que el día anterior. Jo no saludó a las otras madres paradas en el carril. No habló con la nazi de la señal que la había obligado a apartarse. Hizo lo mismo que Anthony: mantener la cabeza gacha. Permaneció en su carril. Dejó al niño. Y se marchó. A juzgar por lo sucedido el día anterior, y cualquier otro día de los que Angie había observado los movimientos de su hija, volvería a casa y no saldría de nuevo hasta la hora de ir a recoger a Anthony.

A menos que fuera jueves o viernes, los días que iba al supermercado y a la tintorería, respectivamente. Angie había imaginado muchas cosas respecto a su hija, pero jamás se le había pasado por la cabeza que pudiera convertirse en una ermitaña.

Su coche estaba mal situado para seguir a Jo: apuntaba en dirección contraria. Volvió a cruzar la franja de césped y se situó dos coches por detrás del Range Rover, que se había detenido ante un semáforo en rojo. Jo no había encendido el intermitente, lo que podía significar que iba a meterse en la zona comercial de Peachtree Battle. Angie observó las tiendas, calle arriba. No era su día de hacer la compra, pero aunque lo fuese siempre iba al Kroger de Peachtree. Su tintorería estaba en Carriage Drive. El único establecimiento que estaba abierto a esas horas era el Starbucks.

Cambió el semáforo. Jo cruzó la calle y se metió en el aparcamiento del Starbucks.

Angie la siguió de lejos, procurando que hubiera siempre un coche entre las dos. El aparcamiento estaba lleno. Esperaba que Jo se sumara a la cola de coches que esperaban para ser atendidos por ventanilla, pero dio un par de vueltas al aparcamiento y encontró un sitio.

—Vamos.

Angie tuvo que esperar a que pasara una señora que arrastraba los pies con la nariz pegada al teléfono. Después salió del aparcamiento y encontró sitio delante del banco del otro lado del callejón.

Salió del coche y se fue derecha al Starbucks. No se dio cuenta de lo que estaba a punto de ocurrir hasta que vio a Jo abrir la puerta de cristal. Su hija estaba entrando en una cafetería. Pediría en el mostrador. Daría las gracias a la mujer que atendía la caja registradora. Habría algún tipo de conversación. Y ella oiría por fin su voz. Por eso había querido trabajar para Kip: para que llegara aquel momento, aquel espacio acotado en el tiempo. Oiría hablar a su hija.

Adivinaría, mediante algún instinto maternal sofocado desde siempre, si Jo estaba bien o no, y después podría retomar su vida normal y no volver a pensar en su hija perdida.

Abrió la puerta.

Demasiado tarde.

Jo ya había hecho su pedido. Estaba de pie entre el rebaño de compradores, esperando a que la dependienta la llamara por su nombre.

Angie masculló una maldición al ponerse en la cola de la caja. Por lo visto, el tipo que iba delante de ella nunca había estado en un Starbucks. Estaba preguntando por los tamaños de las bebidas. Angie sacó una carísima botella de zumo de manzana del frigorífico. Miró a Jo de reojo. Luego se permitió mirarla abiertamente.

No era la única persona que contemplaba a su hija. Todos los hombres del local se habían fijado en ella. Era preciosa. Siempre atraía las miradas. Lo preocupante era que ella no lo notaba, o no le importaba. A los veintisiete años, Angie utilizaba su físico como un ariete. No había puerta que se le resistiera.

—¿Josephine? —llamó la camarera—. Café con leche de soja grande.

Josephine, no Jo.

Cogió el vaso. No dijo nada. Su sonrisa era tensa, evidentemente forzada. Se llevó el café al fondo del local. Se sentó en la larga barra que daba al aparcamiento. Había un taburete vacío un asiento más allá. Angie se aseguró de que la cajera no estaba mirando. Se apartó de la fila y ocupó el taburete vacío antes de que lo ocupara otra persona.

La barra era estrecha, de unos treinta centímetros de ancho. Más allá de la cristalera, los coches avanzaban lentamente hacia la ventanilla de pedido. El tipo que había entre Angie y su hija estaba tecleando en su ordenador. Angie miró la pantalla y dedujo que estaba escribiendo la gran novela americana. En Starbucks. Igual que Hemingway.

Abrió su zumo. Había trabajado intermitentemente como

detective privado durante años. Llevaba en el maletero del coche una bolsa con los aparejos del oficio. Cinta americana, una lona pequeña por si llovía, una buena cámara, un micrófono direccional, cuatro cámaras minúsculas que podían esconderse dentro de tiestos y ranuras de ventilación. Pero ninguna de esas cosas podía ayudarla en aquella ocasión. Localizó un periódico unos sitios más allá. Tocó a la mujer que tenía al otro lado, le señaló el periódico y ella se lo pasó en silencio.

Hemingway, hete aquí a Sam Spade.

Leyó por encima el titular de primera plana. Echó otro vistazo a su hija. Se fijó en el vaso. Tenía escrito *Josephine* en rotulador negro. Angie sabía que los nombres encerraban muchas cosas. El chulo de su madre la llamaba Angela. Todavía se le llenaba la boca de bilis si alguien la llamaba así.

Respiró hondo. Dejó que sus ojos se deslizaran hacia arriba.

Jo estaba mirando por la ventana. Angie siguió su mirada hasta la blanca pared de estuco del centro comercial. La chica estaba esperando a alguien. Pensando en algo. Preocupada por algo. Sus ojos no se apartaban de la pared. Estaba sentada sobre las manos. Su café intacto despedía vapor. Su teléfono estaba sobre la barra, con la pantalla mirando hacia arriba, delante de ella. Estaba tensa. Angie sintió que podía alargar el brazo más allá del aspirante a Hemingway y tocar la ansiedad de su hija.

Pero no estaba allí para eso.

Abrió el periódico. Fingió interesarse por las noticias internacionales. Y luego se interesó de verdad por ella, porque no ocurría nada más. La mujer que tenía al lado se levantó y se fue. La fila del mostrador fue menguando hasta desaparecer. El aparcamiento comenzó a vaciarse. Finalmente, Hemingway se trasladó a un sillón, unas mesas más allá.

Angie volvió la página del periódico. *Economía.*

Miró a Jo.

Su hija no se había movido. Seguía sentada sobre las manos. Mirando todavía la pared en blanco. Temblando aún de ansiedad.

Eran las dos únicas personas que quedaban en la barra. Angie se levantó y fue a sentarse unos taburetes más allá, porque era lo que habría hecho una persona normal. Desplegó el periódico. No era Meryl Streep. No podía fingir que le interesaba la economía. Pasó a la sección de *Estilo*. Cogió su zumo, pero había pasado tanto tiempo que la botella estaba caliente.

La letra era tan pequeña que empezó a ver borroso. Miró por la ventana y parpadeó. Vio que un coche paraba en la calle. Seguía oyendo teclear a Hemingway en su portátil.

Vio por el rabillo del ojo que Jo se sobresaltaba. Fue un movimiento casi imperceptible. Medio segundo después, oyó sonar su teléfono. No era exactamente un tono de llamada, sino más bien un sonido propio de una película de ciencia ficción de los años cincuenta.

Facetime.

A Jo le temblaban las manos cuando aceptó la videollamada. Sostuvo el teléfono delante de su cara, muy bajo. Angie no vio a su interlocutor ni oyó su voz. Jo se había puesto los auriculares. Se acercó el pequeño micro a la boca y dijo:

—Estoy aquí.

Angie sacó su teléfono del bolso. Tocó algunas teclas. Fingió que volvía a dejarlo caer en el bolso, pero era un gesto estudiado. El teléfono aterrizó de lado, con la cámara mirando hacia Jo. Angie no podía observar lo que sucedía en vivo, pero podría ver el vídeo después.

—Sí —dijo su hija—. ¿Lo ves?

Angie fijó la mirada en el periódico. Sintió un dolor en el oído. Se estaba esforzando por escuchar la voz de Jo, pero era apenas un susurro.

—Sí —dijo Jo—. Entendido.

Angie pasó la página. Pasó el dedo por un renglón que no estaba leyendo. Jo siguió hablando en voz baja, pero parecía angustiada, temerosa.

—Entendido.

¿De quién tenía tanto miedo? Angie pensó en Marcus Rippy. A Rippy le gustaba estar al mando. Jo era su tipo. Y Angie también, aunque ella podía vérselas con tíos así hasta cuando tenía veintisiete años. No creía que la pequeña Josephine de Thomaston pudiera vérselas con nadie.

—De acuerdo —dijo su hija—. Gracias.

De pronto cambió el ambiente. La tensión se disipó. Había terminado la llamada. Jo dejó el teléfono. Apoyó los codos en la barra y la cabeza en las manos. Su cuerpo irradiaba alivio.

Su voz... Angie había estado demasiado concentrada en sus susurros para analizarla.

Jo empezó a llorar. A Angie nunca se le habían dado bien los arranques de emoción. Una de dos: o esperaba a que se pasaran o se largaba. Se estrujó el cerebro pensando en cómo reaccionaría una persona normal en un Starbucks si viera a una mujer llorando un par de asientos más allá. Podía preguntarle a la chica si se encontraba bien. Parecía una reacción adecuada. A Jo le temblaban los hombros. Evidentemente, estaba angustiada. Así que Angie podía simplemente preguntarle «¿Estás bien?». Era una pregunta sencilla. La gente preguntaba constantemente cosas parecidas a desconocidos. En los ascensores. En los cuartos de baño. En la cola de la cafetería.

¿Qué tal te va?

Angie abrió la boca, pero era demasiado tarde.

Jo se había levantado. Descolgó el bolso del respaldo de la silla. O al menos lo intentó, porque la tira se enganchó y la silla cayó al suelo. Sonó como una explosión en el reducido local. Hemingway se apresuró a ayudarla.

—Ya la levanto yo —dijo Jo.

—Puedo...

—¡Soy capaz de levantar una puta silla!

Le quitó la silla de las manos. La colocó en su sitio bruscamente. El sonido retumbó como un disparo. La gente se giró para ver qué pasaba. La camarera comenzó a rodear el mostrador.

—Lo siento —se disculpó Hemingway—. Solo intentaba ayudar.

—¡Ayudar! —resopló Jo—. No metiéndote donde no te llaman, así es como puedes ayudar.

Abrió de un tirón la puerta de cristal. Cruzó el aparcamiento. Arrojó su bolso dentro del coche y salió del aparcamiento a toda velocidad, con los neumáticos echando humo sobre el asfalto.

—Caramba —dijo Hemingway—. ¿Qué le pasa?

Angie sonrió.

Que era hija suya.

MIÉRCOLES, 10:27 HORAS

Angie circulaba por Chattahoochee Avenue a paso de anciana. La transmisión del coche perdía aceite, pero no tenía tiempo de rellenarla. Tampoco tenía tiempo de cambiarse los vaqueros manchados de café. Llegaba tarde a su cita con Dale y su experto en informática. Había muchas cosas a las que no le importaba llegar tarde, pero su vida había dado un vuelco media hora antes, en el Starbucks.

—¡Maldita sea!

Luchó por poner el coche en cuarta. Oyó un sonido, una especie de roce, y el embrague comenzó a temblar.

Tal vez pudiera convencer al amigo de Dale para que rellenara el líquido de transmisión. O quizá pudiera prenderle fuego al coche y dejarlo arder delante del edificio de Sara Linton. A fin de cuentas, la culpa de que tuviera que comprar aceite de transmisión era suya. Normalmente, Angie pasaba un par de semanas con Will, dejaba que le arreglara el coche y luego seguía su camino. Pero eso era imposible desde que Caperucita Roja dormía en la cama de su marido.

Su nombre es mi palabra favorita, le había escrito Sara a su hermana.

—Mierda —siseó Angie entre dientes: era una de sus palabras favoritas.

No conseguía sentir la rabia que solía apoderarse de ella cuando pensaba en Sara Linton. Estaba demasiado preocupada por Jo.

Tenía que ver otra vez el vídeo que había grabado en Starbucks. Lo había puesto tantas veces que casi se le había agotado la batería del móvil. Con las manos apoyadas en el volante, sostuvo el teléfono en equilibrio entre los dedos. Tocó la flecha de *play*.

—¿Lo ves? —susurraba Jo levantando su iPhone para que su interlocutor viera que estaba dentro de la cafetería—. Entendido... De acuerdo... Gracias.

Antes de ser detective, Angie había sido agente de policía. Prefería el turno de noche porque pagaban más. En cada turno había unos diez segundos de adrenalina embutidos entre ocho horas de trabajo social. Los veteranos llamaban a esos momentos «huesos de pollo» porque recibías un aviso para personarte en algún apartamento de mierda y, al llegar, te encontrabas con dos palurdos peleándose por alguna estupidez como un hueso de pollo. De todos modos, aquellos avisos no eran pan comido. Nunca sabías cuándo una discusión entre dos vecinos por una barbacoa podía convertirse en un enfrentamiento con un borracho que te apuntaba al pecho con una escopeta cargada.

Los avisos por violencia doméstica eran iguales, pero distintos. Siempre entrabas dando por sentado que iba a ocurrir algo horrible. Hasta Angie, que se sentía atraída por el conflicto, odiaba los avisos por violencia doméstica. Los hombres siempre intentaban amedrentarla. Las mujeres siempre mentían. Los niños siempre lloraban y, al final, lo único que podía hacer ella era detener al tipo, redactar el atestado y esperar a recibir otro aviso para acudir a la misma casa, una vez y otra, y otra.

Jo no tenía hematomas ni cicatrices visibles. Su cara era perfecta. Caminaba con paso regular, no encorvada como solían caminar las mujeres que habían recibido una paliza.

Pero, aun así, Angie notaba que su hija estaba siendo maltratada.

Esa forma de no mirar nunca a su marido, de quedarse siempre pegada a su lado, sin hablar con nadie, sin atreverse a levantar la vista del suelo. El hecho de que no saliera nunca de casa, salvo para ir al colegio de su hijo, al supermercado o a la tintorería. El aire de docilidad que asumía cuando él estaba presente, como si en lugar de ser una persona fuera un apéndice.

Dos noches atrás, mientras tenía lugar la reunión en que Kip los informó de que Jo se había convertido en un estorbo, Reuben Figaroa había sido trasladado en avión privado a un lugar secreto en el que el mejor ortopedista del mundo le operaría la rodilla mediante microcirugía. Era toda la información que Angie había podido sonsacarle a Laslo. La lesión de un jugador era una noticia que podía cambiar el curso de la inminente liga de baloncesto. Jo se había quedado en casa porque todo debía parecer normal. Tenía que seguir llevando al niño al colegio. Tenía que hacer creer a la gente que a su marido no le pasaba nada.

A Angie le importaba un comino la operación de Reuben. Lo que le importaba era qué suponía su ausencia para su hija.

Jo estaba aterrorizada. Eso saltaba a la vista. Angie tenía la prueba en sus manos.

Cuando Jo decía «¿Lo ves?», lo que quería decir en realidad era «¿Ves dónde estoy? Exactamente donde me dijiste que estuviera».

Cuando decía «Entiendo», lo que quería decir era «Entiendo que tú mandas y que no puedo hacer nada para evitarlo».

Cuando decía «De acuerdo», quería decir «Haré exactamente lo que acabas de decir, exactamente como quieres que lo haga».

Pero lo peor era el final del vídeo. Las lágrimas se deslizaban por la mandíbula de Jo, por su cuello. Le temblaban los dedos mientras sostenía el micro. Aun así, decía:

—Gracias.

Reuben Figaroa. Se le veía claramente en el iPhone de Jo cuando giraba la cámara para enseñarle la cafetería casi desierta.

Kip había dicho que Jo se estaba acercando demasiado a Marcus. Tal vez lo estuviera haciendo a propósito. Se habían conocido al empezar el instituto. Evidentemente, seguían siendo amigos. Él era rico. Ella estaba desesperada. Si Marcus era su paracaídas, el plan no era malo. El momento más peligroso para una mujer maltratada era cuando intentaba dejar a su marido. Lo único que evitaba en parte el riesgo era tener a otro hombre que la protegiera. Si Jo se estaba aproximando a Marcus, era únicamente porque quería distanciarse de Reuben. Para eso había abandonado Angie a su hija: para que se pasara la vida siendo una mantenida.

Angie volvió a meter el teléfono en el bolso. Se enjugó los ojos. El zumo de Starbucks debía de haberle sentado mal. Le sudaban las manos. Notaba calambres en el estómago.

Cuando tenía poco más de veinte años, había estado con un tipo que al principio le daba bofetadas y luego puñetazos. Después, le hizo también otras cosas que ella atribuía a que estaba locamente enamorado. La violencia funcionaba como un imán. Y lo mismo podía decirse del hecho de ver a un hombre grande como una casa llorar como un niño porque sentía muchísimo haberte hecho daño, y nunca, nunca lo volvería a hacer.

Hasta que volvía a hacerlo.

—Dios —susurró.

¿Para qué se había mantenido apartada de la vida de Jo? Primero el problema con las pastillas y ahora esto. Su hija había heredado todos sus malos hábitos.

—¡Joder! —Dio una palmada al volante, pero no por Jo, sino porque se había pasado la entrada al aparcamiento.

Luchó a brazo partido con la palanca de cambios, intentado poner marcha atrás. El embrague se tensó. Oyó el chirrido de las marchas. Seguía notando un calambre en el estómago.

—¡Joder! —gritó otra vez—. ¡Joder, joder, joder! —Dio puñetazos al volante hasta que el dolor le atravesó la espalda y los hombros.

Se detuvo. Aquello era una locura. Había perdido los nervios por saltarse un desvío.

Dedo a dedo, fue agarrando el volante. Respiró hondo y contuvo la respiración todo el tiempo que pudo.

Con mucho cuidado, metió primera. Avanzó hasta el final de la calle y cambió de sentido. Había conseguido meter tercera cuando entró en el aparcamiento abandonado. Puso marcha atrás para demostrar que podía y se metió de culo en una de las plazas delimitadas por rayas.

Flexionó la mano. Aporrear el volante no había sido una decisión muy sabia. Ya notaba hinchado un lado de la mano.

Pero, de momento, no podía hacer nada al respecto.

Miró la inmensa mole de hormigón que era la discoteca de Marcus Rippy. Parecía una cabeza de robot momificada. Se suponía que un pelotón de limpieza tenía que adecentar el edificio la semana siguiente, pero Angie no sabía cómo iban a lograrlo. Habían brotado hierbajos entre el asfalto resquebrajado. Había pintadas por todas partes. No sabía por qué Dale siempre elegía aquel sitio para sus reuniones. Debía de haber sido un policía espantoso. Lo único que le interesaba era la rutina. Pero quizá nos pasaba a todos al envejecer. O quizá fuera porque le daba igual presentarse una y otra vez en el mismo sitio. Había dejado la diálisis hacía una semana. Si lo que Angie había leído en Internet era cierto, le quedaba otra semana de vida, dos como mucho, lo que significaba que habría muerto antes de que alguien se percatara de que solía visitar aquel sitio.

Tal vez ya estuviese muerto. Angie miró la hora en su teléfono. Dale llegaba quince minutos tarde. Sam Vera, el informático, tampoco estaba allí. La única que llegaba puntual era ella, ¿por qué sería?

Bajó el parasol para mirarse en el espejo. Se le estaba corriendo la raya de ojos. No le vendría mal retocarse el carmín. Encontró el pintalabios de Sara en el bolso. Giró la tapa dorada. Tenía un rayajo a un lado. Cualquiera pensaría que, costando sesenta pavos, estaría chapado en oro de verdad.

Miró la barra achatada. Le había cortado la punta. Podía ser una acosadora peligrosa, pero no era tan guarra.

¿De veras era peligrosa?

Un par de notas dejadas en la ventanilla de un coche no hacían mal a nadie. Hurgar en las cosas de Sara era un poco raro, pero no lo había hecho a propósito. Al menos al principio. Había ido a casa de Will porque quería verlo. No hablar con él, solo verlo. Como de costumbre, él estaba en casa de Sara. No era la primera vez que sucedía, ni mucho menos. Usó la llave que Will dejaba encima del marco de la puerta de atrás. Lo primero que vio fue aquel estúpido perrillo. Betty no dejaba de ladrar. Angie la empujó con el pie hasta el cuarto de invitados y la encerró allí. Estaba pasando junto al cuarto de baño cuando vio las cosas de maquillaje de Sara desperdigadas por el lavabo.

Lo primero que pensó fue, «A Will esto no va a gustarle».

Lo segundo fue, «¿Por qué coño deja Sara Linton sus cosas aquí?».

«Aquí».

En el cuarto de baño de Will. En el dormitorio de Will. En casa de Will.

De su marido.

Subió el parasol. No necesitaba un espejo para pintarse los labios. Usaba carmín desde que tenía doce años. Su mano tenía memorizado el gesto. Aun así, se empinó un poco para mirarse en el espejo retrovisor. Tenía que reconocer que aquel pintalabios valía su precio. El color no se corría. Duraba todo el día. El rosa cachemira no le favorecía mucho, pero a Sara tampoco.

Se recostó en el asiento. Se alisó el carmín frotándose los labios uno contra el otro. Pensó en las otras cosas que Sara había dejado en casa de Will. Unos Manolo Blahnik auténticos. Eran demasiado grandes para ella, de un número que parecía más propio de una *drag queen*. Ropa interior de encaje negro: un desperdicio de dinero, porque Will se ponía a cien con una bolsa de papel. Horquillas que tal vez pudiera usar, pero que había tirado de todos modos porque odiaba a Sara Linton. Perfume. Otro desperdicio. Will no distinguía entre el Chanel Nº 5 y el jabón de manos del supermercado.

Y luego estaban las cosas del cajón de la mesita de noche.

Su cajón, el de Angie.

Rebuscó en su bolso y encontró un pañuelo de papel. Se quitó el carmín. Bajó la ventanilla y tiró el pañuelo al suelo. Ahora podía permitirse comprarse un pintalabios Sisley si quería. Podía permitirse llevar el coche a arreglar. Podía comprarse unos *manolos*, y también perfume.

¿Por qué sería que solo le apetecía lo que no podía tener?

Vio un destello blanco por el retrovisor. El Kia blanco de Dale Harding acababa de doblar la esquina del edificio. El coche se detuvo cuatro plazas más allá. Dale se estaba comiendo una hamburguesa de McDonald's. Abrió la puerta. Se metió lo que le quedaba de la hamburguesa en la boca y tiró el envoltorio al suelo. Su mano carnosa se agarró al techo. El coche tembló cuando, con mucho esfuerzo, consiguió desencajarse del asiento y salir.

—¿Dónde está? —le preguntó a Angie.

Angie se encogió de hombros exageradamente mientras Dale se volvía hacia la calle.

La furgoneta de Sam Vera entró en el aparcamiento y trazó un amplio ocho. El muy idiota debía de pensar que estaba disimulando, cuando en realidad solo estaba llamando la atención. La furgoneta estaba pintada de un gris mate y tenía en la parte de atrás una pegatina de apoyo a Bernie Sanders. El color gris era una imprimación, interrumpida aquí y allá por manchas de pintura amarilla marca Bondo. Cosa que Angie solo sabía gracias a Will.

Salió del coche.

—¿Has averiguado algo? —le preguntó Dale.

—Que Fig pega a su mujer.

—No me digas. —Saltaba a la vista que ya lo sabía—. Hablé con el arreglador del equipo en Chicago. Tuvieron que echar tierra sobre una llamada al servicio de emergencias.

—¿Y no se te ha ocurrido contármelo?

—No es para tanto. Tampoco es que la haya estrangulado.

—Eres todo un caballero. —A los policías les enseñaban que un maltratador que agarraba a una mujer del cuello y apretaba tenía estadísticamente más probabilidades de acabar matándola—. ¿Te guardas algún otro as en la manga?

—Puede ser. ¿Y tú?

Angie se puso a hurgar en su bolso para que no pudiera verle la cara. Era evidente que Dale había hecho un buen trabajo al informarse sobre Jo Figaroa, pero su partida de nacimiento no le habría revelado nada. Angie había dado un nombre falso en el hospital.

La furgoneta se detuvo por fin. Los frenos chirriaron. Angie notó un olor a marihuana. En la radio sonaba Josh Groban a toda pastilla.

Dale dio un puñetazo en un costado de la furgoneta.

—Abre, merluzo.

Se oyó un fuerte *pop* cuando Sam Vera descorrió el cerrojo de la puerta de la furgoneta. Sus grandes gafas redondas reflejaron el sol. Tenía veinte años como máximo y una perilla que parecía la cola de una ardilla sarnosa. Entornó los ojos por detrás de los cristales.

—Daos prisa. Odio el sol.

Angie subió a la trasera de la furgoneta. El aire acondicionado estaba a tope, pero aun así la furgoneta era una gigantesca caja metálica cociéndose al sol. El olor a sudor rancio de Sam se mezclaba con el aroma dulzón de la marihuana. Tuvo la impresión de estar en un club universitario.

Se sentó sobre una caja de plástico puesta del revés y apoyó el bolso sobre el regazo porque el suelo estaba lleno de porquerías de aspecto grasiento. Dale se acomodó en el asiento del copiloto, vuelto de espaldas para poder verlos. Le pasó a Sam un sobre con dinero. El chico se puso a contar los billetes.

Angie recorrió con la mirada el espacio abarrotado de la furgoneta. Parecía una tienda de electrónica ambulante. De los múltiples cajoncitos que tenía en la parte de atrás, semejantes al fichero de una biblioteca, rebosaban cables, cajitas metálicas y diversos cachivaches desconocidos para Angie. Sam Vera estaba especializado en

303

vigilancia remota, pero no del tipo legal. Había alguien como él en todas las grandes urbes de Norteamérica. Era un paranoico de la hostia. No le importaba quebrantar la ley. Se hacía el duro, pero era capaz de delatar a su propia madre si la policía se acercaba a él. Angie también había tenido su Sam Vera, pero lo pilló la NSA por meterse donde no lo llamaban.

—*Milady*. —Sam le ofreció un teléfono verde claro sujeto con cinta adhesiva negra—. Esto es un clon del iPhone de Jo Figaroa.

—Qué rapidez.

—Para eso me pagáis. ¿Has colocado los micros? —le preguntó a Dale.

—Sí, los he colocado mientras la chica estaba llevando al crío al colegio. —A Dale le costaba respirar. Tenía peor aspecto de lo que era normal en él—. También enchufé ese chisme que me dijiste que pusiera en su portátil. Estaba en la cocina. No encontré más ordenadores. Ni iPad. Nada. Es raro, ¿no?

—Muy raro. El programa que Dale ha puesto en el portátil —le explicó Sam a Angie— es un dispositivo de seguimiento, como un programa espía, solo que mejor. Ya he descargado todos los archivos del disco duro en esta tableta. —Alargó la mano hacia un cubo y sacó un iPad rayado. Dos antenas de las de siempre sobresalían de la parte de atrás. A Angie le recordaron a los cuernos de los televisores de antaño—. He cargado una aplicación para conectarnos al GPS de su coche. Es este botón de aquí, el del coche. Funciona exactamente igual que el modelo de la policía. ¿Estás familiarizada con él?

—Sí.

—Puedes seguirla adonde vaya siempre y cuando no se meta bajo tierra. —Comenzó a pasar el dedo y a tocar el cristal de la tableta—. El programa espía de su portátil funciona en tiempo real. Todo lo que teclee en el ordenador de aquí en adelante aparecerá en este iPad, pero como ya he descargado todos los datos, también puedes hacer búsquedas en su disco duro. Esto es básicamente su portátil. No solo una copia hecha en cierta fecha.

—¿Te refieres a que no como aquello que le diste a Polaski la otra vez? —preguntó Dale.

A Sam se le salieron los ojos de las órbitas.

—Yo no...

—Se lo he contado —le interrumpió Angie.

Dale no le habría dado los datos de contacto de Sam si no le hubiera explicado para qué los quería. Pero Angie se había puesto un poco creativa al explicarle de quién era el ordenador que quería *hackear*.

—No pasa nada —le dijo a Sam—. Tú sigue como vas.

—De acuerdo. —Sam tocó un par de veces más la pantalla. Le pasó el iPad a Angie—. Solo para que lo sepas, los *hackers* tenemos por norma no delatar a nuestros clientes. Soy de fiar, tía.

—Claro, chaval. —Dale se sacó un chocolatina derretida del bolsillo.

Angie apartó la mirada. No quería verlo masticar. Aún no sabía qué la había impulsado a *hackear* el portátil de Sara. Guardaba allí las historias de sus pacientes, y el hospital Grady le había instalado un *software* de encriptación que a ella, con sus conocimientos, le resultaba imposible desentrañar. Sam le había proporcionado una cosa llamada «mochila» o *dongle*, capaz de descifrar las contraseñas de Sara y descargar todos los archivos. Angie sabía que aquello era pasarse de la raya, no con Sara, sino consigo misma. Fue entonces cuando pasó de estar enfadada a obsesionarse y convertirse en una acosadora en toda regla.

¿Era peligrosa?

Eso aún no lo sabía.

—Sal de la furgoneta —le dijo Dale a Sam—. Necesito hablar con Polaski un momento.

Sam dio un respingo.

—¿Al sol?

—No vas a derretirte, Elphaba.

Angie se rio.

—¿Cómo es que sabes el verdadero nombre de la Malvada Bruja del Oeste?

—Mirad —dijo Sam, intentando hacerles entrar en razón—, aquí tengo material sensible. Para otros clientes. No puedo deciros qué es, pero es alto secreto.

—¿Te crees que sabemos para qué cojones sirven todos estos chismes? —Dale estiró el brazo hacia atrás y abrió la puerta—. Sal.

Sam siguió haciéndose el ofendido al saltar de la furgoneta. Dale cerró la puerta. Los repentinos cambios de luz hicieron que a Angie le escocieran los ojos.

Dale sacó un porro del cenicero. Utilizó un mechero de plástico para encenderlo. Dio una larga calada y retuvo el aire. El humo salió entrecortadamente de su boca cuando dijo:

—Llevé a Delilah a ver *Wicked*.

—Premio al padre del año.

Dale le ofreció el porro.

Angie negó con la cabeza. Ya se había tomado tres pastillas de Vicodin.

Dale dio otra calada. Entrecerró los párpados, mirando toda aquella parafernalia electrónica.

—Si supiera usar la mitad de estas mierdas, ahora sería multimillonario.

Angie sabía que estaría exactamente en la misma situación que en ese instante, y no solo porque tuviera muy mala suerte con las apuestas. Los hombres como Dale Harding solo sabían aferrarse a una cosa: a la desesperación.

—Mira —dijo él—, necesito que me hagas un favor.

Angie estaba familiarizada con los favores de Dale. Giraban todos en torno a lo mismo.

—¿Delilah ha vuelto a las andadas?

—No, nada de eso. Está limpia. —Le lanzó una mirada dura—. Y va a seguir estándolo, ¿vale?

Aquel tipo se engañaba, pero Angie contestó:

—Vale.

—Es otra cosa. Mi corredor de apuestas.

Angie debería haberlo adivinado. Ni siquiera la posibilidad de una muerte inminente podía impedir a un adicto ponerse otro chute. Y si a Delilah le gustaba el caballo, a Dale le gustaban los potros de carreras.

—Le debo quince de los grandes a Iceberg Shady —dijo Harding.

—Sé que tienes el dinero. —Angie sabía que Dale guardaba fajos de billetes debajo de la rueda de repuesto, en el maletero de su coche—. Coge un poco.

Él meneó la cabeza.

—Eso tiene que ser todo para Delilah. Necesitará dinero para vivir mientras se resuelve el papeleo. Me prometiste que cuidarías de ella.

Angie se recostó contra los cubos de basura que tenía detrás. Unos cables se le clavaron en la espalda, pero se sentía demasiado agobiada para apartarse. La ansiedad de Dale estaba absorbiendo todo el aire. Había hecho un trato con Kip Kilpatrick, su último intento de compensar a Delilah. Kilpatrick le tenía reservados doscientos cincuenta mil dólares en una cuenta de garantía bloqueada. Dos semanas después, cuando se pusiera la primera piedra del Complejo All Star, el dinero pasaría automáticamente a un fideicomiso a nombre de Delilah. Dale se aferraba a la promesa de aquel fideicomiso como a su única posibilidad de redención. Como si un buen montón de dinero pudiera borrar todas esas veces –miles, quizá– en que Delilah había tenido que pagar las apuestas de su padre abriéndose de piernas.

Pero a Angie no le interesaba la redención de Dale, y no quería tener que pelearse con una puta yonqui. Solo le había dicho que sí porque Dale le había conseguido el trabajo en 110, y de eso se valía. Si hubiera querido hacerse cargo de una cría, se habría quedado con Jo.

Dale volvió a dejar el porro en el cenicero.

—Esto me lo ha dado el abogado, ¿vale? —Sacó un fajo de papeles doblados del bolsillo interior de su chaqueta. Un tique de apuestas cayó al suelo—. Solo necesito tu firma.

Angie meneó la cabeza.

—No soy la persona indicada, Dale.

—Te conseguí el trabajo con Kip. No te hice preguntas. Aceptaste hacer esto por mí y ahora vas a hacerlo.

Ella intentó ganar algún tiempo.

—Necesito leerlo antes de firmarlo, y hablar quizá con un abogado.

—No, nada de eso. —Tenía un boli en la mano—. Venga. Dos copias. Una para ti y otra para que la guarde el abogado. —Ella siguió sin coger el bolígrafo—. ¿Quieres que empiece a hacer preguntas? ¿Sobre tu marido, quizá? ¿O sobre por qué necesitabas *hackear* el *software* de encriptación de un hospital?

—Ese capullo —dijo Angie. Sam se había chivado, después de todo. De nuevo intentó ganar tiempo—. ¿Cómo sería? Lo del fideicomiso.

—El ejecutor, o sea tú, está autorizado a retirar dinero para cosas básicas como vivienda, electrodomésticos o gastos sanitarios. Quiero asegurarme de que tenga siempre un techo. He incluido una cláusula para que recibas mil dólares al mes por ocuparte de esto.

No era calderilla, pero tampoco le permitiría retirarse. El problema era que Angie conocía a Delilah Palmer. Con adicción o sin ella, era una mocosa consentida y egoísta. El primer centavo que recibiera acabaría derretido en una cuchara e inyectado en la primera vena que pudiera encontrarse.

Razón por la cual Angie cogió el bolígrafo y firmó el acuerdo.

Dale se rio al ver la firma.

—Conque Angie Trent, ¿eh?

—¿No decías que tenías otro problema? —Se guardó su copia en el bolso—. Apuesto a que tu corredor de apuestas, ese tal Iceberg Shady, también es un chulo.

—Lleva a varias putas de Cheshire Bridge. Tu antiguo territorio, ¿no?

En sus tiempos de detective privado, Angie solía servirse de aquellas chicas para tender trampas a maridos infieles en el Cheshire Motor Inn.

—Eso fue hace años. Todas esas chicas están muertas.

—No hace falta que sepas sus nombres. Solo tienes que conseguir que las encierren.

—¿Quieres que consiga que el Departamento de Policía de Atlanta haga una redada en Cheshire Bridge? —Comenzó a negar con la cabeza. Aquello equivaldría a decirles que recogieran toda la arena de Daytona Beach—. Hará falta una montaña de papeleo. Las chicas saldrán en cuestión de horas y dentro de una semana se leerán los cargos. Imposible, no querrán hacerlo.

—Denny lo hará si se lo pides amablemente.

Angie detestaba que Dale metiera sus pegajosos dedos por todos los intersticios de su vida.

—Vamos, Polaski. Un poco de paz para un hombre moribundo. Denny se follaría a un burro si tú se lo pides.

—Denny se follaría a un burro solo porque sí.

Sacó de mala gana su teléfono. Usaba únicamente teléfonos de prepago para poder controlar quién se ponía en contacto con ella. Extrajo el número de Denny de su agenda mental y empezó a marcar.

—Imagino que quieres que sea ya —le dijo a Dale.

—Hoy es un buen día. Iceberg tiene la mitad de sus ganancias en Cheshire. Si Denny lo mantiene ocupado sacando a las chicas bajo fianza, ganaré por lo menos una semana.

Angie observó sus ojos acuosos. Los capilares cruzaban las escleróticas como hilillos rojos.

—¿Solo una semana? ¿Eso es lo que te queda?

—Lo tengo todo pensado. Si no la palmo por los riñones, la palmaré por esto. —Se sacó del bolsillo de la chaqueta una bolsa de congelación llena de polvo blanco—. Pura al cien por cien.

—Todos los camellos del planeta dicen que su cocaína es pura al cien por cien. —Acabó de escribir el mensaje—. Seguramente será un laxante.

—No, es de la buena —afirmó Dale, porque naturalmente la había probado—. Imagino que con esta cantidad de coca después de tantos años, tendrán que despegar mi corazón del techo con una cucharilla.

—Qué maravilla. —Angie le mandó el mensaje a Denny. Guardó el teléfono en el bolso—. Asegúrate de que no sea yo quien encuentra tu cadáver.

—Prometido —repuso él—. Pero, oye, quiero que me lo prometas otra vez, Polaski. Puedes quedarte con tu parte del dinero, pero te asegurarás de que Delilah viva cómodamente, ¿de acuerdo? No a lo grande, pero sí en un sitio bonito, con buenos vecinos, no como esa zorra asiática a la que he tenido que aguantar. Comida saludable en cantidad, champú orgánico y todo ese rollo.

—Claro. —Otra promesa que no sabía si podría mantener—. Pero ¿a qué viene tanta prisa? Podrías esperar una semana más, asegurarte de que todo sale como tú quieres.

Él hizo un gesto negativo.

—No puedo aguantar otros quince días. Estoy harto de esto. Harto de vivir. Quiero que se acabe de una vez.

Angie supuso que estaba siendo sincero, pero sabía que había también otro motivo: Dale era consciente de que Delilah se pondría furiosa cuando se enterara de que no iban a entregarle el dinero de una vez. Lo único que tendría que hacer sería montar un pollo y Dale capitularía, lo que significaba que Angie tendría que echarle huevos y dar la cara por él después de muerto.

—¿Por qué yo? Te casaste con Delilah para que tus exmujeres no pudieran apoderarse de tu dinero. Problema resuelto. Podrías contratar a un abogado para tener a Delilah a raya. ¿Por qué tengo que ser yo su banquera?

—Porque un abogado le entregaría la mitad de la pasta antes de darse cuenta de que le estaba manipulando. A ti no te importa nadie una mierda, y menos ella. Te suplicará y llorará pidiéndote más dinero, y tú le dirás que se vaya a tomar por culo.

Angie no pudo negarlo.

—Y porque ella se lo gastará todo —añadió Dale—. Es demasiado estúpida para pensar en el futuro. Lo quiere todo ya, tanto como pueda conseguir y a toda velocidad.

—Me pregunto a quién habrá salido.

Dale prefirió hacerse el sordo.

—Los chavales como ella no entienden el valor del dinero. Lleva toda la vida luchando por sobrevivir, y eso es culpa mía. Las patillas. El caballo. Y luego Virginia con todos sus malos rollos... —Dale sacó su pañuelo. Se sonó la nariz. Sus lágrimas parecían nubladas al caer de sus ojos—. Dios —dijo—. Es esta cosa.

Se refería a su próxima muerte, al hecho de estar perdiendo el control de sus facultades. Era uno de los efectos colaterales que se mencionaban en WebMD. Alucinaciones. Pérdida de memoria. Falta de coordinación.

Se sonó otra vez. Se secó las lágrimas.

Angie lo vio luchar por dominar sus emociones. Sintió frío a pesar de que hacía un calor sofocante dentro de la furgoneta. El dolor era contagioso. No podía permitirse dejarlo entrar.

—Solo quiero asegurarme de que las cosas se hacen bien —insistió Dale.

Angie nunca había destacado por hacer bien las cosas.

—¿Qué va a impedirme sacar todo el dinero y dejar a Delilah sin un centavo?

—El bufete de abogados tiene que supervisarlo todo. Solo puedes extender cheques para pagar al casero, a la compañía eléctrica y cosas por el estilo, pero no para pagar en Macy's o en McDonald's, pongamos por caso.

Angie asintió, pero se le ocurrían mil formas de saltarse aquella norma. Primer paso: convertirse ella misma en casera.

—Me lo has prometido, Angie —dijo Dale—. Me has dado tu palabra. No digo yo que eso signifique gran cosa, pero puedes estar segura de que voy a palmarla mucho antes que tú y, si se la juegas a mi hija, te estaré esperando en el infierno.

Angie no quería reconocer que aquella advertencia la asustaba.

—¿No crees que tenga posibilidades de ir al cielo?

Él tiró el pañuelo usado al suelo.

—Dime por qué te interesa tanto la mujer de Fig.

—Porque me pagan para que me interese.

—Pero es un interés que viene de antiguo.

Angie sonrió.

—¿Por qué nunca usaste ese cerebro tuyo cuando eras policía?

—Porque no me pagaban suficiente. —Se limpió la nariz con el dorso de la mano—. Podrían caerte diez años de cárcel por acoso.

Angie se preguntó a quién creía que estaba acosando. A Sara, claro, pero también había estado siguiendo a Jo.

—¿Qué te hace pensar que estoy acosando a alguien?

—No soy tan estúpido como parezco, Polaski. Acudiste a mí suplicándome un trabajo. Tu marido intentaba imputar por violación a Marcus Rippy. Estuve escarbando un poco.

Angie sintió que se le erizaba el vello de la nuca. Siempre se mantenía alerta en todo lo relativo a Will. Pero esta vez ni siquiera lo había visto venir.

—¿Qué crees saber sobre mí?

—Que le has hecho una enorme putada al único tío del mundo que no piensa que eres una zorra fría y despreciable.

—Despreciable —repitió ella, porque fue el único insulto que le hizo mella. Lo que había hecho para impedir que saliera adelante la acusación contra Rippy había sido solo por dinero. Solo por eso—. ¿Alguna otra perla de sabiduría? —preguntó.

—Ocúpate de ese asunto con la mujer de Fig. Necesitamos que Rippy siga en la cúspide otras dos semanas. Mi abogado dice que la cuenta de garantía es legítima. Dentro de dos semanas, cuando empiecen las obras, los doscientos cincuenta mil pasarán al fideicomiso y Delilah tendrá la vida resuelta. Si las obras no empiezan o se retrasan un solo día, no habrá dinero y mi vida entera no habrá servido para nada. —Dale abrió la puerta de un empujón. El sol partió la furgoneta en dos—. No puedo irme al otro barrio preocupado por si mi acuerdo se irá al garete por culpa de ese mamón de Rippy, que no sabe cuándo tiene que guardarse la polla en los pantalones.

—Yo me encargo de ese asunto —dijo Angie, aunque no estaba segura de poder hacerlo.

—Bien.

La furgoneta se sacudió cuando Dale intentó salir. Estaba mareado. Angie no sabía si era por el calor o por lo que fuese que lo estaba matando. No consiguió que le importara. Solo sabía que, cuanto antes se muriera Dale, antes se vería ella libre de su fisgoneo, de su enfermedad y de todas esas cosas despreciables que pesaban sobre ella como un lastre.

—Aquí estoy otra vez. —Sam ocupó su asiento sobre una de las cajas de plástico—. ¿Queréis algo más?

Ella levantó el teléfono verde que Sam había ensamblado con cinta negra.

—¿Cuándo va a funcionar esto?

—Tiene que recibir un mensaje a través del wifi o de su red. En cuanto conteste, se activará el teléfono.

—¿Y por qué no le mandamos uno?

—Porque tiene que contestar o el programa no puede descargarse. Interfaz de usuario, tía. Es la bomba.

—¿Puedo escuchar sus llamadas?

—¿Es que la gente habla por teléfono? —Pareció asombrado—. No se me ha ocurrido codificarlo para eso. Para los mensajes de texto y esas cosas sí, claro. ¿No es suficiente con eso?

Angie estaba harta de sentirse vieja.

—¿Qué hay de Facetime? ¿O Skype?

—Sí, bueno, esto es más complicado. Con VoIP puedes...

—Voy a meterte este cacharro por el culo si no empiezas a hablar en cristiano.

—Creía que lo estaba haciendo. —Sam se puso otra vez a hacer mohínes—. Facetime, Skype, todo eso está diferido. Hay un programa que cargué por control remoto a través de una aplicación de su teléfono. Graba todas las videollamadas entrantes, pero tienes que esperar a que acabe la llamada para poder verla.

—¿Cómo accedo a ese programa?

El chico le quitó suavemente el teléfono de la mano. Abrió la pantalla. Señaló un icono en forma de gramófono antiguo.

—Si pulsas aquí aparece un listado. Pulsa en la llamada que quieras ver y se carga. Pero solo después de que acabe la llamada.

—¿Y si quiero ver una llamada que recibió esta mañana?

—En eso no puedo ayudarte. No estará almacenada en su teléfono. Solo puedo acceder a lo que ya estaba almacenado y a lo que le llegue a partir de ahora, igual que con el portátil. Puedo darte algunas indicaciones sobre la tableta si lo necesitas.

Dios, le estaba hablando como si fuese su abuela.

—¿Funciona como un iPad normal?

—Sí, claro.

—Entonces no hay problema. —Angie hizo amago de salir de la furgoneta.

—No se lo he contado a nadie —dijo de pronto Sam—. Las otras cosas que me encargaste.

Angie lo miró fijamente.

—Entonces, cuando Dale ha dicho que sabía lo de ese *software* que me diste para descifrar el programa de encriptado de un hospital, ¿era solo una suposición?

A Sam le tembló la perilla.

Ella recorrió la furgoneta con la mirada. Cables colgando. Cajas de componentes electrónicos. Monitores. Tabletas. Portátiles.

—¿Buscas algo? —preguntó el chico.

—Me estaba preguntando cómo quedaría la furgoneta si te pegara un tiro en la cara.

Sam soltó una risa incómoda y entrecortada.

Angie sacó su pistola del bolso. La dejó encima del iPad, sin apartar la mano de la empuñadura, con el dedo apoyado a un lado del seguro, como le habían enseñado. O quizá no. Bajó la mirada. Tenía el dedo en el gatillo.

—Señora, por favor. —Sam había dejado de reírse. Tenía las manos en el aire—. Lo siento, ¿vale? Por favor, no me mate. Por favor.

—Piensa en cómo te sientes ahora mismo la próxima vez que estés a punto de contar por ahí cosas que solo me incumben a mí.

—Lo haré. Prometido.

Angie volvió a guardarse la pistola en el bolso. Se había dejado llevar.

—Dame lo que sea que tengas guardado por ahí.

Él revolvió en uno de los cubos y sacó una bolsa de marihuana.

—Solo tengo esto.

Angie cogió la bolsa. Recogió sus dispositivos y salió de la furgoneta. Sam no se molestó en cerrar la puerta. Salió a toda velocidad del aparcamiento antes de que ella cambiara de idea.

Angie subió a su coche. Colocó cuidadosamente el iPad y el teléfono verde en el asiento, a su lado. Metió la llave en el contacto. El motor cobró vida con un gruñido. Las marchas chirriaron.

Sam era colega de Dale. Y ella había estado a punto de pegarle un tiro. Quizá. ¿Qué diablos se le había pasado por la cabeza? Sacó la Glock del bolso. Quitó el cargador. Extrajo la bala de la recámara. Salió despedida como una alubia saltarina y desapareció bajo el asiento. Echó un vistazo a la pistola para asegurarse de que estaba descargada. Así, al menos, dispondría de un poco de tiempo la próxima vez que sintiera el impulso de apretar el gatillo.

De momento, tenía que salir de allí.

Luchó con el embrague y la palanca de cambios. Consiguió meter primera. Salió del aparcamiento. No sabía hacia dónde tirar. El teléfono verde no se activaría hasta que Jo contestara a un mensaje. Supuso que Reuben era la única persona que le mandaba mensajes. Según Laslo, iba a pasar todo el día en el quirófano. No había forma de saber cuándo saldría de la anestesia, pero Angie estaba segura de que lo primero que haría sería ponerse en contacto con Jo. O exigirle que se pusiera en contacto con él.

Así pues, le quedaba el iPad con la antena que sobresalía por detrás. Calculó que el programa espía que sin duda habría instalado

Laslo en el ordenador de Jo arrojaría pocas pistas de las que tirar. Reuben no permitía que Jo saliera a tomar un café sin exigirle pruebas documentales de sus movimientos. Era imposible que no estuviera monitorizando los *e-mails* y las búsquedas de Internet de su esposa.

De lo que cabía deducir que Jo tenía un plan. Estaba tramando algo que involucraba a Marcus Rippy. A Angie no le cabía ninguna duda. La chica que había mandado a la mierda a Hemingway en el Starbucks tenía sus secretos.

Josephine, no Jo.

Así era como la había llamado la camarera.

Angie reconocía las señales de una mujer que trataba de reinventarse. Un millón de años atrás, cuando a ella la dejaron en el hogar infantil, pegó un puñetazo a la primera persona que la llamó Angela en vez de Angie.

Angela era como la llamaba su chulo. Angie era el nombre que se daba a sí misma.

Reuben llamaba Jo a su mujer. Cuando Jo estaba sola, cuando lograba robar unos instantes de libertad, se hacía llamar Josephine.

Estaba pensando en escaparse, seguramente muy pronto. Reuben volvería el domingo. De modo que Angie tenía menos de cinco días para averiguar qué estaba tramando su hija. Miró su reloj. Era mediodía.

Había una fuente de información a la que todavía no había recurrido: LaDonna Rippy.

Y si querías saber algo sobre una mujer, no tenías más que preguntar a otra mujer que fingiera ser su amiga.

MIÉRCOLES, 12:13 HORAS

Angie pisó el freno al pararse en el atasco de Piedmont Road. Gracias al desarrollo urbanístico excesivo y a la geografía, no había una sola hora del día en que la estrecha calle no estuviera congestionada. Metió primera. La palanca iba más suave gracias a que había parado en una gasolinera.

Echó una ojeada al teléfono verde para ver si Jo había respondido ya a algún mensaje. No. Siempre podía recurrir al iPad, con sus cuernos, pero calculaba que Reuben vigilaba el ordenador de su mujer igual que vigilaba todas las otras esferas de su vida. Y Jo no sería tan tonta como para dejar en él alguna pista incriminatoria.

Además, Angie estaba escarmentada: sabía lo que pasaba cuando echabas una ojeada a los archivos personales de otras personas. Sara tenía miles de fotografías almacenadas en su disco duro, todas meticulosamente ordenadas por fecha y ubicación. Will y ella en la playa. Will y ella de acampada. Will y ella subiendo a Stone Mountain. Era nauseabundo lo feliz que parecía siempre Sara, y no solo en las fotografías con Will, sino también en otras mucho más antiguas, con su difunto marido.

Se preguntaba si Will había visto alguna vez una foto de Jeffrey Tolliver. Se le habrían encogido las pelotas dentro del cuerpo. Tolliver era un puto adonis: alto, con el pelo oscuro y ondulado y uno de esos cuerpos que no te cansarías de lamer. Jugaba al baloncesto en la Universidad de Auburn. Había sido comisario de policía. Con solo mirarlo, se notaba que sabía seducir a una mujer.

Angie tenía que reconocer que Sara Linton tenía buen gusto en cuestión de policías.

Lástima que no supiera cuándo eran terreno prohibido.

Se saltó un semáforo en rojo y enfiló Tuxedo Road en medio de una sinfonía de cláxones. Dejó el coche en punto muerto. La mansión de LaDonna y Marcus Rippy estaba al final de una suave cuesta abajo. Mientras que la mayoría de las casas permanecían escondidas a la vista tras una barrera de arbustos y árboles, LaDonna se había asegurado de que la suya destacase. En la verja cerrada se veía una monstruosa R dorada. El diseño era de la propia LaDonna, que la hacía grabar en todas partes, incluso en las toallas.

Angie se detuvo junto a la verja. Pulsó el intercomunicador, dio su nombre y esperó el largo zumbido. Había visitado la casa varias veces para llevarle a LaDonna documentos de la oficina que tenía que firmar. Marcus implicaba a su esposa en todos los aspectos de su negocio, lo cual era una muestra de sabiduría o de estupidez, dependiendo de si eras LaDonna o Marcus.

El motor rugió suavemente cuando enfiló la avenida que conducía a la casa. Había un perro ladrando en algún sitio, probablemente el husky de la familia, que se cagaba en todas partes porque nadie se molestaba en sacarlo a pasear. El aparcamiento que había en lo alto de la avenida estaba lleno de coches. Dos Jaguars, un Bentley y un Maserati amarillo neón.

—Mierda —masculló Angie.

LaDonna tenía visita.

Ya no había forma de retroceder: la habían anunciado en la verja. Entró en el pórtico y dejó atrás el cuarto de vigilancia en el que un expolicía aburrido echaba una cabezada en vez de observar las imágenes que vertían las cámaras de seguridad dispersas por la finca. Llamó a la puerta de la cocina. Esperó.

La casa tenía forma de herradura gigantesca dispuesta en torno a una piscina olímpica. Los terrenos de la finca contenían todo lo que necesitaba la familia, lo que sonaba divertido hasta que caías en la cuenta de que podías pasarte veinticuatro horas al día, siete días a la semana, sin ver a nadie. Salvo a los sirvientes. Los había por decenas. Todas las doncellas vestían de uniforme gris con delantal blanco, a pesar de que seguramente LaDonna detestaba su uniforme cuando trabajaba limpiando habitaciones de hotel. Ya se sabe que la mierda siempre salpica a los de abajo.

Angie ignoraba si los sirvientes no hablaban inglés o si estaban demasiado asustados para hablar. Como en todas sus visitas anteriores, la mujer que le abrió la puerta no abrió la boca. Se limitó a ladear la cabeza indicándole que la siguiera por un largo pasillo.

La decoración hacía un guiño a la ascendencia griega de La-Donna: estatuas, fuentes y montones de cenefas geométricas a lo largo y ancho de las paredes. Prácticamente todo estaba chapado en oro. Los grifos de los lavabos eran grandes cisnes con un ala para el agua caliente y otra para el agua fría. Las lámparas del pasillo eran doradas. Angie les echó un vistazo. Los brazos dibujaban la R del emblema de Rippy, curvándose y chorreando caireles que el sol hacía destellar como rayos láser. Tuvo que apartar la vista para que no se le quemaran las retinas. Cuando la doncella le indicó que entrara en el salón de manicura, veía estrellitas.

—¿Eres tú, guapa? —LaDonna la saludó con la mano, indicándole que se acercara.

Una esbelta mujer asiática le estaba pintando las uñas de rojo brillante. Cuatro esposas de jugadores se remojaban los pies en sales de baño mientras otras tantas asiáticas les hacían las uñas. En la radio sonaba Usher. La tele estaba sintonizada en la ESPN, con el volumen apagado.

—Pon los pies a remojo —le ofreció LaDonna—. Mi chica hace unas pedicuras fantásticas.

—No, gracias.

Angie prefería arrancarse las uñas antes que permitir que una desconocida le tocara los pies. No entendía la vida que llevaban aquellas mujeres. LaDonna no era muy leída, pero sí lo bastante lista como para saber que podía dedicarse a cosas mucho más interesantes que hacerse limar las uñas a la una de la tarde. Chantal Gordon había sido tenista profesional hasta que colgó la raqueta para ser madre. Angelique Jones había sido médica. Santee Chadwick había sido la banquera privada de su marido, además de vicepresidenta de Wells Fargo. En cuanto a Tisha Dupree, era idiota. No daba para más.

—¿Me traes papeles para que los firme? —preguntó LaDonna.

—Tengo que hacerte unas preguntas.

—¿Es por lo de esa zorrita de Las Vegas? Eso ya está arreglado.

Angie esperó a que su risa se apagara.

—No, es otra cosa.

—Siéntate, guapa. Tienes cara de estar rendida.

Angie se sentó. Dejó su bolso en el suelo. *Estaba* rendida. No sabía por qué. Se había pasado todo el día sentada en un sitio u otro.

—¿Cómo es que no está aquí la mujer de Fig? —preguntó. Chantal soltó un soplido.

—Se da tantos aires que no quiere saber nada de nosotras.

—Si sigue yendo por ahí con la cabeza tan alta, acabará dando un tropezón —añadió Tisha.

Se hizo el inevitable silencio violento.

—¿Se ha metido Jo en algún lío? —preguntó Angelique.

—No lo sé. —Angie observó a LaDonna. Estaba esperando algo. Si hubiera sido un gato, le habría temblado ligeramente la cola—. Jo parece muy reservada. A Kip le preocupa que le ocurra algo. Quiere que esté contenta.

—Nunca he cruzado más de dos palabras con ella —dijo Santee—. Es demasiado estirada para mi gusto.

—No es fácil interpretar la timidez de otras personas —comentó Angelique—. Los tímidos suelen parecer distantes.

—Ella lo es —replicó Chantal—. Le propuse que fuéramos a tomar un café. La invité a ir de compras. Y las dos veces me contestó: «Lo consulto con Fig y te llamo». —Sacudió la cabeza—. De eso hace seis meses. Todavía estoy esperando.

—Yo iré de compras contigo —dijo Tisha.

Chantal observó la manicura que le estaban haciendo.

—Está demasiado delgada. —Angelique era médica. Se fijaba en esas cosas—. Imagino que es por el estrés del traslado y del nuevo cole de Anthony... Es mucha responsabilidad hacer una mudanza de ese tamaño.

—Sobre todo si tu marido no mueve un dedo —repuso Chantal—. Cuando Jameel y yo nos mudamos aquí, llenó una sola maleta y solo metió en ella sus cosas. Le pregunté qué tenía que hacer con la ropa y los juguetes de su hijo y con la cocina y los cuartos de baño, y me dijo: «Yo ya me he encargado de lo mío, nena. Apáñatelas tú».

Se oyeron ruidos de asentimiento en la sala. Angie no se imaginaba a Chantal cargando cajas en un camión alquilado. Seguramente se había desquitado de Jameel contratando a la empresa de mudanzas más cara que pudo encontrar.

—Jo era muy joven cuando se casó con Fig —comentó Santee.

—¿Y quién no? —replicó Chantal—. Yo tenía diecinueve años. LaDonna tenía dieciocho. A mí me parece que se casó tarde.

Angie miró a LaDonna. Seguía observándolo todo sin decir nada.

—Jo tendría que alegrarse de que a Fig le vaya bien —agregó Santee—. Marcus le ha ayudado mucho en la cancha.

—A Jo no le interesa mucho el baloncesto —comentó Chantal.

Se oyeron exclamaciones de sorpresa no del todo fingidas por toda la habitación.

—¿Y qué le interesa? —preguntó Angie.

—Adora a Anthony —respondió Tisha—. Su vida gira en torno a él.

—Y a su madre —añadió Angelique—. Por desgracia, tiene insuficiencia cardíaca congestiva, está en las primeras fases de la enfermedad.

—Puede que por eso sea tan reservada —dijo Tisha—. Yo perdí a mi madre hace un par de años. Una cosa así no la superas tan fácilmente. Lo llevas dentro.

Angelique le dijo a Angie:

—Jo y Fig irán a la fiesta del sábado por la noche. LaDonna y Marcus van a dar una comilona antes de que empiece la temporada. Puedo hablar con ella en la fiesta si quieres.

—Te lo agradecería. —Angie volvió a mirar a LaDonna. Sus silencios nunca auguraban nada bueno. Le dijo—: He oído que organizaste una fiesta estupenda cuando Jo se mudó a Atlanta.

LaDonna se sopló las uñas recién pintadas. Tenía un destello en la mirada.

—¿La conocías de antes? —Angie trató de andarse con pies de plomo—. ¿Del instituto?

LaDonna despidió a la manicura con un ademán.

—No fuimos juntas a clase. Ella vivía en el pueblo de al lado.

—No lo sabía —dijo Tisha.

—¿Y a la iglesia?

—Sí, creo que iba a mi parroquia.

Tisha abrió la boca y volvió a cerrarla.

Angie esperó. LaDonna nunca te facilitaba las cosas. No entendía, sin embargo, que a Angie no le importaba su futuro en 110 Sports Management. Lo único que le importaba era Jo.

—¿Vamos a esquivar el hecho de que Marcus estuvo saliendo con Jo Figaroa o vas a ser sincera conmigo y a contarme lo que pasa? —preguntó.

LaDonna seguía teniendo los labios fruncidos de soplarse las uñas.

—Yo no llamaría «salir» a cogerse de la mano y hablar de las clases de catequesis.

—¿Cómo lo llamarías entonces?

—Eso no es asunto tuyo.

—¿Quieres que nos vayamos, corazón? —preguntó Santee.

—No, Angie y yo vamos a dar un paseo hasta la piscina. —LaDonna se levantó. Metió los pies en unos zapatos de tacón fucsia—. Piel de avestruz —le dijo a Angie—. Mi zapatillas de andar por casa. Hechos a mano en Milán.

—Ponte protector solar —le recomendó Tisha—. Te vas a quemar con este sol.

LaDonna clavó en ella su mirada de acero.

—Por aquí —le dijo a Angie.

Pero ella no era de las que seguían a nadie. Caminó codo con codo con LaDonna por el pasillo. Miró sus zapatos italianos. Tenían sendas erres doradas bordadas en las punteras, un poco deshilachadas. Había una manchita en la punta de uno de los zapatos. Al ver aquellos defectos, sintió placer por primera vez en todo el día. LaDonna siempre le recordaba a lo que los chulos llamaban una «fondona» o «mamá al mando»: una puta de más edad que mantenía a raya a las putas más jóvenes recurriendo a la fuerza bruta o a la manipulación. Podía reconfortarte o darte una puñalada, dependiendo de lo que hiciera falta para que siguieras ganando dinero en la calle.

LaDonna se puso unas gafas de sol. Abrió la puerta. Fuera hacía más calor y el sol brillaba más aún de lo que Angie recordaba. Aspiró el aire húmedo. Seguía teniendo metido en la nariz el olor a laca de uñas.

—¿Qué es lo que pretendes, zorra? —le preguntó LaDonna.

Angie sonrió, pero solo para cabrearla.

—Ya te lo he dicho. Kip está preocupado por Jo.

—No es el tipo de mi hombre, si eso es lo que quieres decir. —Recalcó sus palabras sacudiendo la cabeza—. A Marcus le gustan las mujeres peleonas. Y Jo es una mosquita muerta.

—Fig la controla con el dedo meñique.

—La controla con el puño. —LaDonna resopló al ver su expresión de sorpresa—. ¿Crees que no lo he notado? —Se rio—. Marcus no se atrevería a levantarme la mano, pero mi padre... Se quitaba el cinto y me dejaba el culo en carne viva. —Señaló a Angie con el dedo—. Jo tiene la misma mirada que se le ponía a mi madre cuando le daba una paliza. Qué digo, ni siquiera cuando le daba una paliza. Solo tenía que mirarla para que se le pusiera esta cara. —Agachó los hombros y levantó las manos, pero no parecía asustada.

—¿Has hablado con Jo de eso? —preguntó Angie.

—¿Y qué iba a decirle?, «Sé que tu marido te pega. ¿Por qué coño no le dejas y te quedas con la mitad de su dinero?». Eso ya lo sabe, joder. Lo sabe desde hace casi diez años. ¿Y qué ha hecho? —Se acercó al porche de las barbacoas. Sacó una botella de agua de la nevera—. Las cosas ya no son como antes. Una foto, un vídeo de un ascensor y todo el mundo se ponía de tu parte. —Se rio—. Te das cuenta de lo que pasaría, claro. Saldría en todas las televisiones y esas cosas y la gente se compadecería de ella, pero pasada una semana todo el mundo le echaría la culpa. Dirían «fíjate en el vídeo, no grita» y «mira, le pega un puñetazo en el pecho», o «¿por qué le pone de los nervios?» y «solo le interesa su dinero».

Angie sacudió la cabeza.

—No sé si me estás diciendo que debería largarse o que está mejor como está.

—Lo que digo es que esa chica no tiene agallas.

—Para tener agallas hay que pagar un precio —repuso Angie—. Fig perdería su contrato si Jo hiciera público lo que pasa. Dejaría de entrar dinero.

—Que le den al dinero. —Le lanzó una botella de agua—. Si a mí Marcus me pegara, no me quedaría aquí ni por todo el oro de Fort Knox. Sigo sabiendo limpiar una habitación de hotel. Yo no permitiría que mis hijos vieran que su padre me pega como a un perro. Antes prefiero vivir con ellos en una caja de cartón.

Angie se preguntó si era cierto.

—¿Por qué no la ayudas?

—Joder, porque no quiero que sus malos rollos me salpiquen. —LaDonna bebió un sorbo de agua—. Además, tengo que ocuparme de mis hijos. Y de mi casa. Y mi marido me necesita. No voy a perder mi precioso tiempo intentando salvar a una tía que ni siquiera quiere que la salven.

Un sonido salió de la boca de Angie, casi un «ajá». LaDonna quizá no fuera la mandamás de un prostíbulo, pero utilizaba la misma lógica.

—Mírame, hermana. —Se quitó las gafas—. Lee en mis labios. Escucha lo que te digo. Vuelve con Kip y dile que a Jo Figaroa le va el rollo.

—¿Le gusta que le peguen?

—¿Por qué sigue con Fig, si no? —añadió LaDonna—. Tú no los has visto juntos cuando él empieza a enfadarse. Ella no mueve ni un dedo para intentar calmarlo. Al contrario, le busca las vueltas. Le pincha. Le provoca. —Apuntó a Angie con un dedo—. Lo he visto yo con mis propios ojos, aquí mismo, en esta piscina. Hace un par de meses, en una fiesta del equipo. Estábamos todos tomando una copa tranquilamente. Fig le dijo algo en voz baja, como que fuera a buscarle una copa o algo así. Y ella no quiso. Le dijo «ve tú si quieres». A Fig no le gustó ni un pelo. Nos dimos todos cuenta de que se estaba cabreando. Levantó a Jo de la silla de un empujón. Y aun así no le llevó la copa. Se puso chulita, le dio un puñetazo en el pecho como si no le tuviera miedo. Todos sabíamos lo que iba a pasar. Fig se la llevó adentro a rastras, estuvo a punto de arrancarle el pelo. No sé qué hizo, pero desde entonces no ha vuelto a contestarle en público.

Y al parecer ninguno de aquellos jugadores de baloncesto había movido un solo músculo para impedir que una mujer de cuarenta y cinco kilos recibiera una paliza a manos de uno de sus compañeros de equipo.

—Seguro que Fig se cagó de miedo cuando Jo le golpeó.

—Sí, ¿verdad? —dijo LaDonna—. Justo a eso me refiero. ¿Quieres salir de esa situación? Pues haz una foto: los moratones, el labio hinchado, el ojo morado... Cuélgala en TMZ y llama a un abogado.

—O a un forense —añadió Angie.

—Puede ser. —LaDonna se acabó la botella de agua. Tiró la botella al cubo de reciclaje—. Si ella intenta dejarle, Fig le pegará un tiro en el culo. Y no hablemos ya de lo que haría si intentara quitarle a su hijo. Ese hombre quiere con locura al crío. Si a Jo se le ocurre siquiera quitárselo, se armará una muy gorda.

—Creía que era muy fácil. Solo hacer una fotos y llamar a un abogado.

Angie la miró con desprecio.

—¿Se puede saber a qué viene preocuparse tanto por Jo?

—Es mi trabajo.

—Entonces, ¿por qué me vienes a mí con ese rollo? —LaDonna siguió mirándola fijamente—. ¿Por qué no la ayudas tú?

Angie se encogió de hombros.

—Dime qué puedo hacer.

—No decírselo a Kip, porque si te metes en los asuntos del equipo te echará encima a Laslo.

Angie le devolvió la pelota.

—¿Qué hago, entonces? ¿Esperar el entierro de Jo?

LaDonna se quedó pensando un momento. Sacó otra botella de agua. Desenroscó el tapón. Por fin sacudió la cabeza.

—Da igual lo que hagamos. Aunque Jo se escape de Fig, acabará con otro gilipollas que le hará lo mismo. Fue lo que le pasó a mi madre. Por fin dejó a mi padre, conoció a un tío que la trataba de maravilla, iba a cuidar de ella, decía, y en cuanto volvieron de la luna de miel empezó a levantarle la mano. Pasa lo mismo desde que el mundo es mundo. Hay hombres que nacen para pegar y mujeres que nacen para que las peguen, y siempre acaban juntos porque tienen unos imanes dentro que se atraen entre sí. Son tal para cual. —Se volvió hacia Angie—. Hay gente que nace con un agujero dentro. Y se pasan la vida intentando llenarlo. A veces es con pastillas, y otras con Dios, o con un puño. —Tiró el tapón de la botella al cubo de la basura—. ¿Hemos terminado?

Angie sabía que sí, pero no iba a dejar que LaDonna dijera la última palabra.

—Esa chica de Las Vegas. ¿Quieres que le diga a Laslo que resuelva el asunto?

—De eso ya me he encargado yo.

Hablaba como un capo de la mafia.

—¿Le hiciste una oferta que no pudo rechazar?

—Le salté los dientes de una hostia.

Angie le sostuvo la mirada. No iba a ser ella quien la apartara primero.

—Ya me voy.

LaDonna miró hacia la piscina.

—Muy bien.

Angie sabía cuándo la estaban echando. Abrió la botella de agua fría mientras volvía por el pasillo. Las otras mujeres seguían cotorreando en el salón de manicura, pero Angie se limitó a recoger su bolso y se marchó. No necesitaba que nadie la acompañara al coche. Estaba saliendo del aparcamiento cuando se acordó del teléfono verde.

—Maldita sea —masculló, porque naturalmente había sucedido lo que temía: mientras ella perdía el tiempo jugando al ratón y al gato con LaDonna, Jo había recibido un mensaje. Y lo que era más importante, había contestado, descargando así el programa de clonación en su teléfono.

MR: *1town suites13h*

JOSEPHINE: *ok*

La hora mostraba que el mensaje había sido enviado hacía diez minutos.

Angie encendió el iPad. Abrió el programa de seguimiento por GPS. Un puntito azul comenzó a parpadear en el plano, avanzando lentamente por Cherokee Drive.

Jo se había puesto en marcha.

MIÉRCOLES, 13:08 HORAS

Angie se hallaba detrás del encargado del motel One Town Suites. Encima de la mesa, delante de él, había un monitor. La pantalla estaba dividida en cuatro partes que mostraban la imágenes tomadas por diversas cámaras de seguridad del motel. El vestíbulo. El ascensor. Un largo pasillo. El aparcamiento.

Por pura casualidad, el motel estaba a menos de quince minutos en coche de la mansión de los Rippy. O quizá no fuera casualidad. A Angie no le cabía ninguna duda de que Marcus lo había visitado en otras ocasiones. Las habitaciones se alquilaban por semanas, de modo que pagabas un precio exorbitante si solo querías ocuparlas un par de horas, pero a cambio podías estar seguro de que nadie haría preguntas. El lugar apestaba a discreción a precio de ganga. Era cutre, pero limpio y bien cuidado. El tipo de sitio al que un hombre muy rico llevaría a una chica a la que acababa de conocer en alguno de los clubes de *estriptis* de la zona. El Saint Regis y el Ritz, que se hallaban calle arriba, eran para arreglos más permanentes.

Angie miraba la parte del monitor que mostraba el aparcamiento. Jo seguía dentro del Range Rover aparcado. Hacía veinte minutos que estaba allí, sentada sobre sus manos, igual que en la cafetería. Miraba fijamente hacia delante. No se movía. No salía del coche. Angie miró la hora. El mensaje de Marcus había llegado hacía cincuenta minutos. Faltaba una hora para que Anthony saliera del colegio. Si lo que quería Marcus era echar un polvo, tendría que ser rapidito.

El encargado tocó el teclado y mostró otros ángulos del aparcamiento y el hotel.

—¿Cuánto tiempo más? —preguntó.

—El que haga falta.

—Bueno, me ha pagado suficiente —dijo el hombre.

Más que suficiente, teniendo en cuenta que Angie le había metido cinco mil dólares en el bolsillo. Seguramente lo habría hecho por mil, pero Angie tenía prisa y no había querido ponerse a regatear.

Había dos habitaciones contiguas en la parte trasera del motel, separadas por una puerta con cerradura. Angie llevaba todo lo necesario en su bolsa. El micrófono direccional era lo bastante fino para caber por debajo de la puerta. El transmisor se enchufaba a la pared. Los auriculares, al transmisor. Como había llegado tan pronto al motel había tenido tiempo de sobra de colocar las cámaras, pero hacía meses que no usaba el equipo. Las baterías estaban descargadas.

Sonó el teléfono de la mesa. El encargado lo levantó. Angie dedujo que un huésped tenía problemas con el televisor.

Empezó a pasearse de un lado a otro. No quería pensar en todo lo que podía salir mal. Habían quedado en un motel, pero no por ello tenían que ocupar una habitación. Marcus conducía un Cadillac Escalade. En la parte de atrás cabían cómodamente dos personas.

El encargado colgó el teléfono.

—¿Es ese al que espera? —preguntó.

Ella miró el monitor. El Escalade negro de Marcus Rippy acababa de aparcar junto al coche de Jo. Angie contuvo la respiración, esperando a que todo su plan se viniera abajo. Jo se quedó en su coche. Marcus salió del suyo. Angie lo vio cruzar el aparcamiento. Caminaba despacio, tranquilamente, pero miró a derecha y a izquierda como para asegurarse de que no había nadie mirando. Volvió a mirar antes de abrir la puerta del vestíbulo.

Sonó una campanilla.

—Empieza la función. —El encargado se levantó y salió del cuarto.

Angie fue pasando las imágenes de las cámaras de seguridad hasta encontrar la que mostraba la recepción. El encargado estaba allí, remetiéndose el polo en los pantalones cortos. Marcus llevaba una gorra de béisbol bien calada sobre la frente. Se cubría los ojos con unas gafas de sol. Vestía ropa anodina y se había quitado el llamativo reloj de trescientos mil dólares que solía lucir en la muñeca. Parecía saber dónde estaban las cámaras. Mantenía la cabeza agachada. No levantó la vista. Le pasó al encargado un fajo de billetes porque LaDonna controlaba cada centavo que entraba y salía de sus cuentas.

Angie oyó hablar al encargado, pero no podía oír a Marcus. Una llave cambió de manos por encima del mostrador. El encargado ofreció planos de la ciudad y la contraseña de la conexión wifi. Marcus rechazó ambas cosas con un gesto. Se dirigió a la puerta y salió del encuadre.

La campanilla volvió a sonar.

Angie volvió a la imagen que mostraba el aparcamiento. Marcus estaba de pie frente a la puerta del motel. Le hizo señas a Jo de que entrara.

Al principio, ella no se movió. Parecía estar decidiendo algo. ¿De veras iba a hacerlo? ¿Entraría en aquella habitación con Rippy? ¿O se marcharía?

Por fin se decidió. Abrió la puerta. Salió del coche. Se metió las manos en los bolsillos de los vaqueros y cruzó corriendo el aparcamiento.

El encargado tocó a la puerta. Angie la abrió.

—¿Ese es quien yo creo que es? —preguntó él.

329

—Por cinco mil dólares, no. —Angie empezó a arrancar los enchufes de detrás de las máquinas. Ya había sacado el CD-R de la grabadora de vídeo.

—Eh, que yo sé aceptar un soborno —dijo el encargado levantando las manos—. Trabajo en un motel de carretera.

Angie pensó en la pistola que llevaba en el bolso. Descargada. Posiblemente era una suerte. Abrió despacio la puerta de la oficina. Jo y Marcus estaban entrando en el ascensor. Pasó por detrás del mostrador agachando la cabeza cuando las puertas se cerraron.

Esperó hasta que oyó ponerse en marcha el motor del ascensor. Subió despacio las escaleras traseras. No podía llegar antes que ellos al segundo piso. Los oyó hablar al llegar al rellano. Estaban metiendo la llave en la cerradura. Una puerta se abrió y volvió a cerrarse.

Angie salió al pasillo. Caminó enérgicamente hacia la habitación contigua. Había engrasado la cerradura con aceite procedente de su bolsa. La llave entró sin hacer ruido. La cerradura se accionó. Abrió la puerta sigilosamente y sujetó el pomo para que el brazo automático no la cerrara de golpe.

La puerta que comunicaba las dos habitaciones era delgada. Marcus y Jo ya estaban hablando en la otra habitación. La voz grave de Marcus hacía vibrar el aire. La de Jo era más suave, semejante a un zumbido.

Angie se sentó en el suelo, junto al transmisor. Se acercó uno de los auriculares al oído.

—...más —dijo Jo—. Lo digo en serio.

Marcus no dijo nada, pero Angie oía su respiración constante, entrando y saliendo. Ajustó el sonido. Se maldijo por no mantener cargadas las baterías de todas las cámaras.

—¿Qué quieres que haga, Jo? —preguntó Marcus.

—Quiero que veas esto.

Se oyó un susurro y luego un suave gemido que al principio Angie creyó que era el sonido de retorno. Ajustó los diales del transmisor. No era retorno. Era una voz de mujer, repitiendo una y otra vez la misma palabra.

—No, no, no, no, no...

Angie subió el volumen. Era un sonido leve, lejano, como pasado por el filtro de un altavoz barato. ¿Habría encendido Jo la televisión?

—Dios mío, Jo —dijo Marcus—. ¿De dónde has sacado esto?

—Tú mira.

Mira.

No era la tele. Un vídeo, tal vez. Angie cerró los ojos, concentrándose en el sonido ambiente. El ruido del viento, una respiración, un golpeteo rítmico.

La voz de la mujer otra vez.

—No, no, no, no, no...

—Joder. —Una voz de hombre, jadeante.

—No, no, no...

—Joder. —El mismo hombre otra vez, excitado.

Otro hombre con la voz aún más grave.

—Hazla callar.

El primero:

—Lo estoy intentando.

Angie se sentó en cuclillas al comprender lo que estaba oyendo.

Jo tenía un vídeo de dos hombres follándose a una mujer que decía continuamente que no.

—Apágalo —dijo Marcus.

El primer hombre. Marcus Rippy era el primer hombre.

—Por favor —dijo—. Apágalo.

Angie escuchó el silencio, con el estómago cerrado como un puño. ¿Qué cojones estaba haciendo Jo? Estaba completamente sola. Nadie sabía que estaba allí. Acababa de enseñarle a un tipo que tenía noventa kilos de musculatura un vídeo en el que aparecía él violando a una mujer que repetía una y otra vez «no».

—¿Lo ha visto LaDonna? —preguntó Marcus. Jo debió de negar con la cabeza, porque él dijo—: Más te vale.

—No intento perjudicarte —dijo Jo.

Angie oyó pasos a través de la habitación. El ruido de una cortina al deslizarse por una barra. Más silencio. Angie volcó rápidamente el contenido de su bolso en el suelo. Tenía que cargar la pistola. Debía estar preparada.

—¿Qué vas a hacer con eso? —preguntó Marcus.

Angie se quedó paralizada, esperando.

—Solo quiero largarme. —La voz de Jo sonaba frágil—. Es lo único que quiero. No quiero perjudicarte. No quiero perjudicar a nadie.

—Jo, Jo... —Marcus suspiró. No dijo nada más. Estaba intentando averiguar cómo afrontar la situación.

Angie trató de ponerse en su lugar. Era un tipo listo. Seguramente no era la primera vez que lo chantajeaban. Además, había visitado otras veces el motel. Sabía dónde estaban las cámaras de seguridad. Sabía que Jo aparecería en las grabaciones y que el encargado había reconocido su cara.

Angie apartó la mano de la pistola. Siguió esperando.

—Fig no va a dejar que te lleves a su hijo —afirmó Marcus.

—Lo hará si sabe que tengo un vídeo en el que se le ve violando a una chica.

No, dijo Angie sin emitir sonido, dirigiéndose a la puerta cerrada. Reuben también aparecía en el vídeo. Jo no podía ser tan estúpida. No podías enseñarle a un hombre un vídeo en el que aparecía violando a una mujer junto a tu marido y confiar en que te dejaran marchar tranquilamente.

—Si Fig ve eso... —Marcus dejó escapar un gruñido—. Joder, Jo, te matará.

Ella no contestó. No necesitaba que nadie le dijera que su marido iba a matarla.

—¿Quieres dinero? —Marcus parecía enfadado—. ¿Es eso? ¿Intentas chantajearme?

—No.

—Me enseñas un vídeo en el que se nos ve a Fig y a mí divirtiéndonos un poco y...

—Esa chica fue violada. Recibió tal paliza que estuvo al borde de la muerte. El GBI investigó...

—Tú sabes que eso no fue cosa mía. —Era evidente que Marcus trataba de controlar su furia—. Vamos, tía. Solo nos estábamos divirtiendo un poco. Nada más.

—Parece drogada.

—Es una yonqui. Sabía lo que hacía.

Jo se quedó callada otra vez. A Angie le dolían los oídos de tanto esforzarse en oír. Pero lo único que oía era el latido de su propio corazón. Rápido. Asustado. Aquello era demasiado peligroso. La chica de la grabación tenía que ser Keisha Miscavage. Era el caso de Will, el que ella se había encargado de borrar del mapa repartiendo cientos de miles de dólares en sobornos por encargo de Kip Kilpatrick. Si había un grabación, Jo tenía en sus manos una mina de oro.

Si es que lograba salir con vida de aquello.

—Puedo darte dinero —dijo Marcus.

—No quiero dinero.

—Entonces, ¿qué coño quieres?

—A mi hijo —le tembló la voz—. Quiero que mi madre esté a salvo. Quiero conseguir trabajo en alguna parte y ganarme la vida honradamente.

—¿Cómo vas a hacer todo eso sin dinero?

Jo empezó a llorar. Angie no supo si sus sollozos eran auténticos.

—Venga —dijo Marcus.

—Tú puedes hablar con Reuben. Decirle que lo echarán del equipo si no deja que me marche. —Se le quebró la voz—. Por favor, Marcus. Somos amigos. Nos queremos. Lo sé. No intento aprovecharme de ti ni meterte en líos. Te lo pido como amiga. Te *necesito* como amigo.

Silencio.

—Marcus...

—Tú sabes que eso no puedo decidirlo yo.

Angie esperó a que la chica de Starbucks se dejara ver, a que su hija le dijera que no le viniera con rollos, que él era el puto Marcus Rippy, que podía hacer lo que se le antojara.

Pero Jo no dijo nada.

—Venga ya —dijo Marcus—. Siéntate. Vamos a hablarlo.

Angie oyó el ruido de los muelles de la cama.

Mierda. Podía violarla. Las cámaras de seguridad mostrarían a Jo entrando por propia voluntad en el motel. Marcus podía alegar que estaban liados. Podía amenazar con decírselo a Reuben Figaroa y Jo se vería aún más atrapada que antes.

—Lo único que se ve en ese vídeo es que me estoy divirtiendo un rato —dijo Marcus.

—He visto el final. La chica llamaba a su mamá.

Marcus no respondió.

—La he oído decirlo, Marcus —añadió Jo—. «Mamá».

—No es lo que piensas.

Angie rezó por que su hija se diera cuenta del tono que había adquirido la voz de Marcus.

—Marcus...

—Ni siquiera pude acabar, ¿vale? Había bebido demasiado. Pasaron muchas cosas esa noche. Yo me fui. Lo que pasara después no es cosa mía.

Jo no respondió.

—¿Es la única copia que hay? —preguntó él.

Angie se puso tensa. Pronunció para sus adentros las palabras que deseaba con todas sus fuerzas que dijera Jo: *He hecho copias. Se las he mandado a un amigo. Si me pasa algo, llegarán a manos de la policía.*

—Hay otra más, en el portátil de casa —contestó Jo.

Joder.

—En el portátil de Reuben —añadió Jo—. Lo deja en la cocina. Quería que yo la encontrara.

Marcus masculló algo que Angie no entendió, quizá porque estaba distraída. El iPad de la antena, el que tenía en el coche,

334

contenía una copia de todos los archivos del portátil de la cocina de Reuben Figaroa. ¿Por qué no le había echado un vistazo antes?

—A Reuben le da igual lo que yo vea —dijo Jo—, porque sabe que estoy demasiado asustada para hacer nada. —Soltó una risa amarga—. Y es verdad: estoy demasiado asustada. Me daba pánico venir aquí. Esas dos veces que estuvimos juntos, no podía dejar de pensar que él iba a entrar en la habitación y a pegarnos un tiro en la cabeza.

Marcus siguió callado.

—No puedo ni ir a tomar un café sin enseñarle por el teléfono dónde estoy. No puedo beber agua por las noches porque no me permite salir de la cama para ir al baño. No puedo salir de casa sin su permiso. No puedo comer si él no me da permiso. Comprueba los marcadores de la cinta de correr para asegurarse de que corro mis cinco kilómetros diarios. Tiene cámaras dentro de casa, de los dormitorios, de los cuartos de baño. El otro día me corté afeitándome las piernas y se enteró antes de que saliera de la ducha. —Su voz sonaba ronca, desesperada—. Me tiene encerrada como un puto animal en una jaula, Marcus.

—Venga, no puede ser para tanto, Jo. Fig te quiere.

—Me quiere tanto que va a matarme.

—No digas eso.

—Ya estoy medio muerta. —Su tono de voz indicaba que hablaba en serio—. Este vídeo es mi única posibilidad de escapar con Anthony. Si no me voy pronto, acabaré muerta. Me matará Reuben o me mataré yo.

—Tía, no digas eso. El suicidio es pecado.

Angie se mordió la lengua para no gritar.

—Imagino que se lo has contado todo a tu madre —dijo Marcus.

Jo no respondió. ¿Estaba negando con la cabeza?

—¿Cuánto tiempo llevas así?

—Demasiado.

—Jo...

Ella empezó a llorar violentamente. Angie apoyó la mano en la puerta. Sintió la tristeza de Jo apretándose contra ella.

—Empezó en la universidad —dijo Jo—. Tuve que dejar los estudios por las palizas que me pegaba. ¿Lo sabías?

Marcus no contestó.

—Mi compañera de habitación informó de ello y llamaron a la policía. Tuve que casarme con él para que no acabara en la cárcel. Desde que me puso ese anillo en el dedo, estoy sentenciada. —Soltó de nuevo aquella risa seca—. Llevo ocho años caminando hacia mi tumba. Lo único que puedo controlar ahora es la velocidad a la que me meto en ella.

—Vamos a hablar de esto, Jo —dijo Marcus—. Podemos encontrar una solución.

—Tengo que ir a buscar a Anthony al colegio. Reuben me obliga a llamarlo en cuanto subo al coche.

—No te vayas así.

—Si llego tarde...

—Vas a llegar a tiempo —le dijo Marcus—. Cuéntame qué vas a hacer.

—No lo sé. —Jo parecía indecisa—. No puedo enseñarle a nadie ese vídeo sin incriminarte, y no quiero hacer eso, da igual lo mal que te hayas portado.

—Te juro por mi vida, Jo, por mis niños, que no es lo que piensas.

Jo no contestó al principio. Era evidente que no sabía qué hacer. Lo que la ataba a Marcus Rippy era mucho más profundo de lo que creía LaDonna.

—Quiero que me preocupe esa chica —dijo—. Me gustaría desear que se le haga justicia, pero lo único que veo es una forma de escapar de mi situación. —Soltó una risa aguda—. ¿Qué dice eso de mí? ¿Qué clase de persona soy, que estoy dispuesta a cambiar la vida de otra mujer por la mía propia?

—Tú me conoces, Josephine —dijo Marcus—. Me conoces mejor que nadie. Tenemos una historia juntos, nos conocemos desde que éramos dos críos. Yo nunca he sido violento. Ni contigo ni con nadie. Tú me conoces.

—No fue eso lo que pensé cuando vi el vídeo.

—Contigo nunca he sido así. Ni entonces ni el mes pasado. Ni ahora, si me dejas.

—Marcus...

Se estaban besando. Angie reconoció los sonidos. Sintió que sacudía la cabeza. ¿A qué clase de ruleta rusa estaba jugando su hija?

—No. —Jo parecía haberse apartado—. No puedo.

—Pon el vídeo otra vez —la retó él—. Enséñame dónde le hago daño a la chica.

Angie esperó a que su hija le recordase que, aunque estuviera drogada, aunque fuera una yonqui, la chica del vídeo decía constantemente que no.

Pero Jo le dijo:

—Coge mi teléfono. Destrúyelo. No puedo hacerte esto.

Angie se mordió la lengua y notó un sabor a sangre.

—No. ¿Qué pasará si te llama Fig y no contestas? —preguntó él.

Ella no respondió. Angie rezó para que su hija se diera cuenta de lo que estaba pasando. Marcus sabía que Fig seguía los pasos de Jo a través del teléfono. Sabía también que había una copia del vídeo en el portátil de Fig. Al decirle a Jo que se quedara con el teléfono intentaba que confiara en él. Y solo podía haber un motivo para ello: Marcus pensaba jugársela.

—¿Qué vas a hacer, Jo? —preguntó—. Quiero ayudarte.

—Nadie puede ayudarme. Solo estaba desahogándome. —Angie oyó pasos cuando Jo caminó por la moqueta—. Tengo que ir a recoger a Anthony.

—Deja que yo me ocupe de esto —añadió Marcus—. Siempre he cuidado de ti. Me enfrenté a ese profe que quería propasarse contigo. Me aseguré de que tu madre supiera que eras una buena chica. —Hizo una pausa, y Angie confió en que Jo no estuviera asintiendo—. Deja que piense cómo puedo encargarme de Fig y que tú consigas lo que quieres —añadió.

—No hay ninguna manera, Marcus. No sin perjudicarte a ti, y eso no voy a hacerlo.

—Te lo agradezco, pero tú te mereces algo mejor. —Hizo otra pausa—. LaDonna da una fiesta el domingo. Fig ya ha dicho que iréis.

—Dios, no puedo soportar otra fiesta.

—Tienes que ir, tía. Hacerle creer que va todo bien.

—¿Y luego qué?

—Dame algún tiempo para que lo organice. Voy a resolver esto y voy a cuidar de ti, aunque tenga que llevaros a ti y a Anthony a una de mis casas y poneros un guardia en la puerta. Así tendrás tiempo de pensar lo que quieres hacer.

—Ay, Marcus. —Jo parecía conmovedoramente esperanzada—. ¿Lo harías de verdad? ¿Podrías hacerlo?

—Tú dame un tiempo —repitió él—. Tengo que rezar un poco, pensar qué debo hacer.

—¡Gracias! —La voz de Jo sonaba casi eufórica—. Gracias, Marcus.

Volvieron a besarse.

De nuevo fue Jo la primera en apartarse.

—Tengo que ir a recoger a Anthony. Gracias, Marcus. Gracias.

La puerta se abrió con un chasquido y volvió a cerrarse cuando Jo salió de la habitación. Angie oyó sus pasos suaves en el pasillo.

—Mieeeerda —susurró Marcus en la habitación de al lado.

El colchón chirrió. Se oyeron diez pitidos cuando marcó un número de teléfono.

Marcus Rippy podía ponerse a rezar todo lo que quisiera, pero Angie sabía perfectamente a quién iba a llamar para que resolviera aquella situación.

—Kip —dijo—, tenemos un problema, y es de los gordos.

Angie cogió el ascensor para subir al piso veintisiete del edificio Tower Place. No al veintiocho ni al veintinueve, donde estaban las oficinas de 110, sino al de más abajo, donde no había estado nunca. Dale le había mandado un mensaje diciéndole que se reuniera con él allí lo antes posible.

Una sensación de paranoia erizaba su nuca mientras veía pasar las luces de los pisos. ¿Había descubierto Dale que estaba de parte de Jo? Tenía un extraño sexto sentido, sobre todo en lo relativo a ella. Y a ella no le gustaban las sorpresas. Agarraba el bolso con fuerza, apretado contra el cuerpo. Debería haber cargado la pistola. Aquello le daba mala espina. No había ningún motivo para que Dale le pidiera que se reuniera con él en otro piso.

Ningún motivo bueno, al menos.

Las puertas del ascensor se abrieron suavemente. Angie dudó antes de salir. Aquella planta estaba en obras. Los fluorescentes colgaban de sus cables. Los montones de material de construcción y los cubos de pintura formaban un laberinto. Fuera, las ventanas dejaban ver el cielo azul. Dentro reinaba un ambiente lúgubre, lleno de sombras.

Si ella se propusiera matar a alguien, aquel sería un buen sitio para hacerlo.

Recorrió la sala sorteando los montones de botes de pintura y los andamios móviles. Pensó en el iPad de las antenas, el que contenía todos los archivos del portátil que Reuben Figaroa tenía en la cocina. No había tenido tiempo de buscar el vídeo que Jo le había mostrado a Marcus Rippy. Daba por sentado que Marcus le había contado a Kip que había otra copia del vídeo y calculaba que Kip encontraría un medio de borrarlo. Ignoraba si eso significaba que también se borraría en el iPad. No podía llamar a Sam para pedirle ayuda. El chico estaba al servicio de Dale, como casi todo el mundo que ella conocía. Al final, lo único que se le ocurrió fue arrancar la antena, cerrar el ordenador y dejarlo en la caja fuerte del motel One Town Suites.

Por cinco mil dólares, confiaba en que el encargado supiera de verdad mantener la boca cerrada.

—Progresos —dijo Dale.

Angie dio un brinco.

—Me has dado un susto de muerte.

Aquello pareció complacer a Dale.

—Kip está arriba, con Rippy.

—Entonces, ¿qué hacemos nosotros aquí abajo?

—Aquí no hay cámaras de seguridad.

Angie tragó saliva para limpiar el polvo de su garganta. Se obligó a acercarse a él tranquilamente, sin nada que ocultar.

—¿A qué viene tanto misterio?

—Pasa algo con Rippy. Es lo único que sé.

Angie se liberó de parte de su tensión. Naturalmente, por eso estaban allí. Había oído a Marcus llamar a Kip. Debería haber imaginado que Kip llamaría de inmediato a Dale, que a su vez la llamaría a ella.

Paseó la mirada por la sala, fingiendo que no había localizado ya las salidas y los posibles escondites.

—¿Qué es todo esto?

—Progresos —repitió Dale—. Ciento Diez se está expandiendo. Ahora que el contrato All Star está en marcha, necesitan todo un equipo para gestionar la marca, para asegurarse de que los deportistas siguen en el candelero y no se meten en líos. Lo va a dirigir Laslo.

Angie hizo un gesto afirmativo. Era lógico. Los agentes deportivos no solo se ocupaban de negociar contratos. Dirigían cada aspecto de las vidas de sus deportistas.

—¿Has tenido noticias de Denny?

Angie se había olvidado del problema de Dale con el corredor de apuestas. Miró su teléfono. Denny le había respondido hacía tres horas. Leyó por encima una larga explicación acerca del lío en el que iba a meterse por detener a todas las putas de Cheshire Bridge y, por fin, llegó a la parte que importaba.

—Dice que lo harán esta noche.

—Bien. Le he dado al abogado los papeles del fondo fiduciario. Ya es oficial.

—¿Se lo has dicho ya a Delilah?

Él meneó la cabeza.

—Quiero que se lo digas tú.

Lo último que quería Angie era tener que decirle a una yonqui que iba a hacerle de madre adoptiva. Claro que Dale podía estar mintiendo solo porque sí. Le gustaba engañar a la gente.

—¿Cómo me pongo en contacto con ella? —preguntó Angie—. ¿Está viviendo en tu casa?

—Se ha mudado a la casa de su madre. Imagino que Kip dejará limpia la casa de Mesa Arms en cuanto yo no esté. —Tosió acercándose la mano a la boca—. Si te toca hacerlo a ti, no entres en el desván. No hay más que un montón de papeles. Casos antiguos y cosas así.

Angie no pensaba acercarse a la casa de Dale.

—Claro.

—Y tampoco conviene que entres en el baño. Por otros motivos.

Sonó el timbre del ascensor. Kip y Marcus dejaron de hablar en voz baja al ver a Angie y Dale. Ella procuró no pensar en lo esperanzada que sonaba la voz de Jo cuando Marcus le dijo que podía esconderlos a ella y Anthony en su casa y protegerlos de Reuben Figaroa con un guardia armado si era necesario.

Pero Marcus Rippy solo iba a protegerse a sí mismo.

—¿Dónde está Laslo? —preguntó Dale.

—No está aquí —contestó Kip, y añadió dirigiéndose a Marcus—: Deberías volver arriba, hermano. Deja que yo me encargue de esto.

Marcus meneó la cabeza.

—Esto es distinto, tío. No voy a dejar que le hagas daño.

Angie observó su cara. Parecía indeciso, lo cual era en cierto modo lógico si no sabías cómo iba a terminar aquello. Ella se había pasado casi toda su vida profesional convenciendo a gente para que hiciera cosas que sabía que estaban mal, ya fuera conseguir que un sospechoso delatara a su cómplice o sobornar a un testigo para que cambiase su declaración antes de un juicio. El punto débil de todo el mundo era siempre el mismo: una mezcla de dinero e instinto de supervivencia.

—¿A quién se supone que no tenemos que hacer daño? —preguntó Dale.

Kip dio a Marcus otra oportunidad de marcharse. Como no lo hizo, respondió:

—Jo Figaroa tiene un vídeo.

—¿De qué? —preguntó Dale.

—Eso no es asunto tuyo, joder —respondió Marcus.

Dale miró a Angie. Ella procuró no cambiar de expresión.

—Da igual lo que haya en el vídeo. —Kip cruzó los brazos. Angie se dio cuenta de que pocas veces lo había visto sin una pelota de baloncesto o una botella de Bankshot entre las manos—. Jo tiene el vídeo en su teléfono. Es lo único que necesitáis saber.

—¿Hay copias? —preguntó Angie.

—De eso ya nos estamos encargando.

Eso explicaba la ausencia de Laslo. Kip lo habría mandado a hacerse con el portátil antes de que Jo volviera de recoger a Anthony.

—Hay un ordenador... —dijo Dale.

—La copia no está en un ordenador —lo interrumpió Kip—. Laslo lo tiene todo controlado. Fin de la discusión.

Angie sopesó aquella mentira. Marcus ya le habría dicho a Kip que el vídeo procedía del portátil de Reuben. Lo primero que le habría preguntado el agente era si había copias. Kip les estaba ocultando toda la información que podía, lo que en realidad la beneficiaba. Dale sabía que el portátil había sido clonado, que toda su información estaba copiada en el iPad. Kip, por su parte, parecía ignorarlo.

—Puedo pagar a un yonqui para que le quite el teléfono de la mano. Problema resuelto —dijo Angie.

—No podéis quitarle el teléfono —respondió Marcus con voz estridente.

Estaba pensando en Jo, en cómo la controlaba Reuben a través del teléfono. Lo que en apariencia era loable. Pero si de verdad se hubiera preocupado por Jo, nada de aquello habría ocurrido.

—No se trata solo del vídeo —añadió Kip—. Es que Jo lo ha visto. No podemos fiarnos de que no vaya a hablar. Hay que darle un escarmiento, que entienda que no puede meterse donde no la llaman.

—¿Ha llegado la hora de usar el hacha? —preguntó Dale.

Angie sintió que se le encogía el estómago.

—No. —Marcus pareció alarmado—. No podéis hacerle daño. Físicamente no.

—Es un eufemismo. No vamos a hacerle daño. Tenemos un plan alternativo —dijo Kip.

—¿Un plan alternativo? —repitió Marcus—. ¿Tan deprisa? ¿A quién le cuentas tú mis asuntos?

—Somos tu equipo, Marcus —respondió Kip—. Hace tiempo que sabemos que Jo podía dar problemas.

Angie esperó a que alguien señalara que el problema era Reuben Figaroa. Como nadie dijo nada, preguntó:

—¿Qué hay del marido?

—Fig no puede enterarse de esto. ¿Cuándo vuelve? —le preguntó Marcus a Kip.

—No podrá volar hasta mañana por la noche. —El agente levantó las manos, como un guardia de tráfico intentando detener un autobús en marcha—. Y entiendo que Fig no puede enterarse de lo del vídeo, ni saber que te ves con Jo a solas. Confía en mí, Marcus, sé que Fig tiene mal genio. No nos conviene que lo acusen de asesinato cuando quedan menos de dos semanas para que demos el mayor pelotazo de nuestras vidas.

Marcus asintió lentamente con la cabeza, aparentemente apenado porque el dinero fuera siempre lo primero. Angie era la única persona en aquella sala que no aceptaba el trato. La vida de Jo valía más que un partido de baloncesto o que otro centro comercial anunciado a bombo y platillo.

—¿Cuál es el plan alternativo? —preguntó Marcus.

—Hace mucho tiempo —contestó Dale—, Jo fue detenida con un montón de recetas en el coche.

—¿Cuando estaba en el instituto? —Marcus negó con la cabeza. Había vuelto a asumir el papel de paladín de Jo—. No, tío, esas recetas eran para mí. Me dolía la espalda, tenía que seguir jugando. Jo se comió el marrón. Sabía que con ella no serían tan duros.

Angie pensó en Jo sacrificándose por Rippy. ¿De veras era así su hija, siempre mintiendo por un hombre?

—Los detalles del arresto siguen ahí —dijo Kip—. Podemos utilizarlos.

—¿Cómo?

—Pondré un poco de Oxy en su coche —contestó Dale—, llamaré a un amiguete mío y la chica pasará un par de días en prisión. Así tendrá tiempo para meditar sobre sus problemas.

—No. —Marcus meneó la cabeza—. No podéis mandar a Jo a la cárcel. No lo permitiré. Trabajáis para mí, tío. Todos. Trabajáis para mí, y yo digo que no.

Si la situación hubiera sido otra, Angie se habría reído en su cara. Se había convencido a sí mismo de que era un buen hombre acosado por las circunstancias. Le dieron ganas de mirar su reloj para ver cuánto tiempo tardaba en capitular. Calculó que tres minutos.

—Marcus... —Kip suspiró, fingiéndose frustrado por aquel horrible dilema que a él también le desagradaba—. Yo tampoco quiero mandarla a prisión, pero esto es grave. Tenemos que encontrar un modo de poner a Jo en su sitio sin alertar a Fig. Necesita un hacha, no un martillo.

—¿Qué cojones significa eso?

—Significa que tiene que entender que esto es un negocio —explicó Dale.

—Los próximos diez días son decisivos para todos nosotros —añadió Kip—. Ya viste lo que pasó con los inversores cuando salió el asunto de Keisha Miscavage. ¿Qué crees que pasará si Fig y tú os veis envueltos en otro escándalo? No estamos hablando únicamente de que Jo arruine tu carrera, tu tren de vida, tu familia... Esto podría arruinar todo el proyecto. —Se encogió de hombros con aire de impotencia—. A alguien que tiene ese poder, no se le manda callar, se le cierra la boca.

Marcus sacudió otra vez la cabeza, pero Angie notó que estaba a punto de ceder.

—Eso no está bien, tío. Vino a pedirme ayuda.

Kip le lanzó a Dale una mirada de desesperación. Angie desvió los ojos para que no la mirara a ella. No sería tan malo que Jo pasara un par de días en la cárcel. Estaría a salvo de Fig, y ella dispondría de cuarenta y ocho horas para trazar un plan. Si conseguía jugar bien sus cartas, el domingo por la mañana Jo estaría a bordo de un avión con destino a las Bahamas, en vez de ingresar en una clínica de desintoxicación.

—Marcus —dijo Kip—, dime qué opciones tenemos. Esto no es Chicago. No podemos retorcer algún que otro brazo y repartir un poco de dinero. Si Jo consigue chantajearte una vez, volverá a intentarlo. Y la gente le hará caso, tío. ¿Quieres ver este asunto en la portada de *Rolling Stone*? O, peor aún, ¿quieres que le vaya con el cuento de ese vídeo a LaDonna?

Marcus se encogió físicamente al oír mencionar a su esposa.

—Ella no metería a LaDonna en esto.

—¿Estás seguro?

El jugador no parecía seguro de nada.

Kip vio su oportunidad.

—No sabemos qué más está tramando Jo. Tenemos que dejarle claro que no es ella la que tiene la sartén por el mango. No es que me agrade la idea de bajarle los humos. —Se encogió de hombros—. Pero si le damos un buen susto, si dejamos que pase unos días en una celda de seis metros cuadrados, que coma el rancho de

la cárcel y se pase el día mirando el reloj sin saber qué va a pasar...
—Se encogió de hombros otra vez—. Es el mejor modo de solucionarlo, Marcus. Y tú lo sabes.

Marcus preguntó:

—¿Qué hará Fig cuando llegue a casa mañana por la noche y descubra que su mujer está en la cárcel del condado?

—De Fig ya me ocupo yo.

—Y una mierda —dijo Marcus escupiendo las palabras—. Nadie puede ocuparse de Fig. Ese tío se pone como loco cuando se cabrea. Y algo así, Jo en la cárcel... No la mandará al hospital. La mandará a la tumba.

—Llevará puesta una férula —dijo Kip—. El médico dice que no podrá doblar la pierna hasta dentro de una semana.

Angie vio que Marcus trataba de inventar un cuento de hadas en el que Jo estuviera a salvo.

—¿Qué más ha dicho el médico?

—Un mes con la férula puesta —dijo Kip— y otro mes de rehabilitación. Le quedan todavía cinco años de juego, como mínimo. Pero lo importante es que este fin de semana no hay nada de qué preocuparse. En cuanto Fig vuelva de Texas, si Jo quiere dejarle, lo único que tiene que hacer es darse prisa.

Angie no sabía si Jo tendría valor para abandonar a su marido a no ser que pudiera llevarse también a Anthony. Hizo un intento desesperado.

—Mandadla a una clínica de desintoxicación. El juez lo verá con buenos ojos. Así podrá pasar un mes alejada de Fig. Mientras tanto empezarán las obras, y a ella le vendrá bien.

—¿Por qué le vendrá bien? —preguntó Marcus.

Angie no pensaba ponérselo fácil.

—Porque en la clínica nadie va a pegarle una paliza. Eso será cuando salga.

—La desintoxicación implica psicoterapia —comentó Dale—. ¿Y si algún psiquiatra la convence para que denuncie a Fig?

—No podemos manejarnos con suposiciones —respondió

Kip, aunque eso era precisamente lo que estaban haciendo—. Mira —le dijo a Marcus—, a mí también me cae bien Jo, pero podemos minar gravemente su credibilidad con la detención, ¿entiendes? Nadie hace caso a una yonqui. Pregúntaselo a Keisha Miscavage. Además, tú sabes que Jo no va a dejar a Fig. Lo ha intentado por lo menos cinco veces, que sepamos.

—No sé. —Marcus estaba convencido, saltaba a la vista, pero tenía que fingir que se resistía un poco más.

—No sé si conseguiré que la retengan más allá del domingo —terció Dale—. Hasta el sábado, como mucho.

—LaDonna da una fiesta para el equipo el domingo por la noche —dijo Marcus—. Aunque Fig pudiera moverse, no le hará nada antes de la fiesta. La gente haría demasiadas preguntas.

—Entonces —repuso Dale—, la mantenemos en la cárcel dos días, hacemos que vaya a la fiesta del domingo y a la mañana siguiente la llevamos a una clínica de desintoxicación.

Marcus se rascó la barbilla. Seguía empeñado en no facilitarles las cosas.

—Los tabloides se cebarán con este asunto —comentó Kip—. Ya sabes que Fig odia a la prensa. Se portará como un buen chico. Está como una puta cabra, pero no es tonto. Ahora no es como hace cinco años. No puedes esperar seguir jugando si te graban dándole una paliza a una tía.

Marcus no le llevó la contraria.

—Lo de la cárcel... No sé, tío. Jo es muy sensible. No es de esas.

—No es para tanto. Es como ir a un *spa*. —A Kip se le iluminaron los ojos—. La verdad es que esto podría venirle bien. Les diremos a los de publicidad que se pongan manos a la obra. Pueden hablar de la lucha de Jo por recuperarse por el bien de su hijo y esas cosas. Le harán una sesión de fotos, la peinarán y la maquillarán... Le va a encantar.

—No, qué va —dijo Marcus—. Jo odia que le hagan fotos. Nunca quiere ser el centro de atención.

—Pues mejor que mejor —contestó Kip—. Lo hará porque no le queda otro remedio. Publicitariamente beneficiará a Reuben. Y al equipo.

Marcus parecía sinceramente preocupado.

—Puedo creerme que Fig espere un par de días por lo de la rodilla, pero ¿luego qué? Ese tío tiene armas. Guarda un rifle junto a la puerta de su casa.

—Hace años que tiene armas y todavía no las ha usado. —Kip parecía creer que su argumento era tranquilizador—. A Jo no le pasará nada.

—Me aseguraré de que la traten bien en la cárcel —dijo Dale—. Tendrá una celda para ella sola. Estará aislada. Ninguna reclusa hablará con ella. Tengo una amiga que trabaja allí desde hace siglos. Sabe cómo cuidar de las chicas.

Marcus se quedó mirándolo.

—¿Quién cojones eres tú, tío?

—Es un arreglador —respondió Kip—. Soluciona marrones.

—Pues parece un puto cadáver. —Marcus olfateó el aire—. Joder, tío, lávate los calzoncillos. Hueles a meados.

—Fue policía veinticinco años —intervino Angie—. Sabe cómo funciona el sistema. Si dice que puede asegurarse de que Jo esté a salvo en la cárcel, puedes creerle.

Marcus la miró como si acabara de darse cuenta de que estaba allí. Sus ojos se deslizaron por sus piernas y siguieron la curva de su cintura hasta sus pechos. Angie sabía que era su tipo, aunque tuviera unos años de más.

Trató de aprovechar la ocasión. Sentía que empezaba a perfilarse un plan, aunque solo fuera para conseguirle algo de tiempo a Jo.

—Jo siempre hace la compra los jueves. Es decir, mañana. Podemos colocarle las pastillas entonces, cuando su hijo no esté con ella. Así estará a salvo dos días, mientras esté en prisión. Marcus, tú te asegurarás de que no le pase nada durante la fiesta. Luego, el lunes por la mañana, ella ingresa en la clínica de desintoxicación y nosotros hemos ganado treinta días. Entre tanto, empiezan las obras del Complejo All Star. La prensa se tranquiliza y todo el mundo sale ganando.

Marcus se mordió un lado del labio. Por fin estaba entrando en razón.

—¿Qué hay de su hijo?

—A Jo le dejarán hacer una llamada —contestó Angie—. Puede pedirle a su madre que vaya a recoger a Anthony al colegio y que cuide de él hasta que vuelva Fig. —Tenía la boca tan seca que apenas le alcanzaba la saliva para hablar. El plan tenía buena pinta sobre el papel, pero era muy arriesgado, sobre todo porque dependía de que un tipo con muy mal genio consiguiera controlarse. Les dijo a Kip y a Marcus—: Chicos, vosotros tenéis que convencer a Fig de que Jo tiene que estar presentable para las cámaras. No hace falta más que un moratón, o que cojee un poco, para que algún idiota con un blog dé la noticia. Si Fig odia a la prensa tanto como decís, dejadle bien claro que van a vigilar a Jo como halcones, sobre todo en cuanto salga de la cárcel.

—Muy bien —dijo Kip—. Dos días en prisión. Un mes en la clínica de desintoxicación. Jo se da cuenta de lo fácilmente que podemos amargarle la vida y Fig se habrá calmado cuando por fin salga. Ya sabéis que se le pasa el mal genio si se le da un poco de tiempo.

Marcus ya estaba asintiendo.

—A lo mejor así recapacita y piensa que si Jo toma pastillas es porque, a lo mejor, ya no soporta la vida que le da.

Angie se mordió el labio para no decirle que eso no se lo creía ni él.

—Muy bien, entonces. —Kip se volvió hacia Dale—. El vídeo del teléfono puede borrarse cuando Jo esté en la cárcel, ¿no? Un error administrativo, etcétera.

—Mi experto puede hacerlo por control remoto —respondió Dale.

—Muy bien —repitió Kip—. Entonces, Dale le coloca el Oxy. Le diré a Ditmar que mande a alguien del despacho a acelerar la lectura de cargos, que les diga que no monten un escándalo cuando la retengan hasta el sábado.

—No, tío. Que el Oxy lo coloque ella. Marcus señaló con la cabeza a Angie—. Este tío tiene pinta de ir a morirse antes de que yo salga de aquí.

Los labios de Dale dibujaron una tensa línea blanca. Se estaba muriendo, pero aun así tenía su orgullo.

—Muy bien. Hecho. Vámonos de aquí. Volvamos arriba —le dijo Kip a Marcus—. Quiero que repasemos unos detalles de última hora sobre la inauguración de las obras.

Marcus echó otra ojeada a Angie. Luego, se dejó conducir por Kip al ascensor.

Dale esperó a que se fueran.

—Pedazo de mierda —dijo. Dio una patada a una escalera de mano—. ¿Quién se cree ese tipo que impidió que lo procesaran por violación? ¿Y quién cree que se encargó de esas otras dos chicas que ni siquiera llegaron a denunciarlo? —Dio otra patada a la escalera—. Me manché las manos de sangre para que ese cabrón siguiera botando una puta pelota de baloncesto.

Angie dedujo, por fin, de dónde había sacado Dale el dinero para el fondo fiduciario.

—¿Parezco un jodido cadáver? —preguntó él.

—Parece que has cogido la gripe —mintió ella—. Podrías volver a diálisis.

Dale se apoyó contra la pared. Las patadas lo habían dejado agotado.

—Pasar cuatro horas diarias sentado en esa puta habitación de hospital, tres días por semana, mientras todo el mundo habla de cuándo le van a trasplantar un riñón.

Angie no tenía tiempo de escuchar sus penas. Tenía que pensar cómo iba a sacar a Jo de aquella situación.

—Tengo que irme.

—Espera. ¿Dónde está el iPad? ¿El clon? Dicen que no hay copia en el portátil, pero no me fío.

—No he visto ningún vídeo. Solo un montón de fotos y de *e-mails* de su madre.

Dale se quedó mirándola, intentando descubrir si decía la verdad.

Angie puso los ojos en blanco.

—Lo romperé a martillazos. Problema resuelto.

—Muy bien. Pero tráeme los trozos.

Mierda, ahora tendría que comprar otro iPad y hacerlo pedazos.

—¿Algo más, Alteza?

—Tú sabes que ese asunto de la cárcel y la desintoxicación es solo temporal. —Dale levantó las cejas—. Kip está paranoico y Marcus le tiene pánico a LaDonna. ¿Crees que van a haberse curado de esas cosas cuando Jo salga de su *spa* para yonquis dentro de un mes?

—¿Qué quieres decir?

—Quiero decir que yo te conseguí este trabajo. Si quieres conservarlo, vas a tener que sustituirme.

—¿Quieres decir que tendré que mancharme las manos de sangre?

—No te hagas la buena conmigo, lady Macbeth. —Dale enseñó sus dientes amarillos—. Acuérdate de lo que te digo. Aunque Jo tenga la boca cerrada, esos tíos van a ponerse paranoicos. Este asunto va a empezar a quitarles el sueño. Empezará a preocuparles lo que pueda contar Jo. Y al final recurrirán a ti para que lo resuelvas de una vez por todas.

—¿Qué demonios significa eso?

—Ya sabes lo que significa.

Sí, lo sabía. Dale pensaba que Kip la contrataría para que matara a Jo, lo que confirmaba su sospecha de que a él también le había pedido que matara a alguien en alguna ocasión. Confiaba en que le hubiera pagado por ello más del mísero cuarto de millón de dólares que Dale iba a dejarle a Delilah.

—Haz caso a tu tío Dale —le aconsejó—. Que parezca un suicidio. La chica tiene problemas con las drogas. La cárcel y la desintoxicación deprimen a cualquiera. Unas pastillas, un poco de alcohol, una bañera con los grifos todavía abiertos, y se ahoga mientras duerme como una bendita.

Angie comenzó a negar con la cabeza, pero entonces se acordó de que Dale no iba a saber lo que ocurriera.

—Gracias por el consejo, tío Dale.

—Espera —dijo, impidiéndole marcharse—. Me extraña que sepas que Jo siempre hace la compra los jueves. Sobre todo teniendo en cuenta que has empezado a seguirla esta semana.

—He preguntado por ahí. No eres el único detective que hay por aquí.

—Ya.

—¿Eso es todo? —Angie intentó alejarse, pero él la agarró del brazo.

—Vas a necesitar esto para mañana.

Se metió la mano en el bolsillo. Sacó una bolsa de congelación que contenía una docena de pastillas verdes. OxyContin. Ochenta miligramos. Suficiente para mandar a Jo a prisión, pero no para que la procesaran por tráfico de estupefacientes.

—Sé que a ti te va más el Vicodin —dijo Dale, enseñando los dientes por debajo de los labios húmedos—. Quizá demasiado.

—¿Y tus riñones qué destilan? ¿Arcoíris y mariposas? —Angie no iba a permitir que utilizara su adicción contra ella. Dale había esnifado coca suficiente a lo largo de su vida como para cubrir de nieve los Alpes—. Yo, por lo menos, sé cuándo dejarlo.

—¿Los médicos consiguieron cerrarte ese agujero que tenías en el estómago? —Dale la miraba con sorna—. Es el recubrimiento de las pastillas, ¿no? Corroe la flora estomacal.

Angie le arrancó de la mano la bolsa de Oxy.

—Date una ducha, Dale. Marcus tenía razón. Apestas a meados.

—¿Por qué no quitas tú el olor a lametazos?

Angie siguió oyendo su risa mientras se alejaba.

Angie empujaba un carrito vacío por el supermercado, buscando a Jo. La tienda estaba limpísima. Los fluorescentes hacían daño a la vista. Todo estaba agresivamente pulcro y ordenado. La última vez que había estado en un supermercado, iba con Will. La compra era el único fetiche de su marido. Compraba a bulto, siempre las mismas marcas con los mismos logotipos porque era demasiado estúpido para leer la etiqueta de cualquier cosa que fuera nueva o mejor. Angie detestaba hacer la compra. Se aburría y metía cosas a escondidas en el carrito de Will: zarzaparrilla, y luego un sorbete de melocotón, y luego otra marca de mantequilla, y a los cinco minutos Will era presa del pánico como el robot de *Perdidos en el espacio*.

Seguramente, ahora, Sara le hacía la compra. Le planchaba las camisas. Le preparaba la cena. Le arropaba por las noches. Le cambiaba el pañal.

Siguió avanzando por el pasillo y por fin vio a su hija en la sección de fruta y verdura. Tenía un melocotón en la mano. Estaba comprobando su dureza, pero parecía distraída. Quizá estuviera pensando en su plan para escapar de su marido. Por eso le había enseñado a Marcus el vídeo. Creía que él cuidaría de ella, que lo arreglaría todo. No entendía que Marcus Rippy no iba a poner en peligro ningún aspecto de su vida por ayudarla a ella.

Y aunque quisiera hacerlo, Kip no se lo permitiría.

Su única arma era el vídeo. Angie tenía que borrar el archivo de su teléfono antes de que la detuviera la policía. No se fiaba del iPad de Sam Vera, ni aunque estuviera apagado y guardado en la caja fuerte de un motel. Vera era un maestro en su oficio, y Angie no estaba dispuesta a jugar con la vida de Jo.

Dale no era adivino, pero entendía cómo funcionaban las cosas. Jo era una incógnita. Y la gente odiaba las incógnitas, sobre todo si había dinero de por medio. Solo era cuestión de tiempo que Marcus se pusiera paranoico y Kip se desesperara. Laslo había matado a un hombre a navajazos en Boston y había hecho varios trabajillos más en Atlanta. Su labor consistía en eliminar obstáculos. Y Angie no creía que eliminar a Jo fuera a causarle escrúpulos de conciencia. Lo que significaba que su hija no disponía de mucho tiempo para escapar.

—Deja que llame a mi madre.

Angie sintió un vuelco en el estómago. Jo se estaba dirigiendo a ella. Estaba a tres metros de distancia. Sostenía un melocotón en la mano. Hablaba en voz tan baja que apenas se la oía.

—Mi hijo está en el colegio —dijo—. Deja que llame a mi madre antes de que me lleves.

Angie miró a su alrededor para asegurarse de que nadie las oía.

—¿Qué...?

—Sé que me estás siguiendo por orden de Reuben. —Jo dejó el melocotón—. Te vi en el Starbucks. Y el mes pasado estabas en el colegio de mi hijo.

—No es lo que piensas.

Jo intentaba aparentar que no estaba asustada, pero tenía tensos los músculos del cuello.

—Me resistiré a no ser que dejes que me ocupe de mi hijo. —Empezó a perder la compostura. Saltaba a la vista que estaba aterrorizada—. Por favor. También es hijo de Reuben.

Angie sintió una punzada de dolor en el pecho, una reacción física a la impotencia que estaba experimentando su hija.

—No me manda tu marido. Estoy aquí para ayudarte a escapar. —Jo se rio—. Hablo en serio.

—Vete a la mierda. No me hagas perder el tiempo. —Empujó su carrito hacia el siguiente pasillo. Arrancó una bolsa y empezó a llenarla de naranjas.

—Estás en peligro —dijo Angie.

—No me digas.

—Marcus acudió a Kip por lo del vídeo.

Jo se rio otra vez.

—¿Y crees que no me lo imaginaba? El portátil estaba averiado esta mañana. Ni siquiera se encendía. Se ha borrado todo lo que tenía en el teléfono. —Abrió su bolso. Sacó su teléfono. Se lo ofreció—. ¿Lo quieres? Quédatelo. Ya ni siquiera tengo fotos de mi hijo.

Angie le apartó la mano bruscamente.

—Escúchame. Estoy intentando ayudarte.

—No puedes ayudarme. —Jo se dio la vuelta. Empujó el carro hacia la sección de zumos.

Angie la siguió.

—Van a detenerte.

Su hija pareció sorprendida y, un instante después, enfadada.

—¿Por qué?

—Te han puesto Oxy en el coche. —Angie prefirió no decirle que se lo había puesto ella—. La policía estará esperándote fuera cuando salgas. Van a tenerte en la cárcel dos días.

—Pero... —Jo tenía la misma mirada que Angie había visto otras veces, cuando alguna persona rica y bien situada se enteraba de que iba a tener que plegarse a la ley—. Yo no he hecho nada.

—Eso da igual —le dijo Angie—. Lo tienen todo planeado. Quieren darte un escarmiento. —Dejó pasar unos segundos para que encajara la noticia—. Saldrás de la cárcel el sábado por la noche, el domingo por la noche irás a la fiesta de LaDonna con Fig y el lunes por la mañana ingresarás en una clínica de desintoxicación.

—El lunes por la mañana no podré caminar.

—Reuben tendrá una férula en la rodilla. —Angie sentía que las palabras afluían como agua a su boca. Tenía que convencer a Jo de que podía mantenerla a salvo—. Estará incapacitado.

—¿Crees que eso importa? —Sacudió la cabeza otra vez—. No puede una escapar de un tiro en la espalda.

—Habrá prensa por todas partes. Si te pega, lo verán.

—Si me deja marcas.

Angie luchó por convencerla.

—Dile que si te toca saldrás al jardín de tu casa, te quitarás la ropa y dejarás que las cámaras graben lo que te haya hecho.

—¿Qué cámaras? —Parecía aún más asustada—. A Reuben no le gusta la prensa.

—Empezarán a seguirte en cuanto salgas de la cárcel.

—Dios mío. —Jo se llevó la mano al cuello. Respiraba agitadamente—. Marcus le ha dicho que nos vimos. A solas.

—No. Reuben no sabe lo del motel, ni lo del vídeo, no sabe nada de eso. —Angie vio que el alivio surtía el efecto de un relajante muscular en el cuerpo de su hija—. Marcus acudió a Kip. Y ese es el plan que se le ha ocurrido.

A Jo se le llenaron los ojos de lágrimas. Parecía aterrorizada.

—¿Sabes lo que me hará mi marido por hacer que la prensa se fije en él?

Angie no podía soportar su angustia ni un segundo más.

—Voy a ayudarte a escapar.

—¿Qué? —Jo parecía horrorizada—. ¿Estás loca?

—Voy a ayudarte —repitió Angie, y se dio cuenta de que nunca había dicho nada que fuera más cierto. Había abandonado a Jo una vez, pero ahora iba a hacer todo cuanto estuviera en su mano para ponerla a salvo—. Déjame ayudarte.

—Que te jodan. —De pronto Jo se puso furiosa, como cabía esperar de un animal atrapado—. Me tiendes una emboscada en el supermercado y me vienes con que eres mi salvadora, ¿y se supone que tengo que creerte y arriesgar mi vida y la de mi hijo por ti? ¿De dónde sales tú, zorra? ¿Quién demonios te crees que eres?

Angie no supo qué decirle. *Soy tu madre. Soy la adolescente que no quiso criarte. La mujer que te abandonó.*

—Soy una amiga —dijo.

—¿Sabes qué le pasó al último amigo que intentó ayudarme? Acabó en el hospital. Seguramente no volverá a caminar.

—¿Y tú sabes lo que le pasó a la última mujer que amenazó a Marcus Rippy?

Jo desvió la mirada. Si no lo sabía, se hacía una idea muy clara. La desesperación, la impotencia, habían vuelto.

—¿Por qué ibas a arriesgar tu vida para ayudar a una desconocida?

—Tuve una hija que estuvo en tu misma situación.

—Tuviste una hija —repitió Jo—. ¿La mataron?

—Sí —contestó Angie, porque sabía que era así como acababan casi todas las historias como aquella—. La mataron porque yo no la ayudé. No voy a permitir que vuelva a pasar.

—Dios. —Jo había intuido que mentía—. ¿Crees que puedes ganarte mi confianza, ponerme de tu lado? Te he visto en 110. Si no trabajas para Reuben, trabajas para Kip Kilpatrick.

—Tienes razón. Trabajo para Kip —reconoció Angie—. Y hago muchas cosas malas en su nombre, pero esta no voy a hacerla.

—¿Por qué? ¿Es que te remuerde la conciencia? —Jo soltó una risa áspera. Sabía a qué se dedicaban los arregladores. Llevaba toda su vida adulta metida en el mundillo del deporte—. Reuben guarda un machete junto a la cama. Cuando se ducha, siempre tiene una pistola al alcance de la mano. Me pega. —Se dio cuenta de que estaba levantando la voz. La gente empezaba a mirarla—. Me pega —repitió en voz más baja—. Me viola. Me obliga a suplicarle que siga haciéndolo. Y después tengo que pedirle perdón por haberle hecho perder el control. Me obliga a darle las gracias cuando me permite ir a tomarme un puto café o llevar a mi hijo a jugar con sus amigos.

—Entonces márchate.

—¿Crees que no lo he intentado? —Desvió la mirada, sacudiendo la cabeza—. La primera vez volví a casa de mi madre. Tres días lejos de él. Tres días de libertad. ¿Sabes qué hizo? —La miró con furia—. Me sacó de casa de mi madre a rastras, tirándome del pelo. Estuvo a punto de matarme de una paliza. Me metió en un arcón y me tuvo encerrada en el garaje, ¿y sabes qué dijo la policía cuando mi madre llamó para decirles que a su hija la había secuestrado un loco? Que había sido una «disputa conyugal». Eso soy para ellos: una disputa conyugal.

A Angie no le sorprendió. Los policías locales que habían detenido a Jo con esas recetas eran posiblemente los mismos que habían hecho la vista gorda cuando Reuben la secuestró. Si estabas dispuesto a aceptar un soborno, solo era cuestión de tiempo que aceptaras otro.

—Esos hombres tienen detrás un muro de dinero que los respalda. No pierden nunca. No pierden a sus esposas. No pierden a sus hijos —añadió Jo—. Lo intenté en California. Lo intenté en Chicago. Y, las dos veces, Reuben me trajo de vuelta a rastras. Utilizaba a mi madre contra mí. Utilizaba a Anthony. —Su tono cambió al mencionar a su hijo—. Mi madre biológica me abandonó. Sé lo que se siente cuando te abandonan. Y no voy a hacerle eso a mi hijo.

Angie sintió que se le encogía el estómago.

—¿Sabes algo de ella?

—¿Qué más da eso? —preguntó Jo—. No puedo ir a pedirle ayuda, si es eso lo que quieres saber. Seguramente a estas alturas estará muerta. Era una prostituta. Una yonqui. La típica basura capaz de abandonar a un bebé.

Angie respiró hondo.

—No voy a abandonar a mi hijo —añadió Jo—. No le dejaría ni aunque Reuben fuera el mejor padre del mundo. Pasar por eso te pudre el alma por dentro.

Angie sentía una necesidad imperiosa de cambiar de tema.

—¿Qué plan tenías cuando le enseñaste el vídeo a Marcus? ¿Qué esperabas obtener de él?

—Dinero. Protección. —Jo suspiró lentamente—. Sin el vídeo, no tengo nada.

—Da igual. Lo que importa es lo que has visto. Lo que puedes contar.

—A nadie le importa lo que diga yo.

—Sabes demasiado —le dijo Angie—. En lo que respecta a Marcus y Kip, tu boca es una pistola cargada.

Jo respiró hondo.

—Así que aquí estoy otra vez, tan atrapada como al principio.

Angie no podía soportar su tono de resignación.

—Tengo un plan que puede hacerte ganar algún tiempo, alejarte de tu marido.

—¿Qué vas a hacer? —La boca de Jo se torció en una mueca desdeñosa—. ¿Crees que puedes jugársela a Reuben Figaroa? Te pondrá una pistola en la cara. Ese hombre no se deja asustar, y jamás cede el control. —Fue contando con los dedos—. No estoy en las cuentas bancarias. No figuro en las inversiones. Ni en los planes de pensiones. Ni en la casa. No soy la dueña de mi coche. Firmé un acuerdo prenupcial antes de casarme. —Se rio, esta vez de sí misma—. Estaba enamorada, nena. No quería dinero. Me esclavicé yo sola, por propia voluntad.

—Yo puedo ayudarte —repitió Angie—. Puedo ponerte a salvo. —Ya lo tenía todo pensado. El fondo fiduciario de Delilah. Estaba autorizada a pagar un apartamento y los gastos de manutención. Podía utilizar ese dinero para Jo—. Puedo conseguirte otra identidad. Te ayudaré a esconderte. Y en cuanto estés a salvo, buscaré a un abogado para que negocie con Reuben.

—¿Y cómo vas a sacarme de aquí? —preguntó Jo—. Eso es lo más difícil. Es como si me estuvieras diciendo que vas a esconderme en Marte y que ya veremos cómo llegamos hasta allí.

Tenía razón. Reuben estaría esperándola cuando saliera de la cárcel. No la perdería de vista ni un momento hasta que se fuera a la clínica de desintoxicación. Si es que la dejaba ir.

—No lo entiendes, ¿verdad? —Jo parecía sinceramente desconcertada—. A Reuben no le importa el baloncesto. No le importa Anthony. Y tampoco yo, en realidad. Lo que quiere es control. —Se acercó más a Angie—. Estoy dispuesta a hacer todo lo que quiera ese hombre. *Todo*, ¿me entiendes? Solo tiene que decirlo. Que chasquear los dedos. Y aun así me pone un cuchillo delante de la cara. Me agarra del cuello. Y no me suelta hasta que me ve aterrorizada.

Angie no podía ni imaginar las humillaciones que habría sufrido su hija.

—Dime una cosa, ¿qué va a pasar cuando Anthony crezca? ¿Cómo vas a protegerlo?

—Reuben no le haría daño a su hijo.

Angie se preguntó si de verdad se oía a sí misma.

—Va a ver cómo te trata su padre. Va a convertirse en ese mismo tipo de hombre.

—No —insistió Jo—. Anthony es un cielo. No se parece nada a su padre.

—¿No era Reuben un cielo cuando lo conociste?

Jo apretó los labios. Se miró las manos. Angie pensó que iba a contestar con otra excusa, pero dijo:

—¿Cuál es tu plan?

—Saldrás bajo fianza el sábado. Sé que Reuben estará esperándote cuando salgas. Y también los fotógrafos. De eso me ocupo yo. En lugar de irte con él, puedes venirte conmigo.

—¿Ese es tu plan? —Pareció aún más derrotada que antes—. ¿Y luego qué pasa? ¿Que Reuben saca una pistola y me pega un tiro en la cabeza o que me llama su abogado para decirme que soy una yonqui con antecedentes y que no voy a volver a ver a mi hijo? —Se rio—. Y aun así me pega un tiro en la cabeza.

Tenía razón, pero ella llevaba años pensando en cómo salir de aquella situación. Angie solo llevaba dos días.

—¿Y el domingo, cuando vayáis a la fiesta?

Jo comenzó a negar con la cabeza, pero luego se detuvo.

—Anthony se quedará en casa de mi madre. Reuben no permite que se quede con nadie más.

—¿Puedes escabullirte durante la fiesta? —preguntó Angie—. ¿Ir al cuarto de baño o algo así?

—Él estará con los chicos. Con Marcus —explicó Jo—. Como cuando grabaron ese vídeo. El de esa chica, la que acusó a Marcus de violación.

—¿Keisha Miscavage?

—Sí. —Se enjugó los ojos. Pero no logró borrar su mirada de miedo—. Deberías saber a lo que te enfrentas. Lo que les hacen a las mujeres que dan igual. A esa chica la drogaron. Sé que le pusieron algo en la bebida. Una hora después estaba en el cuarto de baño, moviendo los brazos como loca y diciéndoles que no. Y ellos solo se reían mientras se turnaban para violarla.

Angie sabía cómo era una violación en grupo. Los detalles no la impresionaban.

—El domingo por la noche, en cuanto estés sola, sal de la casa a escondidas. Baja por el camino. Gira a la izquierda. Hay una puerta que da a un callejón. Solo la utilizan los jardineros. Estaré allí aparcada, esperándote.

Jo no contestó. Aquello iba demasiado deprisa.

—¿Por qué?

—Ya te he dicho lo de mi hija.

Jo sacudió la cabeza, pero estaba lo bastante desesperada como para escuchar a una perfecta desconocida.

—Nos encontramos en la puerta del callejón. ¿Y luego qué?

—Iré a casa de tu madre a recoger a Anthony —dijo Angie, y añadió, cuando su hija comenzó a protestar—: Es el primer sitio donde te buscarán. Yo puedo arreglármelas con ellos mejor que tú.

—¿Por qué no recoges a Anthony primero y luego vas a buscarme a la fiesta?

Angie intuyó que necesitaba un último empujón que la ayudara a decidirse, que la obligara a dar el primer paso.

—¿Qué pasará si no consigues escaparte de la fiesta y tengo a tu hijo en mi coche? ¿Cómo lo explico? ¿Cómo lo explicarás tú?

Jo se quedó mirando el suelo. Sus ojos se movieron de un lado a otro. Se mordisqueó el labio. Angie se dio cuenta de que estaba buscando alternativas. Si escapaba de la fiesta, el plan se pondría en marcha. Ya no habría marcha atrás. Si no se escabullía, si cambiaba de idea en el último minuto, Anthony se quedaría en casa de su madre y ella recibiría una paliza, pero todo volvería a la normalidad.

—¿Y qué haría yo mientras tú vas a buscar a mi hijo? —preguntó.

—Alquilaré un coche con un nombre falso. —Necesitaría el permiso de conducir de Delilah, pero para eso no haría falta más que un poco de heroína—. El domingo por la noche, dejaré el coche aparcado en la calle de los Rippy. Cuando salgas de la fiesta, te llevaré al coche. Te vas al motel One Town y me esperas allí. Yo iré a casa de tu madre a recoger a Anthony. En cuanto te lo lleve al motel, os montáis en el coche y os vais hacia el oeste. Yo me quedaré aquí para asegurarme de borrar todas las pistas.

—¿Y luego qué?

—Buscamos un abogado para negociar con Kip y sacarte de este lío. —Detuvo a Jo antes de que pudiera poner más trabas—. Recuerda que puedes declarar ante un juez que también viste a Marcus en ese vídeo.

—¿Declarar? —Volvió a ponerse nerviosa—. No voy a...

—No será necesario llegar a ese punto. Lo que cuenta es la amenaza.

Jo volvió a apretar los labios.

—¿Por qué tendría que fiarme de ti?

—¿De quién si no vas a fiarte? —Esperó una respuesta que sabía que no llegaría—. ¿Qué gano yo engañándote?

—Eso intento averiguar. —Jo tocó la cadena de oro que llevaba al cuello—. Creía que Reuben te había mandado a buscarme. Es lo que suele hacer. Pero nunca deja que la persona que viene a buscarme se encargue de mí. Eso se lo reserva para él.

—¿A quién manda a buscarte?

—A un hombre —contestó—. Siempre a un hombre.

Angie le dio tiempo para pensar.

—¿Quieres dinero? —preguntó Jo—. ¿Eso es lo que vas a sacar de todo esto? ¿Un porcentaje de lo que consiga de Reuben?

—¿Te sentirías mejor si te pidiera algo?

—No sé. —Seguía pensando en ello, intentando encontrar las lagunas—. Mi madre no puede viajar. Está enferma del corazón. No puede estar lejos de un hospital.

—Mírame. —Angie esperó a que su hija la mirara a los ojos. Los mismos iris marrones. La misma forma almendrada. El mismo tono de piel. El mismo pelo. La misma voz, incluso—. Si yo fuera tu madre —dijo—, te diría que cogieras a Anthony y te marcharas sin mirar atrás.

Jo tragó saliva. Su cuello perfecto. Sus hombros erguidos. Su furia. Su miedo.

—Está bien —dijo—. Lo haré.

SÁBADO, 4:39 HORAS

Angie bostezó mientras conducía por Ponce de León Road. La última luz de la luna lo teñía todo de un blanco lechoso. Estaba agotada, pero no podía dormir. La detención de Jo dos días atrás seguía siendo noticia. Como era de esperar, los reporteros se habían congregado frente a la cárcel, esperando el momento de su puesta en libertad. Kip había advertido a Reuben de que guardara las formas. El lunes estaba previsto el ingreso de Jo en la clínica de desintoxicación y, la noche anterior, Marcus había declarado ante la prensa que el matrimonio de Reuben y Jo era sólido, que superarían aquel bache, que solo necesitaban que la gente los tuviera en sus pensamientos y rezara por ellos. En la única fotografía de ella que habían logrado encontrar, aparecía con la cabeza agachada, sentada en el suelo durante un partido de Figaroa.

De momento, estaba a salvo. Era lo que se decía Angie continuamente. Que Jo solo tenía que mantenerse a salvo un día y medio más.

A simple vista, parecía tener probabilidades de escapar. El plan no era complicado, pero había muchas piezas que mover. Angie había pasado los dos días anteriores haciendo su parte. Le había robado el permiso de conducir a Delilah. Había alquilado el coche. Había recorrido, una y otra vez, las rutas de salida. Había comprado un iPad de segunda mano. Lo había roto con un martillo. Le había enviado los trozos a Dale. Se había comportado como si no pasara nada para no levantar sus sospechas.

Como siempre, conseguir dinero era lo más difícil. Angie tenía treinta mil dólares en su cuenta, pero no podía utilizarlos para ayudar a Jo. Al menos, mientras Dale siguiera vivo. Él tenía acceso a su cuenta. No podía retirar una cantidad llamativa. Su única opción era robar parte del dinero que Dale guardaba en el maletero del coche y confiar en que no se diera cuenta. Siempre guardaba dinero debajo de la rueda de repuesto, especialmente cuando sus corredores de apuestas le perseguían. Cogería el dinero al día siguiente, justo antes de la fiesta. No sería avariciosa. Jo no necesitaba alojarse en hoteles de cinco estrellas mientras escapaba. Con un par de los grandes podría viajar hacia el oeste y encontrar un motel de mala muerte con HBO para mantener al crío entretenido.

Robarle la documentación a Delilah había sido relativamente fácil. Había localizado una tienda que abría veinticuatro horas al día, muy cerca de donde vivía Delilah. Sabía que la chica aparecería tarde o temprano. Dejar el caballo era duro, incluso con Suboxone. Te ponía de los nervios. Te daba hambre. Angie había pagado a un chaval para que rondara por la tienda. Cuando por fin apareció Delilah, el chico le quitó la cartera del bolso. Le robó el permiso de conducir, clonó una de sus tarjetas de crédito y desapareció antes de que Delilah llegara a la caja.

Angie estaba en la tienda cuando sucedió, escondida detrás de un expositor de Coca-Cola. Un movimiento arriesgado, pero no había podido refrenarse. Siempre la había fascinado Delilah. Al menos, tanto como podía fascinarte alguien a quien despreciabas. ¿Qué la hacía tan especial? Tenía que ser algo más que la sangre. Dale tenía otros hijos que le importaban un comino. Así que, ¿por qué llevaba tantos años protegiendo a Delilah? ¿Por qué su último deseo antes de morir era resolverle la vida? Tenía que ser algo más, aparte de su coñito. Eso podía comprarlo en cualquier parte.

Angie tenía que reconocer que la chica no era mal parecida, si te gustaba lo barato y lo cutre. Había conseguido ganar un poco de peso. Ya no parecía un esqueleto. Había dejado de teñirse el pelo. Por lo visto, seguía sin lavárselo. Incluso a cinco metros de distancia se notaba que su color castaño era más bien un negro aceitoso. Las puntas abiertas le rozaban los hombros mientras colocaba sus compras sobre el mostrador. Una litrona de licor de malta. Dos bolsas de Cheetos. Un bote de Pringles. Una chocolatina. Una bolsa de caramelos de chocolate. Y dos paquetes de Camel, porque ver morir a tu padre de diabetes tipo 2 e insuficiencia renal no era suficientemente disuasorio para dejar de fumar.

Delilah nunca se paraba a pensar en las consecuencias. Ni siquiera pensaba en lo que sucedería la semana siguiente. Lo que le importaba era el hoy, el ahora, aquello de lo que podía echar mano, de lo que podía aprovecharse y sacar algún dinero.

¿Sabía lo del fondo fiduciario de Dale? Angie no estaba segura, pero sabía que Dale tendría un plan de emergencia. Alguien más tenía que saber lo del fondo. Alguien se aseguraría de que la chica se enterara de la existencia de aquel dinero.

Solo había una persona más en la que Dale confiara, y Angie esperaba no volver a echarse a la cara a aquel hijo de puta.

Se detuvo en un semáforo en rojo. Bostezó otra vez. Se frotó la cara. Notaba la piel gomosa. No había tomado suficiente Vicodin. Intentaba desintoxicarse un poco para la noche siguiente. Las horas siguientes serían un infierno, pero tenía que estar lúcida. Repasó de nuevo el plan, tratando de ver sus lagunas, de anticiparse a los imprevistos antes de que ocurrieran.

La clave era el iPad. Estaba dentro de su bolsa, guardado en el maletero del coche. Parecía irradiar radioactividad. Y era, además, una incógnita abierta. Jo había dicho que el portátil de Reuben estaba limpio y que también habían borrado por control remoto el contenido de su iPhone. ¿Significaba eso que también se borraría la memoria del iPad si lo encendía? Ignoraba los detalles técnicos. Pero conocía el valor de aquella información.

No le había dicho a Jo lo del iPad porque no se fiaba de ella. Intuía cuáles habían sido sus razonamientos mientras estaban en el supermercado. Jo solo había accedido a su plan porque sabía que habría una forma de detenerlo en el último momento: no marcharse de la fiesta.

¿Qué decidiría hacer?

Otra incógnita abierta. Angie no estaba segura de que su hija fuera a marcharse. Y aunque se marchara, ¿dejaría de verdad a Reuben? Ya había hecho intento de abandonarlo otras veces. Cinco, que supiera Kilpatrick. Angie sintió que la verdad le corroía las entrañas. Aunque Jo se marchase, volvería con Reuben, tan segura como que estaba sentada en su coche. El único modo de impedirlo era eliminar a Reuben de la ecuación.

Will trabajaba en el GBI. Tenían informáticos. Si había un vídeo en el iPad, Will encontraría la manera de recuperarlo. Metería en la cárcel a Marcus y a Reuben, y Jo conseguiría librarse del contrato prenupcial con ayuda de un buen abogado. O no. En todo caso, la carrera de Reuben estaría arruinada. Su vida se habría terminado. Jo podría esfumarse. Podría cobrar la asignación mensual de la cuenta de Delilah y volver a la universidad. Conocer a un buen chico. Tener otro hijo.

Angie se rio en voz alta. Su risa resonó en el coche. ¿A quién pretendía engañar? A Jo le gustaban los buenos chicos tan poco como a ella. Por algo Angie no podía vivir con su marido.

Ni siquiera estaba segura de que fuera a estar viva dos días después.

Dale Harding tenía las manos manchadas de sangre. Laslo había matado otras veces. A Kip no le importaba apretar el gatillo, escudado tras su enorme mesa de cristal. Si alguno de los tres descubría que había ayudado a Jo, por más que corriera no tendría forma de escapar.

Quizá por eso quería ver a Will una última vez. O, si no podía verlo a él, al menos sí ver sus cosas. Tocar sus camisas limpias y almidonadas, colgadas en el armario. Revolver los calcetines perfectamente emparejados del cajón. Poner su pasta de dientes en el agujero equivocado del soporte de porcelana del baño. Dibujar una

A en su pastilla de jabón para que la próxima vez que se duchara pensara en ella al tocarse.

Metió primera. Había estado a punto de pasarse la casa de Will. Paró junto al bordillo, al otro lado de la calle, delante de una boca de riego.

Will vivía en un bungaló que antes había sido un nido de yonquis y que ahora valía posiblemente medio millón de pavos, aunque solo fuera por el terreno. El interior estaba meticulosamente restaurado y decorado por completo en tonos neutros. La mesa de Will estaba pegada a la pared del cuarto de estar. Una máquina de *pinball* ocupaba un lugar de honor en el comedor. El cuarto de invitados estaba lleno de libros que Will había leído con penosa lentitud, decidido a leer a los clásicos porque creía que era lo que hacía la gente normal.

En verano segaba el césped cada dos semanas. Limpiaba los canalones dos veces al año. Cada cinco años pintaba el cerco decorativo de las ventanas. Lavaba a presión los porches y las terrazas. Plantaba flores en el jardincito delantero. Era un padre de barrio residencial como otro cualquiera, salvo porque no vivía en un barrio residencial, ni tenía hijos.

Por lo menos, que él supiera.

El camino de entrada estaba vacío, como de costumbre. Will pasaba casi todo su tiempo libre en casa de Sara. Angie no podía sortear el sistema de seguridad del edificio de Sara sin gastar un buen pellizco, pero había encontrado viejas fotografías del apartamento archivadas en la página web de una inmobiliaria. Cocina de chef. Dos dormitorios. Un despacho. Baño principal con bañera completa y ducha con diez chorros.

Por lo visto, le gustaba ponerse a remojo.

He hecho lo que habría hecho mamá, había escrito Sara tres semanas antes. *Les dije a los pintores que pintaran el cuarto de baño de invitados mientras estábamos en el trabajo. Hasta cambié las toallas para que no desentonaran. A Will le ha encantado tener su propio cuarto de baño en mi piso, pero la verdad es que si hubiéramos seguido compartiendo el mío, habría acabado matándolo.*

Angie se preguntaba si Will era tan estúpido como para no darse cuenta de que era una estratagema. Suponía que sí. Se tragaba casi todo lo que le contaba Sara. Seguramente hasta tenía una camiseta que ponía *mujer feliz, vida feliz.*

Sonrió, porque Sara solo podría casarse con Will si ella moría y conseguía arrancárselo de las manos a su cadáver.

Aunque solo fuera por eso, se proponía sobrevivir al día siguiente.

Echó un vistazo por si veía a algún vecino curioso. Después rodeó la casa. Lo normal sería que la verja trasera chirriase, pero Will la mantenía bien engrasada. Encontró la llave de repuesto encima del marco de la puerta. La metió en la cerradura. Abrió la puerta y se encontró con dos galgos mirándola.

Estaban enroscados y soñolientos. La luz tenue del exterior les hizo parpadear. Parecían más sorprendidos que asustados. Angie no tenía miedo. Los perros la conocían.

—Venga —susurró, chasqueando la lengua—. Portaos bien —les dijo, acariciándolos mientras se levantaban y se estiraban. Sostuvo la puerta abierta. Salieron al jardín.

Betty se puso a ladrar.

Estaba en la puerta de la cocina, protegiendo su territorio.

Angie la cogió con una mano, le tapó la boca con la otra y la echó fuera. Cerró la puerta antes de que pudiera orientarse. Intentó volver a entrar por la portezuela, pero Angie la bloqueó con el pie y arrimó una silla.

Betty ladró otra vez. Y otra. Luego se hizo el silencio.

Angie recorrió la cocina con la mirada.

Si estaban los perros, era porque había gente.

Will y Sara estaban allí. Debían de haber vuelto andando del apartamento de ella. Caminaban mucho, hasta con el calor del verano, como si no se hubieran inventado los coches.

Angie se tomó un momento para considerar lo que había hecho. Lo que hacía aún. Aquello era un disparate, una locura propia de una acosadora. Una audacia algo más peligrosa de lo normal.

¿Era ella peligrosa?

Había dejado su bolso en el coche. La pistola seguía descargada. Algo le había dicho que dejara fuera el cargador, que tuviera que dar todos esos pasos –meter el cargador, tirar de la corredera, cargar la bala en la recámara, colocar el dedo en el gatillo– antes de hacer algo irreversible.

Se miró el pie. Tenía los dedos hacia arriba, el talón hacia abajo, a punto de dar un paso. Se meció adelante y atrás. ¿Debía marcharse? ¿O quedarse allí hasta que alguien se despertara?

Toma chocolate caliente por las mañanas, le había escrito Sara a Tessa. *Cuando me despierto, es como besar una tableta de chocolate.*

El iPad también estaba en el maletero. Mientras iba hacia allí, se había dicho a sí misma que iba a darle la película a Will. Así podría reflotar el caso de violación contra Marcus Rippy. Se pondría loco de contento. Así que, ¿por qué había dejado el iPad metido en el maletero si pensaba dárselo a Will?

Se miró el pie otra vez. Los dedos seguían apuntando hacia arriba, indecisos.

A decir verdad, nunca sabía exactamente qué quería darle a Will. Una alegría. Un mal rato. Un disgusto, cuando Sara entrara en la cocina esperando besar sus labios con sabor a chocolate y, en cambio, la encontrara a ella allí.

Sonrió al pensarlo.

El reloj de la cocina marcaba las cinco de la mañana. Will se despertaría para salir a correr a las cinco y media. Tenía un despertador interno que no podía silenciarse, daba igual lo que hicieras para retenerlo en la cama.

Apoyó los dedos de los pies en el suelo. Levantó el talón. Sus dedos volvieron a subir y a bajar. Estaba caminando. Estaba en el comedor. En el cuarto de baño. En el pasillo. Frente al dormitorio de Will.

La puerta estaba entornada.

Will estaba tumbado boca arriba. Tenía los ojos cerrados. Un rayo de luz le caía sobre la cara. No llevaba camiseta. Él nunca dormía sin camiseta. Le avergonzaban las cicatrices, las quemaduras, las heridas. Por lo visto, eso había cambiado. Y el motivo estaba entre sus piernas. Una melena larga y rojiza. Piel blanca y lechosa. Sara estaba apoyada en el codo. Estaba usando la boca y la mano. Pero era su otra mano la que Angie no podía dejar de mirar. Los dedos de Will entrelazaban los suyos. No la agarraba de la cabeza, no la obligaba a meterse su polla más adentro.

Le daba la puta mano.

Angie se apretó el puño contra la boca. Tenía ganas de gritar. Iba a gritar. Dio media vuelta y se obligó a guardar silencio. Estaba en el cuarto de estar, en la cocina, en el jardín de atrás, en el camino de entrada, en el coche. Solo cuando estuvo encerrada dentro del coche, lo dejó salir. Abrió la boca y gritó tan fuerte como pudo. Gritó durante tanto tiempo que notó un sabor a sangre en la boca. Golpeó el volante con los puños. Estaba llorando, sentía tanta rabia, tanto dolor que le ardían todos los huesos del cuerpo.

Salió del coche. Abrió el maletero. Cogió su bolso. Encontró la pistola. El cargador estaba quitado. Volvió a meterlo. Comenzó a tirar de la corredera, a meter una bala en la recámara, pero le sudaban demasiado las manos.

Miró la pistola. Se había regalado a sí misma aquella Glock cuando empezó a trabajar para Kip. Debería haberla limpiado mejor. El metal parecía reseco. Will solía engrasarle la pistola. Solía asegurarse de que su coche tuviera gasolina, de que no perdiera aceite, de que ella tuviera suficiente dinero en el banco, de que no estuviera completamente sola en el mundo.

Ahora hacía todo eso por Sara.

Volvió a subir al coche. Arrojó la pistola sobre el salpicadero. Aquello no estaba bien. Intentaba hacer una buena obra, sacar de apuros a Jo, ayudar a Will a imputar a Marcus Rippy, arriesgar la puta vida para salvar a su hija. ¿Así era como se lo agradecían? Quizá ya tuviera una diana pintada en la espalda. Dale sospechaba de ella, estaba claro. Sabía más de lo que aparentaba. Ella creía que los estaba engañando, pero quizá fuera al revés. O quizá el eslabón débil fuera Jo. A la mierda con presentarse en casa de Rippy al día siguiente. Jo ya podía haberle contado a Reuben lo que tramaba. Una reacción en cadena. Reuben se lo contaría a Kip, Kip recurriría a Laslo, y cuando Jo saliera de la cárcel, ella ya tendría un cuchillo clavado en el pecho.

Will tendría que identificar su cadáver. Vería el cuchillo clavado en su corazón. Sentiría horror al darse cuenta de que le había fallado, como tantas otras veces. Sostendría su mano ensangrentada y quieta mientras lloraba.

Y esa zorra de Sara Linton tendría que verlo todo.

Buscó un cuaderno en su bolso, sacó la punta del bolígrafo. Empezó a escribir en mayúscula, con letra grande.

Hijo de la gran...

Se quedó mirando las palabras. El bolígrafo había rasgado el papel. Le latía tan fuerte el corazón que notaba su presión en la garganta. Arrancó la hoja. Trató de controlar su respiración, de impedir que le temblara la mano, de calmarse de una puta vez. Tenía que hacerlo bien. No podría herir a Will de palabra si no se afilaba la lengua como una cuchilla.

Acercó el bolígrafo a otra hoja en blanco. Minúscula. Renglones inclinados y prietos. No para que los leyera Will, sino para Sara.

Hola, cielo. Si alguien te está leyendo esto, es que he muerto.

Llenó la hoja por delante y por detrás. Sentía que un dique se había roto dentro de ella. Treinta años cubriéndole las espaldas. Ocupándose de sus problemas. Consolándolo. Dejando que se la follara. Follándoselo. Tal vez tardara un tiempo en encontrar la carta, pero al final la encontraría. Ella estaría ya muerta, o bien Sara le empujaría por fin a pedir el divorcio. Will iría al banco. Daría con su apartado de correos. Y en lugar de encontrar una pista sobre su paradero, encontraría esta carta.

—Que te jodan —masculló—. Que te jodan, y que se joda tu novia, y su hermana y toda su puta familia y sus putos...

Oyó cerrarse una puerta.

Will estaba en el porche delantero. Iba vestido con ropa de correr. Estiró los brazos, se inclinó a un lado, al otro. Su carrera de las cinco y media. Algo que nunca cambiaría. Angie esperó a que viera su coche, pero en vez de mirar hacia la calle se agachó en el camino y arrancó una flor del jardín. Volvió a entrar en la casa. Pasó casi un minuto antes de que regresara al porche con las manos vacías y una sonrisa en la cara.

Angie podía borrarle aquella estúpida sonrisa. Salió del coche. Lo miró fijamente, esperó a que la viera.

Al principio no la vio. Estiró las piernas. Echó un vistazo a la botella de agua que llevaba en la espalda, a la altura de los riñones. Volvió a atarse las zapatillas. Por fin levantó la vista.

Se quedó boquiabierto.

Angie lo miró con furia. Tenía ganas de arrancarle los ojos. De darle una patada en la cara.

Dijo:

—¿Angie?

Ella montó en el coche. Cerró la puerta de golpe. Encendió el motor. Se alejó bruscamente del bordillo.

—¡Espera! —gritó Will. Echó a correr tras ella, moviendo los brazos, tensando los músculos—. ¡Angie!

Lo veía por el retrovisor. Iba acercándose. Seguía llamándola a gritos. Pisó el freno. Agarró la pistola que había dejado en el salpicadero. Salió del coche y le apuntó a la cabeza.

Will levantó las manos. Estaba a cinco metros de distancia. Lo bastante cerca para alcanzarla. Lo bastante cerca para que la bala le diera en el corazón.

—Solo quiero hablar contigo —dijo.

El dedo de Angie descansaba justo encima del gatillo. Luego ya no. Sintió la palanca del seguro bajo la yema del dedo, después el gatillo, luego tiró con fuerza hacia atrás.

Clic.

Will dio un respingo.

La bala no salió.

Un gatillazo. La recámara estaba vacía. Angie tenía las manos tan sudorosas que no había tirado del todo de la corredera.

—Vamos a algún sitio a hablar —dijo Will.

Ella se quedó mirando a su marido. Todo era tan familiar y tan distinto. Sus piernas fibrosas. Los prietos abdominales bajo la camiseta. Las mangas largas que cubrían la cicatriz de su brazo. La boca que la había besado. Las manos que la habían tocado. Que ahora tocaban a Sara. Que sostenían su puta mano.

—Has cambiado —dijo.

Will no lo negó.

—Tengo que hablar contigo.

—No hay nada que hablar —contestó—. Ya ni siquiera te reconozco.

Él extendió los brazos.

—Es el aspecto que tengo cuando estoy enamorado.

Angie sintió el frío metal de la pistola contra la pierna. Se había quedado sin aire. El ácido le desgarraba el estómago.

Tirar de la corredera. Cargar la bala. Apretar el gatillo. Hacer desaparecer el problema. Dejar a Sara viuda otra vez. Borrar esos últimos treinta años porque no importaban. Porque nunca habían importado. Al menos, para Will.

Subió al coche. La pistola regresó al salpicadero. Pisó el acelerador hasta el fondo. Le dolía el cuerpo. Le dolía el alma. Tenía la sensación de que Will le había pegado una paliza. Deseó que lo hubiera hecho. Que le hubiera ensangrentado la boca. Que le hubiera cerrado los ojos a golpes. Que le hubiera roto los huesos a patadas. Que la hubiera insultado, que hubiera gritado lleno de rabia.

Cualquier cosa que demostrara que aún la quería.

DOMINGO, 23:49 HORAS

Angie encendió un porro. Allá arriba, la luna llena era casi un foco. Miró por el espejo retrovisor. Estaba todo despejado.

Todavía no era hora de que Jo dejara la fiesta. Habían acordado que se iría a medianoche. Parecía una hora tan buena como otra cualquiera. La fiesta de LaDonna había empezado a las nueve. Hasta las diez no había llegado nadie de importancia. Dos horas para mezclarse con los invitados. Dos horas para que se escabullera de Reuben. O para que se acobardara y siguiera con él.

Medianoche.

Una de dos: o se convertía en una calabaza, o demostraba ser hija suya.

Angie sopló la llama del porro. No tenía ni idea de qué haría Jo. La pura verdad era que no la conocía. Estaba allí porque se había prometido a sí misma que la sacaría de aquel aprieto. Lo que sucediera después era cosa de ella. Lo único seguro era que ella, Angie, iba a largarse de la ciudad.

Miró el anillo de plástico que llevaba en el dedo. Las hojas del girasol habían quedado un poco aplastadas en el bolso. En todos sus bolsos. Cambiaba de bolso cada poco tiempo, y siempre trasladaba el anillo de uno a otro porque... ¿Por qué?

¿Porque significaba algo?

Un juguete comprado en una máquina de chicles que simbolizaba una relación que había empezado hacía treinta años. Ella siempre fingía que no se acordaba de aquella primera vez con Will. El sótano sofocante de la señora Flannigan. Mierda de ratón en el suelo. El colchón manchado del futón. El olor a lefa. Will era tan vulnerable...

Demasiado vulnerable.

La vulnerabilidad, como el miedo, era contagiosa. Aquel día, Will estaba agobiado, pero era ella quien se sentía inconsolable. Le había mostrado una faceta suya que nadie más había visto, ni antes ni después. Le contó lo del chulo de su madre. Le habló de lo que pasó después. Desde entonces, él no volvió a mirarla de la misma forma. Adoptó el papel de salvador. De superhéroe. Arriesgó su vida para protegerla. La sacaba constantemente de apuros. Le daba dinero. Le daba seguridad.

¿Qué quería a cambio?

Nada que Angie supiera. Pero ella no soportaba ese tipo de transacciones. En muchos sentidos habría sido preferible que Will le recordara lo que había hecho por ella o la castigara. Un sentimiento de piedad era su única recompensa. Nunca le pedía las cosas por las que otros hombres pagaban (y él lo sabía). Estaba claro que lo deseaba. No era ningún santo. Pero sabían demasiado el uno del otro, había entre ellos una lucidez excesiva, la comprensión del dolor que les unió en aquel sótano húmedo y solitario.

Angie tenía diez años cuando Deidre Polaski se clavó una aguja en el brazo y se echó una siesta de tres décadas. Permaneció semanas sentada junto al cuerpo comatoso de su madre, viendo teleseries, durmiendo, aseando a Deidre y peinando su pelo. Detrás del radiador, guardado en un bote de café soluble, había un fajo de billetes. Con ese dinero compraba *pizzas* y comida basura. El dinero se acabó antes de que pudiera huir. El chulo de Deidre vino a buscar su parte. Angie le dijo que no quedaba nada, y él se cobró lo suyo en especie.

Su boca. Sus manos.

No su cuerpo.

Dale Harding sabía que no debía cagar donde otros hombres pagaban por comer.

Todo el mundo decía que Dale era un policía corrupto, pero nadie sabía hasta qué punto. Creían que se trataba de alcohol y juegos. No sabían que tenía una cuadra de chicas menores de edad para complementar el salario que le pagaba el ayuntamiento. Que hacía fotografías. Y que se las vendía a otros hombres. Que vendía a las chicas. Y que él mismo se aprovechaba de ellas.

Había vendido a Delilah, su propia hija. A Deidre, su propia hermana. A Angie, su sobrina.

Treinta y cuatro años antes, fue Dale quien llamó a la puerta. El tío de Angie. Su salvador. Su chulo.

Por eso sabía Angie lo de los fajos de billetes que guardaba debajo de la rueda de repuesto del maletero. Dinero de escape, lo llamaba él, para cuando los detectives con los que trabajaba fueran a por él. Pero nunca lo descubrieron, y entre tanto, Dale había ganado fortunas y las había perdido apostando. Siempre había más chicas abandonadas a las que explotar. Siempre podía hacer más dinero. Y siempre ella, Angie, en la periferia, aguardando a que se fijara en ella.

Era lo más parecido a un padre que había tenido nunca.

Daba igual lo buenas o malas que fueran las casas de acogida a las que la mandaban: siempre encontraba la manera de volver con Dale. Se hizo policía por él. Se ocupó de sus problemas. Cuidó de Delilah cuando era niña, a pesar de que la mayor parte del tiempo sentía ganas de ponerle una bolsa en la cabeza y ver cómo se asfixiaba.

Will no tenía ni idea de que su chulo era un poli. Su bondad era equiparable a la maldad de Dale Harding. Will hacía las cosas bien. Cumplía las normas. Pero tenía también un lado salvaje, animal, igual que ella. Podía ponerse un traje y llevar el pelo muy corto, pero ella veía a través de su disfraz. Sabía cómo pulsar la tecla que hacía salir a la bestia. Durante todos aquellos años, Angie había jugueteado con la idea de hablarle de Dale. En cierta época, si se hubiera enterado de lo que le había hecho a Angie, Will habría buscado a Dale para meterle una bala en el estómago.

Se preguntaba qué haría si se enteraba ahora. Seguramente contárselo a Sara. Hablarían de lo trágica que era su vida. Saldrían a cenar. Y luego volverían a casa y harían el amor.

Eso era lo que más le molestaba. No la mamada, ni sus manos unidas, sino lo a gusto que parecían estar juntos. La sensación que impregnaba la habitación.

Felicidad. Satisfacción. Amor.

Angie no recordaba haber tenido nunca eso con Will.

Debería dejarlo libre. Darle permiso para que gozara de esa normalidad que llevaba toda su vida ansiando. Pero lamentablemente ella nunca hacía lo correcto cuando estaba dolida. Su impulso inmediato era vengarse, atacar. Se inclinaba por seguir haciendo daño a Will hasta que por fin reaccionara atacándola.

Apagó el porro en el cenicero. Todo lo que odiaba de Jo lo llevaba ella dentro.

Miró su reloj. Las 11:52 de la noche. Las manecillas parecían moverse hacia atrás.

Salió del coche. El bochorno que hacía fuera casi la obligó a volver a entrar. La temperatura no había descendido al ponerse el sol. Su fina camisola de algodón era poco más que un pañuelo, pero aun así estaba sudando. Se apoyó contra el maletero. La chapa quemaba. Echó a andar por el arcén, con cuidado de no alejarse demasiado. Tenía los nervios a flor de piel. Había dejado el Vicodin demasiado bruscamente. Estaba preocupada por Jo. Le daba miedo Laslo. Dale la aterrorizaba. Y temía que su plan para neutralizar a Kip Kilpatrick se torciera y el tiro le saliera por la culata.

Dale decía siempre que había que usar un hacha, no un martillo. Angie calculaba que, ya que estaba, muy bien podía usarla para cortar la cabeza de la serpiente.

Se oyó gritar a una mujer.

Angie volvió la cabeza hacia la calle. Hacia la avenida de entrada a la mansión de los Rippy. Hacia los gritos de auxilio de una mujer.

—¡Por favor! —gritaba Jo—. ¡No!

Angie abrió el maletero. No sacó su pistola. Encontró la llave de cruz. Se quitó los tacones. Corrió calle abajo, moviendo los brazos y estirando el cuello igual que Will cuando perseguía su coche la madrugada anterior.

—¡Socorro! —gritó Jo—. ¡Por favor!

Angie dobló la esquina. La verja estaba abierta. La casa resplandecía, inundada de luz. Se oía música. No había guardia de seguridad. Nadie estaba vigilando las cámaras.

—¡Por favor! —suplicó Jo—. ¡Que alguien me ayude!

Reuben Figaroa estaba arrastrando a su mujer por el pelo. Los pies descalzos de Jo arañaban la hierba. La llevaba hacia los árboles, lejos de la casa. No quería que nadie les molestara.

—¡Socorro!

Angie no le avisó. No le dijo que se detuviera. Levantó la llave de cruz por encima de su cabeza al tiempo que corría hacia él. Cuando Reuben se dio cuenta de que estaba allí, Angie ya estaba blandiendo la pesada barra de hierro, apuntándole a la cabeza. Sintió que la barra le temblaba en la mano, que su vibración se extendía por su brazo y su hombro.

Reuben soltó a Jo. Abrió la boca. Puso los ojos en blanco. Cayó al suelo, inconsciente. Angie levantó la barra otra vez, apuntando a su rodilla. La de la férula. La que acababan de operarle. El tiempo pareció ralentizarse mientras pensaba que el mejor ortopedista del mundo le había dado cinco años para jugar al baloncesto y que ella, de un solo golpe, iba a quitárselos.

—¡No! —Jo le paró la mano—. ¡La rodilla no! ¡La rodilla no!

Angie forcejeó intentando liberar el brazo, asestar el golpe final.

—¡Por favor! —suplicó Jo—. ¡No, por favor!

Angie miró la barra de hierro. Vio la mano de su hija agarrando la suya. Era la primera vez que la tocaba.

—Vámonos —dijo Jo—. Vámonos ya.

Le estaba suplicando. Tenía los ojos enloquecidos. Le salía sangre de la nariz y la boca. Daba la impresión de que no sabía quién le daba más miedo, si Angie o su marido.

Angie obligó a los músculos de su brazo a relajarse. Bajó corriendo por el camino, salió a la calle. Sus zapatos seguían en el asfalto. Los recogió al pasar. Estaba tirando la llave de cruz al maletero cuando Jo la alcanzó.

—Necesito que siga jugando —dijo—. Su siguiente contrato...

—Sube al coche. —Angie tiró sus zapatos al asiento de atrás. No quería oír excusas. A pesar de que iba a marcharse, Jo ya estaba planeando su vuelta.

El motor ya estaba en marcha. Angie se puso el cinturón de seguridad. Jo subió al coche. Angie arrancó antes de que cerrara la puerta.

—Me ha visto —dijo Jo—. Estaba intentando...

—Da igual.

Reuben la había reconocido. Se lo había notado en los ojos. Sabía que trabajaba para Kip. Sabía que era su arregladora. Y ahora sabía que se había llevado a su mujer.

Jo tiró de su cinturón de seguridad. El cierre hizo *clic*. Se quedó mirando la carretera.

—¿Crees que está muerto?

—Está inconsciente. —Consultó su reloj. ¿Cuánto tiempo tardaría en volver en sí? ¿Cuánto tardaría en llamar a Kip, a Laslo y a Dale?

—¿Qué he hecho? —farfulló Jo.

De pronto había comprendido el precio que tendría que pagar por su desobediencia, el coste de regresar a su vida de siempre.

—Tenemos que parar. No puedo hacerlo.

—Tengo el vídeo —le dijo Angie.

—¿Qué?

—Tengo el vídeo de Marcus y Reuben violando a esa chica.

—¿Cómo? —Jo no esperó una explicación—. No puedes usarlo. Irán a la cárcel. LaDonna...

—LaDonna no me da miedo.

—Pues debería dártelo.

Angie giró bruscamente hacia un aparcamiento. Aparcó junto a un Ford Fusion negro.

—Aquí está la llave. —Bajó el parasol y dejó que la llave cayera sobre el regazo de Jo—. Vete al motel. Espérame allí.

—No podemos hacerlo —contestó Jo—. El vídeo. Me matarán. Y a ti también.

—¿Crees que no lo sé? —Angie tenía los puños cerrados. Sentía un deseo abrumador de hacerla entrar en razón a golpes—. Se acabó, cariño. Fin de trayecto. No puedes volver con Reuben. No hay marcha atrás.

—No puedo...

—Sal. —Angie se inclinó hacia delante y abrió la puerta. Forcejeó con el cierre del cinturón de seguridad—. Sal de mi coche.

—¡No! —Jo le arañó las manos—. ¡Me encontrará! ¡Tú no lo entiendes!

Escudriñó la cara de Angie, buscando compasión. Al no encontrarla, su rostro se crispó en una mueca de dolor. Se tapó los ojos con las manos. Dejó escapar un sollozo.

—Por favor, no me obligues.

Angie vio llorar a su hija. Sus hombros delgados se sacudían. Sus manos temblaban. Verla le habría partido el corazón a cualquiera que lo tuviera.

—Corta el rollo —dijo Angie—. No me lo trago.

Jo la miró. No había lágrimas en sus ojos, solo odio.

—No puedes obligarme a hacer nada.

—¿Se puso tierno contigo? —preguntó Angie, porque era lo único que tenía sentido—. ¿Saliste de la cárcel y en vez de pegarte una paliza te dijo que todo iba a salir bien? ¿Que a partir de ahora todo sería distinto?

A Jo se le inflaron las aletas de la nariz. Angie había dado en el clavo.

—¿Así es como te convenció? «Te quiero, nena. Yo cuidaré de ti. Nunca te dejaré. Nunca te abandonaré como hizo tu madre».

—No me eches en cara lo de mi madre.

Angie la agarró de la barbilla y la obligó a volver la cabeza.

—Escúchame, zorra estúpida. Reuben me ha visto. Sabe que te estoy ayudando. ¿Crees que a tu mamá no le importabas una mierda? Pues ahora mismo no me importas ni la mitad.

Jo empezó a llorar de verdad.

Angie le agarró con más fuerza la cara.

—Vas a subir a ese coche y vas a irte al motel, y yo voy a ir a recoger a tu hijo para que nos larguemos de aquí de una puta vez. ¿Entendido?

Jo asintió con la cabeza. Angie le apartó la cara de un empujón.

—Dame tu teléfono.

—Se me ha caído cuando...

Angie la cacheó. Encontró el iPhone metido en su sujetador.

—¿Le dijiste a tu madre que iba a recoger a Anthony?

La chica asintió de nuevo.

—Si me estás mintiendo... —Se detuvo, porque no podía hacer nada si Jo le estaba mintiendo—. Sal del coche.

Jo estaba demasiado asustada para moverse.

—Me encontrará. Nos encontrará.

Angie la agarró por la pechera del vestido y la empujó contra el asiento.

—O te pones en marcha de una vez o hago pedacitos a tu hijo y te lo mando por correo.

—Reuben te dará lo que quieras —respondió con voz chillona—. Te pagará lo que...

—Lo pagará Anthony.

Las lágrimas corrían por la cara de Jo. Se había dado cuenta de que no tenía alternativa. Asintió despacio, como Angie sabía que haría. Las mujeres como ella siempre cedían a las amenazas.

—No te pares a llamar por teléfono desde una cabina —dijo—. No vuelvas a casa de Rippy. Métete en el coche. Vete al motel. Espérame allí.

Jo salió del coche. Abrió la puerta del Ford. Angie esperó a que se alejara para asegurarse de que tomaba Piedmont en lugar de volver hacia Tuxedo Drive.

Bajó la ventanilla. Tiró el iPhone de Jo al asfalto. Resistió el impulso de salir del coche y pisotearlo.

—Lo sabía —masculló.

Sabía que su hija era débil. Que intentaría dar marcha atrás.

Pasó tres veces con el coche por encima del teléfono. Después giró a la izquierda y salió del aparcamiento. Se dirigió hacia Peachtree. La madre de Jo vivía en un piso de lujo cerca de Jesus Junction, pagado por Reuben Figaroa. Angie tendría que mantener la calma cuando la señora abriera la puerta. Y tendría que darse prisa, porque ignoraba si Reuben ya había vuelto en sí.

El primer sitio donde buscaría a Jo sería la casa de su madre.

Angie se miró en el espejo. Tenía el pelo hecho un desastre. Se le había corrido la raya. Usó el dedo para limpiarse el sobrante. No podía parecer peligrosa cuando la madre de Jo abriera la puerta.

¿Era peligrosa?

Sí, era peligrosa.

Sonó su móvil. El tono de llamada retumbó en el coche. Alargó el brazo hacia el asiento de atrás. Sacó a tientas el teléfono del bolso. Demasiado tarde. Había dejado de sonar. Echó un vistazo a la pantalla.

Llamada perdida de Dale Harding.

—Mierda.

Había perdido demasiado tiempo en el coche con Jo. ¿Diez minutos? ¿Quince? Reuben estaba consciente. Kip ya estaba avisado. Laslo estaría buscándola. Dale creía que podía engatusarla, que seguía siendo una niña de diez años a la que podía engañar con caramelos mientras le metía la polla por el culo.

Su teléfono emitió una especie de silbido. Dale le había enviado un mensaje.

Pasó el pulgar por la pantalla. Se cargó una fotografía.

Anthony.

Los ojos muy abiertos. La espalda apoyada contra una pared en blanco. La larga hoja de un cuchillo de caza apretada contra su cuello.

Debajo se leía: *nieto*.

Angie sofocó un gemido. Tuvo que parar el coche. Había dejado de latirle el corazón. Se le había helado la sangre. El hijo de Jo. Su nieto. ¿Qué había hecho? ¿Por qué estaba pasando aquello?

Otro silbido. Otro mensaje. Otra foto.

Le temblaban tanto las manos que apenas podía sostener el teléfono.

Jo.

Una mano alrededor de su cuello. La espalda pegada a la ventanilla de un coche. La boca abierta, gritando.

El mensaje de Dale decía: *hija*.

El ácido llenó su garganta, se le metió en la nariz. Empujó la puerta. Abrió la boca. Un chorro de bilis salpicó el asfalto. Se le retorció el estómago. Notó un sabor a sangre y a veneno.

¿Qué había hecho? ¿Qué podía hacer para detenerlo?

Se echó hacia atrás. Se limpió la boca con el dorso de la mano. «Piensa», se dijo. «Piensa».

Dale se había llevado a Jo. Se había llevado a Anthony, o había mandado a alguien a por él. Le había enviado dos fotos, dos pruebas de vida. Los fondos eran distintos. Jo estaba en un coche. Anthony, apoyado contra una pared pintada. Había sido un acción planeada y coordinada, porque Dale siempre iba dos pasos por delante de ella. Había hecho averiguaciones sobre Jo. Y sobre ella. Evidentemente, había tardado mucho tiempo en tejer la red en la que ahora se hallaba atrapada.

Tocó su teléfono.

Adivinaba cuál sería la respuesta, pero aun así escribió:

¿Qué quieres?

Dale respondió de inmediato:

Ipad.

Nunca se había fiado de ella. Ni siquiera en cosas pequeñas. Debía de haberle llevado los pedazos del iPad roto a Sam Vera para que los examinara. Sam había descubierto que no era el clon. Dale se había preguntado por qué se tomaba ella tantas molestias para engañarlos. Y entonces se había dado cuenta de que un vídeo del que Marcus Rippy quería librarse valía muchísimo más que un cuarto de millón de dólares depositados en una cuenta de garantía bloqueada.

Nada había cambiado desde que Angie era niña. Creía que tenía el control, pero era Dale quien tiraba de sus hilos.

Su teléfono silbó de nuevo.

Dale había escrito:

Discoteca. Ahora.

LUNES, 01:08 HORAS

El Kia de Dale ya estaba aparcado delante de la discoteca. Delilah estaba apoyada contra el capó, fumando un cigarrillo.

Angie salió del coche antes de que se parara del todo. El asfalto quemó sus pies descalzos. Levantó el brazo. Tenía la pistola en la mano. Apuntó a Delilah y apretó el gatillo.

Estaba vez había una bala en la recámara.

—¡Joder! —Delilah se dobló, agarrándose la pierna. Brotó sangre entre sus dedos—. ¡Serás puta!

Angie tuvo que refrenarse para no disparar otra vez.

—¿Dónde está Jo?

—¡Que te jodan! —chilló Delilah—. ¡Va a morir si no haces lo que te dicen!

—¿Dónde está? —repitió Angie.

—¿Tu hija, quieres decir? —Dale salió con esfuerzo del coche. A la luz de la luna, su cara parecía casi totalmente blanca. Tenía copos de piel seca alrededor de la boca. Sus ojos eran amarillos. Se apoyó pesadamente contra el coche. La apuntaba con un revólver por encima del techo.

—¡Mátala! —chilló Delilah—. ¡Joder, vuélale los sesos!

—Solo es una herida superficial —repuso Dale. Estaba sin aliento por el esfuerzo de salir del coche. Le brillaba la piel, pero no de sudor—. Quítale la pistola.

Angie apuntó con la Glock a la cabeza de Delilah.

—Inténtalo.

Dale le dijo:

—Si disparas, yo te disparo a ti y aun así consigo lo que quiero, porque tengo a tu hija y sabes muy bien lo que puedo hacerle a tu nieto.

Angie flaqueó. Jo. Tenía que pensar en Jo. Si pensaba en lo que le haría Dale a Anthony, no sobreviviría a esa noche.

—Dee —le dijo Dale a su hija—, quítale la pistola.

Delilah se acercó cojeando. Alargó la mano, pero Angie tiró la Glock al otro lado del aparcamiento.

—Mierda —dijo Dale—. Ve a buscar la pistola.

—No necesito ninguna pistola. —Delilah abrió una navaja automática y apuntó con ella a la mejilla de Angie—. ¿Ves lo afilada que está, zorra? Puedo abrirte la cara como una sandía.

—Hazlo. —Angie miró a su prima a los ojos. El mismo color de iris. La misma forma almendrada. El mismo mal genio, solo que Angie tenía agallas para cumplir sus amenazas.

—Si no me rajas ahora, la próxima vez que veas esa navaja, te estaré sacando los ojos.

—No vais a hacer nada ninguna de las dos. Guárdate la puta navaja —advirtió Dale, pero Delilah sabía que a ella no le haría daño—. Registra el coche —ordenó. Al ver que su hija no se movía, añadió—: Dee, por favor. Registra el coche.

Delilah golpeó el mango de la navaja contra el dorso de su mano y la hoja se cerró.

—Eh. —Dale dio unos golpes sobre el techo del coche para llamar la atención de Angie.

Ella lo miró. Se le paró el corazón. Olvidó, por un momento, por qué estaban allí. Dale se estaba muriendo. No lentamente. No dentro de poco. Se estaba muriendo en ese mismo instante. Vio los efectos del colapso de sus órganos. Tenía los ojos azules. No parpadeaba. Había dejado de sudar. El color de su piel le recordó el de la cera espesa y amarilla que tenía que raspar de la mesa si dejaba encendida la vela demasiado tiempo. No había brillo en sus ojos, solo una resignación apagada y cansina. La muerte oscurecía cada grieta de su cara arrugada.

Angie apartó la mirada para que no viera que tenía lágrimas en los ojos.

—¿Deidre Will? —dijo él.

El alias que Angie había escrito en la partida de nacimiento de Jo, en el lugar reservado al nombre de la madre.

—¿Creías que no iba a ponerme a investigar cuando me pediste trabajo en 110? —preguntó Dale.

Angie se secó los ojos con el dorso de la mano. Seguía llevando en el dedo el anillo de Will. Le dio la vuelta para que Dale no lo viera.

—¿Dónde está Jo?

—Hazte a la idea de que está muerta. —Delilah estaba revolviendo su bolso—. Voy a clavarle la navaja en el pecho a esa puta.

385

Angie le arrancó el bolso de un tirón.

—¿Dónde está Jo? —le preguntó a Dale—. ¿Qué le has hecho?

—Está a salvo por ahora. —Tenía los párpados hinchados. La saliva se le acumulaba en las comisuras de la boca. Sostenía la pistola torcida—. Que siga estándolo depende de ti.

—¿Dónde está? —repitió Angie.

Dale señaló con la cabeza hacia la discoteca. La cadena de la puerta estaba cortada. Lo único que impidió a Angie salir corriendo fue el revólver de Dale. Sabía que dispararía. No la mataría, pero la obligaría a detenerse.

—¡Maldita sea! —gritó Delilah. Estaba hurgando en el maletero. Encontró la bolsa, el bote de líquido de transmisión—. No está aquí, papi.

—¿Así llamas a tu marido? —preguntó Angie.

—Cállate, perra.

—Callaos las dos. ¿Dónde está el iPad? —le preguntó Dale a Angie.

—En un sitio donde no lo encontrarás.

Había invertido parte del dinero del maletero de Dale en sobornar de nuevo al encargado del motel. Recordaba haber pensado que, si las cosas se torcían, quería asegurarse de que Will no encontrara el vídeo.

—¿Olvidas que tengo a tu hija atada como un ciervo? —preguntó Dale.

Angie no se tragó el farol.

—No vas a hacerle daño. Vale demasiado.

—Fig no quiere que se la devuelva. La considera contaminada. Ella eligió su camino.

Angie sabía que no era cierto. Jo misma lo había dicho. Reuben Figaroa nunca perdía.

—¿Qué hay en el vídeo? —preguntó Dale.

—Más dinero del que puedas imaginar —respondió Angie—. Podemos resolver esto juntos, Dale. Sin que nadie salga herido.

Él sonrió.

—Quieres que compartamos los beneficios.

—¡Y una mierda! —gritó Delilah—. Esta zorra no va a quedarse con mi dinero.

—Cierra la boca, nena. —Dale no tuvo que levantar la voz. Delilah sabía que había cosas que no podía conseguir—. Ve a buscar el iPad —le dijo a Angie. Tráemelo. Luego hablaremos.

Angie intentó negociar con él.

—Se acerca tu fin. Lo noto, Dale. Vas a necesitar mi ayuda.

Él se encogió de hombros, pero tenía que saber que le quedaban horas de vida. Minutos, quizá.

—Delilah no será capaz de negociar con Kip —añadió Angie—. Tú mismo lo dijiste. Lo venderá por un puñado de pastillas.

Delilah hizo amago de protestar, pero Dale la hizo callar con una mirada.

—Delilah no puede tratar con Kip Kilpatrick. Se la comerá para almorzar.

—¿Crees que voy a dejar eso en sus manos?

Angie sintió de nuevo el sabor de la bilis.

—¿Quién tiene a Anthony?

—¿A tu nieto? —Delilah se rio—. Zorra decrépita. Tienes un nieto de doce años.

—Tiene seis, idiota. ¿Dónde está? —le preguntó a Dale.

—No te preocupes por el chico —respondió él—. Preocúpate por ti misma.

—¿No habrás...? —El pulso le latía en la garganta como un tambor, le retumbaba en la cabeza. Solo había una persona que la asustara más que Dale—. ¿A quién se lo has dado?

—¿A quién crees tú? —Delilah empezó a reírse otra vez.

Angie le dio una patada en la rodilla. La chica chilló al caer al suelo.

—¡Angela! —dijo Dale, pero era demasiado tarde.

No le importaba que estuviera apuntándole a la cabeza con una pistola. Corrió hacia el edificio. Corrió con todas sus fuerzas.

Cada paso parecía llevarla más lejos. Abrió la puerta de un tirón. La oscuridad del edificio la envolvió. No podía orientarse. Las sombras brotaban del suelo.

—¿Jo? —gritó—. Jo, ¿dónde estás?

Nada.

Miró hacia atrás. Delilah se había levantado. Corría hacia allí cojeando, lastrada por la pierna herida.

Angie se adentró en el edificio. Había basura por todas partes. Trozos de cristal le hirieron los pies descalzos. Su bolso se enganchó con algo. El cuero se rajó. Sus ojos comenzaron a acostumbrarse a la oscuridad. La pista de baile. La barra al fondo. Una galería allá arriba. Dos ventanas ennegrecidas filtraban la luz de la luna. Había otras salas arriba.

La puerta de entrada se abrió de golpe. Delilah. Una silueta recortada entre las sombras. Tenía la navaja automática en la mano.

—¡Dee! —se oyó gritar débilmente a Dale tras ella—. La necesitamos viva.

—A la mierda —susurró Delilah, dirigiéndose no a su padre, sino a Angie.

Angie se agachó. Buscó en vano algo que usar contra la chica. Sus manos abotargadas no notaban los cortes que se hacía al palpar a su alrededor. Pipas de *crack*. Chupetes. Condones. Trozos de cosas inservibles.

Los zapatos de Delilah crujían al pisar el suelo. Angie levantó la vista. Las salas de arriba. Todas tenían puerta. Solo una estaba cerrada.

Corrió escalera arriba. Tropezó. Se golpeó la rodilla con el filo de cemento del escalón, pero siguió avanzando. Tenía que encontrar a Jo. Tenía que salvar a su hija. Tenía que decirle que nunca le haría daño a Anthony, que para ella era un tesoro, que haría todo lo que pudiese por protegerlo, que no abandonaría a su nieto para que corriera la misma suerte que había corrido ella, Angie.

Casi había llegado a lo alto de la escalera cuando le falló un pie. Cayó violentamente contra el cemento. Delilah la tenía agarrada del tobillo, tiraba de ella hacia abajo. Angie rodó, pataleando y chillando, intentando desasirse.

—¡Zorra! —Delilah se echó sobre ella.

Un rayo de luna brilló en la hoja de la navaja. Angie la agarró por las muñecas. La hoja estaba a unos centímetros de su corazón, larga y fina, afilada como un bisturí. Delilah apoyaba todo su peso en la empuñadura. Angie sintió que la punta tocaba su piel. Empezaron a temblarle los brazos. Las dos estaban empapadas en sudor.

—Basta —dijo Dale con voz débil.

No podían parar. Aquella rencilla duraba ya demasiado. Una de ellas iba a morir, y no sería Angie. Delilah era más joven y más rápida, pero ella llevaba dentro veinte años más de rabia. Le bajó las manos, alejando la hoja de su corazón.

No fue suficiente.

Delilah reunió sus últimas fuerzas y le hundió la navaja en el vientre.

Angie gruñó. Había logrado girarse en el último momento y la hoja le había entrado por el costado. Sintió el frío de la empuñadura. Luego, Delilah extrajo la hoja y la levantó por encima de su cabeza, apuntándole al corazón.

—¡Basta! —ordenó Dale—. ¡La necesitamos viva!

Delilah se detuvo, pero no había acabado. Empujó la cabeza de Angie contra el cemento y, a continuación, subió corriendo por la escalera.

Angie no podía seguirla. Veía estrellas. Literalmente, estrellas. Estallaban detrás de sus párpados. Un vómito le subió hasta la boca. Lo sintió deslizarse de nuevo por su garganta. Iba a desmayarse. No podía resistirse. Así era como iba a acabar su vida. Jo muerta a manos de Delilah. Anthony en manos de un monstruo. Y ella ahogada en su propio vómito.

Will... Quería que fuera Will quien la encontrara. La expresión angustiada de su cara. La certeza de que había muerto sola, sin él.

De pronto, un grito agudo y penetrante la sacó de su estupor.

—¡No! —gritó Jo—. ¡Para!

Era un grito visceral, no como cuando Reuben le había pegado. Era el grito de alguien que sabía que iba a morir.

Angie se giró. Se levantó con esfuerzo. El dolor que notaba en el costado no la detuvo. Los pasos tambaleantes de Dale en las escaleras, más abajo, no la detuvieron. Subió de un salto los últimos peldaños. Cruzó corriendo la galería.

Se oyó un disparo. El estruendo sonó retardado, solo una fracción de segundo. Sintió que la bala pasaba rozándole la cabeza. Oyó que un trozo de cemento caía al suelo. Se giró.

Dale estaba sentado en las escaleras. Tenía la pistola en el regazo. Aunque estaba a veinte metros de distancia, Angie oyó que jadeaba.

—Para —dijo, pero Angie ya no le tenía miedo.

Solo temes por tu vida cuando tienes algo que perder.

Delilah salió de la habitación. Estaba cubierta de sangre. Se reía.

—¿Qué has hecho? —preguntó Angie, aunque sabía cuál era la respuesta.

Delilah dio unas palmadas como si de ese modo pudiera limpiarse las manos.

—Está muerta, puta. ¿Qué vas a hacer ahora?

Angie miró sus manos vacías. Había dejado la navaja dentro de Jo.

Su única arma. Su única defensa.

—Zorra estúpida. —La agarró del brazo y la empujó hacia el borde de la galería.

No se oyó ningún ruido.

Delilah estaba demasiado aterrorizada para gritar. Se tambaleó, estuvo a punto de sostenerse, pero perdió el equilibrio. Agitó las manos. Arañó el aire. Por fin gritó al precipitarse al vacío.

Su cuerpo golpeó el suelo con un repugnante crujido.

Angie miró a Dale. Seguía sentado. Sostenía su revólver con ambas manos, apuntando con cuidado porque esta vez no iba a avisarla. Iba a matarla.

Angie entró corriendo en la sala. Cerró la puerta a su espalda. Se quedó con el picaporte en la mano. Empujó la puerta. El resbalón estaba encajado.

—¿Angie? —dijo Dale. Había conseguido levantarse. Oyó sus pasos arrastrándose por la escalera—. No alargues esto más de lo necesario.

Cerró los ojos. Escuchó. Dale estaba sin respiración, pero seguía avanzando. Ella se había encerrado en la sala. A él le quedaban cuatro balas más en el revólver. Cuatro oportunidades de acertar a bocajarro a un blanco al que hasta ciego acertaría dormido.

Solo quedaba una cosa por hacer.

Se le mojaron los pies de sangre mientras registraba a tientas la habitación. Encontró a Jo en el rincón. Estaba apoyada contra la pared. Buscó con cuidado la navaja. Encontró el mango sobresaliendo de su pecho.

—Angie —dijo Dale. Estaba más cerca. Sabía que no necesitaba precipitarse.

Angie se sentó junto a su hija. Sintió el frío cemento bajo la sangre que empapaba el suelo. Dale llevaba matándola desde que tenía diez años, día tras día. No permitiría que le diera el golpe de gracia. La navaja que había matado a su hija sería la misma que la mataría a ella. Se la clavaría en el pecho. Se desangraría allí, en aquella sala oscura y vacía. Dale abriría la puerta y se la encontraría muerta.

Lentamente, acercó la mano a la navaja. Cerró los dedos sobre la empuñadura. Empezó a tirar.

Jo gimió.

—¿Jo? —Angie estaba de rodillas. Tocaba la cara de Jo. Acariciaba su pelo—. Háblame.

—Anthony —dijo su hija.

—Está a salvo. En mi coche.

La respiración de Jo era muy tenue. Tenía la ropa empapada de sangre. Delilah la había apuñalado una y otra vez, y sin embargo seguía respirando, hablaba aún, luchaba todavía por sobrevivir.

«Mi hija», pensó Angie. «Mi niña».

—Puedo levantarme —dijo Jo—. Solo necesito un minuto.

—No pasa nada. —Angie buscó su mano.

No estaba allí. Angie sintió la tersura del hueso, una articulación abierta.

—Dios mío —susurró.

Tenía casi la mano seccionada de la muñeca. Solo unas hebras de músculo y de tendón la mantenían unida a su cuerpo. Angie sintió el chorro constante de sangre que manaba de la arteria seccionada.

—Todavía la siento —dijo Jo—. Los dedos. Puedo moverlos.

—Ya lo sé —mintió Angie.

Un torniquete. Tenía que hacerle un torniquete. Había perdido el bolso. No había nada en la habitación. Jo se desangraría si no hacía algo.

—No me dejes —dijo.

—No voy a dejarte. —Angie se quitó las bragas. Le rodeó la muñeca con ellas y apretó tan fuerte como pudo.

Jo gimió, pero el chorro de sangre disminuyó de golpe, convertido en un hilillo. Angie ató el nudo. Aguzó el oído, tratando de oír los pasos de Dale. Se oía un gemido muy tenue. Angie no sabía si procedía de ella o de Jo.

—Por favor. —Jo se inclinó hacia ella—. Dame solo un minuto. Soy fuerte.

—Sé que lo eres. —Angie la abrazó tan fuerte como se atrevió—. Sé que eres fuerte.

Por primera vez en su vida, acunó a su hija en sus brazos.

Muchos años atrás, la enfermera le preguntó si quería cogerla en brazos, pero ella se negó. Se negó a ponerle nombre a la niña. Se negó a firmar los papeles de la adopción. Se escabulló, como hacía siempre. Recordaba cómo se había tirado de los pantalones antes de salir del hospital. Todavía estaban mojados, de cuando había roto aguas. La cintura, que antes le apretaba, le quedaba de pronto holgada, y tuvo que agarrar el sobrante de tela con la mano mientras bajaba por las escaleras de atrás y corría al encuentro del chico que la esperaba en el coche, a la vuelta de la esquina.

Denny... Aunque poco importaba que fuera Denny. Podría haber sido cualquiera.

Siempre había un chico esperándola, esperando algo de ella, anhelándola, detestándola. Era así desde que tenía uso de razón. A los diez años, Dale Harding ofreciéndole una comida a cambio de su boca. A los quince, un padre de acogida al que le gustaba tirársela. A los veintitrés, un militar que usaba su cuerpo como un campo de batalla. A los treinta y cuatro, un poli que la convenció de que no era violación. A los treinta y siete, otro poli que la hizo creer que la querría para siempre.

Will...

Will había dicho «para siempre» en el sótano de la señora Flannigan. Había dicho «para siempre» cuando le puso el anillo del girasol en el dedo.

Pero «para siempre» nunca era tanto tiempo como pensabas.

Acercó los dedos a los labios de Jo. Estaban fríos. La chica estaba perdiendo mucha sangre. La empuñadura de la navaja que sobresalía de su pecho latía al compás de su corazón: a veces como un metrónomo, otras como el segundero atascado de un reloj al que se le estuvieran agotando las pilas.

Tantos años perdidos.

Debería haber tomado en brazos a su hija en el hospital. Solo aquella vez. Debería haber impreso en ella algún recuerdo de su contacto, para que no diera un respingo como hacía ahora, apartándose de su mano como se apartaría de la mano de una desconocida.

Eran desconocidas.

Sacudió la cabeza. No podía caer por la conejera de todo lo que había perdido, ni del porqué. Tenía que pensar en lo fuerte que era, en que era una superviviente. Se había pasado la vida entera corriendo por el filo de una navaja, huyendo de cosas hacia las que la gente solía encaminarse: una hija, un marido, un hogar, una vida.

La felicidad. La plenitud. El amor.

Todo lo que ansiaba Will. Todo lo que ella había creído que no necesitaría nunca.

Ahora se daba cuenta de que aquella huida continua la había llevado derecha a esta lúgubre habitación, la había atrapado en aquel lugar siniestro en el que sostenía a su hija en brazos por primera y última vez mientras la chica moría desangrada.

Se oyó un ruido, un arañar, al otro lado de la puerta cerrada. La rendija de luz del umbral mostró la sombra de dos pies que se deslizaban por el suelo.

Cerró los ojos otra vez. Dale había hecho lo mismo cuando ella tenía diez años. Quedarse al otro lado de la puerta cerrada del apartamento de Deidre. Esperar a que le abriera. Deidre nunca vacilaba en abrir la puerta. No le importaba quién hubiera al otro lado siempre y cuando pudiera ayudarla a conseguir un chute de heroína.

¿El asesino en potencia de su hija?

¿Su asesino?

Abre la puerta y déjale entrar.

La puerta se sacudió. Se oyó un roce. Metal contra metal. El cuadrado de luz fue estrechándose hasta desaparecer. Un destornillador se había insertado en el hueco.

Clic, clic, clic, como el chasquido de una pistola descargada al disparar.

Muy suavemente, apoyó la cabeza de Jo en el suelo. La chica gimió de dolor. Seguía estando viva, aguantaba aún.

Avanzó a gatas por la habitación a oscuras sin hacer caso de los trozos de serrín y las limaduras metálicas que se le clavaban en las rodillas, del dolor punzante de debajo de las costillas, del flujo continuo de sangre que dejaba una estela a su paso. Encontró tuercas y clavos y luego rozó con la mano algo frío, redondo y metálico. Lo recogió. Palpándolo a oscuras, supo lo que tenía entre las manos: el picaporte roto. Macizo. Pesado. El perno de diez centímetros sobresalía como un picahielos.

Se oyó un último *clic* al accionarse el resbalón de la cerradura. El destornillador cayó con estrépito al suelo de cemento. La puerta se abrió el ancho de una rendija.

Angie se levantó. Pegó la espalda a la pared, junto a la puerta. Pensó en todas las formas en que había hecho daño a distintos hombres a lo largo de su vida. Una vez, con una pistola. Otra, con una aguja. Con los puños, innumerables veces. Con la boca. Con los dientes. Con el corazón.

La puerta se abrió unos centímetros más, cautelosamente. El cañón de una pistola se asomó por la abertura.

Agarró el picaporte de modo que el perno sobresaliese entre sus dedos y esperó a que entrara Dale.

—¿Angela? —dijo él—. No voy a hacerte daño.

Sería la última vez que dijera esa mentira.

Lo agarró de la muñeca y tiró de él. Dale se tambaleó, girándose. La luz de la luna le dio en la cara. Parecía sorprendido. Y era lógico. Cuarenta años engañando a niñas pequeñas y ni una sola se le había revuelto.

Hasta ahora.

Le clavó el picaporte en el cuello. Sintió la resistencia de la carne cuando el perno oxidado atravesó nervios y cartílagos.

Dale dejó escapar un siseo. Angie notó el olor a descomposición que emanaba de su cuerpo.

Cayó de espaldas al suelo.

La sangre salpicó las piernas de Angie. Él abrió los brazos, los agitó espasmódicamente. Abrió la boca. Tenía los ojos cerrados. Exhaló un último suspiro, no como un siseo de serpiente, sino como el ruido de una rueda al desinflarse lentamente. La luna se había movido más allá de las ventanas. Una sombra alargada penetró en la habitación, acariciando el cuerpo de Dale en la oscuridad. El diablo había enviado a uno de sus esbirros a llevarse su alma miserable.

—Angela...

Aquel nombre sacó a Angie de su aturdimiento. Nunca le

había dicho su hombre a Jo. La estaba llamando como había oído que la llamaba Dale.

—Angela —repitió Jo.

Estaba sentada. Agarraba la empuñadura de la navaja con la mano, firmemente.

—Quiero ver a mi hijo.

Anthony. Dios, ¿qué iba a hacer con Anthony?

—Ayúdame a levantarme. —Jo luchó por incorporarse.

Angie corrió a ayudarla. No podía creer que aún le quedaran fuerzas.

—Necesito ver a mi niño —dijo Jo—. Tengo que decirle...

—Se lo dirás. —Angie ignoró el dolor mientras la ayudaba a incorporarse.

Avanzaron unos pasos, tambaleándose juntas, hasta que Jo pudo sostenerse sola. Angie veía ahora la navaja, clavada hasta la empuñadura. La mano le colgaba del brazo, casi desprendida. El torniquete se había caído. La sangre manaba a borbotones, salpicando el cuerpo de Dale. Había más en el suelo. Jo se apoyó contra la pared.

—Dame solo un segundo —dijo—. Puedo hacerlo.

Pero no pudo. Resbaló por la pared. Angie corrió a agarrarla, pero era demasiado tarde. Cayó al suelo, sentada. Cerró los ojos. Tenía la cara flácida. Sus labios aún se movían.

—Puedo hacerlo.

Angie se obligó a reaccionar, a poner en juego sus conocimientos de policía. Triaje elemental. No había tiempo de llamar a una ambulancia. Tenía que encontrar un modo de cortar la hemorragia otra vez, o Jo no llegaría al final de la escalera. Tenía una lona en el coche. Cinta aislante. Dio un paso, se detuvo. Aquello era la escena de un crimen. Dos tipos de pisadas distintos, dos sospechosos. Tenía sus botas Haix de policía en el coche. Reuben Figaroa estaría buscando a su mujer. A su hijo. Angie tenía que borrar la pista de Jo. El coche de Dale. Los fajos de billetes del maletero. Las tarjetas de crédito de Delilah. El Departamento de Policía de Atlanta. El GBI.

Will.

Will había investigado a Rippy. Lo mandarían llamar. Encontraría a Dale. Encontraría un lago de sangre. Angie lo conocía. Sabía cómo funcionaba su cerebro. No pararía de escarbar hasta que los enterrara a todos en una tumba.

—Angela... —susurró Jo—. ¿Es Anthony?

Zzzt. Zzzt.

El teléfono de Dale vibraba dentro de su bolsillo.

—¿Es mi niño? —preguntó Jo—. ¿Está llamando?

Su hijo estaba en poder de alguien que lo tenía acorralado contra una pared, apuntándole al cuello con un cuchillo de caza.

Angie abrió el teléfono. Se lo acercó al oído. Se oían ruidos: un niño llorando, dibujos animados con el volumen demasiado alto.

Una mujer dijo:

—Eh, gilipollas, estoy perdiendo la paciencia. ¿Quieres al crío o lo vendo por trozos?

Una llamarada le quemó la boca del estómago. Tenía diez años otra vez. Asustada, sola, dispuesta a hacer cualquier cosa con tal de que desapareciera el dolor.

—¿Dale? —La mujer esperó—. ¿Estás ahí?

—¿Mamá? —La voz de cuando tenía diez años le volvió a la boca—. ¿Eres tú?

Se oyó su risa baja, ronca.

—Sí, soy yo, tesoro. ¿Me has echado de menos?

HOY

CAPÍTULO 9

Will apretó el teléfono con fuerza contra su oreja. Oía la voz de Angie resonar en su cabeza.

Soy yo, tesoro. ¿Me has echado de menos?

¿Era el Xanax? Miró su teléfono. *Número bloqueado.* Se incorporó. Recorrió la capilla con la mirada, como si Angie pudiera estar allí. Observándolo. Riéndose de él. Sintió que su boca se movía. No oyó salir ninguna palabra.

—¿Will? —Su tono burlón había desaparecido—. ¿Estás bien, cariño? Respira.

Respira.

Sara le había dicho lo mismo allá abajo. Solo que esta vez no estaba sufriendo un ataque de ansiedad. Estaba lleno de rabia, de una rabia cegadora e incontrolable.

—Maldita zorra.

Ella se rio.

—Eso está mejor.

La discoteca de Rippy. El bolso de Angie. Su pistola. Su coche. Su sangre. Y ahora el cadáver de la funeraria con su anillo de boda.

Le había tendido una trampa. Se había metido en un lío y había logrado salir de la manera que fuese, encontrando de paso un modo de jugar con él, de volverlo loco.

—Maldita zorra —repitió.

Volvió a reírse de él.

Si la hubiera tenido delante, Will le habría dado un puñetazo en la garganta. La encontraría. Haría lo que fuera necesario para dar con su paradero y estrangularla.

La puerta de la capilla se abrió. Entró Faith.

Will respiró a bocanadas, tratando de contener su furia. Su rabia. Su resentimiento.

Faith abrió la boca para preguntarle qué ocurría. Él la hizo callar con un gesto y dijo dirigiéndose al teléfono:

—Angie, ¿por qué me haces esto?

Faith se quedó boquiabierta. Paralizada.

—¿Por qué? —repitió él—. Montaste ese cuadro en la discoteca de Rippy. Me has hecho creer que estabas muerta. Que el del sótano era tu cadáver. ¿Por qué?

Angie se quedó callada, aunque había tenido todo el día para meditar la respuesta.

—Angie... —Se le quebró la voz. Se sentía desgarrado, ansioso por escuchar una explicación—. Dímelo, maldita sea. ¿Por qué me has hecho pasar por esto? ¿Por qué?

Angie dejó escapar un suspiro largo y exasperado.

—¿Por qué hago las cosas? —Enumeró una serie de respuestas ya conocidas—. Porque soy una jodida zorra. Porque quiero destrozarte la vida. Porque me gusta hacerte infeliz. Porque no sé qué aspecto tienes cuando estás enamorado, porque nunca has estado enamorado de mí.

Will se apartó de Faith. Temía que viera cuánto era capaz de odiar a alguien.

—Eso no basta.

—Tendrá que bastar por ahora.

Will no podía soportarlo. Iba a derrumbarse, acabaría muerto en el suelo de la capilla si se permitía sentir todo lo que le bullía dentro. Trató de pensar como un policía, no como un ser humano al que una psicópata acababa de jugar una mala pasada.

—¿De quién es el cuerpo que hay en el sótano?

—Todavía no —contestó Angie—. Primero dime lo que has sentido cuando creías que estaba muerta.

Will se obligó a no aplastar el teléfono.

—¿Qué crees que he sentido?

—Quiero que me lo digas tú. —Esperó a que hablara—. Dime lo que has sentido y te digo quién es la del sótano.

—Puedo averiguarlo yo solo —contestó—. Estamos cotejando sus huellas.

—Lástima que tenga las yemas de los dedos rajadas.

—Tenemos muestras de ADN.

—No estará en el sistema —repuso Angie—. He trabajado mucho en este caso. Y también en otros. ¿Y si te dijera que puedo explicártelo todo, darte la solución, solo con que me digas cómo te has sentido?

—No quiero tu ayuda.

—Claro que la quieres. ¿Recuerdas cómo te ayudé la última vez? Sé que estabas muy agradecido.

Will no podía tener aquella conversación delante de Faith.

—¿Mataste tú a Dale Harding?

—¿Por qué iba a confesar un asesinato ahora?

Will sintió que el cansancio lo invadía como una náusea.

—¿Ahora? ¿No como otras veces? —preguntó.

—Ten cuidado, tesoro.

Se tapó la cara con la mano. Aquello no estaba pasando. Angie había jugado así con otras personas, pero nunca con él. No pudo evitar preguntar:

—¿Por qué? ¿Por qué me haces esto?

—Quería que supieras lo que sería perderme de verdad. —Se quedó callada unos instantes—. Hoy te he visto. No me preguntes dónde. La cara que has puesto cuando creías que de verdad estaba muerta... Apuesto a que a Sara no la echarías tanto de menos.

—No digas su nombre.

—Sara —repitió, porque a ella nadie le decía lo que tenía que hacer—. Te he visto, Will. Conozco esa mirada. La vi cuando eras

403

un crío. La vi el año pasado. Sé cómo eres. Te conozco mejor que nadie en el mundo.

La carta. Estaba citando su propia carta.

—¿Quién es la del sótano?

—¿Importa?

Will no sabía qué importaba y qué no. Nada importaba. ¿Por qué le hacía esto? Siempre la había querido. Había cuidado de ella. Se había asegurado de que estuviera a salvo. Ella nunca le había correspondido. Ni ahora, ni nunca.

—¿Faith ha conseguido ya localizar mi llamada? —preguntó Angie.

Will se giró. Faith estaba hablando por teléfono, probablemente pidiendo que rastrearan la llamada.

—Josephine Figaroa —respondió Angie.

—¿Qué?

—La chica del sótano. Josephine Figaroa. Mi hija. Tu hija. Nuestra hija, la que tuvimos juntos. —Hizo una pausa—. Muerta.

Will sintió que abría la boca. El corazón le temblaba tanto que tuvo que sentarse. Una hija. Su hija. Su bebé.

—Angie —dijo—. Angie...

No hubo respuesta. Había colgado.

Will se llevó la mano a la boca. Notó en la mano su aliento frío. Angie lo había matado por dentro, había seccionado su corazón con la precisión de un cirujano. Una hija. Una chica. Con sus míseros genes dentro.

Y ahora estaba muerta.

Faith se arrodilló a su lado.

—¿Will?

No podía hablar. Solo podía pensar en una niña pequeña sentada al fondo de un aula, luchando por seguir lo que decía la maestra porque el imbécil de su padre no podía enseñarla a leer.

Habría acabado atrapada en el sistema, lo mismo que él. Abandonada, igual que él.

¿Cómo podía Angie ser tan cruel?

—Will —repitió Faith—. ¿Qué te ha dicho?

—Josephine Figaroa —contestó haciendo un esfuerzo—. En el sótano. La hija de Angie. Josephine Figaroa. Así se llama.

—¿La esposa del jugador de baloncesto? —Faith le frotó la espalda—. Enseguida nos ocupamos de eso. ¿Quieres que traiga a Sara?

—No —contestó, pero Sara ya estaba entrando por la puerta, tras ellos.

Amanda iba con ella. Las dos parecían preocupadas.

Y entonces Faith les dijo lo de la llamada de Angie, y parecieron furiosas.

—¿Qué? —preguntó Sara—. ¿Qué? —No podía parar de repetirlo.

Amanda se agarró al atril. Dijo entre dientes:

—¿Habéis conseguido localizar la llamada?

—No nos ha dado tiempo —contestó Faith—. Debía de estar cronometrándola.

—Maldita sea. —Amanda miró hacia el suelo. Respiró hondo. Cuando levantó la vista, tenía una mirada decidida—. ¿Tenemos su número?

—Está bloqueado, podemos...

—Me pongo con ello. —Amanda empezó a teclear en su Blackberry—. ¿Charlie ha podido cotejar las huellas?

—No —contestó Faith—. Tenías las yemas de los dedos demasiado...

—Rajadas —dijo Will—. Angie lo sabía. Dijo que su ADN no estará en el sistema.

—Había sangre del grupo de Angie en el lugar de los hechos —terció Sara. Seguía sacudiendo la cabeza, completamente perpleja—. Su bolso. Su pistola. No lo entiendo. ¿Por qué ha hecho esto?

—¿Su hija podría tener el mismo grupo sanguíneo que ella? —preguntó Faith.

Sara no contestó. Estaba aturdida por la impresión, igual que esa mañana.

—¿Su hija? —preguntó Amanda.

Will no pudo contestar.

—Sé que es una pregunta absurda —dijo Amanda—, pero ¿por casualidad ha dicho Angie por qué hacía todo esto?

—Es un monstruo —dijo Will.

Las mismas palabras que la gente llevaba más de treinta años diciendo sobre ella. En el hogar infantil. En las casas de acogida. En la comisaría. Will nunca las refutaba, pero tampoco las creía. Los demás no conocían a Angie. No sabían el infierno por el que había pasado. No sabían que a veces el dolor era tan fuerte que lo único que te hacía sentir mejor era agredir a otros.

Pero a él nunca lo había atacado. Nunca así.

—Si de verdad es Josephine Figaroa, tendremos huellas recientes en el sistema —dijo Faith—. La detuvieron el jueves pasado. Tenía Oxy en el coche. Lo vi en las noticias.

—¿Angie ha dicho que esa mujer era su hija? —preguntó Amanda.

—Sí. —Will no pudo decirles que también era hija suya. Necesitaba despejarse. Necesitaba tiempo para pensar. Angie había mentido sobre tantas cosas... ¿Por qué debía confiar en ella ahora?

—Figaroa —dijo Amanda—. ¿De qué me suena ese nombre?

—Su marido es Reuben Figaroa. Un jugador de baloncesto.

—Marcus Rippy. —Amanda escupió el nombre como si fuera un regusto amargo en la boca—. Todo el día de hoy ha sido un inmenso círculo que conduce directamente hacia él.

Will se levantó.

—El coche patrulla tiene acceso a las grabaciones de las cámaras de la calle.

No esperó respuesta. Corrió por el pasillo. Cuando ellas salieron del edificio, ya había llegado al aparcamiento. Abrió la puerta del copiloto del coche patrulla y se metió en el coche. El agente que había dentro se sobresaltó.

Will señaló el portátil montado sobre el salpicadero.

—Necesito ver las grabaciones de todas las cámaras de la zona.

—Estaba buscándolas para su jefa. —El agente pulsó unas teclas—. Estas son las que les interesan. He sacado dos ángulos distintos, una del tramo de calle de delante de la funeraria y otra de la calle de atrás.

Faith abrió la puerta trasera y subió al coche. Amanda se arrodilló junto a Will. Le dijo al agente:

—Dunlop, dígame que ha encontrado algo.

—Sí, señora. —Dunlop señaló la pantalla—. Esto es justo después de que la furgoneta de la funeraria se marchara, a las ocho y veintidós.

El falso aviso para ir a recoger un cuerpo. No había sido una broma de otro estudiante, sino una estratagema para que Belcamino saliera del edificio.

—Aquí se ve llegar el coche. —Dunlop giró el portátil.

Will vio la esquina de la calle, la entrada trasera del callejón. Era de noche y la imagen era borrosa. Las farolas no ayudaban. A las 8:24:32, el Monte Carlo negro de Angie entraba en el callejón de detrás de la funeraria. La cara de la persona que conducía era una mancha indistinta. Un destello de cabello rubio bajo una capucha negra. El coche desaparecía del encuadre al avanzar por el callejón adoquinado.

Will pulsó la tecla de la flecha, adelantando el vídeo para ver de nuevo el coche. Pasaban seis minutos antes de que el Monte Carlo volviera a recorrer el callejón y doblara la esquina.

—Se acercó a la puerta trasera, donde está el ascensor —dijo Faith—. Y volvió a salir. En seis minutos da tiempo a meter un cadáver en una cámara frigorífica.

Dunlop tocó unas teclas.

—Sigue aquí, en la vista de la calle de delante.

El Monte Carlo entraba en el aparcamiento, usando la entrada que había a cinco metros de donde estaban. El coche de Angie se detenía en la plaza para minusválidos. La conductora salía. El techo del coche quedaba a un metro treinta y cinco del suelo, aproximadamente. La mujer medía en torno a un metro setenta, más o menos lo que medía Angie. Era ancha, no como Angie, o quizás se hubiera forrado de ropa. La sudadera de manga larga tenía que darle mucho calor, pero aun así no se bajó la capucha. Mantenía la cabeza agachada y las manos bien metidas en los bolsillos mientras caminaba calle arriba.

—¿Es Angie? —preguntó Faith.

Will sacudió la cabeza. Estaba harto de tener que identificar a Angie.

—Podría ser Delilah Palmer —aventuró Faith—. Tiene el pelo rubio, pero Delilah se cambiaba mucho el pelo.

—Dunlop —dijo Amanda—, ¿dónde se la vuelve a ver?

—En ninguna parte. O tuvo mucha suerte o sabía dónde estaban las cámaras. —Tocó una teclas. Adelantó la grabación, repasando las imágenes tomadas en distintos ángulos de la calle. Luego se dio por vencido—. Puede que se metiera debajo del puente, o que subiera a un coche en la carretera. Que fuera hacia la universidad, o hacia el centro. Hay montones de ángulos ciegos donde podía tener aparcado otro coche, o donde podía haber alguien esperándola. Qué demonios. —Se encogió de hombros—. Hasta podría haberse montado en un autobús.

—Comprobad los autobuses —dijo Will. Aquello le parecía muy propio de Angie. O quizá no. Él era la última persona capaz de predecir su comportamiento.

A Amanda le crujieron las rodillas al incorporarse.

—Háblame de Josephine Figaroa.

—Casada con un jugador de baloncesto. —Faith salió del coche—. Oxy. Es lo único que sé.

—El marido —dijo Will—, Reuben *Fig* Figaroa, uno de los testigos de descargo de Rippy para la noche de la violación. Es pívot. Muy físico. Buenos rebotes defensivos. Y cliente de Kip Kilpatrick.

—Este hoyo es cada vez más profundo —comentó Amanda.

—He descargado una foto de la chica. —Faith le enseñó su teléfono. Había abierto el permiso de conducir de Josephine Figaroa.

Will estudió la fotografía. Cabello oscuro. Alta y delgada. Ojos almendrados. Piel olivácea. Se parecía a la Angie de hacía veinte años.

¿Se parecía a él? ¿Tenía su altura? ¿Tenía sus problemas?

—Hasta donde es posible valorarlo —dijo Amanda—, la mujer de la fotografía se parece a la del sótano.

—Es un calco de Angie —repuso Faith.

Will no dijo nada.

—Ustedes dos. —Amanda indicó a Collier y a su compañero que se acercaran. Estaban tan callados que Will había olvidado que estaban allí—. Ng, quítese esas ridículas gafas de sol. Le puse a revisar las denuncias de personas desaparecidas. Josephine Figaroa. ¿Le suena que estuviera ese nombre?

—¿La esposa de Fig? —Su cara parecía muy pequeña sin las gafas de sol—. No, no lo he visto en mis búsquedas. Lo habría reconocido.

Amanda le dijo a Faith:

—Ven conmigo a hablar con el marido. A ver si conseguimos algún documento que pueda identificarla y descubrimos si ha desaparecido o no. No me fío de Angie ni un pelo.

Collier comentó:

—Esa chica es adicta a las pastillas. Ha pasado un par de días en la cárcel de Fulton. Salió el sábado. Se suponía que esta mañana empezaba la desintoxicación.

—Y ahora está en una funeraria con un cuchillo clavado en el pecho. —Amanda puso los brazos en jarras—. Esto me da muy mala espina. Angie nos está despistando por alguna razón. Intenta ganar tiempo para hacer una jugada.

—¿Qué jugada? —preguntó Collier—. Son muchos cadáveres para que se trate de un juego.

—Solo es un juego para ella —repuso Amanda.

—Josephine tiene un hijo. —Faith levantó de nuevo su teléfono—. He encontrado la página de Facebook de su marido. Anthony. Seis años.

Anthony. El hijo de Jo Figaroa. La hija de Angie. ¿El nieto de Will?

La fotografía mostraba a un niño pequeño con una sonrisa furtiva.

—Mira la forma de sus ojos —dijo Faith—. Unos genes muy potentes.

¿Eran también los genes de Will?

1989. Angie, atrapada en un hogar comunitario con más de una docena de chavales. Salvo cuando se escapaba.

—No se ha denunciado la desaparición de ningún niño de seis años —informó Faith—. Lo habríamos sabido inmediatamente.

—De eso puede estar segura —comentó Ng.

—Collier —dijo Amanda—, ¿ha averiguado algo sobre el paradero de Delilah Palmer?

—Iba a decírselo hace un momento. Hemos encontrado el coche que alquiló abandonado en Lakewood. Estaba totalmente limpio.

—¡Maldita sea, Collier! —Faith dio una palmada en el maletero del coche patrulla—. ¿Habéis encontrado su coche? Cada vez que te compras un perrito caliente en una gasolinera me lo tienes que contar, ¿y no puedes mandarme un mensaje cuando...?

Will se dio cuenta de que Sara había desaparecido.

Recorrió con la mirada la parte delantera del edificio, la explanada de césped, el aparcamiento. Se dirigió hacia la calle. Estaba detrás de su BMW, apoyada contra el parachoques con la mirada perdida. La luz de una farola la envolvía en un halo. Tenía una expresión inescrutable. Will no sabía si estaba triste, asustada o furiosa.

Estaban acabando el día exactamente igual que lo habían empezado.

Will dio la espalda al ruido, a los gritos y hasta a su trabajo, porque ya no le importaba ninguna de esas cosas.

—Vámonos a casa —le dijo.

Sara le dio las llaves. Él le abrió la puerta del copiloto, rodeó el coche y se sentó detrás del volante. Estaba retrocediendo para salir del aparcamiento cuando Sara lo agarró de la mano. A Will le dio un vuelco el corazón. No era por el Xanax. La presencia de Sara actuaba como un bálsamo. Esa noche, unas horas antes, había estado dispuesta a alejarse de él, no por hacerle daño, sino porque solo quería lo mejor para él.

—Creo que ahora mismo no puedo hablar de esto —dijo él.

Ella le apretó la mano.

—Entonces no hablaremos.

MARTES

CAPÍTULO 10

Faith hojeaba su cuaderno mientras Amanda conducía hacia el domicilio de Reuben Figaroa. Casi no merecía la pena revisar de nuevo sus columnas. Will tenía razón al decir que con aquello no podía construirse un caso. Ahora veía lo que había visto él desde el principio: un montón de flechas, un cúmulo de interrogantes sin respuesta. Nada casaba, ni siquiera introduciendo el nombre de Josephine Figaroa. La mujer muerta no era más que otra flecha que apuntaba indirectamente a Marcus Rippy.

Tal vez tuviera que intentar relacionar todas aquellas variables con Angie.

Empezó a nublársele la vista. Levantó los ojos, parpadeó para despejarse. Las calles de Buckhead estaban desiertas. Eran casi las dos de la madrugada. Estaba profundamente dormida delante del televisor cuando la había llamado Amanda para que fuera a la funeraria. Apenas recordaba haber dejado a Emma en casa de su madre. Estaba tan cansada que le dolía el cerebro, pero aquel era su trabajo. No había ninguna hora razonable para notificarle a un hombre que su esposa había muerto.

No estaba absolutamente segura, sin embargo, de que la mujer de la funeraria fuera Jo Figaroa. *Podía* ser la mujer de la fotografía del carné de conducir, desde luego, pero la implicación de Angie le daba a todo un nuevo sesgo. Su política respecto a los mentirosos era siempre la misma: descartar lo que contaran, por muy verosímil

415

que pareciera. Y no era cosa fácil. La mente humana tenía la exasperante necesidad de dar a los demás el beneficio de la duda. Sobre todo, a la gente que te importaba.

Ella, por ejemplo, confiaba en Will cuando decía que Angie no le había dicho ninguna otra cosa de importancia, a pesar de que su conversación telefónica había durado demasiado como para que solo le comunicara el nombre de la víctima.

—Tu madre solía clavar sus notas en la pared para que todos viéramos las piezas del tablero —comentó Amanda.

Faith sonrió. Los agujeros de las chinchetas todavía estaban ahí.

—¿Crees que Jo Figaroa es hija de Angie?

—Sí.

—¿Quién es el padre? —Como no obtuvo respuesta, sugirió la más obvia—. ¿Will?

—No estoy segura. —Amanda aminoró la velocidad. Se apartó al arcén. Puso el coche en punto muerto. Se volvió hacia Faith—. Dime qué sabes de Denny.

—¿De Denny? —Faith meneó la cabeza—. ¿Quién es Denny?

—Diminutivo de Holden —explicó Amanda—. Aunque Denny tiene dos sílabas y Holden también, así que supongo que en realidad no es un diminutivo, solo un nombre algo menos pretencioso.

Faith estaba demasiado cansada para disquisiciones semánticas.

—Dejémoslo en Collier, si no te importa.

—Empieza por el principio. ¿Qué hizo? ¿Cómo se presentó?

Faith tuvo que tomarse unos instantes para recapitular. Parecía haber pasado una eternidad desde que recogiera a Will en la clínica veterinaria esa mañana o, mejor dicho, el día anterior por la mañana, porque ya era más de medianoche.

Le habló a Amanda de su primer encuentro con Collier y Ng frente a la discoteca de Rippy, del rato interminable que había pasado con él en casa de Dale Harding, de sus mensajes insustanciales, de sus tediosos comentarios acerca de su vida privada, de sus constantes insinuaciones sexuales, de su reticencia a mantener una conversación adulta acerca del caso.

—No me fío de él —reconoció Faith—. Se empeña en afirmar que detrás de todo esto hay un cartel mexicano de la heroína. No me contó que habían encontrado el coche de Delilah, y en cambio me habló de todas las prostitutas a las que interrogó en Lakewood.

—¿Ng dijo que estaban atendiendo un aviso por violencia doméstica cuando recibieron orden de ir a la discoteca? —preguntó Amanda.

Faith se esforzó por recordar sus palabras exactas.

—Dijo que había sido un caso muy violento, lo que significa que seguramente estaban en el hospital. El Grady está muy cerca de la discoteca de Rippy, a unos diez minutos en coche a esa hora de la mañana. Sería lógico que atendieran ellos la llamada.

—El aviso llegó a las cinco de la madrugada —le recordó Amanda—. ¿Te ofrecerías tú voluntaria para investigar la aparición de un cadáver en una nave abandonada al final de tu turno?

Faith se encogió de hombros.

—Era un poli muerto. Los patrulleros que encontraron el cadáver reconocieron a Harding. Tratándose de un policía, cualquiera alargaría su turno.

—Tienes razón —convino Amanda—. ¿Hay algo más que te moleste de él?

Faith se esforzó por poner en palabras lo que solo era una sensación visceral.

—Aparece en todas partes. Estaba con Will cuando encontró a esa mujer en el edificio de oficinas. Lo llevó a casa en su coche. Y esta noche estaba en la funeraria. ¿Qué hacía allí?

—Collier y Ng son nuestros enlaces con el Departamento de Policía de Atlanta. Son parte integrante de la investigación. Es lógico que recibiera el aviso sobre el coche.

—Supongo que sí. —Faith trató de dar con una conclusión obvia—. Puede que sea simplemente un idiota que siempre cae de pie. Su padre también era policía. Está claro que tiene cierta influencia.

—Milton Collier solo fue policía dos años —repuso Amanda—. Estaba atendiendo un veinticuatro y le cayó un cincuenta y uno. Perdió dos dedos antes de que llegara el sesenta y tres.

Faith trató de desenterrar su remoto conocimiento acerca de los códigos digitales de la época en que Amanda era patrullera de policía. Llegó a la conclusión de que el padre de Collier había sido apuñalado por una persona trastornada y había perdido dos dedos antes de que llegaran los refuerzos.

—¿Y? —preguntó.

—Milton tuvo que jubilarse por incapacidad permanente. Su mujer era maestra. Completaban sus ingresos aceptando a chavales en acogida. A decenas a la vez. Collier era uno de ellos. Con el tiempo, lo adoptaron.

—Ah —dijo Faith, porque Collier le había contado innumerables cosas, entre ellas lo de su torsión testicular cuando estaba en el instituto, pero en cambio no le había dicho que él también había sido un chaval de acogida, igual que Delilah Palmer.

Y que Angie.

—¿Collier y Angie estuvieron alguna vez en el mismo hogar? —preguntó—. ¿Por ejemplo cuando ella tenía dieciséis años y se quedó embarazada?

—Es una pregunta interesante, ¿verdad? —Amanda no le dio una respuesta, pero Faith no tenía ninguna duda de que lo averiguaría—. ¿Qué más dijo Angie cuando habló por teléfono con Will? —preguntó su jefa.

—Fue breve —mintió Faith, porque la llamada había durado algo menos de tres minutos—. No me cabe duda de que dedicó algún tiempo a provocarle.

—¿Por qué crees que será?

—Porque es un ser humano repugnante.

Amanda le lanzó una mirada acerada.

—Astuta, eso es lo que es. Fíjate en el día que has pasado. Angie nos ha tenido a todos corriendo en círculos. El este de Atlanta. Lakewood. El norte de Atlanta. Will se recorrió el distrito centro entero. Tú estuviste un buen rato en casa de Harding. Yo, en la oficina de Kilpatrick. Es más, Angie se las ha arreglado para quitar a Will de en medio. Una estrategia brillante. Will la conoce íntimamente. Podría ser nuestro mejor aliado a la hora de descubrir qué está tramando realmente, y en cambio le ha dejado completamente incapacitado. Ya has visto cómo estaba en el sótano.

Faith había visto lo angustiado, lo roto que parecía Will. Y ella no había podido soportarlo. Will emitía una especie de silbido, como si no pudiera respirar, y ella había salido corriendo de la sala porque no quería que la viera llorar.

—¿Crees que Angie está jugando con él para que no descubra qué es lo que se trae entre manos de verdad? —le preguntó a su jefa.

—Si yo estuviera impartiendo una clase acerca de manipulación psicológica, este sería un ejemplo perfecto.

Y lo decía Amanda, una experta en manipulación psicológica.

—Muy bien, así que Angie está manipulándole. ¿Con qué fin?

—Intenta ganar tiempo.

—¿Para qué?

—Esa es la pregunta del millón, ¿no crees? ¿Qué se propone exactamente Angie Polaski?

Faith no creía que pudiera deducir la respuesta. Estaba tan cansada y estresada que dudaba de que pudiera atarse los cordones de los zapatos, cuanto más descubrir por qué hacía Angie Polaski las cosas que hacía.

—Hazme un resumen del caso —dijo Amanda.

De mala gana, Faith volvió a consultar sus notas.

—A Harding lo mataron el domingo por la noche. Angie preparó la escena del crimen para que pareciera que ella también había muerto, cuando en realidad la víctima fue Jo Figaroa, que posiblemente tiene el mismo grupo sanguíneo que su madre, es decir, que la propia Angie: B negativo.

—Umm. —Por una vez, Amanda no parecía ir un paso por delante de ella—. ¿Crees que Angie mató a Jo?

Faith no estaba segura.

—Es un monstruo, pero no la veo matando a su propia hija.

—Yo tampoco, pero Harding pudo matar a Jo, y luego Angie lo mató a él. O lo intentó clavándole el picaporte. ¿Qué pasó después? —preguntó Amanda.

—Angie saca el cuerpo de la chica de la discoteca y prende fuego al coche de Dale. Parece algo muy propio de ella si estaba cabreada, y lo estaría si Dale había matado a su hija. —Faith no quería ni imaginar lo que haría ella si se tratara de alguno de sus hijos. No volvería a crecer la hierba en mil años—. El aviso llegó el lunes a las cinco de la mañana. Después, el lunes por la noche, Angie nos sirve en bandeja el cadáver de Jo en la funeraria y llama a Will para torturarlo.

—Sara calcula que Josephine murió entre las doce y la una del mediodía.

—Me extraña tanta concreción en Sara. —Faith anotó la hora en el margen de la hoja—. Si Josephine murió entre las doce y la una, eso significa que Angie la tuvo en el maletero del coche hasta que dejó el coche en la funeraria, justo antes de las ocho y media de la noche.

—Había mucha sangre en el asiento de atrás, toda del grupo B negativo, y un poco también en el maletero. Sara opina que la sangre del maletero podría proceder de la herida del pecho, pero *post mortem*.

Faith se estremeció al pensar en el temple que había que tener para circular por ahí con tu hija desangrándose en el asiento trasero del coche.

—Es una cuestión de tiempo —comentó Amanda—. Angie intentaba alargar las horas. Por eso esperó tanto para deshacerse del cuerpo.

—O puede que algo le hiciera cambiar de planes —aventuró Faith, aunque en realidad no tenía ni idea.

Entendía, sin embargo, la argumentación de Amanda: en efecto, Will era posiblemente la única persona que podía adivinar lo que se proponía Angie. Conocía sus motivaciones. Sabía de lo que era capaz. Pero no era solo con Will con quien estaba jugando.

—Angie trabajó en casos de asesinato. Sabe lo que es esto. Toda esa sangre y esa violencia te deja temblando, da igual las veces que lo hayas visto. Te da pánico pensar que puedas pasar algo por alto. No puedes desconectar. No consigues pegar ojo, ni siquiera cuando tienes tiempo por delante para resolver el caso. Si a eso se añade el factor emocional, está claro que básicamente ha usado con nosotros la técnica Guantánamo.

—Digo lo mismo que decía esta mañana —añadió Amanda—: nos falta una pieza clave, y es de las grandes.

—Quizá Reuben Figaroa pueda darnos una explicación. —Faith cerró su cuaderno. Todo aquello carecía de sentido. Sus notas parecían uno de los dibujitos de colores de su hija Emma—. Después de esto, no volveré a pegar ojo. Me vendría bien una de tus pastillas de Xanax. —Miró a Amanda—. ¿Por qué llevas encima Xanax, por cierto?

—Es un truquito de los viejos tiempos. —Amanda volvió a poner el coche en marcha—. Tienes un sospechoso que está demasiado nervioso para hablar, pues le pones media pastillita triturada en el café. Se relaja un poco y, al poco tiempo, le tienes cantando *La Traviata*.

—Se me ocurren dieciséis motivos por los que eso es ilegal.

—¿Solo dieciséis? —Amanda se rio mientras se reincorporaba a la carretera—. Habla con tu madre. Fue ella quien se lo inventó.

Faith podía imaginarse a su madre recurriendo a aquel truco en los años setenta, pero no veía a Amanda haciéndolo ahora, lo que significaba que su jefa había vuelto a salirse por la tangente. Prefirió no insistir, de todos modos: no se sentía con fuerzas de escalar esa montaña.

—¿Cómo vamos a abordar la cuestión con Reuben? ¿Se trata de la notificación de un fallecimiento o de un interrogatorio? Su mujer está desaparecida desde el sábado por la noche, como mínimo. Pero no ha presentado ninguna denuncia.

—Tenemos que manejar esto como cualquier muerte sospechosa de una mujer. El marido es siempre el principal sospechoso —le recordó Amanda—. La inmensa mayoría de mujeres que son asesinadas mueren a manos de sus parejas.

—¿Por qué crees que dejé de salir con hombres?

El comentario pretendía ser una broma, pero Amanda la miró de reojo.

—No permitas que este trabajo te aleje de los hombres, Faith.

Ella observó a Amanda. Era la segunda en otros tantos días que trataba de darle un consejo sobre su vida sentimental.

—¿Por qué lo dices?

—Por experiencia propia —contestó su jefa—. Te lo dice una que lleva mucho tiempo dedicándose a esto. Es simple estadística. Los hombres comenten los crímenes más violentos. Eso lo sabe todo el mundo, pero nadie lo ve a diario, en persona, como tú y como yo. Procura recordar que Will es un buen hombre. Por lo menos, cuando no se pone cabezota. Charlie Reed es un tipo excepcional, aunque preferiría que eso quedara entre nosotras. Lo tuyo con el padre de Emma no funcionó, pero aun así es un buen tipo. Tu padre era un santo. Tu hermano puede ser un burro, pero haría cualquier cosa por ti. Jeremy es perfecto en todos los sentidos. Tu tío Kenny es...

—¿Un traidor y un mujeriego?

—Que los árboles no te impidan ver el bosque, Faith. Kenny te adora. Sigue siendo una buena persona, aunque te decepcionara. Seguro que hay por ahí alguien perfecto para ti. No permitas que este trabajo te convenza de lo contrario. —Pisó suavemente el freno—. ¿Cuál era el número de la calle?

Faith no se había dado cuenta de que ya estaban en Cherokee Drive. Señaló un buzón de piedra de gran tamaño que había unas casas más allá del club de campo.

—Ahí es.

Amanda giró hacia la avenida de entrada. Una enorme verja negra les cortaba el paso. Pulsó el botón del panel de seguridad.

Saludó con la mano a la cámara de seguridad discretamente colocada entre los altos arbustos que impedían ver la casa desde la calle.

Saltaba a la vista que los Figaroa concedían mucha importancia a su intimidad. Faith calculó que en el jardín delantero había espacio de sobra para instalar un campo de fútbol. Aun así, distinguió luces en la planta baja.

—Todavía están despiertos. ¿Crees que la prensa se habrá enterado ya?

—Si se han enterado, tenemos un par de sospechosos que podrían haber filtrado la noticia.

Collier otra vez. Su nombre salía a relucir cada dos por tres. Si conocía a Angie, ¿significaba eso que también conocía a Dale Harding? Y si Harding y Angie eran el tipo de policías con los que se codeaba, ¿qué cabía deducir de ello?

Faith creía firmemente en la culpabilidad por asociación.

—¿Alguna vez has oído hablar de una tal Virginia Souza? —le preguntó a Amanda.

Su jefa negó con la cabeza.

—Collier me habló de ella. —Faith se sacó el teléfono del bolsillo. Releyó sus mensajes buscando el nombre de aquella mujer—. Virginia Souza. Collier le siguió la pista porque, por lo visto, trabajaba en la misma esquina que Delilah, así que probablemente tenían el mismo chulo. La familia le dijo que murió de sobredosis hace seis meses, pero eso es lo que dice Collier, y no me fío de él porque es un embustero.

—A veces te pareces tanto a tu madre...

—Ojalá supiera si eso es un cumplido o no. —Faith buscó en la base de datos del GBI los antecedentes policiales de Virginia Souza—. Aquí está. Cincuenta y siete años, un poco mayor para ser puta. Detenciones por prostitución a montones, empezando desde finales de los años setenta. Detenida por poner en peligro la vida de un menor. Por negligencia en el cuidado de un menor. Y por explotación de un menor. Collier no mencionó nada de esto. —Sintió un calambre en el pulgar mientras hojeaba la sórdida historia delictiva de aquella mujer—. Varios arrestos por desorden público estando bajo los efectos del alcohol. Y por hurto. En cambio, no dice nada de detenciones por tráfico o posesión de drogas, lo cual es muy raro teniendo en cuenta que, según la familia, murió de sobredosis hace seis meses. O eso dice Collier. Dos agresiones, las dos a menores. De esas sí me habló Collier. Sospechosa del secuestro de un menor. Sospechosa, en otro caso, de explotación de un menor. Por lo visto, tiene fijación con los niños. Alias conocidos: Souz, Souzie, Ginny, Gin, Mamá.

—La mamá al mando —comentó Amanda, refiriéndose al apodo que recibían las lugartenientes de los proxenetas—. Es una *fondona.*

—Es lógico si se tiene en cuenta su edad y su hoja de servicios. Todas esas agresiones a menores... Quizá estuviera haciendo el trabajo del chulo, manteniendo el rebaño en orden.

—¿Por qué tarda tanto esta gente? —Amanda volvió a apretar el timbre de la verja, manteniéndolo pulsado el tiempo suficiente para que comprendieran que no iba a marcharse—. ¿Tienes su número de teléfono?

Faith estaba buscándolo cuando empezaron a abrirse las puertas.

—Por fin —dijo Amanda.

La avenida torcía a la izquierda y conducía a un garaje para seis coches situado junto a la esquina trasera de la mansión. Amanda detuvo el coche en la zona reservada a aparcamiento y aparcó junto a un todoterreno Tesla. Parte de la explanada había sido convertida en una cancha de baloncesto en miniatura. La canasta era tan baja que cabía suponer que Reuben Figaroa la había hecho construir especialmente para su hijo de seis años.

—Kip Kilpatrick —dijo Amanda.

Faith vio al agente de pie en la puerta de entrada. Su traje brillaba tanto que reflejaba las luces de seguridad de la finca. Sostenía una botella de bebida energética de color rojo fosforescente que se pasaba de una mano a otra mientras las veía aparcar. Will había subestimado la imbecilidad de aquel sujeto. Faith la olía emanar de él como el tufo a humedad que exhalaba un sótano.

—Allá vamos —dijo Amanda.

Salieron del coche. Amanda se fue derecha hacia Kilpatrick. Faith miró por las ventanas de las puertas del garaje. Dos Ferraris, un Porsche y, al fondo, un Range Rover gris oscuro, el mismo tipo de vehículo que, según obraba en sus informes, conducía Jo Figaroa.

—Señor Kilpatrick —dijo Amanda—, qué placer verlo dos veces el mismo día.

Él consultó su reloj.

—Dos días, técnicamente. ¿Hay algún motivo en particular por el que quiera hablar con otro de mis clientes a estas horas de la noche?

—¿Qué le parece si lo debatimos dentro, con el señor Figaroa?

—¿Y por qué no fuera, conmigo?

—Me extraña que esté usted aquí, señor Kilpatrick. ¿Le parece que son horas de hacer visitas?

—Tiene cinco segundos para explicarme por qué está aquí o para salir de la propiedad del señor Figaroa.

Amanda hizo una pausa elocuente.

—En realidad, estoy buscando a Josephine Figaroa. Parece haber desaparecido.

—Está en una clínica de desintoxicación —contestó Kilpatrick—. Se marchó esta mañana. Yo mismo la ayudé a cargar el equipaje en el coche.

—¿Puede decirme el nombre de esa clínica?

—No.

—¿Puede decirme cuándo volverá?

—No.

Amanda rara vez se daba de bruces con una pared, pero Faith advirtió que no lograría sortear las negativas de Kilpatrick. Por fin recurrió a la verdad.

—Hace dos horas encontramos un cuerpo. Ha sido identificado como el cadáver de Josephine Figaroa.

Kilpatrick soltó la botella, que estalló contra el pavimento. El líquido rojo se extendió por el suelo, salpicándole los zapatos y los pantalones. No se movió. Apenas se dio cuenta de que se había manchado. Estaba sinceramente asombrado.

—Necesitamos que el señor Figaroa identifique el cuerpo.

—¿Qué? —Kilpatrick comenzó a menear la cabeza—. ¿Cómo...? ¿Qué?

—¿Necesita un minuto?

El agente miró el suelo, reparó en el refresco derramado.

—¿Está segura? —Sacudió la cabeza, y Faith prácticamente le oyó aleccionarse a sí mismo para volver a poner su cara de abogado—. Yo puedo identificarla. ¿Dónde debo ir?

—Tenemos una fotografía, pero está...

—Enséñemela.

Amanda ya había sacado su Blackberry. Le mostró la fotografía que había hecho de la cara de la mujer.

Kilpatrick dio un respingo.

—Dios mío. ¿Qué le ha pasado?

—Eso hemos venido a averiguar.

—Dios. —Se limpió la boca con la manga—. Dios.

Una sombra apareció en el vano de la puerta, inmensa y amenazadora como un monstruo de cuento.

Reuben Figaroa salió, con cuidado de no mojarse los zapatos. Llevaba un traje gris muy arrugado, camisa azul y corbata negra. Tenía la cabeza afeitada. Bigote oscuro y perilla. Era asombrosamente alto: su cabeza casi rozaba el travesaño de la puerta. Tenía, además, una pistolera con una Sig Sauer P320 sujeta al cinturón de cuero negro. Llevaba el arma a plena vista y parecía más que capaz de usarla.

—Señor Figaroa —dijo Amanda—, ¿podríamos hablar con usted, por favor?

Reuben le tendió la mano, tres veces más grande que la de Amanda.

—Déjeme ver la foto.

—No, tío —le advirtió Kilpatrick—. No te conviene verla. Créeme.

Amanda le dio su Blackberry. En su mano gigantesca, el teléfono parecía tan pequeño como un paquete de chicles. Sostuvo la pantalla delante de su cara y ladeó la cabeza mientras contemplaba la imagen. Faith estaba acostumbrada a la estatura de Will, pero comparado con él, Reuben era un gigante. Todo en él era más grande, más fuerte, más amenazador. Solo les había dicho cuatro palabras, y Faith ya intuía que no había que fiarse de él. Miraba fijamente la fotografía de su esposa muerta y, sin embargo, su cara no evidenciaba emoción alguna.

—¿Es su esposa, Josephine Figaroa? —preguntó Amanda.

—Sí, es ella. Es Jo. —Le devolvió el teléfono. Parecía seguro de la identidad del cuerpo, pero su semblante permaneció tan impasible como su tono de voz—. Pasen, por favor.

Amanda no pudo ocultar su sorpresa ante aquella invitación. Miró a Faith antes de entrar en la casa. Kip Kilpatrick les indicó que le precedieran. No lo hacía por caballerosidad. Quería vigilarlas. A Faith no le pareció mal. Le hizo notar que había visto el Ruger AR-556 apoyado contra la puerta. El rifle tenía todos los accesorios. Empuñadura con cargador integrado. Supresor de destello. Mira replegable. Láser. Cargador de treinta proyectiles.

Reuben las condujo por un largo pasillo embaldosado. Cojeaba. Llevaba una férula metálica en la pierna. Faith se alegró de que avanzaran con lentitud. Así pudo echar un vistazo a su alrededor. No es que hubiera mucho que ver. La casa estaba impoluta, literalmente. No había fotografías en las paredes blancas, ni zapatillas deportivas junto a la puerta. Ni ropa apilada en el cuarto de la lavadora. Ni juguetes dispersos en cada esquina.

Daba igual que vivieras en un caja de zapatos o en una megamansión, se dijo Faith: si vivías con un niño de seis años, vivías también con sus porquerías. No vio huellas de dedos grasientos, ni arañazos en el rodapié, ni esos ganchitos pegajosos tirados por el suelo que inexplicablemente dejaban tras de sí todos los niños como un reguero de migas de pan.

El cuarto de estar estaba igual de desnudo. No era diáfano. Desde él no se veía la cocina, sino una serie de puertas cerradas que podían conducir a cualquier parte. No había cortinas que matizaran la luz de los enormes ventanales, ni cuadros, ni plantas que hicieran más acogedora la habitación. Todos los muebles eran de acero y piel blanca, construidos a escala de jugador de baloncesto. La mullida alfombra era blanca. El suelo era blanco. Si allí vivía un niño, debía de estar herméticamente encerrado.

—Por favor.

Reuben les indicó el sofá. No esperó a que se sentaran. Ocupó un sillón de espaldas a la pared. Sentado era más o menos de la altura de Faith. Sus ojos eran de un gris extraño, casi como el del uniforme de los confederados. Tenía una tirita larga a un lado de la cabeza afeitada. El chichón de debajo era del tamaño aproximado de una pelota de golf.

—¿Qué le ha pasado en la cabeza? —preguntó Faith.

Figaroa no contestó. Se limitó a mirarla con tibio desinterés, como un león miraría a una hormiga.

—Gracias por hablar con nosotras, señor Figaroa —dijo Amanda—. Le doy mi más sentido pésame.

Se acomodó en el sofá, al lado de Reuben. Tuvo que sentarse al borde para que sus pies tocaran el suelo. Kilpatrick se arrellanó en otro sillón, con los pies colgando. Parecía más afectado que el marido de Jo. Su semblante no se había recuperado aún de la impresión.

Reuben seguía mirando a Faith, esperando a que se sentara.

—Estoy bien así, gracias. —No quería que le costara levantarse si algo se torcía.

Y había muchas cosas que podían torcerse.

Había visto otro rifle de asalto junto a la puerta principal: un AK 47 que parecía modernizado con un sistema de disparo de repetición, lo que lo convertía en una auténtica ametralladora. Y otra pistola dentro de una caja de cristal muy gruesa, sobre la mesa baja. Una Sig Sauer Mosquito bicolor.

Amanda llevaba en el bolso un revólver de cinco balas que guardaba dentro de una bolsita de terciopelo. Ella tenía su Glock en la funda que llevaba en el muslo. No podían competir con Reuben Figaroa, que sentado de lado en el sillón, con el codo apoyado en el rincón del fondo, tenía la mano a menos de siete centímetros de la Sig que llevaba en la cadera.

—¿Qué le ha pasado a Jo? —preguntó.

—Aún no lo sabemos con seguridad —reconoció Amanda—. Todavía no se ha efectuado la autopsia.

—¿Cuándo se la harán?

—Esta misma mañana.

—¿Dónde?

—En el depósito de cadáveres del hospital Grady.

El jugador esperó más detalles.

—Se hará cargo el patólogo forense del Departamento de Policía de Atlanta, pero también habrá alguien del GBI para servir de apoyo.

—Quiero estar presente.

Kilpatrick se incorporó.

—Está en estado de *shock* —le dijo a Amanda—. En realidad no quiere asistir a la autopsia de su esposa, como es natural. —Le lanzó a Reuben una mirada de advertencia—. ¿Cuándo murió?

—Tal vez el señor Figaroa pueda decirnos primero cómo pasó el día de ayer, lunes.

—No... —dijo Kilpatrick, pero Reuben levantó una mano para detenerlo.

—Estaba en la consulta de mi médico el lunes a primera hora. Como verán, me han operado recientemente de la rodilla. Tenía que ir a revisión. Después tuve una reunión de trabajo con Kip, y luego otra con mi abogado, Ditmar Wittich. Pasé el resto de día con varios de mis asesores bancarios. City Trust, Bank of America, Wells Fargo... Kip puede darles sus números de contacto.

—Evidentemente —dijo Kilpatrick—, ninguna de las personas con las que se reunió Fig puede decirles de qué se trató en esas reuniones, pero pueden ustedes verificar las horas. Los bancos tendrán grabaciones de las cámaras de seguridad. Aunque probablemente necesitarán ustedes una orden judicial.

—Restan aún la noche del lunes y la madrugada de hoy —respondió Amanda, y añadió dirigiéndose a Reuben—: Discúlpeme, pero me sorprende que sean las dos y media de la madrugada y que siga usted vestido con traje.

—Por eso he tardado tanto en abrirles la verja —repuso el jugador—. Me ha parecido inadecuado salir a recibirlas en pijama.

Amanda asintió con la cabeza, pero no señaló que, teniendo en cuenta el aspecto del traje, daba la impresión de que no se lo había quitado en todo el día.

—¿Dónde la encontraron? —preguntó Reuben.

Amanda no respondió.

—Confiaba en que pudiera usted ayudarnos a establecer la cronología de los hechos. —Se volvió hacia Kilpatrick—. ¿Ha dicho usted que ayudó a la señora Figaroa a cargar el equipaje en el coche el lunes por la mañana?

—Es una forma de hablar. —Kilpatrick comprendió que había metido la pata—. Quise decir que la ayudé a cargar el coche el domingo por la noche. No sé a qué hora se fue el lunes por la mañana. —Miró con nerviosismo a Reuben—. Así que la última vez que la vi fue el domingo por la noche. En una fiesta.

—¿Se fue a la clínica de desintoxicación en su propio coche, conduciendo ella? —preguntó Faith.

Kilpatrick había visto a Faith echar una ojeada al garaje, donde aún estaba el Range Roger de Jo Figaroa.

—No me acuerdo.

—¿Y usted? —le preguntó Amanda a Reuben.

—El domingo por la noche —contestó Kilpatrick antes de que su cliente pudiera hablar—, Reuben también estuvo en la fiesta. Igual que Jo. Ella se marchó temprano. Le dolía la cabeza, quería acabar de hacer el equipaje, qué sé yo. Reuben se tomó unas pastillas para el dolor cuando llegó. Eso fue el domingo por la noche, después de la fiesta. El lunes por la mañana se despertó y supuso qué Jo se había ido a la clínica. En un Lincoln, porque su Rover seguía en el garaje. —Estaba improvisando sobre la marcha—. Ya saben cómo va lo de la desintoxicación: las dos primeras semanas no dejan que los pacientes llamen a casa, así que no teníamos forma de saber si había llegado a la clínica o no.

Amanda podría haber señalado toda clase de lagunas en aquella historia, pero se limitó a asentir con la cabeza.

—¿Quién la mató? —preguntó Reuben.

—Todavía no sabemos si fue asesinada.

—La foto —dijo Reuben—. Alguien la golpeó en la cara. Le dieron una paliza. —Desvió los ojos. Sus puños eran del tamaño de pelotas de fútbol. Era la primera vez que demostraba alguna emoción—. ¿Quién la mató?

—Señora Wagner —terció Kilpatrick—, creo que debería saber que Jo era adicta al Oxy. Era un problema grave. Fig no se enteró hasta que la detuvieron. Por eso está en rehabilitación. Estaba. —Se detuvo para tragar saliva, visiblemente alterado—. Deberían estar buscando a su camello. Gente del inframundo.

Faith recordó lo que le había dicho Will acerca de que Angie proporcionaba drogas a chicas jóvenes. Era su forma de mantenerlas alejadas de las calles. ¿También le proporcionaba drogas a Jo Figaroa?

—Tiene usted una colección de armas impresionante. —Amanda paseó la mirada por la habitación, fingiendo que acababa de reparar en el arsenal de Reuben Figaroa—. ¿Es una afición o es que le preocupa su familia?

Reuben fijó en ella sus ojos de un gris acerado.

—Cuido muy bien de mi familia.

—Señora Wagner —dijo Kilpatrick—, sin duda conoce usted los artículos uno al diez de la Ley 60 del estado de Georgia. Los agentes de las fuerzas de seguridad no pueden interrogar a ciudadanos respetuosos con la ley acerca de las armas que porten, tanto a la vista como ocultas, ni exigir ver su permiso de armas, y menos aún dentro de su domicilio.

—¿Se despidió Jo de Anthony? —preguntó Faith.

Reuben entornó los ojos.

—Sí.

Faith esperó, pero estaba claro que no iba a ofrecer ninguna otra explicación.

—¿Anthony está aquí?

—Sí.

—¿Podemos hablar con él? Puede que su madre...

Sonó un teléfono, un timbre estridente que por alguna razón hizo que Faith acercara la mano a la pistola. La mano de Reuben también se movió. Muy lentamente, se introdujo en su bolsillo y sacó un iPhone. Faith miró a Kilpatrick. Se había deslizado hasta el borde del asiento, tenso, a la espera. Los ojos de Reuben habían perdido su brillo de acero. Su actitud casi pétrea se había resquebrajado ligeramente.

Lo vieron acercarse el teléfono al oído.

—No —masculló. Esperó—. No —masculló de nuevo.

Cortó la llamada. Negó con la cabeza una sola vez mirando a Kilpatrick. Seguía sosteniendo el teléfono, y Faith se alegró de ello: prefería que siguiera teniendo la mano dominante ocupada.

—Disculpen —dijo—, un asunto privado.

—¿Reuben? —Una mujer mayor había abierto una de las puertas. Era afroamericana. Vestía impecablemente y lucía una gargantilla de perlas alrededor del cuello—. ¿Quieres que les traiga un café o un té a tus invitados?

—No, señora. No es necesario. —Reuben se alisó la corbata—. Gracias. Está todo bien así.

La señora titubeó un instante antes de salir de la habitación.

La conversación había durado solo unos segundos, pero Faith había logrado ver la cara de la mujer. Le temblaba el labio.

Kilpatrick explicó:

—Es la madre de Jo. Tiene problemas de corazón. Vamos a esperar para darle la noticia cuando encontremos el momento oportuno.

—Disculpen —dijo Amanda—, pero ¿Josephine era adoptada?

Reuben había recobrado la compostura. Volvía a parecer impasible.

—Sí. Era una bebé cuando la adoptaron. Nunca conoció a su madre.

—Qué triste. —Amanda tosió acercándose la mano a la boca. Se dio unas palmadas en el pecho y tosió otra vez—. Siento molestarle, pero ¿podría tomar un poco de agua?

—Yo se la traeré —dijo Faith, y se encaminó rápidamente hacia la cocina.

Reuben hizo amago de levantarse, pero Kilpatrick dijo:

—No pasa nada.

Faith comprendió por qué no pasaba nada en cuanto entró en la cocina. Cabeza apepinada. Traje negro ceñido. Laslo Zivcovik estaba sentado a la barra central, comiendo helado directamente del recipiente. La señora que sin duda era la señorita Lindsay estaba de pie al otro lado. Retorcía entre las manos un paño blanco, visiblemente angustiada por lo que estaba sucediendo en la sala de al lado. Las perlas no eran lo único que le había dado una pista a Faith. A la mujer le temblaba el labio, tal y como le había dicho Will.

—Qué cocina tan bonita —comentó Faith, a pesar de que se parecía a la sala acolchada de un psiquiátrico.

Los armarios eran blancos. Los electrodomésticos estaban ocultos detrás de paneles blancos. El mármol de la encimera parecía fundirse con el del suelo. Hasta la escalera abierta que había al fondo de la habitación era de un blanco tan brillante que hacía daño a los ojos.

—Gracias. —La señorita Lindsay dobló el paño—. La diseñó mi yerno.

Eso explicaba muchas cosas. Reuben podía ser él mismo una gran losa de mármol.

—Debe de dar mucho trabajo mantenerla limpia, sobre todo con un niño pequeño. Su hija debe de tener mucha ayuda.

—No, lo hace todo ella. Limpia la casa. Cocina. Lava la ropa.

—Eso es mucho trabajo —repitió Faith—. Sobre todo, con un niño pequeño.

La cuchara de Laslo resonó sobre la encimera.

—¿Quería algo? —le preguntó a Faith.

Su acento bostoniano hacía que su voz sonara como si tuviera las mejillas llenas de algodón.

Como no tardaría mucho en llenar un vaso de agua, Faith contestó:

—Me he ofrecido voluntaria para ayudar con el té.

—Voy a sacar la tetera. —La señorita Lindsay abrió y cerró la puerta de varios armarios, de lo que Faith dedujo que no era una visitante asidua de la casa.

—Eh. —Laslo tocó con la cuchara sobre la encimera para llamar su atención. Señaló un hervidor de agua, lo que significaba que él sí iba mucho por allí.

—Estos cacharros modernos... —La señorita Lindsay comenzó a sacar tazas. Blancas. Gigantescas. Fabricadas para Reuben Figaroa, como todo en aquella casa.

Faith se puso a llenar las tazas con agua caliente. La encimera era tan alta que tuvo que ponerse de puntillas.

—¿Ha venido a cuidar a su nieto? —le preguntó a la señorita Lindsay.

Ella asintió con la cabeza, pero no dijo nada.

—Seis años, así que estará en primero. —Faith llenó otra taza—. Es una edad maravillosa. Todo es tan emocionante... A esa edad son tan divertidos y están siempre tan felices... Te dan ganas de abrazarlos y no soltarlos nunca.

La señorita Lindsay dejó caer una taza que se hizo pedazos contra el suelo de mármol, disparando esquirlas blancas por todas partes.

Al principio, nadie se movió. Se miraron unos a otros como paralizados, hasta que Laslo le dijo a la mujer:

—Sube arriba, guapa. Yo me ocupo de limpiar esto.

La señorita Lindsay miró a Faith. De nuevo le temblaba el labio.

—Creo que conoció usted ayer a mi compañero —dijo Faith—. Will Trent.

Laslo levantó la mirada. Sus botas hicieron crujir la cerámica rota que había en el suelo.

—Sube a ocuparte de Anthony. No querrás que se despierte y se asuste con tanto ruido.

—Claro que no. —La señorita Lindsay se mordió el labio para que dejara de temblarle—. Buenas noches —le dijo a Faith.

Su bastón resonó en el suelo cuando se encaminó a la escalera del fondo. Se volvió para mirar a Faith. Luego comenzó su trabajoso ascenso. Pasó una eternidad antes de que sus pies desaparecieran de la vista.

Las botas de Laslo pulverizaron la taza rota cuando volvió a ocupar su lugar junto a la barra de la cocina. Agarró la cuchara. Se metió un poco de helado en la boca y chascó los labios. Miraba fijamente los pechos de Faith.

—Bonitas tetas —dijo.

—Lo mismo digo —repuso ella.

Abrió la puerta basculante con el pie, consciente de que dejaría una marca. Amanda ya se había levantado del sofá. Tenía el bolso entre las manos.

—Gracias, señor Figaroa —dijo—. Estaremos en contacto. Le doy de nuevo mi más sentido pésame.

Kilpatrick las acompañó a la puerta. Dejó que lo precedieran por el pasillo como si temiera que se escaparan y encontraran algo para lo que no tuviera explicación.

Al llegar a la puerta trasera, le dijo a Amanda:

—Si tiene alguna otra pregunta que hacerle a Fig, llámeme al móvil. El número está en mi tarjeta.

—Vamos a necesitar que identifique el cuerpo. Y también sería de agradecer una muestra de ADN.

Kilpatrick esbozó una sonrisa burlona. Ningún abogado proporcionaba voluntariamente muestras de ADN de su cliente.

—Háganle otra fotografía cuando la hayan limpiado. Después, ya veremos.

—Estupendo —dijo Amanda—. Ardo en deseos de verlo de nuevo dentro de unas horas.

Kilpatrick no dejó de sonreír.

—Sí, esa entrevista oficial con Marcus a la que Ditmar accedió ayer... Finalmente no va a ser posible. Llame a Ditmar si no me cree.

No cerró de un portazo porque no era necesario.

Amanda agarró su bolso como si quisiera estrangularlo mientras regresaba al coche. Faith caminó hacia atrás, mirando las ventanas de la primera planta. No había luces encendidas. La señorita Lindsay no estaba espiando detrás de las cortinas. Faith tuvo la misma sensación que había descrito Will: allí había gato encerrado.

Subieron al coche. Guardaron las dos silencio hasta que enfilaron Cherokee Drive.

—¿La madre no te ha dicho nada? —preguntó Amanda.

—Laslo estaba en la cocina. ¿Qué hay de la llamada? —preguntó Faith—. Kilpatrick se ha llevado un susto de muerte.

—Esto es cada vez más extraño —comentó Amanda—. Reuben Figaroa tiene muy mal genio.

De haberse tratado de cualquier otra persona, Faith habría contestado «No me digas». Las armas que había por toda la casa. La estética quirúrgica de las habitaciones. Reuben Figaroa era la personificación misma del marido controlador. Que hubiera dado el paso a la violencia era un interrogante para el que todavía no tenían respuesta, pero como mínimo resultaba lógico que su esposa se atiborrara de pastillas camino del supermercado.

Su asesinato, en cambio, carecía de lógica aparente.

—No podremos desmontar su coartada —comentó Amanda—. Tú lo sabes. Y me parece muy oportuno que pasara el día con personas obligadas por su profesión a mantener la boca cerrada.

—La culpable de su muerte es Angie —aventuró Faith—. De eso va todo esto. No Marcus Rippy, ni Kilpatrick, ni Reuben, nada de eso. Angie se presentó de repente, le dijo «¡sorpresa, soy tu madre!» y la obligó a hacer algo que la condujo a la muerte.

—No saques conclusiones precipitadas —la advirtió Amanda—. Me preocupa el hijo, Anthony. Hasta yo sé que debería haber algún juguete, o al menos unas manchas en el cristal de la mesa.

—Mochila, zapatos, libros de colorear, ceras, cochechitos, suciedad. —Faith había olvidado la cantidad de suciedad que traían los niños a casa. Era como si atrajeran todas las partículas de polvo de la atmósfera—. Si en esa casa vive un niño de seis años, su madre debe de pasarse todo el día detrás de él, limpiando. Y ella sola, por cierto. La señorita Lindsay me ha dicho que Jo no tiene a nadie que la ayude. Ella cocina, limpia y hace la colada como una verdadera ama de casa.

—Jo desapareció la noche del domingo. A todos los efectos, ya estamos a martes. Vamos a dar por sentado que el marido no hace los baños. ¿Se ha hecho cargo la señorita Lindsay de la limpieza?

—No veo cómo. No creo que pueda agacharse con ese bastón. Pero tienes razón en que algo pasa con Anthony. Le mencioné varias veces al niño para ver cómo reaccionaba, y se habría derrumbado si no hubiera estado allí Laslo. Podemos llamar al colegio —añadió—. Si falta a clase, nos lo dirán. Imagino que va al Rivers. Es básicamente un colegio privado para niños blancos ricos financiado con fondos públicos.

—Es demasiado temprano. No habrá nadie hasta las seis.

Faith bostezó automáticamente al oír mencionar la hora.

—Quiero hablar con la mujer que encontró Will en el edificio —dijo Amanda—. Tuvo que ver algo. ¿De dónde sacó toda esa coca?

Faith seguía bostezando. Tanta información la desbordaba. Notaba girar el cerebro como una peonza.

—Figaroa no ha dudado al identificar a la mujer de la fotografía. ¿Cómo puede estar tan seguro? Tiene la cabeza del tamaño de una sandía. Le dieron una paliza brutal.

—Hay otra cosa curiosa. —Amanda señaló el reloj de la radio—. Hemos llegado allí poco antes de las dos y media de la madrugada. Estaban todos levantados y vestidos. Kilpatrick estaba en la casa, trajeado. Igual que Reuben. Laslo también estaba allí. Y la suegra todavía llevaba las perlas puestas. Todas las luces estaban encendidas. Estaban levantados por alguna razón.

—Kilpatrick no sabía que Jo estaba muerta —repuso Faith.

—No —convino Amanda—. Se ha llevado una impresión cuando se lo he dicho. Esas cosas no se fingen.

—Figaroa llevaba una férula en la rodilla. Pero tenía un golpe en la cabeza. Alguien le dio un buen porrazo.

—¿Jo?

Faith se rio, pero solo por desesperación.

—¿Angie? ¿Delilah? ¿Virginia Souza?

—La AK que había junto a la puerta delantera parecía automática.

—Y el rifle que había junto a la puerta trasera tenía un mecanismo de repetición capaz de disparar siete balas en siete segundos. —Faith meneó la cabeza, intentando despejarse—. ¿Qué demonios pasa en esa casa?

—Concéntrate. Kilpatrick es un arreglador. Laslo es un arreglador. ¿Qué problema tenían que arreglar allí?

—Si damos por sentado que Kilpatrick no sabía que Jo estaba muerta, entonces no puede ser ese. La señorita Lindsay estuvo en la oficina de Kilpatrick el lunes por la tarde —le recordó Faith—. Fue entonces cuando la vio Will. Y estaba disgustada por algo.

—Su hija había sido detenida por posesión de drogas.

—Sí, el jueves anterior. Pero Jo salió de la cárcel el sábado. Su madre fue a visitar a Kilpatrick por otro asunto. Un asunto que surgió el lunes, después de que mataran a Harding. Después de que su hija desapareciera cuando se suponía que tenía que estar en la clínica de desintoxicación. —De pronto se le ocurrió otra cosa—. Fue a ver a Kilpatrick, no a Reuben.

—Esa llamada que recibió Reuben hace un rato. Fue muy extraña.

—Parecía que la estaban esperando, incluso la señorita Lindsay. En cuanto sonó el teléfono, asomó la cabeza para ver qué estaba pasando. —Se volvió hacia Amanda—. Si no se trataba de Jo, lo único que se me ocurre que puede angustiar así a la señorita Lindsay es algo relacionado con Anthony.

—Resumiendo, Faith. Reuben Figaroa fue al despacho de Kilpatrick el lunes por la mañana. Después se reunieron ambos con su abogado. Reuben pasó el resto del día visitando tres bancos distintos, y ahora estaban todos en su casa, a estas horas de la madrugada, completamente vestidos y esperando a que sonara el teléfono. ¿Qué se deduce de todo ello?

—Secuestro —concluyó Faith—. Angie ha secuestrado a su nieto.

CAPÍTULO 11

Will se paseaba frente a la puerta de la habitación de la mujer mientras los doctores hacían su ronda matutina. Se metió las manos en los bolsillos mientras caminaba. Se sentía extrañamente eufórico, casi aturdido, a pesar de que no había pegado ojo. Tenía la sensación de pensar con más claridad que durante las treinta y seis horas anteriores. Evidentemente, Angie creía que podía quitarlo de en medio con sus juegos mentales, pero lo que había conseguido era reconcentrar su deseo de derrotarla.

Y pensaba hacerla caer con todo el equipo, porque sabía exactamente lo que se traía entre manos.

—¿Will? —preguntó Faith—. ¿Qué haces aquí?

No se detuvo a explicarse. Todo lo que llevaba siete horas rondándole por la cabeza salió de su boca como una explosión.

—He estado revisando mis notas del caso Rippy. Reuben Figaroa era el principal testigo de descargo de Rippy en la fiesta, y Jo Figaroa era la principal coartada de su marido. Angie lo sabía. También descubrió que Jo era una yonqui, y los yonquis son muy fáciles de controlar. Manipuló a Jo para que chantajeara a su marido. Si Jo dejaba a Reuben sin coartada, Rippy también se quedaría sin ella y todo se vendría abajo. Pero en lugar de ceder y pagar, Reuben acudió a Kilpatrick y él encargó a Harding que resolviera el asunto. Harding fue quien dio el chivatazo para que detuvieran a Jo y, como no consiguió cerrarle la boca de esa manera, resolvió

440

el problema matándola. —Sintió que sonreía, porque todas las pistas habían estado ahí desde el principio—. Angie me llamó para que resolviera el estropicio, porque así es ella.

Faith se quedó callada unos segundos. Por fin preguntó:

—¿Cómo pudo enterarse Angie de cuáles eran las declaraciones de los testigos?

—Estaban en mis archivos, en casa. Tuvo que verlas. Sé que las vio. —Se dio cuenta de que estaba hablando muy deprisa y muy alto. Intentó calmarse—. Desordenó las declaraciones. Ella conoce el sistema que utilizo, el código de color, y las mezcló para que me diera cuenta de que las había visto.

—¿Dónde está Sara?

—Abajo, asistiendo a la autopsia. —La agarró de los brazos—. Escúchame. Angie perdió la única arma que tenía para presionar a Reuben cuando murió Jo. Está intentando que...

—Creemos que ha secuestrado a su nieto.

Will sintió que sus manos se aflojaban.

—Ayer no fue al colegio. Y esta mañana tampoco.

Will escudriñó sus ojos tratando de entender lo que le decía.

—Puede que esté resfriado o que...

—Ven aquí.

Lo condujo a la silla que había frente al puesto de enfermeras. Le hizo sentarse, pero se quedó de pie delante de él mientras le explicaba lo que habían averiguado Amanda y ella.

La euforia que sentía Will por haber resuelto el caso se esfumó en cuanto le contó que la señorita Lindsay había asomado la cabeza después de que sonara el teléfono. Cuando Faith terminó de resumirle los acontecimientos de las últimas horas, se inclinó hacia delante con las manos unidas entre las rodillas, completamente derrotado.

Todo lo que decía Faith tenía perfecto sentido. Los abogados y los banqueros. La expectación en torno a la llamada telefónica. La posibilidad de que Angie hubiera ocasionado la muerte de su hija y aun así siguiera intentando obtener un beneficio de aquel asunto.

¿Qué le pasaba? ¿Cómo había podido querer a una persona tan despreciable?

—Puede que tengas razón y que el plan para chantajear a Figaroa se torciera —dijo Faith—, y que cuando Harding quitó de en medio a Jo...

—Angie llegó a la conclusión de que Anthony era el sustituto perfecto. —Will se frotó la cara con las manos.

La supervivencia del más fuerte. Angie siempre se movía hacia delante. No se preocupaba por las consecuencias porque nunca se quedaba en un sitio el tiempo suficiente para tener que afrontarlas.

—Le di un puñetazo a Collier —dijo.

—Ya me lo imaginaba. Ojalá le hubieras pegado más fuerte. —Faith ocultó un gran bostezo con el dorso de la mano—. Vamos a tener que revisar toda la información que nos ha proporcionado Collier. Mintió respecto a que Virginia Souza muriera de sobredosis. La semana pasada estaba vivita y coleando. Tenemos una grabación en la que aparece en la cárcel, pagando la fianza de una chica de dieciocho años detenida por prostitución. Delilah Palmer sigue siendo nuestra única pista sólida. Podría ser una víctima. O una asesina. En cualquier caso, la primera persona a la que acudiría en busca de ayuda sería su chulo. Tenemos que encontrar a Souza. Si de verdad se dedica a lo que creemos, sabrá dónde está el chulo de Delilah. Y si encontramos al chulo, encontraremos a Delilah.

—Agente Trent —dijo el médico—, ya puede hablar con la paciente, pero sea breve y procure no alterarla más de lo que está ya.

—¿Por qué está alterada? —preguntó Faith.

El médico se encogió de hombros.

—Comida gratis, sábanas limpias, enfermeras para atenderla, televisión por cable. Le hemos cambiado toda la sangre, así que seguramente es la primera vez que está limpia de drogas en décadas. Lleva veinte años en la calle. Esto para ella es como el Ritz.

—Gracias —dijo Faith, y le preguntó a Will—: ¿Listo?

Él quería levantarse, pero tenía la impresión de estar lastrado con plomo. El embotamiento del día anterior había vuelto a apoderarse de él. Cada minuto de sueño perdido le perforaba el cerebro como una taladradora.

—No podemos hacer nada, ¿verdad? Respecto a Anthony. Su padre no ha denunciado su desaparición. No podemos exigir verlo porque no tenemos ninguna prueba de que haya sido secuestrado. Reuben tiene un batallón de abogados para explicarle sus derechos y, si es tan controlador como dices, se empeñará en resolver este asunto por sus medios.

—Amanda está intentando conseguir una orden judicial para pinchar sus teléfonos —repuso Faith—. Tiene cuatro coches apostados frente a su casa. Si alguien sale, le seguiremos. Pero tienes razón, tú y yo no podemos hacer nada ahora mismo, salvo seguir investigando.

Will sintió que el elefante de la noche anterior tanteaba su pecho con la pata. Se lo sacudió de encima. No iba a humillarse de nuevo como había hecho en la funeraria.

—Angie dijo que Jo era hija mía. Sara dice que no puede descartarlo por mi grupo sanguíneo.

—¿Crees a Angie?

Le dijo la verdad:

—Solo pienso en golpearle la garganta hasta romperle la tráquea para ver el pánico en su mirada mientras se asfixia.

—Cuánto detalle. —Will adivinó por la expresión de Faith que iba a ponerse maternal con él—. ¿Por qué no te vas a casa y duermes un rato? Han sido dos días muy duros. Yo puedo interrogar a la mujer. Amanda llegará en cualquier momento. Y, de todos modos, seguramente no deberías hablar con testigos potenciales.

—Eso ya no tiene remedio. Fui yo quien la encontró. —Will se levantó. Se enderezó la corbata. Tenía que tomar ejemplo de Angie y seguir adelante. Si dejaba que el estrés se apoderara de él, si le daba otro ataque de ansiedad, no volvería a levantar cabeza—. Vamos.

443

Dejó que Faith entrara primero. En aquella planta había otras dos chicas de la calle, además de la que Will había encontrado en el edificio abandonado. Una de ellas estaba en una habitación tranquila, al final del pasillo. La otra tenía un agente de policía en la puerta de su habitación. El Grady era el único hospital público de Atlanta. Había muchas sin recursos ingresadas en él.

La que les interesaba estaba en una habitación minúscula acotada por una mampara de cristal y una gruesa puerta de madera que no se cerraba del todo. Las máquinas silbaban y bombeaban. El monitor cardíaco vigilaba el ritmo de los latidos. Las luces estaban encendidas. La mujer tenía los ojos amoratados debido al desplome de su tabique nasal. Gruesos vendajes cubrían dos terceras partes de su cabeza, dejando su boca y su barbilla a la vista. Entre las vendas asomaban grasientos mechones de pelo castaño. Dos drenajes quirúrgicos —bolsas transparentes en las que se depositaba el exceso de fluidos y sangre de la herida— colgaban a ambos lados de su cara. A Will le recordó a un monstruo abisal de *Star Wars.*

La mujer, que estaba comiendo gelatina cuando entraron, se detuvo al verlos.

—Dejen la puerta abierta. No quiero acabar siendo otra negra que muere misteriosamente estando custodiada por la policía.

—En primer lugar —dijo Faith—, no está usted bajo custodia policial y, en segundo lugar, no es negra.

—Mierda. —Ella se frotó los brazos blancos—. Entonces, ¿cómo me las he arreglado para cagarla de esta manera?

—Deduzco que sus elecciones personales habrán tenido algo que ver.

La mujer dejó la tarrina vacía de gelatina. Se recostó en la cama. Tenía la voz rasposa. Era mayor de lo que había pensado Will al principio. Rondaba los cincuenta. Will no entendía por qué había creído en algún momento que podía ser Angie.

—¿Qué es lo que quieren? —preguntó ella—. Van a venir a asearme dentro de un momento, y luego tengo que ver al juez.

—Queremos hablar con usted del domingo por la noche.

—¿Qué día es hoy?

—Martes.

—Joder, eso sí que fue un colocón. —Los drenajes temblaron sobre sus mejillas cuando se rio—. Madre mía. El domingo estaba en la luna.

Faith lanzó a Will una mirada que indicaba que no tenía paciencia para aguantar aquello.

—Me parece que hemos empezado con mal pie —le dijo él a la mujer—. Soy el agente especial Trent, del GBI. Y esta es mi compañera, Faith Mitchell.

—A mí pueden llamarme doctora Nadie, dado que estoy en un hospital.

Will dudaba de que la mujer llevara algún documento que pudiera identificarla, y no podía tomarle las huellas dactilares sin detenerla, lo que implicaba ciertas complicaciones.

—Muy bien, doctora Nadie —dijo—. El domingo por la noche asesinaron a una persona en el edificio que hay al otro lado de la calle, justo enfrente de donde la encontramos a usted el lunes por la mañana.

—¿A tiros? —preguntó ella.

—No estamos seguros. ¿Oyó usted disparos?

La mujer le clavó una mirada.

—¿Sabían que al menos una vez al año un perro dispara a una persona? —Parecía creer que aquel dato podía serles útil—. En mi opinión, la gente debería tener más cuidado con lo de tener perros en casa. Ajá. —Miró más allá de Will. Amanda estaba en la puerta—. La capitana siempre al mando desde el fondo del navío —dijo.

Amanda aceptó el cumplido con una inclinación de cabeza.

—Agente Mitchell, ¿por qué esta sospechosa no ha sido trasladada a la sala reservada a detenidos de la planta baja?

—¿Se refiere usted a esa en la que no hay tele ni baños con esponja? —preguntó Faith.

—Joder, señoras, no hace falta que se pongan así a la primera de cambio. —La mujer trató de incorporarse en la cama—. Muy bien, tengo información. ¿Qué me llevo yo a cambio?

—Le queda un día más en la UCI —respondió Amanda—. Después será trasladada abajo, a una planta normal. Puedo conseguirle un par de días más en el hospital. Después, empezará un programa de desintoxicación.

—No, yo no necesito programas de desintoxicación. En cuanto salga de aquí, volveré a meterme coca. Pero acepto los dos días de propina. Y va a dármelos porque estaba en el edificio cuando sucedió.

—¿En el edificio de oficinas? —preguntó Will.

—No, en el otro, en el de la galería. —Sonrió mostrando sus dientes marrones bajo las vendas—. Veo que eso les interesa.

Faith cruzó los brazos.

—¿A qué hora llegó allí?

—Vaya, por Dios, me han robado el Rolex. —Se dio unos golpecitos en la muñeca—. ¿A qué hora? ¿Cómo voy a saber a qué hora llegué, tía? Estaba oscuro. Había luna llena. Era domingo. Es lo que sé.

Faith dio un paso atrás para que Amanda se hiciera cargo del interrogatorio. Sabía cuándo tenía a una testigo en contra.

—Empiece por los disparos —ordenó Amanda.

—Estaba al otro lado de la calle, en el edificio de oficinas. Me había echado a dormir, ¿comprende? Entonces oí tiros y pensé «pero ¿qué coño es eso?». Porque podía ser un petardazo de un coche, o un pandillero, y a mí no me molan esos rollos. —Tosió para sacarse una flema de la garganta—. El caso es que estaba allí tumbada, pensando qué hacer. Y entonces decidí que tenía que ir a echar un vistazo, por si acaso había una pelea entre bandas y tenía que salir cagando leches de allí, ¿entiende?

Amanda asintió con un gesto.

—Estaba en la segunda planta, bien arropada, así que tardé un rato en bajar. Ese sitio es una trampa mortal. Antes de salir por la puerta, oí largarse un coche a toda pastilla, quemando rueda.

Will se mordió el labio para que no se le escapara un exabrupto. La mujer había llegado demasiado tarde.

—¿Oyó cómo un coche abandonaba el lugar de los hechos? —preguntó Amanda.

—Eso es, sí.

—¿Vio el coche?

—Más o menos. Parecía negro, con algo de rojo por la parte de abajo.

El coche de Angie era negro con franjas rojas.

—Pero había otro coche en el aparcamiento —añadió la mujer—. Blanco, parecía extranjero.

El Kia de Dale Harding.

—Así que yo volví a mi sitio, ¿vale? No quería meterme en líos si había por allí coches largándose a toda prisa. Llevo en la calle el tiempo suficiente para reconocer un marrón cuando lo veo.

Will se sintió decepcionado por un segundo, pero luego la mujer siguió hablando.

—Así que volví a mi sitio, me tumbé y empecé a pensar «joder, a lo mejor te has equivocado». Porque en ese barrio hay mucho tráfico. Y yo llevaba algo de pasta en el bolsillo. Había un coche enfrente del edificio y otro acababa de largarse a toda pastilla, así que debía de haber un camello dentro, ¿vale? Está más claro que el agua. —Se incorporó otra vez en la cama—. Así que crucé el aparcamiento sin hacer ruido, entré en el edificio y estaba tan oscuro que no se veía una mierda. Las ventanas estaban tintadas o algo así. Anduve un rato a tientas y luego se me acostumbraron los ojos y vi que había una chica tirada en el suelo. Al principio pensé que estaba muerta. Empecé a registrarle los bolsillos, pero entonces se movió y me quedé flipada.

—¿Se refiere a la planta baja, no a la primera? —preguntó Amanda.

—Efectivamente.

—¿Dónde estaba la chica exactamente?

—Joder, yo qué sé. Necesitaría un plano, ¿no? No me fijé. Solo entré en el edificio y, ¡zas!, allí estaba.

—¿Qué aspecto tenía?

—Pelo oscuro. Era blanca. Estaba tumbada de lado. No podía mover los brazos ni las piernas, ni casi la cabeza, pero se puso a gemir, así que me dije «vale, vale, ya está, yo me largo de aquí», solo que no pude porque en ese momento el coche volvió al aparcamiento.

—¿El mismo coche?

—Sí, pero esa vez lo vi de verdad. Tenía el morro cuadrado, como los coches de antes. Pero no soy ninguna experta, ¿vale?

El Monte Carlo de Angie era negro, con el morro cuadrado. ¿Por qué había regresado a la escena del crimen? ¿Y por qué se había marchado al principio?

—¿Cuánto tiempo había pasado desde que vio marcharse el coche? —preguntó Amanda.

—¿Media hora, a lo mejor? No sé. En mi oficio no estamos muy pendientes del reloj —continuó la mujer—. Así que, como el coche estaba allí fuera, delante, yo me fui hacia la parte de atrás. Me escondí detrás de una especie de barra. Me asomé así... —Alargó el cuello—. Y veo que entra otra tía. Alta. Blanca. Con el pelo largo, como la otra, pero más delgada. No me pregunten qué cara tenía porque en ese sitio no se ve una mierda. Es como una puta tumba. —Señaló la jarra que había sobre su mesilla—. Deme un poco de agua, ¿quiere, guapa?

Will estaba más cerca, así que sirvió un poco de agua en un vasito de poliestireno.

La mujer bebió un sorbo haciendo ruido al tragar.

—Total, que entró esa otra tía y estaba furiosa, ¿vale? Se puso a dar patadas, a soltar tacos, hijo de puta por aquí, hijo de puta por allá.

No había duda, era Angie. Pero ¿por qué estaba enfadada? ¿Qué había fallado?

—Subió arriba hecha una furia, ¿saben lo que les digo? Se oían retumbar sus pasos. —Dejó el vaso—. La oí arriba, no sé qué estaría haciendo. Tirando cosas. Entrando y saliendo de habitaciones. Dejando cosas. Cambiando cosas de sitio.

Preparando la escena del crimen.

—Tenía una linterna. ¿Se lo había dicho ya?

—No —contestó Amanda.

—Una de esas pequeñas pero muy potentes. Por eso no salí de mi escondite, ¿vale? No quería que me apuntara con ella. Cualquiera sabe lo que me habría hecho esa zorra.

Se quedó callada.

—¿Y? —preguntó Amanda.

—Pues al final volvió a bajar. Dijo dos o tres «hijoputas» más y le dio una patada a la chica del suelo. Con todas sus fuerzas. La chica soltó un gemido. «Aaaaah», hizo. Y entonces fue cuando la cosa se puso interesante.

De nuevo se quedó callada.

—No nos haga perder el tiempo —la advirtió Amanda.

—Vale, vale, solo intento divertirme un poco. Normalmente no tengo mucha gente con la que hablar. —Bebió otro sorbo de agua—. Total, que la tía se queda allí un par de minutos, oyendo gemir a la otra. Mirándola como si fuera una mierda. Y luego, ¡zas!, la agarra por la pierna y empieza a sacarla a rastras del edificio. Y hay que ver... —Meneó la cabeza—. La chica ya gemía antes, pero cuando la otra le tiró de la pierna, eso sí que fueron gritos.

Will sintió un dolor en la mandíbula. ¿Había Angie sacado a rastras del edificio a su propia hija, herida de muerte?

—Luego la tía volvió a entrar y empezó a dar patadas otra vez a todo lo que pillaba.

Para ocultar que había arrastrado un cuerpo por el suelo.

—Esa vez se fue de verdad. Al rato oí un golpe, como la puerta de un coche cerrándose. Oí ese mismo ruido muchas veces.

—¿Podía ser un maletero? —preguntó Faith.

—No tengo radares en las orejas, tía. Solo oí muchos golpes, como el ruido que hacen las puertas de un coche cuando se cierran. —Parecía irritada. No le gustaba que Faith hiciera las preguntas—. Y luego oí una especie de zumbido, no sé cómo decirles. Como un *zummmm*. Y miré por las ventanas. Estaban tintadas, vale, pero de todos modos vi unas llamas enormes, como en un funeral vikingo.

Las había por todas partes. —Movió los brazos. Luego bajó la mano—. Y ya está. El coche se fue.

—¿Vio a alguien más? —preguntó Amanda.

—No, esa es la verdad. Solo a esa tía, a la chica del suelo y las llamas.

—¿No había ningún niño?

—¿Qué coño iba a hacer un niño allí? Era de noche. A esas horas los niños están en la cama.

—¿No subió a la parte de arriba para ver qué había estado haciendo esa mujer? —preguntó Amanda.

La mujer se lamió los labios.

—Bueno, puede que sí. Solo por curiosidad.

Amanda movió la mano indicándole que continuara.

—Había un tío allí arriba. No estaba muerto, pero casi. Allí había más luz, por las ventana de la galería.

—¿Y?

—El muy cabrón era como una ballena. Estaba como un tronco, pero ya digo, no estaba muerto. Pero casi. Se notaba. Yo por lo menos lo noté. He visto morir a mucha gente. Ya se había meado. Tenía una especie de clavo en el cuello. Como ese personaje de la tele. ¿Se acuerdan de esa serie? —Chasqueó los dedos dos veces, como en *La familia Addams*.

—Lurch, el mayordomo —dijo Will—, aunque creo que se refiere usted a Frankenstein.

—Exacto. —Ella le guiñó un ojo—. Sabía que tú eras el listo, guapo.

—Estoy esperando que me diga de dónde sacó la coca —terció Amanda.

—La tenía el muerto en el bolsillo de la chaqueta. —Se palmeó el pecho—. Si me agachaba y estiraba mucho el brazo, podía cogerla sin pringarme de sangre. Joder, había mogollón. No veía tanta nieve desde que era pequeña.

—Entonces volvió a cruzar la calle porque...

—No podía quedarme allí, con aquel tipo muriéndose. Era

muy raro. Además, ¿y si volvía esa zorra? Ya se había marchado una vez y había vuelto. —Empezó a arrancar trocitos al vaso de poliestireno—. Así que crucé la calle y estuve de fiesta hasta que salió el sol. Luego llegó la pasma y decidí esconderme. Empecé a subir las escaleras y ya no pude parar hasta que llegué arriba del todo. Esa nieve era superpura, tío. Al cien por cien.

Will vio que Faith ponía los ojos en blanco. Todos los camellos decían que su nieve era pura.

—¿Eso es todo? —inquirió Amanda—. ¿No se ha dejado nada en el tintero?

—Pues creo que no, pero nunca se sabe, ¿verdad?

Amanda tecleó algo en su Blackberry.

—Voy a pedirle a otro agente que le tome declaración. Traerá a un retratista para que repasen de nuevo lo sucedido esa noche, a ver si así recuerda algo más.

—Me parecen muchas molestias.

—Considérelo parte de su pase para librarse de la cárcel. —Amanda indicó a Faith y Will que la siguieran fuera de la habitación. Se alejó unos pasos y se detuvo delante del puesto de enfermeras.

—¿La creemos? —preguntó Faith.

—Charlie encontró una mancha de sangre en la planta baja —dijo Amanda—. Le pareció que procedía de una hemorragia nasal.

—Angie sabe cómo alterar la escena de un crimen —comentó Will.

—Estoy intentando entender todo esto —dijo Faith, haciendo un esfuerzo por ordenar los hechos—. Jo perdió mucha sangre en la habitación de arriba, pero de alguna manera consiguió bajar a la planta baja, donde se desmayó. Angie se marcha por la razón que sea. Luego vuelve, lleva a rastras a Jo a su Monte Carlo, prende fuego al Kia de Dale, ¿y se marcha otra vez? ¿Y deja a su propia hija marinándose en el maletero seis horas?

Will refrenó el impulso de contestar que Angie no sería capaz de hacer algo así.

—Me está costando mucho conseguir la orden para pinchar el teléfono de Figaroa —comentó Amanda—. Han aprobado la vigilancia en la calle, pero por los pelos. Nadie ha salido de casa de Figaroa, excepto Laslo. Lo mandaron a un McDonald's esta mañana. Volvió con tres vasos de café y tres bandejitas de desayuno.

—Tres, no cuatro, lo que significa que no compró nada para Anthony —dijo Faith—. Voy a mirar mis notas. Necesito reorganizar esto otra vez.

Will no quería volver a escuchar una recapitulación de los hechos. Miró más allá del hombro de Faith, fingiendo que la escuchaba. Vio que la enfermera tecleaba algo en una tableta. En el Grady, las historias de los pacientes estaban informatizadas. La pizarra blanca que había detrás del mostrador de las enfermeras era para uso propio: anotaban a mano el nombre de los pacientes y actualizaban su estado para organizar el trabajo de planta. Mientras Will la observaba, la enfermera se acercó a la pizarra y borró el nombre de una de las mujeres ingresadas en la UCI. Anotó un nombre nuevo con un rotulador rojo. Todo en mayúsculas, de ahí que pudiera leerlo. También le ayudó haber visto aquel nombre varias veces antes.

—Delilah Palmer —dijo.

—¿Qué pasa con ella? —preguntó Amanda.

Will señaló el tablero.

La enfermera le había oído.

—Violencia doméstica —explicó la enfermera—. Al novio no lo encuentran. Llegó a urgencias con una navaja clavada en el pecho.

—¿Cuándo? —preguntó Faith.

—El lunes a primera hora, justo antes de que empezara mi turno.

—Creía que habíamos preguntado en los hospitales por víctimas de apuñalamiento —dijo Will.

—*Nosotros* no —contestó Faith, furiosa, y añadió dirigiéndose a la enfermera—: Olivia, el nombre de esa paciente se desconocía desde que estuve aquí ayer por la noche. ¿Qué ha cambiado?

—El ordenanza echó un vistazo a su ropa antes de llevarla abajo, a la incineradora. Encontró su permiso de conducir. —Olivia le

452

puso la capucha al rotulador—. Sigue en coma inducido, así que no pueden interrogarla. Pero, de todos modos, yo creía que de su caso se encargaba la policía de Atlanta.

—¿Ha venido algún agente preguntando por ella? —preguntó Amanda.

—Voy a ver. —Olivia consultó su tableta. Esbozó una sonrisa—. Ah, sí, fue Denny. Denny Collier.

CAPÍTULO 12

—Hemorragia subaracnoide —dijo Gary Quintana—. Suena a arañas.

—Es una zona parecida a una telaraña —repuso Sara—. Pero básicamente significa que sufrió una hemorragia en esa parte del cerebro.

—Ah, vaya. Qué raro. —Gary siguió leyendo el informe preliminar de la autopsia de Josephine Figaroa.

Sara ignoraba qué le había dicho Amanda al joven la mañana anterior, pero estaba claro que le había hecho mella. Llevaba las mangas de la camisa bajadas y una corbata de punto en lugar de su gruesa cadena de oro. Incluso había neutralizado su coleta, que ya no sobresalía airosamente de su nuca, sino que aparecía recogida en un pulcro moño.

A Sara le apenó dejar de verla.

—Entonces... —Gary leyó la conclusión en voz alta—: «Causa de la muerte: hemorragia epidural». ¿Qué es eso?

—Es otro tipo de derrame intracraneal. —Sara notó que quería saber más—. Sufrió un traumatismo en la cabeza. El cráneo se fracturó, desgarrando la arteria meníngea media, que parte de la carótida externa y contribuye a la irrigación sanguínea del cerebro. La sangre inundó la cavidad entre la duramadre y el cráneo. El cráneo solo puede contener un volumen fijo, es decir, que no puede expandirse. Toda esa sangre de más ejerció demasiada presión sobre el cerebro.

—¿Qué ocurre cuando eso pasa?

—En general, el paciente pierde la conciencia temporalmente. En el momento del traumatismo, suelen quedar inconscientes unos minutos. Luego despiertan y muestran un grado normal de conciencia. De ahí que esos derrames sean tan peligrosos. Los pacientes experimentan un fortísimo dolor de cabeza, pero están lúcidos hasta que el agravamiento de la hemorragia produce el colapso del cerebro. Si no se les trata inmediatamente, caen en coma y mueren.

—Caray. —Gary miró la camilla con el cuerpo de Jo Figaroa.

Estaban en el pasillo, frente al depósito de cadáveres del Departamento de Policía de Atlanta, ubicado en el segundo sótano del hospital Grady. La camilla estaba pegada a la pared, esperando el momento de su traslado. Gracias a una remesa de metanfetamina adulterada, el forense tenía el depósito lleno.

—Tuvo que pasar un infierno —comentó Gary.

—Sí.

El joven volvió a concentrarse en el informe.

—¿Y la fractura de vértebras cervicales? Es el cuello, ¿no? También tiene muy mala pinta.

—Sí. Es muy posible que estuviera paralizada.

—También tenía dañado el corazón. —Gary arrugó el ceño, impresionado por los resultados de la autopsia—. Debieron de darle una paliza tremenda.

—No necesariamente. Las fracturas del cráneo están distribuidas de manera uniforme —explicó Sara—. Las costillas y las vértebras cervicales están fracturadas, como tú has dicho, pero las vértebras torácicas y los huesos largos no. En realidad solo tiene traumatismos en un lado del cuerpo. ¿Te has fijado?

—Sí. ¿Qué significa?

—Que muy probablemente se cayó o fue arrojada desde gran altura. Las fracturas cervicales son una pista decisiva. No suelen ser resultado de una paliza. Cayó como mínimo desde una altura de unos seis metros. Se estrelló contra el suelo de lado. Se le fracturó el cráneo, se le rompió la arteria y luego, un par de horas después, murió de hemorragia cerebral.

—Esa galería de la discoteca tenía unos nueve metros de altura. —Gary la miró maravillado—. Vaya, doctora Linton. Es fantástico cómo lo ha deducido. —Le devolvió el informe—. Gracias por explicármelo. Tengo muchísimas ganas de aprender.

—Me alegro de que Amanda te asignara a mi división.

—Sí, aunque me dijo que cuidara un poco más mi aspecto. —Se dio unas palmaditas en la corbata—. Tengo que estar presentable, ya sabe. El foco de atención tienen que ser las víctimas, no yo.

Sara supuso que era un consejo razonable.

—Tengo que localizarlos para informarles del resultado de la autopsia. ¿Tienes alguna otra pregunta?

—Sí, bueno, la chica está aquí fuera en el pasillo... ¿Cree que podría volver a meterla en la cámara?

—Creo que sería muy amable por tu parte. —Sara le dio unas palmadas en el hombro antes de dirigirse a la escalera.

La UCI estaba seis plantas más arriba, pero los ascensores del hospital funcionaban a su aire, y tenía que encontrar a Amanda lo antes posible.

Naturalmente, ver a Amanda equivalía a ver también a Will. Sara experimentaba una extraña reticencia. Todavía no estaba segura de qué sentía respecto a lo sucedido la noche anterior. Will no había querido hablar en el coche, pero al llegar a casa había hablado por los codos. No había dormido. Se había puesto casi frenético, balbuciendo teorías que eran el equivalente a una serpiente mordiéndose la cola. Todo lo que salía de su boca hacía referencia a Angie o a su entorno. Sara lo había observado en calidad de médico y había querido medicarlo, asegurándose esta vez de que no escupiera la pastilla. Lo había observado en calidad de novia y había querido estrecharlo entre sus brazos y hacer que se sintiera mejor. Y a continuación, lo había mirado como una mujer que ya había estado casada, que sabía lo que hacía falta para mantener una relación saludable, y se había preguntado en qué demonios se había metido.

Abrió la puerta de la UCI en el instante en que un hombre gritaba:

—¡Joder! ¿Qué?

Holden Collier estaba haciendo aspavientos. Su afabilidad infantil había desaparecido. Y no era de extrañar. Amanda, Faith y Will lo tenían acorralado. Dos guardias de seguridad del hospital aguardaban allí cerca, con las manos apoyadas en sus armas.

—¿Por qué iba yo a informar de una pelea doméstica cuando lo que buscábamos era un apuñalamiento sin explicación? —preguntó Collier, y levantó de nuevo las manos—. Eso estaba explicado. Fue el novio. Ella no quiso dar su nombre. ¿Qué iba a hacer yo?

—Explíquemelo otra vez —replicó Amanda en tono duro como el acero—. Desde el principio.

—Esto es increíble. —Collier levantó las manos por tercera vez.

Sara ignoraba de qué le acusaban, pero su reacción era tan exagerada que saltaba a la vista que estaba mintiendo.

—Yo ya estaba en urgencias —dijo Collier—. Atendí el aviso. La chica se estaba desangrando, pero conseguí hablar con ella. El novio la atacó con una navaja. No quiso decirme su nombre. Ni dónde vivía, ni nada. El mismo rollo de siempre. La metieron en quirófano. Escribí el informe. Les dije que me llamaran si variaba su estado. Es mi trabajo. —No había acabado, sin embargo—. Están tan empeñados en machacarme que ni siquiera ven de qué va este caso en realidad.

—Explíquemelo usted.

—La discoteca de Rippy es un antro de yonquis. Hay pintadas de bandas por todas partes. Harding tenía un cubo de mierda en el armario de su casa. Estaba subiendo mulas desde México y por eso lo mataron, fin de la historia.

—¿Qué me dice de su relación con Angie Polaski? —preguntó Amanda.

Sara se mordió el labio. Angie. Daría todos sus ahorros por no volver a oír el nombre de aquella mujer.

—Durante la madrugada del domingo al lunes —prosiguió Amanda—, recibió usted tres llamadas de un teléfono de prepago. Una de ellas duró doce minutos.

—Estuve hablando con un confidente. Utiliza un teléfono de tarjeta. Como todos.

—¿Quién era ese confidente? Quiero su nombre.

—No pienso contestar a eso aquí. —Collier había comprendido por fin que no podría escabullirse con una bravata—. Si quiere interrogarme, tengo derecho a que el representante de mi sindicato esté presente.

—Pues llámelo, Denny. Porque voy a tomarle declaración.

—¿Puedo irme?

—Estaremos en contacto.

Collier se marchó hecho una furia, sin apenas saludar a Sara cuando abrió la puerta de la escalera.

Faith tenía los brazos en jarras. Estaba furiosa, igual que Amanda. Will tenía el mismo aspecto que en las últimas veinticuatro horas: parecía un ciervo deslumbrado por los faros de un coche.

—Doctora Linton —dijo Amanda—, ¿alguna novedad?

—Sí, aunque no va a gustaros. —Sara lamentaba ser de nuevo portadora de malas noticias—. Según los resultados preliminares de la autopsia, Josephine Figaroa murió de hemorragia cerebral. Las heridas de arma blanca que presentaba en el pecho son muy superficiales, efectuadas con posterioridad a la muerte, de ahí que no sangraran apenas. El corte de la mejilla también se efectuó *post mortem*, por lo tanto no hubo hemorragia. No tenía las yemas de los dedos rajadas por el calor. Alguien se las cortó con una cuchilla, seguramente para ocultar su identidad, cosa que no entiendo, pero ese es vuestro departamento. Hablando desde el mío, puedo deciros que los cortes en los dedos se realizaron también con posterioridad a la muerte, dado que no sangraron.

—Entonces estás diciendo que la sangre de la escena del crimen no procedía de la mujer a la que se le ha efectuado la autopsia —concluyó Amanda.

—Exactamente. Sus hemorragias eran únicamente internas. Deduzco que cayó desde gran altura, posiblemente desde la galería. Charlie decía que había algo de sangre en la planta baja. Supongo que procedía de su nariz. Estuvo con vida varias horas, probablemente paralizada, antes de que el derrame le provocara la muerte.

Amanda no pareció sorprendida, pero eso no era de extrañar: tenía una excelente cara de póquer. Lo sorprendente era que Faith y Will tampoco parecieran sorprendidos.

—¿Cabría la posibilidad de que hubiera una segunda víctima en la escena del crimen? —preguntó Amanda.

—Desde luego. En esa discoteca ha habido mucho tráfico de drogas estos últimos meses. Alguien con un conocimiento incluso rudimentario de investigación forense podría habernos despistado temporalmente. Al menos hasta que recibiéramos los resultados de los análisis de laboratorio, que podrían tardar semanas o incluso meses.

—¿Vio algún indicio de la presencia de un niño?

—¿De un niño? —Sara pareció desconcertada—. ¿De un niño pequeño? ¿Un bebé?

—Un niño de seis años —repuso Faith—. Tenemos un niño desaparecido. Creemos que lo secuestró Angie.

Sara se llevó la mano al pecho. Miró a Will, esperando encontrarlo con la mirada fija en el suelo, pero él la estaba observando. Había una dureza en su expresión que no había visto nunca antes. Su frenesí se había esfumado. La ira envolvía su cuerpo y su alma.

—Creemos que Angie utilizó a Jo para chantajear a Figaroa —explicó—. Jo acabó muerta, y Angie pensó que podía servirse de su nieto.

—Pero te dijo que Jo estaba muerta. Tú ni siquiera sabías que existía, y mucho menos que fuera su hija. ¿Por qué iba a decirte nada?

—Porque el plan se torció de alguna manera. —Estaba haciendo conjeturas, pero parecía convencido de que Angie había vuelto a arriesgar la vida de otra persona para obtener un beneficio.

—Ven conmigo —dijo Amanda, y condujo a Sara a una habitación en cuya puerta montaba guardia un policía.

Las luces eran muy tenues. Sara echó una ojeada al instrumental que había junto a la cama: monitor cardíaco, vía central, catéter, sonda nasogástrica, viales. La paciente tenía el brazo derecho elevado, apoyado en varias almohadas, no muy alto, para que la sangre le afluyera a los dedos sin dificultar la circulación. Tenía la mano completamente envuelta en drenajes y vendas, y varios pulsioxímetros en la punta de los dedos.

—Le han reimplantado la mano —comentó Sara.

—Sí.

Sara observó el rostro de la mujer. Cabello castaño. Piel morena. Sus ojos estaban hinchados, pero conservaban aún su forma característica.

—Cuando ingresó se desconocía su identidad —explicó Amanda—, pero esta mañana encontraron su documentación. Delilah Palmer.

Aquel nombre le sonaba. En lugar de hacerle más preguntas a Amanda, Sara volvió al puesto de enfermeras y pidió que le prestaran una tableta. Aún podía acceder a la base de datos del Grady. Olivia, la enfermera, la conocía de antes.

—La sala de espera estará vacía —le dijo.

Sara captó la indirecta. Nunca era buena idea que cuatro personas atascaran el pasillo de la UCI.

Se dirigieron a la sala de espera, que en efecto estaba vacía. Will permaneció al lado de Sara. Sus hombros se rozaban. Intentaba asegurarse de que se mantenían en contacto. Sara no tuvo valor para evidenciar sus dudas.

Se sentó en una silla. Entró en el sistema y echó un vistazo al informe quirúrgico, las radiografías y los resultados de las pruebas que se le habían efectuado a Delilah Palmer.

Por fin algo tenía sentido.

—¿Y bien? —preguntó Faith.

Sara les trasladó la información de la historia.

—Recibió dieciséis puñaladas, la mayoría en el tronco, dos en la cabeza. La punta de la navaja se le rompió en la clavícula, lo que redujo el alcance de la hoja. Probablemente por eso no llegó a afectar al corazón y el hígado. El intestino estaba perforado. Igual que el pulmón izquierdo. Lo que quedaba de la navaja estaba alojado en el esternón. El primer navajazo debió de afectarle al brazo. —Sara levantó el brazo, igual que había hecho el día anterior por la mañana—. El atacante se fue derecho a ella. La mujer adoptó una postura defensiva. La navaja le seccionó la muñeca, cortando casi por completo la articulación. Debió de agitar los brazos al intentar detener a su agresor, de ahí que la sangre salpicara por todas partes, como una manguera. Por suerte para la víctima, la hoja seccionó las arterias radial y ulnar. Digo «por suerte» porque las arterias se contraen cuando se cortan en dos. Por eso los suicidios suelen fracasar. Si cortas una arteria, se enrosca hacia el interior del brazo y detiene el flujo de sangre, casi como cuando retuerces el extremo de una manguera para aflojar la presión.

—Entonces, toda la sangre procedía de ahí, ¿no? —preguntó Will.

—Es indudable que ese volumen de sangre tenía que proceder de una herida de este tipo. —Sara observó de nuevo las radiografías—. No era la primera vez que la agredían. Tiene varias fracturas antiguas, ya curadas, en la cara y la cabeza. Dos roturas en el brazo, seguramente separadas por varios años. Son señales típicas de maltrato.

—¿En la historia figura el grupo sanguíneo de Palmer? —preguntó Amanda.

—Lo analizaron cuando entró en urgencias. Es B negativo. Hereditario. Su madre o su padre tienen que ser del grupo B.

—Como Angie —comentó Faith.

—¿Puedes mirar si Delilah Palmer ya había estado ingresada otras veces? —inquirió Amanda.

Sara volvió a la pantalla de inicio. Encontró la historia de Delilah Palmer, que aún no había sido transferida al informe de la UCI.

—Palmer nació hace veintidós años. Se hallaba bajo tutela del estado. Sobredosis. Cinco ingresos por enfermedad inflamatoria pélvica. Bronquitis. Infecciones dérmicas. Abscesos producidos por el empleo de agujas hipodérmicas. Adicta a la heroína. Tuvo un hijo hace dos años. Esperad. —Sara volvió a mirar las ecografías de dos noches antes—. Muy bien, según el informe más reciente, el que se inició el domingo por la noche, la Palmer que está en la cama del final del pasillo tiene una cicatriz de cesárea. —Fue pasando pantallas—. Pero, según los informes anteriores, Palmer tuvo un parto vaginal hace dos años, lo que cuadraría con la cicatriz de episiotomía que presenta el cadáver del depósito, el que dejó Angie en la funeraria. —Levantó la mirada—. El cadáver presenta signos evidentes de consumo de heroína por vía intravenosa, pero la mujer del fondo del pasillo, la que presuntamente es Delilah Palmer, no presenta señal alguna de adicción a la heroína. —Sara fue comprendiendo lentamente—. El cadáver de abajo es el de Delilah Palmer. Jo Figaroa está aquí, en la UCI. Angie cambió sus identidades.

—Eso pensamos. —Faith le mostró dos fotografías de su iPhone—. La de la derecha es Jo Figaroa. La de la izquierda, Delilah Palmer.

Sara observó a las dos mujeres. Había un extraño parecido.

—¿Son familia?

—Quién sabe —respondió Faith—. Las dos estaban hechas polvo. Ni el propio marido de Figaroa pudo distinguirlas.

Sara prefirió no señalar que Will tampoco había podido.

Faith dijo:

—Tenemos una testigo que asegura que Angie metió a Palmer en el maletero de su coche. Doy por sentado que Angie mutiló el cuerpo para que no pudiéramos tomarle las huellas dactilares.

—¿Por qué quería Angie que pensáramos que Jo Figaroa estaba muerta? —preguntó Sara.

—Porque intenta estafar a alguien —contestó Will—. Es la única explicación. La mujer a la que encontré en el edificio de oficinas abandonado nos ha aclarado lo que sucedió la noche de autos. Harding estaba al borde de la muerte. Josephine se estaba desangrando. Angie la llevó al hospital y después, en lugar de marcharse de la ciudad o esconderse, regresó a la discoteca para llevarse a Delilah y alterar la escena del crimen. Es un montón de trabajo para una persona tan perezosa como Angie. No hay duda de que algo espera obtener a cambio.

Sara se sintió invadida por el asco. Dejó la tableta en la silla, a su lado. Estaba harta de los juegos de Angie, y era la única del grupo que podía permitirse el lujo de alejarse de aquella situación.

Will pareció intuir que no podía más.

—Lo siento.

Sara no quería culparle. Él era quien más había padecido las maquinaciones de Angie.

—¿Tienes idea de dónde está? ¿De dónde puede tener al niño?

Will negó con la cabeza, y Sara comprendió que su pregunta era absurda. Si supieran dónde estaba Angie, ya habrían echado abajo su puerta.

—Solo podemos confiar en que tratándose de su nieto... —dijo Faith—. Hija de puta. —Su voz se apagó—. Está ahí.

Se volvieron todos al unísono.

Angie acababa de salir del ascensor. Levantó la mirada. Su boca formó una «O», un reflejo perfecto de la sorpresa que sentían ellos. Trató de meterse en el ascensor, pero las puertas se cerraron. Corrió hacia las escaleras.

Pero no fue lo bastante rápida.

Will se había levantado de un salto nada más verla. La alcanzó en cuestión de segundos. Estiró el brazo. La agarró por la parte de atrás del cuello de la camisa. Tiró de ella. Angie perdió pie, cayó al suelo. Él la levantó y la empujó hacia la sala de espera. Varias sillas chocaron entre sí y cayeron al suelo. Will agarró de nuevo a Angie y echó el puño hacia atrás. Si los dos guardias de seguridad no se hubieran abalanzado sobre su espalda como si fuera un toro a punto de embestir, la habría hecho pedazos.

—¡Will! —gritó Faith metiéndose en la refriega. Lo empujó contra la pared—. ¡Para! —Jadeaba casi sin aliento—. Para —dijo más calmada, pero dejándole claro que no iba a permitirle hacer lo que se proponía—. Tranquilízate, ¿quieres? No merece la pena.

Will meneó la cabeza. Sara sabía lo que estaba pensando. Merecía la pena matarla. Merecía la pena hacerle daño.

—Will... —dijo Sara.

La miró con los ojos en llamas.

—No —dijo ella, a pesar de que deseaba que le hiciera daño.

El fuego se apagó. El sonido de la voz de Sara pareció relajar en parte la tensión de Will. Levantó las manos en señal de rendición y le dijo a Faith:

—Estoy bien.

Faith se apartó, pero siguió interponiéndose entre Angie y él por si acaso cambiaba de idea.

—Joder, cielo. —Angie estaba tirada en el suelo, riéndose como si todo aquello fuera muy divertido. Sangraba por la nariz y la boca. Tenía más sangre en la camisa, pero no procedía de su cara—. La última vez que te lanzaste sobre mí así, estábamos desnudos.

—Detenedla —ordenó Amanda.

—¿Por qué? —preguntó Angie—. ¿Por ser agredida por un agente de policía delante de un montón de testigos? —Se levantó el faldón de la camisa para echar un vistazo debajo. Tenía una herida en el costado, burdamente cosida. Will habría abierto la sutura—. ¿Hay algún médico por aquí?

—Yo no pienso tocarla —dijo Sara.

Angie se rio otra vez. Meneó la cabeza.

—Dios.

—¿Dónde está Anthony? —preguntó Will—. ¿Quién lo tiene?

Angie apoyó las manos en el suelo y se incorporó. Se le resbaló el bolso del hombro: otra falsificación barata.

—¿Quién es Anthony?

Will le arrancó el bolso del brazo.

—¡Eh!

Will la detuvo con una mano y le lanzó el bolso a Faith. Angie hizo amago de cogerle la mano, pero él se apartó como si se hubiera quemado con ácido. Saltaba a la vista que trataba de refrenarse. Y Sara hubiera preferido que no lo hiciera.

—Veamos: iPhone, iPad. —Faith fue colocando el contenido del bolso en dos sillas—. Otro teléfono móvil, este plegable. Un revólver al que le falta una bala. Pastillas. —Le lanzó el frasco a Sara—. Pañuelos de papel. Protector labial. Monedas. Tarjetas de visita. Y pelusilla.

Sara echó una ojeada al frasco. La etiqueta llevaba la dirección de una clínica veterinaria de Cascade Road y estaba a nombre de una mascota: Mooch McGhee. Keflex, un antibiótico. No estaba mal, si eras un perro y no podías conseguir meticilina. Sara dejó el frasco en la silla. No pensaba darle esa información a Angie.

—Desbloquéalo. —Faith le tendió el iPhone a Angie—. Vamos.

—Que te jodan.

Will agarró el teléfono. Lo desbloqueó al segundo intento. Se lo alargó a Faith, que abrió de inmediato el registro de llamadas.

—Aquí está el número de Collier —dijo—. Dos llamadas la semana pasada. Tres el lunes a primera hora, coincidiendo con las que figuran en su teléfono.

Eso explicaba lo de Collier. Otro hombre al que Angie le había arruinado la vida.

—Tiene un montón de llamadas entrantes y salientes de un número con prefijo 770 —prosiguió Faith. Pulsó la tecla de rellamada. Dejó sonar el teléfono un minuto antes de colgar—. No contestan. No salta el buzón de voz. —Consultó de nuevo el registro de llamadas—. Llamadas a ese número 770: una entrante a la una cuarenta de la madrugada, el lunes. Una saliente treinta segundos después. Otra saliente media hora más tarde. Una entrante a las cuatro de la madrugada, y otra ayer a la una y cuarto de la tarde. Después, diecisiete llamadas salientes entre el resto de la tarde de ayer y hoy.

—¿Con quién intentabas ponerte en contacto? —le preguntó Will a Angie.

—Con mi madre.

Amanda había sacado su teléfono.

—Intentaré localizar ese número.

Faith abrió los mensajes de texto.

—Mensajes entre el teléfono plegable y el de Angie, el domingo a las doce y veinte de la noche. Ella escribe: *¿qué quieres?* El teléfono plegable contesta: *ipad.* Luego, unos segundos después: *Discoteca. Ahora.* —Deslizó el texto hacia arriba y esperó a que se cargara una foto.

Se quedó boquiabierta. Les enseñó el teléfono, atónita.

A las 12:16 del domingo por la noche, Angie había recibido una fotografía en que se veía a Josephine Figaroa con la espalda apoyada en la ventanilla de un coche. Una mano de hombre la sujetaba por el cuello. La mujer parecía estar gritando. Debajo se leía: *hija.*

Faith deslizó de nuevo el texto. Había otra fotografía, enviada a las 12:15 del domingo por la noche. Mostraba a un niño con la hoja de un gran cuchillo de caza apretada contra el cuello. Debajo se leía: *nieto.*

Sara se llevó la mano al pecho. El terror del niño la traspasó como si lo tuviera entre sus brazos.

—¿Dónde está?

Angie levantó una ceja como si aquello fuera otro misterio.

—¿Dónde...? —Sara se obligó a callarse.

Angie se alimentaba del dolor de los demás.

Faith abrió el teléfono plegable y leyó los mensajes enviados.

—La primera foto que os he enseñado, la de Jo Figaroa, se hizo con este móvil. La segunda, la de Anthony, la envió a este teléfono el mismo número con prefijo 770 con el que Angie trataba de ponerse en contacto.

—El prefijo 770 corresponde a un teléfono de prepago. —Evidentemente, las averiguaciones de Amanda respecto al número empezaban a dar resultado—. Estamos en contacto con la compañía telefónica para ver qué repetidor le está dando servicio.

—¿Quién envió la foto de Anthony? —preguntó Will—. ¿Fue Delilah Palmer? ¿Fue Harding?

Angie no le hizo caso.

Faith cogió el iPad. Hizo amago de pulsar el botón de encendido.

—No —dijo Angie. Por primera vez parecía preocupada—. No puedes encenderlo.

—¿Por qué no? Por eso secuestraron a tu nieto, ¿verdad? Por lo que hay en este iPad.

Angie apretó los labios. Miró el dedo de Faith sobre el botón.

—Enciéndelo —dijo Will.

—No. —Angie alargó el brazo para detenerla, pero Will la apartó de un empujón—. Si lo enciendes, se borrarán los archivos —dijo.

—¿Qué archivos?

Angie no dijo nada.

—Está mintiendo —dijo Will—. Enciéndelo.

—Adelante —replicó ella en tono desafiante—. Los archivos desaparecerán y no volveremos a ver a Anthony.

—¿Debemos correr ese riesgo? —preguntó Faith.

Amanda suspiró.

—Con el tráfico que hay tardaremos una hora en llevarlo al laboratorio de informática. No sabemos dónde está el chico. No sabemos si está diciendo la verdad. Puede que los archivos ya estén borrados. O puede que lo encendamos y se borren.

—El gato de Schrödinger —comentó Will.

Angie, evidentemente, no captó la referencia, lo que a Sara le produjo una sensación de triunfo.

—Lo único que necesitáis es una jaula de Faraday —dijo—. Una pantalla metálica con toma de tierra que bloquea los campos eléctricos. Por eso los móviles no funcionan en un ascensor. Bajad al sótano, quedaos dentro del ascensor y podéis encender el iPad sin ninguna interferencia.

Angie soltó un bufido.

—¿Esto es lo que te pone de ella? —le preguntó a Will.

—Sí —contestó él—, así es.

Angie puso los ojos en blanco. Tenía todavía la mano en el vientre. Manaba sangre entre sus dedos.

—¿Qué estás mirando?

Sara no pudo responder. Se sentía presa de la misma furia amortiguada que la acompañaba a todas partes desde que Charlie les había dicho que la Glock estaba registrada a nombre de Angie. La sombra de Angie se cerniría eternamente sobre cada instante de felicidad que viviera con Will.

—Vaya. —Angie hizo un mohín—. La pobrecita Sara está disgustada. ¿Vamos a tener otro Incidente Bambi?

Sara le asestó una bofetada con todas sus fuerzas.

Angie levantó la mano para devolvérsela, pero Faith la agarró de la muñeca, le retorció el brazo hacia atrás y la empujó contra la pared.

—No olvides que hay un montón de gente que se alegraría de saber que estás muerta.

—Y tú no olvides que también hay un montón de gente que no se alegraría. —Angie consiguió desasirse. Se frotó la muñeca—. Devuélveme mis cosas. Me marcho.

—No vas a ir a ninguna parte —respondió Will—. ¿Quién tiene a Anthony? Sé que no lo tienes tú.

Ella negó con la cabeza, riéndose como si fuera demasiado estúpido para comprender nada.

—En toda tu vida no has llamado a nadie diecisiete veces seguidas. La has cagado, ¿verdad? Perdiste a Anthony y ahora intentas recuperarlo. Por eso me dijiste que la que estaba en la funeraria era Jo, no Delilah. Querías que fuese a casa de Reuben Figaroa para que se viera obligado a denunciar la desaparición del niño. —Estaba muy cerca de ella, intimidándola como haría con cualquier sospechoso—. Tu plan se torció y necesitabas que yo descubriera que el niño había sido secuestrado. —Se acercó un poco más—. Bien, ya estamos aquí. Sabemos que Anthony ha desaparecido. Sabemos que alguien está chantajeando a Reuben a cambio de su vuelta. Dime lo que sepas y te ayudaré a resolver este asunto.

—¿Y a ti qué cojones te importa, Will? —Le golpeó con las manos en el pecho, apartándolo—. Puedo arreglármelas sola, ¿vale? Puedo hacerme cargo de mi vida y de mi familia como llevo haciéndolo toda mi puta vida sin que tú me ayudes.

La mandíbula de Will se aguzó como una esquirla de cristal.

—Está en juego la vida de tu nieto.

—Eres tú quien me está impidiendo hacer lo que tengo que hacer.

—Angie, por favor. Déjame ayudarte. Quiero ayudarte. —Parecía desesperado—. Si también es mi nieto, merezco tener la oportunidad de conocerlo.

—Buen intento. —Ella se apartó—. Pero Jo no es hija tuya. A no ser que me dejaras embarazada por la mano. —Lanzó a Sara una mirada burlona—. Y, si eso fuera posible, a tu novia le saldrían los fetos por la boca a montones.

Sara tensó cada músculo de su cuerpo para no volver a golpearla.

—¿Leíste la nota que le dejé a Will? —le preguntó Angie.

—Sí.

Angie pareció sorprendida al ver que no añadía nada más.

—Por favor —dijo Will—, Angie, estamos hablando de un niño. De tu nieto. De tu única familia, quizá. Dinos cómo podemos ayudarlo.

—¿Desde cuándo te preocupas tú por ayudar a tu familia? —Soltó un bufido desdeñoso—. Yo soy tu familia. Estoy sangrando y te importa una mierda.

Will sacó su pañuelo. Lo acercó al costado de Angie. Sara sintió que su corazón comenzaba a marchitarse al ver que la tocaba con tanta delicadeza.

—Lo siento —le dijo él a Angie—. No quería que las cosas salieran así. Tienes razón. Es culpa mía.

Angie miró a Sara. Quería asegurarse de que la obsequiosidad de Will, fuera fingida o no, tuviera un público.

—Sé que te he hecho daño —añadió él—. Lo siento. Por favor, Angie. Lo siento.

Angie apartó la mirada de Sara, pero solo para regodearse en el sufrimiento de Will.

—Por favor —repitió él. Sara deseó arrancarle aquella palabra de la boca. Odiaba oírle suplicar—. Por favor...

Angie dejó escapar un corto suspiro.

—¿Tienes idea de lo mal que lo he pasado? —Puso su mano sobre la de él. Sara no sabía si se estaba derrumbando o si estaba jugando de nuevo con Will—. ¿Tienes idea de las cosas que he tenido que hacer? No solo esta semana, también antes.

—Siento no haber estado ahí.

—Era Harding, Will. Cuando Deidre se puso aquella sobredosis, era Harding quien estaba al otro lado de la puerta.

Aquellas palabras fueron como un mazazo para Will. Esta vez no estaba fingiendo.

—Me dijiste que estaba muerto.

—Ahora lo está.

Will se había quedado casi mudo por la impresión.

—Angie...

—Lo que me hizo a mí —prosiguió Angie en voz baja y angustiada. Veía el efecto que estaban surtiendo sus palabras sobre Will—. Se lo hizo a Delilah. Se lo hizo a montones de chicas. Durante años. Yo no podía pararle.

—¿Por qué no me lo dijiste? —Alargó la mano. Le acarició el pelo—. Podría haber hecho algo. Haberte protegido.

—La cagué a lo grande, cielo. —Angie respiró hondo bruscamente. Estaba llorando—. Sé que me he portado muy mal contigo, pero solo ha sido para proteger a Jo. Tenía que ganar tiempo, conseguir que pasara unos días en el hospital, que se recuperara un poco mientras yo intentaba recuperar a Anthony.

—Ahora lo entiendo —dijo él—. Lo entiendo.

—No sé cómo pudo torcerse todo de ese modo... —Tragó saliva con dificultad—. Dale siempre fue más listo que yo. Más fuerte. Volvió a manipularme. Él y mamá, como hacían siempre. Ni siquiera me di cuenta.

—Todavía podemos recuperar a Anthony —repuso Will—. Déjame ayudarte.

—Solo necesitaba seis días más. Luego podría llevarme a Anthony, cuidar de Jo, asegurarme de que fuera feliz. —Angie sollozó—. Alguien se merece tener un final feliz, ¿verdad que sí? Alguien tiene que... —Se le quebró la voz—. No puedo perder a Anthony, cielo. Ya abandoné a Jo una vez. No puedo perder a su hijo.

—No vamos a perderlo. —Will apoyó las manos sobre sus hombros. La miró a los ojos—. Cuando dices que fue tu madre quien te mandó la foto de Anthony, te refieres a Virginia Souza, ¿verdad?

Angie se puso tensa.

—¿Verdad? —repitió él.

Ella se apartó bruscamente.

—Maldito gilipollas.

El semblante de Will reflejó una profunda satisfacción. Por una vez, había logrado manipular a Angie.

—Dale Harding era el chulo de Angie —le explicó a Amanda—. Y Virginia Souza era la mano derecha de Harding. —Se limpió las manos en la camisa como si las tuviera sucias—. Virginia tiene a Anthony. Fue ella quien hizo la foto. Es quien tiene al niño.

Angie lo miró con furia.

—Te odio, cabrón.

Will la miró con profundo desprecio.

—Muy bien.

—¿Dónde está Virginia Souza? —le preguntó Amanda a Angie.

—Que te jodan, vieja zorra.

—Muy bien. Ya has abusado suficiente de mi paciencia. Llévala al ala reservada a detenidos —le ordenó a Faith—. Que la vea un médico.

—¡No! —gritó Angie, aterrorizada—. Dejad que me quede aquí arriba. Esposadme a la cama de Jo si es necesario.

—¿Dónde está Virginia Souza? —repitió Amanda.

—No va a hacerle daño. Puede sacarle una fortuna al padre. —Había cruzado los brazos sobre el vientre. Se apretaba la herida, haciendo manar la sangre. Lo intentó de nuevo con Will—. Hay un vídeo en ese iPad. Vale un montón de dinero. Virginia sabía que yo lo tenía. Dijo que me cambiaría a Anthony por el iPad. Se suponía que teníamos que encontrarnos ayer por la mañana, pero me engañó.

Él siguió sin inmutarse.

—Virginia llamó directamente a Reuben Figaroa —dijo—. Por eso querías que interviniera yo. Querías que te devolviera a Anthony. ¿Y luego qué? ¿Qué pensabas hacer? ¿Vender lo que haya en el iPad?

—El dinero me importa una mierda. Tú lo sabes, cielo.

—¿Dónde está Virginia Souza? —preguntó Amanda por tercera vez.

—¿Crees que no la he buscado? —le espetó Angie—. Está escondida. Pero no en los sitios de siempre. Nadie quiere decirme dónde está. Le tienen miedo. Y es natural que se lo tengan. —Se limpió los ojos otra vez. Siempre se guardaba las lágrimas para sí misma—. No te puedes fiar de ella. Es un mal bicho. No le importa a quién haga daño, y menos aún si son niños.

Sara pensó que aquello resultaba muy irónico viniendo de ella, pero se lo calló.

—Hay algo más —dijo Faith, y le preguntó a Angie—: ¿A qué has venido aquí?

—A despedirme de Jo por si acaso... —Miró hacia el pasillo—. Estaba esperando que se hiciera pública la desaparición del niño, pero no llegaba...

—Reuben no va a denunciar su desaparición —repuso Faith—. Intenta solucionar este asunto por sus medios.

—Ya me lo imaginaba. —Angie sacó un pañuelo de papel de su bolso—. Iba a ir a su casa y a pegarle un tiro en la cabeza.

La naturalidad con la que habló de su plan de asesinar a un hombre hizo que Sara se estremeciera.

Angie se sonó la nariz, haciendo una mueca de dolor.

—Si quitaba a Reuben de en medio, el iPad volvía a tener importancia. Podía hacer lo que pensaba hacer al principio. Canjearlo por Anthony.

—¿Con Kip Kilpatrick? —adivinó Faith.

Angie seguía intentando que Will le prestara atención. Él apartó premeditadamente la mirada.

—Sé que lo he echado todo a perder, cielo —dijo ella—. Pero solo intentaba ayudar a mi hija. Ella ni siquiera sabe quién soy.

Will seguía mirándola inexpresivamente. Angie no sabía qué le había hecho. La única esperanza de Sara era que aquella nueva lucidez de Will durara una vez pasada la crisis.

Sonó el teléfono de Amanda. Escuchó un momento. Luego les dijo:

—Reuben Figaroa ha salido de casa. Laslo Zivcovik va con él en el coche. Se dirigen hacia el oeste por Peachtree. Acaban de cruzar Piedmont. Tenemos tres coches siguiéndolos. El otro se ha quedado en la casa.

—Se aleja del centro, va hacia el centro comercial —dijo Faith—. Un sitio público. Con mucha gente. Será allí donde hagan el canje.

Amanda consultó su reloj.

—El centro comercial acaba de abrir. Todavía no habrá mucha gente.

—Solo quiere reconocer el terreno —comentó Angie—. Por eso lleva a Laslo. Reuben es un obseso del control. Cree que su mujer ha sido asesinada. Alguien le ha robado a su hijo y le exige dinero. Por eso yo quería utilizar a Kip como intermediario. Le dije a

Virginia que Reuben le pegaría un tiro en la cabeza si se le presentaba la ocasión.

—No sé si las fuerzas especiales llegarán a tiempo —dijo Amanda—. La gente de la jefatura de Buckhead puede actuar como refuerzo. Tenemos tres agentes en tres coches distintos. La hora punta está terminando. Tardaremos una hora en llegar a Buckhead. Podemos poner las sirenas parte del camino, pero...

—Hay un helicóptero en la azotea —dijo Sara. Ella misma había volado en la ambulancia aérea en casos de extrema urgencia—. Y en la Clínica Shepherd hay un helipuerto. Tardaréis quince minutos en llegar.

—Perfecto —dijo Amanda—. Faith, esposa a Angie a la cama y ocúpate de que la policía mande a un agente para vigilarla. Asegúrate de que no se pongan en contacto con Collier. Will vendrá conmigo en el helicóptero. Es quien mejor dispara y Reuben no lo conoce. —Le lanzó las llaves a Will—. Mi rifle está en la parte de atrás del coche. Las balas están en la caja de seguridad. Coge el cargador rápido y munición suficiente.

Sara asió instintivamente a Will del brazo. Todo iba demasiado deprisa. Amanda estaba hablando de disparar. De posibles tiroteos. Sara no quería que Will se marchara. No quería perderlo.

Will acercó la mano a su mejilla.

—Nos vemos en casa en cuanto esto acabe.

CAPÍTULO 13

Will estudió el plano colgado en la pared del despacho de seguridad del centro comercial Phipps Plaza. El encuentro entre Reuben Figaroa y Virginia Souza podía acabar fuera de control de mil maneras distintas. Deshawn Watkins, el jefe de seguridad, le explicó algunas a Amanda.

—Hay cuatro posibles puntos de acceso directo al nivel tres. —Deshawn señaló tres escaleras mecánicas y el ascensor que daba servicio a los tres niveles del atrio principal del centro—. Hay otro grupo de ascensores si se cruza la tienda de Belk. Uno arriba y otro abajo. Después está este ascensor de aquí, dentro de Belk, y aquí hay otro, en la entrada de la calle. Ninguno de los ascensores principales baja hasta el aparcamiento subterráneo, salvo estos dos.

—En fin, que estamos dentro de un colador —dijo Amanda. Consultó su reloj. Daban por sentado que el encuentro tendría lugar a la hora en punto o a y media. Le dijo a Will—: Son las once y dieciséis. Si pasa de mediodía, tendremos que replantearnos la situación. Cualquiera sabe cuánta gente habrá en el centro a la hora de comer.

—Como mínimo, toda la gente que trabaja en las tiendas —dijo Deshawn— y muchos más niños. A las doce y media este sitio ya está lleno.

Will se frotó la barbilla mientras observaba el plano de la pared. Estaba familiarizado con el edificio. Lo había visitado con Sara

475

más veces de las que hubiera querido. Tenía tres niveles apilados como los pisos de un pastel de bodas, con el más pequeño, el superior, proyectado hacia delante. Había un atrio redondo y diáfano que incluía las tres plantas. Las barandillas eran de cristal y madera pulida, con pasamanos dorados. El ascensor tenía una pared de cristal. Will no pudo evitar acordarse de la discoteca de Marcus Rippy, pese a que el ambiente fuera completamente distinto. Allí, los suelos resplandecían y las claraboyas del techo dejaban entrar el sol a raudales.

Reuben Figaroa estaba sentado en la zona de restauración del tercer nivel. No se había movido de allí desde su llegada. Había escogido un buen lugar para canjear a su hijo. O quizá había sido Virginia Souza quien lo había escogido. Incluso un miércoles como aquel, el nivel superior estaba repleto de niños en edad prescolar. Los miércoles por la mañana había actividades para niños pequeños en el Legoland Discovery Center, y en el cine pasaban un maratón de dibujos animados. Pero los niños no eran el único problema. Había una gran zona de mesas que compartían varios restaurantes de comida rápida. Y, dispersos por las más de cien tiendas del centro comercial, había también numerosos compradores y paseantes.

Si Will hubiera querido cambiar a un niño por dinero, lo habría hecho allí.

Claro que ignoraban si Reuben Figaroa tenía intención de efectuar el canje.

Un lugar público. Un hombre controlador, dueño de un montón de armas. Un niño aterrorizado. Una mujer que había dedicado su vida entera a explotar a menores.

Aquello podía salir como la seda o podía acabar en catástrofe.

Will repasó mentalmente el mejor escenario posible: Souza entra en el centro comercial con Anthony. La policía coge al niño y se lo devuelve a su padre. Otra posibilidad, no tan ideal: Souza consigue darles esquinazo al dirigirse a la zona de mesas, canjea a Anthony por el dinero, la policía la aísla en la segunda planta y procede a su detención.

No quería pensar en el peor escenario posible, ese en el que Reuben, al que no le importaba golpear a mujeres, buscaba venganza. En el que Virginia Souza tenía una pistola o un cuchillo y un niño en sus manos. En el que se trasladaban a otra ubicación imposible de controlar.

Y luego estaba Laslo.

Y la posibilidad de que Souza tuviera un cómplice.

Como «mamá al mando», sin duda dispondría de numerosas chicas a sus órdenes. Cualquiera de ellas –incluso dos o tres– podía estar haciéndose pasar por una de las numerosas madres jóvenes que había en la zona de restauración.

Las chicas de Souza sin duda se las sabían todas. Sabrían qué pinta tenía un policía. Podrían advertir a Souza. Le cubrirían las espaldas si el trueque salía mal. Eran todas tan feroces como Angie, endurecidas, mezquinas, dispuestas a hacer lo que fuera necesario por proteger a su familia.

—No tomará el ascensor —aseveró Amanda—. No es un modo rápido de escapar.

—Tampoco tendría sentido bajar al aparcamiento subterráneo. —Deshawn señaló de nuevo el ascensor de cristal del atrio en el plano—. Tendría que bajar dos plantas, y esta es la salida más próxima. Pero si quieren podemos impedir que los ascensores bajen hasta el aparcamiento.

—Sí, hágalo —dijo Will, y añadió dirigiéndose a Amanda—: Reuben lleva la férula en la rodilla. No podrá moverse deprisa.

—Confiemos en que no sea Reuben a quien tengamos que seguir —repuso su jefa, y le preguntó a Deshawn—: ¿Cómo saldría usted de aquí? ¿Bajando por las escaleras mecánicas hasta la primera planta y luego qué?

—Solo se puede salir por la planta baja. —Deshawn seguía mirando el plano—. Si neutralizamos el aparcamiento, hay doce salidas a la calle. Tres en Belk, tres en Saks y otras tres en Nordstrom. Después tenemos dos entradas más en Monarch Court y otra en la Avenida Sur. Cualquiera de ellas lleva a Peachtree o a la

Interestatal. Yo tomaría esta salida, junto al puesto de los aparca-coches.

—Parece lo más lógico —dijo Amanda—. El coche de Reuben está aparcado enfrente de Saks. Tuerce a la derecha, llega al coche y sale a la carretera interestatal.

—O se va a casa —comentó Will, pero la mirada de Amanda le convenció de que su jefa no lo consideraba probable.

La radio de Amanda emitió un chasquido. Se dirigió hacia el fondo de la habitación para consultar con el resto del equipo. Había doce agentes de la jefatura de policía de Buckhead dispersos por el centro comercial, y varios agentes más de las fuerzas de interven-ción especial en el tejado del edificio y apostados en las esquinas. Los guardias de seguridad del centro seguían haciendo sus rondas regulares para no levantar sospechas. Los tres agentes del GBI que habían seguido a Reuben desde su casa se habían desplegado en las inmediaciones de los ascensores. El cuarto estaba siguiendo a Las-lo, que llevaba una hora y media recorriendo el centro comercial.

Angie tenía razón: Reuben Figaroa había llegado temprano, buscando la ventaja táctica. Lo que estaba muy bien, porque de ese modo Amanda también había tenido tiempo de desplegar a su gente.

A Will le preocupaba, sin embargo, que Virginia hubiera he-cho lo mismo.

Lo único que tenían para identificarla era su última fotografía policial, tomada cuatro años antes. Su cabello castaño, largo y ás-pero y su maquillaje corrido la hacían parecer el prototipo televisi-vo de una prostituta entrada en años. Si Souza era tan lista como decía Angie, sabría que no podía entrar en el Phipps Plaza sin al-gún tipo de disfraz. El centro comercial era demasiado lujoso para que pasara desapercibida.

—Podemos llamar a mantenimiento —dijo Deshawn—, y po-ner quizá una barrera en esa escalera mecánica para que parezca que está averiada.

—Me preocupa que pueda hacerle sospechar —comentó Will.

—No parece nervioso.

—No —repuso Will, pero eso no era necesariamente bueno. Un hombre tranquilo y dueño de sí mismo podía ser también un hombre dispuesto a todo.

Podían retener momentáneamente a Reuben. No necesitaban ninguna justificación para hacerlo. Pero quizá Souza tuviera a alguien vigilando y, si la avisaban, la próxima vez que vieran a Anthony sería en una cuneta o en Internet.

Will miró el panel de monitores de alta definición que había en la pared. Eran pantallas a todo color. No hacía falta pasar de una cámara a otra. Había dieciséis pantallas. La más grande, la que ocupaba el centro de la pared, mostraba a Reuben Figaroa.

Estaba sentado al fondo de la zona de mesas, un nivel por encima de donde estaba Will. El atrio abierto quedaba a su espalda. Por ese lado no tenía forma de escapar. Ni siquiera una estrella del baloncesto sobreviviría a una caída desde una altura de tres plantas. Por suerte, las mesas contiguas estaban vacías. La gente que había por allí se mantenía a distancia. Las madres, sobre todo, parecían sospechar de un hombre sentado a solas en un lugar lleno de niños.

Reuben iba de incógnito. Una gorra de los Falcons cubría su cabeza calva. Tenía delante de él un ordenador portátil. Estaba arrellanado en la silla, intentando disimular su estatura. Su bigote y su perilla se habían convertido en barba: era uno de esos tipos que tenían que afeitarse cada cuatro horas. Vestía camiseta negra y vaqueros negros. No exactamente un uniforme de combate, pero casi. Tenía a los pies una bolsa de viaje grande. Gracias a la camiseta sabían que no iba armado, pero la bolsa era lo bastante grande como para que cupiera en ella un rifle, una ametralladora, una pistola o las tres cosas.

Amanda dejó de hablar por radio.

—Laslo acaba de salir del centro —le dijo a Will—. Ha trasladado el coche al Ritz-Carlton. Está aparcado en el carril de aparcacoches. Queda poco tiempo.

Deshawn dijo:

—Tendrá que salir por el lado de Nordstrom para llegar al Ritz.

—Voy a avisar a las fuerzas especiales. —Amanda le dio la radio a Will y se dirigió hacia la puerta—. Faith viene para acá. Yo voy a ocupar mi puesto. Will, tienes que estar listo para moverte allí donde sea necesario. Ten mucho cuidado.

Deshawn levantó el teléfono fijo que había sobre la mesa.

—Voy a avisar al equipo de seguridad de Nordstrom de que creemos que va a haber acción por ese lado.

Will observó los monitores. La oficina de seguridad estaba junto a una escalera mecánica que subía a la planta superior. Amanda iba subiendo, agarrada a la barandilla. Al igual que Reuben, iba disfrazada: vestía un chándal azul pastel y una camiseta blanca que había comprado en una de las tiendas del centro. Su gran bolso solo contenía un revólver y tres cargadores. Llevaba gafas y una pamela blanca de señora mayor en la cabeza. Como todos los miembros del equipo, iba provista de un auricular que funcionaba también como micrófono, captando su voz a través de la vibración de la mandíbula.

En lugar de encaminarse hacia Reuben, se sentó en una mesa frente a Belk, a unos veinte metros de distancia. Le dio la espalda. Phil Brauer, uno de los agentes que habían seguido a Figaroa desde su casa, estaba ya sentado a la mesa con dos tazas de café. Ambos se fundían bien con el entorno: parecían una pareja de jubilados con mucho tiempo libre.

—Estamos en posición —dijo Amanda.

Deshawn le preguntó a Will:

—¿Está seguro de que no debemos evacuar el centro?

—Eso los ahuyentaría.

—Es mucho riesgo.

—Tenemos a alguien dentro del Legoland y a otro agente en el cine. Lo cerraremos todo en cuanto veamos la menor señal de peligro.

—¿Qué hay de los transeúntes? —Señaló el monitor que mostraba la zona de mesas—. Hay, al menos, doce personas ahí.

Will había contado nueve, incluida la mesa con cuatro madres jóvenes con bebés en carritos. Amanda se había colocado entre ellas y Reuben Figaroa.

—Si no rescatamos a ese niño hoy, la mujer que lo secuestró se lo venderá al primer pederasta que encuentre.

—Dios mío. —Deshawn se quedó callado un momento, asimilando la noticia—. ¿Qué piensan hacer si trata de escapar con el niño, lo toma como rehén o algo así?

Will tocó el rifle que llevaba colgado al hombro.

—Dios mío.

Faith entró en la sala. Vestía un traje negro que siempre guardaba en el maletero del coche, en lugar de los pantalones chinos y la camisa azul del GBI. Llevaba su pistola en la cadera. Saludó a Deshawn con una inclinación de cabeza y preguntó a Will:

—¿Qué tenemos?

—Amanda está aquí con Brauer. Se ha colocado entre Reuben y esta mesa. —Señaló a las cuatro jóvenes madres. Se estaban riendo. Una de ellas estaba dando de comer a su bebé. Otra hablaba por teléfono.

—Pueden refugiarse dentro de Belk si es necesario —comentó Faith.

—Tenemos a un hombre dentro del centro Legoland. Los guardias de seguridad saben que deben bajar los cierres en cuanto haya problemas. Tienen a los niños en la parte de atrás, donde hay una fiesta de cumpleaños. La tienda de regalos está a la entrada, de modo que no esperamos que haya problema por ese lado. Y lo mismo puede decirse del cine. La sesión matinal acaba a mediodía, pero tenemos a varios agentes de policía dentro, detrás del puesto de palomitas y en la salida del centro comercial, listos para clausurar el local si es necesario. —Le mostró el plano de la pared—. Tenemos las escaleras mecánicas cubiertas aquí, aquí, aquí y aquí. —Señaló la zona correspondiente—. Laslo está aparcado al otro lado de la calle, aquí. Fuera hay agentes de las fuerzas especiales.

—Son buenos. No los he visto.

—Les hemos proporcionado la fotografía policial de Souza a los encargados de todas las tiendas. Les hemos dicho que no se acerquen a ella. No hemos querido distribuir la foto entre los dependientes por temor a que se armara demasiado revuelo.

—No se va a parecer a su foto policial.

—Es lo único que tenemos.

Faith observó a Reuben Figaroa.

—No me gusta esa bolsa. No tendría que ser tan grande, ni aunque lleve dentro un millón de pavos.

Will siguió su mirada hasta los monitores. Reuben seguía sentado a la mesa, mirando fijamente su ordenador.

—Teníamos a un agente sentado muy cerca, pero Reuben pareció ponerse nervioso, así que tuvimos que retirarlo.

—¿No ha podido ver lo que lleva en la bolsa?

—No, pero Reuben ha estado mirando fotografías de su mujer y de su hijo en el ordenador, pasándolas una y otra vez.

—¿Quién es esa?

Will miró la pantalla grande. Una joven se dirigía hacia Reuben. Se sentó tres mesas más allá. Miraba su teléfono con la cabeza inclinada. Unos auriculares blancos desaparecían entre su pelo. Vestía ropa deportiva, como la mayoría de las madres que había en el local.

Reuben estuvo largo rato mirándola. Después, fijó de nuevo la mirada en su portátil.

—Los zapatos no encajan —comentó Faith.

Will miró los zapatos rojos de la mujer. Eran planos, sin cordones.

—¿Lo dices porque no lleva zapatillas de deporte?

—Lo digo porque una mujer que puede permitirse el lujo de sentarse en un centro comercial un miércoles por la mañana con su ropa de hacer deporte, no se compra el calzado en Walmart —repuso ella, y añadió—: Y además, ¿qué hace aquí si no está con un niño?

Will observó a las mujeres que ocupaban los márgenes de la

zona de mesas. Invariablemente, iban acompañadas de un niño: o llevaban en brazos a un bebé, o tiraban de un niño pequeño intentando alejarlo de Legoland.

Deshawn dijo:

—Son las once y veintiocho.

—Chaqueta verde. —Faith se acercó más a los monitores—. Eso es una mujer, ¿no?

Una mujer de aspecto andrógino esperaba frente al ascensor de la planta baja. Llevaba gafas de sol oscuras y una gorra de béisbol de los Braves con el ala muy baja. Sus vaqueros eran azules oscuros. Llevaba la cremallera de la chaqueta verde oscura subida casi hasta el cuello y las manos metidas en los bolsillos.

—No trabaja aquí —les informó Deshawn—. Yo, por lo menos, nunca la he visto.

—¿Es Souza? —preguntó Faith—. Podría tener al niño en otra parte, puede que abajo, en un coche.

Una segunda ubicación. El peor de los escenarios posibles.

—Tenemos que registrar el aparcamiento discretamente —dijo Will por radio—. Buscad a Anthony en un coche aparcado.

La mujer pulsó de nuevo el botón del ascensor. Se metió de nuevo la mano en el bolsillo de la chaqueta. Sus movimientos tenían algo de furtivo. Estaba visiblemente nerviosa.

Will accionó de nuevo la radio. Le dijo a Amanda:

—Puede que tengamos a alguien en el ascensor. Chaqueta verde. Estad preparados.

—Recibido —contestó Amanda.

—No parece joven, ¿verdad? —Faith tenía la nariz prácticamente pegada al monitor—. Su manera de comportarse... No va hablando por teléfono ni escuchando música. Y hace demasiado calor para esa chaqueta.

—Le veremos la cara en cuanto entre en el ascensor —dijo Deshawn.

Las puertas del ascensor se abrieron. Chaqueta Verde no levantó la vista al entrar. Mantuvo la cabeza agachada y las manos metidas en los bolsillos. Las puertas empezaron a cerrarse, pero de pronto estiró el brazo y las detuvo.

—Mierda —dijo Faith.

Otra mujer estaba entrando en el ascensor. Alta, coleta rubia, vestida con una camiseta de cuello de pico y pantalones cortos de correr. Intentaba meter un carrito doble de bebé en el ascensor. En el asiento delantero iba un bebé. Una niña pequeña vestida como un personaje de Lego dormía en el de atrás.

—Esto no me gusta —dijo Faith—. Son dos niños. Dos rehenes.

Mientras observaban, Chaqueta Verde se inclinó, agarró la parte delantera del carro y ayudó a entrarlo en el ascensor. Hubo un intercambio de cumplidos antes de que se cerraran las puertas. Subieron en silencio hasta la tercera planta.

—Sigue sin mirar a la cámara —comentó Faith—. Nadie mantiene la cabeza agachada todo el tiempo de esa manera.

Will se acercó la radio a la boca.

—Chaqueta Verde saliendo del ascensor.

Phil Brauer se levantó de la mesa. Tiró su vaso de café a la papelera. Chaqueta Verde ayudó a la rubia a sacar el carro del ascensor. Después se encaminó hacia el cine. Brauer se sentó a otra mesa. Se acercó el teléfono a la oreja. Will oyó su voz por la radio.

—No la veo bien con la gorra. Tiene el pelo oscuro. La edad parece coincidir.

Se inclinaron todos hacia las pantallas. Chaqueta Verde estaba de pie frente a las taquillas del cine. Miró el panel que mostraba el horario de las películas.

—¿Es ella? —preguntó Faith—. No puedo...

—Contacto —dijo de pronto Amanda.

Reuben Figaroa se había levantado.

La rubia con el carrito doble estaba de pie al otro lado de su mesa.

Virginia Souza.

Se había disfrazado a la perfección. Llevaba el pelo teñido de un tono de rubio miel, en lugar de platino. Su maquillaje era muy discreto. Su ropa realzaba su figura, pero no en exceso. La coleta le daba un aire más juvenil. Había estado allí antes, observando a las mujeres que frecuentaban la zona de mesas para asegurarse de que pasaría desapercibida.

—Es Anthony —dijo Faith.

Tenía razón. Anthony ocupaba el asiento de atrás del carro. Iba vestido de rosa. Tenía las piernas flexionadas y recogidas debajo del cuerpo. Era demasiado grande para el asiento. Estaba dormido. Sus ojos tenían la misma forma que los de Angie. Su piel era como la de Angie. El peligro que corría era el mismo que había corrido Angie muchos años atrás.

Will accionó la radio.

—Es ella. Tiene a Anthony y a un bebé en el carrito. Hay otra mujer, seguramente de refuerzo, tres mesas más allá. Zapatos rojos.

—Equipo Alfa, equipo Delta, cerrad las puertas —ordenó Amanda.

Iba a cerrar Legoland y el cine.

—¿Qué dicen? —preguntó Faith—. Están ahí parados sin hacer nada.

Saltaba a la vista que Reuben y Souza estaban manteniendo una tensa conversación. Will advirtió que Figaroa tenía los puños ligeramente flexionados. Miraba alternativamente a su hijo y a Souza como si no pudiera decidir si merecía la pena perder a Anthony por el placer de matarla.

—Ella le ha dicho que tiene refuerzos —adivinó Faith—. Por eso no se le ha echado encima enseguida. Zapatos Rojos debe de tener una pistola.

—El iPad —dijo Will, porque sabía cómo trabajaban aquellas mujeres—. Souza quiere sacarle más dinero a Reuben. Cree que puede conseguir el iPad de Angie.

—Brauer acaba de mandar un mensaje —terció Amanda—. No puede oírlas. Tampoco ve lo que está haciendo Zapatos Rojos. ¿Alguien puede verle las manos?

—Tiene el teléfono apoyado en el regazo —contestó Will.

—El bolso —dijo Faith, porque, como casi todas las mujeres que había por allí, Zapatos Rojos llevaba un bolso en el que cabía perfectamente un arma.

Phil Brauer movió su silla, poniéndola de lado. Sostenía su móvil como si necesitara gafas para leer algo mientras observaba de reojo a Chaqueta Verde.

La mujer seguía mirando los horarios del cine. Todavía tenía las manos en los bolsillos.

—Van a sentarse —dijo Faith.

Reuben había vuelto a ocupar su silla , pero esta vez no se arrellanó. Tenía los hombros rectos y las piernas tan largas que sus rodillas llegaban al otro lado de la pequeña mesa. Souza tuvo que apartar la silla para poder sentarse frente a él. Su boca seguía moviéndose. Parecía no darse cuenta del efecto que estaban surtiendo sus palabras.

—Esto está tardando demasiado —dijo Faith—. Lleva toda la vida trabajándose a hombres. ¿Por qué no se da cuenta de que Figaroa está a punto de estallar?

—Hagan algo. —Deshawn parecía desesperado—. ¿Por qué no hacen nada? Esa mujer está desarmada.

—No hace falta un arma para tirar a un bebé por la barandilla.

—Dios mío.

Will observó al bebé que ocupaba el asiento delantero del carro.

—¿Veis si el bebé se mueve?

Faith meneó la cabeza.

—¿Dónde están la bolsa de pañales, el vasito para el agua, la mantita, las toallitas?

—¿Crees que es falso?

—¿Por qué iba a traer a un bebé? Dan demasiados problemas. Esto está tardando demasiado —repitió.

Reuben Figaroa parecía pensar lo mismo. Había juntado las manos sobre el regazo. No echaba mano de la bolsa de deporte. No decía nada. Miraba fijamente a Souza mientras ella seguía hablando.

Su ira era como una tercera persona sentada a la mesa. Will casi podía ver cómo iban tensándose sus resortes. Una de dos: o Souza ignoraba lo que estaba haciendo, o creía tener controlada por completo la situación.

A Reuben Figaroa no le gustaban las mujeres controladoras.

—Zapatos Rojos se levanta.

La joven se levantó y caminó hacia la escalera mecánica. Llevaba el teléfono pegado a la oreja.

Will mantuvo la mirada fija en Virginia Souza. Estaba advirtiendo algo a Reuben, dándole un ultimátum. Clavó el dedo en el aire. No pareció notar que su silla se movía, acercándola cada vez más a la mesa.

—Figaroa tiene el pie enganchado en la pata de la silla —dijo Will.

—¿Qué está haciendo por debajo de la mesa?

Sus manos se movían. Estaba sacando algo de su funda.

Will se acercó la radio a la boca.

Todo sucedió tan deprisa que no tuvo tiempo de apretar el botón.

La silla de Souza se desplazó bruscamente hacia delante, atrapándola contra el respaldo. Reuben le hundió un cuchillo directamente en la garganta. Ella levantó las manos. Él la agarró de las muñecas y se las sujetó con una sola mano mientras con la otra la apuñalaba una y otra vez en el vientre por debajo de la mesa.

—¡Mierda! —siseó Faith.

Empezó a chorrear sangre por la silla de Souza, que se desplomó hacia delante. Reuben se levantó y agarró la bolsa de deporte. Alargó el brazo hacia Anthony.

—¡Cuidado! —gritó Deshawn.

Chaqueta Verde había echado a correr hacia Reuben. Llevaba en la mano una pistola Snake Slayer de acero inoxidable y cañón doble. Dos disparos de aquella pistola harían volar por el aire diez proyectiles del calibre 30 especial.

Phil Brauer corrió hacia la mujer, pero no sirvió de nada.

Reuben sacó una Sig Sauer de la bolsa y le pegó un tiro en la cabeza.

—¡Cerradlo todo! —ordenó Amanda—. ¡Ya!

Will salió corriendo de la oficina con el rifle rebotándole en la espalda. Faith iba tras él. Estaban a cincuenta metros del atrio, una planta por debajo de la zona de mesas. Tuvo la sensación de estar corriendo en una cinta mecánica al rodear la amplia zona diáfana. Cada paso que daba lo llevaba dos pasos más atrás. Faith subió corriendo por la escalera mecánica hasta la tercera planta. Will rodeó el atrio por el fondo. Agarró el rifle, se deslizó por el suelo de rodillas y se situó frente al lugar donde Reuben Figaroa se hallaba todavía en pie, quieto.

El cañón del rifle descansaba en la barandilla. Will aplicó el ojo a la mira telescópica. El seguro estaba quitado. Apoyó el dedo en el guardagatillo.

Respiró hondo.

Cuarenta metros.

Podía disparar incluso con los ojos cerrados, pero Reuben tenía a Anthony abrazado contra su pecho. Aplastaba las costillas del niño con su brazo gigantesco mientras le apoyaba el cañón de la Sig Sauer contra la sien.

—¡Tire el arma! —gritó Amanda.

Estaba a menos de cinco metros de su objetivo. Tenía los pies separados y había sacado su revólver. Faith había parado la escalera mecánica. Estaba tendida boca abajo, junto a ella. Phil Bauer estaba arrodillado detrás de una mesa. Habían formado un triángulo, atrapando dentro a Reuben. Al igual que Will, los tres buscaban un blanco. Al igual que Will, tenían dificultad en encontrarlo. Anthony tapaba el corazón de su padre, sus pulmones, su estómago, todos los puntos donde una bala podía neutralizarlo.

—¡Atrás, joder! —gritó Reuben.

Will miró por la mira del rifle. Reuben tenía el dedo en el gatillo. Un solo movimiento y la vida de Anthony habría acabado. Will sabía que Amanda estaría haciendo los mismos cálculos que él. Si disparaba a Reuben en la pierna, podría apretar el gatillo. Si le apuntaba a la cabeza y fallaba, podría apretar el gatillo. Si le acertaba, aun así podría apretar el gatillo. Y si erraba el tiro, aunque fuese solo por unos milímetros, podía matar a un niño de seis años.

—Está rodeado —respondió Amanda—. No tiene salida.

—Apártense de mi camino de una puta vez.

Will se tensó. Reuben tenía reflejos de atleta. En cuestión de segundos podía girar la muñeca y disparar a Amanda, y él se hallaría en la misma situación: sin alternativas.

Reuben avanzó hacia Amanda. Cojeaba: aún llevaba la férula en la rodilla.

—Retrocede, puta.

—No puede hacer esto. —Amanda retrocedió. Will dejó de verla cuando pasó delante del ascensor—. Baje la pistola para que hablemos.

Reuben siguió avanzando con Anthony pegado a su pecho. Will se movió siguiendo su trayectoria, con el rifle en alto, rezando por encontrar un blanco limpio.

Reuben pulsó el botón del ascensor.

—Voy a salir de aquí.

—Deje al niño —dijo Amanda—. Déjelo y hablaremos.

—¡Cállate de una puta vez!

El grito de su padre bastó para despertar a Anthony. Sus ojos se agrandaron cuando vio lo que estaba pasando. Empezó a chillar, un grito agudo como el de un animal cogido en una trampa.

Las puertas del ascensor se abrieron. Reuben entró. Will lo veía claramente a través de la pared de cristal. Pero no podía disparar. Ni siquiera desde aquella distancia podía estar seguro de que la bala no iba a traspasar a Reuben y a matar a Anthony.

Las puertas se cerraron.

Will rodeó el atrio corriendo. El ascensor bajó al segundo piso. Will corrió hacia la siguiente escalera mecánica. Pero la escalera subía. Bajó a saltos, tropezando con los peldaños metálicos. Finalmente se agarró a las barandillas, levantó las piernas y salvó el último tramo de un salto.

Sus pies tocaron el suelo en el momento en que se abrían las puertas del ascensor.

Anthony estaba llorando. Forcejeaba intentando desasirse de los brazos de su padre. Reuben luchaba por sujetar al niño y la pistola. Le gritaba que se callara. Will corrió agachado, parapetado detrás de la barandilla de la escalera mecánica. Llevaba la culata del rifle apoyada en el hombro. Mantenía el ojo fijo en la mira.

Anthony seguía retorciéndose con los brazos abiertos. Patealeando, dio un golpe en la rodilla operada de su padre. Reuben lo soltó.

Will se giró y apretó el gatillo.

El mundo dejó de girar.

El retroceso del rifle hizo que la culata se le clavara en el hombro. Se vio un fogonazo en la boca del cañón. El cartucho salió disparado a un lado. La bala traspasó el aire denso como un cuchillo rajando una bolsa de harina.

Reuben Figaroa cayó violentamente hacia atrás, herido en el hombro. Chocó contra las puertas del ascensor y se deslizó hasta el suelo.

Will siguió su trayectoria clavando una rodilla en el suelo. El dedo del gatillo comenzó a flexionarse de nuevo, pero Anthony lo detuvo.

Reuben apuntaba con la Sig a la espalda de su hijo. No le temblaba la mano.

Will le había disparado al hombro equivocado.

—Ven aquí, chico —dijo Reuben.

Will estaba a menos de cinco metros de Anthony. Reuben, a menos de un metro.

—Anthony —dijo Will—, corre.

El niño no se movió.

Will deslizó la rodilla por el suelo, tratando de afinar el blanco. Los flancos de Reuben estaban protegidos por las paredes del ascensor. Solo disparando de frente podría abatirlo.

—Quieto. —Los ojos de Reuben se movían sin cesar entre Anthony y Will, y luego entre ellos y Faith.

Ella estaba al otro lado de la escalera mecánica. Otro triángulo, de nuevo con Reuben en el centro. Will oyó pasos de agentes que se acercaban, pero no se atrevió a apartar los ojos de Reuben Figaroa.

—Anthony —ordenó Reuben—, ven aquí, chico.

—Anthony, cariño —dijo Faith—, ven conmigo, no pasa nada.

Will se deslizó un poco más. Tensó el dedo sobre el gatillo.

—¡Ven aquí, maldita sea! —gritó Reuben.

Anthony retrocedió.

Will apartó el dedo del gatillo.

Reuben rodeó a su hijo con el brazo herido. Anthony cayó sobre él, tapando con la cabeza la cara de su padre. La Sig volvió a apuntar a la sien del niño. Anthony no se debatió. No dijo nada. Había aprendido a quedarse callado y quieto cuando su padre se enfadaba. Todo su miedo se canalizaba en su labio, que temblaba como el de su abuela adoptiva, y en la mirada de resignación que había heredado de Angie.

Cuando Angie hablaba con Will sobre el maltrato, siempre lo hacía con evasivas. Se limitaba a dar un consejo: *lo único que tienes que hacer es esperar a que termine.*

Anthony estaba esperando lo inevitable. Los gritos. Los golpes. El ojo morado. El labio partido. Las noches en vela mientras aguardaba a que se abriera la puerta.

—Atrás. —Reuben tuvo que apoyar la mano en el hombro de su hijo.

Respiraba agitadamente. Manaba sangre del orificio de bala que tenía debajo de la clavícula. Estaban de nuevo en la misma situación que una planta más arriba, solo que ahora Reuben estaba más desesperado.

—Baja el arma —dijo Will—. No sigas con esto.

—Mierda. —A Reuben empezó a temblarle la mano. La sangre le chorreaba por el brazo. Los espasmos musculares tensaban su pecho y sus hombros—. ¿Con qué me has disparado?

—Hornady Tap Urban de 60 granos.

—Munición táctica policial. —Le pesaban los párpados. Tenía la cara cubierta de sudor—. Impacto reducido para entornos urbanos.

Will se apoyó en el pie para adelantar la rodilla. No podía disparar desde el lado. Tenía que acercarse más.

—Sabes mucho de munición.

—¿Viste la Snake Slayer que sacó esa puta?

—Seguramente usaba munición Bond del calibre 410.

—Menos mal que le he parado los pies.

Reuben parpadeó para quitarse el sudor de los ojos. Will se preguntó si se le estaría nublando la vista. Había muchos órganos importantes cerca de la clavícula. Las arterias subclavias. Las venas subclavias. Sara lo sabría. Anotaría los daños en el informe de la autopsia de Reuben Figaroa, porque, si aquel hombre hacía daño al nieto de Angie, no saldría de allí vivo.

—Hablemos —dijo Will—. Vas a necesitar cirugía. Yo puedo ayudarte.

—Se acabaron las operaciones.

Reuben meneó la cabeza. Ahora parpadeaba más lentamente. No apretaba a Anthony con tanta fuerza. El cañón de la Sig se había inclinado un poco hacia arriba, pero todavía podía pegarle un tiro en la cabeza a su hijo.

Will se acercó.

Faith hizo un ruido. Anthony la miró. Will no. Sabía que su compañera trataba de convencer al chico para que se acercase.

—No. —Reuben enderezó la pistola.

—¿Qué presión tiene el gatillo de esa Sig? ¿Dos kilos y medio? ¿Dos setecientos? —Reuben asintió con la cabeza—. ¿Por qué no apartas el dedo del gatillo? No querrás cometer una equivocación.

—Yo nunca me equivoco.

Will se acercó un poco más. Tres metros. Lo bastante cerca para disparar a la cabeza si Reuben se movía un poco hacia un lado. Para disparar o para que le dispararan. No podía fiarse de la pistola que sostenía Reuben. El cañón apuntaba otra vez hacia arriba. Reuben podía moverla ligeramente y matarlo. O podía bajarla y matar a Anthony.

—No estás bien, tío.

—No —convino Reuben.

El brazo con que sujetaba a Anthony comenzó a relajarse de nuevo. El chico podría zafarse, pero Reuben aún podía disparar. A Anthony. O a Will.

—Hablemos —repitió Will.

Avanzó unos centímetros más. El rifle se alargaba delante de él. Casi un metro de arma. Una mano en la empuñadura, la otra en el guardamanos. Corrió la mano un poco más por el cañón. Se le dislocaría el hombro si disparaba accidentalmente. Curvó la espalda, intentando aumentar el espacio que separaba la culata del hombro.

—No puedo dejar solo a mi chico —dijo Reuben.

Will no podía mirar al niño. No podía ver los ojos de Angie mirándolo.

—No tienes que llevarte a Anthony contigo.

—No le queda nada —dijo Reuben—. Jo ha muerto. Mi carrera está arruinada. Si ese vídeo sale a la luz, iré a la cárcel.

—¿Ves lo cerca que estoy? —preguntó Will.

Los párpados de Reuben temblaron. Enderezó la Sig.

—Puedo apretar el gatillo ahora mismo —dijo Will.

—Yo también. —Respiraba entrecortadamente. Tenía la piel descolorida. Will veía cada poro de su cara, cada folículo—. No voy a dejar solo a mi chico. —Tragó saliva—. Jo no querría. Su madre biológica la abandonó. Ella no dejaría solo a su hijo.

Will se acercó un poco más. Pensó en por qué hacía Reuben todo aquello, en cómo se había venido abajo su vida al perder el control.

—¿Cómo pongo fin a esto, Reuben? —preguntó—. Dime cómo salvar a tu hijo.

—¿Quién la mató?

Will trató de pensar en la mejor manera de mentirle, en algo que le impidiera asesinar a su hijo. ¿Debía decirle que Jo estaba viva y que, por lo tanto, él tenía algo por lo que vivir? ¿O que Jo estaba muerta, pero que la responsable de su asesinato se hallaba bajo custodia policial? ¿Que era la madre de Jo? ¿Que había intentado secuestrar a su propio nieto?

A Reuben se le había agotado la paciencia.

—¿Quién, tío? ¿Quién mató a Jo?

—La mujer de arriba. —No sabía si había tomado la decisión correcta, pero tenía que seguir hablando—. Se llama Virginia Souza. Es una prostituta que conoció a Jo en la cárcel. Discutieron. Y Souza decidió vengarse.

Para su inmenso alivio, Reuben empezó a asentir con la cabeza como si aquello fuera lógico.

—¿Fue un asunto de drogas? ¿Por lo que discutieron?

—Sí. Will avanzó otro milímetro. Luego otro. Su mano se deslizó un poco más por el cañón. Demasiado lejos para sostener bien la culata. Ya no podría disparar sin riesgo.

—Souza sabía que Jo era rica, que tenía dinero. La siguió hasta la fiesta. La secuestró. Se llevó a Anthony.

Reuben asintió otra vez. El motivo era obvio. Su esposa había ocultado su adicción a las pastillas. Sin duda ocultaba también otras cosas.

—Esa puta ya está muerta.

—Sí —contestó Will.

—Jo también. —Se detuvo para tragar saliva—. Me traicionó. Traicionó todo lo que teníamos. No me hizo caso.

—Las mujeres son así.

—Lo quieren todo, todo, y luego te escupen como si no fueras nada.

El cañón de la Sig había vuelto a levantarse, pero seguía sin apartarse de la cabeza de Anthony. Reuben estaba desfalleciendo. Le temblaban los músculos. Tenía los tendones rígidos. Podía apretar el gatillo por error o adrede. Aún estaba por ver si, cuando eso sucediera, apuntaría a Anthony o le apuntaría a él.

—Deja de moverte —dijo Reuben.

—No me esto moviendo. —Will se deslizó ligeramente.

Reuben tragó saliva visiblemente.

—Me lo ocultó. Lo de las pastillas. Robó ese vídeo. Sé que fue ella quien lo robó. Ha arruinado mi vida. Y la de mi hijo. —Tragó saliva de nuevo—. Mi hijo.

Will ya estaba lo bastante cerca. Solo podría agarrar una cosa: o el rifle o a Anthony.

Anthony o Will.

El único interrogante era hacia dónde apuntaría la pistola.

—No pasa nada. —Reuben lo miraba fijamente, con expresión cansina. Tenía la boca abierta, floja, y los labios azules. Le costaba respirar. Parpadeó lentamente. Parpadeó de nuevo, aún más despacio. Parpadeó por tercera vez, y Will se lanzó hacia delante, alargó el brazo y apartó a Anthony.

La cabeza de Reuben estalló.

La sangre caliente salpicó la cara y el cuello de Will. Esquirlas de hueso se le metieron en la boca y la nariz. Le ardieron los ojos. Cayó hacia atrás, soltó el rifle. Se arañó la cara. Trozos de músculo y piel se le prendieron en los dedos. Estornudó. La sangre salpicó el suelo. Apenas veía. Estaba de pie, caminando hacia atrás como si pudiera alejarse de aquella carnicería cuando en realidad la llevaba consigo.

—¡Will!

Amanda tiró de él agarrándolo del brazo. Will tropezó con sus propios pies, se tambaleó. Amanda siguió tirando de él por el atrio y luego por el pasillo, donde Will chocó con la pared. Estaba completamente ciego. Notó una alfombra bajo sus pies. Trató de abrir los ojos, pero no pudo. Las esquirlas le desgarraban los ojos: fragmentos de hueso, de cartílago y dientes de Reuben Figaroa.

—Inclínate. —Amanda lo empujó hacia abajo.

El agua fría le inundó la boca, la cara. Trozos de materia gris resbalaron por su piel. Vio luz. Parpadeó. Vio porcelana blanca, un grifo alto. Estaban en el aseo. Se apoyaba sobre el lavabo. Alargó la mano hacia el dispensador de jabón. Lo arrancó de la pared. La bolsa estalló. Cogió un puñado de jabón y se frotó la cara y el cuello. Se quitó la camisa. Se restregó el pecho hasta enrojecerse la piel.

—Para —ordenó Amanda—. Vas a hacerte daño. —Le agarró las manos. Le obligó a parar antes de que se arrancase la piel—. Estás bien —le dijo—. Respira.

Will no quería respirar. Estaba harto de que le dijeran que respirara. Metió la cabeza debajo de otro grifo, en un lavabo limpio. Se frotó la cara arañando la piel para asegurarse de que no había más pedazos de Reuben Figaroa en su pelo y sus ojos.

—Bebe más agua.

Se sacó algo de la oreja. Una especie de piedrecilla roja, parte de una muela.

Lanzó el fragmento contra la pared. Apoyó las manos en el lavabo. El aire le quemaba los pulmones. Le ardía la piel. Gotas de sangre ilusorias se deslizaban por su cara y su cuello.

—No pasa nada —dijo Amanda.

—Lo sé. —Cerró los ojos. Claro que pasaba. Había sangre por todas partes. En los lavabos. En el suelo formando charcos. El aseo estaba helado. Tiritaba de frío—. ¿Y Anthony? —Apretó los dientes para que no le castañetearan.

—Está a salvo. Lo tiene Faith.

—Dios mío —masculló. Trató de controlar su respiración, de recuperar el dominio de su cuerpo. Cerró los ojos con fuerza—. No sabía si Faith le tenía a tiro.

—Sí, le tenía a tiro. Y yo también. Todos lo teníamos a tiro. Pero se nos adelantó. —Amanda estaba sacando toallas de papel del dispensador—. Reuben Figaroa se ha suicidado.

Will levantó la cabeza, sorprendido.

—En cuanto le quitaste a Anthony, se puso la pistola debajo de la barbilla y apretó el gatillo. —Will la miró con incredulidad. Amanda asintió—. Sí, se ha matado.

Él trató de revisar lo ocurrido, pero solo recordaba la tensión que había sentido al apartar a Anthony de un tirón, la preocupación de que el niño se cayera y resultara herido.

—Tú lo has hecho todo bien, Will —le tranquilizó Amanda—. Reuben Figaroa tomó una decisión.

—Podría haberlo salvado. —Se secó la cara con una toalla de papel. Raspaba como la lengua de un gato. Bajó la mirada, esperando ver sangre, pero solo encontró la mancha oscura del agua.

¿Estaría Faith limpiándole la cara a Anthony en otro aseo?

En el momento del disparo, el chico estaba tan cerca de Reuben como él. ¿Durante cuántos años recordaría esa sensación, la de los sesos de su padre resbalándole por la cara? ¿Cuántas noches se despertaría gritando, temiendo asfixiarse con la materia gris y los trozos de hueso que se le metían por la nariz?

—Will —dijo Amanda—, ¿cómo habrías podido salvarlo?

Él negó con la cabeza. Había escogido mal. Lo había sentido visceralmente en el instante en que aquella mentira salió de su boca.

—Reuben habría bajado la pistola si le hubiera dicho la verdad. Que Jo está viva. Que tenía algo por lo que vivir. —Hizo una pelota con la toalla de papel—. Tú le oíste: dijo que no quería dejar solo a Anthony, que a Jo no le gustaría. No habría apretado el gatillo si hubiera creído que aún podía recuperar a su familia.

—O bien te habría disparado a ti. O a cualquiera de nosotros, porque dos pisos más arriba había matado a navajazos a una mujer y disparado a otra en la cabeza. Ese hombre ha maltratado a su mujer durante casi una década. Amenazó con asesinar a su propio hijo. ¿De dónde sacas esa idea de que había un vínculo amoroso entre Reuben Figaroa y su mujer que podrías haber invocado para solucionarlo todo como por arte de magia?

Will tiró la toalla de papel a la basura.

—Si quieres a una persona, no le haces daño a propósito. No la torturas. No la aterrorizas, ni la obligas a vivir permanentemente asustada. No es así como funciona el amor. No es así como quiere la gente normal.

Will no necesitaba que Amanda le dijera que Angie y Reuben no eran muy distintos.

—Gracias, pero creo que hoy paso de escuchar un sermón.

Amanda no respondió. Miraba su pecho desnudo. La marcas redondas y perfectas como oes que los cigarrillos habían dejado en su piel. Los tatuajes ennegrecidos dejados por las quemaduras eléctricas. Los puntos abultados, grotescos, en torno al injerto de piel allí donde una herida se había resistido a cerrarse.

Antes de conocer a Sara, habría corrido a taparse. Ahora solo se sentía profundamente incómodo.

Amanda se bajó la cremallera de la chaqueta.

—Solía ir a verte los días de visita.

Los días de visita. Se refería al Hogar Infantil. Will siempre esperaba con ilusión las visitas, hasta que empezó a temerlas. Bañaban a los niños para presentarlos en exposición ante posibles padres adoptivos. Luego, los niños como él regresaban al orfanato.

—No podía adoptarte. Estaba soltera. Y vivía volcada en mi trabajo. Evidentemente, no reunía las condiciones para cuidar de nadie, ni de nada, a no ser que tuviera una piedra por mascota. —Le puso la chaqueta sobre los hombros. Posó las manos allí. Lo miró a través del espejo—. Dejé de ir porque no podía soportar ese anhelo. No el mío, que ya era bastante duro de soportar, sino el tuyo. Me rompía el corazón. Tenías tantas ganas de que alguien te escogiese...

Will se miró las manos. Tenía sangre en las cutículas.

—Yo te escogí. Faith te escogió. Sara te escogió. Acéptalo. Permítete reconocer ante ti mismo que te lo mereces.

Él se limpió la sangre con la uña del pulgar. Seguía teniendo la piel enrojecida. Se estremeció de nuevo por el frío.

—Ella se va a quedar sola.

Amanda lo ayudó a ponerse la chaqueta.

—Wilbur, las mujeres como Angie siempre están solas. Da igual cuántas personas tengan a su alrededor: siempre estarán solas.

Él lo sabía. Llevaba viéndolo toda la vida. Incluso cuando estaba con él, Angie se mantenía aparte.

—¿Crees que podremos encerrarla por dejar morir a Delilah en el maletero de su coche?

—¿Con la mujer del hospital como único testigo? ¿Sin grabaciones de cámaras de seguridad, ni ADN, ni huellas dactilares, ni arma del crimen, ni testimonios que corroboren los hechos, ni confesión? —Amanda se rio—. Es Denny quien se la va a cargar. Puedo impedir que vaya a la cárcel, pero perderá su trabajo, su pensión, sus beneficios.

Will no quería compadecerse de Collier, pero no pudo evitarlo. Sabía muy bien lo que se sentía cuando Angie te arrojaba a los lobos.

—A ver si puedo abrocharte esto. —Trató de cerrarle la cremallera, pero no pudo subirla del todo. La chaqueta le quedaba demasiado corta. La cintura se le subía por encima del ombligo—. Tendré que comprarte otra camisa antes de que salgas. Así pareces un chapero filipino.

El comentario de Amanda pretendía ser una despedida, pero Will no podía dejarla marchar aún.

—Nunca va a pagar por ello, ¿verdad? —preguntó—. Por la gente a la que ha destrozado la vida. Por el daño que ha hecho.

—Confía en mí, Will. La vida siempre te hace pagar por cómo eres. —Amanda le dedicó una sonrisa reticente—. Angie paga por cómo es cada segundo del día.

DIEZ DÍAS DESPUÉS: SÁBADO

CAPÍTULO 14

Sara estaba de pie en la cocina, viendo las noticias de mediodía mientras comía un cuenco de helado. Tras diez días de especulaciones, Ditmar Wittich había concedido por fin una entrevista. Sentado ante una maqueta del Complejo All Star, soltaba una perorata acerca del proyecto, que según él seguía siendo una idea estupenda. Pero para el caso podría haber estado hablando en chino. Resultaba evidente que al periodista solo le interesaban las frases que contenían las palabras «Rippy» y «Figaroa».

—El complejo creará miles de puestos de trabajo en la ciudad —afirmó Wittich.

Sara quitó el volumen al televisor. No entendía por qué Will llamaba «Goldfinger» a Wittich, como no fuera por su acento alemán. A ella le recordaba mucho más al protagonista de *Stromberg*.

Tiró al fregadero lo que le quedaba del helado. Seguramente no era la mejor opción para almorzar, pero siempre era preferible a darse a la bebida. Cuando volvió a mirar la tele, la pantalla estaba dividida entre Wittich y aquel vídeo que habían dado en llamar «Rippy al desnudo». Quiso apartar la mirada, pero no pudo. Casi nadie podía. Alguien en el GBI había filtrado a la prensa el archivo del iPad de Angie. Amanda había puesto el grito en el cielo, lo que en opinión de Sara significaba que probablemente era ella la responsable de la filtración.

Angie tenía razón en que el vídeo era muy dañino, aunque posiblemente no por los motivos que ella creía.

La grabación hecha por Reuben Figaroa en la que aparecía violando a Keisha Miscavage, borracha, junto a Marcus Rippy, había batido todos los récords de visualización en Internet. Por desgracia, la gente solo hablaba de los últimos tres segundos de la grabación, cuando fuera de encuadre se oía un portazo, alguien le quitaba el teléfono a Reuben de un manotazo y una mujer empezaba a gritar una palabra que sin duda era «hijaputa».

La difusa mancha rosa que se veía antes de que terminara la película pasaba desapercibida si no se prestaba mucha atención, pero a cámara lenta se veía claramente un zapato de tacón alto hecho a mano lanzando una patada a la cabeza de Keisha Miscavage. Un zapato de piel de avestruz de color fucsia brillante. Con una *R* dorada bordada en la puntera.

Will lo había reconocido de inmediato. Tenía una especie de fijación por los zapatos. Recordaba que LaDonna Rippy llevaba unos idénticos durante el único interrogatorio al que se había sometido su marido mientras investigaban el caso de violación.

Ahora, en cambio, Marcus Rippy hacía declaraciones a diestro y siniestro. Había dado la espalda a su mujer e insistía en que Reuben y él solo estaban divirtiéndose un poco con Keisha Miscavage. El vídeo respaldaba su versión de los hechos. Keisha estaba drogada, pero no presentaba signos evidentes de violencia antes de que LaDonna entrara en la habitación. Según Marcus, era LaDonna quien la había golpeado brutalmente.

Así pues, ese era el nuevo caso de Will: LaDonna había torturado a Keisha. Era ella quien la había estrangulado, golpeado y estrangulado de nuevo durante cinco horas, ella quien le había hecho los hematomas en la espalda y las piernas y quien le había ocasionado un coma que la mantuvo una semana en el hospital.

Las pruebas forenses lo confirmaban. El ADN de LaDonna coincidía con el de la saliva y el sudor hallados en el cuerpo de la víctima, y en las manchas de sangre de sus zapatos rosas se había encontrado

ADN de Keisha. La instrucción del caso no sería coser y cantar (con el dinero de los Rippy nunca se sabía), pero había, además, pruebas fehacientes de que se trataba de una conducta recurrente.

LaDonna Rippy era una mujer celosa. Will había descubierto la existencia de tres acuerdos extrajudiciales previos que incluían un sustancioso pago a las víctimas para que guardaran silencio. Una mujer de Las Vegas había logrado contar su historia pese a que LaDonna le había roto la mandíbula y saltado varios dientes. Otra mujer del sur de California se disponía a publicar un libro en el que contaba su experiencia con LaDonna quince años antes. Y habría más, porque siempre había más. Daba la impresión de que la mujer de Marcus Rippy iba a pasar una larga temporada en prisión.

Que Marcus fuera también a la cárcel o no tendría que decidirlo un jurado. La opinión pública inventaba toda clase de excusas cuando un hombre violaba y golpeaba a una mujer. Se mostraba menos comprensiva, en cambio, cuando la agresora era una mujer.

Sara no podía sumergirse de nuevo en aquel cenagal deprimente. Apagó la televisión. Abrió su lista de canciones y puso a Dolly Parton. Metió la aspiradora en la cocina. Se arremangó en sentido figurado y empezó a vaciar los armarios para limpiarlos.

Aquello entraba dentro de sus parámetros normales de control de la ansiedad, pero a decir verdad también había pasado mucho tiempo viendo *Buffy* en el sofá y bebiendo alcohol. Will estaba muy liado cerrando el caso Reuben Figaroa y preparando los informes policiales contra LaDonna y Marcus Rippy. Como se acostaba muy tarde y se levantaba temprano, prefería dormir en su casa para no privar a Sara de horas de sueño. Eso significaba también que se estaban privando el uno al otro de muchas otras cosas. Una preocupación más. Sara sabía, por su primer matrimonio, que la única manera infalible de hundir una relación sexual era dejar de practicar el sexo.

El sexo, de todos modos, solo sería una solución temporal. Quedaba aún por resolver la cuestión de qué ocurría con Angie y Will y con ella y Will, y esa incógnita no podía despejarla ella sola.

Sonó el teléfono. Se golpeó la cabeza con un cajón y soltó unos cuantos exabruptos al coger el teléfono de la encimera.

—Soy yo —dijo Tessa—. Estoy en una cabina. Tenemos cuatro minutos hasta que se me acabe el dinero.

Sara apagó la música.

—¿Por qué me llamas desde una cabina?

—Porque a tu querida sobrina se le ha colado mi móvil por el agujero de la letrina. —Sara se tapó la boca para contener la risa—. Sí, es muy gracioso que mi teléfono esté hundido en la mierda y que vaya a tener que meter la mano en el puto agujero para sacarlo. —El trabajo de misionera de Tessa consistía en ayudar a la gente, más que en cuidar su vocabulario—. Estoy literalmente en medio de la nada. Aquí no puedo darme un paseíto hasta una tienda para comprarme uno nuevo.

—¿Y dónde está ahora mi querida sobrina?

—Seguramente estará pintarrajeando mis libros o haciendo jirones mi ropa. —Tessa suspiró—. Está con su padre, que trata de asegurarse de que no la mate. Y no me digas que yo era igual de traviesa cuando tenía su edad. Ya he tenido que oír a mamá.

Tessa había sido muy traviesa, en efecto, pero la sola mención de su madre bastó para que a Sara se le quitaran las ganas de bromear.

—A mí también me ha estado dando la lata.

—Está preocupada por ti.

Sara se sentó en la encimera de un salto.

—No es lo mismo estar preocupada que sermonear a los demás.

—Mira quién fue a hablar. —Tessa cambió de tema antes de que a Sara se le ocurriera una réplica mordaz—. ¿Has tenido ya la Charla con Will?

La Charla. La hora de la verdad. Sara la temía tanto como Will.

—Quería darle un poco de tiempo —contestó—. Toda esa historia con Reuben Figaroa, Anthony y... —No hacía falta que le recordara los detalles a su hermana. La noticia del tiroteo en el centro comercial había llegado hasta Sudáfrica—. Ya está bastante agobiado. No quiero decirle además «lamento que fueras testigo de un suicidio espantoso, pero vamos a hablar de nuestra relación».

—En algún momento tendrás que hacerlo.

—¿Qué sentido tiene? —preguntó—. Ya sé lo que va a pasar: yo diré lo que tenga que decir y él asentirá con la cabeza, mirará el suelo o por encima de mi hombro, se rascará la mandíbula o se pellizcará la ceja y al final no me dirá lo que siente porque pensará que puede obviarlo y que superaremos este bache.

—Haaala —dijo Tessa alargando la palabra—. No me habías dicho que Will era un hombre. De repente todo tiene más sentido.

—Ja, ja.

—Hermanita, no paras de decirme que no va a querer hablar, pero ¿qué le has dicho tú a él?

—Le dije que quería darle tiempo.

—Tú sabes a qué me refiero —replicó Tessa—. Sé que te estás poniendo muy estoica y muy lógica y que pretendes hacerle creer que esto es una especie de problema matemático con una solución X o Y, cuando en realidad te estás muriendo por dentro, pero no quieres decírselo porque te preocupa parecer una damisela en apuros. —Se detuvo a tomar aire—. Mira, no tiene nada de malo ser una damisela. Esto no es un problema de hombres y mujeres. Es un problema humano. A ti te gusta cuidar de él. Te gusta sentirte necesitada. Y Will tiene derecho a hacer lo mismo contigo, no es ningún pecado.

Sara adivinó lo que venía a continuación antes de que su hermana lo dijera.

—Tienes que demostrarle lo que sientes.

—Tess, es que... —Tenía que decir la verdad, aunque solo fuera ante su hermana—. Sé que suena mezquino, pero no quiero sentir que soy plato de segunda mesa.

Tessa no respondió de inmediato.

—Will también tuvo un predecesor.

Se refería a Jeffrey.

—Eso no es lo mismo.

—En muchos sentidos, para Will es peor. Porque no hay duda de que todavía estarías con Jeffrey si siguiera vivo. Y hay que decir en defensa de Will que Angie sigue viva y que, sin embargo, él te ha elegido a ti. Así que considéralo una especie de divorcio. Tendrás que soportar la existencia de una exmujer odiosa, como la mitad de la población femenina del país.

Sara apoyó la cabeza contra los armarios. Miró por las ventanas del cuarto de estar. El cielo era tan azul que casi hacía daño mirarlo. Se preguntó cómo estaría pasando el sábado Will. Habían hablado un rato la noche anterior, pero su conversación había estado envuelta en ruido acerca de futuros planes por los que ninguno de los dos parecía sentir mucho entusiasmo.

—Todos tenemos nuestro bagaje —añadió Tessa—. Tú tienes tu historia con Jeffrey. Y bien sabe Dios que yo tengo también mis malos rollos. La gente tiene un pasado. Tu próximo novio, si lo tienes, también lo tendrá. Hasta el papa tiene un pasado. Jeffrey lo tenía y no se lo reprochabas.

—Porque Jeffrey me pertenecía —repuso Sara, y de pronto comprendió que eso era lo que más le dolía. Estaba celosa. No quería tener que compartir a Will con nadie más. Ni su mente. Ni su corazón. Ni su cuerpo. Lo quería todo para ella sola.

—No llores, hermanita.

—No estoy llorando —mintió.

Le caían gruesos lagrimones por la cara. En abstracto, era capaz de enumerar todos los argumentos lógicos por los que Will no le convenía. Pero luego pensaba en perderlo y apenas encontraba motivos para levantarse de la cama.

El teléfono empezó a pitar, advirtiéndoles de que tenían treinta segundos antes de que se cortara la llamada.

—Mira —dijo Tessa—, ya sabes cuáles son tus opciones. Puedes ir a buscar a Will y decirle que lo quieres, que necesitas compartir tu vida con él y que sin él eres muy infeliz...

—¿O?

—O puedes volver a poner a Dolly Parton y acabar de aspirar los armarios de la cocina.

Sara paseó la mirada por la cocina. Tenía que dejar de ser tan previsible.

—¿No hay tercera opción?

—Bueno, también podéis echar el polvo del siglo.

Sara se rio.

Esperaron en silencio los tres pitidos rápidos que anunciaban el fin de la llamada. Sara colgó el teléfono. Miró de nuevo por las ventanas. Un pájaro flotaba en el aire. La brisa estremecía sus alas. Echaba de menos tener un jardín con comederos para pájaros. Pensó en las casas en venta que había visitado con Will hacía una eternidad. Se había imaginado los fines de semana que pasaría llenando los comederos de los colibríes, haciendo la colada y leyendo en el porche de atrás mientras Will ponía a punto su coche.

En la sala de espera de la UCI, Angie le había dicho a Will que solo quería ofrecerle a su hija un final feliz.

Ella podía ofrecérselo a Will. Podía dárselo todo si él se lo permitía.

Los perros se bajaron del sofá. Se acercaron tranquilamente a la puerta. Meneaban la cola porque conocían a la persona que esperaba al otro lado.

Sara tuvo una reacción instintiva. Se había recogido el pelo en un moño de abuela. Estaba sudando por el esfuerzo de limpiar los armarios. Tenía la cara roja de tanto llorar. Llevaba puestos unos vaqueros cortados y una camiseta vieja. Hasta el sujetador le quedaba grande. No llevaban suficiente tiempo juntos para que Will la viera en aquel estado.

Se bajó de un salto de la encimera con la esperanza de llegar al cuarto de baño antes de que abriera la puerta.

Consiguió llegar al cuarto de estar.

—Hola.

Sara se volvió.

Will llevaba en la mano un montón de menús de restaurantes que servían a domicilio.

—Estaban en el portal.

—Mi vecino está de viaje.

Él dejó los folletos en la mesa del comedor. Levantó su llave del apartamento.

—¿Te sigue pareciendo bien que la use?

—Claro.

Sara se tiró de los pantalones. Se enderezó la camiseta. Saltaba a la vista que Will venía de casa. Llevaba vaqueros y una de sus camisetas de correr. De pronto se acordó de la tercera opción de Tessa.

—Acaba de llamarme Faith —dijo él—. Kip Kilpatrick murió hace veinte minutos.

Sara sabía que el agente llevaba veinticuatro horas en el hospital. Había salido en las noticias.

—¿Saben ya qué le pasó?

—Ingirió gran cantidad de etilenglicol, una sustancia que se encuentra en el anticongelante y el...

—Aceite de transmisión. —Sara se acordaba claramente de la botella roja que había al fondo del maletero de Angie—. Esta vez también se saldrá con la suya, ¿verdad?

—Me da igual. Bueno, no me da igual porque ha muerto un hombre, aunque fuera un capullo. —Se encogió de hombros—. Faith dice que el etilenglicol estaba en la bebida energética. Es roja, igual que el aceite de transmisión, y por lo visto tiene un sabor dulzón, así que Kilpatrick no se daría cuenta. La mitad de las botellas de su mininevera estaban envenenadas.

—Muy astuta.

—Sí.

Se quedaron los dos callados.

Sara tenía la sensación de llevar una semana y media repitiendo aquella misma conversación con pequeñas variaciones. Hablaban de algo terrible que había hecho Angie. Hablaban del trabajo.

Uno de ellos proponía ir a comer algo y durante la comida mantenían una conversación aún más envarada que la anterior. Después, Will se excusaba alegando que tenía que irse a casa a acabar el papeleo, y Sara volvía a su apartamento y se quedaba mirando el techo.

—Bueno, ¿qué más? —preguntó—. Es hora de comer. ¿Tienes hambre?

—Podría comer algo.

—En casa no hay nada. Si vamos a salir, tengo que ducharme.

—Te echo de menos.

Su franqueza dejó perpleja a Sara.

—Echo de menos tu voz. Echo de menos tu cara. —Will se acercó a ella—. Echo de menos tocarte. Hablar contigo. Estar contigo. —Se detuvo a unos pasos de distancia—. Echo de menos cómo mueves las caderas cuando estoy dentro de ti.

Sara se mordió el labio.

—He intentado darte un poco de tiempo, pero tengo la sensación de que no está funcionando. Y me dan ganas de empezar a besarte y seguir hasta que me perdones.

Ojalá fuera tan fácil.

—Cariño, tú sabes que no estoy enfadada contigo.

Will se metió las manos en los bolsillos. No miró el suelo. No miró más allá de su hombro.

—Tengo una cita en el juzgado a finales del mes que viene. Existe algo llamado «divorcio por publicación». Pones un anuncio en el periódico y, si pasadas seis semanas no has tenido noticias, el juez puede concederte el divorcio.

Sara notó que arrugaba el ceño.

—¿Por qué no lo has hecho hasta ahora?

—Porque mi abogado decía que no era posible. Que a los jueces no les gusta hacerlo así. Que rara vez firman la sentencia. Así que —añadió— le pedí a Amanda que moviera algunos hilos y me ha encontrado un juez que está dispuesto a hacerlo.

Sara sabía lo mucho que le costaba pedir ayuda.

—Siento haberte ocultado cosas —añadió él—. Sé que ha sido un error muy grave por mi parte. Y lo siento.

Sara no supo qué decir, salvo:

—Gracias.

Pero Will no había acabado.

—En el entorno en el que yo me crie, había que ocultar las cosas malas. No podías contárselas a nadie. Y no solo porque fueras a caerle mal a la gente. Si te portabas mal o decías algo malo, tu trabajador social se enteraba, lo anotaba en tu expediente y la gente, los padres potenciales, querían niños normales. No querían problemas. Así que no te quedaba otro remedio. O te portabas fatal para que todos supieran que no te importaba que te adoptaran o no, o te guardabas tus problemas... y seguías esperando.

Sara no se atrevió a contestar. Will hablaba tan raramente de su infancia...

—Todo lo que le contaba a Angie —prosiguió él—, ella encontraba la manera de restregármelo por la cara. Buscaba la manera de herirme, o de hacerme sentir estúpido o... —Se encogió de hombros como si las posibilidades fueran infinitas—. Así que me lo callaba todo, daba igual que fuera importante o insignificante. Era mi manera de protegerme. —Seguía sin desviar la mirada—. Sé que tú no eres Angie y sé que yo ya no soy un chaval y que ya no vivo en el Hogar Infantil, pero... Lo que quiero decir es que es un hábito que tengo, no decirte las cosas. No es un rasgo de carácter. Es un defecto. Pero puedo cambiarlo.

—Will... —Sara no sabía qué decir. Si Will le hubiera dicho todo aquello dos semanas antes, se habría arrojado en sus brazos.

—Te he traído esto. —Se sacó una llave del bolsillo. La deslizó sobre la encimera—. He cambiado la cerradura. He instalado una alarma. He cambiado la combinación de mi caja fuerte. Y me he deshecho de todo lo que tuviera que ver con Angie. —Hizo otra pausa—. Entiendo que necesites tiempo, pero quiero que sepas que nunca voy a dejarte. Nunca.

Ella sacudió la cabeza. Todo aquello le parecía inútil.

—Agradezco tus palabras, pero no se trata solo de eso.

—Claro que sí, se trata solo de eso —insistió él, como hacía siempre—. No hace falta que lo discutamos porque lo único que importa es lo que sentimos el uno por el otro, y yo sé que tú me quieres y que yo te quiero a ti.

Sara solo veía un círculo gigantesco. Will se estaba disculpando por no hablar con ella, y acto seguido le decía que no hacía falta que hablaran de nada.

—Bueno... —dijo él por fin—. Ahora tengo que marcharme, darte un tiempo para que lo pienses y quizá también para que empieces a echarme de menos. —Apoyó la mano en el pomo de la puerta—. Estaré aquí cuando tomes una decisión.

La puerta se cerró suavemente a su espalda.

Sara se quedó mirándola. Sacudió la cabeza otra vez. No podía dejar de moverla. Era como un perro con una garrapata en la oreja. La exasperaba tanto esa manía suya de eludir cualquier cuestión conflictiva...

Estaré aquí cuando tomes una decisión.

¿Qué había querido decir? ¿«Aquí» en el sentido general de «estoy aquí para ti» o «aquí» como si fuera a esperar en el pasillo a que ella tomara una decisión?

¿Y por qué tenía que tomar ella una decisión unilateralmente? ¿El futuro de su relación no era un asunto que debían decidir juntos?

Pero eso sería imposible.

Volvió a la cocina. Había sartenes y cacerolas dispersas por el suelo. El tubo de la aspiradora estaba lleno de pelos de perro. Tendría que limpiarlo antes de meterlo en los armarios. O podía sencillamente dejarlo por hoy, darse una ducha, tumbarse en el sofá y esperar a que llegara una hora razonable para ponerse a beber.

Los perros la siguieron al cuarto de baño. Abrió el grifo de la ducha. Se quitó la ropa. Vio caer el agua pero no se metió bajo el chorro.

Lo que había dicho Will resonaba como un bucle infinito dentro de su cabeza. Los recuerdos prendieron su irritación como una cerilla que rascara una lija. Will solo le ofrecía una victoria pírrica.

Por fin iba a divorciarse de Angie, pero Angie seguía suelta. Él había cambiado la cerradura, pero Angie encontraría la manera de entrar en su casa como había hecho tantas otras veces. Había puesto una alarma, pero Angie averiguaría el código, igual que Will había podido desbloquear su teléfono móvil. Él decía que nunca iba a dejarla. Pero ¿y qué? Tampoco Angie los dejaría en paz. Aquello no era más que otra quimera de Will, otro de sus cuentos de hadas. Estaba convencido de que lo único que tenían que hacer era esperar para que todo se resolviera como por arte de magia.

Cerró la ducha. Sentía tanta frustración que le temblaban las manos. Se puso la bata y entró en el dormitorio. Levantó el teléfono para llamar a Tessa, pero luego se acordó de la letrina. Y se dio cuenta de que era absurdo llamar a su hermana porque solo le diría lo obvio: que a su manera, dando muchos rodeos, Will acababa de ofrecerle todo lo que llevaba un año y medio pidiéndole, y su respuesta había sido dejar que se marchara.

Se sentó en la cama.

Idiota, pensó, pero no sabía si se refería a sí misma o a Will.

Tenía que analizar aquello lógicamente. Lo que le había dicho Will podía interpretarse de dos maneras. Una: que intentaba ser más abierto, pero prefería clavarse agujas en los ojos antes que hablar de su relación de pareja. Y dos: que para qué iban a hablar de lo que querían si ya tenían todo lo que necesitaban.

Una o dos. X o Y.

—Maldita sea —masculló.

Si había algo peor que tener que darle la razón a su madre era tener que dársela a su hermana pequeña.

Se levantó de la cama. Se ciñó el cinturón de la bata y recorrió el pasillo. Cruzó el cuarto de estar. Los perros la siguieron hasta la puerta. Aguzaron las orejas cuando agarró el pomo.

Su resolución empezó a flaquear.

¿Y si Will no estaba allí cuando abriera la puerta?

Había pasado demasiado tiempo. ¿Cinco minutos? ¿Diez? Ya no estaría allí fuera.

¿Y si al decir «allí» se estaba refiriendo a otra cosa?

La lógica le fallaba, así que tendría que confiar en el destino. Si Will no estaba en el pasillo, se tomaría su ausencia como una señal de que lo suyo no podía ser. De que era una idiota. De que Angie había vencido. Y de que ella había permitido que se saliera con la suya porque estaba demasiado obsesionada pensando en lo que creía que quería, en vez de pararse a valorar lo que ya tenía.

«Demuéstrale lo que sientes».

Tessa le había aconsejado que se arriesgara más. Y no había nada más arriesgado que abrir una puerta sin saber lo que había al otro lado.

Se aflojó la bata.

Se soltó el pelo.

Abrió la puerta.

EPÍLOGO

Angie se había sentado en un banco de madera del parque. El asiento estaba helado. Debería haberse puesto el abrigo, pero era lo malo que tenía enero: que a la sombra te congelabas y al sol te achicharrabas. Ella había escogido a propósito un banco a la sombra de los árboles. No se estaba escondiendo, pero no quería que la vieran.

Desde allí veía claramente a Anthony al otro lado del parque.

Su nieto. No de verdad, pero sí técnicamente.

Estaba en un columpio, rodeado por otros diez niños, como mínimo. Tenía las piernas estiradas y la cabeza echada hacia atrás. Se reía mientras trataba de subir cada vez más alto. Ella no era ninguna experta, pero sabía que eso era lo que debía hacer un niño de seis años. No sentarse contra la pared viendo jugar a los otros niños, sino mezclarse con ellos y corretear de un lado a otro, tan feliz como los demás.

Confiaba en que el chico se aferrara a aquella felicidad muchísimo tiempo. Habían pasado seis meses desde el suicidio de Reuben Figaroa. La madre de Anthony había estado a punto de morir. Y él había estado en poder de una bruja dos días enteros. Se habían marchado de Atlanta para volver a Thomaston, donde vivía la familia de su madre. Él iba a un nuevo colegio. Había tenido que hacer nuevos amigos. Su padre seguía acaparando titulares y sus trapos sucios no dejaban de salir a la luz.

Pero allí estaba Anthony, pataleando en el balancín. Los niños eran como gomas elásticas: enseguida volvían a su ser. Solo con el paso de los años empezaban a retraerse, abrumados por los recuerdos.

¿Seguía Jo retrayéndose?

Angie miró más allá del columpio. Observó al grupo de madres sentadas a la mesa de pícnic.

Jo estaba con ellas, pero en la periferia. Llevaba el brazo en cabestrillo, casi pegado a la cintura. Angie ignoraba cuál era su pronóstico, pero le parecía buena señal que aún conservara la mano. También le pareció buena señal que por fin se hubiera unido a las demás mujeres. Todas las tardes había reunión en el parque. Jo se había mantenido apartada durante meses, sonriendo educadamente y saludando por encima de un periódico o un libro, sentada varias mesas más allá. El hecho de que estuviera sentada en la mesa con las demás, de que las mirara y hablara con ellas, tenía que ser un progreso.

Angie no había hablado con su hija desde la noche en que Delilah intentó asesinarla. Al menos, que ella hubiera podido oírla. Antes de dejar a Jo en el hospital, le había dado una serie de instrucciones. Era lo último que le había dicho. Ya había llamado a Denny camino del hospital. Ng también estaba allí, y entre los tres habían inventado una historia que resultaría verosímil: Jo debía decir que se llamaba Delilah Palmer, que su novio la había atacado, que él había desaparecido y que no quería dar su nombre ni presentar una denuncia contra él.

Jo había interpretado bien su papel, pero ignoraba las otras cosas que había hecho Angie, como limpiar el desbarajuste de la escena del crimen y recurrir a sus conocimientos policiales para ocultarlo todo a plena vista. O darle a Delilah el que sería el último y más terrible paseo en coche de toda su vida.

Todavía se estremecía si se paraba a pensar en las cosas que le había hecho al cuerpo de Delilah. No solo dejarla morir —eso se lo merecía, la muy zorra—, sino mutilarla.

Porque ella era peligrosa, sí, pero no estaba mal de la cabeza.

Lo importante era que el fin justificaba los medios. Jo era la prueba viviente de ello. Literalmente viviente. En cuanto a los demás... Quién sabía. La mano de Jo se curaría con un poco de suerte, pero algunas heridas permanecían abiertas, daba igual la cantidad de remedios que probaras para curarlas.

Solo podía imaginar, hacer conjeturas sobre lo que estaría pasando dentro de la cabeza de su hija. Seguiría sintiéndose culpable por Reuben, y el alivio que le producía su muerte agravaría ese sentimiento de culpa. Estaría preocupada por Anthony, por el daño que había sufrido a corto plazo y por el que sufriría a largo plazo. Todavía no podría preocuparse por sí misma, pero se sentiría expuesta porque todo el mundo sabía lo que le había hecho su marido. Y no solo a ella. También a Anthony, a Keisha Miscavage y a otras mujeres, porque durante los meses anteriores habían empezado a aparecer víctimas como setas. Marcus Rippy y Reuben Figaroa tenían montado una especie de *show* ambulante: habían drogado y violado a mujeres por todo el país. Debía de haber hasta treinta víctimas.

Angie se preguntaba si Jo sentiría cierto consuelo al saber que Reuben nunca pegaba a las mujeres a las que violaba. Eso era algo que reservaba para ella.

Pero si alguien había salido ganando en aquel partido (y Angie estaba muy atenta al marcador), esa había sido Keisha Miscavage. El hecho de que cualquiera que tuviera un ordenador pudiera buscar su violación en Internet no la había acobardado. Había vuelto a estudiar. Ya no se drogaba. Y había empezado a dar conferencias, hablando a otras estudiantes sobre violación. La gente la creía ahora, al menos casi toda. Si una mujer acusaba a un hombre de violarla, era una zorra que había perdido la cabeza. Si las que lo acusaban eran dos, tres o varias docenas... quizá tuvieran razón.

Anthony se bajó del columpio. Plantó mal los pies y cayó de culo. Jo se levantó de un brinco, pero lo mismo hizo Anthony. Se sacudió el polvo del trasero. Dio cuatro saltos en zigzag y se alejó corriendo.

Jo no volvió a sentarse hasta que vio que su hijo empezaba a trepar por la cuerda de otro columpio. Se había llevado la mano al pecho. Estaba claro que las otras mujeres se burlaban cariñosamente de su preocupación. Jo sonrió, pero mantuvo la cabeza baja, incómoda por haberse convertido, aunque fuera momentáneamente, en el foco de atención.

Angie habría deseado que se pareciera más a Keisha. Que saliera al mundo. Que los mandara a todos a la mierda, que diera la cara, que fuera tan fuerte como su madre. Que hiciera algo, aparte de esconderse.

¿Era timidez? ¿Era miedo?

Durante los meses anteriores, Angie había estado redactando de cabeza una carta para Jo. La carta no siempre ocupaba el primer plano de sus pensamientos. No estaba obsesionada con ella. Pero a veces estaba recogiendo sus cosas para trasladarse a otro sitio o conduciendo su coche nuevo y, de pronto, se le ocurría una frase que quedaría bien en la carta:

Debería haberme quedado contigo.

No debería haberte dejado.

Te quise en cuanto te vi gritarle a ese cretino del Starbucks porque fue entonces cuando entendí que eras mi hija.

Sabía que nunca llegaría a escribir aquella carta. No, si quería que Jo tuviera su final feliz. Pero la tentación seguía ahí. Ella era bastante egoísta, bastante cruel, y desde luego había demostrado que no le importaba dejar una estela de víctimas a su paso, pero de momento se contentaba con hacer lo que había hecho siempre: observar a su hija desde lejos.

A Jo parecía irle bien. Salía más. A veces entraba en la cafetería que había cerca del colegio nuevo de Anthony y pasaba varias horas allí, solo porque podía. Otra veces iba a la iglesia y se sentaba en los bancos del fondo, con las manos unidas sobre el regazo, contemplando las vidrieras de detrás del altar. Estaba rodeada de tías y primos y de toda clase de personas alegres y bulliciosas con las que Angie no se imaginaba pasando Acción de Gracias y

Navidad. Anthony iba a un colegio privado en otro condado, y tenían dinero de sobra. Jo no figuraba en las cuentas bancarias de Reuben, pero seguía casada con él cuando se voló la tapa de los sesos, de modo que había heredado sus inversiones, sus casas, sus coches y todo su dinero.

Angie también había recibido su herencia. La de su tío, lo que resultaba un tanto irónico teniendo en cuenta que Dale no había reconocido que eran familia hasta que murió Deidre y pudo venderla al mejor postor. Los fajos de billetes que Angie había sacado del Kia ascendían a un total de dieciocho mil dólares. Junto con el dinero que tenía en la cuenta del banco, disponía de unos cincuenta mil dólares para ir tirando hasta que decidiera a qué iba a dedicarse el resto de su vida.

¿Volvería a ser detective privado? ¿A dedicarse a las estafas? ¿A llevar a chicas? ¿A pasar pastillas? ¿O regresaría a Atlanta?

Ni una sola vez, desde que Deidre se tomó aquella sobredosis que la dejó en coma, había sentido que tenía alternativas. Desde que tenía diez años, Dale siempre había estado ahí, empujándola, tirando de ella, mangoneándola. Incluso cuando lograba escaparse, Virginia siempre se las arreglaba para que volviera al redil.

En su carta imaginaria a Jo, le explicaba cómo la habían atrapado en sus garras Dale y Virginia. Le decía que solo tenía cuatro años más que Anthony cuando eso había sucedido. Que era vulnerable. Que estaba aterrorizada. Que había hecho todo lo posible por tenerlos contentos, porque eran lo único que tenía en el mundo. Tal vez incluso citaría a LaDonna Rippy. Aquella arpía iba a pasar unos cuantos años en prisión por no haber tirado sus zapatos de avestruz, pero no se equivocaba respecto al daño que causaban esas cosas. Algunas personas tenían dentro un agujero y se pasaban la vida intentando llenarlo. Con odio. Con pastillas. Con maquinaciones. Con celos. Con el amor de un niño. Con el puño de un hombre.

Ella, Angie, había creado el agujero que había dentro de Jo. Tenía que reconocerlo. A Jo la habían criado sus padres adoptivos.

Había tenido una vida normal. Pero en cuanto Angie la había abandonado en aquella habitación de hospital, Jo había empezado a desgarrarse por dentro. Había un viejo refrán que afirmaba que toda mujer se casaba con su padre, pero Angie tenía la sensación de que Jo se sentía atraída por hombres que se asemejaban a ella, a su madre biológica.

No tenía muchas cosas que alegar en su defensa, pero esto es lo que le habría dicho a su hija si hubiera podido: que la maldad no sobreviene toda de golpe. Que las fichas de dominó van cayendo poco a poco, con el tiempo. Haces daño por error y sales indemne. Entonces pruebas a hacer daño a propósito y aun así no te rechazan. Y entonces te das cuenta de que, cuanto más daño haces, mejor te sientes. Así que sigues hiriendo a los demás, y ellos se quedan a tu lado, y van pasando los años y te convences a ti misma de que si están contigo es porque el dolor que causas carece de importancia.

Pero los odias por ello. Por lo que les haces. Por lo que te hacen.

Una brisa fuerte y repentina traspasó su camisa. Levantó la mirada hacia el árbol. Un sicomoro americano, dedujo, de unos treinta metros de alto. Los pequeños cúmulos de hojas muertas y los zarcillos ensortijados daban a la copa la apariencia de una redecilla de pelo. Tronco enorme, raíces casi al aire. Uno de esos árboles que por su grandeza acabarían derribados por un vendaval.

—¡Anthony! —gritó Jo, alto y claro.

El niño estaba subiendo el tobogán por la rampa, corriendo. Volvió a bajar, compungido, y le hizo a su madre una seña de disculpa. Jo regresó lentamente al banco. Sacudió la cabeza. Estaba sonriendo. No con una sonrisa grande que dejara ver sus dientes, pero sí con una expresión que permitía adivinar que todo saldría bien.

¿Le iría bien a ella, a Angie?

No paraba de pensar en escribir una carta cuando, en realidad, la única carta que importaba era la que le había dejado Will.

En cuanto la policía la había dejado en libertad, Angie había corrido a su apartado de correos. Necesitaba cobrar el último cheque de Kip Kilpatrick antes de que cerraran sus cuentas.

El cheque no estaba allí.

Pero, a cambio, había encontrado una carta de Will.

Una carta no, en realidad. Más bien una nota. Sin sobre. Solo una hoja de papel de cuaderno doblada. No había usado el ordenador, sino un boli. Will ya nunca escribía nada a mano, excepto su firma. Le daba demasiada vergüenza. La última vez que Angie había visto su letra fue en el instituto, antes de que hubiera ordenadores en todas partes, antes de que se supiera lo que era la dislexia, cuando la gente pensaba todavía que sus letras infantiles y vueltas del revés y su mala ortografía indicaban un bajo cociente intelectual.

Como era típico de él, su nota era sucinta, tan breve como las que solía dejar ella en el parabrisas del coche de Sara.

Se acabó.

Dos palabras. Subrayadas. Sin firma. Se lo imaginaba sentado ante el escritorio de su casa, estudiando la nota, angustiado por la ortografía, incapaz de saber si lo había hecho bien, pero demasiado orgulloso para pedirle a otra persona que le echara un vistazo.

Sara no lo sabría. Aquello quedaba entre ellos dos.

—¡Mami!

Dio un respingo al oír aquel grito agudo. Tres niñas pequeñas empezaron a corretear gritando con todas sus fuerzas. No parecía haber ningún motivo para ello, pero el ruido era contagioso. Muy pronto todos los niños estaban gritando.

Era el momento de marcharse.

Angie caminó hacia el aparcamiento. El sol la calentó rápidamente. Su coche era un Corvette antiguo que había comprado a través de Internet. El dinero lo había sacado con la tarjeta de Delilah Palmer, a crédito. De todos modos, aquella zorra no recibiría la factura. Curiosamente, el coche le recordaba a ella. Las ruedas eran de mala calidad. La pintura estaba descascarillada. Pero el motor rugía amenazadoramente cuando giraba la llave en el contacto.

El interior olía a perfume. No de su anterior propietaria, sino suyo. Todavía le quedaba medio frasco del Chanel Nº 5 de Sara. Aquel olor no iba del todo con ello, pero probablemente tampoco iba con Sara.

Angie seguía siguiéndole la pista.

Había convencido a Sam Vera para que le proporcionara la misma tecnología que había usado para clonar el ordenador de Reuben Figaroa. Ahora el contenido del portátil de Sara se actualizaba en tiempo real. Sara seguía enviándole a su hermana mensajes empalagosos en los que le hablaba de Will.

Cuando me abraza, deseo que dure para siempre, no puedo pensar en otra cosa.

Angie se había reído al leer aquella frase.

«Para siempre» nunca era tanto tiempo como pensabas.

AGRADECIMIENTOS

En primer lugar, como siempre, gracias a Kate Elton, mi editora, y a Victoria Sanders, mi agente literaria. Mi agente cinematográfica, Angela Cheng Caplan, de la agencia Cheng Caplan, redondea la lista. También quiero dar las gracias a Bernadette Baker Baughman y a Chris Kepner de VSA, a Liate Stehlik, Dan Mallory, Heidi Richter y a toda la gente de HC US, así como a mis fantásticos y entusiastas editores de todo el mundo. Gracias, en especial, a los traductores que me han acompañado en esta transición. Para mí es muy importante que mis lectores disfruten al máximo, y agradezco que el equipo siga funcionando a pleno rendimiento para que eso ocurra.

Gracias al doctor David Harper por hacer que Sara parezca una doctora de verdad (o al menos una doctora de verdad en la ficción). La doctora Judy Melinek me brindó varias ideas sumamente extrañas y escalofriantes (¡gracias, Judy!), y Patricia Friedman me dio algunos consejos legales no vinculantes. Dona Roberts, Sherry Lang (ambas agentes retiradas del GBI) y Vickye Prattes (exagente del Departamento de Policía de Atlanta) me fueron de gran ayuda en las cuestiones de procedimiento. Cualquier error es mío.

Por último, sigo dándole las gracias a mi padre por cuidar de mí mientras escribo en las montañas, y a D. A. por cuidar de mí en casa.